Margaret Atwood

Brennende Fragen

Margaret
Atwood

Brennende Fragen

Essays und Gelegenheitsarbeiten
von 2004–2021

Deutsch von Jan Schönherr,
Eva Regul und Martina Tichy

BERLIN VERLAG

Mehr über unsere Autorinnen, Autoren und Bücher:
www.berlinverlag.de

Von Margaret Atwood liegen im Berlin Verlag vor:
Der Report der Magd (Graphic novel)
Survival
Die Füchsin
Die Kunst des Kochens und Auftragens
Innigst/Dearly

Die Übersetzungen des Vorwortes und der Essays aus Teil I bis einschließlich *Fünf Besuche beim Wörterhort* sind von Martina Tichy. Teil I ab *Das Echo der Erinnerung* sowie die Teile IV und V übersetzte Jan Schönherr, die Teile II und III Eva Regul.

Unser Versprechen für mehr Nachhaltigkeit
• Klimaneutrales Produkt
• FSC®-zertifiziertes Papier
• Hergestellt in Deutschland

FSC www.fsc.org MIX Papier | Fördert gute Waldnutzung FSC® C014496

ISBN 978-3-8270-1473-3
Die Originalausgabe erschien 2022 unter dem Titel *Burning Questions* bei Chatto and Windus, London

Satz: Uhl + Massopust, Aalen
Gesetzt aus der Stempel Garamond
Druck und Bindung: GGP Media GmbH, Pößneck
Printed in Germany

Für Graeme –
und für meine Familie

INHALT

TEIL II

TEIL III

TEIL IV

TEIL V

VORWORT

›Brennende Fragen‹ ist mein dritter Sammelband mit Essays und weiteren Gelegenheitsarbeiten. Der erste, ›Second Words‹, setzt 1960 ein, als ich begann, Buchrezensionen zu veröffentlichen, und endet mit dem Jahr 1982. Der zweite, ›Moving Targets‹, versammelt Materialien von 1983 bis Mitte 2004. ›Brennende Fragen‹ reicht von Mitte 2004 bis Mitte 2021. Das wären also plus minus zwanzig Jahre für jeden Band.

All diese Zeitspannen waren je auf ihre Weise mehr als bewegt. Gelegenheitsarbeiten werden, wie schon der Name sagt, aus Anlass einer bestimmten Gelegenheit geschrieben und sind daher fest in Zeit und Ort verankert – zumindest für meine trifft dies zu. Auch sind sie damit verbunden, wie alt ich zum Zeitpunkt des Verfassens war und wie meine jeweiligen Lebensumstände aussahen. (Hatte ich einen Job? War ich noch Studentin? Brauchte ich das Geld? War ich bereits eine bekannte Schriftstellerin und konnte unbeschwert meinen Interessen frönen? Arbeitete ich gratis, auf einen Hilferuf hin?)

1960 war ich zwanzig Jahre alt, Single, Collegestudentin mit begrenzter Garderobe und hatte noch nichts in

Buchform veröffentlicht. 2021 war ich einundachtzig, eine einigermaßen bekannte Autorin, dazu Großmutter und Witwe, ebenfalls mit begrenzter Garderobe, weil gescheiterte Experimente mich gelehrt hatten, manches lieber ungetragen zu lassen.

Natürlich habe ich mich verändert – meine Haarfarbe ist nicht mehr die gleiche –, und das gilt auch für die Welt. Die vergangenen sechzig Jahre waren eine Achterbahnfahrt mit vielen Schocks und Turbulenzen, mit vielen Tumulten und Umschwüngen. 1960 lag das Ende des Zweiten Weltkriegs gerade mal fünfzehn Jahre zurück. Unserer Generation erschien dieser Krieg sehr nah – wir hatten ihn miterlebt, in unseren Familien gab es Veteranen und Gefallene, manche unserer Lehrer an der Highschool waren dabei gewesen – und zugleich weit, weit weg. Die Zeit zwischen 1950 und 1960 bescherte uns die McCarthy-Ära und mit ihr eine Ahnung von der Zerbrechlichkeit der Demokratie, aber auch Elvis, der Gesang und Tanz auf den Kopf stellte. Die Bekleidung hatte sich ebenfalls radikal geändert: In den 1940er-Jahren war sie trist, robust, kantig und mutete militärisch an, in den 1950ern dagegen zeigte sie sich duftig, trägerlos, bauschig und in Pastelltönen mit Blumenmustern. Weiblichkeit stand hoch im Kurs. Die dunklen, geschlossenen Limousinen der Kriegsjahre hatten sich zu farbenprächtigen Kabrioletts mit Zierleisten aus Chrom gemausert. Drive-in-Kinos entstanden quasi über Nacht. Es gab Transistorradios und erstmals Kunststoffe.

Ab 1960 gab es zaghaften Wandel. Bei den ernsthaften jungen Leuten traten Folksongs an die Stelle formeller Tanzgesellschaften. Und bei den winzigen Künstlergruppen, die damals in Cafés von Toronto zu finden waren, erfreuten sich – schließlich hegte man Neigungen zum französischen Existenzialismus – schwarze Rollkragenpullover und schwarzer Lidstrich großer Beliebtheit.

Dennoch unterschieden sich die frühen 1960er-Jahre im Grunde nicht wesentlich von dem vorangegangenen Jahrzehnt. Der Kalte Krieg hielt an. Kennedys Ermordung stand noch bevor. Die Antibabypille war nicht für alle Welt verfügbar. Es gab keine Miniröcke, wiewohl man unlängst noch sehr kurze Shorts gesehen hatte. Es gab keine Hippies, keine zweite Welle der Frauenbewegung. In dieser Zeit schrieb ich meine ersten Buchrezensionen, meine erste Gedichtsammlung und meinen allerersten Roman – der zum Glück immer noch in der Schublade liegt – sowie den ersten Roman, der es bis zur Veröffentlichung brachte, ›Die essbare Frau‹. Als dieses Buch 1969 erschien, war die Welt, die darin beschrieben wird, bereits Geschichte.

Ab der zweiten Hälfte der 1960er-Jahre wurde es unruhig. Die großen Bürgerrechtsdemonstrationen in den Vereinigten Staaten, die Proteste gegen den Vietnamkrieg, die US-amerikanischen Kriegsdienstverweigerer, die zu Tausenden nach Kanada strömten. Ich selbst befand mich dauerhaft auf der Durchreise: Ein paar Jahre lang belegte ich einen Masterstudiengang in Cambridge, Massachusetts, dann hatte ich unbedeutende Lehraufträge an Orten wie Montreal oder Edmonton. Ich zog sechzehn- oder siebzehnmal um. In dieser Zeit wurden in Kanada eine Reihe neuer Verlage gegründet, häufig in Zusammenhang mit den postkolonialen Anstrengungen des Landes, zu sich selbst zu finden. Mit einem dieser Verlage hatte ich näher zu tun und musste ab da zahlreiche Essays schreiben.

Dann kamen die 1970er: die zweite Welle der Frauenbewegung mit ihren Gärungen, den nachfolgenden Gegenbewegungen und dem völligen Burn-out zum Schluss.

In Kanada beherrschten die Quebecer Abspaltungstendenzen die politische Bühne. In jenen Tagen gelangten etliche autoritäre Regime an die Macht: in Chile Augusto Pinochet, in Argentinien die Junta, die politische Gegner ermorden oder verschwinden ließ, in Kambodscha die Regierung unter Pol Pot mit ihrem generellen Gemetzel. Manche waren »rechts«, andere »links«, doch so viel war klar: Keine Ideologie hatte die Grausamkeit für sich allein gepachtet.

Ich schrieb weiterhin viele Buchrezensionen sowie die Romane, Erzählungen und Gedichte, die ich als mein eigentliches Werk betrachtete, nahm aber auch Artikel und Vorträge in meinen Kanon auf. Nicht wenige von Letzteren hatten Dinge zum Inhalt, die mein schrumpfendes Hirn immer noch beschäftigen: »Frauenthemen«, Schreiben und Schreibende, Menschenrechte. Mittlerweile war ich Mitglied der Organisation Amnesty International, die sich hauptsächlich durch Briefkampagnen um die Freilassung sogenannter »politischer Gefangener« bemühte.

Nach 1972 hörte ich auf, an Universitäten zu lehren und war auf mich gestellt, deshalb nahm ich jeden Auftrag an, der Geld brachte. Wir lebten auf einer Farm, hatten eine kleine Tochter und ein schmales Budget. Dabei waren wir nicht arm, auch wenn ein Gast nach einem Besuch bei uns herumerzählte, wir hätten »nichts weiter als eine Ziege«. (Das mit der Ziege stimmt nicht, es waren Schafe.) Aber wir schwammen auch nicht gerade in Geld. Wir bauten Unmengen von Gemüse an, hielten Hühner und hatten noch weitere, nicht menschliche Mitbewohner. Dieses Mini-Agrarunternehmen war zeitaufwändig und verlustreich – wenn ich also mit Schreiben eher etwas verdienen konnte als mit dem Verkauf von Hühnereiern: umso besser.

Die 1980er-Jahre begannen mit unserem Umzug von der Farm nach Toronto (unter anderem aus schulischen Gründen), mit der Wahl von Ronald Reagan zum Präsidenten der USA und mit dem Aufstieg der religiös geprägten Rechten. 1981 spukte mir erstmals ›Der Report der Magd‹ durch den Kopf, das eigentliche Schreiben schob ich allerdings bis 1984 hinaus, weil mir das Konzept zu weit hergeholt schien. Ich produzierte mehr und mehr »Gelegenheitsarbeiten« – zum einen, weil ich mit einem Schulkind nun tagsüber mehr Zeit zur Verfügung hatte, zum anderen, weil sich die Anfragen häuften. Wenn ich mir die sporadischen und wenig informativen Einträge in meinen oft arg vernachlässigten Tagebüchern anschaue, so durchzieht sie als ein Leitmotiv die ständige Klage darüber, mir zu viel aufzuladen. »Das muss ein Ende haben«, steht dort immer wieder. Manche meiner Arbeiten waren Hilferufen geschuldet, und so ging es immer weiter.

»Sag einfach Nein«, bekam ich zu hören und sagte ich mir selbst. Allerdings: Wird man zehnmal pro Jahr gebeten, einen Essay zu schreiben, und sagt zu 90 Prozent Nein dazu, bleibt ein Essay pro Jahr. Wird man hingegen vierhundertmal pro Jahr um Beiträge gebeten und lehnt weiterhin 90 Prozent davon ab – brav und standhaft, wie man nun mal ist! –, sind das immer noch vierzig Beiträge pro Jahr. In dieser Größenordnung habe ich mich durchschnittlich während der letzten Jahrzehnte bewegt. Es gibt eine Grenze. Das muss ein Ende haben.

Zurück zu unserer Chronologie: Mit dem Fall der Berliner Mauer zerbröselten sowohl der Kalte Krieg wie auch das sowjetische Staatensystem. Dies sei das Ende der

Geschichte, bekamen wir zu hören: Nur mit dem Kapitalismus gehe es noch voran, Konsum und Shopping stünden an oberster Stelle, wie man lebe und sich gebe, definiere einen selbst – Frau, was willst du mehr? Ganz zu schweigen von »Minderheiten«, die in Kanada von Politikern und Regierungsangestellten, soweit es mir aus kundiger Quelle zugetragen wurde, als »multi-eths« (Menschen, die weder Französisch noch Englisch sprachen) und »visi-mins« (Nicht-»Weiße«) tituliert wurden. Beide Gruppen hatten erhebliche Ansprüche, die in den 1990er-Jahren allerdings noch nicht manifest wurden. Es regte sich etwas, es rumorte; anderswo gab es Kriege, Staatsstreiche und Konflikte, aber noch keine fulminanten Ausbrüche. »Hier bei uns ist so was nicht denkbar«, lautete weiterhin die gängige Antwort.

Mit den Anschlägen auf das World Trade Center und das Pentagon im Jahr 2001 wurde alles anders. Was bisher als sicher gegolten hatte, wurde nun infrage gestellt; auf das vermeintlich Felsenfeste war mit einem Mal kein Verlass mehr, auf bislang verteidigte Wahrheiten konnte man pfeifen. Furcht und Misstrauen bestimmten fortan das Leben.

An diesem Punkt setzt ›Brennende Fragen‹ ein.

Warum der Titel? Vielleicht, weil die Fragen, mit denen wir im einundzwanzigsten Jahrhundert bisher konfrontiert waren, mehr als dringlich sind. Natürlich denkt man das in jedem Zeitalter über die jeweiligen Krisen, aber diese Ära erscheint definitiv ein anderes Kaliber zu sein. Da ist erstens unser Planet. Verbrennt die Welt sich buchstäblich selbst? Haben wir sie in Brand gesteckt? Können wir die Feuer löschen?

Wie steht es mit der eklatanten Ungleichverteilung

von Reichtum, nicht nur in Nordamerika, sondern praktisch überall? Kann ein derart kopflastiges und instabiles Modell von Dauer sein? Wie schnell werden die restlichen 99 Prozent die Nase voll haben und – bildlich gesprochen – die Bastille in Rauch und Flammen aufgehen lassen?

Dann die Demokratie. Schwebt sie in Gefahr? Was meinen wir überhaupt mit »Demokratie«? Hat es sie denn je gegeben, im Sinne von Gleichberechtigung aller Bürger? Meinen wir es ernst mit *aller*? Aller Geschlechter, aller Religionen, aller ethnischen Ursprünge? Ist das System, das wir Demokratie nennen, erhaltenswert – beziehungsweise, sollten wir weiter danach streben? Was meinen wir mit »Freiheit«? Wie viel darf frei geäußert werden und von wem und zu welchem Thema? Die Revolution im Bereich der sozialen Medien hat Online-Gruppierungen von Menschen, die je nachdem, ob man sie mag oder nicht, als »Bewegungen« oder »Mob« bezeichnet werden, bisher ungekannte Macht verliehen. Ist das gut, ist es schlecht oder nur eine neue Spielart der Massen, die etwas umtreibt?

»Alles niederbrennen« – ein verbreiteter Slogan in unserer Zeit – heißt das, wirklich alles?

Heißt *alles* beispielsweise: alle Wörter? Was ist mit den »Kreativen«, wie sie von manchen gern genannt werden? Was ist mit den Schriftstellern und ihren Werken? Sollen sie – sollen wir – nur noch Sprachrohre sein und allseits akzeptierbare Plattitüden herunterspulen, die angeblich gut für die Gesellschaft sind, oder haben wir noch andere Funktionen? Wenn sich darunter eine Funktion befindet, die anderen missfällt, sollen unsere Bücher dann verbrannt werden? Warum nicht? Es wäre nicht das erste Mal. Kein Buch ist per se unantastbar.

Dies sind einige der brennenden Fragen, die man mir im Verlauf der vergangenen beiden Jahrzehnte gestellt hat und die ich mir selbst stelle. Hier nun ein paar Antworten darauf. Oder sollte ich lieber sagen, ein paar Versuche dazu? Denn das ist ein *Essay* ja seiner Bedeutung nach: ein Versuch. Ein Bestreben.

Ich habe dieses Buch in fünf Teile untergliedert, die jeweils von einem Ereignis oder einem Wendepunkt bestimmt werden.

Der erste Teil beginnt mit dem Jahr 2004. Nach den Anschlägen auf das World Trade Center und das Pentagon herrschte immer noch Krieg im Irak. Ich befand mich weiterhin auf Lesereisen für ›Oryx und Crake‹ (2003), den ersten Band der ›MaddAddam‹-Trilogie, der gleich zwei Krisen zum Inhalt hat: die Klimakrise und das daraus resultierende Artensterben sowie eine durch Genspleißen herbeigeführte Pandemie. Diese Prämissen erschienen in den Jahren 2003 und 2004 weit hergeholt; mittlerweile sind sie etwas näher gerückt.

Der erste Teil endet 2009 – die Welt stand nach der schweren Finanzkrise im Oktober 2008 immer noch unter Schock, und ich hatte just in jenem Oktober ›Payback: Schulden und die Schattenseite des Wohlstands‹ veröffentlicht. (Manche glaubten, ich hätte eine Kristallkugel. Stimmt nicht.)

Der zweite Teil behandelt die Zeitspanne von 2010 bis 2013. In diesen vier Jahren regierte Obama im Weißen Haus, und die Welt erholte sich allmählich von dem Finanzcrash. Ich war hauptsächlich mit ›Die Geschichte von Zeb‹, dem dritten Teil der ›MaddAddam‹-Trilogie, beschäftigt. Wenn man ein Buch geschrieben hat, wird man oft nach dem Grund dafür gefragt – als hätte man einen Aschenbecher geklaut –, und in einem Beitrag zu diesem Teil bemühe ich mich pflichtschuldig, Rechenschaft für mein Vergehen abzulegen.

Mein Leben als Essayistin war ziemlich breit gefächert. Ich verfasste weiterhin Rezensionen, Vorwörter und – leider – auch Nachrufe. Da die Klimakrise sich als zunehmend heißeres Thema entpuppte, schrieb ich häufiger als zuvor auch darüber.

2012 wurde bei meinem Lebensgefährten Graeme Gibson beginnende Demenz diagnostiziert. »Wie lautet die Prognose?«, fragte er. »Es kann langsam voranschreiten, es kann schnell voranschreiten oder stagnieren, wir wissen es nicht«, bekam er zu hören. Ganz ähnlich stand es um die Welt. Es war eine unruhige, von Ungewissheit, jedoch nicht von irgendeiner herausragenden Katastrophe geprägte Phase. Die Menschen fürchteten sich, doch ihre Furcht blieb verschwommen. Wir hielten den Atem an. Machten weiter. Taten, als wäre alles im Lot. Und doch lag schon der Hauch eines Wandels zum Schlimmeren in der Luft.

Der dritte Teil versammelt Essays aus den Jahren 2014 bis 2016. Die 2016 anstehenden US-Präsidentschaftswahlen warfen im Vorfeld ihre Schatten. Zugleich liefen die Vorbereitungen für die Fernsehserie zu ›Der Report der Magd‹ – die eigentlichen Dreharbeiten begannen im August 2016. Als Miniserie verfilmt wurde auch ›Alias Grace‹, die Geschichte einer Gefangenen und mutmaßlichen Mörderin im neunzehnten Jahrhundert.

Von daher war Freiheit und alles ihr Zuwiderlaufende ein Thema, das mich stark beschäftigte. Um diese Zeit begann ich mit der Arbeit an ›Die Zeuginnen‹, dem Folgeband zum ›Report der Magd‹, der 2019 erschien.

Gegen Ende des Jahres 2016 hatte sich der Zeitgeist für

uns spürbar verändert. Mit der Wahl von Donald Trump zum Präsidenten der USA befanden wir uns nunmehr mitten in jener seltsamen, postfaktischen Welt, die wir bis 2020 bevölkerten – manche allerdings wirken wild entschlossen, auch weiterhin an ihr festzuhalten.

Der vierte Teil setzt 2017 ein, als Amerika fürchten musste, ›Der Report der Magd‹ sei am Ende keine reine Erfindung. Auf den Amtsantritt von Präsident Trump folgten umgehend und weltweit massive Demonstrationen der Frauenbewegung. In den USA gab es viel Händeringen und Besorgnis: Wie würde es weitergehen? Wie drohend war die Gefahr eines Rückschritts in Bezug auf die Rechte der Frauen? Stand uns ein autoritäres Regime bevor? Als die erste Folge von ›Der Report der Magd‹ im April ausgestrahlt wurde, mussten die Zuschauer von der Botschaft nicht lange überzeugt werden. Im selben Jahr dann wurde auch die Miniserie zu ›Alias Grace‹ gestreamt. ›Alias Grace‹ beschreibt unsere Vergangenheit, ›Der Report der Magd‹ unsere mögliche Zukunft.

Nach einem hartnäckigen Versuch, das Manuskript vorab online zu stehlen – eine der bizarreren Episoden in meinem Schriftstellerleben –, wurde ›Die Zeuginnen‹ am 10. September 2019 veröffentlicht.

In diese Zeit fiel auch der Aufstieg der #MeToo-Bewegung. Insgesamt ist ihre Wirkung meiner Meinung nach insofern positiv zu bewerten, als klar wurde, dass man ein Verhalten à la Harvey Weinstein nicht länger würde durchgehen lassen. Doch um das Für und Wider der Anprangerungen in den sozialen Medien wird immer noch debattiert, und die »Kulturkriege« toben weiter. Vor diesem Hintergrund schrieb ich, wie auch die Chronisten der Fälle Weinstein, Crosby und vieler anderer, über das, was nottat: Wahrheit, Faktenüberprüfung und Fairness.

Für Graeme und mich waren es drei schwierige Jahre. 2017 und 2018 verschlechterte sein Zustand sich schrittweise, in der ersten Hälfte von 2019 dann rasanter. Wir wussten, dass uns nur noch eine sehr begrenzte gemeinsame Zeit blieb – Monate, nicht etwa Jahre. Graeme wollte abtreten, solange er noch er selbst war, und dieser Wunsch wurde ihm erfüllt. Eineinhalb Tage nach der ersten öffentlichen Lesung aus ›Die Zeuginnen‹ im National Theatre in London erlitt er eine massive Gehirnblutung, fiel ins Koma und starb fünf Tage später.

Manche hat vielleicht überrascht, dass ich nach seinem Tod meine Lesereise fortsetzte. Doch wenn Sie zwischen Hotelzimmern, Veranstaltungen und vielen Menschen einerseits und einem leeren Haus mit einem freien Stuhl wählen müssten, wofür hätten Sie sich da wohl entschieden, liebe Leserinnen und Leser? Das leere Haus und der freie Stuhl waren natürlich nur aufgeschoben. Sie holten mich später ein, wie das eben in solchen Fällen ist.

Der fünfte Teil beginnt 2020 – ein Wahljahr in den Vereinigten Staaten, und zwar ein reichlich bizarres. Hinzu kam Covid-19, das ab März ernsthaft zuschlug.

Ich wurde um eine Reihe von Beiträgen zum Thema Covid gebeten – was tat ich den ganzen Tag, was waren unsere Perspektiven?

Vor allem aber beschäftigte ich mich mit totalitären Systemen; die weltweite Tendenz in diese Richtung war ebenso erschreckend wie diverse autoritäre Ansätze in den Vereinigten Staaten. Erlebten wir als Zeitzeugen schon wieder den Zerfall einer Demokratie?

Im Herbst 2020 wurde mein Gedichtband ›Innigst/Dearly‹ veröffentlicht; ein Beitrag im fünften Teil hat ihn zum Inhalt. Meine Gedanken kreisten sehr um Graeme, und es war mir eine Freude, die Vorwörter zu seinem ›Bedside Book of Birds‹ und seinen letzten zwei Romanen zu schreiben, die beide wieder aufgelegt wurden.

Ich beende ›Brennende Fragen‹ mit Essays über zwei Schlüsselfiguren zum Thema Umweltschutz – Rachel Carson und Barry Lopez; ihr Wirken, so meine Voraussage, wird sich angesichts der immer unsichereren Zukunft, der wir auf unserem Planeten entgegensehen, als zunehmend wichtig erweisen. Ihre Nachfahren und die vielen anderen Stimmen, die uns schon früh vor der wachsenden Klimakrise gewarnt haben, gehören der jungen Generation der Post-Millennials an, mit Greta Thunberg als bekanntestem Sprachrohr. Als um die Mitte des zwanzigsten Jahrhunderts erstmals Beiträge von Rachel Carson veröffentlicht wurden, war es ein Leichtes, ihre Bedenken zu leugnen, zu umgehen und auf die lange Bank zu schieben, doch dies ist heute nicht mehr möglich – wenn wir als Gattung auf diesem Planeten am Leben bleiben wollen.

Die Post-Millennials werden schon bald Machtpositionen innehaben. Hoffen wir, dass sie ihre Macht weise gebrauchen. Und zwar bald.

TEIL I

2004 BIS 2009

WAS PASSIERT DANN?

SCIENTIFIC ROMANCING

(2003)

Es ist mir eine große Ehre, hier in der Carleton's School of Journalism and Communication den Kesterton-Vortrag halten zu dürfen.

Meine drei Vorgänger waren sehr bedeutende Männer, und ich bin nun die Vierte in der Reihe. Der Zahl Vier habe ich nie so recht über den Weg getraut, meine Vorliebe gilt der Drei. Darum habe ich die dubiose Vier in zwei Gruppierungen aufgeteilt: einen munteren Dreier aus Personen männlicher Orientierung, der mich ausschließt, und ein Einer-Set, das Personen weiblicher Ausrichtung und damit auch mich miteinschließt. Demnach bin ich das erste Mitglied einer Gruppe, zu der hoffentlich alsbald viele weitere Individuen zählen werden.

Das war's mit dem Feminismus für heute Abend, und wie Sie sehen, habe ich so das Thema raffiniert mit der obligatorischen Auftaktwitzelei verknüpft, damit es Ihnen nicht zu viel Angst einjagt. Ich habe nie begriffen, warum ich Menschen manchmal Angst einflöße. Schließlich bin ich ziemlich klein, und welcher kleine Mensch außer Napoleon hat je bedrohlich gewirkt? Zweitens bin ich, wie Sie zweifellos gehört haben, eine Ikone, und als solche ist man so gut wie tot und muss nichts weiter tun, als mucksmäuschenstill in Parks herumzustehen und sich bronzebraun zu verfärben, während Tauben und andere sich auf den Schultern der Ikone niederlassen und ihr auf den Kopf machen. Drittens bin ich – in astrologischer Hinsicht – Skorpion, eines der freundlichsten und verträglichsten Sternzeichen. Wir leben gern ruhig im friedlichen Dunkel von Schuhkappen vor uns hin und machen nie Ärger, es sei denn, dass ein bösartig großer Fuß mit gelben Zehennägeln versucht, uns in die Enge zu treiben. Das gilt auch für mich: Ich bin die Harmlosigkeit in Person, solange man nicht auf mir herumtrampelt – in dem Fall kann ich für nichts garantieren.

Der Titel meines heutigen kleinen Vortrags lautet ›Scientific Romancing‹. Oberflächlich betrachtet handelt er von Science-Fiction. Der Subtext läuft vermutlich auf etwas Ähnliches wie *Wozu dient »fiction«?* hinaus. Der Subtext darunter besteht aus ein paar Abschnitten über die beiden *Scientific Romances*, die ich selbst geschrieben habe. Und der Sub-Sub-Subtext wäre womöglich die Frage: *Was macht einen Menschen aus?* Dieser Vortrag gleicht demnach den runden Bonbons, mit denen man sich früher für zwei Cent die Zähne ruinieren konnte: Außenhülle aus Zucker, darunter diverse verschiedenfarbige Schichten und schließlich im Zentrum des Ganzen ein eigenartiger, rätselhaft bleibender Kern.

Als Erstes gehe ich die Sonderform der Prosadichtung an, die häufig »Science-Fiction« genannt wird: ein Etikett, das zwei Begriffe unter einen Hut bringt, die sich eigentlich wechselseitig ausschließen müssten, da *science* – abgeleitet vom lateinischen *scientia*, i. e. »Wissen« bzw. »Wissenschaft« – sich nach allgemeinem Dafürhalten mit beweisbaren Fakten beschäftigt, wohingegen *fiction* – eine

Wortbildung aus dem Stammverb *fingere* = »formen« wie aus Ton – etwas Vorgetäuschtes, Erfundenes bezeichnet. Viele meinen daher, bei Science-Fiction handle es sich um zwei Termini, die sich gegenseitig aufheben. Ein Buch dieser Gattung wird als etwas eingestuft, das etwas Wahres behauptet, aber der *fiction*-Teil – die Geschichte, die Erfindung – macht es für alle unbrauchbar, die sich ernsthaft mit beispielsweise Nanotechnologie beschäftigen wollen. Oder man bewertet es so, wie W. C. Fields Golf bewertete (er befand, damit verderbe man sich einen schönen Spaziergang) – das heißt, solch ein Buch und seine Erzählstruktur sind mit zu viel esoterischem Krempel zugemüllt, statt sich strikt an die Beschreibungen der sozialen und sexuellen Interaktionen zwischen Bob und Carol oder Ted und Alice zu halten.

Jules Verne, ein Großvater der Science-Fiction und Autor von Werken wie ›Zwanzigtausend Meilen unter dem Meer‹, war entsetzt über die Freiheiten, die H. G. Wells sich nahm; anders als Verne beschränkte der sich nicht auf Maschinen, die im Bereich des Möglichen lagen – wie zum Beispiel U-Boote –, sondern erschuf noch andere, so etwa die Zeitmaschine, die dieses Kriterium offensichtlich nicht erfüllten. »*Il invente!*« (»er erfindet!«), soll Jules Verne mit abgrundtiefer Missbilligung geäußert haben.

Der Knack- und Schnittpunkt meines Vortrags ist daher jener eigenartige Ort, an dem *science* und *fiction* zusammentreffen. Wo kam dieses Zeug her, warum schreiben und lesen Menschen so etwas, und wozu taugt es eigentlich?

Bevor der Begriff Science-Fiction aufkam – im Amerika der 1930er-Jahre, während des Goldenen Zeitalters von glubschäugigen Monstern und Mädchen in durchsichtigen Gewändern –, nannte man Geschichten wie ›Der Krieg der Welten‹ von H. G. Wells *scientific romances.* In beiden Bezeichnungen – *scientific romance* und *science fiction* – dient das wissenschaftliche (*scientific*) Element zur näheren Bestimmung. Die Substantive sind *romance* und *fiction*, und das Wort *fiction* deckt ein weites Feld ab.

Wir haben uns angewöhnt, alle längeren Prosadichtungen als »Romane« zu bezeichnen und sie nach Normen zu beurteilen, die zur Einschätzung einer ganz bestimmten Form langer Prosadichtung entwickelt wurden, nämlich jener, die von Individuen handelt, eingebettet in ein realistisch geschildertes soziales Milieu. Im englischsprachigen Raum kam das durch das Werk von Daniel Defoe auf – der versuchte, es als Journalismus hinzustellen – sowie im achtzehnten und frühen neunzehnten Jahrhundert durch die Werke von Samuel Richardson, Fanny Burney und Jane Austen. Weiterentwickelt wurde der Roman von Mitte bis Ende des neunzehnten Jahrhunderts durch George Eliot, Charles Dickens, Flaubert, Tolstoi und viele andere.

Diese Werkform gilt als überlegen, wenn sie »runde Figuren« statt »flachen« präsentiert; den runden Figuren maß man mehr psychologischen Tiefgang bei. Alles, was nicht in dieses Schema passte, wurde in eine weniger ernsthafte Ecke verbannt und »Genreliteratur« genannt; hier nun müssen Spionage-, Kriminal- und Abenteuerromane, Geistergeschichten und Science-Fiction, wie exzellent sie auch geschrieben sein mögen, ihr Dasein fristen: gewissermaßen auf ihr Zimmer geschickt für das Vergehen, in einer als frivol erachteten Weise unterhaltsam zu sein. Sie sind, wie allgemein bekannt, zumindest bis zu einem gewissen Punkt Erfindungen und handeln demnach nicht vom »wirklichen Leben«, in dem es keine Zufälle, Merkwürdigkeiten, »Action« und Abenteuer geben sollte – außer natürlich, es geht um Krieg –, und darum sind sie nicht solide.

Der echte Roman hat stets Anspruch auf ein gewisses Maß an Wahrheit erhoben – sei es die Wahrheit über die menschliche Natur oder darüber, wie sich voll bekleidete Menschen außerhalb des Schlafzimmers tatsächlich benehmen –, das heißt unter beobachtbaren gesellschaftlichen Bedingungen. Die »Genres« hingegen, so meint man, haben anderes mit uns vor. Sie wollen unterhalten – eine schlimme Flucht vor der Wirklichkeit –, statt uns mit der Nase auf das zu stoßen, was die tägliche Plackerei uns bringt. Pech für die Autoren ernsthafter Romane, dass ein Großteil des Lesepublikums sich recht gern unterhalten lässt. In George Gissings Meisterwerk ›Zeilengeld‹ begeht ein bettelarmer Schriftsteller nach dem Misserfolg seines beinhart realistischen Romans mit dem Titel ›Mr Bailey, Grocer‹ Selbstmord. ›Zeilengeld‹ kam zu einer Zeit heraus, als Abenteuerromane der neuen Schule wie ›Sie‹ von Rider Haggard und die *scientific romances* von H.G. Wells ganz hoch im Kurs standen. ›Mr Bailey, Grocer‹ – wäre es denn ein richtiger Roman gewesen – hätte es da schwer gehabt. Wenn Sie meinen, dergleichen könne heutzutage nicht mehr passieren, sehen Sie sich die Verkaufszahlen von ›Schiffbruch mit Tiger‹ – Abenteuerroman in Reinkultur – oder dem ›Da Vinci Code‹ sowie der langlebigen Vampirchroniken von Anne Rice an.

Schauplatz des ernsthaften, realistischen »Romans« ist Tolkiens Mittelerde, und die Mitte von Mittelerde ist die Mittelschicht, und Held und Heldin entsprechen für gewöhnlich den wünschenswerten Normen oder hätten ihnen – beispielsweise in tragischen Varianten wie bei

Thomas Hardy – entsprechen können, wenn das Schicksal und die Gesellschaft nicht so widrig gewesen wären. Verlagslektoren sagen gern: »Wir *mögen* diese Menschen.« Natürlich tauchen auch groteske Abwandlungen dieser wünschenswerten Normen auf, doch nicht in Form von bösartigen, sprechenden Muscheln, Werwölfen oder Aliens, sondern von Menschen mit Charakterfehlern oder seltsamen Nasen. Gedanken zu – beispielsweise – neuartigen und unerprobten Formen gesellschaftlicher Ordnung werden durch Gespräche zwischen den Figuren vorgestellt, als Tagebucheinträge oder Tagträumereien, nicht aber dramatisiert wie in Utopie und Dystopie. Die zentralen Figuren sind in ein soziales Umfeld eingebettet, sie haben Eltern und Verwandte, wie unzulänglich oder tot diese zu Beginn der Geschichte auch sein mögen. Diese zentralen Figuren erscheinen nicht einfach als fertig ausgereifte Erwachsene, sie haben eine Vergangenheit, eine Geschichte. In dieser Form von *fiction* geht es um den bewussten, wachen Zustand, und wenn ein Mann sich in solch einem Buch in einen Gliederfüßer verwandelt, dann nur in einem Albtraum.

Doch nicht alle Prosadichtungen sind Romane im strikt der Realität verpflichteten Sinn dieses Wortes. Ein Buch kann Prosa und doch kein Roman sein. ›Die Pilgerreise‹ von John Bunyan ist Prosaerzählung und Fiktion, war jedoch nicht als ein Roman gedacht, wie wir den Begriff heute verstehen – und den es, als das Buch geschrieben wurde, noch gar nicht gab. Es ist eine Geschichte über die Abenteuer eines Helden, gepaart mit einer Allegorie: den Stadien des christlichen Lebens. (Es gehört außerdem zu den Vorläufern von Science-Fiction, was aber selten erkannt wird.) Hier nun einige weitere Formen der Prosadichtung, die nicht zur Gattung des »ernsthaften«

Romans gehören: Bekenntnisliteratur. Symposion. Die menippeische Satire oder Zergliederung. Die Utopie und ihr böser Zwilling, die Dystopie.

Nathaniel Hawthorne bezeichnete etliche seiner Werke bewusst als *romances*, vielleicht weil die *romance* sich etwas offensichtlicherer Muster bedienen darf, als man dies vom »ernsthaften« Roman erwartete – beispielsweise die blonde Heldin und ihr brünettes Alter Ego. Im Französischen gibt es zwei Wörter für Erzählungen, *contes*, Fabeln, und *nouvelles*, Neuigkeiten oder auch Nachrichten – und dies ist eine nützliche Differenzierung. Die *contes* können überall angesiedelt sein und in Bereiche vordringen, die dem Roman verwehrt bleiben – in die Kellergewölbe und Dachböden des Geistes, wo Gestalten, die in Romanen nur als Träume und Fantasien erscheinen dürfen, tatsächlich Form annehmen und auf Erden wandeln. Die *nouvelles* hingegen liefern Nachrichten über uns: Alltägliches aus dem Alltag. Es können Autounfälle und Schiffsunglücke darin vorkommen, doch wohl kaum irgendwelche Frankenstein-Monster, es sei denn, jemandem aus dem »Alltag« gelingt es tatsächlich, ein solches zu erschaffen.

Doch diese »Nachrichten« sind mehr als nur Nachrichten. Dichtung kann uns Nachrichten anderer Art bescheren, sie kann von dem sprechen, was vergangen ist und vergeht, wie auch von dem, was kommen wird. Wer über Letzteres schreibt, könnte einem schwarzmalenden Journalismus verpflichtet sein, der einst als Prophezeiung bekannt war und mitunter Agitprop genannt wird: Wählt diesen Schweinehund, baut diesen Damm, werft diese Bombe ab, und die Hölle bricht los, oder – die mildere Form – man hört zwischen den Zeilen ein missbilligendes ts-ts. Doch als jemand, der schon allzu oft gefragt wurde: »Woher wussten Sie das?«, möchte ich klarstellen, dass ich mich nicht mit Prophezeiungen im eigentlichen Sinn befasse. Niemand kann die Zukunft voraussagen – zu viele Unwägbarkeiten. Im neunzehnten Jahrhundert schrieb Tennyson ein Gedicht mit dem Titel *Locksley Hall*, das unter anderem das Zeitalter der Flugzeuge vorherzusehen schien und in dem sich folgende Zeile findet: »Ich tauchte in die Zukunft, soweit des Menschen Auge reicht« – doch in Wirklichkeit ist niemand zu so etwas imstande. Aber man kann in die Gegenwart eintauchen, die in sich die Keime einer möglichen Zukunft trägt. Wie William Gibson sagte: Die Zukunft ist schon unter uns, sie ist nur ungleich verteilt. Man kann also beim Anblick eines Lamms kluge Vermutungen anstellen wie etwa: Wenn ihm nichts Unerwartetes zustößt, wird dieses Lamm höchstwahrscheinlich a) ein Schaf oder b) dein Abendessen werden, meist unter Ausschluss von c) ein gigantisches Wollmonster, das New York zermalmen wird.

Wenn man über die Zukunft schreibt und keinen Prognosejournalismus betreibt, schreibt man aller Wahrscheinlichkeit nach etwas, das entweder als Science-Fiction oder als *speculative fiction* bezeichnet wird. Ich würde hier gern eine Trennlinie ziehen: Science-Fiction im eigentlichen Sinn beschäftigt sich meiner Auffassung nach mit Dingen, die wir vorläufig noch nicht tun oder angehen können, wie zum Beispiel durch ein Wurmloch im All zu einem anderen Universum zu gelangen. *Speculative fiction* hingegen bedient sich der Mittel, die bereits mehr oder weniger zur Verfügung stehen (wie zum Beispiel Kreditkarten), und spielt auf dem Planeten Erde. Doch die Begriffe sind fließend. Manche verwenden *speculative fiction* als Oberbegriff für Science-Fiction und all seine Erweiterungen – *Science-Fiction, Fantasy* etc. –, andere verfahren umgekehrt.

Hier nun ein paar Dinge, die diesen Erzählformen möglich sind, im Gegensatz zum »klassischen« Roman:

- Sie können auf anschauliche Weise den Folgen neuer und geplanter Technologien nachspüren, indem sie diese Technologien als voll funktionsfähig hinstellen.
- Sie können auf anschauliche Weise der Natur und den Grenzen dessen nachspüren, was einen Menschen ausmacht, indem sie das Thema bis aufs Äußerste ausreizen.
- Sie können dem Verhältnis vom Menschen zum Universum nachspüren; eine Spurensuche, die uns häufig in Richtung Religion führt und die leicht mit der Mythologie verschmelzen kann – wiederum eine Spurensuche, die innerhalb realistischer Konventionen nur in Form von Konversationen, Tagträumereien und Selbstgesprächen erfolgen kann.
- Sie können angedachten Veränderungen in der Sozialorganisation nachspüren, indem sie zeigen, wie sich diese für die Betroffenen auswirken würden, wenn wir die Veränderungen denn tatsächlich vornähmen. Darum die Utopie und die Dystopie.
- Sie können die Weiten der Vorstellungskraft erkunden und uns zu Orten bringen, an denen kein Mensch je gewesen ist. Darum das Raumschiff, ›Die phantastische Reise‹ mit ihrem »*Inner Space*«, die Cyberspace-Trips von William Gibson und ›Matrix‹ – Letzteres ist übrigens eine *adventure romance* mit starken Anklängen an christliche Allegorien und deshalb mit ›Stolz und Vorurteil‹ weniger eng verwandt als mit der ›Pilgerreise‹.

Es wird immer wieder gesagt, dass Science-Fiction formal dem gleicht, wozu sich theologische Narrative nach ›Das verlorene Paradies‹ entwickelten, und dies trifft zweifellos zu. Übernatürliche Wesen mit Flügeln und brennende Büsche, die sprechen können, wird man wohl kaum in einem Roman über Börsenmakler antreffen – es sei denn, die Börsenmakler haben einiges an bewusstseinsverändernden Substanzen zu sich genommen –, doch auf Planet X sind sie durchaus nicht fehl am Platz.

Ich selbst habe zwei Werke der Gattung Science-Fiction oder, wem das lieber ist, *speculative fiction* geschrieben: ›Der Report der Magd‹ und ›Oryx und Crake‹. Auch wenn sie von Kommentatoren auf der Suche nach Gemeinsamkeiten in einen Topf geworfen wurden – beide sind keine »Romane à la Jane Austen«, und beide spielen in der Zukunft –, haben sie in Wirklichkeit wenig Ähnlichkeit miteinander. ›Der Report der Magd‹ ist eine klassische Dystopie und zumindest teilweise von George Orwells ›1984‹ – insbesondere von dessen Anhang – inspiriert. In einem Beitrag für die BBC anlässlich von Orwells hundertstem Geburtstag im Juni 2003 sagte ich:

> Man hat Orwell Bitterkeit und Pessimismus vorgeworfen – er habe uns eine Zukunftsvision hinterlassen, in der das Individuum keine Chance hat und sich der brutale, totalitäre Stiefel der alles kontrollierenden Partei – unwiederbringlich – in das menschliche Gesicht eingräbt. Aber dieser Sicht auf Orwell steht das letzte Kapitel des Buchs entgegen, ein Essay über Neusprech – die Doppeldenk-Sprache, die unter dem Regime erfunden wurde. Indem alle potenziell negativen Wörter getilgt werden – »schlecht« ist nicht mehr erlaubt, sondern wird zu »doppel-

plus-ungut« – und indem andere Wörter gegenüber früher die gegensätzliche Bedeutung erhalten – die Behörde, wo gefoltert wird, ist das Ministerium für Liebe, das Gebäude, wo die Vergangenheit vernichtet wird, ist das Ministerium für Wahrheit –, wollen es die Herrschenden von Landefeld 1 den Menschen buchstäblich unmöglich machen, geradeaus zu denken. Doch der Essay über Neusprech ist in der Standardsprache verfasst, in der dritten Person und in der Vergangenheit, was nichts anderes heißen kann, als dass das Regime gefallen ist und die Sprache und die Individualität überlebt haben. Wer auch den Essay über Neusprech geschrieben haben mag, für ihn ist die Welt von ›1984‹ definitiv vorbei. Deshalb bin ich der Auffassung, dass Orwell wesentlich mehr Vertrauen in die Resilienz des menschlichen Geistes hatte, als man ihm meist zugestand.
Wesentlich später in meinem Leben wurde Orwell dann für mich zum direkten Vorbild – im echten Jahr 1984, als ich anfing, eine ziemlich andere Dystopie zu schreiben – ›Der Report der Magd‹.

Dystopien wurden bisher mehrheitlich von Männern geschrieben, aus männlicher Sichtweise. Wenn Frauen darin auftauchten, waren sie entweder geschlechtslose Automaten oder Rebellinnen gegen die Regeln und Verbote des Regimes zum Thema Sexualität. Sie agierten als Verführerinnen der männlichen Protagonisten, wobei eine solche Versuchung den Männern selbst durchaus willkommen sein mochte: Julia in ›1984‹; Lenina, die Spitzenhöschen tragende, sexhungrige Verführerin des »Wilden« in ›Schöne neue Welt‹; I-330, die subversive Femme fatale in ›Wir‹, Jewgeni Samjatins bahnbrechendem Klassiker von 1924. Ich wollte es mit einer Dystopie aus weiblicher Perspektive versuchen – »Julia und wie sie die Welt sah«, sozusagen. Dies macht den ›Report der Magd‹ jedoch nicht zu einer feministischen Dystopie – höchstens insoweit, als der Ansatz, einer Frau eine Stimme und ein Innenleben zu geben, von denjenigen, die Frauen derlei absprechen, wohl stets als feministisch betrachtet werden wird.

Ansonsten gleicht der Despotismus, den ich beschreibe, allen realen und den meisten erfundenen Herrschaftsformen dieser Sorte: eine kleine, mächtige Gruppe an der Spitze, die alle anderen kontrolliert oder zu kontrollieren versucht und den Löwenanteil an verfügbaren Annehmlichkeiten einstreicht. In ›Farm der Tiere‹ bekommen die Schweine die Milch und die Äpfel, im ›Report der Magd‹ bekommt die Elite die fruchtbaren Frauen. Die Macht, die sich in meinem Buch der Tyrannei widersetzt, ist die gleiche, auf die Orwell selbst – trotz seiner Überzeugung von der Notwendigkeit politischer Organisationen im Kampf gegen Unterdrückung – stets großen Wert gelegt hat: gewöhnlicher menschlicher Anstand der Art, wie er sie in seinem Essay über Charles Dickens pries.

Eine Passage gegen Ende vom ›Report der Magd‹ hat ›1984‹ viel zu verdanken. Es ist die Schilderung eines Symposiums, das etliche Hundert Jahre später in der Zukunft stattfindet und bei dem die im Roman beschriebene repressive Regierung nunmehr nur noch als Thema für akademische Analysen dient. Die Parallelen zu Orwells Abhandlung über Neusprech liegen auf der Hand.

Der ›Report der Magd‹ ist also eine Dystopie. Wie steht es mit ›Oryx und Crake‹? Meiner Ansicht nach ist es keine klassische Dystopie. Zwar weist es dystopische Elemente auf, bietet aber keinen rechten Überblick über die Struktur der darin vorhandenen Gesellschaft; stattdessen leben die zentralen Figuren ihr Leben in kleinen Nischen ebenjener Gesellschaft. Was sie vom Rest der Welt mitbekommen, erreicht sie durch Fernsehen und Internet und ist daher suspekt, weil aus zweiter Hand und bearbeitet.

Ich würde eher sagen, ›Oryx und Crake‹ ist ein Abenteuerroman, gemischt mit einer menippeischen Satire – der literarischen Form, die sich mit intellektuellen Obsessionen befasst. Der Teil in ›Gullivers Reisen‹, in dem es um die schwebende Insel Laputa geht, gehört ebenso in diese Kategorie wie die Kapitel rund um das Watson-Crick-Institut in ›Oryx und Crake‹. Dass es Laputa nie gab und nie geben konnte – auch wenn Swift zu Recht auf die Vorteile der Lufthoheit hinwies –, wohingegen das Watson-Crick-Institut sehr nah an der Realität angesiedelt ist, spielt bezüglich ihrer Funktionen innerhalb einer literarischen Form keine große Rolle.

Manche Figuren in ›Oryx und Crake‹ sind modifiziert und sollen eine Verbesserung zum gegenwärtigen Modell – zu uns selbst – sein. Wer sich mit solchen Designs befasst – und Menschen zu designen liegt mittlerweile für uns durchaus im Rahmen des Möglichen –, der muss sich fragen: Wie weit kann man in der Änderungsabteilung gehen? Welche Eigenschaften stecken in unserem Kern? Was macht den Menschen aus? Was für eine Art von Werkstück ist er, und nun, da wir selbst an ihm arbeiten können, welche Teile sollen wir abhacken?

Das bringt mich zurück zu dem Knack- und Schnittpunkt, von dem ich vorher schon einmal gesprochen habe – dem Kreuzungspunkt zwischen *science* (Wissenschaft) und *fiction*. »Sind Sie gegen Wissenschaft?«, werde ich mitunter gefragt. Was für eine merkwürdige Frage.

Gegen Wissenschaft und für was als Alternative? Ohne das, was wir »Wissenschaft« nennen, wären viele von uns schon längst an den Pocken gestorben, von Tuberkulose ganz zu schweigen. Ich bin unter Wissenschaftlern aufgewachsen und weiß, wie sie ticken. Ich wäre um ein Haar selbst Wissenschaftlerin geworden und hätte das wohl auch durchgezogen, wenn mich die Literatur nicht gekapert hätte. Einige meiner liebsten Verwandten sind Wissenschaftler – und nicht alle gleichen Dr. Frankenstein.

Doch wie schon gesagt, bei *science* geht es um Wissen, bei *fiction* hingegen um Gefühl. Wissenschaft als solche ist unpersönlich und hat ebenso wenig ein eingebautes moralisches System wie ein Toaster. Sie ist nur ein Werkzeug, um das zu verwirklichen, was wir ersehnen, und uns gegen das zur Wehr zu setzen, was wir fürchten – und wie jedes andere Werkzeug kann man sie in guter oder böser Absicht gebrauchen. Mit einem Hammer kann man ein Haus bauen oder seinem Nachbarn den Schädel einschlagen. Menschliche Werkzeugmacher stellen stets Werkzeuge her, die uns zu dem verhelfen, was wir uns wünschen, und was wir uns wünschen, ist seit Tausenden von Jahren unverändert, weil sich, soweit wir das erkennen können, die menschliche Natur ebenfalls nicht verändert hat.

Woher wissen wir das? Wir erkennen es, wenn wir Mythen und Geschichten befragen. Sie erzählen uns, wie und was wir empfinden, und dies wiederum bestimmt darüber, was wir wollen.

Was wollen wir? Es folgt eine unvollständige Liste. Wir wollen den stets mit Gold gefüllten Geldbeutel. Wir wollen den Jungbrunnen. Wir wollen fliegen können. Wir wollen den Tisch, der sich von selbst mit köstlichen Speisen deckt, wann immer wir das Zauberwort aussprechen, und der sich danach von selbst wieder aufräumt. Wir wollen unsichtbare Diener, die wir niemals bezahlen müssen. Wir wollen Siebenmeilenstiefel, damit wir im Nu von A nach B kommen. Wir wollen die Tarnkappe, damit wir bei anderen Leuten herumschnüffeln können, ohne erwischt zu werden. Wir wollen die Waffe, die immer ins Schwarze trifft und all unseren Feinden den Garaus macht. Wir wollen Ungerechtigkeit bestrafen. Wir wollen Macht. Wir wollen Spannung und Abenteuer; wir wollen Sicherheit und Geborgenheit. Wir wollen unsterblich sein. Wir wollen jede Menge sexuell attraktiver Partner haben. Wir wollen, dass die, die wir lieben, uns wiederlieben und uns treu ergeben sind. Wir wollen süße, schlaue Kinder, die uns mit dem gebührenden Respekt behandeln und nicht den Wagen zu Schrott fahren. Wir wollen Musik um uns herum, betörende Düfte und schöne Dinge zum Anschauen. Wir wollen es nicht zu warm haben. Wir wollen es nicht zu kalt haben. Wir wollen tanzen. Wir wollen literweise saufen und keinen Kater davon kriegen. Wir wollen mit den Tieren sprechen können. Wir wollen beneidet werden. Wir wollen sein wie die Götter.

Wir wollen Weisheit. Wir wollen Hoffnung. Wir wollen gute Menschen sein. Darum erzählen wir uns manchmal Geschichten, die von den dunkleren Seiten all unserer sonstigen Wünsche handeln.

Ein Erziehungssystem, das uns nur unsere Werkzeuge erklärt – wie man sie gebraucht, wie sie entstanden und wie sie zu pflegen sind –, nicht aber ihre Funktion als Wegbereiter für unsere Sehnsüchte, ist letztlich nichts weiter als eine Ausbildungsstätte für Toaster-Reparatur. Man kann der beste Toaster-Reparateur der Welt sein, aber man ist seinen Job los, wenn Toast kein begehrter Teil unseres Frühstücks mehr ist. »Die Künste« sind kein schmückendes Beiwerk. Sie sind das Herzstück des Ganzen, weil es in ihnen um unsere Herzen geht, und unsere Erfindungsgabe auf technischem Gebiet verdankt sich nicht nur unserem Verstand, sondern auch unseren Emotionen. Eine Gesellschaft ohne »die Künste« würde ihren Spiegel zerbrechen und sich das Herz herausschneiden. Sie wäre nicht mehr das, was wir heute als menschlich anerkennen.

Wie William Blake vor langer Zeit bemerkte, treibt die menschliche Fantasie die Welt an. Zunächst war es nur die menschliche Welt, die einst im Vergleich zu der sie umgebenden gewaltigen und mächtigen Natur winzig erschien. Nun stehen wir kurz davor, bis auf das Wetter praktisch alles unter Kontrolle zu haben. Doch immer noch ist es die menschliche Fantasie in all ihrer Vielfalt, die darüber bestimmt, was wir tun. In der Literatur äußert sich ebenjene menschliche Fantasie – oder nimmt Gestalt an. Sie bringt die schattenhaften Formen von Gedanken und Gefühlen – Himmel, Hölle, Ungeheuer, Engel und so weiter – ans Licht, wo wir sie in Ruhe betrachten und vielleicht besser begreifen können, wer wir sind und was wir wollen und wo die Grenzen für dieses Wollen liegen mögen. Die Fantasie zu verstehen ist nicht länger ein Zeitvertreib oder gar eine Pflicht, sondern eine Notwendigkeit. Denn zunehmend gilt: Wenn wir es uns vorstellen können, dann sind wir imstande, es in die Tat umzusetzen.

Oder könnten es zumindest versuchen. Wir waren schon immer gut darin, Katzen aus dem Sack, Geister aus der Flasche und Übel aus Pandoras Büchse entweichen zu lassen, aber wir sind längst nicht so gut darin, sie wieder zurückzustopfen. Doch wir sind die Kinder von Geschichten, jeder und jede Einzelne von uns. Vielleicht ist es das, was uns vorantreibt und, ja, uns aus dem Bett holt und nach unten gehen lässt, um die Zeitung zu lesen, vielleicht ist das die simple Frage, mit der alle Romanschriftsteller und -schriftstellerinnen und alle Journalisten und Journalistinnen – Sie merken, ich mache da eine Unterscheidung – sich in jeder Schreibstunde herumschlagen müssen. Diese Frage lautet:

Was passiert als Nächstes?

›DER EISIGE SCHLAF‹

Vorwort

(2004)

›Der eisige Schlaf‹ von Owen Beattie und John Geiger gehört zu den Büchern, die nicht mehr weichen wollen, wenn sie einmal Eingang in unsere Fantasie gefunden haben. Das Buch erregte großes Aufsehen, widmete es sich doch den erstaunlichen Enthüllungen, die Dr. Owen Beattie gelungen waren und zu denen die Erkenntnis zählte, dass zu dem tödlichen Ausgang der Franklin-Expedition von 1845 mit hoher Wahrscheinlichkeit eine Bleivergiftung beigetragen hatte.

Ich las ›Der eisige Schlaf‹ im Jahr seines Erscheinens bei uns, 1987. Die Bilder darin bescherten mir Albträume. Sie und die Geschichte selbst nahm ich als Subtext und erweiterte Metapher in eine Kurzgeschichte mit dem Titel *Das Bleizeitalter* auf, die 1991 in der Anthologie ›Tipps für die Wildnis‹ veröffentlicht wurde. Neun Jahre später lernte ich bei einer Schiffstour in der Arktis John Geiger, einen der beiden Autoren, kennen. Ich hatte sein Buch gelesen, er wiederum meins, und es hatte ihn zu weiteren Überlegungen veranlasst, welche Rolle Blei bei Nordpolarexpeditionen und ganz allgemein bei gescheiterten Seereisen im neunzehnten Jahrhundert gespielt haben mochte.

Franklin, sagte Geiger, war der Kanarienvogel im Bergwerk, auch wenn man dies zunächst nicht begriff: Bis in die letzten Jahre des neunzehnten Jahrhunderts erlagen ganze Schiffsmannschaften auf langen Reisen dem giftigen Blei in Dosennahrung. Die Ergebnisse seiner Recherchen nahm Geiger in die erweiterte Neuausgabe von ›Der eisige Schlaf‹ auf. Das neunzehnte Jahrhundert, sagte er, sei wahrhaftig ein »Bleizeitalter« gewesen. So verflechten sich Leben und Kunst.

Zurück zum Vordergrund. Im Herbst 1984 erregte ein faszinierendes Foto in Zeitungen aus aller Welt große Aufmerksamkeit. Es zeigte einen jungen Mann, der weder mausetot noch quicklebendig zu sein schien. Er trug archaische Gewänder und war ganz und gar von Eis umgeben. Das Weiße seiner halb geschlossenen Augen hatte die Farbe von Tee. Seine Stirn war dunkelblau verfärbt. Trotz der abmildernden und respektvollen Adjektive, welche die Autoren von ›Der eisige Schlaf‹ ihm beigaben, hätte man in diesem Mann niemals einen harmlosen Burschen gesehen, der gerade einnickt. Er wirkte wie eine Mischung aus einem ›Raumschiff Enterprise‹ entsprungenen Außerirdischen und dem Opfer eines Fluchs in einem zweitklassigen Film: kein Mensch, mit dem man Tür an Tür wohnen möchte, vor allem nicht bei Vollmond.

Wann immer die gut erhaltene Leiche eines vor Urzeiten Verstorbenen gefunden wird – eine ägyptische Mumie, ein gefriergetrocknetes Menschenopfer der Inka, eine ledrige skandinavische Moorleiche, der berühmte Eismensch aus den europäischen Alpen –, löst sie eine ähnliche Faszination aus. Da hat sich jemand der allgemeinen Regel »Asche zu Asche, Staub zu Staub« widersetzt und ist noch immer als individuelles Menschenwesen zu erkennen, wo doch die meisten anderen längst nur noch Erde und Knochen sind. Im Mittelalter vermutete man hinter unnatürlichen Ergebnissen ebenso unnatürliche Ursachen, und solch eine Leiche wäre entweder als etwas Heiliges verehrt oder gepfählt worden. So sehr wir heutzutage auch um Rationalität bemüht sind, etwas aus den Horrorklassikern bleibt uns erhalten: Die Mumie wandelt, der Vampir erwacht. Es fällt mehr als schwer zu glauben, dass jemand, der so nahezu lebendig wirkt, von uns nichts mitbekommt. Wir sind uns sicher, dass ein solches Wesen ein Botschafter sein muss. Es ist durch die Zeit gereist, die ganze lange Strecke aus seiner Ära bis in unsere, um uns etwas mitzuteilen, das wir unbedingt erfahren möchten.

Der Mann auf dem sensationellen Foto war John Torrington, einer von den dreien, die 1845 bei der unseligen Franklin-Expedition als Erste starben. Erklärtes Ziel der Expedition war es, die Nordwestpassage zum Orient zu finden und sie für Britannien zu beanspruchen – letztendlich überlebte kein einziger Teilnehmer dieses Unternehmen. Torrington war in einem sorgsam ausgehobenen Grab beigesetzt worden, tief im Permafrost an der Küste von Beechey Island, Franklins Basislager im ersten Winter der Expedition. Die beiden anderen – John Hartnell und William Braine – wurden neben Torrington begraben. Der Anthropologe Owen Beattie und sein Team exhumierten die drei Leichen mühevoll, weil sie ein seit Langem bestehendes Rätsel lösen wollten: Warum hatte Sir John Franklins Expedition solch ein katastrophales Ende genommen?

Beatties Suche nach Hinweisen auf die restlichen Teilnehmer der Expedition, die Freilegung der drei bekannten Gräber und seine nachfolgenden Entdeckungen wurden zunächst in einer TV-Dokumentarsendung und dann, drei Jahre nach der Erstveröffentlichung des Fotos, in ›Der eisige Schlaf‹ festgehalten. Dass die Geschichte – hundertvierzig Jahre nachdem Franklin in Stromness auf den Orkney-Inseln die Süßwasserfässer aufgefüllt hatte, um dann seinem rätselhaften Schicksal entgegenzusegeln – immer noch auf ein solch breites Interesse stieß, ist als Verneigung vor der außerordentlichen Beständigkeit der Franklin-Legende zu werten.

Viele Jahre lang war eben das Rätselhafte an diesem Fall die stärkste Zugnummer. Zunächst schien es, als hätten sich Franklins zwei Schiffe mit den unheilschwangeren Namen Terror und Erebus (der griechische Gott der Finsternis) in Luft aufgelöst. Selbst nach der Entdeckung der Gräber von Torrington, Hartnell und Braine fand sich keine Spur von ihnen. Es ist einigermaßen entnervend, wenn Menschen – ob tot oder lebendig – nicht zu lokalisieren sind. Das bringt unser Raumgefühl durcheinander – irgendwo müssen die Vermissten ja sein, aber wo? Bei den alten Griechen fanden die Toten, die nicht geborgen und zeremoniell beigesetzt wurden, keine Aufnahme in die Unterwelt, sondern verweilten als ruhelose Geister unter den Lebenden. Und so ist es immer noch mit den Verschollenen: Sie suchen uns heim. Das viktorianische Zeitalter hatte eine besondere Neigung für solche Heimsuchungen, wie Tennysons Gedicht *In Memoriam* als beispielhafte Klage um einen auf See gebliebenen Mann bezeugt.

Noch interessanter wurde Sir John Franklins Geschichte durch die arktische Landschaft, die den Leiter, die Schiffe und die Männer in sich aufgesogen hatte.

Bis zum neunzehnten Jahrhundert waren mit Ausnahme von Walfängern nur sehr wenige Europäer je im hohen Norden gewesen. Er zählte zu den gefahrvollen Regionen, die ein Publikum faszinierten, das noch im Geist des literarischen Romantizismus schwelgte – ein Ort, an dem ein Held allen Widrigkeiten trotzte, unsäglich litt und mit außergewöhnlicher Seelenstärke gegen Übermächte ankämpfte. Die Arktis war öde, einsam und leer – wie die winddurchtosten Heidelandschaften und Furcht einflößenden Berge, die Liebhaber des Erhabenen so schätzten. Doch die Arktis war auch eine machtvolle Anderswelt, man stellte sie sich als schönes und verlockendes, potenziell aber auch unheilvolles Feenland vor: das Reich einer Schneekönigin mit allem Drum und Dran – mit Lichteffekten wie aus einer anderen Sphäre, mit glitzernden Eispalästen, Fabeltieren – Narwale, Eisbären, Walrösser – und zwergenhaften Bewohnern in exotischen Fellkostümen. Zahlreiche Zeichnungen aus jener Periode bezeugen die Faszination, die von jener Region ausging. Die Viktorianer waren ganz versessen auf Feen jeder Spielart; sie malten sie, schrieben Geschichten über sie und gingen mitunter sogar so weit, an sie zu glauben. Sie kannten die Regeln: Wer sich in eine Anderswelt begibt, geht ein hohes Risiko ein. Du könntest von nicht menschlichen Lebewesen gefangen genommen werden. Du könntest in eine Falle geraten. Womöglich kommst du nie wieder heraus.

Seit Franklins Verschwinden hat jedes Zeitalter sich seinen Franklin erschaffen, der den jeweiligen Umständen und Bedürfnissen entsprach. Vor Beginn der Expedition gab es den »echten« Franklin – so könnten wir ihn nennen – oder gar den Ur-Franklin: vielleicht nicht der knackigste Keks in der Packung, so das Urteil seiner Kollegen, aber solide und erfahren, auch wenn manche seiner Erfahrungen sich einem Fehlurteil verdankten (wie die unselige Reise auf dem Coppermine River 1819 bezeugt). Dieser Franklin wusste, dass seine aktive Laufbahn zu Ende ging, und sah in der Möglichkeit, die Nordwestpassage zu entdecken, die letzte Chance für dauerhaften Ruhm: Fortgeschrittenen Alters und behäbig, war er nicht gerade die Traumvorstellung eines romantischen Helden.

Dann kam der Interims-Franklin; er trat auf den Plan, nachdem der erste Franklin nicht zurückgekehrt war und man in England begriff, dass irgendetwas entsetzlich schiefgelaufen sein musste. Dieser Sir John Franklin war weder tot noch lebendig, und dass er möglicherweise beides sein könnte, machte ihn in den Augen der britischen Öffentlichkeit zu einer bedeutsamen Person. In dieser Zeit legte man ihm das Eigenschaftswort *tapfer* zu, so, als hätte er bei einer militärischen Großtat mitgewirkt. Es wurden Belohnungen ausgesetzt und Suchtrupps ausgesandt. Auch von diesen Männern kamen einige nicht mehr zurück.

Der nächste Sir John Franklin, den wir Franklin im Höhenflug nennen könnten, erschien, nachdem feststand, dass er und all seine Männer umgekommen waren. Und nicht nur das, sie waren verreckt, sogar jämmerlich verreckt. Doch viele Europäer hatten in der Arktis unter ähnlich fatalen Bedingungen überlebt. Warum war genau diese Gruppe zugrunde gegangen, vor allem angesichts der Tatsache, dass die Terror und die Erebus die bestausgerüsteten Schiffe ihrer Zeit und technisch auf dem neuesten Stand waren?

Eine Niederlage von solchem Ausmaß verlangte nach Reaktionen in gleicher Stärke. Berichte, wonach etliche von Franklins Männern einige andere aus der Mannschaft verzehrt hätten, wurden rigoros abgewürgt; die Berichterstatter – so etwa der kühne John Rae, dessen Geschichte Ken McGoogan in seinem 2002 erschienenen Buch ›Fatal Passage‹ erzählt – wurden von der Presse niedergemacht; und die Inuit, die Zeugen der schaurigen Vorfälle gewesen waren, stempelte man als bösartige Wilde ab. Angeführt wurde die Kampagne zur Ehrenrettung Franklins und seiner Mitsegler von Lady Jane Franklin, deren gesellschaftliche Stellung auf der Kippe stand: Die Witwe eines Helden ist nicht ganz das Gleiche wie die Witwe eines Kannibalen. Dank Lady Janes Bemühungen um Einflussnahme schwoll Franklin, in absentia, auf Zeppelingröße an. Er galt nun – eine fragwürdige Entscheidung – als Entdecker der Nordwestpassage, erhielt eine Gedenktafel in Westminster Abbey und eine Grabinschrift von Tennyson.

Nach einer derartigen Überhöhung ließ die Gegenreaktion nicht lange auf sich warten. In der zweiten Hälfte des zwanzigsten Jahrhunderts bekamen wir es mit Franklin dem Schwachkopf zu tun – angeblich so vertrottelt, dass er sich kaum selbst die Schnürsenkel binden konnte. Franklin war dem schlechten Wetter zum Opfer gefallen – das Eis, das im Sommer normalerweise schmolz, hatte dies nicht nur ein, sondern gleich drei Jahre lang nicht getan –, doch in der Lesart von Franklin dem Schwachkopf zählte dies wenig. Die Expedition wurde als Musterbeispiel europäischer Anmaßung gegenüber der Natur hingestellt. Sir John war nichts mehr als einer dieser Arktisaffen, die in Schwierigkeiten gerieten, weil sie nicht nach den Regeln der Ureinwohner lebten und deren Ratschläge nicht befolgten – »Geh da nicht hin« wäre unter den gegebenen Umständen Ratschlag Nr. 1 gewesen.

Doch das Ansehen gleicht in seiner Gesetzmäßigkeit einem Bungeeseil: Man stürzt in die Tiefe und schnellt wieder empor, ein jedes Mal mit kleinerem Ausschlag. 1983 veröffentlichte Sten Nadolny ›Die Entdeckung der Langsamkeit‹. In diesem Roman finden wir einen nachdenklichen Franklin – nicht direkt ein Held, aber ein ungewöhnliches Talent und ganz gewiss kein Schurke. Die Rehabilitierung war im Gang.

Dann kamen Owen Beatties Entdeckungen und ihr schriftlicher Niederschlag in ›Der eisige Schlaf‹. Nunmehr stand fest, dass Franklin kein arroganter Idiot gewesen war. Stattdessen wurde er zu einem Opfer dessen, was eigentlich typisch für das zwanzigste Jahrhundert war: schlechte Verpackung. Die Dosennahrung an Bord hatte seine Männer vergiftet, geschwächt und ihre Urteilskraft umwölkt. 1845 waren Konservendosen noch recht neu auf dem Markt, und diese Dosen waren schlampig mit Blei versiegelt, das schließlich einsickerte. Doch damals wurden die Symptome einer Bleivergiftung nicht als solche erkannt, weil sie leicht mit denen von Skorbut zu verwechseln waren. Man kann Franklin also kaum der Nachlässigkeit beschuldigen, und Beatties Enthüllungen entlasteten ihn in gewisser Weise.

Entlastungen gab es auch noch in zwei anderen Punkten. Auf den Spuren von Franklin und seinen Männern erfuhr Beatties Team die physischen Bedingungen, denen die überlebenden Mitglieder von Franklins Mannschaften ausgesetzt gewesen waren, am eigenen Leib. Selbst im Sommer zählt King William Island zu den widrigsten und trostlosesten Orten auf Erden. Niemandem wäre gelungen, was diese Männer versucht hatten – sich auf dem Landweg in Sicherheit zu bringen. Geschwächt und benebelt, wie sie waren, gab es für sie keine Hoffnung. Dass sie es nicht schafften, war nicht ihre Schuld.

Die dritte Entlastung war – unter dem Aspekt der historischen Gerechtigkeit betrachtet – vielleicht die wichtigste. Nach mühseliger Suche mit zunehmend tauben Fingern fand Beatties Team menschliche Knochen mit Messerkerben und Schädel ohne Gesichter. Also hatten John Rae und seine Zeugen von den Inuit mit ihrer Behauptung, die letzten Mitglieder von Franklins Trupp hätten Kannibalismus betrieben, doch recht gehabt. Nun war ein Großteil des Rätsels um Franklin gelöst.

Seither ist ein neues Rätsel aufgetaucht: Warum ist Franklin in Kanada zu solch einer Ikone geworden? Wie Geiger und Beattie berichten, waren die Kanadier an dem Ganzen anfangs nicht sonderlich interessiert: Franklin war Brite, der Norden war weit weg, und das kanadische Publikum gab komischen Vögeln wie Tom Thumb den Vorzug. Doch im Lauf der Jahrzehnte nahmen die Kanadier Franklin als einen der Ihren auf. Da gab es zum Beispiel Folksongs wie *The Ballad of Sir John Franklin,* den in England kaum jemand mehr kennt, und Stan Rogers bekanntes Lied *Northwest Passage.* Auch Autoren nahmen sich seiner an. Gwendolyn MacEwens Radiodrama ›Terror and Erebus‹ wurde zu Beginn der 1960er-Jahre erstmals ausgestrahlt; der Dichter Al Purdy war von Franklin fasziniert; der Romanautor und Satiriker Mordecai Richler betrachtete ihn als Ikone, die reif für den Bildersturm sei, und fügte in seinem Roman ›Solomon Gursky war hier‹ den Beständen von Franklins Schiffen ein Versteck mit weiblicher Transvestitenkleidung bei. Wie lässt sich eine solche Vereinnahmung erklären? Identifizieren wir uns mit gutwilligen Nichtgenies, die von schlechtem Wetter und bösen Nahrungsmittellieferanten auf tragische Weise zugrunde gerichtet werden? Vielleicht. Vielleicht verhält es sich aber auch so, wie es in Porzellanläden immer heißt: Was du zerbrichst, gehört dir. Kanadas Norden hat Franklin zerbrochen und damit offenbar so etwas wie einen Besitztitel erworben.

Es freut mich sehr, dass ›Der eisige Schlaf‹ in dieser überarbeiteten und erweiterten Ausgabe wieder auf den Bücherregalen zu finden ist. Ich zögere, ihn als bahnbrechend zu bezeichnen, um nicht eines Wortspiels verdächtigt zu werden, und doch war es genau das – bahnbrechend. Dank diesem Buch wissen wir sehr viel mehr über ein herausragendes Ereignis in der Geschichte der Erkundung des Nordens. Es ist auch ein Tribut an die ungebrochene Zugkraft dieser Geschichte, die alle Formen durchlaufen hat, die eine Geschichte nur annehmen kann. Sie war Rätsel, Mutmaßung, Gerücht, Legende, heroisches Abenteuer und nationale Ikonografie; hier, in ›Der eisige Schlaf‹, wird sie zum Kriminalroman, umso packender, als er wahr ist.

›FROM EVE TO DAWN‹

(2004)

›From Eve to Dawn‹ – ›Von Eva bis zur Morgenröte‹ ist der Titel von Marilyn Frenchs gigantischer, dreibändiger und fast zweitausend Seiten starker Geschichte der Frauen. Sie reicht von der Vorzeit bis in die Gegenwart und ist global ausgerichtet: Allein der erste Band behandelt schon Peru, Ägypten, Sumer, China, Indien, Mexiko, Griechenland und Rom sowie Religionen vom Judentum bis zum Christentum und Islam. Das Werk untersucht nicht nur Aktionen und Gesetze, sondern auch die Gedankengänge dahinter. Manchmal weckt es im Leser Ärger, so ähnlich wie Fieldings ›Amelia‹ auch – jetzt reicht's mit all dem Leid! –, und manchmal nervt es mit seinen Vereinfachungen, aber man kommt nicht daran vorbei. Als Nachschlagewerk ist es von unschätzbarem Wert; allein für die Literaturverzeichnisse lohnt sich die Anschaffung. Und als Warnung vor den erschreckenden Extremen menschlichen Verhaltens und männlicher Absonderlichkeiten ist es unverzichtbar.

Vor allem jetzt. Es gab eine Phase in den 1990er-Jahren, als man glaubte, die Geschichte sei Geschichte, die Utopie sei da und habe starke Ähnlichkeit mit einem Einkaufszentrum, und »feministische Themen« galten als abgehakt. Doch diese Phase war kurz. Islamischer und rechtsgerichteter amerikanischer Fundamentalismus sind auf dem Vormarsch, und beide haben sich die Unterdrückung der Frauen auf die Fahne geschrieben. Diese Unterdrückung erstreckt sich auf die Körper der Frauen, auf ihren Geist, auf die Früchte ihrer Anstrengungen – wie es scheint, erledigen Frauen die meiste Arbeit auf diesem Planeten – und nicht zuletzt auf ihre Garderobe.

›From Eve to Dawn‹ nimmt einen Standpunkt ein, der den Leserinnen und Lesern von ›Frauen‹, Frenchs phänomenalem Bestseller aus dem Jahr 1977, vertraut sein wird. »Diejenigen, die Frauen unterdrückten, waren Männer«, führt French an. »Nicht alle Männer unterdrückten Frauen, doch die meisten profitierten (oder glaubten es zumindest) von dieser Herrscherposition und trugen dazu bei, sei es auch nur, indem sie nichts unternahmen, um den Zustand zu beenden oder abzumildern.«

Leserinnen werden bei der Lektüre Entsetzen und wachsende Wut spüren: ›From Eve to Dawn‹ verhält sich zu ›Das andere Geschlecht‹ von Simone de Beauvoir wie der Wolf zum Pudel. Leser lassen sich unter Umständen dadurch vergraulen, dass Männer kollektiv als brutale Psychopathen hingestellt werden, oder sind verdutzt angesichts von Frenchs Forderung, dass Männer »die Verantwortung für das übernehmen sollten, was ihr Geschlecht angerichtet hat«. (Wie verantwortlich kann man für sumerische Monarchen, ägyptische Pharaonen oder für Napoleon Bonaparte sein?) Niemand jedoch kann vor den Unmengen an Einzelheiten und Ereignissen die Augen verschließen – die bizarren Gebräuche, die frauenfeindlichen Rechtsstrukturen, die gynäkologischen Verirrungen, die vielen Fälle von Kindesmissbrauch, die sanktionierte Gewalt, die sexuellen Gräueltaten – Jahrtausend um Jahrtausend. Wie erklärt sich das? Sind alle Männer abartig? Sind alle Frauen verloren? Gibt es noch Hoffnung? Was die Abartigkeit angeht, so bezieht French nicht eindeutig Position, doch als ausgesprochen amerikanisch geprägte Aktivistin hält sie an der Hoffnung fest.

Ihr Projekt war ursprünglich als breit angelegte TV-Serie gedacht, so ähnlich wie ›The History of Civilization‹. Es wäre auf seine Weise ein Augenschmaus gewesen. Man denke nur an die optischen Reize – Hexenverbrennungen, Vergewaltigungen, Steinigungen, Jack-the-Ripper-Klone, herausgeputzte Kurtisanen und Märtyrerinnen von Jeanne d'Arc bis zu Rebecca Nurse. Die TV-Serie fiel durchs Raster, doch French machte weiter, schrieb und recherchierte mit wildem Eifer, zog Hunderte von Quellen sowie Dutzende von Experten und Gelehrten zurate, und das, obwohl sie zwischendurch an Krebs erkrankte und um ein Haar gestorben wäre. Das Ganze kostete sie zwanzig Jahre.

Sie wollte – in Erzählform – eine Antwort auf die Frage zusammenstellen, die ihr schon lange zu schaffen machte: Wie waren Männer an eine derartige Macht gelangt – insbesondere an eine derartige Macht *über Frauen*? War es immer schon so gewesen? Falls nicht, wie kam man an diese Macht und weitete sie dann noch aus? Was sie auch zu dem Thema gelesen hatte, nirgendwo wurde dieser Punkt direkt angesprochen. In den meisten konventionellen Geschichtswerken kommen Frauen schlicht nicht vor – oder allenfalls als Fußnoten. Ihre Abwesenheit gleicht der schattigen Ecke in einem Gemälde, wo etwas vor sich geht, das man nicht recht erkennen kann.

French gedachte, ein wenig Licht auf jene Ecke zu

werfen. Der erste Band ihrer Trilogie – ›Origins‹ – ist der kürzeste. Er beginnt mit Mutmaßungen über die egalitären Jäger-und-Sammler-Gesellschaften, wie sie auch Jared Diamond in seinem Klassiker ›Arm und Reich‹ beschreibt. Keine Gesellschaft, so French, sei je ein Matriarchat gewesen – das heißt eine Gesellschaft, in der die Frauen alle Macht in Händen halten und Männer gemein behandeln. Doch gab es einst matrilineare Gesellschaften, in denen die Abstammung von der Mutter und nicht die vom Vater zählte. Viele haben sich gefragt, warum diese Ordnung sich geändert hat. Jedenfalls hat sie sich geändert, und mit dem Aufkommen von Landwirtschaft und Patriarchat entwickelte sie sich dahin, dass Frauen und Kinder fortan als Besitz – Besitz des Mannes – galten und gekauft, verkauft, eingetauscht, gestohlen oder umgebracht werden konnten.

Wie wir von Psychologen wissen, empfinden Menschen, je mehr sie andere missbrauchen, desto dringender das Bedürfnis zu erklären, warum ihre Opfer es nicht anders verdient haben. Es ist schon eine ganze Menge über die »natürliche« Unterlegenheit von Frauen geschrieben worden, überwiegend von den Philosophen und Religionsstiftern, auf deren Vorstellungen die westliche Gesellschaft fußt. Viele dieser Gedanken gründeten auf dem, was French mit erstaunlichem Understatement als »das hartnäckige Interesse der Männer an der weiblichen Fortpflanzungsfähigkeit« bezeichnet. Das männliche Selbstwertgefühl hing offenbar davon ab, dass Männer eben keine Frauen waren. Deshalb mussten Frauen umso dringlicher gezwungen werden, so »weiblich« wie möglich zu sein, auch wenn – insbesondere wenn – die männlich geprägte Definition von »weiblich« die Macht beinhaltete, Männer zu beflecken, zu verführen und zu schwächen.

Mit dem Aufkommen größerer Königreiche und komplexer, strukturierter Religionen wurden Klamotten und Inneneinrichtung besser, den Frauen jedoch ging es schlechter. Priester – die wohl an die Stelle von Priesterinnen getreten waren – warteten mit Geboten der Götter auf, die wohl die Göttinnen ersetzt hatten, und Könige stießen mit Gesetzesschriften und Strafen ins gleiche Horn. Es gab Konflikte zwischen geistlichen und weltlichen Machthabern, doch in der Hauptsache waren beide Gruppen sich einig: Mann gut, Frau schlecht, per definitionem. Manches von dem, was French schreibt, übersteigt die Vorstellungskraft: beispielsweise das »Pferdeopfer« im alten Indien, bei dem die Priester die Frau des Rajas zwangen, mit einem toten Pferd zu kopulieren. Besonders faszinierend ist die Schilderung der Entstehung des Islam: Wie das Christentum war er anfangs ebenfalls frauenfreundlich und wurde von Frauen unterstützt und weiterverbreitet. Doch das währte nicht lang.

›The Masculine Mystique‹ (Band zwei) ist auch nicht lustiger. Mit zwei Spielarten des Feudalismus macht French kurzen Prozess: mit dem europäischen und mit dem japanischen. Dann geht es weiter von der Einverleibung Afrikas, Lateinamerikas und Nordamerikas durch Europäer zur Versklavung der Schwarzen in Amerika, wobei Frauen in allen Fällen auf der untersten Stufe standen. Man sollte meinen, die Aufklärung habe zumindest theoretisch eine gewisse Lockerung herbeigeführt, doch in den von gebildeten und intelligenten Frauen geführten Salons debattierten die Philosophen – während sie sich an allerlei Erfrischungen gütlich taten – immer noch darüber, ob Frauen eine Seele besäßen oder lediglich eine etwas höher entwickelte Form des Tiers darstellten. Im achtzehnten Jahrhundert jedoch fanden Frauen allmählich zu einer eigenen

Stimme. Und sie begannen zu schreiben – eine Angewohnheit, die sie bis heute nicht aufgegeben haben.

Dann kam die Französische Revolution. Zunächst wurden Frauen von den Jakobinern in ihrer gesellschaftlichen Rolle ausgeschaltet, trotz der Schlüsselrolle, die sie beim Sturz der Aristokratie gespielt hatten. Für die männlichen Revolutionäre galt: »Revolution war nur möglich, wenn Frauen vollständig von der Macht ausgeschlossen blieben.«

Freiheit, Gleichheit und Brüderlichkeit hatten keinen Platz für Schwesternschaften. Als Napoleon ans Ruder kam, »machte er sämtliche Rechte rückgängig, die Frauen bis dahin errungen hatten«. Und doch, so French, waren die Frauen ab diesem Punkt nie wieder stumm. Nachdem sie am Umsturz der alten Ordnung beteiligt gewesen waren, wollten sie auch Rechte für sich.

›Infernos and Paradises‹, der dritte Band, behandelt, die wachsende Emanzipationsbewegung der Frauen im neunzehnten und zwanzigsten Jahrhundert, mit ihren Erfolgen und Rückschlägen, mit ihren Triumphen und den Gegenreaktionen, das Ganze vor einem Hintergrund aus Imperialismus, Kapitalismus und zwei Weltkriegen. Äußerst packend ist die Russische Revolution – Frauen trugen entscheidend zu ihrem Erfolg bei – und äußerst entmutigend, was die Ergebnisse betrifft. »Sexuelle Freiheit hieß Freiheit für Männer und Mutterschaft für Frauen«, so French. »Auf der Suche nach verantwortungsfreiem Sex warfen abgewiesene Männer den Frauen ›bourgeoise Prüderie‹ vor. … Frauen als gleichberechtigt mit Männern zu behandeln, ohne ihre Rolle innerhalb der Fortpflanzung einzubeziehen … heißt, Frauen in eine unmögliche Situation zu bringen: Sie sollen alles tun, was Männer auch tun, zugleich die Gesellschaft vermehren und erhalten, alles gleichzeitig und auf sich gestellt.«

In den letzten drei Kapiteln bewegt sich French auf ihrem ureigenen Gebiet, in das sie ihr persönlichstes Wissen und ihren größten Enthusiasmus einbringt. *The History of Feminism; The Political Is Personal, The Personal Is Political* und *The Future of Feminism* bilden die im übergeordneten Titel verheißene »Morgenröte«. Diese Abschnitte sind gründlich und durchdacht. In ihnen befasst sich French mit der Gegenwart, unter anderem auch mit den Ansichten antifeministisch und konservativ gesinnter Frauen, die laut French die Welt weitgehend so sehen wie Feministinnen – die eine Hälfte der Menschheit verhält sich zur anderen wie ein Raubtier –, doch unterscheiden sie sich von den Feministinnen graduell, was Idealismus und Hoffnung angeht. (Wenn Geschlechtsunterschiede »naturgegeben« sind, bleibt nichts übrig, als den moralisch unterlegenen Mann mit den Waffen einer Frau zu manipulieren.) Doch French glaubt, dass nahezu alle Frauen, ob Feministinnen oder nicht, »sich auf verschiedenen Wegen in dieselbe Richtung bewegen«.

Ob man diesen Optimismus teilt oder auch nicht, hängt davon ab, ob man glaubt, dass die Titanic bereits sinkt. Eine reelle Chance und ein bisschen Spaß auf der Tanzfläche für alle wären hübsch – theoretisch. In der Praxis könnte es auf ein Hauen und Stechen um die Rettungsboote hinauslaufen. Doch was man auch von Frenchs Schlussfolgerungen halten mag: Die Themen, die sie anschneidet, lassen sich nicht ignorieren. Wie es scheint, sind Frauen also doch nicht nur Fußnoten: Sie sind das unabdingbare Zentrum, um das sich das Rad der Macht dreht; oder anders gesehen, sie sind die breite Basis des Dreiecks, dessen Spitze ein paar Oligarchen besetzt halten. Nach der Lektüre von French liest man jedes Geschichtsbuch mit anderen Augen.

POLONIA

(2005)

Welchen Rat würde ich jungen Menschen geben? Ich tue mich schwer mit der Beantwortung dieser Frage. Hier der Grund dafür.

Kurz vor Weihnachten war ich in einem Käseladen und wollte etwas Käse einkaufen, da kam ein junger Mann von – ach, sagen wir zwischen vierzig und fünfzig herein und wirkte recht verwirrt. Seine Frau hatte ihn losgeschickt, er sollte etwas besorgen, das »Baiserzucker« hieß, und ihn strikt angewiesen, auf keinen Fall eine andere Sorte zu kaufen, und er hatte keine Ahnung, was das für ein Zeug war, und konnte es nicht finden, und in den anderen Läden, in denen er gefragt hatte, wusste auch niemand Bescheid.

Das alles sagte er nicht zu mir, sondern zu der Käseverkäuferin, die auch keinen Schimmer zu haben schien, worum es sich bei dem mysteriösen Baiserzucker handeln mochte.

Nichts davon ging mich auch nur das Geringste an. Was hätte ich tun sollen? Schlicht weiter meinem persönlichen Ziel des Käseerwerbs nachgehen.

Stattdessen hörte ich mich sagen: »Kaufen Sie keinen

Puderzucker, das ist nicht das, was Ihrer Frau vorschwebt. Vermutlich möchte sie etwas wie Fruchtzucker oder Beerenzucker, der manchmal auch gepuderter Zucker genannt wird, dabei ist er gar nicht gepudert, sondern nur feiner gemahlen als normaler Weißzucker, aber den werden Sie in dieser Jahreszeit schwerlich finden. Aber im Ernst, normaler weißer Zucker ist völlig in Ordnung für Baisers, man muss ihn nur ganz langsam einrieseln lassen, ich mache das immer so, und gut ist noch, eine Messerspitze Weinstein und vielleicht einen halben Teelöffel hellen Essig zuzugeben, und …«

An diesem Punkt nahm meine Tochter – die mittlerweile den gewünschten Käse aufgespürt hatte – mich in den Polizeigriff und schleppte mich von der Theke, wo sich allmählich eine Schlange bildete, weg zur Kasse. »Hellen Essig, keinen dunklen«, rief ich als Schlusswort. Dabei ärgerte ich mich schon schwarz über mich selbst. Warum hatte ich einem wildfremden Menschen, wie hilflos und konfus er auch war, all diese unerbetenen Ratschläge vor den Latz geknallt?

Es ist eine Frage des Alters. Ein Hormon im Hirn schaltet sich ein, wenn man einen jüngeren Menschen in heilloser Panik wegen Baiserzuckers oder der Frage sieht, wie man die Deckel von Schraubgläsern aufgedreht bekommt oder die Rote-Bete-Flecken aus Tischdecken entfernt oder wie frau am besten ihren miesen Freund loswird, dessen man sich auf der Stelle entledigen sollte, weil jede Vollidiotin sehen kann, dass der Mann ein Psychopath ist, oder welchen Kandidaten man in den Stadtrat wählen sollte, oder was weiß ich noch alles, worüber man selbst meint, mehr als reichhaltige und nützliche Kenntnisse zu besitzen, die am Ende für den Planeten verloren gehen, wenn man sie nicht auf der Stelle unter das bedürftige Volk bringt. Dieses Hormon übernimmt automatisch die Kontrolle – so wie das Hormon in einer Rotkehlchenmutter, das sie zwingt, kläglich piepsenden Nestlingen mit weit aufgesperrten Schnäbeln Würmer und Raupen in den Rachen zu stopfen –, und schon purzeln einem stapelweise hilfreiche Hinweise aus dem Mund, so wie eine entsprungene Rolle Klopapier die Treppe hinunterhopst. Diesen Vorgang kann man nicht stoppen. Es passiert einfach.

Und zwar seit Jahrhunderten, ach was, seit Jahrtausenden. Seit wir das entwickelt haben, was lose definiert als menschliche Kultur bezeichnet wird, nehmen die Jungen auf der Empfängerseite Anweisungen von den Älteren entgegen, ob es ihnen gefällt oder auch nicht. Welches sind die besten Wurzeln und Beeren? Wie schnitzt man eine Pfeilspitze? Welche Fische gibt es zuhauf, und wo und wann? Welche Pilze sind giftig? Die Anweisungen mögen mal in angenehmer Form (»Tolle Pfeilspitze! Jetzt versuch es mal so!«) oder auch weniger freundlich erfolgt sein (»Du Idiot! So zieht man einem Mammut doch nicht das Fell ab! *So* geht das!«). Da wir immer noch die gleiche Hardware wie der Cromagnonmensch haben (so heißt es wenigstens), haben sich nur Details verändert, nicht aber der Vorgang selbst. (Finger hoch, wer noch nie zum Nutzen seiner halbwüchsigen Brut Zettel mit Anweisungen an die Waschmaschinen-Trockner-Kombi geklebt hat.)

Berge von Ratgebern bestätigen, dass die Jungen – und nicht nur die Jungen – sich gern zu jedem nur denkbaren Thema vergewissern: wie man Pickel loswird, wie man einen jungen Menschen mit Bindungsängsten sanft in den Hafen der Ehe lenkt, wie man mit Koliken bei Säuglingen umgeht, wie man die perfekte Waffel hinbekommt, wie man Verhandlungen über eine Gehaltserhöhung führt, einen befriedigenden Alterswohnsitz erwirbt oder eine wahrhaft umwerfende Beerdigung plant. Kochbücher gehören zu den Prototypen von Ratgebern. Mrs Beetons gigantischer Wälzer aus dem neunzehnten Jahrhundert, ›The Book of Household Management‹, erweiterte die Tradition und enthält neben Rezepten auch Ratschläge zu allem und jedem: Wie kann man erkennen, ob eine Ohnmacht echt oder nur vorgetäuscht ist? Welche Farben passen zu Blonden bzw. Brünetten? Mit welchen Gesprächsthemen ist man bei Nachmittagsbesuchen auf der sicheren Seite? (Auf keinen Fall religiöse Streitfragen ansprechen. Das Wetter geht immer.) Martha Stewart, Ann Landers und Miss Manners sind Mrs Beetons Enkelinnen, ebenso wie Mrs Rombauer Becker mit ihrem berühmten ›Joy of Cooking‹ und auch jeder Heimwerker, Inneneinrichter und Sex-Experte, den Sie je im Fernsehen gesehen haben. Schauen Sie sich die Shows an, lesen Sie die Bücher der einschlägigen Autorinnen und Autoren, und zwar in Folge schnell hintereinander weg, dann werden Sie sich Watte in die Ohren stopfen wollen, zur Abwehr gegen den endlosen Strom aus erhobenen Zeigefingern, Kommandos und Nörgeleien – dabei haben Sie diesen Leuten doch selbst Tür und Tor geöffnet.

Bei Gewusst-wie-Büchern und Ratgebersendungen können Sie selbst entscheiden, ob und wann Sie von ihnen Gebrauch machen, doch Verwandte oder Bekannte, Freunde oder Mütter lassen sich nicht so einfach aufschlagen, zuklappen und zurück ins Regal stellen. Im Lauf der Jahrhunderte haben wir durch Romane und Theaterstücke einen bestimmten Typus kennengelernt: die ältliche Dame – oder auch der ältliche Herr. In beiden Fällen handelt es sich um redselige Wichtigtuer, die sich in alles einmischen, das Jungvolk mit ungebetenen Tipps zur

Lebensführung zuschütten und mit scharfzüngiger Kritik reagieren, wenn man ihren Ratschlägen nicht Folge leistet. Mrs Rachel Lynde in ›Anne auf Green Gables‹ ist ein Paradebeispiel. Manchmal hat so jemand (zum Beispiel eben jene Mrs Lynde) das Herz auf dem rechten Fleck, genauso gut kann er oder sie aber auch ein teuflisch böser Kontroll-Freak wie die Königin der Nacht in Mozarts ›Zauberflöte‹ sein. Doch ob gut oder böse, der Typus des aufdringlichen Wichtigtuers ist selten durch und durch sympathisch. Wieso? Weil die anderen – so gut oder böse sie es auch meinen mögen – sich gefälligst um ihre Angelegenheiten kümmern sollen, nicht um unsere. Eigentlich lassen sich noch nicht einmal wirklich hilfreiche Ratschläge von Rechthaberei und Herrschsucht unterscheiden, wenn man auf der Empfängerseite sitzt.

Meine Mutter mischte sich niemals ein, sofern es nicht gerade um Leben und Tod ging. Wenn wir Kinder etwas wirklich Gefährliches unternahmen und sie davon wusste, hielt sie uns davon ab. Ansonsten ließ sie uns aus unseren Erfahrungen lernen. Weniger Arbeit für sie, wenn ich heute so darüber nachdenke, aber diese Zurückhaltung kostete sie natürlich Überwindung. Später sagte sie einmal, dass sie aus der Küche geflüchtet sei, als ich zum ersten Mal einen Mürbeteig machte, den Anblick habe sie einfach nicht ertragen. Mittlerweile weiß ich das vielfache Schweigen meiner Mutter zu schätzen, die auf Anfrage durchaus eine konzentrierte Dosis vernünftiger Ratschläge parat hatte. Umso verrückter, dass ich plötzlich in Käseläden stehe und Fremde mit Anweisungen überschütte. Vielleicht schlage ich da nach meinem Vater, der mit nichts hinterm Berg halten konnte, obwohl er den Ansturm seiner nachfolgenden Auslassungen stets mit folgender Eingangsfloskel abfederte: »Wie Sie sicher wissen …«

Als ich zur Highschool ging, mussten wir noch viel auswendig lernen. Das gehörte zur Abschlussprüfung: Es wurde nicht nur erwartet, dass man die vorgegebenen Texte laut vortrug, sondern dass man sie auch niederschreiben konnte, mit Punktabzug für Rechtschreibfehler. Ein Klassiker dafür war der Monolog aus dem ›Hamlet‹ von Polonius, dem alten Oberkämmerer, an seinen Sohn Laertes, der nach Frankreich aufbrechen soll. Hier haben Sie ihn, nur falls er Ihnen ebenso vollständig entfallen ist, wie er es mir war, als ich ihn mir aufsagen wollte.

Noch hier, Laertes? Ei, ei, an Bord, an Bord!
Der Wind sitzt in dem Nacken Eures Segels,
Und man verlangt Euch. Hier mein Segen mit dir –
(indem er dem Laertes die Hand aufs Haupt legt)
Und diese Regeln präg in dein Gedächtnis:
Gib den Gedanken, die du hegst, nicht Zunge,
Noch einem ungebührlichen die Tat.
Leutselig sei, doch mach dich nicht gemein.
Den Freund, der dein, und dessen Wahl erprobt,
Mit ehrnen Haken klammre ihn an dein Herz.
Doch schwäche deine Hand nicht durch Begrüßung
Von jedem neugeheckten Bruder. Hüte dich,
In Händel zu geraten; bist du drin,
Führ sie, daß sich dein Feind vor dir mag hüten.
Dein Ohr leih jedem, wenigen deine Stimme;
Nimm Rat von allen, aber spar dein Urteil.
Die Kleidung kostbar, wie's dein Beutel kann,
Doch nicht ins Grillenhafte: reich, nicht bunt;
Denn es verkündigt oft die Tracht den Mann,
Und die vom ersten Rang und Stand in Frankreich
Sind darin ausgesucht und edler Sitte.
Kein Borger sei und auch Verleiher nicht;

Sich und den Freund verliert das Darlehn oft,
Und Borgen stumpft der Wirtschaft Spitze ab.
Dies über alles: Sei dir selber treu,
Und daraus folgt, so wie die Nacht dem Tage,
Du kannst nicht falsch sein gegen irgendwen.
Leb wohl! Mein Segen fördre dies an dir!

Die Vorgehensweise ist aggressiv – Polonius schimpft Laertes aus, weil er noch nicht an Bord ist, hält ihn dann aber mit einer langen Liste, was der Sohn tun und nicht tun soll, auf – dabei sind die Ratschläge durchaus nicht von der Hand zu weisen. Kein vernünftiger Mensch könnte irgendetwas dagegen einwenden. Und doch erschien in jeder Aufführung von ›Hamlet‹, die ich bisher gesehen habe, Polonius als komischer, aber letztlich nervtötender alter Pedant, dem Laertes mit schlecht verhohlener Ungeduld zuhört, wiewohl er selbst gerade eben seiner kleinen Schwester Ophelia haufenweise Ratschläge erteilt hat. Objektiv betrachtet kann Polonius nicht der langweilige Trottel sein, als der er uns für gewöhnlich präsentiert wird: Er ist der führende Berater von Claudius, und dieser ist ein Schurke, aber kein Narr. Er hätte Polonius nicht bei sich behalten, wenn der dümmlich gewesen wäre. Warum also wird diese Szene immer so und nicht anders gespielt?

Ein Grund: Brav gespielt wäre es langweilig, weil ungebeten erteilte Ratschläge immer langweilig sind, insbesondere, wenn der Ratgeber alt und man selbst jung ist. Das erinnert an den Cartoon mit der Überschrift »Was Menschen sagen, was Katzen hören«: Über dem Kopf der Katze schwebt eine leere Sprechblase. Der Ratschlag an die Katze mag durchaus richtig sein – »Leg dich nicht mit dem großen Kater von weiter unten an der Straße an« –, aber die Katze will nicht hören. Sie folgt ihren eigenen Vorgaben, wie Katzen es nun einmal tun. Und wie junge Menschen es tun, es sei denn, sie wollen etwas ganz Bestimmtes von Ihnen hören.

Deswegen drücke ich mich vor der Frage. Welchen Rat würde ich jungen Menschen geben? Keinen, wenn ich nicht ausdrücklich darum gebeten werde. So wäre es unter idealen Umständen. In den Umständen, unter denen ich Tag für Tag lebe, breche ich diese tugendhafte Regel täglich, schwafle unter dem geringsten Vorwand über Hölzchen und Stöckchen, dank des Rotkehlchenmutterhormons von dem schon die Rede war. Los geht's:

Wie ihr sicher wisst, ist Caroma die ökoverträglichste Toilette. Ihr könnt euren Standpunkt vertreten und nicht um Haaresbreite davon abweichen, ohne grob zu werden. Markisen vor den Fenstern reduzieren die sommerliche Hitze um 70 Prozent und mehr. Wenn ihr beruflich Romane schreiben wollt, macht täglich Rückenübungen – die werdet ihr später noch brauchen. Ruf ihn nicht an, soll er dich doch anrufen. Denk global, agiere vor Ort. Nach einer Geburt verlierst du den Verstand und büschelweise Haar, beides kommt wieder. Gleich getan heißt Zeit gespart. Es gibt eine neue Sorte Spikes, die man sich unter die Stiefel schnallen kann – sehr nützlich auf überfrorenen Gehwegen. Stocher nicht mit einer Gabel in einer Steckdose herum. Wenn du das Flusensieb im Trockner nicht sauber machst, geht er irgendwann in Flammen auf. Wenn dir bei Gewitter die Haare auf den Armen zu Berge stehen, dann spring. Tritt nicht in ein Kanu, das am Strand liegt. Lass dir in einer Bar von niemandem einen Drink einschenken. Manchmal gilt: Augen zu und durch. Wenn du dich im Wald von Nordkanada aufhältst, dann häng dein Essen ein Stück weit weg von deinem Schlafplatz an einen Baum und benutz kein Parfüm. Vor allem aber, sei dir selbst treu. Pinzetten sind ein nützliches Utensil, um den Siff aus den Abflüssen im Bad rauszukriegen. In jedem Haushalt sollte es eine Taschenlampe mit Handkurbelantrieb geben. Und vergesst nicht den Spritzer Essig für die Baisers. Heller Essig, keinen dunkler.

Sei's, wie es sei, hier nun zum besten Ratschlag von allen: *Manchmal wollen junge Menschen keine Ratschläge von Älteren hören.* Sie wollen nicht, dass du dich in eine Art Polonia verwandelst. Sie kommen auch ohne das ganze Gesums zurecht – ohne die lange Liste mit Anweisungen. Aber sie freuen sich über das Ende, das so etwas wie einen Segen darstellt:

Leb wohl! Mein Segen fördre dies an dir!

Sie wollen, dass du sie zu ihrer Reise verabschiedest – einer Reise, die sie letztlich allein antreten müssen. Vielleicht wird sie gefährlich sein, vielleicht hättest du mit den Gefahren besser umgehen können als sie, aber du kannst es ihnen nicht abnehmen. Du musst zurückbleiben, ihnen zuwinken, munter, nervös, ein bisschen schwermütig: *Leb wohl! Leb wohl!*

Aber sie wollen dein Wohlwollen. Sie wollen den Segen.

SOMEBODY'S DAUGHTER

(2005)

Nur wenige erinnern sich daran, dass lesen und schreiben zu lernen zu den großen Erfolgen im Leben zählt.

Bryher, ›The Heart to Artemis‹

Akluniq ajuqsarniqangilaq: In kargen Zeiten hast du viel Gelegenheit, dir etwas Neues auszudenken.

Redensart der Inuit, aus Nunavut, Kanada

Für die Menschen im hohen Norden ist das Leben nie leicht gewesen. Jahrhundertelang lebten sie in einer der unerbittlichsten Klimazonen der Erde: keine Bäume, keine Landwirtschaft, viele Monate im Jahr extreme Dunkelheit und Kälte. Sie benutzten Werkzeuge aus Stein und Knochen, trugen Kleidung aus Tierpelzen und ernährten sich überwiegend von Fisch sowie dem Fleisch von Robben, Karibus, Eisbären, Walrössern und Walen. Ihre Kultur war bestens auf die äußeren Bedingungen abgestimmt. In ihr waren Frauen und Männer wechselseitig aufeinander angewiesen: Die Jäger erbeuteten einen Großteil der Nahrung, doch ihre Kleidung wurde von den Frauen gefertigt, und wenn sie nicht tadellos war, drohte dem Jäger womöglich der Tod: Ein undichter *kamik* konnte einen erfrorenen Fuß bedeuten. Jede einzelne Fähigkeit sicherte das Überleben aller, und jede einzelne wurde geachtet und respektiert.

Dann kamen die Europäer, die einstigen Nomaden wurden in Siedlungen zusammengepfercht und waren vielen eher negativen Aspekten der »weißen« Kultur ausgesetzt, einschließlich exzessivem Trinken und Gewalt gegenüber Frauen; es gab einen Bruch mit der traditionellen Lebensweise und einen drastischen Anstieg der Selbstmordrate. Kinder wurden in Internate gezwungen, in der Absicht, sie ins zwanzigste Jahrhundert zu zerren, und zwei Generationen erlebten einen extremen Kulturschock. Eine der schlimmsten Auswirkungen davon war das Auseinanderbrechen der Familien. In der alten Kultur lernten Söhne die Jagdkunst von Vätern und Onkeln, Töchter die Nähtechniken von Müttern und Tanten; doch mittlerweile sind viele jüngere Menschen kulturell verwaist. Noch gibt es eine Reihe von Älteren – wandelnde Schatzkammern, die von der alten Lebensweise wissen.

Somebody's Daughter, ein vierzehntägiges Camp in Nunavut in der kanadischen Arktis, hat sich eine neue Verbindung zwischen den Generationen zum Ziel gesetzt. Leiterin des Programms ist Bernadette Dean, die Koordinatorin für soziale Entwicklung im Bezirk Nunavut. Bernadettes Inuit-Name, Miqqusaaq – glitzernder Stein –, beschreibt sie treffend: schillernd und klar, aber mit einem stählernen Kern. Wie viele andere, die mit ähnlichen sozialen Problemen befasst sind, weiß Bernadette, dass man beim Wohlbefinden und Selbstvertrauen der Frauen ansetzen muss, um den allgemeinen Zustand einer Gemeinde und ihrer Familien zu verbessern.

Somebody's Daughter ist für Frauen im Alter zwischen etwa zwanzig und fünfzig gedacht, die nie die Möglichkeit hatten, die traditionelle Nähtechnik der Inuit zu lernen. Die meisten von ihnen haben Tragödien, Gewalt oder Trennung von ihren Familien erlebt. Zum Namen des Programms erklärte Bernadette mir: »Nicht jede Frau ist verheiratet, nicht jede Frau ist Mutter oder Großmutter; aber jede ist jemands Tochter.« Dies vermittelt den Teilnehmerinnen von Anfang an ein Gefühl der Zugehörigkeit.

Die »Töchter« gehen mit einer Gruppe von Älteren und Lehrerinnen ins Gelände. Sie schlafen in Zelten und stellen ein Kleidungsstück auf traditionelle Weise her: Zunächst wird die Tierhaut geschabt, gedehnt und geschmeidig gemacht, dann ritzt man das Muster mit einem gekrümmten Frauenmesser, dem *ulu*, ein und näht das Kleidungsstück mit Sehnen – das beste Garn überhaupt, da es in Feuchtigkeit aufquillt und das Gewand so wasserdicht macht. Es ist schwer zu beschreiben, wie viel Freude das Erlernen dieser Technik bereiten kann.

Doch gehört zu dem Programm auch eine Verbesserung der Lese- und Schreibfähigkeiten, weil die Bewohner von Nunavut genauso im einundzwanzigsten Jahrhundert leben wie wir alle. Computer und Bürojobs sind mittlerweile allgemein verbreitet, und dafür und für das Geld, das sie einbringen, muss man lesen und schreiben können. Also wurden zwei Autorinnen um Teilnahme an der Gruppe gebeten: ich und die Kinderbuchautorin Sheree, die schon den dritten Sommer in Folge mitwirkte. Wir schätzten uns beide sehr glücklich ob dieser Gelegenheit.

Aber wie bringt man Frauen schreiben bei, die damit in der Schule vermutlich ungute Erfahrungen gemacht haben? Von Sheree hörte ich, es könne schwierig sein, diese Frauen dazu zu bringen, zu Stift und Papier zu greifen: Sie würden womöglich davor zurückscheuen, sich sogar davor fürchten oder aber nicht einsehen, wozu das Ganze gut sein sollte.

In jenem Jahr fand das Camp an der Küste von Southampton Island statt, einer Insel von der Größe der Schweiz am oberen Ende der Hudson Bay. In der einzigen Siedlung, Coral Harbour, leben nicht einmal tausend Menschen. Ansonsten wird die Insel von zweihunderttausend Karibus und jeder Menge Eisbären bevölkert. Von Coral Harbour brachte uns ein zehn Meter langes Linienboot zu unserem Zeltplatz – für die rund neunzig Kilometer lange Strecke brauchte es wegen der hohen Wellen mehr als fünf Stunden.

Wir schlugen unsere Zelte an einem fantastischen Platz auf – karg und doch schön, vor uns das Meer, hinter uns erhob sich terrassenförmig das von früheren Flutmarken geprägte Land. Auf dem Gipfelkamm befanden sich uralte Siedlungen der Dorset-Kultur – kreisförmig angeordnete Felsbrocken mit einem Tunnelzugang und einigen Fuchsfallen und Gräbern in der Nähe. Der Untergrund unseres Platzes bestand aus weichem weißem Kalkstein, in dem die Zeltheringe keinen Halt fanden; darum wurden die Leinen an Findlingen festgebunden, eine weise Entscheidung angesichts der Böen mit Windstärken bis zu hundertzwanzig Stundenkilometern, die wir bald erlebten.

Zu unserer Gruppe gehörten auch drei erfahrene Jäger, die uns vor Ort behilflich sein, für Nahrung sorgen und unser Lager verteidigen sollten. Unverzüglich erlegten sie ein Karibu, das gehäutet und zerteilt wurde. Einiges davon wanderte in einen Karibu-Eintopf, anderes sollte sich bald in Fäustlinge und *kamiks* verwandeln; nichts wurde vergeudet. Allerdings waren wir nicht die einzigen Hungrigen in der Gegend: Im Zwielicht erschien ein kräftiger männlicher Eisbär in Sicht, dem der Sinn nach Abendbrot stand. Die Jäger verscheuchten ihn auf ihren Quads und hielten dann abwechselnd die ganze Nacht hindurch Wache – gut so, denn der Bär ließ sich noch viermal blicken. »Beim nächsten Mal ist er unser Abendessen«, sagte ein Jäger. Das muss der Bär wohl gehört haben. »Die Älteren sagen, dass wir immer wachsam bleiben müssen«, wurden wir belehrt.

Am folgenden Tag kamen die Frauen, die Älteren und die Lehrerinnen in einem runden Gemeinschaftszelt zusammen, wo den Frauen die Tierhäute ausgehändigt wurden, an denen sie arbeiten sollten. »Was willst du daraus machen?«, fragten die Älteren jede Einzelne auf Inuktitut. Dann: »Für wen soll es sein?« (Größen richten sich nach dem Alter, Muster nach dem Geschlecht.) Diese Frage – »Für wen soll es sein?« – lieferte Sheree und mir so etwas wie einen roten Faden. Während unserer ersten Schreibsession sagten wir, dass man wie beim Nähen auch beim Schreiben ein Ding in etwas anderes verwandle; und dass Schreiben, wie Nähen, immer *für* jemanden gedacht sei, auch wenn dieser Jemand man selbst irgendwann in der Zukunft sei. Man bringt beim Schreiben quasi seine Stimme zu Papier und schickt das Ganze ab – vielleicht an jemanden, den man kennt, oder auch an jemanden, dem man nie begegnen wird, der einen aber dennoch hören kann.

Dann erklärte ich den Frauen, dass ich etwas über diese Reise schreiben würde. *Somebody's Daughter*, sagte ich, gehöre zu einer weit größeren Bewegung, die sich zum Ziel gesetzt habe, weltweit das Leben von Frauen zu verbessern. Anders als die hier Versammelten seien manche dieser Frauen bislang oft nicht einmal imstande, ihren

Namen zu schreiben. Darum bat ich meine Schülerinnen als erste Schreibaufgabe darum, diesen Frauen in aller Welt eine Botschaft zu schicken. Ich würde die Briefträgerin sein, sagte ich, und den Frauen ihre Botschaft zukommen lassen.

Ausnahmslos jede Teilnehmerin verfasste eine Botschaft, und jede dieser Botschaften war positiv und ermutigend. Hier eine Auswahl:

Wer du auch bist. Ich bin eine Frau. Ich bin stolz darauf, ich zu sein. Du kannst stolz auf das sein, was du bist, und stolz auf dich sein.

Denk niemals, dass wir nichts sind. Wir, die Frauen, sind innen und außen die Schönsten weil wir immer für unsere Familien und für andere Leute da sind. Denk dran, du kannst alles schaffen.

Diese Botschaft kommt aus dem Norden. An die Frauen in der ganzen Welt, gebt gut auf euch acht, weil ihr in der Familie am meisten gebraucht werdet, ihr seid für sie die Heimat, also gebt gut auf euch acht. Wir Frauen sind alle gleich, und wir sind eins.

Denkt daran, alle sind gleich erschaffen, und das heißt, wenn er mit Misshandlungen nicht fertigwerden kann, solltet ihr das auch nicht tun, aber bitte vergesst nicht, dass wir unsere Nächsten lieben und ihnen helfen müssen.

Ich möchte gern Lehrerin werden, wenn ich mehr lerne.

Eine Botschaft an die Damen auf der Welt. Denkt daran, dass ihr sehr geliebt werdet und dass ihr nicht allein seid.

Bitte lasst euer Leben gut sein und vergesst nicht, dass ihr stark und dass ihr Helfer seid.

An alle Frauen auf der Welt von jemandem im Norden – egal, wie du aussiehst, du bist etwas ganz Besonderes. Behalt das immer im Gedächtnis.

Und schließlich:

Lernen fängt an, wenn der Lernende sich sicher und wohlfühlt, sorgt für eine Atmosphäre von Sicherheit und Wohlbefinden. Und versucht es immer wieder!

Solche Botschaften der Ermutigung zu verfassen war schon als solches für die Schreiberinnen ermutigend. Das große runde Zelt wurde zu einem sicheren, heilsamen Wohlfühlort für die Frauen darin, und auch das Schreiben wurde – für die meisten, denke ich – zu einem solchen Ort. In dem Zelt, wie auch beim Schreiben, lachten die Frauen, sie witzelten und erzählten Geschichten, und sie waren auch traurig. In dieser Kultur, so heißt es, soll man seiner Trauer laut und im Beisein anderer Ausdruck verleihen. Diese Art zu trauern führt zur Heilung, heißt es weiter.

Alle Frauen stellten mithilfe der ihnen zugeteilten Älteren oder Lehrerin das Nähprojekt fertig, das sie sich vorgenommen hatten. Alle schrieben weiterhin, um ihren Umgang mit dem geschriebenen Wort durch Tagebucheinträge, Briefe und kleine Gedichte auszubauen. Je mehr sie zu sich selbst fanden und je mehr ihnen gelang, desto größer wurde ihr Selbstvertrauen, und am letzten Tag verfassten die »Töchter« auf den Vorschlag einer von ihnen hin ein gemeinschaftliches Gedicht, zu dem jede eine Zeile beisteuerte.

Mit der letzten Zeile dieses Gedichts möchte ich zeigen, wie all das – Nähen, Schreiben und Heilung – durch dieses inspirierte Programm zusammenfand:

Nachdem ich den schweren Teil von dem kamik *fertig habe, fühle ich mich wie ein Adler, so frei, und fliege, wohin auch immer.*

FÜNF BESUCHE BEIM WÖRTERHORT

(2005)

Der Titel meines Vortrags ist ein Tribut an Robert Bringhursts faszinierendes Buch ›Nine Visits to the Mythworld‹ mit seinen Übersetzungen des Haida-Dichters Skaay – und außerdem ein Tribut an die angelsächsischen Dichter aus der Frühzeit unserer literarischen Tradition. »Wörterhort«, so nannten sie die Quelle ihrer Inspiration, die sich teilweise mit der Sprache selbst deckte, und »Hort« stand für »Schatz«. Ein Schatz wird an einem geheimen, gehüteten Ort aufbewahrt, und Wörter galten als ein geheimnisvoller Schatz: Man musste sie hoch in Ehren halten. So sehe ich das auch.

Schlichter formuliert spreche ich über Schreibakte – über meine eigenen, denn nur dazu kann ich etwas sagen – und über meine Ansätze dazu im Lauf der Jahre. Das ist ein Thema, dem ich in Talkshows tunlichst ausweiche. Wenn Leute fragen: »Wie schreiben Sie?«, sage ich: »Mit einem Bleistift«, oder etwas ähnlich Knappes. Wenn sie fragen: »*Warum* schreiben Sie?«, antworte ich: »Warum scheint die Sonne?«, oder wenn ich mies gelaunt bin: »Zahnärzte werden auch nicht gefragt, warum sie anderen Menschen im Mund herumfuhrwerken.«

Lassen Sie mich erklären, wieso ich mich bei dem Thema so gern drücke.

Nein, lieber nicht. Stattdessen erzähle ich Ihnen eine wahre Geschichte. Wie die Leiter von Creative-Writing-Kursen immer sagen: »Zeig uns, was du meinst.«

Hier also die Geschichte: Einer meiner Freunde ist Zauberer. Er fing damit als Teenager an, zeigte Zaubertricks auf der Bühne, kam von da zum Radio und später zum Fernsehen und verdiente viel Geld. Aber im Herzen ist er immer noch ein Zauberer; er hat viele neue Tricks erfunden und einen enormen Beitrag zur Literatur über Zauberei geleistet. Jedes Jahr findet in Toronto ein Zaubereikongress statt, bei dem es sich vor allem um ihn dreht. Zauberer von nah und fern finden sich dazu ein, und nach dem offiziellen Teil gibt es eine Party. Manchmal sind auch Nichtzauberer dabei. Auf solchen Partys kann man zuhören, worüber Zauberer sich so unterhalten.

Bei ihnen läuft es genauso wie bei Vogelbeobachtern oder Dichtern, Jazzmusikern oder Autoren bei einem Autorenfestival oder wie bei allen anderen Gruppen, die sich einer Kunst, einem Handwerk oder einer sonstigen besonderen Befähigung verschrieben haben: Das heißt, die gewohnte gesellschaftliche Hierarchie – basierend auf Reichtum, Herkunft, beruflicher Position oder Sonstigem – all das löst sich in Luft auf, und ein jedes Individuum wird von seinen Kollegen nur anhand seines jeweiligen Könnens bewertet.

Worüber unterhalten sich Zauberer denn nun? Sie fachsimpeln. Manchmal sondern sie sich zu zweit ab und tauschen Geheimnisse aus, eins gegen eins. Ein Tauschhandel mit Geschäftsgeheimnissen, mit Tricks.

Sie kennen sicher diese Fernsehsendungen, in denen

Zauberer verraten, »wie es gemacht wird«. Ich persönlich finde so etwas unmoralisch, denn man geht doch zu einer Zaubershow, um sich blenden, an der Nase herumführen und verblüffen zu lassen – ebenso wie man Romane liest, um in eine andere Welt einzutauchen und überzeugt zu sein, dass alles in diesem Roman real ist, zumindest zwischen den beiden Buchdeckeln. Beim Zaubern will niemand wissen, wie es funktioniert, weil das die Illusion zerstört. Manchmal sitzt ein oberschlaues Kerlchen im Publikum und sagt: »Ich weiß, wie Sie das gemacht haben!« Und wenn wir scharf nachdenken, wissen wir es vielleicht auch. (Ich eher selten.) Aber der springende Punkt ist: Auch wenn wir es wissen oder zu wissen glauben, *bekommen wir selbst es nicht hin.*

Es gibt also ein Wissen und ein Können, und das Können ist das Ergebnis von jahrelangem Üben und Misslingen – das Ei, das aus dem Hut zum Vorschein kommen sollte, fällt runter, oder das erste Kapitel wird zum zwanzigsten Mal zusammengeknüllt und in den Papierkorb geworfen. Robert Louis Stevenson verbrannte drei fertige Romane, bevor er wie von Zauberhand ›Die Schatzinsel‹ produzierte. Die eingeäscherten Romane waren die drei Eier, die ihm runtergefallen waren. Doch sie gingen nicht umsonst zu Bruch, denn daraus lernte er, das nächste Ei wie aus dem Nichts auftauchen zu lassen.

Natürlich klappt das nicht zwangsläufig. Man kann sich jahrelang abrackern, aber – leider, leider, und hiermit zurück zur Metapher aus dem Reich der Zauberer – entweder hat man die Hände dafür, oder man hat sie nicht, und wenn man sie nicht hat, kommt man nie über das Niveau von »ganz passabel« hinaus. Manchmal gibt es wieder und wieder nur rohes Rührei.

Andererseits kann es sein, dass man die Hände – das

Talent – dafür hat, nicht aber die Motivation. In diesem Fall wird man die Kunst schnell an den Nagel hängen, weil man nicht darauf gefasst war, so viel – handwerkliche – Arbeit hineinzustecken. Ich war einmal zu einem wunderbaren Frühstück in einem kleinen irischen Gasthaus eingeladen. Als wir ihn lobten, sagte der Besitzer, er habe früher als Chefkoch in einem Restaurant gearbeitet, mit dem es inzwischen bergab gegangen sei. Zufällig hatten wir dieses Restaurant just am Abend zuvor besucht, und ich sagte, das Essen sei sehr gut gewesen.

»Ach ja«, sagte er. »Jeder kann ein gutes Essen kochen … ein Mal.«

Wir alle kennen diese ersten, taufrischen Romane, gefolgt von den welkenden Zweitlingen und von den dritten, die den Autor oder die Autorin aus dem Grab auferstehen lassen. Dann kommt der vierte Roman, der fünfte, der sechste – das sind die, die Sprinter von Marathonläufern trennen. Aber Kunst ist grausam, und ein grandioser sechster Roman ist nicht notwendigerweise höher einzuschätzen als ein grandioser erster. Es mag Charakter und Ausdauer beweisen – die Fähigkeit des Autors oder der Autorin, sich beim Blick in den Spiegel zu fragen: »Warum tue ich das eigentlich?«, und trotzdem weiterzuschreiben –, aber mehr beweist es nicht. Wie beim Zaubern gilt: Eine unvergessliche Aufführung ist eine unvergessliche Aufführung, ganz gleich, ob es bei dieser einen bleibt oder nicht.

Ein Gedicht von Dylan Thomas beginnt mit der Zeile »Mein Handwerk, meine trotzige Kunst …«. Er nennt sowohl Kunst als auch Handwerk: Kunst, die zunächst einmal ein gewisses Talent erfordert, weswegen ich niemals Opernsängerin hätte werden können – und Handwerk, das verlangt, das Talent durch konzentrierte Disziplin zu schleifen und zu polieren, weswegen aus manchen Menschen mit großartigen Stimmen ebenfalls nie Opernsänger geworden sind.

Nun zu Robertson Davies und seinem Roman ›Der Fünfte im Spiel‹. Die Hauptfigur ist ein Junge, der für Magie – sprich Zaubertricks – schwärmt und davon träumt, diese Kunst zu beherrschen. Doch er stellt sich ungeschickt an, im Gegensatz zu Paul, der viel jünger ist als er und ihm beim Üben zusieht.

> Ich kann nicht sagen, wie viele Wochen ich an dem Taschenspielertrick, den man »Die Spinne« nennt, arbeitete. Zur Durchführung dieses nützlichen Tricks klemmt man eine Münze zwischen Zeigefinger und kleinen Finger und lässt sie kreisen, indem man die beiden mittleren Finger vor oder hinter der Münze nach vorn und nach hinten zieht. Dadurch ist es möglich, beide Seiten der Hand herzuzeigen, ohne dass die Münze sichtbar wird. Aber versuchen Sie es einmal! Versuchen Sie es mit geröteten, knochigen Schottenhänden, die vom Grasmähen und Schneeschaufeln steif geworden sind, und schauen Sie dann, welche Geschicklichkeit Sie entwickeln! Natürlich wollte Paul wissen, was ich tat, und da ich in meinem Herzen Lehrer war, erklärte ich es ihm.
> »So?«, fragte er, nahm mir die Münze aus der Hand und führte den Trick fehlerlos durch.
> Ich war verblüfft und gedemütigt, aber rückblickend glaube ich, dass ich mich recht anständig benommen habe.
> »Ja, genau so«, sagte ich, und obwohl ich es erst nach ein paar Tagen begriff, war dies der Augenblick, von

dem an ich zu Pauls Lehrmeister wurde. Er konnte mit seinen Händen alles zuwege bringen. Er konnte Karten mischen, ohne sie fallen zu lassen, was bei mir nie sicher vorauszusagen war, und mit meiner großen Messingplakette konnte er Wunder vollbringen. Seine Hände waren so klein, dass die Münze normalerweise nicht verdeckt wurde, aber man sah sie etwas Interessantes ausführen. Er konnte sie über seinen Handrücken spazieren lassen und mit einer Gewandtheit zwischen die Finger klemmen, dass mir der Atem stockte.

Ihn zu beneiden, war zwecklos. Er hatte die Hände, und ich hatte sie nicht, dies war nicht zu übersehen, auch wenn es Momente gab, in denen mir der Gedanke kam, ihn umzubringen, damit die Welt von einem frühreifen Quälgeist befreit war.

Für jede Kunstform gilt in etwa das Gleiche – man braucht »die Hände«. Doch man braucht noch mehr als das. In einer Kurzgeschichte mit dem Titel *Cortes Island* schreibt Alice Munro:

> Aber seit meiner Kindheit kam noch etwas hinzu – mein Drang, nicht nur Leserin zu sein, sondern auch Schriftstellerin zu werden. Ich kaufte ein Schulheft und versuchte zu schreiben – und schrieb auch, Seiten, die souverän begannen und dann verödeten, sodass ich sie herausreißen und schwer bestrafen musste, indem ich sie zusammenknüllte und in den Mülleimer warf. Ich tat das wieder und wieder, bis nur noch der Heftdeckel übrig war. Dann kaufte ich ein neues Schulheft und fing von vorn an. Derselbe Kreislauf – Erregung und Verzweiflung, Erregung

und Verzweiflung. Es war, als hätte ich jede Woche insgeheim eine Schwangerschaft und eine Fehlgeburt.

Allerdings nicht ganz geheim. Chess wusste, dass ich viel las und dass ich zu schreiben versuchte. Er redete es mir keineswegs aus. Er hielt es für etwas Vernünftiges, das ich durchaus lernen konnte. Es brauchte viel Übung, konnte aber gemeistert werden, wie Bridge oder Tennis. Dieses großmütige Vertrauen dankte ich ihm nicht. Es vergrößerte nur die Groteske meine Misserfolge.

Die Erzählerin und ihr Mann Chess haben beide recht: Du kannst an etwas arbeiten und es erlernen – so sieht Chess die Sache. Doch das gilt nur bis zu einem bestimmten Punkt. Jenseits davon kommt das Talent ins Spiel, und zwar als feste Größe. Es ist vorhanden (in veränderlichen Mengen) oder eben nicht, es lässt sich weder voraussehen noch einfordern, es kann dich in deinem Leben eine Weile begleiten und dann verschwinden. Ein Handwerk ein- und auszuüben kann schlummernde Talente wecken. Umgekehrt kann zu viel Üben für ein Talent auch tödlich sein. Dergleichen ist unberechenbar, es hängt viel von Zufall und glücklichen Umständen ab. Und von den Lehrern, denn alle Autoren haben Lehrer. Manchmal sind es lebende Zeitgenossen – ob Schriftsteller oder andere –, manchmal (häufiger) aber auch schon verstorbene und dem aufstrebenden jungen Menschen nur durch ihre Bücher bekannt. Im Rückblick erinnern sich Schriftsteller oft haargenau, welches Buch sie in eben dem Moment gelesen haben, als ihr Talent sich zu regen begann. Dies geschieht recht häufig in der Jugend – aber nicht immer, denn jedes Leben und jedes Buch ist anders, und jedwede Zukunft ist unvorhersehbar.

Was kann ich Ihnen also halbwegs Nützliches raten, wenn Sie schreiben wollen oder es bereits tun? Viel lesen. Viel schreiben. Zusehen, zuhören, arbeiten und warten.

Abgesehen davon kann ich Ihnen nur ein wenig darüber erzählen, was ich selbst auf meinem Weg unternommen habe. Ich beschreibe Ihnen im Folgenden fünf meiner Besuche beim Wörterhort. Über die heruntergefallenen Eier werde ich nicht allzu viele Worte verlieren. Aber eins können Sie mir glauben: Manchmal sah man den Fußboden vor lauter Eiern nicht mehr.

Mein erster veröffentlichter Roman war nicht mein Erstlingswerk. Das hat nie das Licht der Welt erblickt, was wohl auch gut so ist. Es war ein ziemlich dunkles, um nicht zu sagen düsteres Buch, und es endete mit der Überlegung der Heldin, ob sie den männlichen Protagonisten vom Dach stoßen soll oder nicht. Als ich es schrieb, war ich dreiundzwanzig, lebte in einem Wohnheim – das Zimmer kostete um die siebzig Dollar pro Monat – und bereitete mir das Abendessen auf einer einflammigen Kochplatte zu. Damals gab es in Plastik abgepackte Mahlzeiten, die man in kochendes Wasser geben konnte, und ebendas tat ich. Die restlichen Nahrungsmittel bewahrte ich in einer Schreibtischschublade auf. Das Bad wurde von mehreren genutzt, und dort musste man auch den Abwasch erledigen, was hin und wieder dazu führte, dass man eine Tiefkühlerbse oder eine Nudel in der Badewanne fand. Ich hatte einen Brotjob, um mir das Zimmer in dem Wohnheim leisten zu können. An meinem Arbeitsplatz gab es eine Schreibmaschine, und wenn ich wie üblich das geforderte Tagespensum nach einem halben Tag erledigt hatte, tippte ich einfach munter meinen Roman in die Maschine und machte dabei einen erfreulich geschäftigen Eindruck.

Als ich mit diesem Werk fertig war, schickte ich es an die Verleger, die es zu dieser Zeit in Kanada gab. Etliche bekundeten Interesse. Ein Verleger lud mich sogar zu einem Drink im obersten Stock des Hotel Vancouver ein. Er legte mir nahe, das Ende vielleicht doch ein wenig heiterer zu gestalten. Ich sagte, nein, das komme für mich nicht infrage. Er beugte sich über den Tisch und tätschelte mir die Hand. »Gibt es irgendetwas, das wir tun können?«, fragte er, als litte ich an einer schleichenden Krankheit.

Das war Besuch Nummer eins. Hier nun Besuch Nummer zwei.

Mein Brotjob, während ich an diesem ersten erfolglosen Roman schrieb, war bei einem reichlich exzentrischen Marktforschungsunternehmen, und das Material von dort – genau wie beim Nähen ist Material alles, was man bei der Herstellung verwendet – floss in den nächsten Roman ein. Mittlerweile hatte ich einen anderen Job: Ich war in British Columbia und unterrichtete auf der untersten Sprosse der Karriereleiter an einer Universität. In einem Kurs vermittelte ich eine Übersicht von Chaucer bis T.S. Eliot in mundgerechten Häppchen, in einem anderen brachte ich ab halb neun Uhr morgens in einer vom Zweiten Weltkrieg übrig gebliebenen Nissenhütte Ingenieurstudenten Grammatik bei. In diesen Jahren – 1964/65 – machte sich der Babyboom an den Universitäten bemerkbar, und es herrschte Platzmangel. Meine angehenden Ingenieure mussten Übungen anhand von Kafkas Parabeln schreiben, womit ich ihnen meiner Meinung nach etwas Gutes tat, weil sie es sicher in ihren künftigen Laufbahnen würden brauchen können.

Unterdessen führte ich mein geheimes Leben fort – mein Schriftstellerleben. Gleich einem Vampir musste ich dieser Existenz bei Nacht nachgehen. Ich hatte jetzt ein eigenes Waschbecken zum Abspülen. Wie viele junge Menschen benutzte ich jeden Teller und jede Tasse, bis alle schmutzig waren und auf den ersten, ganz unten im Becken, schon Schimmel spross. (In Vancouver herrscht ein sehr feuchtes Klima.) Dann wusch ich in einem Ausbruch von Energie und Verzweiflung alles auf einmal ab. Über Käsemakkaroni von Kraft mit klein geschnittenen Würstchen braucht mir niemand etwas zu erzählen. Sonst aß ich in Smitty's Pancake Houses, vor allem an den Tagen, an denen ich nicht in aller Herrgottsfrüh vor den jungen Ingenieuren in der Nissenhütte stehen musste. Mitunter, wenn mich die Genusssucht ritt, ging ich Ski fahren.

Mit meinem zweiten Roman begann ich im Frühjahr 1965. Ich schrieb jedes Kapitel von Hand in unbenutzte Prüfungshefte, die von meiner Lehrtätigkeit übrig geblieben waren. Diese Hefte hatten ein für meine Zwecke geeignetes Format – vom Umfang her passte jeweils etwa ein Kapitel hinein. Ich schrieb an einem Kartentisch neben einem Fenster, das Ausblick auf den Hafen und die Berge bot – wobei eine schöne Aussicht einem Autor nicht immer guttut, sie kann sehr ablenkend wirken. Wenn ich beim Schreiben nicht weiterkam oder gleich zu Anfang stecken blieb, ging ich mitunter ins Kino. Zum Glück hatte ich keinen Fernseher – tatsächlich hatte ich praktisch überhaupt keine Möbel. Damals sah ich keinen Sinn darin – Möbel waren etwas für Eltern –, und außerdem hätte ich sie mir nicht leisten können.

Ich schrieb auf die rechten Seiten; auf die linken zeichnete ich Bildchen, wenn ich mir genauer veranschaulichen wollte, welche Kleidung diese oder jene Figur trug. Oder ich machte mir dort Notizen. Dann tippte ich die handgeschriebenen Seiten ab, was sich umso komplizierter gestaltete, als ich eigentlich nicht richtig tippen konnte. (Für die Endfassungen meiner Romane beschäftigte ich eine Schreibkraft, bis PCs auf den Markt kamen. Das letzte Buch, das ich auf die althergebrachte Weise schrieb, war ›Der Report der Magd‹ im Jahr 1985.)

Mit diesen alles andere als perfekten Methoden haute ich meinen Roman in ungefähr sechs Monaten zusammen. Hier ein hilfreicher Hinweis: Auf Schlaf lässt sich in jüngeren Jahren leichter verzichten. Dann schickte ich eine nochmals abgetippte Fassung an einen Verlag, der Interesse an dem ersten Roman gezeigt hatte. (Damals gab es in Kanada noch keine Agenten; heute müsste man zweifellos einen einschalten, weil viel mehr Menschen es mit dem Schreiben versuchen und Agenten für die Verleger als eine Art Sieb fungieren.) Der Verlag nahm das Buch an, was mich einigermaßen überraschte, doch dann hörte ich etliche Monate nichts mehr davon.

Mittlerweile war ich wieder in Harvard und lernte für meine mündliche Doktorprüfung. (Ich wusste, dass ich ein finanzielles Polster für mein Schreiben brauchte, und Unidozenten waren damals rar. Ich dachte, Lehren sei allemal besser als Kellnern, was ich bereits ausprobiert hatte, und auch besser als die paar anderen Dinge, die ich mir halbwegs zutraute. Wohlgemerkt, ich war sowohl von der Bell Telephone Company als auch von den beiden Verlagen abgelehnt wurden, die später meine Verlage wurden. Wobei sie allesamt mit ihrer Ablehnung vollkommen recht hatten: Für die Jobs, die sie anboten, war ich nicht die Richtige.)

Nach bestandener Prüfung machte ich mich auf die

Suche nach meinem verschwundenen Roman. Wie sich herausstellte, hatte der Verlag ihn irgendwohin – verlegt, fand ihn aber wieder, und nach einer weiteren Überarbeitung in den Jahren 1967/68, wieder an einem anderen Ort, nämlich in Montreal, wo ich Seminare und Abendkurse zum Thema »Viktorianische und amerikanische romantische Literatur« abhielt, wurde er im Herbst 1969 veröffentlicht und kam manchen als Produkt der neu gebildeten Frauenbewegung gerade recht. Das war er natürlich nicht. Seine Entstehung lag vier Jahre vor dem ernsthaften Aufkommen dieser Bewegung. Aber er passte irgendwie hinein, da das Ende … aber das Ende soll man ja nie verraten.

Ich war damals schon wieder umgezogen, an einen Ort, wo man von der Frauenbewegung nichts, aber auch gar nichts wusste – nach Edmonton, Alberta. Dort, in der Abteilung für Herrensocken und -unterwäsche der Hudson's Bay Company, fand meine allererste Signierstunde statt. Ich saß nahe der Rolltreppe mit meinem kleinen Bücherstapel an einem Tisch; ein Schild gab Auskunft über den Titel: ›Die essbare Frau‹. Dieser Titel jagte vielen Männern Angst ein – ich bilde mir gern ein, dass es sich um Rancher und Ölmagnaten handelte –, die um die Mittagszeit hereingeschlendert kamen, um Boxershorts zu kaufen. Sie flohen in Scharen. Ich verkaufte zwei Exemplare.

So hatte ich mir mein Leben als Schriftstellerin nicht vorgestellt. Proust musste seine Bücher niemals in der Dessous-Abteilung eines Kaufhauses verhökern, sinnierte ich und fragte mich, ob ich auf meinem Karrierepfad nicht doch falsch abgebogen war. Vielleicht war es ja noch nicht zu spät, um es mit der Versicherungsbranche, mit Immobilienunternehmen oder fast allem sonst außer

Schreiben zu versuchen. Aber wie Samuel Beckett einmal sagte, als er gefragt wurde, warum er Schriftsteller geworden sei: »Tauge für nichts anderes.«

Die dritte Erfahrung im Zusammenhang mit Romanschreiben ist etwas komplexer. Wir befinden uns nun im Jahr 1994, und ich bin erwachsen geworden, zumindest dem äußeren Anschein nach. Im Frühjahr begann ich während einer Lesereise durch Europa in Zürich, der Stadt C. G. Jungs, in einem Hotel mit Blick aufs Wasser – immer sehr förderlich für kontrollierte Halluzinationen, habe ich herausgefunden – mit dem ersten Kapitel eines neuen Buchs. Ich hatte nicht vorgehabt, gerade da mit einem Buch anzufangen, aber der Startschuss scheint immer von selbst zu erfolgen. Hier ein weiterer hilfreicher Hinweis: Wenn Sie auf die perfekten Umstände warten, um loszulegen, werden Sie vermutlich niemals loslegen.

Wie schon oft hatte ich kurz davor zu einem gänzlich anderen Buch angesetzt – und fand mich stattdessen in dem wieder, was 1996 unter dem Titel ›Alias Grace‹ erschien. Mittlerweile hatte ich die folgende Arbeitsmethode entwickelt: Ich schrieb vierzehn oder fünfzehn Seiten von Hand. Dann brachte ich den halben Tag damit zu, diese Seiten abzutippen, während ich weiterhin handschriftlich dem nachging, was man die Frontlinien des Buchs nennen könnte. Es war eine Art Feuerwalzentechnik. Auf diese Weise konnte ich im Gedächtnis behalten, wo ich eben stehen geblieben war, und gleichzeitig weiteres Neuland erkunden.

Als etwa hundert Seiten des Buchs zu Papier gebracht waren – wir machten im Herbst einen Arbeitsurlaub in Frankreich –, ging mir auf, dass ich es falsch angefangen hatte. Diese Erkenntnis kam mir im Zug nach Paris, wo ich Werbung für ein früheres Buch machen sollte. Damals führte ich ein Tagebuch, und dies ist der entsprechende Eintrag:

> In meinem Hirn entlud sich eine Art Gewitter – im Zug wurde mir klar, dass der Roman nicht funktionierte – aber nach zwei Tagen (hier ist eine Zeichnung mit Wolken und Blitzen eingefügt) glaube ich, die Lösung gefunden zu haben – dazu muss ich ein paar Figuren und lauter Krempel rausschmeißen und einiges umordnen, aber anders geht es nicht, glaube ich – das Problem ist seit jeher – welche Verbindung besteht zwischen A und B?

Wenn ich diese Notizen heute lese, weiß ich nicht mehr genau, was oder wer A und B waren. Ich glaube, ich hatte es mit einer dieser Gegenwart-Vergangenheit-Strukturen versucht. Ich strich die Gegenwart-Zeitschiene und tauchte ganz in die Vergangenheit ein, was sehr viel interessanter und eigentümlicher war, da ›Alias Grace‹ auf einem Doppelmord basiert, der 1843 tatsächlich verübt wurde. (Wie ich von diesem Mordfall erfuhr, ist eine andere Geschichte.) Außerdem wechselte ich bei der Erzählperspektive von der dritten zur ersten Person, und an dieser Stelle folgt der nächste hilfreiche Hinweis: Versuchen Sie bei Schreibblockaden, die Zeit oder die Person zu wechseln. Sehr häufig funktioniert das. Und: Wenn Sie mörderische Kopfschmerzen haben, legen Sie sich schlafen. Oft kommt mit dem neuen Morgen auch eine Antwort.

Bis zum 4. April 1995 hatte ich 177 Seiten von ›Alias Grace‹ geschrieben, bis September desselben Jahres waren es 395. Man sieht, ich schipperte munter dahin und nahm unterwegs immer wieder Korrekturen vor. Den Verlagen schickte ich das Manuskript im Januar 1996, reiste dann nach Irland und wurde krank. Das geschieht oft, wenn man eine Zeitspanne intensiver Arbeit, ganz gleich welcher Sorte, hinter sich hat: Der Körper verlangt schon seit geraumer Zeit nach Ruhe, die man ihm nicht gegönnt hat, also wartet er geduldig auf eine Atempause und nimmt dann Rache.

Zurück zu den Methoden. In aller Regel schreibe ich anfangs langsam, taste mich sozusagen in die Höhle hinein. Dann lege ich an Tempo und Stundenzahl zu, bis ich zum Schluss acht Stunden pro Tag schreibe, kaum noch geradeaus schauen und kaum noch einen Schritt tun kann, ohne halb zusammenzuklappen. Nichts davon ist empfehlenswert. Ich denke, stattdessen sollte man es mit Schwimmwettbewerben, Eisschnelllauf oder Gesellschaftstanz versuchen – alles sehr viel gesünder als Schreiben. Ich wollte nie, nie, nie als Vorbild dienen, darum nehmen Sie sich an nichts von dem, was ich über meine ureigenen Methoden gesagt habe, ein Beispiel.

Das vierte Buch, über das ich etwas sagen möchte, ist ›Der blinde Mörder‹, erschienen im Jahr 2000. Zu Beginn hatte ich so etwas wie eine Vision, die sich vermutlich unseren Familienfotoalben verdankte: Ich wollte über meine Großmutter und über meine Mutter schreiben – über ihre beiden Generationen, die zusammen das zwanzigste Jahrhundert umspannen –, aber meine reale Großmutter und meine Mutter waren viel zu lieb und nett, um in einem meiner Bücher zu landen. Also begann ich, über eine bereits verstorbene, etwas problematischere alte Dame zu schreiben, die insgeheim ein Doppelleben geführt hatte, worauf eine noch lebende Figur durch den Fund einiger Briefe in einer Hutschachtel stieß. Das funktionierte nicht, darum warf ich die Hutschachtel und die Briefe raus, behielt aber das geheime Doppelleben.

Ich schrieb dann weiter über ebenjene alte Dame, doch nun war sie noch am Leben. Zwei andere Figuren – neugierige Personen, alle beide – stießen auf sie, und auch in diesem Buch gab es ein Behältnis: einen Koffer mit einem Fotoalbum darin. Aber damit kam ich ebenfalls nicht weiter – die beiden anderen Figuren fingen eine Affäre miteinander an, und der Mann war verheiratet und frischgebackener Vater von Zwillingen, und Sie sehen schon, dass die Affäre das Buch mit Beschlag belegen und die alte Dame in den Hintergrund drängen würde, über die ich doch eigentlich schreiben wollte. Also ab in die Schublade mit dem ehebrecherischen Paar, weg mit dem Koffer – allerdings behielt ich eins von den Fotos.

Zu guter Letzt ergriff die alte Dame selbst das Wort, und dann konnte das Buch seinen Gang gehen. Auch in dieser dritten Version kommt ein Behältnis vor – ein Schiffskoffer mit allem, was man bis heute darin findet, in dem Kapitel mit dem Titel *Der Schiffskoffer*.

Mir ist bewusst, dass die Art, wie ich diese Geschichte erzählt habe, stark an *Goldlöckchen und die drei Bären* erinnert, und tatsächlich ist da etwas dran. Man muss einen Stuhl nach dem anderen ausprobieren, bis man genau den richtigen Stuhl findet – den, der passt –, und man muss hoffen, dass währenddessen nicht allzu viele Bären aus dem Wald kommen.

Der fünfte Besuch beim Wörterhort fand im Sommer 2005 statt und führte zu einem Buch im Rahmen der Serie »Die Mythen«, an der ein Dutzend Autorinnen und Autoren sowie vierunddreißig Verlage aus aller Welt beteiligt waren. Die Idee dahinter war, einen Mythos – irgendeinen – auszuwählen und ihn auf etwa hundert

Seiten so peppig wie bedeutsam nachzuerzählen. Wie ich bald herausfand, war diese Aufgabe ein gutes Stück schwieriger, als man meinen sollte.

Ich versuchte es. Versuchte es auf diese und jene Weise, ohne Ergebnis. Ich schien dem Pegasus keine Flügel verleihen zu können. Wie jeder Schreibende weiß, ist ein Handlungsgerüst nur ein Handlungsgerüst und als solches zweidimensional, solange man ihm kein Leben einhaucht, und das können nur die Figuren darin; und um den Figuren Leben einzuhauchen, gehört ein bisschen Blut in die Mischung. Ich erspare es mir, meine gescheiterten Ansätze im Detail auszubreiten. Sagen wir einfach, es waren so viele, dass ich kurz davor stand, das Ganze komplett aufzugeben.

Da Einfälle bekanntlich aus der Not geboren werden, begann ich schließlich, ›Die Penelopiade. Der Mythos von Penelope und Odysseus‹ zu schreiben. Fragen Sie mich nicht, wieso, ich weiß es nicht. Sagen wir nur, das Erhängen der zwölf »Mägde« – genauer: Sklavinnen – am Ende der ›Odyssee‹ war mir schon bei der ersten Lektüre als ungerecht erschienen, und dabei ist es geblieben. Sie wurden alle an demselben Strick aufgehängt, welch sparsames Vorgehen; wie es in der ›Odyssee‹ heißt, zuckten ihre Füße ein wenig, aber nur kurz. Deshalb gehört in dem Buch, auch wenn Odysseus' Gattin Penelope die eigentliche Erzählerin ist, die zweite Stimme den Mägden. Immer wieder unterbrechen sie Penelope, mischen sich ein: Wie der Chor in einer griechischen Tragödie kommentieren sie die Haupthandlung und setzen den Kontrapunkt dazu.

Nun habe ich genug über die Art und Weise geredet, wie ich schreibe. Oder über die Art und Weise, wie ich bisher geschrieben habe. Es kann sich alles ändern. Es kann alles enden. Die leere Seite ist immer pures Potenzial für jeden, mich eingeschlossen. Jeder Beginn ist wieder genauso Furcht einflößend und genauso risikoträchtig.

Zum Schluss möchte ich Ihnen noch eine wahre Geschichte erzählen. Neulich holte ich mir in einem Café einen Kaffee zum Mitnehmen. Mittlerweile werde ich von vielen Leuten erkannt, vor allem nachdem ich mich dazu überreden ließ, in der Rick-Mercer-Show einen Eishockey-Torhüter zu imitieren. Ein Café-Mitarbeiter erkannte mich ebenfalls. Er komme von den Philippinen, erklärte er mir. »Sie sind die Autorin«, sagte er. »Ist das ein Talent?« – »Ja«, sagte ich. »Aber dann ist es beinharte Arbeit.«

»Und man muss auch die Leidenschaft haben«, sagte er.

»Ja«, sagte ich. »Man muss auch die Leidenschaft haben. Man braucht alle drei: Talent, harte Arbeit und Leidenschaft. Hat man nur zwei davon, bringt man es nicht sehr weit.«

»Ich schätze, so ist es mit allem«, sagte er. »Ja«, sagte ich. »Das schätze ich auch.«

»Viel Glück«, sagte er. »Ihnen auch viel Glück«, sagte ich.

Und wenn ich es mir jetzt so überlege, ist das etwas, das wir auch alle brauchen. Wir brauchen Glück.

›DAS ECHO DER ERINNERUNG‹

(2006)

›Das Echo der Erinnerung‹ ist Richard Powers' neunter Roman. Sein erster, der viel gelobte ›Drei Bauern auf dem Weg zum Tanz‹, ist 1985 erschienen. In den seither vergangenen einundzwanzig Jahren war Powers ein wahrer Vulkan der Produktivität, der so unterschiedliche Werke schuf wie ›Prisoner's Dilemma‹, ›Galatea 2.2‹, ›The Gold Bug Variations‹, ›Schattenflucht‹, ›Gain‹ und ›Der Klang der Zeit‹. Er war dreimal für den National Book Critics Circle Award nominiert und hat beide sogenannten »Genie«-Preise gewonnen: ein MacArthur Fellowship und einen Lannan Literary Award. Während ich dies schreibe, ist er mit dem Buch, das ich hier bespreche, unter den Nominierten für den National Book Award.

Den Kritikern entgeht so etwas nicht, und in der Tat hat Powers Kommentare angesammelt, für die die meisten Autoren ihre Großmutter ermorden würden. »Powers ist ein Autor von sengendem Intellekt«, schrieb die ›Los Angeles Times Book Review‹. »Er muss nur an ein Thema denken, schon blättert die Farbe davon ab. Als Romanautor verfügt er über einen Einfallsreichtum und

Witz, denen in Amerika kaum jemand gleichkommt.« Das nur als ein Beispiel – es gibt viele, viele weitere.

Wenn er aber so gut ist, wieso ist er dann nicht bekannter? Oder anders gefragt: Warum haben seine Bücher nicht mehr Preise abgeräumt? Es scheint, als hätten die Jurys immer wieder Powers' erstaunliches Talent und seine Leistungen erkannt, ihn auf ihre Shortlists gesetzt und dann doch einen Rückzieher gemacht, so, als hätten sie plötzlich befürchtet, ihren Preis jemandem zu verleihen, der nicht ganz menschlich ist – einer Art Mr Spock aus ›Star Trek‹, vielleicht. Zwar kann er seinen Geist wie ein Vulkanier mit dem der Kritiker verschmelzen, aber ist er letztendlich nicht doch etwas zu unbequem? Zu fordernd? Oder – ein schlimmes Wort – zu düster?[1]

Andererseits gibt es Bücher, die man nur einmal liest, welche, zu denen man öfter greift, weil sie so unwiderstehlich sind, und wieder andere, die man mehrmals lesen muss. Powers' Bücher fallen in die dritte Kategorie: Erst beim zweiten Lesen bemerkt man all die verborgenen Hinweise, die man beim ersten Galopp durch das Buch leicht übersieht. Und galoppieren wird man, denn Powers ist ein Meister des Plots. Bei manchen Büchern fragt man gar nicht, wie sie ausgehen, denn darum geht es in ihnen nicht. In denen von Powers schon. Zumindest auch.

Wenn Powers ein amerikanischer Schriftsteller des neunzehnten Jahrhunderts wäre, welcher wäre er denn wohl? Vermutlich der Herman Melville von ›Moby Dick‹. Ja, so groß ist sein Format. ›Moby Dick‹ ging bei Erscheinen sang- und klanglos unter: Erst ein knap-

1 Auch wenn er 2019 mit seinem zwölften Roman ›Die Wurzeln des Lebens‹ den Pulitzer-Preis gewonnen hat.

pes Jahrhundert später wurde seine Bedeutung erkannt. Angesichts von Powers' Interesse an Zeitkapseln und dergleichen würde ich tippen, dass auch er langfristig denkt. Wer in hundert Jahren seine Bücher aufschlägt, wird darin all die Probleme, Manien, Sprechweisen, Witze und grausigen Fehler, die Essgewohnheiten, Illusionen und Dummheiten, die Liebe, den Hass und die Schuld seiner Zeit ausgebreitet finden. Alle Romane sind Zeitkapseln, aber die von Powers sind größer und umfassender als die meisten.

Ich bezweifle allerdings, dass Powers noch hundert Jahre warten muss. Bald werden amerikanische Literaturstudenten mit Schaufel und Spitzhacke über ihn herfallen. Wenn Richard Powers nicht Stoff für tausend Doktorarbeiten bietet, bin ich der Zauberer von Oz.

Aber auf den kommen wir später noch zu sprechen.

›Das Echo der Erinnerung‹ ist wahrscheinlich Powers' bisher bester Roman. »Wahrscheinlich«, weil Powers gar nicht fähig ist, ein schlechtes Buch zu schreiben – alles Weitere ist nur eine Frage des Geschmacks. Das Buch charakterisieren zu wollen ist in etwa so, als versuchten vier Blinde, einen Elefanten zu beschreiben: Wo soll man bei etwas so Großem mit so vielen Gliedern nur anfangen?

Nach dem Thema seines Romans ›Schattenflucht‹ (2000) befragt, sagte Powers: »Es geht um eine desillusionierte Künstlerin, die zu einem Virtual-Reality-Projekt verpflichtet wird, um eine amerikanische Geisel, die im Libanon vier Jahre lang in Einzelhaft sitzt, und um das leere, weiße Zimmer, in dem sie sich begegnen. Die Frage ist: Ist unsere Fantasie mächtig genug, um uns vor ihrer eigenen Macht zu schützen.« Desillusionierung, virtuelle Realität, Einsamkeit, Fantasie, Macht: alles Schlüssel zu Powers'

Welt. Typisch ist auch, wie Powers heillos disparate Elemente zu einer Art Atombombe zusammenzwängt. Er will Spaltung, dann Fusion – und am Ende einen großen Knall.

In ›Das Echo der Erinnerung‹ sind diese heillos disparaten Elemente zunächst die vom Aussterben bedrohten, wegen ihrer schallenden Rufe unter Indigenen als »Echomacher« bekannten Kanadakraniche, das Etappenziel ihrer Wanderung am Platte River im topfebenen Nebraska und Mark Schluter, ein liebenswerter, junger Müßiggänger, der bei einem ebenso spektakulären wie mysteriösen Unfall auf einer nächtlichen Autofahrt durch die von den Vögeln heimgesuchte Gegend ein Hirntrauma erlitten hat, wegen dem er nun am Capgras-Syndrom leidet. Wer diese Krankheit hat, ist überzeugt, die eigenen Liebsten seien entführt und durch täuschend echte Nachbildungen ersetzt worden. So wird auch aus Mark eine Art Echomacher. Zum Beispiel glaubt er, sein HomeStar-Haus und sein Hund Blacky seien fortgeholt und gegen ein falsches HomeStar und einen falschen Blacky ausgetauscht worden – exakte Kopien bis ins kleinste Detail, aber eben trotzdem nur Kopien. Der Hund leidet darunter besonders.

Hinzu kommen die Spuren drei verschiedener Autos am Unfallort (wer war noch dort, was veranlasste Mark zu bremsen und verursachte den Unfall?) und eine Notiz auf Marks Nachttisch im Krankenhaus, zu der niemand sich bekennt und auf der steht:

Ich bin niemand
aber heute Nacht auf der North Line Road
Führte Gott mich zu dir
damit du leben kannst
und jemand anderen zurückholen

Diese fünf Zeilen bilden zugleich die Titel der fünf Abschnitte des Buchs.

Alles und jeder im Roman hängt mit obigen Faktoren zusammen. Karin Schluter, Marks liebende Schwester und einzige Verwandte (die fanatisch religiösen, ihre Kinder vertrimmenden Eltern sind bereits tot), will sich um ihren Bruder kümmern und wird umgehend der Doppelgängerei bezichtigt. Darauf lockt sie Dr. Weber an Marks Krankenbett, einen Neurologen und bekannten Autor populärwissenschaftlicher Bücher über Hirn-Kuriositäten à la Oliver Sacks, in der verzweifelten Hoffnung, er sei eine Art Gibson'scher Neuromancer, der ihr Mark zurückbringt. Dieser Dr. Weber lernt im Krankenhaus Barbara kennen, eine für Mark zuständige Pflegerin. Auch sie ist eine Fremde im elenden Kearney, Nebraska, und für ihre Stelle ganz eindeutig überqualifiziert. Nur zu ihr hat Mark wirklich Vertrauen, auch wenn er sie »Barbie« nennt und sie somit in die wachsende Schar der Replikanten einreiht.

Dann ist da noch Marks muntere Freundin Bonnie, die beruflich eine frühe Siedlerin spielt, mit Kostüm und allem Pipapo. »Keiner ist, für was er sich ausgibt«, sinniert Mark über Bonnie, »und er soll auch noch darüber lachen und mitspielen.« Diese Beobachtung über die Kluft zwischen Bonnies Fassade und der schwer fassbaren Wirklichkeit dahinter trifft auf verschiedene Weisen auch auf alle anderen Figuren des Romans zu.

Die Kanadakraniche sind das Zentrum eines weiteren Spiralnebels der Handlung. Beide Ex-Freunde von Karin haben mit ihnen zu tun. Der asketische Daniel, ein Jugendfreund von Mark, kämpft als Naturschützer um die Erhaltung ihres Lebensraums, der sexy Schwindler und Bauunternehmer Robert Karsh will an ihnen verdienen, indem er eine teure Anlage für Kranich-Touristen baut – die in Wahrheit nur ein Vorwand für eine die Vögel bedrohende Landnahme ist.

Karin hat sich mühsam, Job für Job, aus Kearney herausgekämpft und wird nun ohne eigenes Verschulden zurück in dessen abstumpfenden Orbit gezerrt, nur um festzustellen, dass die Liebe, mit der sie ihren Bruder von seinem Syndrom erlösen will, keinerlei Wirkung zeigt. In ihrer Verzweiflung verbündet sie sich mit den beiden Männern, betrügt erneut den handzahmen, ehrenhaften, aber drögen Daniel und ergeht sich in verbotenen Schäferstündchen mit dem charmanten, aber polygamen Robert, dessen Reiz – wenigstens scheinbar – darin liegt, dass er einem nichts vormacht. Daniel hat Karin verärgert, indem er mit einer Kellnerin liebäugelte, das danach aber nicht zugab. »Liebe war nicht das Gegengift zu Capgras«, denkt sie, »Liebe war eine Form davon, die willkürlich Menschen schuf und Menschen verleugnete.« Beim Lesen kann man Karins Untreue gar nicht scharf genug verurteilen, trotz ihrer eigenen Gewissensbisse: Die Ärmste braucht nun einmal dringend Trost, und in der Not frisst der Teufel Fliegen.

Wer hat die rätselhafte Nachricht hinterlassen, die Mark zugleich als Fluch und Handlungsanweisung begreift? Warum wurde sein Leben gerettet, wen soll er »zurückholen«? Wer saß hinterm Steuer der beiden Autos, von denen die anderen Spuren stammen? Was für ein weißes Ding – ein Vogel, ein Gespenst oder ein Mensch – hat Mark an jenem Abend auf der Straße gesehen, sodass er ausgewichen ist und seinen Truck zu Schrott gefahren hat? Und wird er je wieder er selbst werden?

Allerdings: Was heißt das eigentlich, »man selbst sein«? Dr. Weber hat dazu ein paar Ideen, die jedoch nicht sehr tröstlich sind, denn wer möchte schon auf einen Haufen elektrochemischer Verbindungen in einem Klumpen runzeliger Hirnmasse reduziert werden? Angesichts seines Bombardements mit Fachwissen fühlt man sich fast wie Dr. Johnson, der meinte, er könne Berkeleys Argumente für die Nichtexistenz materieller Dinge widerlegen, indem er gegen einen Stein tritt. Es ist nicht gerade sehr erbaulich, etwa Folgendes über das Phänomen des Phantomgliedes zu hören: »Selbst der unversehrte Körper war ein Phantom, ein Gerüst, errichtet von Neuronen. Der Körper war unser einziges Zuhause, und selbst das war mehr eine Postkarte als ein Ort.«

Auch abseits seines überaus entmutigenden Wissens ist Dr. Weber keine große Hilfe, denn er hat selbst einige Scherereien mit seinem wahren Ich – vor allem mit seinem ausgedachten Alter Ego, dem »weithin bekannten Gerald«, mit dessen Hilfe er seine Bücher vermarktet. Sein neuestes Werk, ›Das Land der Überraschung‹, wird von den Kritikern verrissen. Sie werfen Weber Oberflächlichkeit vor, Kälte gegenüber seinen Versuchspersonen, Verletzung der Privatsphäre und – das Schlimmste von allem – veraltete Methoden. Anders ausgedrückt: Sie halten ihn für einen Blender. Diese Anwürfe treffen auf sein ohnehin angeknackstes Selbstwertgefühl, was in einer Art Identitätskernschmelze mündet, mitten im Kearney MotoRest, wo alles wirkt wie eine Kopie seiner selbst – sogar die Äpfel an der Rezeption: »Ob sie echt oder Dekor waren, konnte er erst sagen, als er einen mit dem Fingernagel anstach.« Selbst die Kraniche treten in diesem Palast der Nachbildungen nur als Fotos auf Broschüren auf. Kein Wunder, dass Weber sich plötzlich nach der unergründlichen Krankenpflegerin Barbara verzehrt, während seine felsenfest stabile Ehe in seinem Kopf zu Götterspeise wird.

Was ist solide, was ist verlässlich, was authentisch? Macht Liebe die Dinge »echt« wie in Margery Williams' ›Das Samtkaninchen‹? Vielleicht, aber nur für die Liebenden. Und wo kommt diese »Liebe« her? Etwa auch aus dem unzuverlässigen Klumpen grauer Grütze in unseren Schädeln? Und wenn nicht, woher dann?

Man kann ›Das Echo der Erinnerung‹ jedoch noch auf eine weitere Art lesen: Was stimmt nicht mit dem »Selbst« Amerikas? Wurde das wahre Amerika womöglich durch ein falsches ersetzt? Befinden die Figuren – und damit auch die Leser – sich quasi in den Stepford-USA? Leben wir im »Zeitalter der Massenhypnose«, wie Webers Frau über das Amerika der Großkonzerne und der enrongleichen Spiegeltricks der Wirtschaft urteilt? Ist »Amerika« nur ein Phantomglied, so wie die, von denen Weber spricht: lange fort, tut aber immer noch weh? Welche wesentlichen Zutaten machen die Identität eines Landes oder Orts aus – oder einen Menschen zur wahren Version seiner selbst?

An dieser Stelle möchte ich über eine mögliche Verbindung von ›Das Echo der Erinnerung‹ mit dem ›Zauberer von Oz‹ spekulieren.

Das kommt nicht von ungefähr. Einen Roman auf dem Bauplan eines anderen zu entwerfen (oder einer Short Story oder eines Kunstwerks) ist genau Richard Powers' Ding. Man denke nur an ›Prisoner's Dilemma‹, das auf einer Walt-Disney-Fantasie beruht, oder die ›Gold Bug Variations‹: Erst kommt das Thema, dann seine Variationen (Powers hat ein Faible für musikalische Strukturen).

In der Tat finden sich über den Text verstreut einige zarte Hinweise auf Powers' Absichten: Einmal sagt Webers Frau Sylvie: »He, bin wieder da, Mann! ... Geht doch nichts über Heim und Herd!« Fünf Seiten weiter denkt Weber: »Ich habe so ein Gefühl, wir sind nicht mehr in New York.« Die Vorbilder dieser Schnipsel sind bekannt: Der erste erinnert an Dorothys Refrain im Land von Oz, im zweiten klingt an, was sie zu ihrem Hündchen Toto sagt, um die Seltsamkeit dessen zu beschreiben, was sie dort erleben.

›Der Zauberer von Oz‹ wird oft als das erste wahrhaft amerikanische Märchen gepriesen und ist eins dieser Bücher, die bedeutsam bleiben, weil sie mehr sagen, als sie wissen. Es stammt aus dem Jahr 1900, einer Zeit, in der der aufstrebende Feminismus und blühende Darwinismus vielen den Schlaf raubten – daher auch die mächtigen Hexen und geflügelten Affen.

Die kleine Heldin Dorothy ist ein Waisenmädchen, das bei seiner biederen, bierernsten Tante Em und seinem Onkel Henry im topfebenen, grauen Kansas lebt. Ein Tornado trägt sie fort ins Land von Oz, wo sie drei Weggefährten findet: eine Vogelscheuche ohne Hirn, einen Blechmann ohne Herz und einen Löwen ohne Mut. (Politexperten erklären gern, ein großer Anführer brauche drei Dinge: Hirn, Herz und Mumm. Churchill besaß zum Beispiel alle drei. Sie können ja selbst einmal nachzählen: Auch Franklin Roosevelt hatte alle drei; Nixon hatte Hirn und Mumm, aber nicht viel Herz. Reagan hatte eine brauchbare Nachbildung eines Herzens, aber nicht besonders viel Hirn. Und so weiter.)

Im Land von Oz, so lesen wir, gibt es einen großen Zauberer und obendrein einige Hexen, gute wie böse. Die vier Freunde brechen auf zur Smaragdstadt von Oz, wo der Zauberer ihnen ihre Wünsche erfüllen soll. Die drei Herren hätten gern ihre fehlenden Teile, Dorothy möchte nach Hause, weil es dort am schönsten ist.

Indem der Große und Schreckliche Oz sich als Feuerball, als wildes Tier, als nette Dame oder als riesiger Kopf manifestiert, gibt er eine ziemlich gute Nachahmung von Gott ab: All diese Formen haben biblische oder theologische Vorbilder. Einmal tritt er sogar als körperlose Stimme auf, die sagt: »Ich bin überall.« Dann aber wird er als Hochstapler entlarvt: Er ist nur ein Bauchredner, ein Schausteller aus Omaha, Nebraska, der in einem Heißluftballon über die Wüsten von Oz abgetrieben wurde. Sogar die Farbe der Smaragdstadt ist bloß eine Illusion, erzeugt durch die grünen Brillen, die alle dort tragen. Der Zauberer verfügt also gar nicht über echte Zauberkräfte; die Hexen allerdings schon, weshalb er Gott gespielt hat, um sie abzuschrecken.

Unzulängliche Männer, mächtige Frauen und ein Land der Nachahmung im Herzen von Amerika. In der Verfilmung von 1939 existiert das Land von Oz (das ja wohl ›Land of Awes‹, das Land des Staunens, heißen soll) nur in Dorothys Vorstellung. Während des Tornados hat sie sich den Kopf gestoßen und alles geträumt. Wie das »Land der Überraschung« in Dr. Webers Buch ist auch Oz ein Land der Hirnfunktionsstörungen. Wie das Königreich Gottes, wie Miltons inneres Paradies oder Webers Ansichtskartenkörper und »wahrgenommene Wirklichkeit« liegt das Königreich von Oz in uns.

Wenn ›Der Zauberer von Oz‹ die Vorlage für ›Das Echo der Erinnerung‹ ist (wenn Letzteres also das Thema des Ersteren variiert), dann ist Marks Schwester Karin eine paradoxe Dorothy. Sie ist nicht »daheim«, weil sie das möchte – im Gegenteil, sie hat alle Hebel in Bewegung gesetzt, um aus Kearney zu entkommen. Ihr Problem ist nicht, dass »es nirgends besser ist«, sondern dass es nirgends einen Ort gibt, der für sie auch nur im Ansatz ein Zuhause darstellt. »There is no place like home« nimmt hier also eine neue, unheilschwangere Bedeutung an: Es existiert ganz wörtlich kein vertrauenswürdiges Zuhause.

Mark entspräche dann der Vogelscheuche, der es in der Birne fehlt, der flaumbärtige Vegetarier Daniel (der Nichtlöwe in der Grube) könnte mehr Mumm vertragen, und Bauunternehmer Robert Karsh ist der blitzende Blechmann ohne Herz. Die je nach Situation mal hilfreichen, mal zerstörerischen fliegenden Affen würden vielleicht durch Marks einfach gestrickte Zockerfreunde repräsentiert, seine Weggefährten in einem anderen Reich der virtuellen Wirklichkeit, den Videospielen.

Dr. Weber ist natürlich der hochstapelnde Zauberer. Er reist durch die Lüfte, wenn auch mit einem Flugzeug statt einem Ballon, und entdeckt gleich dem Zauberer unerwartete Stärken in seiner Blenderei. Barbara, die über eine Art von Zauberkraft zu verfügen scheint, könnte eine Mischung aus der guten Hexe Glinda und der bösen Hexe des Westens sein.

Welches geteilte Nichts führt Weber und Barbara zusammen? Was haben sie mitten in der Nacht auf dem kalten Feld verloren, wo sie eng umschlungen auf dem Boden liegen, umringt von den Kanadakranichen? Ist die gute Glinda eigentlich die böse Glinda? Wieso ist die liebenswerte Barbie derart leer und deprimiert? Kommt das von einem Übermaß an Nachrichten aus aller Welt, oder steckt etwas Persönlicheres dahinter? Beides, wie sich irgendwann herausstellt, denn in Powers' Romanen hängen die kleinen Geschichten immer mit der großen zusammen.

Wir sind nicht mehr in Kansas. Ja, nicht einmal in Oz. Wir sind in Nebraska, dem kaputten Herz im Herzen von Amerika, und die Dinge stehen schlecht. Als Antwort auf die hypothetische Frage »Was ist aus Amerika geworden?« bietet ›Das Echo der Erinnerung‹ zunächst nicht viel Trost. Mit der Zeit dann aber doch. Im Land der Überraschung liegt durchaus eine gewisse Gnade. Wenigstens kann man versuchen zu vergeben. Etwas wiedergutzumachen.

Diese Wiedergutmachung hat letztlich mit den Kranichen zu tun, denn Powers kennt Tschechows Gedanken, dass eine im ersten Akt auf dem Tisch liegende Pistole im dritten abgefeuert werden muss. Die Kraniche kommen gleich auf der ersten Seite vor und dann jeweils am Anfang der folgenden vier Teile. Wir ahnen also, dass sie höchstwahrscheinlich noch eine größere Rolle spielen werden. Die Kraniche benötigen die Weite des Platte River, der durch die durstigen Verwüstungen der Roberts dieser Welt dahinschrumpft.

Die natürliche und die menschliche Welt in Romanen zu verschmelzen ist nie ganz einfach. Sofern man keine sprechenden Hasen oder Ähnliches einführt (im vorliegenden Fall vielleicht zahme Biber), lässt sich nur schwer der Umstand übertünchen, dass die wilden Wesen der Natur sich für Menschen eigentlich nur interessieren, wenn sie sie fressen können – oder von ihnen gejagt werden. Und Menschen interessieren sich (auch beim Lesen) vorwiegend für andere Menschen, so wie Termiten sich vor allem für Termiten interessieren. Kanadakraniche und Co. mögen zwar ehrfürchtiges Staunen auslösen, Freude, Neugier oder Verzückung, aber sicher keine flauschigkuschligen Gefühle. Im Gegenteil.

Powers übertüncht diesen Umstand erst gar nicht. Er hebt ihn hervor. »Dann werden wieder Eulen ihre nächtlichen Rufe ertönen lassen«, sagt er, »Millionen von Jahren nachdem die Menschheit den eigenen Untergang besiegelt hat. Nichts wird uns vermissen.« Doch die wilden Kraniche im Herzen des Herzlands sind gefährdet, weil Menschen sie nicht als das unentbehrliche spirituelle Herzblut erkennen, das sie sind. Die Menschheit mag sich selbst abschaffen, aber vorher wird sie das noch einer Menge anderer Geschöpfe antun.

Die Beschäftigung des Buchs mit der Zerstörung der Natur mutet modern, ja beinah modisch an, ist aber in Wahrheit ein uralter Zug amerikanischer Literatur. James Fenimore Coopers ›Lederstrumpf‹-Reihe, der womöglich erste ernsthafte Versuch, mit den Mitteln des Romans die Wirklichkeit und Seele Amerikas zu erforschen, begann 1823 mit dem Roman ›Die Ansiedler‹. Sein Protagonist Natty Bumppo lebt im Wald, ist ein Indianerfreund und erscheint als lächerlicher, schikanierter alter Mann. Cooper hat sich großzügig bei Walter Scotts ›Waverley‹-Romanen bedient: Der Natty aus den ›Ansiedlern‹ ist ein Pendant zu Scotts rohen, aber lustigen, wilden, aber edlen, tragikomischen Highlandern. Mit den folgenden ›Lederstrumpf‹-Büchern wurde er zunehmend jünger und kehrte immer weiter in die unberührte Wildnis der Vergangenheit zurück. Dabei sammelte er diverse heroisch klingende Beinamen wie Pfadfinder, Wildtöter oder Falkenauge an, so, als hätte Cooper später bereut, dem armen Mann einen so tölpelhaften Namen wie Bumppo verpasst zu haben.

Schon in ›Die Ansiedler‹ bezieht Natty jedoch erstmals wortgewandt Stellung gegen die Gier, die den Reichtum der Natur zu zerstören droht. Gott, so stellt er fest, hat sowohl die Menschen als auch alle anderen Lebewesen geschaffen. Er gestattet dem Menschen, seine übrigen Geschöpfe zu töten (wie sie es auch untereinander tun), doch das sollte als Geschenk verstanden werden und stets nur dazu dienen, den Hunger zu stillen und dringend notwendige Dinge zu beschaffen. Die Siedler frönen allerdings dem sinnlosen Gemetzel – sie töten nicht nur, weil sie müssen, sondern einfach, weil sie können. Sie sind nimmersatte Gierschlünde mit nichts als Profit im Kopf. Sie ehren die Schöpfung nicht, und ihre Verschwendung wird in Hungersnöten enden.

Coopers Natty machte sich Sorgen über die Abschlachtung von Wild und Fischen. Die Wandertaube war damals noch nicht vom Erdball gefegt worden, weshalb er nicht einmal auf die Idee kam, die Kräfte, die den Wald seiner Hirsche beraubten, könnten später ganze Arten auslöschen. Angewidert von den Übergriffen der Abschlachter und Geldraffer zieht er sich schließlich in die Wildnis zurück, in der er sich eher zu Hause fühlt. Was Daniel über das Verschwinden der Kanadakraniche denkt, ist mit Natty geistig mindestens verwandt, und am Ende des Romans schlägt er einen ganz ähnlichen Weg ein, indem er nach Norden zieht, weiter weg vom zerstörerischen Einfluss eines Robert Kearney und damit auch Amerikas. Wie Mark es ausdrückt: »Er will nicht dabei sein, wenn wir hier endgültig alles kaputtmachen.«

Die Kraniche sind durch uns Menschen wahrscheinlich dem Untergang geweiht; sie sind lebende Fossilien, aber es ist sehr gut möglich, dass dies auch für uns gilt. Warum sollten Leute wie David ihr Leben ihrer Rettung widmen? Vielleicht, weil Vögel in unserer Vorstellung schon immer für die menschliche Seele standen – das Motto von ›Das Echo der Erinnerung‹ lautet: »Wer seine

Seele finden will, muss sie zuerst verlieren.« Der Roman handelt von verlorenen Seelen, aber auch von wiedergefundenen. In der unheimlichen, anonymen Nachricht, die Mark so verwirrt, steckt eine gewisse Wahrheit: Um die eigene verlorene Seele zu finden, muss man »jemand anderen zurückholen«. Der Ausweg aus Marks beängstigender Doppelwelt mag sich im Giftköfferchen des Doktors finden, doch er liegt auch ganz woanders.

Dass die Neurowissenschaft die »Seele« nur für eine im Hirn entstandene Täuschung hält, spielt keine Rolle: In ihren Augen ist eben alles nur eine im Hirn entstandene Täuschung, einschließlich des Körpers. Wenn wir also glauben, wir hätten »Seelen«, ist das dasselbe, wie wirklich welche zu besitzen. Die alte Binsenweisheit der Ratgeberliteratur, man könne die Welt durch seine Einstellung zu ihr verändern, trifft vielleicht doch ins Schwarze. Wir müssen leben, als wäre die Kopie das Original – wert, bewahrt und verbessert zu werden –, denn etwas anderes bleibt uns gar nicht übrig. So kann auch Mark irgendwann endlich sagen: »Eigentlich genauso gut … Ich meine, wir. Du und ich. Dieser Ort … Was immer das hier ist. Genauso gut wie das Original.«

›Das Echo der Erinnerung‹ ist ein großer Roman – groß in seinem Ausgriff, groß in seinen Motiven, groß in der Struktur. Dass er hier und da vielleicht auch mal ins Großspurige abrutscht, lässt sich womöglich nicht vermeiden: Powers ist kein Miniaturenmaler. Von den beiden Extremformen des amerikanischen Manierismus, dem Shaker-Stuhl-Minimalismus von Dickinson, Hemingway oder Carver und dem Gilded-Age-Maximalismus von Whitman, James oder Jonathan Safran Foer, neigt Powers eindeutig zur Letzteren. Seine Effekte erzielt er durch Wiederholung, durch eine Entfaltung von Motiven wie in den Goldberg-Variationen und indem er die Lautstärke voll aufdreht und sämtliche Register zieht.

Insgesamt entsteht so eine einzige, gewaltige, oratorienhafte Hirnepisode. Am Ende taumelt man aus Powers' Roman, umklammert glücklich den Bettpfosten wie Scrooge am Morgen danach, sagt: »Es ist nirgends besser als daheim«, und hofft, man hat noch eine Chance, die Dinge zurechtzubiegen. Als ein Stück virtueller Wirklichkeit ist ›Das Echo der Erinnerung‹ so gut wie echt – oder, in Mark Schluters Worten, »in gewisser Hinsicht sogar besser«.

FEUCHTGEBIETE

(2006)

Ich freue mich sehr, heute Abend anlässlich des Charles Sauriol Environmental Dinner bei Ihnen sein zu dürfen. Der Erlös dieses Dinners kommt dem Oak Ridges Moraine Land Trust und der Conservation Foundation of Greater Toronto zugute. Diese beiden Organisationen schützen gemeinsam Hunderte von Hektar Land und sind Teil einer wachsenden Bewegung – »wachsend« im Hinblick auf Bewusstsein, Wirksamkeit und politischen Einfluss –, vorangetrieben von Menschen, die erkannt haben, dass aus kleinen Eicheln große Eichen werden und es ohne diese Eicheln überhaupt keine Eichen gibt. Und sie haben erkannt, dass alle Bäume, ja alles Leben an Land, auch wir sprachbegabten Zweifüßler, fruchtbaren Boden und Wasser brauchen, saubere Luft und gründliches, kluges Nachdenken. Zahllose Stunden solchen Nachdenkens und der freiwilligen Arbeit sind in diese Organisationen eingeflossen. Alle hier sind über diese Arbeit froh und stolz auf ihren Beitrag dazu.

Wenn Organisationen wie diese beiden Erfolg haben, können Sie alle durchatmen, und zwar in mehrfacher Hinsicht. Sie werden wissen, dass Sie Hilfe in einem wichtigen Kampf geleistet haben: im Kampf gegen die Erderwärmung und die von ihr schon jetzt angerichteten Verheerungen. Und Sie werden nachts ruhiger schlafen – auch, weil Sie hoffentlich nicht so viel husten müssen.

Ich bin keine Politikerin, weshalb Sie sich vielleicht fragen, wieso ich eine Rede über etwas halte, das längst zum heißen Eisen geworden ist. »Heiß« ist dabei ganz wörtlich zu verstehen: Laut denen, die so etwas messen – die NASA beispielsweise –, ist die Erde heute so heiß wie seit Jahrtausenden nicht mehr. Heizt sie sich noch weiter auf, gibt es bald kein Zurück mehr.

»Ach, diese Margaret«, sagen da manche. »Die ist doch nur eine Romanautorin.« Stimmt, das bin ich, und in der Arena von Dichtung und Wahrheit verschafft mir das einen großen Vorteil. Hier ein Auszug aus einem ausnahmsweise nicht fiktionalen Text, den ich letztes Jahr für ›Granta‹ geschrieben habe. Thema war das Abschmelzen des arktischen Meereises, das ich mit eigenen Augen gesehen habe.

»Man könnte einen Science-Fiction-Roman darüber schreiben«, schrieb ich, »der jedoch keine Science-Fiction wäre. Er könnte *Eisschmelze* heißen. Mit einem Mal gibt es dort oben keine Mikroorganismen mehr, ergo keine Fische, ergo keine Seehunde. Den durchschnittlichen Städter in seinem Apartment würde das nicht weiter kratzen. Der durch das Abschmelzen der arktischen und antarktischen Eiskappen steigende Meeresspiegel würde seine Aufmerksamkeit aber schon etwas mehr erregen: Long Island weg, Florida weg, Bangladesch auch weg, und ein Haufen Inseln gleich mit. Aber was soll's, man kann ja umziehen, oder? Wer nicht zu viele Strandimmobilien besitzt, muss sich noch immer keine ernsthaften Sorgen machen. Aber halt! Nicht nur auf den Meeren gibt es Eis, sondern auch unter der Erde. Der Permafrost unter der Tundra. Und weil die Tundra groß ist, gibt es dort jede Menge Eis. Sobald es schmilzt, zerfällt der Torf (ein jahrtausendealtes organisches Material) und setzt riesige Mengen an Methangas frei. Die Temperatur steigt an, der Sauerstoffgehalt der Luft sinkt ab. Wie lang wird es dann noch dauern, bis wir gleichzeitig ersticken und gebraten werden?«

Manchmal wirft mir jemand vor, ich sei ein wenig hart. »Jetzt komm aber, Margaret«, mahnen sie, »bist du da nicht ein wenig hart?« Als hätte ich, indem ich sage, dass der splitternackte Kaiser nichts anhat, ein Kätzchen totgetrampelt oder so.

Schon hart, Schlafwandler aus ihrer Trance zu wecken. Alle würden lieber hören, dass alles gut wird, nichts passieren kann, wir alle nette Leute sind und niemand je an irgendetwas die Schuld trägt – und vor allem, dass wir weiterhin folgenlos tun können, was wir nur wollen, ohne einen Gedanken daran zu verschwenden, unseren Lebensstil auch nur minimal zu ändern. Auch ich würde das gern hören. Das Dumme ist nur: Es stimmt nicht. Vielleicht ist es also an der Zeit für etwas Härte. Wir können unsere Probleme nur bewältigen, wenn wir sie beim Namen nennen.

Ich habe die Angewohnheit, mir Artikel aus Zeitungen und Zeitschriften auszuschneiden oder aus dem Internet zu speichern. Während der Arbeit an meinem 2003 erschienenen Roman ›Oryx und Crake‹, der in einer nicht allzu fernen Zukunft spielt, in der der Meeresspiegel durch die Erderwärmung so weit angestiegen ist, dass New York unter Wasser steht, und in der das berühmte rote Herbstlaub von Neuengland dank des inzwischen subtropischen Klimas Geschichte ist, habe ich einen ganzen Stapel Artikel als Beleg für solche Details gesammelt, falls irgendwer mich der Fantasterei bezichtigt. Damals – vor nur wenigen Jahren – fand ich diese Texte nur in Fachzeitschriften oder im Wissenschaftsteil von Tageszeitungen. Man musste richtiggehend danach suchen.

Im letzten Jahr wurde ich ihrer Flut gar nicht mehr Herr. Die Horrornachrichten sind aus dem Wissenschaftsteil auf die Titel von Zeitschriften wie ›Newsweek‹ gewandert, die im Oktober einen ganzen Sonderteil über Erderwärmung gebracht hat. »Letzte Chance für Fische«, verkündete ein Beitrag; in einem anderen ging es um Frösche, in einem dritten um Korallen, in einem vierten um die Regenwälder. Bei der Präsidentschaftswahl, die George Bush im Jahr 2000 mehr schlecht als recht vielleicht gewonnen hat, machte man sich über Al Gores grüne Positionen noch lustig. Damit ist es jetzt vorbei.

Neben den schlechten Nachrichten gibt es aber auch gute: erfolgreiche Renaturierungsprojekte, neue Technologien, dank denen wir grüner leben können. Alles passiert sehr, sehr schnell. Zum Beispiel wissen wir, dass unsere Fischereimethoden den Albatros gefährden. Wir wissen auch, wie wir ihn retten könnten, und es wäre nicht mal teuer. Wir brauchen einfach nur das Geld.

Die größte Hürde dabei, Geld für Umweltschutz aufzutreiben (auch zum Schutz von Vögeln und anderen Tieren), ist, dass es den Menschen schwerfällt zu verstehen, wie sie mit dem Rest der Welt zusammenhängen. Wer hinter Fensterscheiben aufwächst, sein Essen im Supermarkt kauft und meint, Trinkwasser komme aus dem Hahn, wird zwei und zwei nur schwer zusammenzählen können – zumindest, bis New Orleans unter Wasser steht, der Strom ausfällt oder man an verseuchtem Spinat oder den Kolibakterien im städtischen Wasserwerk krepiert.

Nur etwa drei Prozent aller Geldspenden kommen dem Tierschutz zugute, und davon geht die Hälfte an Haustiere wie Hunde oder Katzen. Wir unterstützen eben lieber Not leidende Menschen oder Krankenhäuser mit Herz- und Nierenstiftungen. Aber wie Sie alle wissen, führt Umweltzerstörung – vor allem weltweite, wie wir sie heute erleben – zu mehr Armut, als wir je bewältigen könnten. Im Grunde sind wir schon so weit, denn aller menschliche Wohlstand hängt letztlich von der Erde ab. Oder wie jemand neulich scherzte: »Die Wirtschaft ist ein hundertprozentiges Tochterunternehmen der Natur.« Wer die Erde zerstört, zerstört sich selbst, und dann ist es gleich, wie viel man für Herz und Nieren spendet, weil es niemanden mehr gibt, der Herz und Nieren hat.

Ich selbst bin nicht hinter Fensterscheiben aufgewachsen. Als Kind habe ich eine damals für viele Kanadier typische Doppelexistenz geführt: halb im borealen Wald, halb in der Stadt. Im Wald hatten wir immer einen Garten, denn frisches Gemüse gab es nur, wenn man es selbst anbaute. Frischen Fisch haben wir eigenhändig gefangen. Mir war also sehr bewusst, wo unser Essen herkam.

Aufgrund meiner Überzeugung, dass wir in einer kritischen Phase leben und kleine Dinge viel bewirken, habe ich vor Kurzem grüne Richtlinien für mein Zuhause und mein Büro aufgestellt. Dazu musste ich – mal wieder – genau prüfen, wie ich eigentlich lebe. Es ist erstaunlich, wohin so eine Bestandsaufnahme führt.

Bei uns zu Hause hatten wir schon allerhand getan: Wir besaßen ein spritsparendes Auto, führten in Restaurants und beim Fischhändler eine Liste zulässiger Fische mit, verzichteten auf eine Klimaanlage, hatten Solarpaneele installiert, giftige Putzmittel verbannt und eine sparsame Waschmaschine angeschafft. Wir verwerteten wieder, recycelten und bestanden auf waldschonendem Papier für unsere Bücher, doch als wir etwas genauer hinsahen, wurde uns klar, dass wir noch sehr viel mehr tun konnten.

Bewusst grün zu leben ist in etwa so herausfordernd wie die Zugehörigkeit zu einer ultrastrengen Religion – es gibt eine Art Katechismus und ein umfangreiches Sündenregister. Versuchen Sie nur mal, auf Papiertücher in öffentlichen Toiletten zu verzichten oder auf diese stromfressenden Handtrockner, die sowieso nichts nutzen. Möglich ist das schon, man nimmt eben ein Stofftuch mit, das man dann Wochen später zerknüllt in einer schimmligen Ecke seiner Handtasche findet ... ja, es ist möglich, aber auch mühsam. Nach einer Weile hat man den Bogen allerdings raus. Eine Frage der Gewohnheit, wie fast alles.

Das Problem ist: Wer diesen schwierigen Versuch wagt, fühlt sich dabei alleingelassen. Offizielle Stellen sind keine große Hilfe, und der Staat schon gar nicht. Persönliche Gewinne werden durch gesellschaftliche Verluste ausgestrichen.

Würde ein Asteroid auf die Erde zurasen und ein kolossaler Einschlag drohen, mit riesigen, klimaverändernden Staubwolken, Feuern, Hochwassern und dem vollen, verheerenden Programm, und wir wüssten, wie er sich stoppen ließe, und das stünde auch in unserer Macht, würden wir doch alles tun, was dazu nötig ist. Was da heute auf uns zurast, wird viele dieser Schrecken auslösen. Wie viel braucht es also noch, damit unsere sogenannten Anführer, die sich zunehmend verhalten wie der sprichwörtliche Strauß mit dem Kopf im Ölsand, ein wenig mehr tun? Wann wird Premierminister Harper begreifen, dass die Leute keine Lust mehr haben, sich seine Spötteleien über die vergangene Verlogenheit der Liberalen und ihre Tatenlosigkeit in Umweltfragen anzuhören? Wann wird er merken, dass wir nicht ganz so dumm sind, wie er glaubt, und wissen, dass seine Spöttelei nur seine eigene Verlogenheit und Tatenlosigkeit verschleiern soll? Das Problem spitzt sich zu, Mr Harper. Damals ist nicht heute, und heute haben Sie die Macht, nicht die Liberalen. Das Nichts, das jetzt getan wird, ist Ihr Nichts.

Doch zu sagen, dass Sie nichts tun, wäre ungerecht. Der Clean Air Act ist ein Anfang, wenn auch kein sehr großer. Aber wenn Sie auffällig genug damit herumwedeln, gewinnen Sie vielleicht ein wenig Zeit.

Immerhin eins Ihrer Versprechen halten Sie ein: das, eine »Brandmauer« um Alberta zu errichten. Doch auch die Menschen in Alberta sind nicht dumm. Sie merken langsam, dass ein heißerer Planet auch für sie Dürre und Wasserknappheit bedeutet. Jede Menge gebrutzelte Kühe. Eine gewaltige Schere zwischen dem benötigten und dem verfügbaren Wasser. Was, wenn es innerhalb der Mauern brennt, nicht außerhalb? Und nu, Muhkuh?

Kanada galt lang als ziemlich grünes Land. Leider haben wir uns auf diesen Lorbeeren ausgeruht: Wir halten die Vorgaben des Kyoto-Protokolls nicht ein. Zwar verspricht man uns verbesserte Gesetze (irgendwann), doch dass die gegenwärtige Regierung offenbar den Zusammenhang zwischen Luftverschmutzung und Klimawandel nicht begreift, stimmt wenig optimistisch. Wenn die Atmosphäre sich im selben Tempo weiter aufheizt, nützt auch der Clean Air Act nichts. Was ist denn bitte so schwer zu kapieren an der Formel »Heißerer Planet gleich schlechtere Luft gleich mehr Klimaanlagen gleich heißerer Planet gleich schlechtere Luft«?

Immer mehr Wähler verstehen diese Botschaft. Aber eine Botschaft und die Reaktion darauf sind zwei Paar

Stiefel. Wenn alles bloß Heulen und Zähneklappern ist, ohne jeden Silberstreif am Horizont, schalten die Leute ab, weil sie glauben, sie könnten sowieso nichts tun. Oder sie werden zynisch und gierig: Wenn wir schon alle den Löffel abgeben müssen, denken sie sich, warum dann nicht vorher noch möglichst viel Spaß haben?

Es ist lehrreich, Berichte über die mörderischen ersten Wellen des Schwarzen Tods zu lesen, während derer die Leute das Ende der Welt gekommen sahen. Jeder reagierte darauf anders. Manche liefen weg, flohen aus pestverseuchten Städten aufs Land oder in Nachbarstädte, ohne zu merken, dass sie die Seuche so nur verbreiteten. Andere suchten nach Schuldigen: Die Pest kam von Hexen, Aussätzigen oder jüdischen Brunnenvergiftern, sagten sie, oder sie war Gottes Strafe für die Sünden der Menschen. Diesen Impuls gibt es heute noch, wie man an der Reaktion der Rechten auf den Ausbruch von AIDS oder das Hochwasser in New Orleans sehen kann. Die Verderbtheit der Menschen und der Rachedurst Gottes wurden beidem aufgebürdet wie altbewährte Mehlsäcke dem neuen Esel.

Manche reagierten auf den Schwarzen Tod mit Selbstkasteiung. Andere versuchten, das Leid der Betroffenen zu lindern, was meist tödlich für sie selbst ausging. Als die öffentliche Ordnung kollabierte, machten wieder andere Randale, plünderten, brandschatzten und vergewaltigten. Einige verschanzten sich in Burgen, hofften, die Pest finde keinen Weg dort hinein. Manche lebten einfach so gut sie konnten ihren Alltag weiter. Keiner aber sagte: »Die Pest gibt es doch gar nicht.« Bald kann das auch von der Erderwärmung und der Umweltkatastrophe niemand mehr sagen. Schon heute tut das kaum noch wer.

Übrigens ist nichts so schlecht, dass es nicht auch für

etwas gut wäre. Nachdem der Schwarze Tod ein Drittel der Bevölkerung Europas dahingerafft hatte, stiegen die Löhne. Auf verlassenen Feldern wuchsen Wälder, die – so sagen manche – die Kleine Eiszeit einläuteten, da Wälder mehr Wärme reflektieren als kahle Felder. Wie die neutrale Zone zwischen Nord- und Südkorea war die Pest ein Segen für die Tierwelt. Man soll ja nicht immer nur schwarzsehen.

Eine andere Nebenwirkung zeigte sich in der Welt der Kunst. Dem Schwarzen Tod verdanken wir Grabsteine mit Stundenglas, Totenschädel und »MEMENTO MORI«-Inschriften sowie die Bilder vom Totentanz, auf denen Bürger aller Schichten vom Tod höchstpersönlich zum Tanz geführt werden. In einer Welt der Pandemien und Katastrophen nützen einem auch ein prall gefülltes Konto und eine private Krankenversicherung nichts mehr.

Der Unterschied zwischen uns und den Pestgeplagten besteht darin, dass wir wenigsten ahnen, wie wir dem uns drohenden Schicksal entgehen können. Uns fehlt es nicht an Wissen, sondern an politischem Willen.

Natürlich kann man die Lösung schlicht in persönlichen Konsumentscheidungen sehen und den Staat heraushalten wollen. Wer einen umweltschädlichen Laubbläser kaufen oder einen laut hupenden Großstadtpanzer fahren möchte, der kann das tun. Wer dagegen pflichtbewusst das Richtige für die Umwelt tun und dafür mehr bezahlen will (was allzu oft nötig ist), darf das auch.

Doch damit straft man die ab, die das Richtige tun, und lässt die anderen vom Haken.

Die Luft, die Erde und das Wasser sind Gemeingüter und sollten kollektiv geschützt werden. Davon haben alle etwas – so wie andernfalls alle leiden. Es braucht Gesetze, um für gleiche Bedingungen zu sorgen. Wir warten, Mr Harper. Und warten wir zu lang, ist es zu spät. Ende der Geschichte.

Ungefähr hier rechne ich normalerweise damit, dass irgendwer mich »Alarmistin« schimpft. Aber wenn das Haus in Flammen steht, kann ich daran nichts Schlechtes finden. Man löst Alarm aus und hofft, dass jemand löschen kommt. So gesehen sind wir alle hier im Saal Alarmisten. Wir alle haben das Feuer gesehen.

Ich möchte mit einer alten Geschichte schließen. König Midas hatte einen Wunsch frei, dachte das Ganze aber leider nicht zu Ende. Er wünschte sich Wohlstand, wie man ihn sich damals eben vorstellte: Alles, was er berührte, sollte zu Gold werden. Und es wurde wirklich alles zu Gold, auch jede Speise, die er essen, und jeder Schluck Wasser, den er trinken wollte. Er ist verhungert.

Wohlstand besteht nicht aus Geld allein. Statt alles auf der Erde zu Gold zu machen, haben wir die Chance, Gold in die alten vier Elemente zurückzuverwandeln – in das, was wir zum Leben brauchen: reines Wasser, klare Luft, gesunde Böden, saubere Energie. Ich hoffe, wir nutzen diese Chance, solange wir noch können.

BÄUME DES LEBENS, BÄUME DES TODES

(2007)

Es ist mir eine große Freude, diese Festrede anlässlich der Hundertjahrfeier der Fakultät für Forstwissenschaft halten zu dürfen. Ich werde meinen Vortrag in drei Abschnitte aufteilen und Ihnen vorher sogar verraten, in welche, damit Sie wissen, was auf Sie zukommt.

Teil eins handelt von meinem persönlichen Hintergrund in Sachen Wald und Bäume, Teil zwei von deren mythologischer und symbolischer Bedeutung. In Teil drei geht es um die aktuelle Lage, darum, wie Wälder auf der ganzen Welt zusammenschrumpfen. Wie tief stecken wir in Schwierigkeiten? Und was sollten wir unternehmen?

Mit der Fakultät für Forstwissenschaft sowie mit Wäldern ganz im Allgemeinen habe ich schon lang zu tun, und das nicht nur aus freien Stücken. Diesen März war ich in Okinawa. Auf dem Weg nach Norden zum Yanbaru-Wald, der Heimat der äußerst seltenen Okinawaralle, die wir leider nicht zu Gesicht bekamen, fiel mir eine lange Reihe eindeutig kranker Nadelbäume auf. Sie alle starben ab oder waren bereits tot.

»Ihr habt hier ja einen Befall«, sagte ich zu unserem japanischen Freund. »Ist das ein Insekt?«

Es war tatsächlich ein Befall, und ja, es war ein Insekt – ein Käfer, um genau zu sein. Vermutlich kennen Sie J. B. S. Haldanes Bemerkung, Gott müsse eine maßlose Vorliebe für Käfer gehabt haben, wo er doch so viele davon geschaffen habe. Was Haldane verschwieg: Viele dieser Käfer fressen Bäume. Unser Freund jedenfalls staunte: »Woran hast du das erkannt?«, fragte er.

Tja, wenn ich irgendwas meistens erkenne, dann einen Schädlingsbefall. Mein Vater, Dr. Carl Atwood, arbeitete in den 1930ern und 1940ern als Entomologe beim Ministerium für Land- und Forstwirtschaft, wie das damals noch hieß. Auf unseren häufigen Fahrten in den Norden hielten wir oft urplötzlich am Straßenrand. »Ein Befall!«, riefen wir alle, und schon packte mein Vater seine Axt und eine Plane aus. Die Plane wurde unter einem betroffenen Baum ausgebreitet, mein Vater schlug mit der stumpfen Seite der Axt gegen den Stamm, und schon regnete es Tierchen – meistens Raupen – aus den Ästen. Wir Kinder halfen ihm beim Einsammeln, dann konnten wir weiterfahren – bis der nächste verführerische Befall unsere Bremsen zum Quietschen brachte.

Andere Familien machten Zwischenstopps, um Eis zu essen. Wir hielten für Schädlingsplagen.

Die Spezialgebiete meines Vaters waren damals der *spruce budworm, Choristoneura freemani*, und die Sägewespe, mit einem Seitenblick auf Ringelspinner. Oft brach er Zweige mit deren Gespinsten ab, wie andere Leute Rosen pflücken, und arrangierte sie in Vasen zu einer Art Raupenstrauß. Manchmal vergaß er jedoch, frische Blätter nachzulegen, worauf die Raupen sich auf Futtersuche machten, die Wände hoch und an die Decke krochen, von wo sie uns dann in die Suppe plumpsten. Wir Kinder fanden das natürlich herrlich, vor allem, wenn Besuch da war.

1937 war mein Vater in eine zu dieser Zeit noch entlegene Region im Norden von Quebec gezogen. Die nächste Stadt war Timiskaming, wo es bereits ein Sägewerk gab, aus dem damals jedoch noch nicht die Firma Tembec geworden war. Eine Straße gab es nicht, hin kam man nur mit einer Schmalspureisenbahn. Am Ufer eines großen Sees richtete er ein Insektenlabor ein, in einem Blockhaus, das er mit seinen Helfern selbst gebaut hatte. Dank seiner Herkunft – er war im Hinterland von Nova Scotia aufgewachsen, wo sein Vater ein winziges Sägewerk betrieb – konnte er bestens mit der Axt umgehen.

Die Gegend war keineswegs unberührte Wildnis. Man fällte dort Holz, und zwar nach alter Schule: Die Holzfäller und ihre Pferde arbeiteten im Winter, schlugen ausgewählte Bäume und schleppten sie aufs Eis. Wenn dieses Eis im Frühjahr schmolz, packte man die Stämme zu einer Art Floß zusammen, zog sie mit dem Schleppboot an die Flussmündung und flößte sie über den Ottawa River bis zum Sägewerk. Mit Kahlschlag hatten diese Holzfäller nichts am Hut: Einfach alles umzuhauen hätte ihnen nichts genutzt. Ich bin alt genug, dass ich all das als Kind noch miterlebt habe. Manchmal stießen wir auf unterwegs verloren gegangene Stämme und bauten uns daraus ein wunderbares Floß.

Ich selbst besuchte diesen entlegenen Winkel von Quebec zum ersten Mal im Frühling 1940, etwa fünf Monate nach meiner Geburt. Angereist bin ich per Tragerucksack. Von da an habe ich viel Zeit in Wäldern verbracht. Im Winter, wenn die Insekten Winterschlaf hielten, wohnten wir zwar immer in der Stadt, aber ab April, noch vor der Eisschmelze, im Wald. Manchmal blieben wir bis November, und da lag immer schon viel Schnee.

Mein Vater leitete dieses Labor bis 1944, dann zog er

weiter nach Sault Ste. Marie, um dort ein neues aufzubauen. Ab 1946 lehrte er dann Forstwissenschaft an der University of Toronto. Ich verbrachte viele Winterstunden meiner Kindheit in den späten 40ern im alten Zoologiegebäude und bestaunte die konservierten Augäpfel und die tödlichen weißen Kakerlaken aus Afrika, die es dort damals zu sehen gab. Es war kein Zufall, dass mein erster, im Alter von sieben Jahren verfasster Roman von einer Ameise handelte. Besonders fesselnd war dieses Werk wohl nicht (Larven- und Puppenstadium geben nicht sehr viel Dramatik her), aber immerhin ging es gut aus: Zum krönenden Abschluss wird ein ganz besonders köstlicher Käfer erfolgreich gejagt, erlegt und ins heimische Nest geschleift. Wenn es mir doch nur gelänge, meine späteren Romane ähnlich zuversichtlich enden zu lassen.

Mein Vater war einer der ersten Umweltschützer – einer der allerersten. So hatte er zum Beispiel seine Zweifel daran, wie sinnvoll das großflächige Versprühen von Pflanzenschutzmitteln war, als solche Zweifel noch als völlig hirnverbrannt galten; doch wie bei vielem anderen hat die Zeit ihm auch hier recht gegeben.

Letzte Woche erreichte mich ein Brief von Orie Loucks, der Anfang der 1950er bei meinem Vater studiert hat. Beigelegt hatte er ein Exemplar seiner Masterarbeit über Kiefernreservate an den Grenzgewässern in Queticon zur Zeit der Holzfällsaison 1942/43.

2002, neunundvierzig Jahre nach seiner ersten Studie, fuhr Orie Loucks erneut in die Region, um zu sehen, wie sich das Projekt entwickelt hatte. Wie sich herausstellte, war der sechzig Meter lange geschützte Uferstreifen entscheidend für das Entstehen eines »neuen, achtzehn bis zwanzig Meter hohen Kiefernwalds« gewesen. In seinem Reisetagebuch beschreibt Orie auch Einflüsse über Generationen hinweg: von meinem Vater auf ihn und weiter auf seine eigenen Studierenden. Mein Vater war da bereits zehn Jahre tot. In vielen Bereichen lässt sich unmöglich abschätzen, welche Spätfolgen unsere Entscheidungen nach sich ziehen. Für die Forstwissenschaft gilt das besonders, und zwar vor allem in Kanada, weil die meisten Bäume in den hiesigen Laub-, Misch- und Nadelwäldern im Vergleich zu uns sehr langsam wachsen.

Lassen Sie mich dazu jemanden zitieren, der es wissen muss: Baumbart, den Ent aus ›Der Herr der Ringe‹. Baumbart ist entweder ein baumartiger Mensch oder ein menschenähnlicher Baum, und er erzählt von »Alt-Entisch«, der uralten Sprache der Bäume. »Es ist eine wundervolle Sprache«, sagt er, »aber man braucht sehr viel Zeit, um etwas in ihr zu sagen; denn wenn etwas nicht wert ist, dass man sich viel Zeit lässt, es zu sagen und anzuhören, sagen wir lieber nichts.«

Mythologisch gesprochen könnte man sagen, die Forstwissenschaft befasse sich mit der Erforschung der Sprache der Ents. Sie erforscht Bäume, aber auch das, was die Bäume uns dadurch mitteilen, wie und wo sie wachsen und was sich deshalb in der Welt vielleicht verändert. »So einiges kann ich ja sehen und hören (und riechen und fühlen) von diesem, von diesem, von diesem a-lalla-lalla-rumba-kamanda-lind-or-burúme«, sagt Baumbart und verfällt ins Alt-Entische. »Verzeiht, das ist nur ein Teil meines Namens dafür, ich weiß nicht, wie das Wort in den Sprachen da draußen heißt: Ihr versteht schon, das Ding, wo wir jetzt drauf stehen und wo ich an schönen Vormittagen stehe und Ausschau halte und nachdenke über die Sonne, über das Gras hinterm Wald, über die Pferde und die Wolken und den Lauf der Welt.« Vermutlich würden die nicht-entischen Sprachen all das einfach als »Umwelt« bezeichnen. Ich nenne es lieber »den Lauf der Welt«.

Wie Sie vermutlich erraten haben, sind wir inzwischen in Teil zwei meines Vortrags angelangt, dem über Symbolismus und Mythologie. Hier angekommen sind wir auf labyrinthischen Pfaden, und sich im Wald zu verlaufen ist wohl die älteste aller labyrinthischen Erfahrungen, wie alle bestätigen werden, die schon einmal ewig im Kreis durch den Wald geirrt sind. Nicht vergessen: Wasser fließt immer bergab. Als Kind habe ich außerdem gelernt, meinen Weg stets zu markieren, und zwar auf beiden Seiten eines Baums, vorne und hinten, damit man sich jederzeit umdrehen und sehen kann, aus welcher Richtung man kam.

Der Homo sapiens und die Bäume haben eine lange gemeinsame Geschichte, in der immer schon eher gemischte Gefühle herrschten. Laut einer der wissenschaftlichen Ursprungserzählungen sind unsere Vorfahren aus Bäumen herabgestiegen. Manche unserer entfernten Verwandten bauen sich darin noch heute ihre Nester – sie schlafen lieber im Geäst, weil sie dort vor nachtaktiven Räubern sicherer als am Boden sind. Warum haben so viele Menschen eine angeblich irrationale Angst vor Schlangen, Spinnen und Katzen? Eine Theorie besagt, das komme daher, dass diese Tiere als Einzige ins Baumnest eines Primaten gelangen konnten. Eine neuere Theorie geht davon aus, dass wir die Wälder verlassen haben, weil dort eine Riesenkatze hauste: Dinofelis, die »Schreckenskatze«, eine etwa leopardengroße Art, die offenbar in dichten Wäldern lauerte und sich auf den Verzehr unserer australopithecinen Verwandten spezialisiert hatte.

Eine andere Version unserer Ursprungsgeschichte erzählt von einem durch Klimawandel schrumpfenden

Wald, an dessen Stelle eine offene Steppe trat, sodass die Hominiden sich an eine ganz neue Umgebung anpassen mussten. Bäume wären zwar als Schattenspender und – nach der Entdeckung des Feuers – auch als Brennstoff wichtig geblieben, doch unsere Vorfahren könnten eine Abneigung dagegen entwickelt haben, komplett von ihnen umringt zu sein, da sie so gute Deckung für Raubtiere bieten.

Ländliche Gegenden mit Äckern, Weiden und Wäldchen sind etwas völlig anderes als tiefer Wald. Nur wenige Menschen haben sich in jüngerer Vergangenheit dazu entschlossen, darin zu leben – die Pygmäen des afrikanischen Urwalds bilden eine der wenigen Ausnahmen. Indigene Nordamerikaner haben sich an Ufern niedergelassen und benutzten bevorzugt Wasserwege zum Transport. Zwar verfügten sie auch über Wegenetze durch den Wald, aber die nutzte man nur, wenn es keine Alternative gab. Auch in Neuseeland hielten Indigene sich ans Ufer. Unsere vorherrschenden Gefühle gegenüber tiefem Wald sind – wie ältere und neuere Geschichten demonstrieren – Unruhe und Angst.

Im ältesten uns bekannten aufgeschriebenen Gedicht, dem ›Gilgamesch-Epos‹, wird einer der großen, heldenhaften Kämpfe von Gilgamesch und seinem Freund Enkidu gegen ein im Wald lebendes Ungeheuer namens Humbaba ausgetragen. Humbaba ist der Hüter des Zedernwalds. Gilgamesch will die Zedern fällen, was Humbaba erzürnt. Es kommt zum Kampf, den Humbaba verliert, worauf er skrupellos erschlagen wird. Noch schlimmer macht diesen Mord, dass Gilgamesch und Enkidu ihn begehen, nachdem Humbaba sie als Gäste in sein Heim eingeladen hat, denn in den meisten Kulturen gilt es als ausgesprochen unfein, seine Gastgeber zu töten.

Die von Gilgamesch in die Stadt Uruk mitgebrachte Beute besteht aus den gefällten Zedern – ein wertvolles Gut in einer Stadt, die auf einer baumlosen Ebene liegt. Der Gott Šamaš ist mit diesem Ausgang sehr zufrieden, doch sein Kollege Enlil ist erbost und verflucht Gilgamesch. Dieser Konflikt um das Fällen von Bäumen wiederholt sich seither immer wieder.

In alten Geschichten bedeutet das Roden eines Waldes oder Hains häufig den Bruch eines Tabus. Manche Haine sind heilig – aber in Bezug auf welchen Gott? Fällen oder nicht fällen – so oder so bringt einem das bei irgendwem Ärger ein. Jehova möchte, dass Haine abgeholzt werden, die Mondgöttin Astarte will sie erhalten. In der griechischen Mythologie ist die Mondgöttin Artemis außerdem die Göttin der Wälder und Herrin der Tiere. Den Wald zu roden heißt, den wilden Tieren zu schaden, oft zugunsten von Hirten, die Weiden brauchen, oder von Bauern, die Ackerland benötigen. Doch wer die Herrin der Tiere zu sehr verstimmt, wird das bercuen, denn sie kann Seuchen schicken. Erinnert Sie das irgendwie daran, was Sie über artübergrcifende Krankheiten wie Ebola, das Marburg-Virus oder AIDS gehört haben? Darüber, wie sie sich neue Wirte suchen (Menschen zum Beispiel), wenn die alten mit ihren Lebensräumen verschwinden?

Die alten Griechen erzählten sich die Geschichte von Erysichton, der trotz aller Warnungen einen heiligen Hain abholzte. Als seine Axt den ersten Baum traf, sprudelte Blut daraus hervor: das Blut der darin lebenden Dryade. Demeter, die Göttin der Ernte und Fruchtbarkeit, strafte ihn dafür mit einer Hungersnot. In der Tat stehen Bäume und Bodenfruchtbarkeit in einer komplexen Beziehung zueinander. Beraubt man einen Landstrich – besonders einen hügeligen – seiner Bäume, folgen Hochwasser und Erosion durch Wind und Wasser. Das führt wiederum zu Hungersnöten, was die Griechen schon vor Tausenden von Jahren wussten.

Die Säulen griechischer Tempel sind Baum-Imitate, genau wie die Kreuzrippen normannischer Kathedralen. Und die meisten Sagenwelten kennen einen Welt- oder Lebensbaum, der alles Leben auf Erden erhält. Im Christentum steht dieser Baum des Lebens im Garten Eden – es ist der, dessen Äpfel Adam nicht gegessen hat, weil er sich den Wanst schon mit der Frucht vom Baum der Erkenntnis vollgeschlagen hatte. Aus diesem Grund sind wir heute zwar schlau, aber nicht unsterblich – nur, falls Sie sich das immer schon gefragt haben.

Doch jedes positiv besetzte Symbol hat sein negatives Gegenstück. Neben dem Baum des Lebens gibt es auch einen des Todes. In den Ödlandschaften der Dichtung stehen in der Regel tote oder überhaupt keine Bäume – oder sie wurden durch Stein- oder Metallpfeiler ersetzt. Im Christentum wird der Baum des Todes durch das Kreuz dargestellt: der tote Baum, an dem einen der Tod ereilt. Die Ents, die Baumhirten im ›Herrn der Ringe‹, stehen auf der Seite des Guten und bestrafen den fällwütigen Zauberer Saruman, aber in Tolkiens Fantasiewelt gibt es auch wilde und böse Bäume. Die bösen haben böse Herzen, und es gibt sogar böse Wälder, deren Bäume ihre Opfer mit den Ästen packen oder sie in ihren Stämmen einschließen. Auch Dorothy in ›Der Zauberer von Oz‹ begegnet solchen bösen Bäumen: Die Straße nach Oz führt durch einen Wald von Kampfbäumen, die sie nicht vorbeilassen wollen. Entschlossen löst ihr Freund, der blecherne Holzfäller, das Problem, indem er mit der Axt auf die Wüstlinge losgeht und den Helden einen Weg bahnt. Die mächtige Peitschende Weide aus den Harry-Potter-Büchern hat allerhand achtbare Ahnen.

Dantes ›Göttliche Komödie‹ beginnt mit einer Labyrinthmetapher:

Dem Höhepunkt des Lebens war ich nahe,
da mich ein dunkler Wald umfing und ich,
verirrt, den rechten Weg nicht wiederfand.

Wie war der Wald doch dicht und dornig,
o weh, dass ich es nicht erzählen mag
und die Erinnerung daran mich schreckt.

Wir sollen nun schlussfolgern, dass der Wald für Sünde und falsches Handeln steht – für ein Abweichen vom wahren Weg. In den Wald verschlägt es einen, im Wald verirrt man sich. Letzteres bedeutete früher meist den Tod durch Hunger, Kälte oder wilde Tiere, und so ist es auch heute noch. Wenn Sie heutzutage in den Wald gehen, wollen Sie vielleicht die Bären frühstücken sehen, aber sicher nicht zum Bärenfrühstück werden, was jedoch leicht passieren kann, wenn Sie Ihr Gastrecht überstrapazieren.

Shakespeares Wälder sind zwar weniger gruselig als der von Dante, aber so richtig hell und fröhlich sind auch sie nicht. Manchmal sind sie – wie im ›Sommernachtstraum‹ – Orte der Verzauberung und Illusion, bewohnt von nicht ganz menschlichen Geschöpfen. Manchmal sind sie Horte der Freiheit: Der Wald von Arden aus ›Wie es euch gefällt‹ beherbergt Exilanten, die einem tyrannischen König entkommen sind, so wie der Sherwood Forest einst Robin Hood Zuflucht geboten hat. In diesem Sinne steht der Wald für Gemeinschaft zwischen Mensch und Natur, für Freiheit von den Ungerechtigkeiten der Zivilisation, wie er es – viel später – auch in Fenimore Coopers ›Lederstrumpf‹-Büchern tun sollte. Doch Geächtete können auch Räuber und Mörder sein, wie sie uns in der Literatur (und vor allem in Volkssagen) zuhauf begegnen. Der Wald ist nun einmal das Reich der Raubtiere, das geht uns offenbar nie richtig aus dem Kopf. Als Rotkäppchen vom Weg abkommt und in den dunklen Wald geht, begegnet sie dem bösen Wolf.

Das archetypische »Dunkler Wald«-Erlebnis wird eindrücklich in Kenneth Grahames Kinderbuchklassiker ›Der Wind in den Weiden‹ geschildert. Der Wilde Wald ist ein gefährlicher Ort, und der kleine Maulwurf hätte besser auf die Warnungen gehört.

> Jetzt war alles sehr still. Die Dämmerung drang unaufhaltsam und schnell zu ihm und sammelte sich vor ihm und hinter ihm an. Das Licht schien gleichsam auszutrocknen... Und als er so dalag und zitterte und keuchte und dem Pfeifen und Tapsen lauschte, dämmerte es ihm endlich: Das Furchtbare, auf das die anderen Wiesen- und Heckenbewohner hier gestoßen waren, das Furchtbarste, das ihnen im Leben widerfahren war, jenes Ding, vor dem die Ratten ihn vergeblich hatte bewahren wollen – es war die Angst, die Angst im Wilden Wald!

Wer auf offenem Land lebt – auf Ebenen, im hohen Norden oder oberhalb der Baumgrenze –, verlässt sich eher auf die Augen als auf seine Ohren, denn Gefahren sieht man dort schon lang, bevor man sie hören kann. Waldbewohner allerdings sind Lauscher, denn sie hören die Gefahr erst. Deshalb machen das Pfeifen und das Tapsen dem Maulwurf auch so große Angst.

Egal, wie viele Umweltschutzberichte wir über die entscheidende Bedeutung der Wälder lesen, insgeheim fürchten wir sie trotzdem noch. Und wir haben Ehrfurcht vor ihnen, ein Wesenszug von uns Menschen, der immer wieder fantastische Wälder wie den Wald der verlorenen Namen in ›Alice hinter den Spiegeln‹ hervorbringt, den von Elben beherrschten, seine Besucher »verstrickenden« goldenen Wald Lothlórien im ›Herrn der Ringe‹ oder den Wald, in dem Merlin in der Artussage einen Zauberschlaf schläft. Wer in solchen Wäldern zu lang bleibt, vergisst, wer er ist. Der Wald mag verlockend sein, doch man betritt ihn auf eigene Gefahr.

In seinem beklemmenden Buch ›Die Zukunft des Lebens‹ beschreibt E. O. Wilson unser Verhältnis zum Wald auf interessante Weise. Wo halten Menschen sich am liebsten auf, fragt er und schlägt vor, sich reiche Leute anzusehen: Wer sich leisten kann, was immer er will, baut am liebsten auf einer Anhöhe mit Blick auf weites Land, in dem ein Fluss oder ein See liegen – und in sicherem Abstand ein nicht allzu dichtes Wäldchen. Für Jäger und Sammler wäre das ein ideales Plätzchen: Wasser zum Trinken und um Jagdwild anzulocken, ein möglichst ungefährlicher Wald, in dem dieses Wild lebt, und ein guter Rundumblick. Das könnte die umfangreiche Brandrodung erklären, die die Aborigines schon vor Ankunft der Europäer vorgenommen haben: Sie wollten sauberen Bewuchs und klare Sicht. So eine schöne, weite Aussicht – und sei es auch nur als Bild an einer Wand – lässt sogar Krankenhauspatienten sechsmal schneller genesen. Offenbar finden wir sie irgendwie beruhigend. Haben wir deshalb eine angeborene Neigung dazu, Bäume zu fällen? Wilson meint, die hätten wir.

Geben wir ihr aber völlig nach, sehen wir alt aus:

Wenn wir alle Bäume auf der Erde fällen, sind wir verloren. Ein altes indisches Sprichwort besagt: »Der Wald geht der Kultur voraus, die Wüste folgt ihr nach.« Diese Formel wurde im Lauf unserer Geschichte schon viele Male durchgespielt; die Osterinsel, auf der die Vernichtung des Baumbestands zu Bodenerosion, Hungersnot und Kannibalismus führte, ist nur ein Beispiel von vielen. Ohne Unterlass erklärt man uns, wie wichtig der Amazonas-Regenwald, die sogenannte Lunge der Erde, für das Klima ist, und doch wird er weiter abgeholzt. Die Wälder Borneos schrumpfen rasant. Die Axt von Gilgamesch ruht nicht, und manche Götter sind darüber froh – die des Geldes, zum Beispiel, und alle, die an Gewinn ohne Verlust glauben, an das Hirngespinst, man könne sich aus der Natur endlos bedienen, ohne je etwas zurückzugeben. Doch die Herrin der Tiere ist wütend, und einer ihrer Leitsprüche könnte wohl lauten: »Im Leben wird dir nichts geschenkt.«

Kanada birgt den größten borealen Nadelwald der Welt. Bäume und das Holzfällen haben hier eine lange Geschichte: Die ersten Siedler haben gerodet, so viel sie nur konnten – aus Angst vor Waldbränden, um Weideland zu gewinnen und um Holzkohle nach Europa zu verschiffen. Noch immer wird munter gefällt, und das oft dumm und ohne zu differenzieren. Noch immer bilden wir uns ein, das könnte ewig so weitergehen. Noch immer glauben wir, alles in der Natur stehe uns rechtmäßig zu und sei obendrein gratis. Wie kann es sein, dass wir beharrlich behaupten, Kahlschlag sei so natürlich wie Waldbrände? Die brennen doch auch große Areale nieder, ist das denn nicht dasselbe? Wieso machen wir aus unbezahlbaren Urwäldern Klopapier? Teils einfach aus Gier und Faulheit, aber teils auch aufgrund unserer uralten Zwiespältigkeit dem Wald gegenüber – unserer Angst vor ihm. Wie viel Zeit bleibt uns noch, bis wir unsere riesige, natürliche Kohlenstoffsenke zerstört, den fragilen Norden mit seinen dünnen Bodendecken in eine Felswüste verwandelt und dabei unzählige Arten ausgerottet haben? Bis wir uns unseren eigenen Schmelzofen gebaut haben? Wann werden wir die ersten Leute dafür bezahlen, Bäume nicht zu fällen, so, wie man Bauern dafür bezahlt hat, keine Kartoffeln anzubauen?

Aber weil ich eine Frohnatur bin, will ich mit einem Hoffnungsschimmer schließen. Es wird nämlich schon viel getan. World Wildlife weiß längst um die Bedeutung von Lebensräumen für den Artenschutz und hat große Waldgebiete auf der ganzen Welt gekauft. Nature Conservancy ist sehr aktiv in Kanada und in den USA und hat erfolgreich kleinere, aber sehr wichtige Gebiete erworben. Die alten Methoden der Forstwirtschaft kehren zurück: selektives Fällen bei minimaler Schädigung der Wälder. In Nova Scotia arbeitet eine Gruppe buddhistischer Holzfäller sogar wieder mit Pferden.

Ein Grund für die Angst vor Wäldern ist, dass man mit ihnen nicht vertraut ist – besonders, wenn man aus der Stadt kommt. Der Wert von Früherziehung wird zusehends erkannt, wie die Zunahme an »Freiluftklassenzimmern« in Großbritannien belegt, wo man herausfand, dass Kinder jenseits der vier Wände ihres Schulgebäudes sogar besser lernen. Solange Erwachsene es ihnen nicht ausreden, interessieren sich kleine Kinder ganz von alleine für Natur. (Wie viele Freiluftklassenzimmer es in Kanada gibt? Bislang noch gar keine. Immerhin haben wir Ferienlager.)

In Japan spricht man vom »Waldbaden« und meint damit, zum Zwecke der inneren Reinigung und Entspannung in den Wald einzutauchen. Solang man sich – anders als unser Maulwurf – im Wald wohlfühlt und nicht fürchtet, funktioniert das auch. C. W. Nicol, ein passionierter Umweltschützer und der einzige japanische, ex-kanadische, ex-walisische Karate-Großmeister der Welt, führt in Japan eine kleine Waldstiftung namens Afan Woodland Trust. Dabei handelt es sich um einen gemanagten Wald, aus dem ein wenig Holz für traditionelles Handwerk der Region, medizinisch genutzte Pilze sowie das in Japan sogenannte Berggemüse gewonnen werden. Die Idee dahinter ähnelt der von nachhaltiger Regenwaldnutzung und dem Kaffeeanbau unter Schattenbäumen: Befriedigung menschlicher Bedürfnisse im Einklang mit Erhalt und Aufforstung.

Außerdem werden im Afan Woodland Trust mehrere Studien über das Verhältnis von Wald und Mensch durchgeführt. Eine misst die Auswirkungen eines Aufenthalts im Wald auf den Blutdruck: Niedriger Blutdruck steigt, hoher fällt. Im Rahmen einer zweiten wurde erstaunlich erfolgreich mit misshandelten und geschädigten Kindern gearbeitet: Der Wald kann zur Heilung der Seele ebenso beitragen wie zu der des Körpers.

Der Name Woodland Trust ist zweideutig: »Trust« steht ebenso für »Stiftung« wie für »Vertrauen«, und genau das brauchen wir. Wir müssen dem Wald vertrauen, statt ihm fremd zu sein und ihn zu fürchten. Wenn uns das gelingt, können wir der wahllosen Zerstörung Einhalt gebieten und unsere Wälder als das erkennen, was sie sind: unsere alte Heimat, Luftreiniger, Zuflucht für vielerlei Arten, Sonnenschutz, Klimakühler, Herzensheiler, Seelentröster, Antreiber des Laufs der Welt.

Zum Abschluss will ich noch einmal Baumbart, den Ent, zitieren, mit ein paar Worten, die wir uns gut zum

Leitspruch nehmen könnten. »Wo einst singende Haine waren«, sagt er, »sind heute Wüsten von Stümpfen und Brombeergestrüpp. Ich war zu träge. Ich habe die Dinge laufen lassen. Das muss ein Ende haben!«

RYSZARD KAPUŚCIŃSKI

(2007)

Als ich von Ryszard Kapuścińskis Tod erfuhr, war mir, als hätte ich einen Freund verloren. Nein, mehr noch: einen für mein Leben wesentlichen Menschen. Jemanden – einen der wenigen, würde ich meinen –, dem man glauben durfte, dass er die Wahrheit über komplizierte, schwierige Ereignisse sagt, und zwar nicht abstrakt, sondern in ihren konkreten Details, in ihrer Farbe, ihrem Geruch, ihrer Textur. In ihrem Wetter. Dabei kannte ich ihn eigentlich nur flüchtig. Er hatte die seltene Gabe, aus weiter Ferne enge Freundschaften zu knüpfen.

Zum ersten Mal begegnet bin ich Kapuściński 1984. Meine Familie – Graeme Gibson, unsere siebenjährige Tochter und ich – wohnte damals in Westberlin, das zu dieser Zeit noch von der Mauer eingeschlossen war. Dort begann ich, den ›Report der Magd‹ zu schreiben. Der richtige Ton für einen Roman über modernen Totalitarismus lag förmlich in der Luft. Jeden Sonntag durchbrachen ostdeutsche Kampfjets die Schallmauer und riefen uns krachend in Erinnerung, dass sie jederzeit auf uns niederstoßen konnten. Der Ostblock erstreckte sich scheinbar felsenfest bis zum Pazifik. Wir bereisten Ostdeutschland mit seinen grimmigen Grenzern, seiner Nagellack-Eiscreme und seiner Schokolade wie aus einem Le-Carré-Roman, und auch die Tschechoslowakei, wo man für jedes offene Wort mitten in einen Park gehen musste, weil unsere tschechischen Freunde so große Angst vor Abhörwanzen hatten.

Dann fuhren wir nach Polen, wo die Dinge völlig anders lagen. Polen hatte seinen Nachbarn immer schon als tollkühn tapfer gegolten – oder auch als tapfer tollkühn. Die berühmte Anekdote über die polnische Kavallerie, die zu Pferde auf die deutschen Panzer losgeht, mag stimmen oder nicht, emblematisch ist sie allemal; dieselbe Tollkühnheit und Widerständigkeit war 1984 auch in Warschau zu spüren. Taxifahrer brachten einen ohne harte Währung nirgends hin; Autoren drückten einem stapelweise Samisdat (ohne Erlaubnis selbst verlegte Texte) in die Hände, den sie einfach im Gebäude des vermeintlich kommunistischen Schriftstellerverbands lagerten. Während unseres Aufenthalts wurde die Leiche eines vermutlich von der Geheimpolizei ermordeten Priesters gefunden. Es gab einen katholischen Trauerzug, und beim Anblick der stählernen Blicke der Nonnen, der wutentbrannten, entschlossenen Priester und ihrer zahlreichen Anhänger dachten wir: Dieses Regime steckt tief in der Patsche.

Dann lernten wir den Mann kennen, der es stürzen half.

Kapuściński verfasste ›König der Könige – Eine Parabel der Macht‹ im Jahre 1978. Oberflächlich betrachtet handelt es vom äthiopischen Kaiser Haile Selassie und dem Zusammenbruch seines korrupten, absolutistischen Regimes und ist auch in dieser Lesart ein fantastisches Buch. Mit der polnischen Tollkühnheit, die ihn durch siebenundzwanzig Putsche und Revolutionen brachte, reist

Kapuściński nach Addis Abeba (ganze Flüchtlingsströme kommen ihm auf seinem Weg in die Höhle des Löwen entgegen), schleicht nachts durch die Stadt, interviewt Ex-Höflinge in ihren Verstecken und bringt Anekdoten über den Kaiser zu Papier, die vom unfreiwillig Komischen (sein Kissenbeauftragter musste ihm für jeden Stuhl exakt das passende Kissen unter die Füße legen, damit seine kurzen Beine nicht in der Luft baumelten) bis hin zu schierem Grauen reichen: Bettler schlingen Reste von Palastgelagen runter, Augäpfel spritzen aus ihren Höhlen.

Für die Polen, die unter den Nazis und Sowjets gelernt hatten, verschlüsselte Botschaften zu lesen, enthielt ›König der Könige‹ allerdings noch eine andere Bedeutungsebene. Wie Kapuściński in ›Meine Reisen mit Herodot‹ selbst über diese Zeit schreibt: »Nichts war jemals klar, wörtlich und unzweideutig – hinter jeder Geste und jedem Wort lugte ein Verweis hervor und zwinkerte einem vielsagend zu.« Und weil ein korruptes, autokratisches Regime meist viel mit anderen gemein hat, lässt sich ›König der Könige‹ auch als Kritik an der todgeweihten kommunistischen Regierung Polens lesen. Bald gelang dem Buch in immer neuen Inszenierungen der Sprung auf die Bühne, und es trug viel zu den Unruhen bei, die die Mächtigen schließlich zu Fall brachten. Das taktisch so Geniale am ›König der Könige‹ war, dass die Kommunisten kaum etwas dagegen vorbringen konnten: Schließlich handelte es ja von der verhassten Monarchie, die sie selbst so entschieden verdammten.

Ins Englische wurde ›König der Könige‹ 1983 übersetzt, gerade rechtzeitig, damit wir ihn lesen und Kapuściński 1984 in Warschau treffen konnten. Er gehörte derselben beispiellosen Generation an wie der große Regisseur und Dramatiker Tadeusz Kantor und der Schriftsteller

Tadeusz Konwicki – Männer, die als Kinder den Zweiten Weltkrieg durchgestanden hatten, nur um dann in einem kommunistischen Einparteienstaat erwachsen zu werden, aber dennoch ganz erstaunliche Werke schufen. Obwohl Kapuściński über verschiedenste Stoffe an unterschiedlichsten Orten schrieb, finden sich bei ihm doch stets dieselben Themen wieder: Angst und Unterdrückung sowie der Umgang der Menschen mit ihnen, ärmliche Umstände, und wie sie Menschen sowohl verstümmeln als auch veredeln können, die erdrückende, zähe Tortur politischer Monokulturen sowie der beharrliche Wunsch der Menschen, selbst über ihre Seelen zu verfügen. Mit Blick auf Kapuścińskis eingeengte Jugend sind diese Motive mehr als verständlich.

Kapuściński wirkte auf mich schüchtern, charmant und bescheiden; Graeme meinte, das möge ja sein, aber unter dieser Schale sei er hart wie Stahl. Vermutlich musste er beides sein: Die Schüchternheit, der Charme und die Bescheidenheit verhinderten, dass er inmitten chaotischer Bürgerkriege an einer Straßensperre erschossen wurde, und die stählerne Härte trieb ihn überhaupt zu diesen Straßensperren.

Richtigen Schriftstellern aus dem Ostblock zu begegnen hatte damals immer etwas Surreales, und vielleicht war auch Kapuścińskis Bescheidenheit teilweise diesem Surrealismus geschuldet. Bei öffentlichen Anlässen gab es immer Dinge, die gesagt, und solche, die nicht gesagt, aber trotzdem als bekannt vorausgesetzt wurden. »Wie kommt es, dass es in Polen so viele wunderschöne Bilderbücher für Kinder gibt?«, fragte ich mal eine Autorin auf einer Buchmesse. »Überleg mal«, sagte sie nur und meinte damit wohl, dass Bilderbücher eben nichts politisch Problematisches enthielten.

Im Januar 1986 war Kapuściński zur Veröffentlichung der englischen Fassung seines 1982 auf Polnisch erschienenen Buchs ›Schah-in-schah‹ in Toronto. Das Buch handelt vom spektakulären Sturz des Schahs von Persien und seines brutalen Regimes, zu dem auch die SAVAK gehörte, seine niederträchtige Geheimpolizei. Es sieht die aktuellen Entwicklungen in der islamischen Welt so erstaunlich gut voraus, dass es sich lohnt, es heute noch einmal zu lesen. Kapuściński sollte bei der Harbourfront International Writers' Series auftreten und war nervös: Sein Englisch sei nicht gut genug für eine öffentliche Lesung, meinte er. Ob ich wohl seine englische Stimme sein und für ihn lesen würde? Ich sagte ihm, ich fühlte mich geehrt, dachte dabei allerdings im Stillen: Moment mal, Ryszard Kapuściński und nervös? Wegen einer Lesung auf Englisch? Im sicheren, beschaulichen Toronto, wo alle ihn auf Händen tragen würden, wenn er sich nur ein einziges Wort abringt? Und was ist mit dem mörderischen Aufruhr im Kongo, dem Bombenhagel in Honduras und den lebensgefährlichen Aufständen im revolutionären Teheran?

Kapuścińskis Nervosität in dieser Lage machte ihn nur noch sympathischer. Und sie erinnerte ein wenig an Maria Stuart, die sich auf dem Weg zum Fallbeil sorgt, ob ihre Kappe richtig sitzt. Man kann eben nie wissen, was einem anderen Menschen weiche Knie macht.

Als Auslandskorrespondent – für lange Zeit der einzige in Polen – schien Kapuściński überall zugleich zu sein, zumindest, wenn es um den Zusammenbruch morscher politischer Strukturen, Katastrophen oder schlimmes Blutvergießen ging. Wo das Chaos herrschte, war auch er. In ›Imperium. Sowjetische Streifzüge‹, das seine Reisen durch die Sowjetunion in den Jahren 1989–1991 –

gerade, als sie aus dem Leim ging – beschreibt, findet sich folgende charakteristische Passage:

> ... wie ein Lauffeuer ging die Nachricht um, eine Stadt mit einer Million Einwohner ... sei schwer, ja tödlich verseucht worden.
> »Ein neues Tschernobyl«, meinte ein Freund, der mir die Neuigkeit meldete.
> »Ich fliege hin«, erwiderte ich. »Wenn ich ein Ticket kriege, fliege ich gleich morgen.«

Sein ganzes Leben wollte Kapuściński reisen, und zwar immer an genau die Orte, um die jeder herkömmlich hedonistische Tourist einen großen Bogen machen würde. Deshalb ist es mehr als stimmig, dass er gleich im Titel seines letzten Buchs ›Meine Reisen mit Herodot‹ auf den ersten berühmten Reiseschriftsteller verweist: auf Herodot, den »Vater der Geschichte«. Mehr als alles andere auf der Welt wünschte Kapuściński sich als junger Mann, »die Grenze zu überqueren« – zuerst die polnische, dann, nach und nach, jede nur vorstellbare. Angetrieben hat ihn seine unstillbare Neugier auf die Menschheit in all ihren Formen. Wie Herodot hörte er zu, schrieb mit, verkniff sich aber jedes Urteil. Sein Leben lang war er auf der Suche. Was hoffte er zu finden? Exotische Details, gewiss, kulturelle Unterschiede, den bunten Flickenteppich, der im Nachkriegspolen fehlte. Aber jenseits davon – selbst inmitten des brutalsten Blutvergießens, der sadistischsten Vergeltung und Erniedrigung – auch das ganz normale Gute in uns Menschen. Worin besteht unsere Hoffnung? Vielleicht in der Würde. In jener simplen Würde, die überall zur Zielscheibe der Unterdrücker wird, aber nie ganz vernichtet werden kann. In der Würde, die Nein sagt.

Angesichts all dessen, was er erlebt hat, dürfte kein Autor mehr Anlass zu Pessimismus gehabt haben als Kapuściński, und doch hörte man ihn selten klagen. Typischer war für ihn ein gewisses Staunen – darüber, dass solche Dinge, schreckliche wie schöne, auf der Erde möglich sind. Gegen Ende der ›Reisen mit Herodot‹ steht ein einzelner Satz. Er beschreibt bloß eine Szene in einem türkischen Museum, klingt jedoch wie eine Grabinschrift für diesen demütigen Mann, der bis zum Äußersten ein Zeuge unserer Zeit war, und deshalb will ich ihn auch so verwenden:

»Wir stehen im Dunkeln, umgeben von Licht.«

›ANNE AUF GREEN GABLES‹

(2008)

Lucy Maud Montgomerys berühmter Roman ›Anne auf Green Gables‹ wird im April einhundert Jahre alt, und der Anne-Zirkus läuft bereits auf Hochtouren. Schon jetzt gibt es ein »Prequel«: Budge Wilsons ›Wie alles begann – Anne, das Mädchen von Green Gables‹ erzählt vom Leben der schrägen, draufgängerischen, aber liebenswerten Anne Shirley, bevor sie Ausrufezeichen, Apfelblüten, Sommersprossen und peinliche Fehltritte sprudelnd in die Green-Gables-Farm auf Prince Edward Island platzt. Und es ist auch eine weitere puffärmlige, knopfstieflige, gut frisierte Fernsehversion in Vorbereitung: ›Anne auf Green Gables – Ein neuer Anfang‹ soll 2009 erscheinen, als Nachfolger des Stummfilms von 1919, des Tonfilms von 1939, der TV-Fassung von 1956, des japanischen Animes von 1979, der Serie von 1985, der Serie ›Das Mädchen aus der Stadt‹ (1990–96) und der PBS-Zeichentrickserie von 2000, von den vielen im Laufe der Jahre entstandenen Parodien ganz zu schweigen.

Zusätzlich zu alledem gibt es in der New Canadian Library auch noch eine Neuausgabe des ersten ›Anne‹-Buchs, versehen mit den ursprünglichen Illustrationen.

Die sind etwas verstörend, weil darin alle winzig kleine Köpfe haben (besonders Marilla hat nicht nur einen Stecknadelkopf, sondern ist auch noch so gut wie kahl), was einige Fragen über das Ausmaß der Inzucht in und um Avonlea aufwirft. Die merkwürdig geformte Anne, die eher einer Mary-Poppins-Puppe gleicht als einem Mädchen, verwandelt sich zum Ende hin in eine hübsche Dresdner Porzellanfigur. Aber Annes anfängliche äußerliche Defizite wurden im Laufe des Jahrhunderts immer wieder korrigiert. In den vielen folgenden Darstellungen ihrer Person wächst ihr Kopf auf eine normale Größe (wobei er manchmal sogar etwas zu groß wird), und das Haar wird sichtbarer.

Dieser Prozess ist längst nicht abgeschlossen: Von der Anne of Green Gables Licensing Authority, die alle Werbeartikel abnicken muss, darf man noch viele weitere Anne-Sammelboxen, Anne-Notizbücher und Anne-Bleistifte, Anne-Kaffeetassen und Anne-Kochschürzen, Anne-Bonbons, Anne-Strohhüte und Anne-..., ja, Anne-was erwarten? Anne-Spitzenwäsche für Pluderhosen? Anne-Kochbücher... ach nein, die gibt es schon. Sprechende Anne-Puppen, die sagen: »Du gemeiner, verabscheuungswürdiger Kerl! Wie kannst du es wagen!«, gefolgt vom scharfen Krachen einer Schiefertafel, die auf einem Dickkopf zerbricht. Oder vielleicht: »Ich hasse Sie – ich hasse Sie – ich hasse Sie! Sie sind eine gemeine, unhöfliche und gefühllose Frau!« Diese Stellen fand ich immer toll.

Für alle, die das Buch als Kind nicht gelesen haben (Gibt es solche Leute überhaupt? Ja, gibt es, und es sind meistens Männer...): ›Anne‹ ist die Geschichte eines rothaarigen, sommersprossigen, elfjährigen Waisenmädchens, das fälschlich auf die Green-Gables-Farm in Avonlea geschickt wurde. Marilla und Matthew Cuthbert, das ältere Geschwisterpaar, dem diese Farm gehört, wollten eigentlich einen Waisenjungen, der ihnen auf der Farm zur Hand geht, doch die emsige, einfallsreiche Drama-Queen Anne macht einen solchen Eindruck auf den scheuen Junggesellen Matthew (in den alten Illustrationen wirkt er wie eine fragwürdige Kreuzung aus dem Weihnachtsmann und einem Landstreicher), dass er sie behalten will, und die herbe, strenge Marilla lässt sich schließlich überzeugen.

Annes darauf folgende Abenteuer, Tollpatschigkeiten, Schrammen, Schnappatmungen und Wutausbrüche, während sie vom heimatlosen hässlichen Entlein zum schönen und begabten Schwan heranwächst (wobei sie sich ihr Haar zeitweise grün färbt), sind zugleich anrührend und amüsant. Zum Schluss erlangt sie nicht nur die Bewunderung und Zuneigung Marillas, sondern die von beinah jedem Einwohner von Avonlea, mit Ausnahme eines Mädchens namens Josie Pye, das wir mit Leidenschaft nicht ausstehen können. Die Geschichte findet ein bittersüßes Ende, als der wundervolle Matthew stirbt: Er erleidet einen Herzinfarkt wegen des Schocks über den Verlust seiner gesamten Ersparnisse durch den Konkurs seiner Bank, was ›Anne‹ in unsere Gegenwart zu rücken scheint. Anne hängt ihr Stipendium und ihre College-Ambitionen – zumindest vorerst – an den Nagel und bleibt auf Green Gables, um für Marilla da zu sein, die immer schlechter sieht und andernfalls die Farm verkaufen müsste. Das ist die Stelle, an der immer die meisten Tränen fließen.

Das Buch war vom ersten Augenblick an ein Erfolg (Anne sei »das liebste, reizendste Kind der Literatur seit der unsterblichen Alice«, knurrte der mürrische Zyniker

Mark Twain) und hat seither nicht nachgelassen. Anne hat viele Nachahmerinnen inspiriert: Zu ihren im eigentlichen Sinne literarischen Nachfahren zählt sicher Pippi Langstrumpf, von Sailor Moon gar nicht zu reden – Mädchen, die aus der Rolle fallen, aber nicht zu doll. Montgomery schrieb selbst mehrere Fortsetzungen: ›Anne in Avonlea‹, ›Anne in Kingsport‹, ›Anne in Four Winds‹ und so weiter. Doch die erwachsene Anne ist nicht mehr dieselbe, und dasselbe gilt für Avonlea nach Ausbruch des Ersten Weltkriegs. Als Kind ging es mir mit diesen Büchern ähnlich wie mit Wendys Erwachsenwerden am Ende von ›Peter Pan‹: Ich wollte nichts davon wissen.

›Anne auf Green Gables‹ ist 1908 erschienen, ein Jahr bevor meine Mutter zur Welt kam. Als ich mich mit acht zum ersten Mal durch seine Seiten kicherte und schluchzte, war es also jugendliche vierzig Jahre alt. Als ich es in den 1980ern durch die Augen meines eigenen Kinds wiederentdeckte, ging es auf die achtzig zu. Dann fuhr unsere Familie selbst einmal nach Prince Edward Island, nach Charlottetown, und sah das spritzig-fröhliche ›Anne‹-Musical, das dort seit 1965 regelmäßig aufgeführt wird. Mir hat das Stück sehr gefallen, aber eine Show über ein elfjähriges Mädchen mit echten elfjährigen Mädchen anzuschauen lässt die Dinge eben in einem ganz anderen Licht erscheinen: Ein Teil meines Vergnügens war sozusagen stellvertretend.

Wir kauften keine Anne-Puppen oder -Kochbücher und besuchten auch die nachgebaute Green-Gables-Farm nicht, die – den Onlineberichten nach zu schließen – in etwa so vollständig ist wie Sherlock Holmes' Bude in der Baker Street, einschließlich der Schiefertafel, die Anne auf Gilbert Blythes Kopf zerschlagen hat, ihrer Sammlung puffärmliger Kleider und der Brosche, die sie angeblich verloren hatte. Man wird sogar von einem Pseudo-Matthew übers Gelände chauffiert, der beim Anblick weiblichen Besuchs offenbar nicht in die Scheune flüchtet, wie der echte Matthew es getan hätte. Heute wünschte ich, ich hätte die Gelegenheit genutzt, mehr zu besichtigen. Immerhin waren wir noch in dem alten Schulgebäude mit nur einem Klassenzimmer, dessen hohe Doppelpulte ganz genauso aussahen wie die, an denen Anne wohl gesessen hätte.

Aus Sicht des Anne-Zirkus waren wir schlechte Kunden, obwohl die zahlreichen japanischen Touristen, die von weit her angereist waren, um das Musical zu sehen, all die Strohhüte, Puppen, Bücher und Schürzen voll ansteckender Begeisterung aufkauften. Beim Musical machte ich mir um diese Touristen Sorgen: Würde die Eierlaufen-Szene wohl eine unüberwindbare kulturelle Barriere darstellen? Das hätte ich mir sparen können. Wenn Menschen aus Japan sich ein Hobby suchen, widmen sie sich diesem gründlich. Vermutlich wussten all die Japanerinnen und Japaner im Publikum viel mehr übers Eierlaufen als ich.

Annes (enorme!) Beliebtheit in Japan war mir lang ein Rätsel. Dann reiste ich nach Japan und konnte mein japanisches Publikum danach fragen. Ich erhielt zweiunddreißig Antworten, die eine freundliche Dame feinsäuberlich mitschrieb, abtippte und mir zuschickte. Hier ein paar Beispiele:

›Anne auf Green Gables‹ wurde ins Japanische erstmals von einem im Land schon vorher sehr beliebten Autor übersetzt. Anne war ein Waisenkind, von denen es nach dem Zweiten Weltkrieg auch in Japan viele gab, weshalb sich viele mit ihr identifizierten. Anne liebt Apfel- und

Kirschblüten; Letztere liegen den Japanern besonders am Herzen, sodass Annes Schönheitsempfinden ihnen sehr sympathisch war. Anne hat rotes Haar, was in Japan bis vor etwa zwanzig Jahren als extrem exotisch galt (inzwischen sieht man sogar Japanerinnen mittleren Alters manchmal mit blauem, grünem, rotem oder orangefarbenem Haar). Anne ist nicht nur eine Waise, sondern eine arme Waise: die unterste Sprosse der sozialen Leiter im traditionellen Japan. Dennoch nimmt sie den furchtbarsten aller japanischen Drachen für sich ein, die gestrenge alte Matrone. Ja, sie nimmt sogar gleich zwei solche Matronen für sich ein, denn sie fügt auch die überhebliche, unverblümte, aber im Grunde gutherzige Mrs Rachel Lynde ihrer Sammlung bei.

Anne schreckt nicht vor harter Arbeit zurück: Sie ist vergesslich und verträumt, aber keine Drückebergerin. Sie verhält sich anständig, indem sie das Wohl anderer über das ihre stellt, was noch lobenswerter dadurch wird, dass diese anderen ältere Menschen sind. Sie weiß Poesie zu schätzen, und obwohl sie Anzeichen von Materialismus zeigt (ihre Sehnsucht nach Puffärmeln ist legendär), ist sie im tiefsten Inneren doch spirituell. Und weit oben auf der Liste: Anne bricht das japanische Tabu, das jungen Leuten Wutausbrüche untersagt. Die ihren sind spektakulär, sie stampft auf den Boden, schleudert ihren Beleidigern Beleidigungen an den Kopf und greift sogar zu körperlicher Gewalt, vor allem in der Episode mit der Schiefertafel. Jungen Leserinnen und Lesern in Japan muss das großen Spaß bereitet haben – genau wie all den Kindern vergangener Zeiten, die so viel stärker unterdrückt wurden als die Kinder heute. Hätten sie sich aufgeführt wie Anne, hätten sie »was erlebt«, wie meine Mutter das nannte, oder sogar gleich den »langen Hafer«

abbekommen. Ich persönlich habe nie etwas erlebt und auch keinen langen Hafer bekommen, doch beides kam regelmäßig in den Geschichten meiner Mutter über ihre Jugend im ländlichen Nova Scotia vor, die – zumindest, was die Schule, den Kirchgang und die Einstellung zu Kindern anging – erstaunlich ähnlich war wie die von Anne.

So weit die Gründe für Annes Popularität in Japan, an die ich mich erinnern kann – es gab aber noch mehr.

»Gott ist im Himmel und die Welt in Frieden«, wispert Anne in den allerletzten Zeilen des Romans. Aufgrund ihrer Schwäche für viktorianische Lyrik ist es stimmig, dass sie ihre Geschichte mit einem Vers aus dem Lied beendet, das die optimistische Heldin von Robert Brownings dramatischem Gedicht *Pippa Passes* singt – und das erst recht, zumal Anne Shirley selbst eine Art Pippa ist. Diese Pippa ist ein armes, italienisches Waisenkind, das in einer Seidenspinnerei schuftet, sich dabei aber trotz seines niedrigen Stands seine reine Fantasie und Liebe zur Natur bewahrt. Wie Pippa ist Anne eine unbefangene Unschuldige, die den praktisch, aber dröge veranlagten Bürgern von Avonlea, ohne es zu ahnen, Freude, Fantasie und hin und wieder eine Offenbarung bringt.

Pippa Passes ganz zu lesen, hätte man Anne Shirley kaum erlaubt. Die übrigen Figuren des Gedichts sind alles andere als unschuldig, ihr Treiben derart sexuell und schmutzig, dass es bei der Erstveröffentlichung einen Skandal auslöste: Eine davon ist eine Ehebrecherin, eine andere will Pippa verderben und in die Sklaverei locken. Browning sieht die Dinge realistischer: Im wahren Leben hätte eine Waise wie Anne schlechte Karten. »Was hatte das Kind bisher für ein armseliges, liebloses Leben geführt – voller

Plackerei, Armut und Missachtung«, denkt Marilla, und genau dieses armselige, lieblose Leben beleuchtet Budge Wilson in ihrem Prequel. Urteilt man nach dem, was wir über das Leben von Waisenkindern in jener Zeit wissen, einschließlich der vielen von Marilla so genannten »Londoner Straßenjungen«, die aus den Barnardo-Heimen nach Kanada geschickt wurden, wäre eine statistisch akkurate Anne wohl arm und missachtet geblieben. Stattdessen wird sie dank ihres Glücks und eigener Verdienste von den Cuthberts-Geschwistern gerettet und fügt sich so in eine lange Reihe erlöster viktorianischer Waisen der Literatur ein, von Jane Eyre über Oliver Twist bis zum kleinen Schornsteinfeger Tom in Charles Kingsleys ›Die Wasserkinder‹. »Märchenende« nennt man so etwas, denn in Folklore und Mythologie sind Waisen keineswegs immer nur geknechtete Außenseiter: Womöglich sind sie Helden in spe wie König Artus, oder sie stehen unter dem Schutz von Göttern oder Feen. Auch Anne hat definitiv etwas Unheimliches an sich – oft wird sie als »Hexe« bezeichnet, und zwei Jahrhunderte zuvor hätte sie leicht auf dem Scheiterhaufen enden können.

In der Wirklichkeit wurden Waisen jedoch nicht nur ausgebeutet, sondern auch als Früchte der Sünde gefürchtet und verachtet: Kinder ohne bekannten Vater, missgünstig bis kriminell, faule Äpfel, die zu allem Möglichen imstande waren, auch dazu, »mit Absicht« ein Haus anzuzünden, wie Rachel Lynde behauptet. Deshalb gibt Montgomery sich solche Mühe, Anne mit gebildeten, anständigen und miteinander verheirateten Eltern auszustatten. Trotzdem wäre es Anne im wahren Leben wie in den Büchern von Charles Dickens ergangen, zermürbende Kinderarbeit und Quasiknechtschaft als die unbezahlte Haushaltshilfe, als die sie vor Avonlea schon mal gearbeitet hat, einmal sogar in einem rustikalen Hinterwäldler-Haushalt mit drei Zwillingspaaren. Im schlimmsten Fall hätten die Männer in diesen Haushalten sie vergewaltigt. Schwanger wäre sie danach in Schande wieder ins Waisenhaus geschickt worden, wo sie eine neue Waise in die Welt gesetzt hätte, denn wie sollte eine wie sie, ohne Geld oder Familie, mit einem zerstörten Ruf, jemals ein Kind ernähren? Und dann?

Ich gebe zu, dass ich in meinen sauertöpfischeren Momenten über eine weitere ›Anne‹-Fortsetzung namens ›Anne geht in die Stadt‹ nachgedacht habe. Die wäre ein düsteres, zolaeskes Epos, das schilderte, wie das arme Mädchen mit der Aussicht auf Puffärmel verführt würde, gefolgt von sexuellem Niedergang und brutaler Behandlung durch grobe männliche Kunden. Eine böse Zuhälterin würde ihr dann ihren widerrechtlich, aber sauer erarbeiten Verdienst abknöpfen, woraufhin sie ihre Verzweiflung in Alkohol und Opium ertränkte und unter den verheerenden Auswirkungen einer unheilbaren Geschlechtskrankheit litte. Das letzte Kapitel enthielte Hustenanfälle wie in ›La Traviata‹, ihren frühen, unschönen Tod sowie ein Begräbnis des Straßenkindes mit dem Herz aus Gold in einem anonymen Grab, mit nichts als derben Witzen ihrer ehemaligen Kunden als Grabrede. Doch der in ›Anne‹ waltende Genius ist eben nicht der schmutzig graue Engel des Realismus, sondern der regenbogenbunte, taubenflügelige Gott der Herzenswünsche. Was Samuel Johnson über zweite Ehen sagte, gilt auch für ›Anne‹: Das Buch handelt vom »Sieg der Hoffnung über die Erfahrung«. Es erzählt uns nicht die Wahrheit über das Leben, sondern die Wahrheit über Wunscherfüllung. Und die wichtigste Wahrheit dazu ist, dass die meisten Menschen sie der Alternative vorziehen.

Das ist zwar einer der Gründe für den anhaltenden Erfolg von ›Anne auf Green Gables‹, reicht aber kaum aus, um ihn zu erklären: Wäre ›Anne‹ bloß ein Soufflé aus Fröhlichkeit und Happy Ends, wäre der Anne-Zirkus schon längst Geschichte. Was ›Anne‹ von so vielen »Mädchenbüchern« aus der ersten Hälfte des zwanzigsten Jahrhunderts unterscheidet, ist seine dunkle Kehrseite: Die verleiht dem Buch seine frenetische, manchmal beinah halluzinatorische Kraft und macht den Idealismus und die Empörung seiner Heldin so schmerzhaft überzeugend.

Diese Kehrseite ergibt sich aus dem verborgenen Leben von Annes Autorin L. M. Montgomery. Eine Anzahl von Montgomerys Tagebüchern wurde veröffentlicht, und es liegen mehrere Biografien vor, dazu das eindringliche, 1975 erstmals gezeigte TV-Dokudrama ›The Road to Green Gables‹. Im Oktober soll unter dem Titel ›Lucy Maud Montgomery: The Gift of Wings‹ eine neue, von Mary Henley Rubio verfasste Biografie erscheinen, aus der wir sicher noch mehr über dieses verborgene Leben erfahren werden. Was wir bereits wissen, ist allerdings schon deprimierend genug: Montgomery war eine Halbwaise, ihre Mutter starb, als sie noch keine zwei war, und ihr Vater schob sie zu ihren strengen, presbyterianischen Großeltern nach Cavendish, Prince Edward Island, ab. Ihre Beschreibung des eiskalten Schlafzimmers, in das Anne in ihrer ersten Nacht auf Green Gables gesteckt wird und von dem es heißt, »das ganze Zimmer strahlte eine Härte aus, die mit Worten nicht zu beschreiben war, aber Anne bis ins Mark erschaudern ließ«, ist zweifellos eine Metapher dieses Haushalts. Annes Klageruf: »Sie wollen mich nicht!... Niemand hat mich je gewollt«, ist der wütende, von Herzen kommende Protest eines Kindes gegen die Ungerechtigkeit des Universums. Montgomery musste als Halbwaise bei zwei alten Leuten leben, doch im Unterschied zu Anne hat sie die beiden niemals für sich eingenommen. Marilla und Matthew sind, was Montgomery sich wünschte, nicht, was sie hatte.

Annes Erfahrungen beim Hüten fremder Kinder haben es in sich (selbst Marilla hat hier Mitleid mit ihr), doch Montgomery hat Schlimmeres erlebt. Ihr aus der Ferne verklärter Vater zog nach Westen, heiratete wieder und holte Montgomery zu sich, doch das von ihr bestimmt erhoffte traute Familienglück blieb ihr verwehrt. Stattdessen wurde sie aus der Schule genommen, um sich um das Baby ihrer unsympathischen Stiefmutter zu kümmern. Ihr Vater war meist abwesend.

Annes frühreifer Literaturgeschmack und ihre romantische Fantasie gleichen dem, was von Montgomery bekannt ist, doch auf deren Mädchenjahre folgte keine Fortsetzung, in der sie Gilbert Blythe heiratet. Stattdessen führte sie zwei ernsthafte Beziehungen: eine Verlobung mit einem Mann, den sie nicht liebte, und eine Nichtverlobung mit einem, den sie zwar liebte, sich aber nicht zu heiraten entschließen konnte, weil er ein ungebildeter Farmer war. Nach dem Tod des Farmers gab sie ihre romantischen Träume auf und kümmerte sich zu Hause um ihre garstige Großmutter. Als sie vier Monate nach deren Tod dann doch noch heiratete, schwante ihr Übles: Sich beim Frühstück vor der Hochzeit wie bei seiner eigenen Beerdigung zu fühlen ist ganz bestimmt kein gutes Zeichen. Und tatsächlich sollte ihre Ehe kein Vergnügen werden. Ihr Mann, Ewen Macdonald, war Pfarrer, und Montgomery oblagen die vielen faden Pflichten einer Pfarrersfrau, für die sie nicht mal ansatzweise so geeignet war wie die beliebte Mrs Allan in Avonlea. Bald litt Ewen auch noch unter Phasen dessen, was man damals noch »religiöse Melancholie« nannte, heute aber wohl als klinische Depression oder gar bipolare Störung einordnen würde, sodass Montgomery seiner Pflege immer mehr Zeit widmen musste. In fortgeschrittenerem Alter erlitt sie selbst öfter Nervenzusammenbrüche. Kein Wunder. »Niemand hat mich je gewollt« war eine ihr von der eigenen Kindheit auferlegte Bürde, und die erwies sich als kaum überwindbar. Die vielen Welten, die sie schreibend schuf, waren ihr zugleich Zuflucht und eine Weise, mit einer tiefen, allem zugrunde liegenden Traurigkeit umzugehen.

Man kann ›Anne auf Green Gables‹ auch so lesen, dass die wahre Protagonistin nicht Anne ist, sondern Marilla Cuthbert. Anne bleibt letztlich im ganzen Buch dieselbe. Sie wird größer, ihre Haarfarbe wechselt von Karottenrot zu Kastanienbraun, ihre Garderobe wird hübscher (dank des Sinns für Modekonkurrenz, den sie in Marilla wachruft), sie denkt länger nach, bevor sie redet, doch das war es eigentlich. Wie sie selbst sagt, bleibt sie innerlich dasselbe Mädchen. Auch Matthew bleibt im Grunde Matthew, und Annes beste Freundin Diana ist ähnlich statisch. Nur Marilla entwickelt sich auf eine Weise, die wir uns zu Anfang nicht mal hätten vorstellen können. Ihre wachsende Liebe zu Anne sowie ihre wachsende Fähigkeit, diese Liebe zu zeigen, ist die wahre magische Verwandlung – nicht Annes Hässliches-Entlein-Nummer. Anne ist der Katalysator, der es der spröden, gestrengen Marilla ermöglicht, endlich ihre lang unterdrückte weiche, menschliche Seite zu zeigen. Zu Beginn des Buchs ist Anne für die Tränen zuständig, gegen Ende fällt diese Rolle immer mehr Marilla zu. Wie Mrs Rachel Lynde es formuliert: »Marilla Cuthbert ist milde geworden. Jawohl!«

»Und ich habe mir gewünscht, du hättest ein kleines Mädchen bleiben können, selbst mit all deinen Verrücktheiten«, sagt Marilla in einer ihrer rührseligen Passagen am Ende. Endlich erlaubt sie sich, sich selbst etwas zu wünschen, und ihr Wunsch ging in Erfüllung: Über die vergangenen hundert Jahre hinweg ist Anne tatsächlich dieselbe geblieben. Ich wünsche ihr alles Gute für die nächsten hundert.

ALICE MUNRO: EINE WÜRDIGUNG

(2008)

Alice Munro ist eine der wichtigsten englischsprachigen Schriftstellerinnen unserer Zeit. Kritiker in Nordamerika und Großbritannien überhäufen sie mit Superlativen, sie wurde mehrfach ausgezeichnet und hat ergebene Leser auf der ganzen Welt. Schriftstellerkollegen sprechen ihren Namen voller Ehrfurcht aus. In letzter Zeit wurde sie in Streits zwischen Autoren häufig zu dem Knüppel, mit dem man seine Feinde züchtigt. »Das nennst du Schreiben?«, sagen die Züchtiger im Kern. »Alice Munro! Das ist Schreiben!« Sie ist die Sorte Autorin, von der es oft – ganz gleich, wie bekannt sie bereits ist – heißt, sie müsste viel bekannter sein.

Dazu kam es nicht über Nacht. Alice Munro schreibt seit den 1960ern, ihre erste Sammlung, ›Tanz der seligen Geister‹, ist 1968 erschienen. Bis heute hat sie – einschließlich ihres neuesten Werks, des begeistert aufgenommenen Bandes ›Tricks‹ – zehn Bücher mit durchschnittlich je neun bis zehn Erzählungen veröffentlicht. Obwohl ihre Texte seit den 70ern ein fester Bestandteil des ›New Yorker‹ sind, ließ ihre weltweite literarische Heiligsprechung lange auf sich warten, was zum Teil der Form geschuldet ist, in der sie schreibt. Munro schreibt Erzählungen – *short stories*, wie sie früher hießen, beziehungsweise *short fiction*, wie man heute eher sagt. Und obgleich viele erstklassige amerikanische, britische und kanadische Autoren diese Form gewählt haben, besteht noch immer eine weitverbreitete, aber falsche Tendenz, Umfang mit Bedeutung gleichzusetzen.

Dementsprechend zählt Munro – zumindest außerhalb von Kanada – zu jenen Schriftstellern, die in regelmäßigen Abständen neu entdeckt werden. Es ist, als ob sie – Überraschung! – aus der Torte käme, und dann noch mal und noch mal, ja immer wieder aufs Neue heraushüpfen müsste. Ihr Name strahlt einem nicht von sämtlichen Werbetafeln entgegen. Man stößt auf sie durch Zufall oder Schicksal, wie es scheint, und fragt sich sofort staunend, aufgeregt und ungläubig: »Wo kommt diese Alice Munro plötzlich her? Wieso hat mir keiner je von ihr erzählt? Wie kann so etwas Großartiges einfach aus dem Nichts entspringen?«

Aber Alice Munro ist nicht aus dem Nichts entsprungen. Nein, entsprungen ist sie – wenngleich ihre Figuren dieses Verb wohl übertrieben spritzig fänden – dem Huron County im Südwesten von Ontario.

Ontario ist die große kanadische Provinz, die sich vom Ottawa River bis zur Westspitze des Lake Superior erstreckt. Ein riesiges und vielfältiges Gebiet, von dem Southwestern Ontario jedoch ein ganz eigener Teil ist. Der Maler Greg Curnoe hat ihm den Namen Sowesto verpasst, und der blieb haften. Curnoe sah in Sowesto eine ausgesprochen interessante Gegend, aber auch eine voll seelischer Finsternis und Seltsamkeiten – eine Ansicht, die viele teilen. Der ebenfalls aus Sowesto stammende Robertson Davies sagte gern: »Ich kenne die dunklen Bräuche meiner Landsleute«, und die kennt Alice Munro auch. Zwischen den Weizenfeldern von Sowesto trifft man oft auf Schilder, die einen ermahnen, sich auf die Begegnung mit seinem Schöpfer vorzubereiten – oder auf das eigene Verderben, was von vielen Einheimischen letztlich als dasselbe angesehen wird.

Westlich wird Sowesto vom Lake Huron begrenzt, südlich vom Lake Erie. Die Landschaft ist bestimmt von flachem Farmland, durchzogen von breiten, sich windenden und häufig Hochwasser führenden Flüssen, an denen (wegen der darauf verkehrenden Boote und der mithilfe von Mühlen nutzbaren Wasserkraft) im neunzehnten Jahrhundert mehrere Städte verschiedener Größe entstanden sind. Jede davon hat ihr eigenes rotes Backsteinrathaus (meistens mit einem Turm), ein Postamt, eine Handvoll Kirchen unterschiedlicher Konfessionen, eine Hauptstraße, ein Wohnviertel mit hübschen Häusern und ein Armeleuteviertel. Und in jeder leben Familien mit langem Gedächtnis und stapelweise Leichen im Keller.

Im neunzehnten Jahrhundert war Sowesto der Schauplatz des berühmten Donnelly-Massakers, bei dem – wegen aus Irland mitgebrachter politischer Streitigkeiten – eine Großfamilie abgeschlachtet und ihr Haus niedergebrannt wurde. Üppige Natur, unterdrückte Gefühle, ehrbare Fassaden, heimliche sexuelle Ausschweifungen, Gewaltausbrüche, grausige Verbrechen, lang gehegter Groll, seltsame Gerüchte: All diese Dinge sind in Munros Sowesto nie weit, und zwar auch deshalb, weil das wahre Leben der Region sie alle enthält.

Eigentümlicherweise hat die Gegend eine ganze Reihe von Schriftstellern hervorgebracht. Eigentümlich, weil in den 1930ern und 1940ern, als Alice Munro dort aufwuchs, die Vorstellung, dass jemand aus Kanada – und dann auch noch aus einer Kleinstadt in Sowesto – sich für einen ernst zu nehmenden Autor halten könnte, schlichtweg lächerlich war. Selbst in den 50ern und 60ern gab es in Kanada kaum Verlage; die wenigen Ausnahmen verlegten überwiegend Lehrbücher und importierten alles, was halbwegs den Namen Literatur verdiente, aus England oder den USA. Theater gab es nur auf Amateurniveau: Schulaufführungen und Laiengruppen. Allerdings gab es das Radio, und in den 60ern gelang Alice Munro der Durchbruch dank der von Robert Weaver produzierten CBC-Sendung ›Anthology‹.

Einem internationalen Publikum waren nur sehr wenige kanadische Autoren bekannt. Es galt als ausgemacht, dass man, sofern man derartige Gelüste verspürte (Gelüste, derer man sich selbstverständlich schämte, weil seriöse Erwachsene sich mit Kunst niemals abgeben würden), besser gleich das Land verließ. Jeder wusste, dass man vom Schreiben nicht leben konnte.

Halbwegs akzeptabel war noch, mit Aquarellmalerei oder Gedichten zu experimentieren, wenigstens für einen gewissen Typ Mann, den Munro in *Putenzeit* beschreibt: »Es gab Homosexuelle in der Stadt. Wir kannten sie: ein eleganter Tapezierer mit welligem Haar und heller Stimme, der sich Innenarchitekt nannte; der verwöhnte einzige Sohn der Pfarrerswitwe, der so weit ging, an Backwettbewerben teilzunehmen, und der eine Tischdecke gehäkelt hatte; ein hypochondrischer Kirchenorganist und Musiklehrer, der den Kirchenchor und seine Schüler durch hysterische Wutanfälle in Zucht und Ordnung hielt.« Oder man betrieb die Kunst als Hobby, wenn man eine Frau war und nichts Besseres zu tun hatte. Oder man hielt sich mit einem unterbezahlten, pseudokreativen Job über Wasser. Munros Erzählungen sind gespickt mit solchen Frauen. Sie spielen Klavier und schreiben Tratschkolumnen. Oder sie haben – tragischerweise – ein wenig echtes Talent, doch keinen Rahmen dafür, wie Almeda Roth in *Meneseteung*. Diese Almeda veröffentlicht 1873 einen unbedeutenden Gedichtband namens ›Gaben‹:

> In der Lokalzeitung ›Vidette‹ nannte man sie »unsere Poetin«. Es klingt nach einer Mischung aus Respekt und Verachtung für beides, ihre Berufung und ihr Geschlecht – oder deren wenig überraschendes Zusammentreffen.

Zu Anfang der Geschichte ist Almeda eine junge Frau, deren Familie verstorben ist. Sie lebt allein, hütet ihren guten Ruf und tut gute Werke. Doch am Ende tritt der aufgestaute Fluss der Kunst über die Ufer (auch dank größerer Dosen mit Laudanum versetzter Schmerzmittel) und spült ihre Vernunft davon:

> Verse womöglich. Ja, wieder einmal Gedichte. Oder ein Gedicht. Wäre das nicht überhaupt die Lösung – das eine große Gedicht, das alles enthalten wird und, ach, neben dem alle von ihr verfassten Gedichte belanglos werden, zu bloßen Zufällen, bloßem Flickwerk verblassen. … Titel des Gedichts ist der Name des Flusses. Nein, eigentlich ist es der Fluss, der Meneseteung, der das Gedicht ist… Almeda sieht tief, tief in den Fluss ihres Denkens hinein und das Tischtuch und sieht die gehäkelten Rosen schwimmen.

Das war offenbar das Schicksal aller – erst recht schwacher – Künstler in den Kleinstädten des damaligen Sowesto: entweder ein vom Bedürfnis nach Seriosität erzwungenes Schweigen oder eine an den Wahnsinn grenzende Verschrobenheit.

Wer in eine größere kanadische Stadt zog, konnte dort wenigstens ein paar Gleichgesinnte finden, doch in den Kleinstädten Sowestos war man auf sich allein gestellt. Dennoch stammten John Kenneth Galbraith, Robertson Davies, Marian Engel, Graeme Gibson und James Reaney aus Sowesto, und Alice Munro selbst zog nach einem kurzen Ausflug an die Westküste dorthin zurück. Heute lebt sie unweit von Wingham, dem Vorbild all der Jubilees, Walleys, Dalglieshs und Hanrattys aus ihren Geschichten.

Dank dieser Geschichten hat das Huron County in Sowesto sich zu Faulkners Yoknapatawpha County gesellt, ein durch die Vortrefflichkeit des ihn preisenden Autors legendär gewordener Landstrich, obwohl das Wort »preisen« wohl in beiden Fällen nicht ganz passt. »Sezieren« trifft vielleicht besser, was in Munros Werk geschieht, obwohl auch dieses Verb zu klinisch ist. Wie soll man diese Mischung aus besessener Ausforschung, archäologischem Graben und präzisem, detaillierten Erinnern bezeichnen? Diese Mixtur aus Schwelgen in den düsteren, schäbigen, rachgierigen Schattenseiten der menschlichen Natur, dem Verraten erotischer Geheimnisse, der Nostalgie für vergangenes Elend und der Freude an der Fülle und Vielfalt des Lebens?

Am Ende von ›Kleine Aussichten‹ (1971), Munros einzigem Roman (ein Bildungsroman und ein Porträt der Künstlerin als junges Mädchen), findet sich eine aufschlussreiche Stelle. Del Jordan aus Jubilee, die inzwischen – ihrem Namen alle Ehre machend – ins gelobte Land des Frauseins und Autorinnenseins übergesetzt hat, sagt über ihre Jugend:

> Damals kam mir nicht der Gedanke, dass ich eines Tages begierig auf Jubilee sein würde. Eigensinnig und besessen wie Onkel Craig, der draußen in Jenkin's Bend seine Geschichte schrieb, würde ich mir wünschen, alles niederzuschreiben.
> Ich würde versuchen, Listen anzulegen. Eine Liste aller Läden und Geschäfte an der Hauptstraße und ihrer Besitzer, eine Liste von Familiennamen, Namen auf den Grabsteinen auf dem Friedhof und auch die Inschriften darunter …
> Der Wunsch nach Genauigkeit, den wir in eine derartige Aufgabe hineinlegen, ist verrückt, verzweifelt. Und keine Liste konnte enthalten, was ich eigentlich wollte, denn was ich wollte, war alles, jede Schicht von Sprache und Gedanken, jeden Lichtstreifen auf Rinde oder Wänden, jeden Geruch, jedes Schlagloch, jeden Schmerz, jeden Riss, jede Täuschung, die noch anhielten und zusammenhielten – hell, unzerstörbar.

Ein einschüchterndes Programm für ein Lebenswerk. Dennoch sollte Alice Munro sich während der folgenden fünfunddreißig Jahre bemerkenswert treu daran halten.

Alice Munro kam 1931 als Alice Laidlaw auf die Welt, was bedeutet, dass sie die Weltwirtschaftskrise als Kleinkind erlebt hat. Als Kanada 1939 in den Zweiten Weltkrieg eintrat, war sie acht, nach dem Krieg ging sie zum Studium an die University of Western Ontario in London, Ontario. Sie war fünfundzwanzig und gerade Mutter geworden, als Elvis Presley berühmt wurde, und achtunddreißig zur Zeit der Blumenkinder und der Anfänge der Frauenbewegung in den Jahren 1968/69, als auch ihr erstes Buch erschien. 1981 war sie fünfzig. In diesem Zeitraum, von den 1930ern bis in die 80er, spielen die meisten ihrer Erzählungen, manche aber auch davor, in den Zeiten ihrer Vorfahren.

Die waren zu einem Teil schottische Presbyterianer: Munros Stammbaum lässt sich bis zu James Hogg zurückverfolgen, dem Schäfer von Ettrick – ein Freund von Robert Burns und den Edinburgher Gelehrten des späten achtzehnten Jahrhunderts sowie der Autor von ›The Private Memoirs and Confessions of a Justified Sinner‹, was auch ein Munro-Titel sein könnte. Der andere Zweig der Familie bestand aus Anglikanern, von denen es heißt, die schlimmste Sünde sei in ihren Augen, beim Dinner die falsche Gabel zu benutzen. Munros scharfer Blick für soziale Schichten und die sie trennenden Details und Spötteleien liegt ihr also ebenso im Blut wie – von der presbyterianischen Seite her – die Neigung ihrer Figuren, ihre Taten, Gefühle, Motive und Gewissensregungen stets strengstens zu analysieren und für unzulänglich zu befinden. Im traditionell protestantischen Umfeld der Kleinstädte von Sowesto ist Vergebung schwer zu erlangen, harte Bestrafungen sind an der Tagesordnung, Erniedrigung und Schande lauern hinter jeder Ecke, und niemand kann sich viel erlauben.

Allerdings gehört zu dieser Tradition auch die Lehre der Rechtfertigung durch Glauben: Gnade fliegt uns zu, ohne dass wir etwas dafür tun müssen. In Munros Werk findet sich Gnade in Hülle und Fülle, wenn auch merkwürdig verschleiert: Nichts lässt sich vorhersehen. Gefühle brechen einfach so heraus. Vorurteile bröckeln.

Verwunderung greift um sich. Böse Taten haben gute Folgen. Die Rettung naht, wenn sie am wenigsten erwartet wird, und in den sonderbarsten Formen.

Aber sobald man eine solche Aussage über Munros Schreiben trifft (oder irgendwelche anderen Analysen, Schlüsse oder Verallgemeinerungen darüber formuliert), meint man sofort, den spöttischen Kommentar zu hören, der in ihren Erzählungen so oft vorkommt und der sagt: »Für wen hältst du dich überhaupt? Wer gibt dir das Recht zu glauben, du wüsstet irgendetwas über mich – oder über irgendjemand sonst?« Oder um erneut aus ›Kleine Aussichten‹ zu zitieren: »Das Leben der Menschen ... war dumpf, einfach, überraschend und unergründlich – tiefe Höhlen mit Küchenlinoleum gepflastert.« Das Schlüsselwort ist »unergründlich«.

Die ersten beiden Erzählungen in dieser Reihe, *Eine fürstliche Abreibung* und *Das Bettlermädchen*, entstammen einem Buch mit drei verschiedenen Titeln. In Kanada hieß es – nach einer mürrisch anklagenden Wendung, mit der man die Luft aus jemandes aufgeblasenem Hohlkopf lässt – ›Who Do You Think You Are?‹. In England erhielt es den schlichten Titel ›Rose and Flo‹ und in den USA – und Deutschland – den romantischen ›The Beggar Maid‹ beziehungsweise ›Das Bettlermädchen‹. Die im Buch versammelten Erzählungen haben alle dieselbe Protagonistin: Rose, die im ärmeren Teil einer Stadt namens Hanratty bei ihrem Vater und ihrer Stiefmutter Flo aufwächst und dann mit einem Stipendium studieren geht, einen sozial weit über ihr stehenden Mann heiratet, dem sie später davonläuft, worauf sie, noch später, zur Schauspielerin wird – eine Todsünde und große Schande in Hanratty, wo Flo noch immer lebt. Auch ›Das Bettlermädchen‹ ist also ein Bildungsroman – und ein weiteres Porträt der Künstlerin.

Was ist Blendwerk, was Authentizität? Welche Gefühle, Verhaltens- und Sprechweisen sind ehrlich und wahrhaftig, welche gespielt und manieriert? Lässt sich das überhaupt trennen? Über solche Fragen denken Munros Figuren häufig nach.

Wie im Leben, so in der Kunst. Hanratty wird von dem durch die Stadt strömenden Fluss sozial entzweigeteilt:

> In Hanratty reichte die soziale Gliederung von Ärzten und Zahnärzten und Anwälten bis zu Gießereiarbeitern und Fabrikarbeitern und Bierkutschern, in West Hanratty von Fabrikarbeitern und Gießereiarbeitern bis zu den großen sorglosen Familien gelegentlicher Alkoholschmuggler und Prostituierter und erfolgloser Diebe.

Jede der beiden Stadthälften fühlt sich im Recht, über die jeweils andere zu spotten. Flo geht nach Hanratty, dem besseren Teil der Stadt, um einzukaufen, aber auch, um »Leute zu treffen, denen sie zuhörte. Unter den Leuten, denen sie zuhörte, waren die Frau von Rechtsanwalt Davies, die Frau des anglikanischen Rektors Henley-Smith und die Frau des Pferdedoktors McKay. Sie kam heim und machte ihre geschwätzigen Stimmen nach. Scheusale machte sie aus ihnen, voller Verrücktheit und Gespreiztheit und Selbstgerechtigkeit.«

Doch als Rose ans College geht, sich mit Patrick, dem Sohn eines Kaufhaus-Magnaten, verlobt und Obere-Mittelschicht-Luft schnuppert, wird Flo in ihren Augen zum Ungeheuer, und sie ist zwiegespalten. Patricks Besuch in ihrer Heimatstadt wird für sie zum Desaster:

> Sie schämte sich über mehr, als sie aufzählen konnte. Sie schämte sich wegen des Essens und des Schwans und des Plastiktischtuchs, sie schämte sich über Patrick, den misslaunigen Snob, der eine erschreckte Grimasse schnitt, als Flo ihm den Ständer mit den Zahnstochern zuschob; sie schämte sich für Flo mit ihrer Schüchternheit und Heuchelei und ihrem Getue; am meisten schämte sie sich über sich selbst. Sie konnte ja nicht einmal sprechen und dabei natürlich wirken.

Dennoch, sobald Patrick anfängt, ihre Stadt und ihre Familie zu kritisieren, »festigte sich eine Schicht aus Loyalität und Beschützerwillen … um jede Erinnerung, die sie hatte«.

Neben Fragen des gesellschaftlichen Status betrifft diese Zerrissenheit auch Munros Beruf. Ihre fiktionale Welt ist bevölkert mit Nebenfiguren, die Kunst und Künstliches ebenso verachten wie jede Form der Prahlerei. Aus dieser Einstellung und dem von ihr bewirkten Selbst-Misstrauen müssen ihre Hauptfiguren sich freikämpfen, um überhaupt etwas erschaffen zu können.

Und doch teilen Munros Protagonistinnen die Verachtung und das Misstrauen gegenüber dem Künstlichen an der Kunst. Wie und worüber soll man schreiben? Wie viel an der Kunst ist echt, was nur ein Haufen billiger Tricks – Menschen nachahmen, ihre Gefühle manipulieren, Grimassen schneiden? Wie soll man sich anmaßen, irgendetwas Konkretes über eine Person zu behaupten, und sei sie auch nur eine ausgedachte? Und vor allem: Wie sollte eine Erzählung ausgehen? Munro liefert oft ein Ende, das sie dann hinterfragt oder revidiert. Oder sie traut ihm einfach nicht, wie im letzten Absatz von *Mene-*

seteung, in dem die Erzählerin sagt: »Ich kann mich geirrt haben.« Ist Schreiben nicht immer überheblich, ist der Stift nicht zugleich Rute? Eine Reihe von Munros Erzählungen (*Die Jugendfreundin; Entrückt; Ein Vorposten in der Wildnis; Hasst er mich, mag er mich, liebt er mich, Hochzeit*) enthält Briefe, in denen die Eitelkeit, Falschheit oder gar Bosheit ihrer Verfasser deutlich werden. Wenn schon Briefe derart doppelzüngig sein können, wie steht es dann um Literatur?

Diese Spannung ließ Munro nicht los. Ihre Künstlerinnenfiguren werden für ihre Fehlschläge bestraft, aber auch für ihre Erfolge. Über ihren Vater nachdenkend sagt die Schriftstellerin in *Die Jupitermonde*:

> Ich konnte hören, wie der sagt: »Also, über dich habe ich in ›Maclean's‹ noch gesehen.« Und wenn er doch etwas über mich gelesen hatte, sagte er: »Also, ich fand diese Besprechung nicht besonders gut.« Seine Stimme klang dann humorvoll und nachsichtig, aber sie machte mich üblicherweise trübsinnig. Was er mir vermitteln wollte, war einfach genug: Um Ruhm muss man kämpfen und sich dann dafür entschuldigen. Berühmt oder nicht, Vorwürfe bleiben dir nicht erspart.

»Trübsinn« ist eine von Munros ärgsten Feindinnen. Ihre Figuren kämpfen gegen sie an, so gut sie nur können, wehren sich gegen stickige Sitten, gegen die lähmenden Erwartungen anderer und aufgezwungene Verhaltensregeln, gegen jede erdenkliche Art des geistigen Knebelns und Erdrückens. Vor die Wahl gestellt, ein Mensch zu sein, der Gutes tut, aber unauthentisch und innerlich taub ist, oder einer, der sich schlecht verhält, aber dem folgt, was wirklich in ihm vorgeht, und sich deshalb lebendig fühlt, wird eine Munro-Frau sich zumeist für Letzteres entscheiden; und wo sie das nicht tut, wird sie ihre eigene Glitschigkeit, Arglist, Abgefeimtheit, Schläue und Verderbtheit kommentieren. Ehrlichkeit ist bei Munro nicht die beste Strategie: Ja, sie ist gar keine Strategie, sondern ein wesentliches Element, wie Luft. Ihre Figuren müssen irgendwie welche erlangen, egal auf welche Weise, sonst – so glauben sie – werden sie eingehen.

Maßgeblich ausgetragen wird der Kampf um Authentizität auf dem Feld der Sexualität. Munros Gesellschaft ist – wie die meisten Milieus, in denen Schweigen und Diskretion in sexuellen Dingen die Norm sind – stark erotisch aufgeladen, und diese Ladung breitet sich gleich einem Neon-Halbschatten um alle Figuren aus, strahlt Landschaften, Zimmer und Gegenstände an. Ein zerwühltes Bett sagt unter Munros Feder mehr, als es jede plastische Rein-raus-Darstellung von Genitalien je könnte. Selbst in den Erzählungen, die nicht primär von einer Affäre oder einem sexuellen Erlebnis handeln, sind Männer und Frauen sich ihrer stets als Männer und Frauen bewusst, im Guten wie im Schlechten, und verspüren sexuelle Anziehung, Neugier oder auch Abscheu. Frauen erkennen sofort die sexuelle Macht anderer Frauen und sehen sie mit Misstrauen oder mit Neid. Männer prahlen, brüsten sich und flirten, konkurrieren miteinander und verführen.

Was sexuelle Anziehung in einer Gruppe angeht – sowohl bezüglich anderer als auch sich selbst –, sind Munros Figuren so wachsam wie Hunde in einem Parfümgeschäft. Sich verlieben, Lust empfinden, genüsslich Ehepartner hintergehen, sexuelle Lügen, schimpfliche Taten, die ein unwiderstehliches Begehren zu erzwingen scheint, sexuelle Berechnungen aufgrund von sozialer Verzweiflung: Kaum jemand hat diese Vorgänge gründlicher und schonungsloser erkundet. Sexuelle Grenzen zu verschieben ist für viele Munro-Frauen ausgesprochen aufregend; doch um sie zu überschreiten, muss man genau wissen, wo der Zaun steht, und Munros Universum ist kreuz und quer von diffizilen Gemarkungen durchzogen. Hände, Stühle, Blicke – alles ist Teil einer vertrackten inneren Landkarte voller Stacheldraht, Minenfelder und Geheimgänge durchs Unterholz.

Sich sexuell auszuleben war für Frauen aus Munros Generation zugleich Ausweg und Befreiung. Woraus? Aus der Verleugnung und beschränkenden Verachtung, die sie in *Putenzeit* so gut beschreibt:

> Lily sagte, sie lasse ihren Mann nie an sich heran, wenn er getrunken habe. Marjorie erzählte, seit sie an einer Blutung beinahe gestorben sei, lasse sie ihren Mann überhaupt nicht mehr an sich heran, Punkt. Lily beeilte sich, hinzuzufügen, ihrer versuche es ohnehin nur noch, wenn er getrunken habe. Ich begriff, es war eine Frage von Stolz, den Ehemann nicht »an sich herankommen« zu lassen. Aber ich konnte nicht recht glauben, dass »an sich herankommen lassen« bedeutete, »Sex zu haben«.

Für ältere Frauen wie Lily und Marjorie wäre Spaß an Sex eine demütigende Niederlage. Für Frauen wie Rose in ›Das Bettlermädchen‹ ist er Anlass zu Jubel und Stolz, ein Triumph. Für spätere Frauengenerationen, nach der sexuellen Revolution, sollte er zu blanker Pflichterfüllung werden – der perfekte Orgasmus als abzuhakender Punkt auf der Liste erwarteter Leistungen. Und wo Spaß zur Pflicht wird, sind wir zurück im Land des »Trübsinns«. Eine mit sexuellen Erkundungen beschäftigte Munro-Figur mag dagegen zwar verwirrt, beschämt oder gepeinigt sein, ja sogar grausam und sadistisch (manche Paare in Munros Erzählungen genießen es wie manche echte Menschen, einander emotional zu foltern), aber sie ist niemals trübsinnig.

In einigen späteren Erzählungen erscheint der Sex kalkulierter, weniger impulsiv: Für Grant aus *Der Bär kletterte über den Berg* ist er das Schlüsselelement in einem wahren Meisterstück emotionalen Gütertauschs. Grants geliebte Frau Fiona hat Demenz und entwickelt Gefühle für einen Leidensgenossen in ihrer Pflegeeinrichtung. Als dessen knallharte, pragmatische Frau ihn nach Hause holt, mag Fiona vor lauter Gram nichts mehr essen. Grant will Marian überreden, ihren Mann zurück in die Anstalt zu bringen, doch die weigert sich: zu teuer. Grant spürt allerdings, dass Marian einsam und sexuell verfügbar ist. Ihr Gesicht ist schrumpelig, doch ihr Körper ist noch attraktiv. Wie ein gewiefter Händler wittert Grant einen Deal. Munro weiß genau, dass Sex Triumph und Folter sein kann, aber auch ein Ass im Ärmel.

Die von Munro beschriebene Gesellschaft ist christlich, aber dieses Christentum tritt selten klar zutage; es bildet den Hintergrund. Im *Bettlermädchen* schmückt Flo die Wände mit

> »einer Anzahl Merksprüchen…, mit frommen und fröhlichen und etwas unanständigen«:

DER HERR IST MEIN HIRTE
GLAUBE AN DEN HERRN JESUS,
UND DU WIRST
GERETTET WERDEN

Warum hatte Flo so etwas, da sie doch nicht einmal fromm war? Das hatte man eben, es war so gebräuchlich wie ein Kalender.

Christentum »hatte man eben« – und in Kanada waren Staat und Kirche nie so streng getrennt wie in den USA. In öffentlichen Schulen waren Gebete und Bibellesungen an der Tagesordnung. Dieses kulturelle Christentum hat Munro reichlich Stoff geliefert, steht aber auch in Zusammenhang mit dem charakteristischsten Muster ihrer Bildsprache und Erzählweise.

Der wichtigste christliche Glaubenssatz ist, dass zwei disparate, sich gegenseitig ausschließende Elemente – Gott und Mensch – in Christus zusammengezwängt wurden, ohne dass eines das andere auslöschte. Das Ergebnis war kein Halbgott oder Gott in menschlichem Gewand, sondern Gott wurde vollkommen menschlich und blieb dabei zugleich vollkommen göttlich. Alle Behauptungen, Christus sei nur Mensch oder nur Gott gewesen, wurden von der frühchristlichen Kirche gleichermaßen für Ketzerei erklärt. Das Christentum beruht also auf der Ablehnung klassischer Entweder-Oder-Logik und der Akzeptanz eines »Beides zugleich«-Mysteriums. Laut der Logik kann A nicht gleichzeitig es selbst und Nicht-A sein. Laut dem Christentum aber sehr wohl. Die Formel »A ist gleich Nicht-A« ist ihm unentbehrlich.

Viele von Munros Erzählungen lösen sich exakt auf diese Weise auf (oder nicht auf). Dafür gibt es zahlreiche

Beispiele, doch als Erstes fällt mir hierzu die Szene aus ›Kleine Aussichten‹ ein, in der eine Lehrerin, die an der Highschool leichte, fröhliche Operetten inszeniert hat, sich im Fluss ertränkt:

> Miss Farris in ihrem samtenen Schlittschuhkostüm … Miss Farris *con brio* … Miss Farris, die ohne Protest mit dem Gesicht nach unten im Wawanash trieb, bevor sie gefunden wurde. Obwohl es keinen Weg gibt, diese Bilder nebeneinander zu hängen – wenn das letzte richtig ist, muss es dann nicht alle anderen verändern? –, werden sie jetzt zusammenbleiben müssen.

Für Munro kann etwas wahr, aber doch unwahr und dabei trotzdem wahr sein. »Sie ist echt und unaufrichtig«, denkt Georgia in *Anders* über ihre Reue. »Wie schwer es mir fällt zu glauben, dass ich das erfunden habe«, sagt die Erzählerin in *Das Wachsen der Liebe*. »Es scheint so sehr der Wahrheit zu entsprechen, dass es die Wahrheit ist; es ist das, was ich über meine Eltern glaube. Ich habe nicht aufgehört, es zu glauben.« Die Welt ist gleichzeitig profan und heilig. Man muss sie am Stück schlucken. Immer gibt es mehr über sie zu erfahren, als man jemals wissen kann.

In einer Erzählung namens *Was ich dir schon immer sagen wollte* beschreibt die eifersüchtige Et den Ex-Geliebten ihrer Schwester, einen promisken Frauenheld, und die Art, wie er sämtliche Frauen ansieht, mit einem Blick, »der ihn einem Tiefseetaucher gleichen ließ, der abtaucht, hinab durch all die Leere, Kälte und Wrackteile, um das Einzige zu finden, das sein Herz sich ersehnt, etwas Kleines, Kostbares, schwer Aufzuspürendes, vielleicht einen Rubin am Meeresgrund«.

Munros Erzählungen sind reich an solchen fragwürdigen Suchenden und geschickt fingierten Tricks. Doch sie sind auch reich an Einsichten wie dieser: In jeder Geschichte, in jedem Menschen kann sich ein gefährlicher Schatz, ein unschätzbarer Edelstein verbergen. Ein Herzenswunsch.

URALTE RECHNUNGEN

(2008)

An seinem einundzwanzigsten Geburtstag wurde dem kanadischen Nature Writer Ernest Thompson Seton eine merkwürdige Rechnung präsentiert: eine von seinem Vater geführte Aufstellung sämtlicher für ihn in seiner Kindheit und Jugend angefallenen Kosten, einschließlich der Arztkosten für seine Geburt. Noch seltsamer ist, dass Ernest sie beglichen haben soll. Lange hielt ich Mr Seton senior deshalb für einen Mistkerl, aber heute bin ich mir da nicht mehr so sicher. Was, wenn er – grundsätzlich – recht hatte? Stehen wir für unsere bloße Existenz bei irgendetwas oder irgendwem in der Kreide? Und falls ja, was sind wir dann schuldig? Und wem? Und wie sollen wir bezahlen?

Als ich gebeten wurde, die 2008er Massey Lectures zu halten, beschloss ich, die Gelegenheit zur Untersuchung eines Themas zu nutzen, über das ich wenig wusste, das mich aber gerade deshalb interessierte. Dieses Thema ist Schulden.

Nicht Schuldenmanagement, Staatsschulden oder der Umgang mit persönlichen Monatsbudgets, nicht, wieso

Schulden eigentlich etwas Gutes sind, weil man sich Geld leihen und mehr Geld daraus machen kann, und auch nicht Shopaholics und woher man weiß, ob man einer ist: Im Internet und in den Buchhandlungen findet sich dazu Material im Überfluss.

Auch um dramatischere Schuldformen geht es mir nicht, weder um Spielschulden oder Ehrenschulden bei der Mafia noch um karmische Gerechtigkeit, die einem für seine bösen Taten eine Wiedergeburt als Käfer beschert, oder Melodramen, in denen schnurrbartzwirbelnde Gläubiger das Ausbleiben von Zahlungen missbrauchen, um schöne Frauen zum Geschlechtsverkehr zu zwingen, obwohl das alles durchaus eine Rolle spielen kann. Nein, mir geht es um Schulden als menschliches – sprich: künstliches – Konstrukt. Darum, wie dieses Konstrukt sowohl die unersättliche Gier der Menschen als auch ihre Ängste spiegelt und verstärkt.

Schriftsteller schreiben über das, was sie beunruhigt, sagte Alistair MacLeod. Und über das, was sie verwirrt, würde ich hinzufügen. Das Thema Schulden ist eins der beunruhigendsten und verwirrendsten, die ich kenne; dieses eigenartige Geflecht, in dem sich Geld, Erzählungen und religiöser Glaube überschneiden, und das häufig mit explosiver Kraft.

Was uns als Erwachsene verwirrt, verwirrt uns schon als Kinder – wenigstens gilt das für mich. In der Gesellschaft der späten 1940er, in der ich groß geworden bin, gab es dreierlei, das man niemals jemand fragen durfte. Das Erste war Geld, und zwar vor allem, wie viel man verdiente. Das Zweite war Religion: Dieses Thema anzuschneiden, führte einen geradewegs in die spanische Inquisition, wenn nicht zu Schlimmerem. Das Dritte war Sex. Da ich unter Biologen lebte, konnte ich mich über Sex – zumindest den von Insekten – aus den im Haus herumliegenden Lehrbüchern informieren; mit Legestacheln kannte ich mich aus. Die brennende Neugier, die das Verbotene in Kindern weckt, richtete sich bei mir also ganz auf die beiden anderen Tabus: Frömmigkeit und Finanzen.

Anfangs hielt ich die für strikt getrennte Kategorien. Hier das Unsichtbare, das des Gottes ist, dort das allzu Materielle, das des Kaisers ist. Letzteres nahm die Form goldener Kälber an, von denen es im damaligen Toronto nicht allzu viele gab, aber auch die des Geldes, das zu lieben angeblich die Wurzel allen Übels ist. Allerdings war da auch Onkel Dagobert aus meinen heiß geliebten Comicheften, ein cholerischer, knauseriger, oftmals verschlagener Milliardär, der seinen englischen Namen Scrooge McDuck von dem geläuterten Griesgram Ebenezer Scrooge aus Charles Dickens' ›Weihnachtsgeschichte‹ hatte. Der plutokratische Dagobert besaß einen großen Geldspeicher voller Goldmünzen, in denen er und seine drei Großneffen planschten wie in einem Pool. Für ihn und die kleinen Enten-Drillinge war Geld also nicht die Wurzel allen Übels, sondern ein hübsches Spielzeug. Was stimmte denn nun?

Wir Kinder aus den 40ern bekamen meist ein wenig Taschengeld, über das wir zwar nicht reden und das uns nicht zu viel bedeuten sollte, mit dem wir aber schon in jungen Jahren umgehen zu lernen hatten. Mit acht hatte ich dann meinen ersten bezahlten Job. In gewissem Rahmen war ich da bereits an Geld gewöhnt: Von meinen Eltern bekam ich wöchentlich fünf Cent, für die man sich damals noch deutlich mehr Karies kaufen konnte als heute. Was ich nicht für Süßigkeiten ausgab, bewahrte ich in einer Blechdose auf, die früher einmal Lipton-Tee enthalten hatte. Die Dose schmückten bunte, indische Motive: Elefanten, eine üppige Verschleierte, Männer mit Turban, Tempel, Kuppeln, Palmen und ein unverschämt blauer Himmel. Meine Münzen hatten Blätter auf der einen Seite, Königsköpfe auf der anderen und bezogen ihren Wert für mich aus ihrer Seltenheit und Schönheit. König George IV., der amtierende Monarch, war auf allen aktuellen Münzen und hatte nicht mal einen anständigen Bart, weshalb er auf meiner dünkelhaften Skala nicht viel galt; allerdings waren auch noch ein paar haarigere Georges V. im Umlauf, und wenn man Glück hatte, konnte man sogar auf richtig pelzgesichtige Edwards VII. stoßen.

Natürlich wusste ich, dass man diese Münzen zum Beispiel gegen Eiscreme eintauschen konnte, aber in meinen Augen waren sie trotzdem nicht mehr wert als die sonstigen Währungseinheiten unter uns Kindern: Flugzeugbildchen aus Zigarettenschachteln, Deckel von Milchflaschen, Comichefte und unterschiedlichste Glasmurmeln. Für all diese Kategorien galt dasselbe Prinzip: Schönheit und Seltenheit erhöhten den Wert. Den Wechselkurs legten die Kinder selbst fest, wobei ordentlich gefeilscht wurde.

Mit meinem ersten Job war damit Schluss. Ich bekam fünfundzwanzig Cent (ein Vermögen!) dafür, einen Kinderwagen durch den Schnee zu schieben. Solange ich das Baby darin heil und nicht zu durchgefroren wiederbrachte, erhielt ich meinen Lohn. In dieser Zeit wurde in meinen Augen ein Cent so viel wert wie jeder andere, ganz egal, wessen Gesicht darauf prangte, und ich lernte eine wichtige Lektion: In der Hochfinanz bleiben ästhetische Aspekte leider ruckzuck auf der Strecke.

Jetzt, wo ich so viel Geld verdiente, bräuchte ich ein Bankkonto, sagte man mir, also gab ich meine Lipton-

Dose auf und legte mir ein Sparbuch zu. Nun zeigte sich auch der Unterschied zwischen den Münzen mit den Königsköpfen und den Murmeln, Flaschendeckeln, Comics und Flugzeugbildchen: Murmeln wollte die Bank nicht haben. Aber sein Geld sollte man denen unbedingt bringen, damit sie darauf aufpassten. Sobald ich eine gefährliche Summe von, sagen wir, etwa einem Dollar zusammen hatte, trug ich sie daher zur Bank, wo ein einschüchternder Kassierer sie mit Füller und Tinte ins Buch eintrug. Die letzte Zahl in der Reihe war das »Guthaben«, die *balance*, was mir damals noch nichts sagte, weil ich bis dato noch nie eine zweiarmige Waage gesehen hatte.

Hin und wieder tauchte in meinem Sparbuch ein Betrag auf, den ich gar nicht eingezahlt hatte. Das, so erklärte man mir, waren »die Zinsen«, *the interest*, die ich damit verdient hatte, dass ich mein Geld auf der Bank ließ. Auch das verstand ich nicht. »Interessant« fand ich das zusätzliche Geld durchaus – und dachte, es müsse wohl deshalb »interest« heißen –, aber wie sollte ich es verdient haben? Ich hatte ja keine Bank-Babys durch den Schnee kutschiert. Wo kam dieses mysteriöse Geld also her? Bestimmt vom selben imaginären Ort, dem auch die Münzen entsprangen, die uns die Zahnfee für ausgefallene Milchzähne brachte: ein Reich frommer Erfindung, das sich zwar nicht exakt verorten ließ, an das wir aber glauben mussten, damit die Zahn-gegen-Münze-Masche funktionierte.

Trotzdem, die Münzen unter dem Kopfkissen waren echt, und die Zinsen ebenfalls. Man konnte sie abheben und somit in Münzen verwandeln, und die dann in Eiscreme und Süßigkeiten. Wie aber konnte etwas Ausgedachtes echte Dinge hervorbringen? Aus Märchen wie ›Peter Pan‹ wusste ich, dass Feen auf der Stelle tot umfallen, wenn man nicht an sie glaubt: Ob das bei Banken wohl auch so wäre? Die Erwachsenen hielten Feen für ausgedacht und Banken für echt. Aber stimmte das auch?

So begann meine Verwirrung in Finanzdingen. Und sie ist noch längst nicht überwunden.

Im Laufe des vergangenen halben Jahrhunderts habe ich sehr viel Zeit im öffentlichen Nahverkehr verbracht. Dort lese ich immer die Reklametafeln. In den 1950ern gab es noch viel Werbung für BHs und Hüfthalter, Deodorants und Mundwasser, heute sieht man die nicht mehr. An ihre Stelle ist Werbung zu Krankheiten getreten, zu Arthritis, Herzproblemen, Diabetes und so weiter, Werbung für Hilfe dabei, mit dem Rauchen aufzuhören und Werbung für TV-Serien, in der immer ein, zwei Quasi-Göttinnen vorkommen, wobei die manchmal auch Haartönung oder Hautcreme anpreisen. Es gibt Reklame für Stellen, die man anrufen kann, wenn man spielsüchtig ist. Und welche für Schuldenhilfe – und zwar in rauen Mengen.

Eine davon zeigt eine vergnügt lächelnde Frau mit einem Kleinkind. Unter dem Bild steht: »Jetzt habe ich das Sagen … nie wieder Mahnungen!« – »Von wegen Geld macht nicht glücklich! Mit Schulden kann man leben«, verkündet eine andere. »Es gibt ein Leben nach dem Rot!«, scherzt eine dritte über rote Zahlen. »›Glücklich bis ans Ende ihrer Tage‹ muss kein Märchen sein«, bedient eine vierte munter denselben Wunderglauben, der einen seine Rechnungen einfach unter den Teppich schieben lässt, in der Annahme, damit seien sie bezahlt. Und eine fünfte, ganz hinten im Bus, fragt unheilschwanger: »Ist Ihnen jemand auf den Fersen?« Die Werbenden versprechen nicht etwa, leidige Schulden in Rauch aufgehen zu lassen, sondern Hilfe dabei, sie zu konsolidieren, nach und nach abzustottern und die leichtsinnigen Verhaltensweisen abzulegen, die einen überhaupt so tief ins Minus gebracht haben.

Wieso gibt es zu diesem Thema so viele Anzeigen? Sind denn heutzutage so unerhört viele Menschen verschuldet? Offensichtlich ja.

In den 50ern, dem Zeitalter der Hüfthalter und Deos, glaubten die Werber offenbar, das Schlimmste, was irgendwer sich vorstellen könne, sei, dass Körperteile zügellos herumwabbeln und man dabei auch noch die Luft verpestet. Der Körper konnte einem aus dem Ruder laufen, deshalb war er es auch, der unter Kontrolle gebracht werden musste; unterließ man dies, konnte dieser Körper einem eine so gewaltige, intime Schande einhandeln, dass sie in Bussen niemals thematisiert werden konnte. Heute ist das völlig anders. Intime Eskapaden sind kein Anlass für Zensur oder Schuldgefühle mehr, sondern Element der Unterhaltungsbranche, weshalb der Körper einem nur noch Kopfzerbrechen macht, wenn er sich eine der viel beworbenen Krankheiten einfängt. Sorgen macht uns heutzutage die Sollseite des Kontoauszugs.

Und das aus gutem Grund. Die erste Kreditkarte wurde 1950 eingeführt. 1955 lag die durchschnittliche Schuldenquote kanadischer Haushalte noch bei 55 Prozent, 2003 schon bei 105,2 Prozent. Seither wächst sie beständig. In den USA lag sie 2004 bei 114 Prozent. Anders ausgedrückt: Viele Menschen geben mehr aus, als sie einnehmen. Viele Staaten tun das auch.

Auf mikroökonomischer Ebene erzählt mir eine Freundin von einer Schuldenepidemie bei jungen Erwachsenen, besonders unter Collegestudenten: Kreditkartenfirmen nehmen sie ins Visier, sie reizen ihre Karten aus, ohne die Folgen zu bedenken, und sitzen schließlich auf hoch verzinsten Schulden, die sie nie begleichen können. Da Neurologen inzwischen wissen, dass jugendliche Gehirne völlig anders funktionieren als erwachsene und nicht recht in der Lage sind, die Mathematik des »Jetzt kaufen, später zahlen« zu begreifen, darf man das ruhig Kinderausbeutung nennen.

Am anderen Ende der Skala wurde die Finanzwelt jüngst vom Einsturz einer Schuldenpyramide erschüttert, die mit der sogenannten Subprime-Krise zu tun hat – ein Schneeballsystem, das kaum jemand richtig durchschaut. Letztlich bestand es aber darin, dass ein paar große Geldinstitute Hypotheken an Kunden vergaben, die ihre Monatsraten niemals würden bedienen können. Diese Schwindelkredite verschnürten sie zu Paketen mit verlockenden Etiketten und verkauften sie an andere Geldinstitute und Hedgefonds weiter, die glaubten, sie seien etwas wert. Im Grunde also dasselbe, wie Kreditkarten an Teenies zu verhökern, nur in viel größerem Maßstab.

Eine Freundin aus den USA schreibt mir: »Früher war ich bei drei Banken und einer Hypothekenanstalt. Dann hat Bank Nummer eins die zwei anderen gekauft und setzt jetzt alles daran, auch die bankrotte Hypothekenkasse zu kaufen – nur kam heute früh heraus, dass die Bank selbst in großen Schwierigkeiten steckt. Jetzt wird mit der Hypothekenkasse neu verhandelt. Frage 1: Wenn meine Firma pleitegeht, warum sollte ich dann eine Firma kaufen wollen, deren Insolvenz Schlagzeilen macht? Frage 2: Wenn alle Gläubiger pleitegehen, sind die Schuldner dann fein raus? Du machst dir ja keine Vorstellung von der Misere kreditliebender Amerikaner. Soviel ich weiß, sehen ganze Stadtviertel im Mittleren Westen so aus wie die in meiner Stadt: leere Häuser, zugewuchert von Kletterpflanzen und kniehohem Gras, und keiner will zugeben, dass ihm die Bude gehört. Jetzt ernten wir, was wir gesät haben.«

Das klingt schön biblisch, aber wir kratzen uns dennoch am Kopf. Wie und warum ist das passiert? Häufig höre ich die Antwort »Gier«, die zwar richtig sein mag, aber nicht sehr dabei hilft, die tieferen Mysterien hinter diesem Vorgang zu enthüllen. Was sind diese »Schulden«, die uns derart plagen? So wie die Luft sind sie allgegenwärtig, doch wir denken nur an sie, wenn es Probleme mit dem Nachschub gibt. Für unser Wohlbefinden scheinen sie uns heute unentbehrlich. In guten Zeiten schweben wir darauf herum wie auf einem Heliumballon; immer höher steigen wir, und der Ballon wird immer größer, bis – puff! – irgendein Spielverderber ihn mit einer Nadel pikst und wir zu Boden sinken. Aber wie sieht diese Nadel aus? Ein andere Freundin von mir behauptet gern, Flugzeuge hielten sich nur in der Luft, weil Menschen wider alle Vernunft daran glaubten, dass sie fliegen könnten: Ohne dieses kollektive Hirngespinst würden sie augenblicklich abstürzen. Verhält es sich mit »Schulden« ähnlich?

Anders ausgedrückt: Womöglich gibt es Schulden nur, weil wir sie uns einbilden. Wie diese Einbildung aussieht und sich auf unsere Lebenswirklichkeit auswirkt, möchte ich untersuchen.

Unsere gegenwärtige Einstellung zu Schulden ist fest mit unserer Kultur verwoben – Kultur mit dem Primatenforscher Frans de Waal verstanden als »ein extrem wirkmächtiger Modifikator, der unser ganzes Sein und Handeln beeinflusst und bis in den Kern des Menschseins vordringt«. Vielleicht sind aber sogar noch tiefer sitzende Muster betroffen.

Nehmen wir an, alles, wozu Menschen fähig sind – das Gute, das Böse und das Hässliche –, findet sich auf einem Buffet der Verhaltensweisen mit dem Schild »Homo sapiens sapiens«. Nicht auf dem Buffet namens »Spinnen«, weshalb wir eher selten Schmeißfliegen verspeisen, und auch nicht auf dem der »Hunde«, weshalb wir keine Hydranten mit unserem Analdrüsensekret markieren oder mit der Nase in Müllsäcken stöbern. Auf einem Teil unseres Menschenbuffets liegt wirklich Essen, denn wie alle Arten werden wir von Appetit und Hunger angetrieben. Auf den übrigen Platten befinden sich eher abstrakte Ängste und Begierden wie »Ich würde gern fliegen können«, »Ich hätte gern Geschlechtsverkehr mit dir«, »Krieg vereint den Stamm«, »Ich fürchte mich vor Schlangen« oder »Was erwartet mich nach dem Tod?«.

Alles auf diesem Buffet hängt jedoch mit grundlegenden Mustern des Menschseins zusammen – damit, was wir wollen und nicht wollen, lieben und verachten, hassen und fürchten. Manche Genetiker sprechen sogar von »Modulen«, so, als wären wir aus beliebig an- und abschaltbaren Schaltkreisen zusammengesetzte elektronische Systeme. Ob solche separaten Module in unserer neuronalen Verdrahtung tatsächlich vorkommen, wird derzeit noch erforscht und diskutiert. So oder so gehe ich davon aus, dass ein gegebenes Verhaltensmuster für unser Menschsein umso wesentlicher und kulturell umso variantenreicher ist, je älter es ist – je länger es schon nachweislich zu uns gehört.

Damit will ich aber keine uns unabänderlich eingestanzte »menschliche Natur« unterstellen – aus der Epigenetik wissen wir, dass Gene je nach ihrer Umgebung auf verschiedenste Weisen ausgedrückt (»aktiviert«) oder unterdrückt werden können. Ich meine nur, dass die vielen Varianten grundlegender menschlicher Verhaltensweisen ohne gewisse genetische Konfigurationen (ohne gewisse Bausteine, wenn Sie so wollen) gar nicht erst auftreten würden. Ein Onlinespiel wie ›Everquest‹, in dem man sich durch Handel vom Hasenhäuter bis zum ritterlichen Burgbesitzer hocharbeiten muss, wobei man mit anderen Spielern in Gruppenmissionen kooperiert und andere Burgen überfällt und ausraubt, wäre unvorstellbar, wenn wir nicht sowohl soziale Wesen als auch hierarchiebewusst wären.

Welcher uralte innere Baustein liegt dem komplexen Geflecht aus Schulden zugrunde, das uns allseits umgibt? Weshalb sind wir so leicht für Angebote sofortiger Vorteile im Tausch für zukünftige, aber beschwerliche Rückzahlung zu haben? Sind wir einfach darauf programmiert, sofort jede Frucht zu pflücken und zu verschlingen, die uns vor der Nase hängt, ohne an die obstlosen Tage zu denken, die uns deswegen blühen könnten? Zum Teil ja: Zweiundsiebzig Stunden ohne Flüssigkeit oder zwei Wochen ohne Nahrung enden höchstwahrscheinlich mit dem Tod – wer bei der Frucht vor seiner Nase nicht zugreift, ist sechs Monate später also vielleicht nicht mehr fähig, sich für seine Selbstbeherrschung und Voraussicht zu beglückwünschen. Insofern bedeuten Kreditkarten für die Kreditgeber vielleicht deshalb fast garantierten Profit, weil sofortiges Zugreifen zur Zeit der Jäger und Sammler – lang bevor irgendjemand an Altersvorsorge dachte – einen Evolutionsvorteil darstellte. Der Spatz in der Hand war damals wirklich noch mehr wert als die Taube auf dem Dach, und ein in den Mund gestopfter Spatz erst recht. Ist das Ganze aber tatsächlich nur eine Frage von kurzfristigen Vorteilen trotz späterer Probleme? Sind Schulden wirklich nur ein Produkt unserer Gier? Oder, etwas freundlicher ausgedrückt, unserer Bedürfnisse?

Ich behaupte, in uns liegt noch ein anderer uralter Baustein, ohne den es Schuld- und Kreditstrukturen nicht geben könnte: unser Gerechtigkeitssinn. In seiner positiven Form ist der eine bewundernswerte Eigenschaft des Menschen. Ohne ihn würden wir es nicht für gerecht erachten zurückzugeben, was man uns geliehen hat, und niemand wäre so dumm, etwas in dem Glauben zu verleihen, dass er es jemals wiedersieht. Erwachsene Spinnen teilen ihre Schmeißfliegen nicht miteinander; nur soziale Tiere teilen. Die Schattenseite des Gerechtigkeitssinns ist der Sinn für Ungerechtigkeit, der zu hämischer Freude oder Schuldgefühlen führt, wenn man von Ungerechtem profitiert, und zu Rachedurst, wenn einem selber Unrecht widerfährt.

»Das ist ungerecht!«, klagen Kinder erstmals mit etwa vier Jahren, lange bevor sie sich für ausgeklügelte Anlageformen interessieren oder den Wert von Münzen und Scheinen kennen. Tief befriedigt nehmen sic cs zur Kenntnis, wenn der Bösewicht in einer Gutenachtgeschichte seine verdiente Strafe erhält, und wenn sie ausbleibt, sind sie verstört. Auf den Geschmack von Gnade und Vergebung kommen sie, wie auf den von Sardellen und Oliven, erst später – oder gar nicht, wenn ihre Kultur das nicht begünstigt. Aber wenn ein Übeltäter oder eine Übeltäterin in ein mit Nägeln gespicktes Fass gesteckt und damit ins Meer gerollt wird, stellt das in den Augen kleinerer Kinder das kosmische Gleichgewicht wieder her. Die böse Macht ist beseitigt, und die Kleinen können ruhiger schlafen.

Mit zunehmendem Alter entwickelt sich dieses Interesse an Gerechtigkeit weiter. Mit dem siebten Lebensjahr beginnt eine legalistische Phase, in der über die Gerechtigkeit – oder eher über die Ungerechtigkeit – jeder von Erwachsenen aufgestellten Regel unerbittlich diskutiert wird. Der Gerechtigkeitssinn kann in diesem Alter merkwürdige Formen annehmen. Zum Beispiel gab es in den 1980ern unter Neunjährigen ein sonderbares Ritual, das etwa wie folgt ablief: Auf Autofahrten sah man aus dem Fenster, bis man einen VW Käfer erspähte. Darauf boxte man einem anderen Kind auf den Arm und rief: »Käferklatsche, keine Rückfahrkarte!« Wer das Auto zuerst sah, hatte das Recht, den anderen zu boxen, und der Nachtrag »Keine Rückfahrkarte!« hieß, dass der oder die andere nicht zurückschlagen durfte. Rief das andere Kind aber rechtzeitig vor diesem Schutzzauber laut »Rückfahrkarte!«, hatte es das Recht auf einen Vergeltungsschlag. Geld spielte dabei keine Rolle, man konnte sich von einem Schlag nicht einfach freikaufen. Vielmehr ging es um das Prinzip des wechselseitigen Gebens und Nehmens: Ein Schlag zog automatisch den anderen nach sich, außer man sprach schnell die vorgeschriebene Schutzformel aus.

Man muss schon blind sein, um in diesem Käfer-Ritual nicht den Wesenskern der *lex talionis* aus dem fast viertausend Jahre alten Kodex Hammurabi zu erkennen, der in der Bibel zu »Auge um Auge, Zahn um Zahn« umformuliert wurde. Grob gesagt bedeutet diese *lex talionis* das »Gesetz der Vergeltung mit gleichen oder ähnlichen Mitteln«. Entsprechend der Käferklatsche-Regeln wiegt ein Schlag den anderen auf, außer man spricht rechtzeitig den Zauberbann. Die Welt der Verträge und juristischen Dokumente ist voll von solchen Schutzformeln; sie finden sich in Paragrafen, die mit Phrasen wie »Ungeachtet der vorigen Regelungen« beginnen.

Wir alle hätten gern das Recht auf einen Gratisschlag, ein Gratisessen oder ein Gratis-Irgendwas. Wir alle ahnen, wie unwahrscheinlich die Erfüllung dieses Wunschs ohne etwas echten Hokuspokus ist. Aber woher wissen wir, dass ein Schlag höchstwahrscheinlich einen anderen nach sich zieht? Ist das frühkindliche Sozialisierung, wie man sie erhält, wenn man im Kindergarten um die Spielknete zankt und ruft: »Melanie hat mich gebissen«, oder ein fixes Schaltmuster des menschlichen Gehirns?

Betrachten wir die Argumente für die zweite Variante. Damit ein Konstrukt wie »Schulden« (du musst mir etwas geben, das das Konto wieder ausgleicht, wenn ich es erhalten habe) existieren kann, müssen gewisse Voraussetzungen erfüllt sein. Eine davon ist wie gesagt die Vorstellung von Gerechtigkeit. Mit ihr verbunden ist die Vorstellung von vergleichbaren Werten: Was ist nötig, damit beide Seiten der fortlaufend geführten mentalen Punktetafel, Strichliste oder doppelten Buchhaltung auf dasselbe herauskommen? Wenn Johnny drei Äpfel und Suzie einen Bleistift hat, ist ein Apfel dann ein akzeptabler Gegenwert für einen Bleistift? Oder steht jemand danach mit einem Apfel oder Bleistift in der Kreide? Das hängt ganz davon ab, welchen Wert die beiden ihren Tauschobjekten beimessen, was wiederum davon abhängt, wie hungrig sie sind oder wie groß ihr Bedarf an Schreibutensilien ist. In einem als gerecht empfundenen Tausch gleichen die beiden Seiten sich aus, und niemand bleibt irgendwem etwas schuldig.

Selbst die anorganische Natur strebt nach Gleichgewicht, auch bekannt als Ruhezustand. Vielleicht haben Sie als Kind mal das simple Experiment versucht, bei dem man Salzwasser auf eine Seite einer durchlässigen Membran gibt, Süßwasser auf die andere und dann misst, wie lang es dauert, bis das Natriumchlorid sich so im H_2O verteilt, dass beide Seiten gleichermaßen salzig sind. Oder Sie haben als Erwachsene bemerkt, wie sich ihre kalten Füße an den warmen Beinen ihres Partners aufwärmen, während seine Beine abkühlen. (Falls Sie das jetzt zu Hause ausprobieren, sagen Sie bitte nicht, dass ich Sie dazu angestiftet habe.)

Viele Tiere sind imstande, »größer« und »kleiner« zu unterscheiden. Raubtiere müssen das beherrschen, denn wenn ihre Augen größer als der Magen sind, kann das für sie tödlich enden. Ein zu schwerer Lachs kann einen Adler in ein nasses Grab zerren, denn wenn Letzterer mal zugepackt hat, kann er seine Klauen erst auf festem Boden wieder lösen. Wenn Sie mal mit kleinen Kindern bei den Raubkatzen im Zoo waren, ist Ihnen vielleicht aufgefallen, dass mittelgroße Katzen wie Geparden sich für Sie nicht weiter interessieren, ihre Kinder jedoch aufmerksam beäugen – Sie sind kein mundgerechter Happen, Ihre Kinder aber schon.

Die Fähigkeit, die Größe eines Feindes oder eines Beutetieres einzuschätzen, ist im Tierreich weitverbreitet, doch wie exakt Primaten »größer« und »besser« identifizieren können, wenn die Leckereien verteilt werden, ist geradezu verstörend. 2003 war in der Zeitschrift ›Nature‹ ein Bericht über eine Reihe von Experimenten zu lesen, die Frans de Waal vom Yerkes National Primate Research Center der Emory University gemeinsam mit der Anthropologin Sarah F. Brosnan durchgeführt hat. Zunächst brachten sie Kapuzineraffen bei, Steinchen gegen Gurkenscheiben einzutauschen. Dann gaben sie einem der Affen für seinen Kiesel eine von den Tieren als wertvoller erachtete Traube. »Man kann ihnen fünfundzwanzig

Gurkenscheiben geben, und sie sind vollauf zufrieden«, sagte de Waal. Sobald aber einer eine Traube bekam – und damit eine bessere Bezahlung für dieselbe Arbeit –, wurden die Gurkenempfänger wütend, warfen ihre Steine durchs Gitter und stellten die Mitarbeit schließlich ganz ein. Die Affen wurden so wütend, dass einige gar nicht mehr fraßen. Ein wahrer Affenstreik war das: Sie hätten auch gleich Transparente in die Höhe strecken können mit dem Schriftzug: »Gleiches Obst für gleiche Arbeit!« Den Handel und die Tauschrate von Stein zu Gurkenscheibe hatte man ihnen beigebracht, der Wutausbruch wirkte spontan.

Auch Keith Chen, ein Forscher an der Yale School of Management, hat mit Kapuzineraffen gearbeitet. Er stellte fest, dass er ihnen beibringen konnte, münzartige Metallscheibchen als Währung zu verwenden – sie funktionierten genau wie die Kiesel, waren aber glänzend. »Mir geht es darum zu bestimmen, welche Aspekte ökonomischen Verhaltens angeboren sind und tief im Gehirn bewahrt wurden«, sagte Chen. Doch warum sollte man bei so offensichtlich ökonomischem Verhalten wie Tauschgeschäften stehen bleiben? Unter sozialen Tieren, die kooperieren müssen, um gemeinsame Ziele zu erreichen (im Fall der Kapuzineraffen das Jagen und Fressen von Eichhörnchen, in dem von Schimpansen das Jagen und Fressen von Galagos), muss auch das Ergebnis dieser gemeinsamen Anstrengung auf eine Weise verteilt werden, die alle als gerecht empfinden. Gerecht ist dabei nicht dasselbe wie gleich: Wäre es etwa gerecht, einem vierzig Kilo leichten Zehnjährigen genauso viel auf den Teller zu laden wie einem zwei Zentner schweren Riesen? Der stärkste oder mutigste Schimpanse erhält gewöhnlich mehr, aber alle, die sich an der Jagd beteiligt haben, bekommen zumindest einen Teil ab – ungefähr dasselbe Prinzip also, nach dem auch Dschingis Khan die Beute seiner Raub- und Eroberungszüge unter seinen Truppen und Verbündeten verteilt hat. Wer sich über Wahlgeschenke und die Vetternwirtschaft von erfolgreichen Parteien wundert, sollte das im Hinterkopf behalten: Geizt man gegenüber seinen Freunden, darf man nicht auf deren Unterstützung hoffen. Zumindest müssen ein paar Gurkenscheiben rausspringen, und den Rivalen darf man keine Trauben schenken.

Wo es gar keine Gerechtigkeit gibt, werden die Angehörigen einer Schimpansengruppe aufbegehren; zumindest aber werden sie sich kaum an der nächsten Jagd beteiligen. Da sie soziale Tiere sind, die in komplexen, auf Status bedachten Gruppen interagieren, ist Primaten sehr bewusst, was jedem Einzelnen von ihnen zusteht und was eine dreiste Übertretung darstellt. Lady Catherine de Bourgh, die versnobte Alpha-Henne aus Jane Austens ›Stolz und Vorurteil‹, kann trotz ihres vorzüglichen Gespürs für gesellschaftliche Stellung nichts, was die Kapuzineraffen und Schimpansen nicht auch können.

Schimpansen tauschen nicht nur Nahrung; sie treiben auch regelmäßig Handel mit wechselseitigen Gefallen und praktizieren reziproken Altruismus. Affe A verbündet sich mit Affe B gegen Affe C und erwartet dafür später seinerseits Hilfe. Ist Affe B dann nicht zur Stelle, wenn Affe A ihn braucht, legt dieser einen lautstarken Wutanfall hin. Offensichtlich führen die Tiere eine Art inneres Kassenbuch: Affe A spürt genau, dass Affe B ihm etwas schuldet, und auch Affe B weiß das. Anscheinend gibt es bei Schimpansen Ehrenschulden. Denselben Mechanismus kennt man aus Francis Ford Coppolas Film ›Der Pate‹: Ein Mann, dessen Tochter entstellt wurde, bittet den Mafiaboss erfolgreich um Hilfe, doch es ist klar, dass er den Gefallen später auf irgendeine unappetitliche Weise wird erwidern müssen.

Wie Robert Wright in seinem 1994 erschienen Buch ›Diesseits von Gut und Böse‹ schreibt:

> Der reziproke Altruismus hat vermutlich nicht nur die Affektstruktur des Menschen geprägt, sondern auch seine Erkenntnisfähigkeit. Leda Cosmides hat gezeigt, wie gut Menschen darin sind, zunächst unlösbar scheinende Denkaufgaben zu lösen, wenn man sie ihnen als Problem sozialen Austauschs präsentiert – besonders, wenn es darum geht, herauszufinden, ob einer der Beteiligten mogelt. Das führt Cosmides zu der Annahme, dass sich unter den geistigen Organen, die reziproken Altruismus steuern, eine Art »Betrugswarner« befindet. Mit Sicherheit harren noch weitere solche Module ihrer Entdeckung.

In unseren Geschäften und Tauschhandeln soll es mit rechten Dingen zugehen – zumindest bei unserem Gegenüber. Und ein »Betrugswarner« impliziert ein Parallelmodul, das Nichtbetrug evaluiert. Kleine Kinder skandierten auf dem Schulhof früher gern: »Wer einmal lügt, dem glaubt man nicht!« Das stimmt. Wir gehen mit Lügnern und Betrügern hart ins Gericht, was ihre zukünftigen Chancen beeinträchtigt. Leider stimmt aber auch, dass wir sie dafür erst einmal ertappen müssen.

In ›Diesseits von Gut und Böse‹ beschreibt Wright eine Computersimulation, die in den 1970ern einen von dem amerikanischen Politikwissenschaftler Robert Axelrod ins Leben gerufenen Wettbewerb gewonnen hat. Dieser

Wettbewerb sollte ermitteln, welche Verhaltensmuster sich am besten dazu eignen, möglichst lang in einer Reihe von Begegnungen mit anderen Programmen zu bestehen. Wenn ein Programm ein anderes zum ersten Mal »traf«, musste es sich entscheiden, ob es kooperieren, angreifen, betrügen oder das Spiel komplett verweigern wollte. »Der Wettbewerb«, schreibt Wright, »bildete hervorragend das soziale Umfeld menschlicher und vormenschlicher Evolution ab. Die Gesellschaft war relativ klein, bestand nur aus einigen Dutzend regelmäßig interagierender Individuen. Jedes Programm ›erinnerte sich‹, ob ein anderes Programm bei einer vorigen Begegnung kooperiert hatte, und konnte sein Verhalten darauf einstellen.«

Gewonnen hat den Wettbewerb ein Programm namens ›Tit for Tat‹, das nach denkbar einfachen Regeln spielte: »Bei der ersten Begegnung mit einem anderen Programm kooperierte es immer. Danach tat es dasselbe, was das andere Programm zuvor getan hatte. Eine gute Tat vergilt die andere, dasselbe gilt für schlechte.« Über die Dauer des Spiels setzte ›Tit for Tat‹ sich durch, weil es nie öfter als einmal übervorteilt wurde (wenn ein Gegner es betrog, verweigerte es bei der nächsten Begegnung die Kooperation), weil es im Unterschied zu den Betrügern und Ausbeutern nicht ständig andere Programme verprellte und deshalb ausgeschlossen wurde und weil es sich nicht auf eine aggressive Eskalationsspirale einließ. Es spielte nach der guten alten Regel »Wie du mir, so ich dir«, die übrigens nicht dieselbe ist wie die sogenannte Goldene Regel »Was du nicht willst, das man dir tu, das füg auch keinem andern zu«. Die ist viel schwerer zu befolgen.

Der Wettbewerb setzte allerdings voraus, dass allen Spielern dieselben Ressourcen zur Verfügung standen. Auf andere zunächst freundlich zuzugehen und weitere

Begegnungen ihrem Verhalten anzupassen (Gutes mit Gutem und Böses mit Bösem zu vergelten,) kann nur bei gleichen Ausgangsbedingungen zum Sieg verhelfen. Keines der beteiligten Programme durfte überlegene Waffensysteme besitzen: Wäre einem der Kontrahenten ein Vorteil wie der Streitwagen, der mongolische Bogen des Dschingis Khan oder die Atombombe erlaubt gewesen, wäre ›Tit for Tat‹ gescheitert, weil der technologisch überlegene Spieler seine Gegner hätte auslöschen, versklaven oder zu unvorteilhaften Tauschhandeln hätte zwingen können. Im Lauf der Geschichte ist das immer wieder geschehen: Wer den Krieg gewann, schrieb die Gesetze, und diese Gesetze verewigten Ungleichheit, indem sie soziale Gebilde rechtfertigten, in denen die Sieger an der Spitze standen.

SCROOGE

Ein Vorwort

(2009)

Charles Dickens hat seine ›Weihnachtsgeschichte‹ im Jahr 1843 geschrieben. Damals war er bereits sehr bekannt: Mit ›Die Pickwicker‹ hatte er sich einen Namen gemacht und dessen Ruhm dann mit ›Oliver Twist‹, ›Nicholas Nickleby‹, ›Der Raritätenladen‹ und ›Barnaby Rudge‹ gemehrt, noch ehe er dreißig Jahre alt war. Ein ungeheures Tempo. Kein heute lebender Autor hat in so jungen Jahren so schnell und so viel derart Gutes geschrieben.

Angeblich hat Dickens die ›Weihnachtsgeschichte‹ in sechs Wochen verfasst, um eine Schuld zu begleichen (vielleicht hatte er deswegen raffgierige Geldverleiher im Kopf). Er präsentierte seine Erzählung als heiteres *jeu d'esprit*, als Weihnachtsmärchen oder Geistergeschichte, die ihren Lesern gute Laune machen sollte. Sie hat die klassisch dreiteilige Struktur eines Märchens (drei Geister, drei Lebensphasen: Vergangenheit, Gegenwart und Zukunft) und auch ein Märchenende, in dem das Licht über die Dunkelheit siegt, das Gute und die Harmonie regieren und ein unschuldiges Leben (das von Tiny Tim) gerettet wird, ganz zu schweigen von Scrooges alter, knorriger Seele.

Wie man dem frühen Arbeitstitel ›Der Vorschlaghammer‹ ablesen kann, ging es Dickens mit dem Text jedoch insgeheim auch darum, ein weiteres Mal der sozialen Ungerechtigkeit einen Hieb zu versetzen, die er so gern durch den Kontrast von Gier und Armut anprangerte, um daraufhin sein übliches Gegenmittel vorzuschlagen: private Mildtätigkeit im Überfluss. Denn wie George Orwell angemerkt hat, war Dickens zwar tief erzürnt über soziales Unrecht, ging aber trotzdem nie so weit, umfassenden politischen Wandel zu fordern.

Nichts von alledem kann allerdings die überwältigende Langlebigkeit und Popularität des Protagonisten dieser Geschichte erklären: die von Ebenezer Scrooge. Wie Hamlet ist Scrooge eine jener Figuren, die sich von ihrer Herkunft losgelöst haben und die jeder sogleich erkennt, sogar wenn er das Buch nie gelesen hat.

Wie kann das sein? Lassen Sie mich zunächst mein persönliches Exemplar jener berühmten Dickens'schen Fundgrube unfehlbaren Wissens namens »das Menschenherz« konsultieren. Wann bin ich dem unsterblichen Scrooge das erste Mal begegnet, und warum habe ich ihn derart lieb gewonnen? Irgendwie war er schon immer da. Habe ich in den 1940ern vielleicht als Kind eine Lesung der ›Weihnachtsgeschichte‹ im Radio gehört? Gut möglich, das war ja die Blütezeit des Radios. Oder trat er mir entgegen wie so vieles andere: mit hinterlistig zusammengekniffenen, aber doch funkelnden Augen aus einer bunten Zeitschriftenreklame linsend? In gewisser Hinsicht war Scrooge eine Art Anti-Weihnachtsmann – dessen finsterer Zwillingsbruder. Der eine war dick, rund, rot und fröhlich und verteilte großzügig seine Gaben, der andere war dürr, verkniffen und mürrisch und behielt sie für sich. Doch am Ende der Geschichte wird der geläuterte, Truthahn kaufende, Bob Cratchits Lohn erhöhende Scrooge selbst eine Art Weihnachtsmann, was die schaurige Perspektive eröffnet, sein Vorbild könnte eines Tages seinerseits zu einem schlimmen Scrooge verschrumpeln, zu dem mürrischen alten Knacker aus dem ersten Kapitel. Man denke nur an die Kohleklumpen, mit denen der Weihnachtsmann unartige Kinder straft – heute ist von denen nicht mehr oft die Rede, doch für Härtefälle liegen sie garantiert noch immer in seinem Arsenal der fiesen Gemeinheiten bereit. Ein Stück Kohle im Strumpf wäre ganz nach dem Geschmack des alten, bösen Scrooge.

Wie dem auch sei, als die siebenjährige Margaret Disneys Onkel Dagobert kennenlernte, der auf Englisch Scrooge McDuck heißt, wusste sie genau, was dessen Name implizierte: Unter anderem auch, dass unter seiner betagten, berechnenden Schale schwach eine gütige, großherzige Regung flackerte. Ein gutes Zeichen war, wie sehr die Duck-Drillinge ihren Großonkel vergötterten – sie hatten jede Menge Spaß mit ihm, weil er in seiner Freizeit oft genauso kindisch war wie sie.

Darin liegt ein Schlüssel zum Verständnis des originalen Ebenezer Scrooge: Im Herzen ist er ein Kind. Nur ist dieses Kind, als wir es kennenlernen, alt und verletzt. Als Dickens seinen Scrooge entwarf, hat er tief in seinem Inneren gegraben und eine gehörige Portion seines eigenen geheimen Schmerzes in ihn gelegt. Nie hat er die schlimmste Zeit seines Lebens vergessen, in der sein nichtsnutziger Vater im Schuldgefängnis einsaß und er, der junge Charles, aus der Schule genommen und zur Arbeit in eine Schuhcreme-Fabrik geschickt wurde, um die darbende Familie Dickens über Wasser zu halten. Das blieb zwar kein Dauerzustand, doch einem Kind erscheint jeder Moment wie eine Ewigkeit: Der junge Dickens sah keinen Ausweg aus der Hölle, in die ihn die finanziellen Missgeschicke seines Vaters gestürzt hatten.

Die ergreifendste Stelle in der ›Weihnachtsgeschichte‹ ist nicht etwa der Tod von Tiny Tim, so traurig der auch ist, und auch nicht der wehe Anblick von Scrooges potenziell zukünftigem Leichnam, »geplündert und beraubt, unbewacht und unbeweint«. (Rationale Menschen geben hier vielleicht ohnehin zu bedenken, dass es einem Leichnam ziemlich gleich ist, was er anhat und wer bei ihm wacht, aber Dickens war das wichtig.) Nein, die am meisten zum Schluchzen anregende Szene ist die erste, die der Geist der vergangenen Weihnacht dem alten Scrooge präsentiert: Scrooge selbst als kleiner Junge, »ein einsames, von seinen Freunden verlassenes Kind« in einem freudlosen, heruntergekommenen Internat, dessen übrige Schüler über die Feiertage zu Hause sind. Immerhin hat dieser kleine Scrooge noch ein paar Freunde, wenn auch nur eingebildete, denn sie leben in Büchern. In der folgenden Szene, einige Jahre später, gibt es allerdings auch die nicht mehr – an ihre Stelle ist Verzweiflung getreten.

Allein zu sein, ein hilfloses, an einem trostlosen Ort verlassenes Kind, das ist der Albtraum, den Dickens seinen Scrooge durchleben lässt. Nicht die Ankunft von Scrooges Schwester Fan, die ihn nach Hause holen will, führt seine knickerige Seite auf den Pfad, dem sie bis ins hohe Alter folgen sollte, und auch nicht das fröhliche Tanzen und Toben in seinen Lehrjahren bei Mr Fezziwig, sondern genau diese Einsamkeit. Scrooges berühmter Ausruf »Bah! Humbug!« heißt übersetzt: »Ich halte es nicht einmal für denkbar, dass Menschen glücklich sind und miteinander teilen, weil mir beides in der wichtigsten Zeit meines Lebens verwehrt wurde.« Für die Vorstellung, weihnachtliche Wärme und geschwisterliche

Liebe seien bloß Schwindel, gab es in Scrooges Kindheit hinreichend Beweise – und ein Stück weit auch in der von Dickens: Man ersetze »schäbige Schule« durch »Schuhcreme-Fabrik« und »Vater, der seinen Sohn vernachlässigt« durch »inhaftierter Vater, dessen Geldprobleme seinen Sohn ins Unglück stürzen«. Scrooges Herz ist verkümmert, weil dasselbe beinah Dickens widerfahren wäre.

Aufgrund seiner Zeit in der Fabrik war Dickens offenbar ein Leben lang zwischen zwei Impulsen hin- und hergerissen: zwischen der Angst vor dem Bankrott, die ihn zu manischer Arbeit antrieb, und dem Wunsch, die Art von Großzügigkeit an den Tag zu legen, die ihn als Kind vor der Fabrik hätte retten können, hätte jemand sie geübt. In seinen Geschichten bildet Dickens gern Figurenpaare. Die Doppelgänger Charles Darnay und Sydney Darton in ›Eine Geschichte aus zwei Städten‹ sind dafür das augenfälligste Beispiel: auf der einen Seite der tugendhafte Idealist, auf der anderen der zynische Tunichtgut. Heute ist uns das zu melodramatisch; klare Helden und Schurken überzeugen uns nicht mehr. Aber im Fall von Ebenezer Scrooge verschmilzt Dickens die Gegensätze. Scrooge ist weder Held noch Schurke. Er ist beides und somit ein Individuum, dessen Konflikte wir verstehen. Vielleicht liegt darin ein Indiz für sein langes Leben und seine anhaltende Beliebtheit: Bei ihm müssen wir uns nicht entscheiden. Mehr noch, seine beiden Seiten passen zu unseren eigenen Impulsen in Gelddingen: abkassieren und alles behalten oder mit anderen teilen? Mit Scrooge als Stellvertreter können wir beides tun.

In der ›Weihnachtsgeschichte‹ kommt noch ein zweiter Dickens-Avatar in Gestalt eines unglückseligen Kindes vor: Tiny Tim. Manche Leute finden den kleinen Tim zu dick aufgetragen; er ist tatsächlich unerträglich lieb. Doch wenn die Viktorianer – was sie häufig taten – sagten: »Er ist zu gut für diese Welt«, meinten sie mit »gut« eine krankheitsbedingte Untätigkeit; solche Kinder starben meistens früh. Er hatte bereits Little Nell sterben lassen (deren Tod rund um die Welt beweint wurde und laut eigener Aussage auch Dickens selbst Tränenströme entlockte, als er sie abmurkste), sodass er den nötigen Pathos für die viel kürzere und indirektere Tötung von Tim schon parat hatte. Doch anders als der kleine Scrooge kann Tim noch rechtzeitig gerettet werden, und Scrooge selbst kann der Retter sein. Er kann Tim die Großzügigkeit erweisen, die ihm als Kind geholfen hätte; er kann ein »zweiter Vater werden« – die gütige, tüchtige und finanziell vernünftige Vaterfigur, die Dickens selbst nie hatte und so oft erfand.

Am Ende der ›Weihnachtsgeschichte‹, als die drei Geister wieder fort sind, Scrooge sich reumütig ausgeheult hat (immer ein gutes Zeichen in der Welt von Dickens), der Weihnachtsmorgen angebrochen ist, sämtliche Glocken läuten und Scrooge feststellt, dass er doch noch am Leben ist, verkündet er, er sei nicht nur so froh wie ein Engel, sondern auch so fröhlich wie ein Schuljunge. Aber wie welcher? Sicher nicht wie der, der er selbst einmal war, als er verlassen und allein in der klammen Schule saß. Nein, eher wie der fröhliche Schuljunge, der er hätte sein sollen und der er nun durch Tim noch einmal stellvertretend sein kann.

In unseren heutigen Zeiten spricht man nicht gern von geretteten Seelen, sondern lieber von verspäteter Bewältigung und Heilungsprozessen. Vielleicht bekommen wir Scrooge damit tatsächlich am besten zu fassen. Doch egal, welche Begriffe wir benutzen, Scrooge hat den einzig wahren Test für eine literarische Figur bestanden: Er wirkt noch immer quicklebendig. »Scrooge lebt!« könnten wir auf unsere T-Shirts drucken. Das tut er wirklich, und wir freuen uns mit ihm.

LEBEN UND SCHREIBEN

(2009)

Ach ja. Schreiben. Leben. Wann? Wo? Wie? Das ist das Problem. Man kann leben oder schreiben, aber nicht beides zugleich, denn das Leben kann dem Schreiben zwar Material liefern, doch es ist auch sein Feind. Zum Beispiel:

Montag: Meine Tochter fährt uns zurück nach Toronto, aus dem Häuschen im verschneiten Wald, das wir – unter anderem – zum Schreiben gekauft haben. Geschrieben haben wir dort nicht. Stattdessen haben wir mit Aquarellstiften die weißen Stellen an den Wänden bemalt, wo die Bilder der Vorbesitzer gehangen hatten. Wir haben die Futterhäuschen für die Vögel befüllt und den Wintervögeln zugesehen, den Meisen, Kleibern, Haarspechten und Goldzeisigen. Eine einschläfernde Tätigkeit, bei der einem, wenn man sie übertreibt, der Speichel aus dem Mund rinnt. Wir waren Schneeschuhwandern – sie machte große Schritte, ich keuchte hinterher. Immerhin habe ich ein paar überfällige Briefe geschrieben. Und gegrübelt, über: (1) die Redaktion meines im Herbst erscheinenden Romans; (2) meinen ausstehenden Artikel über Vogelbeobachtung; (3) andere Formen der Aufschieberitis. Grübeln ist das halbe Leben.

Dienstag: Mithilfe meiner Freundin Coleen bildeten wir am frühen Vormittag eine Kette durch den Flur und die Haustür bis zum Auto, um die Tüten voller Lebensmittel weiterzureichen, die wir bei unserem jährlichen Ahornsirup-und-Baked-Beans-Event für die Tafeln gesammelt hatten – eine Veranstaltung, die mich drei Schreibtage pro Jahr kostet. Ich brachte die neue Küchenmaschine nicht zum Laufen (die alte war letztes Jahr kaputtgegangen, was schweren Karottensalat-Mangel nach sich zog). Aber das ist Schnee von gestern. Was mich an diesem Dienstag umtrieb: Wo war meine Blechdose mit den Rezepten abgeblieben? Hatte die jemand geklaut und auf eBay vertickt? Sie steckt voller »Geschriebenem«: unlesbar, von mir. Weizenkeim-Muffins und so was. »Viel Erfolg beim Entziffern, Rezeptdosen-Dieb«, dachte ich. Befragte alle, die vielleicht was wissen konnten. Fehlanzeige.

Tagebuch 2009 angefangen, läppische zwei Wochen zu spät. Immerhin ein hübsches Bild auf die erste Seite gekritzelt. Eine Kinokarte eingeklebt: *Frost/Nixon*. Oder umgekehrt.

Mittwoch: Heute bisschen was geschrieben, eine Rede, die ich am Samstag zum Geburtstag eines Schriftstellerkollegen halten soll. Knifflige Sache, weil ich die betreffende Person noch aus den 60ern/70ern kenne, als ich noch nicht die Stütze der Gesellschaft war, die ich heute bin, und wir alle zu etwas mehr Ungestüm neigten. Die Rede sollte etwa fünf Minuten dauern. Rede geschrieben und meinem Lebensgefährten gezeigt, der meinte, ich solle die bissigen Stellen streichen. Wieder über die

Rezeptdose gegrübelt. Tochter angerufen, ob sie sie gesehen hat. »Hast du mich schon gefragt«, sagte die. Dem Rezeptverlust die Schuld für eine schwere Schreibblockade gegeben. Angefangen, ein gutes Buch von Joan Acocella zu lesen, der zufolge Schreibblockaden eine amerikanische Erfindung aus dem zwanzigsten Jahrhundert sind. Beschlossen, keine Schreibblockade mehr zu haben. Half nicht.

Donnerstag: Zum Aderlass für Standardtests gegangen. Wie üblich gefühlt den Test versemmelt, in einen Becher zu pinkeln. Zur Bank gefahren. Geburtstagsrede umgeschrieben. Bisschen lustiger, weniger düster. Erste Notizen zu einem anderen eiligen Projekt gemacht: »Fünf Vorhersagen«, um Spenden für eine gute Sache einzuwerben, für eine kanadische Zeitschrift namens ›The Walrus‹. Wieso ›The Walrus‹? Keine Ahnung, aber der Walross-Geist soll angeblich der stärkste sein. Stärker als der Geist der Muschel beispielsweise. Außerdem kann man aus einem Walrosspenis eine prima Hundeschlitten-Peitsche machen. Wussten die Herausgeber vermutlich nicht, als sie den Namen ausgewählt haben.

Aber ›The Walrus‹ bringt guten Investigativjournalismus, ganz auf meiner Linie. Die Idee hinter dem Vorhersagen-Aufhänger ist, dass ich wahrsagen kann (stimmt nicht, scheint aber plausibel, dank des gespenstischen Timings meiner im Oktober 2008 pünktlich zur Wirtschaftskrise gehaltenen ›Payback‹-Vorträge über Schulden). Die Vorhersagen sollen auf eine Schriftrolle in einer Kristallvase, die nächste Woche bei einem Dinner versteigert wird. Heutiges Grübelthema: Was soll ich vorhersagen? Erschwert wird das Ganze dadurch, dass eine Zeitschrift aus Toronto ein gruseliges Foto von mir mit gelblichem TV-Makeup und lila Lippenstift veröffentlicht hat, auf dem ich – wie es in einem fiesen Zeitungskommentar hieß – aussehe wie Edward mit den Scherenhänden. Leider was dran.

Rezeptdose immer noch nicht gefunden. Das als Ausrede dafür benutzt, nicht am überfälligen Vogelartikel zu arbeiten.

Freitag: Heftiger Schneefall. Trotzdem üblichen Morgenspaziergang gemacht. Sachen gekauft, z. B. Badematten für Häuschen im Wald, das angeblich zum »Schreiben« da ist. Geburtstagsrede noch mal umgeschrieben. Sie dem Lebensgefährten gezeigt. Okay, meinte der. Zweifel gehabt. Eine Menge Mails beantwortet. Überlegt, wie viel mehr ich schreiben könnte, wenn die Mails nicht wären.

Samstag: Rede noch mal umgeschrieben und durch den Schnee zur Geburtstagsfeier gewatet. In der Garderobe die typisch kanadische Winterszene: Stiefel aus, normale Schuhe an. Eine Menge anderer Schriftsteller anwesend: Irgendwie sehen wir alle aus wie Edward mit den Scherenhänden, außer denen, die in ihren dicken Mänteln wirken wie Figuren aus ›Krieg und Frieden‹. Leben wird zunehmend abschiedsfeierlich. Die Rede gehalten. Ganz gut gelaufen. Mit Lektorin meines Romans (auch auf der Party) darüber gesprochen, wann sie mir ihre letzten Anmerkungen schicken kann. Gesagt, ich hätte es nicht eilig (war gelogen). Durch den Schnee nach Hause gewatet. Schrittzähler gecheckt – ein neuer Tick. Noch immer keine Spur von der Rezeptdose. Mich gefragt, ob sie sich in Luft aufgelöst hat, weil ich die meiner Mutter (größer, schöner, aus Holz) geerbt habe. Gedacht: »Auf diesem Weg liegt Wahnsinn.«

Sonntag: Lebenspartner brachte uns durch schrecklichen Schneematsch zum Häuschen im verschneiten Wald. Zum Glück hat das Auto ABS. Grade rechtzeitig angekommen, um die leeren Futterhäuschen nachzufüllen. Tisch zum Schreiben vorbereitet. E-Mails ließen sich nicht abrufen, Schwein gehabt. Der Wald ist schön, dunkel und tief. Warum da schreiben?

Montag: Kein Wasserdruck. Hilflos an der Pumpe rumgefummelt. Lebensgefährte ging in Hauswirtschaftsraum, wo Sturzbäche heißes Wasser aus der Decke liefen. Wasser abgedreht, aber wir fürchteten vereiste und aufgeplatzte Rohre. Fachmann kam und sagte: Nicht vereist, nur schlecht geschweißt. Rohre repariert, noch mal gut gegangen.

Darüber so froh gewesen, dass ich doch tatsächlich die Vorhersagen geschrieben habe, alle fünf Seiten. Plötzlich Sorge gehabt, dass sie nicht in die Vase passen könnten. Über blau-weiß verschneite Straße spaziert, während gelbrosa Sonne unterging. Wie bei Arthur Lismer (kanadischer Maler). Nach Hirschspuren gesucht. Fehlanzeige.

Dienstag: Schwester kam vorbei, wusste, wo die Hirsche waren, hatte Weizenkeim-Muffins nach dem Rezept aus der verschollenen Dose dabei. Die Dose sei ein »Erbstück«, meinte sie, verstand, wieso ihr Verlust mich so quälte.

Wieder in die Stadt gefahren. Vorhersagen in Schriftgröße 11 mit breiten Rändern ausgedruckt, Ränder abgeschnitten, Seiten in orangenes Reispapier eingerollt, mit Wachs versiegelt, Schnur darum gebunden, damit die Rolle nicht kaputtgeht, wenn man sie aus der Flasche zieht, Rolle in die Flasche gesteckt. Abgehakt.

Noch mal die Rezeptdose gesucht, sie war hinter eine Schublade gerutscht, zusammen mit einem alten Müsliriegel und einer Büchse Ginkgonüsse. Heilfroh gewesen, dass die Dose wieder aufgetaucht ist – werde also doch noch nicht verrückt! Eine Mail bekommen, in der stand, ich solle was über »Leben und Schreiben« schreiben. Nach der Dosenrettung von der Schreibblockade befreit gewesen, sofort hingesetzt und voilà: 1.111 Wörter in 120 Minuten. Jetzt kann ich den Vogeltext schreiben. Vielleicht.

TEIL II

2010 BIS 2013

DIE KUNST IST UNSERE NATUR

SCHRIFTSTELLER ALS POLITISCHE AKTEURE? IM ERNST?

(2010)

Förmliche Anrufung des Lesers:

Lieber (geheimnisvoller) Leser, wer auch immer Du sein magst,

Ob nah oder fern, ob in der Gegenwart oder Zukunft oder sogar – als Geist – in der Vergangenheit,

Ob alt oder jung oder in der Mitte des Lebens,

Ob männlich oder weiblich oder irgendwo dazwischen auf dem Kontinuum, das diese beiden angeblichen Gegensätze verbindet,

Welcher Religion zugehörig – oder keiner; mit welcher politischen Haltung – oder unentschieden;

Ob groß oder klein, ob mit vollem oder schütterem Haar; ob gesund oder krank; ob Golfspieler, Kanufahrer, Fußballfan, ob Spieler oder Anhänger anderer Sportarten und Hobbys;

Ob selbst Schriftsteller, ob Leseratte oder als Schüler oder Student nur von den Erfordernissen des Bildungssystems zum Lesen gezwungen;

Ob auf Papier lesend oder elektronisch, in der Badewanne, im Zug, in einer Bibliothek, einer Schule oder einem Gefängnis, unter einem Strandschirm, in einem Café oder einem Dachgarten, mit einer Taschenlampe unter der Bettdecke oder auf noch ganz andere Art und Weise und an ganz anderem Ort;

An Dich, einzigartiger Unbekannter, richten wir Autoren stets das Wort.

O Leser, mögest Du ewig leben! (Du persönlich als einzelner Leser wirst natürlich nicht ewig leben, aber es macht Spaß, es so auszudrücken, und außerdem klingt es gut.)

Wir Schriftsteller haben keine Vorstellung von Dir; und dennoch müssen wir uns eine machen,

Denn ohne Dich ist das Schreiben ohne Sinn und ohne Ziel,

Und deshalb ist es von Natur aus ein Akt der Hoffnung, denn es baut auf eine Zukunft, in der es die Freiheit zu lesen gibt.

Wir beschwören Dich herauf, geheimnisvoller Leser, und siehe: Du existierst! Denn indem Du soeben genau hier von Deiner Existenz gelesen hast, ist sie schon bewiesen.

Bitte sehr. Darum geht es hier: um die Tatsache, dass ich diese Worte schreiben kann, am 10. Juli 2010, und dass Du sie auf Papier oder dem Bildschirm lesen kannst.

Was nämlich ganz und gar nicht selbstverständlich ist. Denn genau diesen Vorgang versuchen sämtliche Regierungen und viele andere Gruppen – religiöse, politische, verschiedenste Interessengemeinschaften und Lobbys aller Arten – sich zunutze zu machen, zu kontrollieren, zu zensieren, zu beschneiden, für ihre eigenen Zwecke zu verbiegen, zu ächten oder ganz abzuschaffen. Wie weit sie dieses Verlangen in die Tat umsetzen können, ist einer der Gradmesser auf der Skala von einer liberalen Demokratie zu einer Diktatur.

Die Veröffentlichung dieser besonderen Festschrift des Index on Censorship ist ein denkwürdiges Ereignis – und ein wichtiges, denn PEN International und Index on Censorship haben oft die Ächtung von Büchern und andere gegen unser gemeinsames Schreiben und Lesen gerichtete Taten bezeugt und dokumentiert – Morde an Journalistinnen und Journalisten, Verbote von Zeitungen und Schließungen von Verlagen, Gerichtsverfahren gegen Schriftstellerinnen und Schriftsteller.

Beide Organisationen besitzen nichts als die Macht des Wortes: Sie können nur sogenannte moralische Appelle formulieren. Deshalb können sie auch nur in Gesellschaften existieren, in denen relativ frei publiziert werden kann. Ich sage »relativ frei«, denn es hat noch nie eine Gesellschaft existiert, in der absolut alles uneingeschränkt veröffentlicht werden kann. In einem Land, in dem jeder alles sagen kann, was er oder sie möchte, gäbe es keine juristische Handhabe gegen Verleumdung. »Falsch Zeugnis ablegen« ist wahrscheinlich mindestens so alt wie die Sprache selbst und das Verbot dagegen ohne Zweifel ebenso.

Aber eine kurze Geschichte der Zensur wäre keinesfalls kurz. Man denke nur an all die Gesetze hier und dort, in Vergangenheit und Gegenwart, gegen Hassrede, Kinderpornografie, Blasphemie, Obszönität, Hochverrat und so weiter, die selbstverständlich alle ihre Rechtfertigung haben – die Aufrechterhaltung der öffentlichen Ordnung, den Schutz Unschuldiger, die Förderung religiöser Toleranz und/oder Rechtgläubigkeit und so weiter, diese Bemühungen hat es schon immer gegeben. Gerade die Balance zwischen »verboten« und »erlaubt« ist einer der Lackmustests einer sich stetig verändernden, offenen Demokratie. Wie die gefärbte Flüssigkeit in einem Wasserbarometer ist diese Balance stets im Wandel.

Ich bin gebeten worden, ein paar Worte über »Schriftsteller als politische Akteure« zu schreiben. Damit tue ich mich ein bisschen schwer, weil ich der Meinung bin, dass Schriftsteller nicht unbedingt politische Akteure sind. Politische Schachfiguren, ja; aber »politische Akteure« würde bedeuten, dass sie bewusst politisch handeln, und so arbeitet durchaus nicht jeder Schriftsteller. Ganz im Gegenteil, viele begegnen der Politik wie ein Kind dem Kaiser mit den neuen Kleidern: Sie sprechen aus, dass der Mann nackt ist, aber nicht, weil sie unverschämt oder destruktiv sein wollen, sondern schlicht, weil sie keine Anziehsachen sehen können. Und dann wundern sie sich, dass sie angeschrien werden. Eine solche Naivität kann gefährlich sein, aber sie ist weitverbreitet. Niemanden hat die Fatwa gegen Salman Rushdie wegen der ›Satanischen Verse‹ mehr überrascht als den Autor selbst: Er hatte geglaubt, einfach nur ein Buch über muslimische Immigranten geschrieben zu haben!

Natürlich gibt es viele verschiedene Typen von Schriftstellern. Journalisten und Sachbuchautoren schreiben häufig ganz bewusst als politische Akteure – sie arbeiten auf ein bestimmtes Ziel hin, oft indem sie Fakten offenlegen, die den Mächtigen nicht in den Kram passen. Und nicht selten sind es diese Autoren, die auf offener Straße erschossen werden wie so viele Journalisten in Mexiko oder die vor ihrer Tür ermordet werden wie die kämpferische russische Journalistin Anna Politkowskaja oder die von einer Luft-Boden-Rakete getötet werden wie die Radiojournalisten von Al Jazeera beim Einmarsch der amerikanischen Truppen in Bagdad. Solche Morde sollen Widerspruch ersticken, indem man nicht nur Einzelne zum Schweigen bringt, sondern gleichzeitig auch eine Botschaft an alle anderen sendet, die versucht sein könnten, frech zu werden.

Mittlerweile wird hartes Durchgreifen von Regierungen gegen die Medien teilweise durch das Internet unterlaufen. Man kann investigative Journalisten zum Schweigen bringen, im übertragenen wie im wörtlichen Sinn, aber bisher ist es noch niemandem gelungen, das menschliche Bedürfnis, seine Geschichte zu erzählen, vollständig zu unterdrücken, ein Bedürfnis, das mindestens so alt ist wie das Buch Hiob. Hiobs Familienmitglieder werden eines nach dem anderen von Katastrophen getroffen; aber aus jeder Katastrophe geht ein Bote hervor, der sagt: »Ich allein bin entronnen, dass ich dir's ansagte.« Dem Bedürfnis zu erzählen entspricht auf der anderen Seite das Bedürfnis zu erfahren, was passiert ist. Wir wollen die wahre, die ganze Geschichte hören. Wir wollen wissen, wie schlimm es ist und ob es auch uns betrifft; und wir wollen uns unsere eigenen Gedanken dazu machen können. Denn wie sollen wir zu einer fundierten Meinung gelangen, wenn wir die Wahrheit nicht kennen?

Wahr oder *unwahr*: Das ist die wichtigste Kategorie zur Beurteilung journalistischer Berichte und politischer Sachtexte. Aber ich schreibe hauptsächlich Romane und Gedichte, und deshalb beschäftigt mich die Unterdrückung solcher Texte am meisten. Von Journalisten erwarten wir korrekte Fakten, aber die »Wahrheiten« der Dichter sind andere. Wenn ein Roman nämlich nicht bis ins Detail plausibel, seine Sprache nicht fesselnd und/oder die Geschichte, die er erzählt, nicht überzeugend ist, verliert man den geheimnisvollen Leser.

Über die Jahre hinweg haben Romanautoren, Dichter und Dramatiker sehr unterschiedliche Ziele verfolgt: Sie haben die zentralen Mythen einer Gesellschaft verarbeitet, dem Adel Honig um den Bart geschmiert oder der Natur den Spiegel vorgehalten, damit wir in ihr unsere eigene Natur erkennen können. Seit der Romantik gilt die Binsenweisheit von der »Pflicht« der Schriftstellerinnen und Schriftsteller, sich entweder gegen die Mächtigen zu wenden, da die Obrigkeit per se korrupt und unterdrückerisch sei, Missstände aufzudecken, wie Dickens es bezüglich der mörderischen Dotheboys-Hall-Schulen seiner Zeit getan hat, Geschichten von Unterdrückten und Ausgegrenzten zu erzählen wie ›Die Elenden‹, ein Ansatz, der zum Vorbild für Millionen von Romanen wurde, oder für eine gute Sache einzutreten wie beispielsweise ›Onkel Toms Hütte‹ für die Abschaffung der Sklaverei.

Aber das bedeutet noch lange nicht, dass Schriftsteller und Dichter mit solchen Absichten schreiben *müssen*. Wer Romane danach beurteilt, ob sie eine gerechte Sache vertreten oder die »richtige« Gesinnung an den Tag legen, fällt genau der Denkweise anheim, die am Ende zur Zensur führt.

Zahlreiche Revolutionen haben ihre schreibenden Kinder gefressen, weil deren einstmals akzeptierte Werke von den Siegern der unvermeidlichen Machtkämpfe als ketzerisch gebrandmarkt wurden. Eine Freundin, Tochter kommunistischer Eltern, sagte kürzlich über deren politische Weggefährten: »Sie gingen immer so hart mit den Schriftstellern ins Gericht.«

In revolutionären, reaktionären oder orthodoxen Kreisen oder auch nur unter überzeugten Idealisten gilt das Verfassen von Literatur nicht nur als suspekt, sondern auch als zweitrangig – Schreiben soll als Werkzeug der guten Sache dienen, und wenn das Werk oder sein Autor sich nicht in die momentane Marschrichtung einfügt oder, schlimmer noch, sich genau dagegen wendet, muss der Verfasser als Parasit angeprangert, geächtet oder beseitigt werden wie Lorca von den Faschisten – ohne Gerichtsverfahren erschossen und irgendwo verscharrt.

Aber für Schriftsteller und Dichter steht das Schreiben selbst – als Handwerk und als Kunst – an erster Stelle, egal, welche anderen Impulse oder Einflüsse noch mit im Spiel sind. Gradmesser der Freiheit in einer Gesellschaft ist der Raum, den sie der menschlichen Fantasie, und die Ungebundenheit, die sie der menschlichen Stimme zugesteht. Es mangelt nie an Leuten, die einem diktieren wollen, wie und was man zu schreiben habe. Heerscharen von ihnen fühlen sich bemüßigt, in Gremien die »Rolle« oder die »Pflicht« der Schreibenden zu diskutieren, als wäre das Schreiben an sich eine frivole Beschäftigung, die erst dann einen Wert erhält, wenn man ihr von außen einen Zweck oder einen Auftrag überstülpt: Lobpreis des Vaterlands, Stärkung des Weltfriedens, Verbesserung der Situation von Frauen und so weiter.

Selbstverständlich *kann* Literatur sich dieser Themen

annehmen, aber zu verkünden, dass sie dies zwingend tun *muss*, ist fatal. Denn Zwang zerstört die Bindung zwischen dem Schriftsteller, mir zum Beispiel, und Dir selbst, geheimnisvoller Leser: In wen kannst Du Dein Leservertrauen setzen, wenn nicht in mich, die Stimme, die in diesem Moment von der Seite oder vom Bildschirm zu Dir spricht? Und wenn ich zulasse, dass diese Stimme zur pflichtbewussten, gehorsamen Kasperlepuppe irgendeiner Gruppierung, und sei sie noch so ehrenwert, gemacht wird, wie kannst Du ihr dann noch irgendetwas glauben?

Sowohl Index on Censorship als auch PEN International verteidigen in diesem Zusammenhang das Wort *kann* und widersetzen sich dem Wort *muss*. Sie verteidigen den Freiraum, in dem Schriftsteller ihre Stimme ungehindert erheben und Leser ungehindert lesen können. Aus diesem Grund habe ich sehr gerne etwas für sie geschrieben, auch wenn es vielleicht nicht ganz das ist, was sie sich vorgestellt haben.

LITERATUR UND DIE UMWELT

(2010)

Es ist mir eine große Ehre, heute hier beim PEN-Kongress in Tokio sprechen zu dürfen.

Nichts begehren repressive Staaten so sehr wie erzwungenes Schweigen. Die Unmöglichkeit zu sprechen begünstigt Unaussprechliches, und Verschwiegenheit ist ein wichtiges Werkzeug nicht nur der Macht, sondern auch der Grausamkeit. Aus diesem Grund sind Schreibende aller Arten, darunter viele Journalisten, erschossen, inhaftiert, verbannt worden, oder – um einen relativ neuen Ausdruck zu benutzen – man hat sie *verschwinden lassen*, und viele Zeitungen und Verlage wurden geschlossen. Auch die Neuen Medien werden zur Zielscheibe: Im letzten Jahr hat PEN America zum ersten Mal einen Internetautor geehrt – Nay Phone Latt, einen Blogger aus Birma, der wegen zu genauer Berichte über die Zustände in seinem Land ins Gefängnis gesperrt wurde.

Wir gehen gerne davon aus, dass alle bösen Taten eines Tages ans Licht kommen und dass alle Geschichten darüber früher oder später erzählt werden, aber das ist in vielen Fällen einfach nicht wahr. Unzählige Opfer bleiben unbekannt. Wie der Folterer O'Brien dem unglücklichen Winston Smith in George Orwells Zukunftsroman ›1984‹ mitteilt, wird ihm auch nach seinem Tod keine Gerechtigkeit widerfahren, weil die Nachwelt nie von ihm hören wird. PEN unterstützt Schriftstellerinnen und Schriftsteller in aller Welt, die unter Beschuss geraten – oft wortwörtlich –, weil sie Menschen, die zum Schweigen gebracht wurden, eine Stimme geben wollen, ob fiktional oder nicht. Ich bin stolz, ein Mitglied von PEN zu sein, und ich bin sicher, Sie alle sind es auch.

Jetzt erwarten Sie möglicherweise, dass ich Sie über Ihre Pflichten als Schriftstellerinnen und Schriftsteller belehre. Interessanterweise predigen die Leute den Schriftstellern ständig, was sie schreiben sollten oder was sie besser nicht geschrieben hätten, und sie erklären ihnen auch mit Freuden, was für schlechte Menschen sie seien, weil sie nicht das Buch oder den Essay geschrieben haben, den die Prediger für nötig gehalten hätten. Genau genommen neigen die Leute dazu, mit den Schreibenden und über sie zu sprechen, als wären sie die Regierung, als besäßen sie tatsächlich dieselbe konkrete Macht und wären deshalb auch verpflichtet, sie zur Verbesserung der gesellschaftlichen Situation einzusetzen, was sie ja sicherlich auch tun würden, wenn sie nicht so fürchterlich faul, feige und unmoralisch wären. Sollten die Prediger aber zufällig merken, dass die Schreibenden diese Macht gar nicht besitzen, so werden die Autoren bald als überflüssiger Luxus, als bedeutungslose Narzissten, bloße Unterhaltungskünstler, Parasiten und so weiter abqualifiziert.

Haben die Schreibenden denn keine Verantwortung, fragen die Prediger. Und müssen sie dieser Verantwortung nicht gerecht werden, indem sie genau die guten und förderlichen Dinge tun, die die Prediger ihnen bereitwillig vorbeten? Kurt Vonnegut besaß einst einen Stempel, mit dem er von Studenten an ihn gerichtete Briefe voller Fragen abstempelte, der Text darauf lautete: »Schreib doch selbst einen Essay.« Bestimmt hätte ich auch großen Erfolg mit einem T-Shirt nur für Schriftsteller, auf dem steht: »Schreib doch selbst ein Buch.« Oder noch besser: »Schreib doch selbst ein *förderliches* Buch.«

Die Liste guter und förderlicher Dinge umfasst seit Neuestem auch das, was man gemeinhin »die Umwelt« nennt. In letzter Zeit sind die zahlreichen Bedrohungen für »die Umwelt« sehr in unser Bewusstsein gerückt – von abschmelzenden Gletschern und dem Rückgang des Meereises über den weltweiten Temperaturanstieg und daraus resultierende Extremwetterereignisse, Luft- und Gewässerverschmutzung, Chemikalien in industriell hergestellten Nahrungsmitteln, die wir unseren Kindern unwissentlich verabreichen, die Ausrottung vieler Pflanzen- und Tierarten bis hin zu Ernteausfällen an Land und Fischsterben in den Meeren – und darüber hinaus auch das höhere Risiko für Seuchen und Krankheiten, die diese Umweltveränderungen höchstwahrscheinlich mit sich bringen werden. All diese Dinge gehören zum Thema »Umwelt«, und was darüber geschrieben wird, kann wohl als »Literatur« bezeichnet werden. In diesem Sinne beschäftigen sich schon jetzt sehr viele Schreibende mit diesen Problemen. Man kann kaum eine Zeitung aufschlagen, ohne von einer neuen Ölpest oder verseuchten Lebensmitteln oder Waldbränden oder bedrohten Arten oder mutierten Mikroben oder Hitzewellen oder Überschwemmungen zu lesen.

Aber ich nehme an, unter der Überschrift »Literatur« erwarten Sie, dass ich über Dichtung spreche – über Erzählliteratur. Und tatsächlich besteht jegliche menschliche Kommunikation immer auch aus Erzählungen:

Wir leben in der Zeit, und die Zeit ist ein Ereignis nach dem anderen, und solange wir nicht sowohl unser Kurzzeit- als auch unser Langzeitgedächtnis verloren haben, beschreiben wir uns selbst und unsere Mitmenschen in Erzählform. Aber heute möchte ich mich auf *fiktionale* Geschichten und Erzählungen beschränken. In welchem Verhältnis stehen solche Geschichten zu dem nebulösen Etwas, das wir »Umwelt« nennen? In welchem Verhältnis sollten sie zueinander stehen? Wie sind sie miteinander verbunden?

Die kurze Antwort lautet: Wenn wir »die Umwelt« nicht hätten – die Luft, die wir atmen, das Wasser, das wir trinken, die Nahrung, die wir zu uns nehmen –, dann würde es keine Literatur geben, denn wir selbst würden nicht existieren. Nach drei Tagen ohne Wasser ist ein Mensch normalerweise tot. Der Sauerstoff, den wir zum Atmen brauchen, war nicht immer ein so großer Bestandteil der Erdatmosphäre wie heute: Er wurde von grünen Pflanzen produziert, und sie produzieren ihn auch weiterhin; wenn wir also alle Pflanzen vernichten, sind auch wir weg. Wenn die Temperatur auf der Erde noch stärker ansteigt, wird unser Planet unbewohnbar – vielleicht nicht für sämtliche Lebewesen, ein paar Tiefseeorganismen werden wohl überleben, es sei denn, die Meere verkochen – aber ganz sicherlich für uns.

In diesem Sinne ist die Erhaltung einer Umwelt wie unserer jetzigen eine Voraussetzung für Literatur. Wenn wir es nicht schaffen, diese Umwelt zu erhalten, wird es nicht mehr von Bedeutung sein, was Sie schreiben und was ich schreibe und was alle anderen schreiben, weil niemand mehr da sein wird, der es liest.

Ein wiederkehrendes Thema in der Science-Fiction-Literatur ist die Entdeckung eines einstmals bewohnten

Planeten, der sich so sehr verändert hat, dass das intelligente Leben dort ausgestorben ist. Die Weltraumreisenden in diesen Geschichten finden üblicherweise eine Zeitkapsel oder andere Aufzeichnungen, in denen die Geschichte der verschwundenen Zivilisation erzählt wird und die die Entdecker – wie praktisch! – stets übersetzen können. Diese Sorte Erzählung geht – zumindest in der westlichen Literaturtradition – letzten Endes vielleicht auf Platons Mythos des untergegangenen Reichs von Atlantis zurück, einer sehr hoch entwickelten Zivilisation, die aber durch die Götter oder die Naturgewalten dem Untergang geweiht war. Diese antike Geschichte einer »untergegangenen Zivilisation« wurde im neunzehnten Jahrhundert durch die Entdeckung zahlreicher echter untergegangener Reiche neu belebt – von den zugewucherten Mayaruinen in Mittelamerika über die mythische Stadt Troja bis hin zur geheimnisvollen Osterinsel im Pazifik mit ihren riesigen, rätselhaften Steinstatuen.

Werden auch wir selbst bald eine untergegangene Zivilisation sein? Werden unsere eigenen Bücher und Geschichten zu Zeitkapseln für die Archäologen und Weltraumforscher der Zukunft? Beim Blick auf die Wege, die vor uns liegen – und ich sage absichtlich *Wege* und nicht *Weg*, denn es gibt nicht eine einzige Zukunft, sondern unendlich viele mögliche Zukünfte –, fällt es schwer, sich nicht solchen Fantasien hinzugeben. Vielleicht sollten wir unsere Romane in Bleikisten verstauen und im Garten vergraben? Das wäre immerhin entgegenkommend – dann hätten die außerirdischen Kundschafter gleich etwas zum Ausbuddeln. Ebenso entgegenkommend wäre es, in unserem Testament darum zu bitten, dass man uns einige unserer liebsten Alltagsgegenstände in den Sarg legt. Auch ich hoffe darauf, ein paar Dinge, die typisch fürs einundzwanzigste Jahrhundert sind, mit ins Grab zu bekommen – meinen Toaster vielleicht oder meinen Laptop –, damit zukünftige Forscher aus dem Weltraum Stoff für ihre wissenschaftlichen Abhandlungen haben. Vielleicht halten sie diese Produkte unserer industriellen und technologischen Ära für Kultobjekte einer fremdartigen Religion. In gewisser Weise sind sie das ja auch.

Aber lassen wir diese düsteren Betrachtungen über den möglichen Untergang unserer Zivilisation und blicken wir in die andere Richtung – in die Vergangenheit. Warum haben wir überhaupt so etwas wie Literatur? Woher stammt sie, welchen Zwecken diente sie einst, und dient sie heute noch denselben Zwecken? Und was haben diese Fragen mit der »Umwelt« zu tun? Gehört die Literatur nicht in den Bereich »Kunst«, während die »Umwelt« in den Bereich »Natur« gehört? Und sind diese beiden Bereiche nicht diametral entgegengesetzt – auf der einen Seite die Kunst, menschengemacht und symbolisch, auf der anderen Seite die Natur, für uns nichts als ein Haufen Rohstoffe und nur insoweit nützlich, als wir etwas daraus machen können – seien es Backsteine, Lastwagen und Häuser oder Bilder, Bücher und Filme?

Ich glaube nicht, dass Kunst und Natur so klar voneinander zu trennen sind. Ich gehe davon aus, dass die Kunst ursprünglich mit der Natur verwoben war und aus ihr heraus überhaupt erst entstanden ist und dass insbesondere die Dichtkunst einst ganz wesentlich zum Überleben der menschlichen Spezies beigetragen hat. Ich möchte zwei Aspekte dieser These betrachten: zum einen das Erzählen von Geschichten – ob mündlich oder schriftlich – und zum anderen das Schreiben selbst als eine Methode, die Geschichten aufzuzeichnen und zu überliefern.

Erstens: das Geschichtenerzählen, der narrative Akt. Reisen Sie mit mir in die Vergangenheit – in eine Zeit, als es noch keine Städte, keine Dörfer, keine Landwirtschaft gab.

Sprache und symbolisches Denken – beides Voraussetzungen fürs Geschichtenerzählen – sind uralt. Seit Kurzem wissen wir mit Sicherheit, dass die Neandertaler Sprachen hatten und höchstwahrscheinlich auch ihre Leichen bestattet, Musik gemacht und Körperschmuck getragen haben. Außerdem hat sich herausgestellt, dass ein Teil unserer Erbsubstanz mit der ihren übereinstimmt – entgegen der früheren Auffassung, die Neandertaler seien nicht mit uns verwandt, sondern eine andere Spezies, und sie seien ausgestorben, als wir auf der Bildfläche erschienen. Wenn wir uns jedoch untereinander fortpflanzen und Nachkommen zeugen konnten, welche die Gene von beiden in sich trugen, müssen wir Unterarten derselben Spezies gewesen sein. Und das bedeutet, dass unsere gemeinsamen Ahnen Sprache und symbolisches Denken beherrscht oder zumindest die Voraussetzungen dafür gehabt haben müssen, bevor die Neandertaler sich als Unterart abspalteten.

Sprache und symbolisches Denken sind also sehr, sehr alt. Die Ontogenese rekapituliert die Phylogenese, lautet das biologische Mantra – die Entwicklung des einzelnen Lebewesens wiederholt die stammesgeschichtliche Entwicklung, und deshalb – so heißt es – haben wir in den Frühstadien unserer embryonalen Entwicklung Kiemen und einen Schwanz. Lassen wir die Kiemen und den Schwanz beiseite – was immer Embryonen sonst so machen, sie produzieren jedenfalls keine Kunstwerke –, aber betrachten wir das Verhalten von Kleinkindern unter fünf Jahren. Sie eignen sich mühelos die

Sprache an, solange sie von Menschen umgeben sind, die mit ihnen sprechen; sie singen und tanzen; sie malen und gestalten und sind schon erstaunlich früh in der Lage, Geschichten zu hören und zu erzählen. Mit anderen Worten, sie tun all das, was Künstler tun, nur dass die meisten diese Tätigkeiten später im Erwachsenenalter nicht als Beruf ausüben, obwohl fast alle sich auf die eine oder andere Weise durchaus weiterhin mit Musik, bildender Kunst und Geschichtenerzählen beschäftigen. Auch alle uns bekannten Religionen enthalten diese Elemente. Die Künste sind nichts von uns Unabhängiges, das wir nach Lust und Laune aufnehmen oder wieder fallen lassen können: Sie scheinen ein Teil von uns zu sein. Sie sind uns sozusagen einprogrammiert. Wie auch andere schon festgestellt haben, sind Kunst und Natur keine Gegensätze; die Kunst ist unsere Natur. Sie ist untrennbar mit unserer Existenz verwoben.

Aber warum? Viele andere Lebewesen kommen wunderbar ohne sie aus. Soweit wir wissen, gibt es unter Pferden keine Dichter, Popstars oder Maler. In der Forschung zur genetischen Komponente der künstlerischen Tätigkeit des Menschen vermutet man, dass die Künste als evolutionäre Anpassung in Jäger-und-Sammler-Kulturen in der sehr langen Zeit des Pleistozäns entstanden. Sie müssen in jenen Zeiten hilfreich fürs Überleben gewesen sein – sonst hätten wir sie im Laufe unserer Evolution wieder aufgegeben. Es leuchtet ein, dass die Fähigkeit, eine Erzählung zu kreieren und weiterzugeben – also mithilfe von Sprache eine Geschichte zu erzählen –, von großem Nutzen für eine Gruppe war. Ältere Gruppenmitglieder konnten den jüngeren nicht nur Unglücksgeschichten erzählen – wie Onkel George von einem Krokodil gefressen wurde –, sondern auch Erfolgsgeschichten – wie

Cousin Arnold eine Antilope gejagt und getötet hatte –, sodass diese Dinge nicht mehr in jeder Generation neu gelernt werden mussten. Welche Pflanzen essbar waren und welche giftig – das waren lebenswichtige Informationen, und wer keinen Lehrer hatte, wurde nicht alt.

Aus zweiter Hand zu erfahren, wie man es vermeiden kann, von einem Krokodil gefressen zu werden, war in einer Umgebung voller Krokodile natürlich sehr nützlich, und weil ich dazu auch mal ein paar Informationen erhalten habe, kann ich Ihnen heute eines der Geheimnisse verraten, sollten Sie es jemals benötigen: Krokodile können über kurze Strecken sehr schnell laufen, aber sie kommen nicht besonders gut um die Kurve. Laufen Sie deshalb nicht geradeaus vor ihnen weg – sehen Sie zu, dass Sie Haken schlagen.

Und gehen Sie nicht in Pumagebieten joggen. Sie könnten mit einem Beutetier verwechselt werden. Aber obwohl das eine klare Tatsache ist, werden Sie sie vermutlich direkt wieder vergessen, weil sie Ihnen im Moment nicht von Nutzen ist: In diesem Raum gibt es ja keine Pumas. Würde ich Ihnen aber eine Geschichte über eine junge Frau namens Ann erzählen, die eines Tages in British Columbia auf ihrem Fahrrad unterwegs war, als sich plötzlich von hinten ein Puma auf sie stürzte, und würde ich Ihnen beschreiben, wie er ihr die Zähne in die Schulter grub und wie sie versuchte, ihn abzuwehren, und wie ihre Freundin Jane – ebenfalls auf dem Fahrrad – sich umdrehte, den Kampf sah, zurückfuhr und dem Puma so fest auf die Nase haute, dass er losließ – ich bin nämlich immer für ein Happy End –, und würde ich noch die grünen Augen und den heißen Atem des Pumas erwähnen und das Blut, das aus Anns Schulter strömte, und Janes Angst; oder besser noch, würde ich mich als Puma verkleiden und zwei andere sich als Ann und Jane und würden wir Ihnen das alles vorspielen, vielleicht noch mit Musikinstrumenten und Gesang und Tanz – nun, dann würden Sie das vermutlich nicht so schnell wieder vergessen. Und tatsächlich haben Hirnforscher herausgefunden, dass Menschen Dinge aus erzählten Geschichten viel besser aufnehmen als durch reines Vortragen von Fakten. Geschichten sorgen dafür, dass sich rasch neue Nervenverbindungen ausbilden – sie »schreiben sich ein«. Vielleicht ist es auch deshalb vielen Leuten so wichtig, welche Geschichten wir zum Beispiel unseren Kindern in der Schule beibringen oder welche Geschichten man über andere Menschen erzählen darf, ohne mit einer Verleumdungsklage rechnen zu müssen.

In früheren Zeiten mussten wir uns Geschichten erzählen, um uns in unserer Umwelt – alles, was uns umgab – zurechtzufinden, denn diese Umwelt war einerseits riesig, komplex, kräftezehrend und oft harsch, andererseits aber auch die Quelle unseres Lebens. In jenen Zeiten gab es zwischen der Erzählung und ihrem Thema fast keinen Abstand. Es gab keine Bücher, keine bequemen Lehnsessel, in denen man es sich gemütlich machen konnte, um geborgen und in Sicherheit über Kriege, Morde und Monster zu lesen, die einen nachts auffressen wollten. Die Geschichte wurde – nehmen wir mal an – bei schwachem Lichtschein erzählt, und vielleicht war man in diesem Moment in Sicherheit, aber auch nur in diesem Moment. Die Gefahr, von der die Geschichte handelte, bestand auch in der realen Welt, in nächster Nähe: direkt außerhalb des Feuerscheins, direkt außerhalb der Höhle.

Daher besaßen diese Geschichten eine große Macht. Kein Wunder, dass man bald schützende Figuren einbaute – übernatürliche Wesen zum Beispiel, die respektiert und gut behandelt werden wollten und dann zur Belohnung für Jagdglück sorgen konnten oder einen wenigstens nicht auffraßen. Aber eigentlich sollte man sie nicht als »übernatürlich« bezeichnen, denn das würde bedeuten, dass diese Wesen nicht Teil der Natur waren. Das wäre falsch: In ihren Ursprüngen waren sie sehr wohl ein Teil der Natur und aus ihr hervorgegangen. Jedes Wesen in der den Menschen umgebenden Welt – sogar ein Stein oder ein Baum – konnte das besitzen, was wir heutzutage eine Seele nennen, und jede dieser Seelen konnte sich, wenn man sie schlecht behandelte, gegen einen wenden und tödliches Unglück über einen bringen. Es existiert eine Theorie, nach der die allerersten Geschichten von Reisen erzählten, die aus dieser Realität – der Gegenwart des Erzählers und des Zuhörers – in eine andere Welt führten, vielleicht in die Vergangenheit oder in die Welt der Ahnen oder der Toten. Die Menschen, die den anderen davon berichteten, wurden Schamanen genannt, und es war ihre Aufgabe, in einem Trancezustand in jene Welten zu reisen, um dort mit anderen Geistern von Vorfahren, Tieren, Pflanzen und numinosen Wesen zu kommunizieren und dadurch Erkenntnisse oder Kräfte zu erlangen, die für die Gemeinschaft von Nutzen waren. Diese Reisen fanden typischerweise in Notzeiten statt – beispielsweise wenn eine Hungersnot drohte oder eine Seuche ausgebrochen war. Das ist eine der Funktionen von Geschichten: Sie erzählen uns davon, wie wir handeln könnten.

Wir kennen viele Kulturen, in denen Variationen dieser Themen existiert haben und Anweisungen überliefert sind, wie mit den Naturwesen umzugehen ist, damit sie für das Wohlergehen der Menschen sorgen. In einer grönländischen Gemeinschaft, die wieder zur traditionellen Jagd zurückgekehrt ist, gehört es sich, die ersten Narwale vorbeiziehen zu lassen und insgesamt nicht zu viele zu töten. Wenn dieser Brauch nicht befolgt wird, werden die Narwale aus Zorn über die mangelnde Ehrerbietung nicht wiederkommen.

Lange Zeit haben wir diese Geschichten nur mündlich weitergegeben, bevor wir begannen, sie aufzuschreiben und uns schließlich direkt in Schriftform Geschichten selbst auszudenken – Geschichten, die wir für »neu« halten. Je mehr Techniken wir zur schriftlichen Fixierung überlieferter und neu erdachter Geschichten entwickelten, desto weiter entfernten wir uns wohl von der Umgebung, die diese Geschichten überhaupt erst hatte entstehen lassen.

Dabei stammten die Techniken der schriftlichen Überlieferung genauso aus der Natur. Bevor wir schreiben konnten, brauchten wir Buchstaben – ein System von Symbolen für Sprachlaute, die man zu Wörtern zusammensetzen konnte oder die selbst Wörter darstellten oder Objekte bezeichneten. Viele Schriftsysteme gehen auf Bilder zurück – Altägyptisch, Chinesisch. Es gibt sogar die These, dass alle Schriften – auch unser ABC – von Formen aus der Natur abstammen.

Obwohl wir die gesprochene Sprache als Kinder mühelos lernen, ist dies beim Lesen und Schreiben nicht der Fall. Beides erfordert eine Menge Übung. Wie das Klavierspiel basiert Lesen und Schreiben auf Fähigkeiten, die wir schon besitzen, wir beherrschen es aber nicht »von Natur aus«: Wir müssen es lernen und trainieren. In der Hirnforschung vermutet man, dass beim Lesen dasselbe neuronale Programm benutzt wird wie beim Spurenlesen. Ein erfahrener Fährtenleser kann die Spur eines Tieres lesen wie eine Geschichte: eine Abfolge von

Ereignissen und Handlungen mit einer überschaubaren Menge an Figuren. Die Abdrücke und Spuren erzählen die Geschichte vom schnürenden Fuchs, vom lauernden Fuchs, vom Tod des Hasen.

Es gibt einen kuriosen, aber interessanten Sachverhalt: Für Lesen und Schreiben werden unterschiedliche Areale im Gehirn benutzt, und es gibt eine sehr seltene Form des Schlaganfalls, nach der die Patienten noch schreiben können, aber nicht mehr in der Lage sind, die selbst geschriebenen Worte zu lesen. Wenn das Lesen auf dem neuronalen Programm für das Erkennen von Fährten basiert, worauf basiert dann das Schreiben? Viele Tiere kommunizieren untereinander mit visuellen Signalen und Zeichen. Könnte es etwas Ähnliches sein? Ich weiß es nicht. Aber jüngste Entdeckungen deuten darauf hin, dass die Grundlagen des Schreibens viel weiter zurückreichen als bislang angenommen.

Jedenfalls hatten wir uns schon eine sehr lange Zeit Geschichten erzählt, bevor wir das Werkzeug der Schrift entwickelten, und als wir es dann endlich besaßen, wurde es anfangs in allen uns bekannten Fällen nicht für Dichtkunst und Erzählungen verwendet – die funktionierten auch so –, sondern um die Verbreitung von Gütern und den Handel mit Waren aufzuzeichnen. Mit anderen Worten, die Schrift diente der Buchhaltung. Und als die Landwirtschaft zur wichtigsten Methode der Nahrungserzeugung wurde, die Bevölkerung wuchs und Hierarchien entstanden, war dieses Werkzeug bald unentbehrlich. Man benutzte es, um Gesetze festzuhalten, wie zum Beispiel den altbabylonischen Codex Hammurabi. Mit der frühesten bekannten chinesischen Schrift, der »Knochenpanzerschrift«, wurden Zeichen auf Schildkrötenpanzer oder Knochen geritzt, die dann als Orakel befragt oder für magische Weissagungen verwendet wurden.

Diese beiden Funktionen – Dokumentation und Magie – wohnen dem Akt des Schreibens immer noch inne. Was man niederschreibt, wird – anders als Auswendiggelerntes und mündlich Weitergegebenes – in seinem Zustand fixiert. Und man sollte denken, dass dieses Aufschreiben und Fixieren auch die Bedeutung des dokumentierten Inhalts festschreibt – was für Gesetzestexte vermutlich eine gute Sache ist. Dennoch entsteht ein Text, der mehrdeutig sein kann – er ist der jeweiligen Interpretation, der jeweiligen »Lesart« unterworfen. In Zeiten, in denen kaum jemand lesen konnte, waren die Schrift selbst – auf einer Rolle oder Tafel – und die Fähigkeit, sie zu lesen – sie wieder in eine Stimme zu verwandeln und sie zu deuten –, hochrespektiert und gefürchtet, und denjenigen, die diese Fähigkeit besaßen, wurden manchmal übernatürliche, sogar dämonische Kräfte zugesprochen. Auch heute noch werden Schriftstellern diese Kräfte attestiert, wenn auch in sehr abgeschwächter Form. Bücherverbrennungen spiegeln sowohl den Respekt als auch die Angst wider: Ein ungefährliches Buch würde wohl niemand verbrennen.

Das also haben wir aus frühester Vorzeit geerbt, liebe Schriftstellerkolleginnen und -kollegen: die angeborene Fähigkeit, Geschichten zu erzählen und zu verstehen, entstanden aus der Auseinandersetzung mit der uns umgebenden Natur, und die neuronalen Programme, die es uns ermöglichen, zu lesen und zu schreiben, und die ebenfalls aus dieser Auseinandersetzung stammen. Die Zeit, als unser Leben noch tief in der Natur verwurzelt war, ist – wenn man die Generationen betrachtet – gar nicht so lange her. Und doch finden wir uns heute – wir alle in diesem Raum und die meisten anderen Leute auf diesem

Planeten ebenso – in einer menschengemachten Umwelt wieder, in der wir Tiere nicht wie Lebewesen, sondern wie Maschinen behandeln. Fast alles, was uns geschieht, und fast alles, was wir tun – auch diese Veranstaltung, die auf Strom angewiesen ist –, wäre ohne unsere zahlreichen Technologien gar nicht möglich. Aber die Energieversorgung durch diese Technologien und damit auch unsere Versorgung mit Nahrungsmitteln und Wasser hält mit unserer rasanten Modernisierung und unserem Bevölkerungswachstum nicht Schritt.

Schlimmer noch, es sind gerade diese extrem effizienten Technologien – entwickelt, um uns die Natur zunutze zu machen –, die jetzt unsere Umwelt, auf die wir angewiesen sind, zerstören.

Was sollen wir also tun? Wir können nicht zurück in eine Zeit vor unserer Technik, um wieder in ursprünglicher Natur zu leben. Ein paar Tage ohne Kleidung, Schneidwerkzeuge und Feuer, und wir wären geliefert.

Welche Geschichten sollen wir Schreibenden über unsere immer verzweifeltere Situation erzählen? Womit könnten wir unserer menschlichen Gemeinschaft weiterhelfen?

Ich kann es Ihnen nicht sagen, denn ich weiß es selbst nicht. Aber eines weiß ich: Solange wir Hoffnung haben – und die haben wir noch –, werden wir Geschichten erzählen, und wenn wir die Zeit und die nötigen Materialien haben, werden wir sie aufschreiben; denn das Geschichtenerzählen und der Wunsch, Geschichten zu hören, sie weiterzugeben und Sinn aus ihnen zu ziehen, ist Teil unseres menschlichen Wesens. Was »die Umwelt« angeht und all die Bedrohungen, denen sie ausgesetzt ist – werden wir Schriftstellerinnen und Schriftsteller uns damit beschäftigen, und wenn ja, auf welche Weise? Werden wir auf moralisierende Art warnen, werden wir mit beispielhaften Erzählungen unsere Handlungsspielräume aufzeigen, oder werden wir das Thema nur als Hintergrund für konventionelle Geschichten wählen?

Schon jetzt zeichnet sich ein Trend ab: Geschichten über das Überleben unter extremen Bedingungen. Die haben wir schon immer gemocht, aber je wahrscheinlicher die extremen Bedingungen werden, desto besser gefallen uns solche Erzählungen. Es sind Katastrophengeschichten, aber sie handeln nicht von Kriegen, Vampirangriffen oder Marsmenschen, sondern von Dürren und Überschwemmungen. In der optimistischeren Variante erzählen sie von Menschen, die sich anpassen oder versuchen, weniger verschwenderisch zu leben.

Aber vielleicht werden wir diese Themen trotz allem nicht direkt oder bewusst angehen. Vielleicht glauben wir, dass wir eine Liebesgeschichte erzählen oder eine Geschichte über den Krieg oder über das Älterwerden – all die archaischen, wiederkehrenden Themen, die menschlichen Sehnsüchte und Ängste. Und dennoch werden wir »die Umwelt« in unsere Geschichten weben, ob absichtlich oder nicht, denn Geschichtenerzähler sind schon immer ein Teil ihrer Welt gewesen, der physischen wie der sozialen. So wie diese Welt sich verändert hat, haben sich auch ihre Geschichten verändert, und unsere Welt verändert sich gerade sehr schnell.

Unsere Erzählungen werden diese Veränderungen unweigerlich widerspiegeln; und vielleicht können wir ab und zu sogar in eine moderne Version der Schamanen-Trance geraten, zu einer geistigen Reise aufbrechen und etwas aus der Anderswelt mitbringen. Es wird kein Lehrbuch sein – denn das existiert nicht. Aber vielleicht ist es ein Talisman, der uns beschützt, zumindest ein bisschen.

Vielleicht ist es eine Liste drohender Gefahren. Oder ein Amulett, das die Kraft hat, unsere Sichtweise zu verändern. Vielleicht werden wir dann wieder mit den Tieren sprechen und von den Pflanzen lernen. Wer weiß, wie unsere zukünftigen Metaphern aussehen?

ALICE MUNRO

(2010)

In Alice Munros Geburtsort Wingham, Ontario, befindet sich zu Ehren der Autorin eine nette kleine Skulptur. Es ist ein Bronzemädchen, das auf einem Bronzerasen liegt und in einem Bronzebuch liest. »Sie ist wirklich ziemlich gut«, kommentieren die beiden nicht mädchenhaften, nicht bronzenen Frauen, die das Kunstwerk betrachten; eine der beiden ist zufälligerweise Alice Munro, die andere bin ich. »Sehr hübsch.« Sie sprechen bedächtig und unaufgeregt, als wäre das Objekt, das sie inspizieren, nicht spannender als ein Vorhangstoff.

Die Statue steht in der Stadt, aus der Alice Munro einst ihre erste boshafte Hassmail erhielt. »Worum ging es in der Hassmail?«, frage ich.

»Die Leute meinten, ich hätte in meinen Büchern über sie geschrieben«, antwortet sie.

»Und – stimmte das?«

Sie wirft mir einen Blick zu. »Das glauben die Leute doch immer.«

Wie ist es dazu gekommen? Zu einer Bronzestatue? (»Das schöne Geld«, murmeln Munros eigene Figuren. »Für nichts!«) Zum Alice Munro Literary Garden? Zur

Führung durch »Alice Munros Wingham«, die man im Stadtmuseum buchen kann? Zu den Geschichten im ›New Yorker‹, den vielen Büchern, gebunden und als Taschenbuch, und zu den Preisen, darunter drei Governor General's Awards und zwei Giller-Preise? Und jetzt noch der Man Booker International Prize für ihr Gesamtwerk! Wer hätte am Anfang gedacht, dass Alice einst überhaupt ein »Gesamtwerk« haben würde?

Es war eine lange Reise. Alice Munro wuchs im südwestlichen Ontario auf, in den Depressionsjahren der 1930er und den Kriegsjahren der 1940er, wahrlich keine gute Zeit für die Künste in Kanada. Den ersten Feinschliff erhielt ihr besonderes Talent durch Veröffentlichungen in einem der wenigen Kanäle, die zu jener Zeit Literatur förderten: die Sendung ›Anthology‹ bei CBC Radio, die nicht Romane, sondern Gedichte und Kurzgeschichten in den Mittelpunkt stellte und die Aufmerksamkeit auf den Wert und die Kraft des gesprochenen Wortes lenkte. Denn es ist nicht nur wichtig, was die Menschen Böses sagen, sondern auch, wie sie es sagen; es ist nicht nur wichtig, was sie heimlich tun, sondern auch, was sie anhaben und ob es sie beschämt. Wie die Figuren von William Trevor – und es ist nicht überraschend, dass Alice Munro ihn bewundert – leben auch ihre Figuren ein intensives Leben innerhalb sehr enger Grenzen, denn sie stammen aus einer Zeit, in der man die eigenen Besitztümer aus Dingen hergestellt hatte, die andere als sehr dürftig abgetan hätten.

Und doch müssen diese engen Grenzen nachgeben: Die Realität flimmert, die Wahrnehmung löst sich auf. Munros Geschichten sind durchdrungen von Unbehagen, voller schwankender Momente und erfüllt vom mulmigen Schwindel, den man empfindet, wenn man am Rand einer Klippe entlangläuft. Die Figuren sehen sich mit ihren eigenen Widersprüchen konfrontiert: Sie schätzen künstlerische Tätigkeiten, machen sich aber gleichzeitig darüber lustig. Sie entfliehen der Enge eines Ortes, um ihr wahres Ich entfalten zu können, nur um festzustellen, dass sie dieses Ich zurückgelassen haben. Sie bleiben verwurzelt in ihrer »authentischen« Umgebung, nur um dort erdrückt zu werden und zu verkümmern. Sie erinnern sich an jedes Detail ihrer Vergangenheit, jede Verletzung, jede Grausamkeit, jede Fehde, und müssen zusehen, wie die Landschaft, die ihnen einst vertraut war wie ihre eigene Haut, mit der Zeit fremd und indifferent wird. Doch die Veränderung kann auch umgekehrt stattfinden: Die Jahre schälen sich ab wie eine alte Tapete, und darunter kommt ein überraschendes neues Muster zum Vorschein.

Alice Munro ist oft mit Tschechow verglichen worden, aber vielleicht ähnelt sie eher Cézanne. Sie malt einen Apfel, wieder und wieder, bis dieser zutiefst vertraute Gegenstand fremd und leuchtend und geheimnisvoll wird; und trotzdem bleibt er einfach nur ein Apfel. Ist sie nicht im Grunde genommen eine Art Mystikerin? »Nie bist du klein, doch groß bist du im Kleinen«, schrieb George Herbert. Und so ist es auch mit Alice Munro.

(»Du lieber Himmel«, höre ich Alice' Stimme. »Jetzt hör aber mal auf! Herbert hat Gott gemeint! Ist die Statue für heute nicht schon mehr als genug? Übrigens, bist du sicher, dass sie aus Bronze ist?«)

›DIE GABE‹

Vorwort
(2012)

Gaben wandern von Hand zu Hand: Dadurch überdauern sie, denn jedes Mal, wenn etwas verschenkt wird, stärkt es das Seelenleben sowohl des Gebenden als auch des Empfangenden, und das verleiht der Gabe selbst neues Leben und neue Kraft.

Genauso verhält es sich mit Lewis Hydes Klassiker über die Gabe und ihr Verhältnis zur Kunst. ›Die Gabe‹ ist im englischsprachigen Raum nie vergriffen gewesen. Durch Mundpropaganda oder als Geschenk zirkuliert das Buch unter Künstlern aller Couleur wie ein unterirdischer Strom. Es ist das Buch, das ich ohne Ausnahme allen aufstrebenden Schriftstellern, Malern und Musikern empfehle, denn es ist kein Ratgeber – die gibt es in großer Zahl –, sondern ein Buch über das Wesen der künstlerischen Tätigkeit und über das Verhältnis dieser Tätigkeit zu unserer überaus kommerziellen Gesellschaft. Wenn Sie schreiben, malen, singen, komponieren, schauspielern oder Filme machen wollen, lesen Sie ›Die Gabe‹. Es wird Ihnen helfen, bei Verstand zu bleiben.

Ich bezweifle, dass Lewis Hyde beim Schreiben dieses Buches bewusst war, was für ein fundamentales Werk er verfasste. Er wollte vielleicht einfach nur ein Thema untersuchen, das ihn interessierte – nämlich warum Dichter in unserer Gesellschaft selten viel Geld haben –, und freute sich über die vielen Nebenflüsse, die er auf seiner Forschungsreise entdeckte, ohne zu merken, dass er auf eine reich sprudelnde Quelle gestoßen war. Als sein Verleger ihn fragte, welche Zielgruppe er mit seinem Buch im Auge hatte, konnte er das gar nicht genau sagen und entschied sich schließlich für »Dichter«. »Nicht unbedingt das, was die meisten Verleger hören wollen«, schreibt er im Vorwort zur Ausgabe von 2006. »Viele würden ›Hundebesitzer, die auf Nachrichten aus dem Reich der Toten warten‹ bevorzugen.« Und dann fährt er fort: »Glücklicherweise hat ›Die Gabe‹ ein Publikum auch jenseits dieser kleinen Zielgruppe gefunden.« Was maßlos untertrieben ist.

Ich lernte sowohl Lewis Hyde als auch ›Die Gabe‹ im Sommer 1984 kennen. Damals schrieb ich gerade ›Der Report der Magd‹, begonnen im Frühjahr in Westberlin, zu jener Zeit eine Mischung aus belagerter Stadt und Schaufenster des Konsums. Nirgends sonst trat der Konflikt des zwanzigsten Jahrhunderts zwischen misslungenem Kommunitarismus und übertriebenem Mammon-Kult so deutlich in Erscheinung. Aber inzwischen war Juli, und ich unterrichtete in Port Townsend, Washington, bei einem Sommerseminar für Schriftsteller, wie es sie damals immer öfter gab. Hier, in dieser abgeschiedenen Gegend, herrschte eine ländliche Idylle.

Lewis Hyde war ebenfalls Dozent bei diesem Sommerseminar, ein freundlicher junger Dichter, dessen Hobby die Schmetterlingskunde war. Schüchtern überreichte er mir ein Exemplar der ›Gabe‹. Als Widmung hatte er hineingeschrieben: »Für Margaret, von der wir alle viele

Gaben erhalten haben.« Das gefiel mir, weil es schwer zu fassen und so schön vieldeutig war. »Viele Gaben«, das konnte alles Mögliche sein – von den Gedichten und Romanen, die er hoffentlich dabei im Sinn gehabt hatte, bis hin zu Herpes oder Gänsehaut, denn das Wesen einer Gabe oder eines Geschenks ist nun einmal schwer zu fassen und vieldeutig. Man denke nur an das »Danaergeschenk«, das unheilbringende Trojanische Pferd, oder an den vergifteten Apfel für Schneewittchen, ganz zu schweigen von jenem anderen Apfel, den Adam bekam, und die Hochzeitsgeschenke, durch die Medea ihre Rivalin qualvoll verbrennen ließ. Diese Zweischneidigkeit von Gaben ist ein Thema, mit dem Lewis Hyde sich in seinem Buch beschäftigt.

›Die Gabe‹ erschien 1983, ursprünglich mit dem Untertitel ›Imagination und das erotische Leben von Besitztümern‹. Auf dem Titelbild meiner Vintage-Taschenbuchausgabe ist ein Shaker-Gemälde abgebildet, das einen Korb voller Äpfel zeigt. Hyde erläutert die Wahl des Bildes in einer Anmerkung:

> Die Shaker verstanden ihre Kunstwerke als Gaben aus der spirituellen Welt. Menschen, die danach strebten, Lieder, Tänze, Gemälde und so weiter zu empfangen, »bemühten sich um eine Gabe«, wie es genannt wurde, und die Arbeiten, die sie schufen, wurden als Geschenke innerhalb der Gemeinde weitergegeben. Die Shaker bezeichneten ihre Künstler als »Werkzeuge«; wir kennen nur sehr wenige Namen, denn es war nur den Kirchenältesten erlaubt zu wissen, um wen es sich handelte.

Auf diese Anmerkung folgt ein Copyright-Hinweis, der angesichts des Ursprungs des Gemäldes ›Apfelkorb‹ ironisch klingt: »Abdruck von ›Apfelkorb‹ mit freundlicher Genehmigung der Shaker Community Inc.«. Aus der Gemeinschaft der Gaben-Gebenden ist eine Kapitalgesellschaft geworden, und der Konsumwarenmarkt, der uns in allen Bereichen unseres Daseins umgibt, hat ihre Gaben in Eigentum verwandelt. Hyde stellt unter anderem die Frage, ob die Art, wie ein Kunstwerk behandelt wird – als Gabe oder als käufliche Ware –, dieses Kunstwerk verändert. Im Fall des ›Apfelkorbs‹ würde ich das verneinen: »mit freundlicher Genehmigung« impliziert, dass kein Geld im Spiel war. Es wäre aber durchaus möglich gewesen, und damit hätte es den Regeln der Shaker widersprochen. Es ist also was dran an Hydes Überlegung.

Auch das Bild selbst ist sehr aufschlussreich. Es ist keine realistische Zeichnung. Der Korb ist durchsichtig, als wäre er aus Glas, und die Äpfel schweben darin. Sie sind nicht rot, sondern golden, und wenn man sie lange betrachtet, wirken sie plötzlich dreidimensional und bekommen ein inneres Leuchten wie von flüssigem Gold. Das Bild zeigt also eine Gabe – die leuchtende Energie – in einer anderen Gabe – den Äpfeln – in einer weiteren Gabe – dem gesamten Korb. Wahrscheinlich repräsentierte jeder Apfel einen der Shaker, erfüllt vom warmen Glühen einer inneren Gabe, die ihn aber nicht aus der Gemeinschaft heraushebt, denn alle Äpfel sind gleich groß. Ich vermute, dass der Behälter, der sie alle umfasst – der durchsichtige Korb –, ursprünglich für die göttliche Gnade stand. Hyde hat sein Titelbild mit Bedacht ausgewählt.

Sowohl dieses Cover als auch die Anmerkung sind

inzwischen verschwunden: Für neuere Ausgaben des Buches hat man andere Abbildungen gewählt. Aber der ›Apfelkorb‹ und der dazugehörige Kommentar bringen die großen Fragen, die Hyde stellt, auf den Punkt. Was ist das Wesen der Kunst? Ist ein Kunstwerk eine Handelsware, der man einen Geldwert zuordnen und die gekauft und verkauft werden kann wie eine Kartoffel, oder ist es eine Gabe, auf die man kein Preisschild kleben kann und die ohne Gegenwert weitergegeben werden sollte?

Und wenn Kunstwerke tatsächlich Gaben sind und sonst nichts, wie sollen ihre Schöpfer dann leben können in einer Welt, in der sie früher oder später Essen kaufen müssen? Sollte die Öffentlichkeit sie ihrerseits mit Gaben unterstützen – vergleichbar mit den Gaben in den Bettelschalen der Zen-Mönche? Sollten sie mit Gleichgesinnten in shakerähnlichen Gemeinschaften leben, einer Art spiritueller Entsprechung der Institute für kreatives Schreiben? Mit diesen Fragen beschäftigt sich zurzeit auch die Gesetzgebung zum Urheberrecht.

Wenn ein Werk oder die Bearbeitung eines Werks am Markt gehandelt wird, hat der Urheber das Recht zu kontrollieren, wer sein Werk weiterverbreitet, und es steht ihm oder ihr ein Teil des Verkaufserlöses zu. Und diese Rechte können vererbt werden. Aber eine gewisse Zahl von Jahren nach dem Tod des Urhebers erlöschen sie, und die Werke werden gemeinfrei, das heißt, sie sind frei zugänglich, und jeder kann mit ihnen anfangen, was er möchte. So kommen wir zu ›Stolz und Vorurteil und Zombies‹ oder Mona-Lisa-Postkarten mit Schnurrbart. Nicht alle Gaben erfahren den Respekt, der ihrem ursprünglichen Geist angemessen wäre.

Hyde untersucht all dies und viele weitere Fragen und betrachtet dabei verschiedenste Ansätze: ökonomische

Theorien, anthropologische Arbeiten über Stammesbräuche des Schenkens, Volkssagen über den richtigen und falschen Umgang mit Gaben, Ausschnitte aus Benimmratgebern, Berichte über archaische Begräbnisriten, Marketingstrategien für Dinge wie Kinderunterwäsche, unterschiedliche Organspendeverfahren, religiöse Bräuche, die Geschichte des Zinswuchers, die Kosten-Nutzen-Analysen von Henry Ford zum Rückruf eines Modells mit einem Fabrikationsfehler, der zu tödlichen Unfällen führen konnte, und vieles mehr.

Dann lässt Hyde zwei Fallbeispiele von Schriftstellern folgen, die sich Gedanken über die Wechselbeziehung zwischen Kunst und Geld gemacht haben: Walt Whitman, der so freigebig war, dass die Grenze zwischen seinem Ich und dem Universum zu verschwinden drohte – wie viel kann man von sich geben, ohne sich aufzulösen? –, und Ezra Pound, der so sehr darunter litt, was für einen ungerechten und verzerrenden Einfluss Geld auf einen Künstler haben kann, dass er zu einem Unterstützer der italienischen Faschisten wurde; ihre Weltsicht schien zu einigen ziemlich bekloppten Theorien Pounds über das Geld zu passen, das, wenn es schon nicht *auf* Bäumen wuchs, dann doch wenigstens *wie* diese wachsen sollte. Das Kapitel trägt die Überschrift *Ezra Pound und das Schicksal des Pflanzengeldes*, und es bietet eine der wenigen einleuchtenden Erklärungen, wie Pound zu seinem ätzenden Antisemitismus gekommen sein könnte. Die Schilderung der Großzügigkeit und Erlösung, die Pound am Ende seines Lebens durch den Besuch von Allen Ginsberg erfahren durfte, ist ungeheuer bewegend und bestätigt ein weiteres Mal Hydes Theorien in der Praxis.

›Die Gabe‹ ist zum ersten Mal vor über dreißig Jahren erschienen, als die Computer noch in den Kinderschuhen steckten, es noch keine E-Reader oder E-Books gab und keine sozialen Medien im Internet. Inzwischen existieren all diese Dinge, und Hydes Untersuchung der Beziehung zwischen dem Phänomen des Schenkens und der Entstehung und Stärkung schenkender Gemeinschaften ist relevanter denn je.

Viele Menschen haben sich über die Monetarisierung von Social-Media-Websites den Kopf zerbrochen – wie kann man für diese Sachen zahlen, und wie sollen sie Geld abwerfen? – sowie über die allgemeine Vorstellung, dass alles im Internet irgendwie »kostenlos« sein müsse, obwohl die Leute, die die Onlinefäden ziehen und dafür sorgen, dass all diese nicht greifbaren Onlineobjekte auftauchen und wieder verschwinden, ja auch ihr Brot verdienen müssen. Aber wie Hyde klarmacht, ist Gegenseitigkeit die Grundlage des Gabentauschs, ohne sie kann er nicht bestehen. Deshalb verlangt ein Retweet den nächsten, Begeisterung wird geteilt und mit anderen Begeisterten ausgetauscht, und wer umsonst Ratschläge anbietet, darf seinerseits erwarten, sie zu gegebener Zeit ebenso kostenlos zu erhalten. Gaben bringen Verpflichtungen mit sich, die nicht jeder akzeptiert oder versteht. Umsonst ist tatsächlich nichts im Leben.

Wenn Sie einen Song oder einen Film aus dem Internet herunterladen, ohne dafür zu bezahlen – wenn Sie, wie man so sagt, etwas abstauben –, wenn Sie es also wie eine Gabe behandeln, die per definitionem keinen materiellen, aber sehr wohl einen ideellen Wert hat, was schulden Sie dann dem Urheber, ohne dessen Arbeit Sie diese Gabe nicht erhalten hätten? Einen schriftlichen Dank? Ihre Aufmerksamkeit? Den Gegenwert eines Caffè Latte als E-Trinkgeld in einer Onlinebettelschale?

Die Antwort lautet niemals »nichts«. Zu diesem Thema

ist schon viel digitale Tinte geflossen, wobei es meist um Urheberrechtsstreitigkeiten ging. Ein Teil der Lösung wäre sicherlich, das neue Internetpublikum über das Prinzip des Schenkens aufzuklären. Eine Gabe ist dann eine Gabe, wenn sie aus freien Stücken gegeben wird; wenn etwas gegen den Willen des Besitzers oder ohne sein oder ihr Wissen genommen wird, lautet die korrekte Bezeichnung »Diebstahl«. Aber manchmal ist die Grenze unscharf: Hyde weist darauf hin, dass der altgriechische Götterbote Hermes nicht umsonst für die verschiedensten Ortswechsel zuständig ist: für den Handel, für Reisen, Informationsaustausch, Tricks, Lügen und Scherze, für das Öffnen von Türen, das Aufdecken von Geheimnissen und auch für den Diebstahl – etwas, das im Netz besonders gut funktioniert. Aber Hermes fällt kein moralisches Urteil, wenn etwas den Standort wechselt, er unterstützt diesen Wechsel nur. Ob es den Nutzern der Datenautobahnen und -nebenstraßen bewusst ist oder nicht, der Götterboss des Internets ist Hermes.

Ich kenne keinen Leser von Lewis Hydes ›Gabe‹, dem dieses Buch nicht neue Einsichten geschenkt hätte, nicht nur in Bezug auf seine oder ihre künstlerische Tätigkeit, sondern auch auf Dinge, die so sehr Teil unseres täglichen Lebens sind, dass wir kaum noch über sie nachdenken. Wenn mir jemand die Tür aufhält, bin ich ihm oder ihr dann ein Dankeschön schuldig? Soll ich Weihnachten mit meiner Familie verbringen, wenn ich noch damit kämpfe, mir über die eigene Identität klar zu werden? Wenn meine Schwester mich bittet, ihr eine Niere zu spenden, sage ich dann sofort Ja, oder verlange ich von ihr ein paar Tausend Dollar? Sollte ich Geschenke von der Mafia annehmen, wenn ich nicht zur Ausführung einer Straftat aufgefordert werden will? Was ist mit der Kiste

Wein vom Lobbyisten, wenn ich ein Politiker bin? Und sind Diamanten wirklich die besten Freunde der Frauen, oder gebe ich doch dem gefühlsseligen Handkuss, den ich niemals zu Geld machen kann, den Vorzug?

Eines ist garantiert: ›Die Gabe‹ wird Sie verändern. Das zeigt, dass das Buch selbst ein Geschenk ist; denn Gaben verwandeln die Seele auf eine Art, wie keine käufliche Ware es vermag.

›FALKEN‹

(2012)

Oh, diese Tudors! Wir kriegen einfach nicht genug von ihnen. Die Bücher über sie füllen ganze Regale, ihren Eskapaden sind unzählige Filme gewidmet worden. Wie schlecht sie sich benommen haben! Welch machiavellistische Verschwörungen und Intrigen! Werden wir des Einkerkerns, Folterns, Ausdärmens und Verbrennens auf dem Scheiterhaufen denn nie überdrüssig?

Philippa Gregory hat sehr erfolgreich die Boleyn-Schwestern porträtiert, Mary die Mätresse und Anne die Anstrengende. Dann gibt es die Fernsehserie ›Die Tudors‹ mit einer recht kompetenten Darstellung der Geopolitik der Kirche, wobei allerdings hier und da anachronistische Unterwäsche getragen und Heinrich VIII. als düsterer, grüblerischer und überhaupt nicht dicker Romantiker porträtiert wird. Das ist eine eher freie Auslegung der Tatsachen, die aber dafür sorgt, dass der Sex ansehnlich ist und Henry sich nicht wie in Wirklichkeit ächzend und schnaufend abmühen muss, während aus seinem Beingeschwür der Eiter aufs Bett suppt.

Ich habe eine Schwäche für die Tudors, und deshalb habe ich ›Wölfe‹, den mit dem Booker Prize ausgezeichneten, fantastischen ersten Teil von Hilary Mantels Reihe über Thomas Cromwell, den Berechnenden und Skrupellosen, fast in einem Rutsch verschlungen. Jetzt setzt ›Falken‹ die Geschichte da fort, wo ›Wölfe‹ aufgehört hat.

Der Roman beginnt im Sommer. Henry weilt mit seinem Hofstaat in Wolf Hall, dem Familiensitz der Seymours, wo er ein gieriges Auge auf die steife und prüde kleine Jane geworfen hat, sie wird seine nächste Königin werden. Thomas Cromwell lässt seine Falken fliegen, die nach seinen toten Töchtern benannt sind. »Seine Kinder fallen vom Himmel«, beginnt Mantel. »Er sieht vom Pferd aus zu, hinter ihm dehnen sich die Weiten Englands. Sie fallen, goldflügelig, mit blutunterlaufenem Blick ... Der ganze Sommer war so, ein fortwährendes Reißen.« Und schon sind wir mitten in den tiefen, düsteren, labyrinthischen, aber merkwürdig objektiven Gedankengängen Thomas Cromwells.

Der historische Cromwell ist eine undurchsichtige Figur, und wahrscheinlich ist er genau deshalb für Mantel interessant: Je weniger man sicher weiß, desto mehr Freiheiten hat ein Schriftsteller. Cromwell stammte aus obskuren und brutalen Verhältnissen, lebte im Ausland – mal als Soldat, mal als Kaufmann –, um später Englands Mann für alle Fälle zu werden, in dessen Hand nicht nur Wohl, sondern auch Wehe vieler Leute lag, insgeheim gehasst und verachtet, besonders von der Aristokratie. Er spielte den Beria zum tyrannischen Stalin Henrys VIII.: Er erledigte die Drecksarbeit und war bei den Enthauptungen dabei, während Henry auf die Jagd ging.

Cromwell ermöglichte den Aufstieg der reformfreudigen Anne Boleyn und hielt zu ihr, bis sie auf die dumme Idee kam, ihn loswerden zu wollen. Da verbündete er sich mit ihren Gegnern, um sie zu stürzen, und in ›Falken‹ werden wir Zeugen, wie er diesen Plan mit eiskalter Raffinesse in die Tat umsetzt. Er war sehr gefürchtet und sehr schlau und besaß ein hervorragendes Gedächtnis für Fakten, aber auch für Kränkungen, die er niemals ungerächt ließ.

Während Cromwell von jeher eine schlechte Presse hatte, bekam Henry stets gemischte Kritiken. In seiner Jugendzeit genoss er ein herrliches Leben, glänzte als Renaissanceprinz, Sportler, Dichter, munterer Tänzer, der Sitte Spiegel und der Bildung Muster, wie es so schön heißt – aber später wurde er immer despotischer, blutrünstiger, habgieriger und vielleicht auch verrückt. Charles Dickens bezeichnet ihn in seiner ulkigen ›Geschichte Englands für Jung und Alt‹ als unnütz und schreibt, Henry sei »einer der unerträglichsten Bösewichter, eine Schmach für die menschliche Natur und ein Schandfleck für die Geschichte Englands«. In seinen späteren Jahren, so Dickens, hatte Henry »jetzt ein widriges, geschwollenes Ansehn, und einen Schaden am Bein und er war für jeden Sinn so abstoßend, dass man nur mit Grauen ihm nahte«. Heute, im einundzwanzigsten Jahrhundert, machen Ärzte sich einen Sport daraus zu spekulieren, woran Henry gelitten hat: Zuerst dachte man, es sei Syphilis gewesen, aber inzwischen scheint sich Diabetes durchzusetzen. Dazu kam womöglich noch eine Hirnverletzung von einem Unfall bei der Tjost – ein Ereignis, bei dem Cromwell tatsächlich einmal die Fassung verliert, denn wenn Henry stirbt, bevor es einen Erben gibt, bedeutet das Bürgerkrieg. Was immer die Tudors auch sonst getan haben, sie haben England Frieden gebracht, und Frieden ist Cromwells Ziel. Das ist für Mantel eines der ehrenwerteren Motive für all das Blutvergießen, das er verursacht.

Frieden gibt es nur mit einem unangefochtenen König, und in dieser Hinsicht hat Cromwell alle Hände voll zu tun. Schon am Anfang des Buches schwinden Henrys Kräfte, er wird immer aufgedunsener und fängt an zu sabbern; seine Paranoia wächst, und die Plantagenets hocken schon im Busch und planen eine Verschwörung. Cromwell, klarsichtig wie immer, erkennt dies. Er ist ein sehr reflektierter Erzähler und richtet seinen unbeirrten Blick auch auf sich selbst, zum Beispiel bei der Betrachtung des Porträts, das Hans Holbein von ihm gemalt hat: »die finsteren Absichten in Wolle und Fell gehüllt, die Hand um ein Dokument gelegt, als wollte er es erwürgen«. Sein eigener Sohn sagt ihm, er sehe aus wie ein Mörder, und auch bei anderen Porträtmalern entsteht ein ähnlicher Effekt: »Wo immer sie anfangen, die Wirkung bleibt am Ende die gleiche: Hegte er einen Groll gegen dich, würdest du ihm nicht gern im Dunklen begegnen.«

Aber er hat auch eine zärtliche Seite und erkennt diese in anderen: Er ist tiefgründig, nicht einfach nur düster. Durch ihn erfahren wir, wie es sich anfühlt, in eine gefährliche Diktatur hineinzurutschen, in der Macht willkürlich eingesetzt wird, überall Spione lauern und ein falsches Wort den Tod bedeuten kann. Vielleicht ist das auch ein Spiegelbild unserer Zeit, da Demokratien ins kerkerdunkle Schattenreich einer Willkürherrschaft zurückzugleiten scheinen.

Cromwells Hauptgegnerin, Anne Boleyn, ist so eigensinnig und kokett wie fast immer in der Romanliteratur, aber vor ihrem Tod schrumpft sie zu einer »winzigen Gestalt, einem Knochenbündel« zusammen. Muss man sie eher bemitleiden als verdammen? Cromwell tut das sicherlich nicht: »Sie sieht nicht aus wie ein mächtiger Feind Englands, doch der Schein kann trügen…

Hätte sie ihre Stellung behalten, wäre vielleicht Mary hier gelandet – und er selbst natürlich... auf die grobe englische Axt wartend.« Anne kannte die Regeln, nach denen das Spiel der Macht gespielt wird, aber sie war nicht gut genug und hat verloren. Und Cromwell hat, zumindest für den Moment, gewonnen.

Der widersprüchliche Cromwell ist eine Figur, an der Mantel ihre besonderen Stärken zeigen kann. Sie hat sich nie für die netten Leute interessiert und kann finstere Beweggründe nachvollziehen. Ihre ersten Romane waren kleiner angelegt und spielten im heutigen England. Mit ›Brüder‹ (1992) schrieb sie dann ihren ersten großen historischen Roman, in dem sie die Hauptakteure der Französischen Revolution im Wechselspiel mit unzähligen Nebendarstellern auftreten lässt. Hier zeigt sich ihr Talent für die Darstellung komplexer Zusammenhänge genauso wie in ›Wölfe‹ und ›Falken‹. An Henrys Hof schleichen eine Menge Leute herum, allesamt machthungrig und stets darauf aus, dem Henkersbeil zu entgehen, und es ist eine hohe Kunst, den Leser so an die Hand zu nehmen, dass er den Überblick behält.

Aber historische Romane haben viel mehr Tücken als nur die Menge an Figuren und die authentische Unterwäsche. Wie soll man die Leute reden lassen? Die Ausdrucksweise des sechzehnten Jahrhunderts wäre nicht zu ertragen, moderner Slang ebenso wenig; Mantel entscheidet sich für Standardenglisch, wobei sie hier und da einen dreckigen Witz einstreut, und erzählt die meiste Zeit im Präsens, sodass wir hautnah dabei sind, wenn Cromwell und sie selbst die Strippen ziehen. Wie viele Details – Kleidung, Möbel, Gerätschaften – soll man beschreiben, ohne dass überbordende Schilderungen die Geschichte ausbremsen? Gerade genug, dass man beim Lesen die Szene lebhaft vor Augen hat: ein paar Schlaglichter auf edle Stoffe und Materialien der Zeit. Im Prinzip beantwortet Mantel dieselben Fragen, die Reportagen über Mordprozesse oder Berichte über Königshochzeiten so spannend machen. Was für ein Kleid hat sie getragen? Wie sah sie aus? Wer ist mit wem ins Bett gegangen? Manchmal tut Mantel ein wenig zu viel des Guten, aber auf ihren literarischen Einfallsreichtum ist Verlass: Sie schreibt so originell und formuliert so elegant wie eh und je.

Wir lesen historische Romane aus demselben Grund, aus dem wir uns immer wieder ›Hamlet‹ ansehen: Es geht nicht um das Was, sondern um das Wie. Wir wissen, was passiert, aber die handelnden Personen wissen es nicht. Als Mantel Cromwell verlässt, scheinen alle Gefahren überstanden: Nicht nur Anne, auch vier seiner hasserfüllten Gegner sind soeben geköpft worden, und viele andere sind außer Gefecht gesetzt. In England herrscht Frieden, aber es ist »der Frieden im Hühnerstall, wenn der Fuchs nach Hause gelaufen ist«. In Wirklichkeit balanciert Cromwell auf einem Drahtseil, und seine Feinde stecken im Hintergrund schon wieder die Köpfe zusammen. Das Buch endet, wie es begonnen hat, mit einem Bild von blutgetränkten Federn.

Aber genau genommen ist es kein Ende. »Es gibt keine Enden«, schreibt Mantel. »Wenn du das denkst, täuschst du dich. Es sind alles Anfänge. Hier ist einer.« Was uns auf den letzten Band vorbereitet, auf die nächste Ladung Ehefrauen für Henry und die nächsten Intrigen Cromwells. Wie viel harte Arbeit wird es sein, diesen »geschmeidigen, wohlgerundeten und kaum zugänglichen« Cromwell zu enträtseln? Wir werden es abwarten müssen.

50 JAHRE ›DER STUMME FRÜHLING‹ VON RACHEL CARSON

(2012)

In meinem Roman ›Das Jahr der Flut‹ von 2009, der an einem praktischerweise stets verfügbaren Ort spielt, nämlich in der unmittelbaren Zukunft, ist Rachel Carson eine Heilige.

Natürlich sehen viele Leute sie ohnehin schon als Heilige, aber in diesem Buch wird sie es ganz offiziell. Die Gottesgärtner – Mitglieder einer fiktiven Sekte, die sowohl die Bibel als auch die Natur verehren – brauchen ein paar Heilige. Also küren sie Menschen, die sich für die göttliche Natur aufgeopfert haben, wobei deren fromme Taten vom Verfassen tierfreundlicher Gedichte wie im Falle des heiligen Robert Burns, Schutzpatron der Mäuse, bis hin zur Rettung einer Art reichen können wie bei der heiligen Dian Fossey, Schutzpatronin der Gorillas.

Aber meine erste Wahl war Rachel Carson. Sie hatte die Heiligsprechung schon lange verdient, und nun hat sie sie bekommen: In der Hagiografie der Gottesgärtner ist sie Sankt Rachel, Schutzpatronin aller Vögel.

Vor genau fünfzig Jahren erschien Rachel Carsons bedeutendes Buch ›Der stumme Frühling‹, für viele das wichtigste Buch des zwanzigsten Jahrhunderts zur Umweltthematik. Es beschrieb, wie der Mensch durch den massiven Einsatz unzähliger neuartiger Chemikalien zur Schädlingsbekämpfung die Biosphäre vergiftete. Damals war Rachel Carson schon die angesehenste Naturschriftstellerin in den Vereinigten Staaten und zugleich eine Pionierin auf diesem Gebiet. Sie war in der Lage, auch Laien wissenschaftliche Dinge verständlich zu erklären; zudem wusste sie, dass man nur rettet, was man liebt, und ihre Liebe zur Natur spricht aus allen ihren Schriften. Da ihr damals schon klar war, dass ›Der stumme Frühling‹ ihr letzter Kampf gegen die Windmühlen sein würde, brachte sie nicht nur all ihre rhetorischen Waffen zum Einsatz, sondern fasste auch ein breites Spektrum an Forschungsliteratur zusammen. Sie untermauerte ihre eingängige, dramatische Darstellung mit einem beachtlichen Aufgebot an statistischen Daten und rief zu ganz konkretem Handeln auf. Die Wirkung des Buchs war gewaltig – es beeinflusste zahlreiche Gruppen und Regierungsbehörden und führte zu neuen Gesetzesentwürfen –, und seine wesentlichen Erkenntnisse sind heute noch gültig.

Aber es stieß auch auf erbitterten Widerstand, hauptsächlich bei den großen Chemiekonzernen und den dort beschäftigten Wissenschaftlern. Es wurden alle möglichen Versuche unternommen, nicht nur Carsons wissenschaftliche Glaubwürdigkeit, sondern auch ihren persönlichen Ruf zu zerstören: Sie sei eine Fanatikerin, ein Ökofreak, eine gefährliche Reaktionärin, die die moderne Gesellschaft zurück in ein neues Mittelalter voller Schädlinge, Ungeziefer, vernichteter Ernten und tödlicher Krankheiten zerren wolle. Dabei plädiert Carson in ›Der stumme Frühling‹ gar nicht für ein vollständiges Verbot von Pestiziden, sondern nur für sorgfältige Prüfungen und einen bewussten Einsatz statt der Politik der verbrannten Erde, die man bis dahin – mit verheerenden Auswirkungen – verfolgt hatte.

Viele der persönlichen Angriffe gegen Carson waren genderspezifisch und entsprachen der gängigen Sicht auf Frauen zur Mitte des Jahrhunderts: dümmlich, sentimental, »hysterisch«. Eine rätselhafte Anschuldigung kam vom ehemaligen amerikanischen Landwirtschaftsminister Ezra Taft Benson, der in einem privaten Brief schrieb, da Carson trotz ihrer Attraktivität unverheiratet sei, sei sie »wahrscheinlich Kommunistin«. (Was wollte er damit sagen? Dass Kommunisten freie Liebe praktizierten oder dass sie Sex ablehnten?)

Rachel Carson hielt das alles aus und begegnete den Schmähungen mit Anmut, Würde und Tapferkeit. Wie groß ihre Tapferkeit tatsächlich war, zeigte sich schon sehr bald, denn sie litt an Krebs und starb 1964. Das verlieh dem Buch zusätzlich die Wucht eines auf dem Sterbebett verfassten Vermächtnisses.

›Der stumme Frühling‹ machte nicht nur weltweit Furore, sondern auch in meiner Familie. Mein Vater war Entomologe und untersuchte, wie Insektenbefall ganze Wälder zerstören konnte, besonders die Nadelwälder im Norden Kanadas. Er hatte seit den 1930ern als Forstentomologe gearbeitet und die Insektizid-Revolution miterlebt. Anfangs muss es wie ein Wunder gewirkt haben: Die Insekten hatten noch keine Resistenzen entwickelt, und zunächst sah es so aus, als hätte man erfolgreich Tabula rasa gemacht. Die Hersteller drängten darauf, das Problem des Schädlingsbefalls überall mit der chemischen Keule zu lösen, nicht nur in den Wäldern, sondern auch in der Landwirtschaft – Äpfel, Baumwolle, Mais – sowie bei der Bekämpfung von krankheitsübertragenden Insekten, nervigen Mücken und Wildblumen am Straßenrand, kurz gesagt, von allem, was herumkrabbelte oder dort wuchs, wo man es nicht haben wollte. Sprühen war billig, effektiv und für Menschen unbedenklich, was sprach also dagegen?

Die Öffentlichkeit glaubte der Werbung: Solange man das Zeug nicht trank, war es harmlos. In unserer Kindheit in den 1940ern hatten wir einen Riesenspaß daran, mit der Flit-Pistole zu hantieren, einer DDT-Sprühpumpe, mit der man tatsächlich jedes Insekt ins Jenseits befördern konnte. Wir Kinder liefen begeistert damit herum, murksten Stubenfliegen ab, bespritzten uns aus Spaß gegenseitig und atmeten fröhlich den Sprühnebel ein.

Diese sorglose Einstellung zu den neuen Chemikalien war auch noch im folgenden Jahrzehnt gang und gäbe. Als ich Ende der 1950er als Camp-Betreuerin arbeitete, wurde auf dem Gelände regelmäßig Moskitogift gesprüht, genau wie auf Campingplätzen und in ganzen Ortschaften in vielen Teilen der Welt. Wenn der Nebel sich verzogen hatte, tauchten Kaninchen aus dem Gebüsch auf, rannten unter Zuckungen und Krämpfen im Kreis und fielen schließlich um. Konnte das an den Pestiziden liegen? Bestimmt nicht. Wir kannten die Studien noch nicht, die zu jener Zeit schon liefen und in denen von Leberschäden und neurologischen Störungen berichtet wurde, von Krebs ganz zu schweigen. Aber Rachel Carson kannte sie.

Gegen Ende der 1950er wurde mein Vater zum Gegner des großflächigen Sprühens. Und zwar aus genau den Gründen, die in ›Der stumme Frühling‹ vorgebracht wurden. Erstens: Der flächendeckende Einsatz der Pestizide tötete nicht nur die Insekten, auf die man es abgesehen hatte, sondern auch ihre Fressfeinde; und nicht nur diese, sondern auch viele andere Lebewesen; und nicht nur diese Lebewesen, sondern auch alle, die sich von ihnen ernährten. Das Resultat intensiven Sprühens war ein toter Wald.

Zweitens: Manche Insekten überlebten und gaben ihre resistenten Gene weiter, und bald hatte man eine ganze Generation widerstandsfähiger Nachkommen, die noch viel mehr wegfraßen als ihre Vorfahren und gegen die man mit neueren und immer giftigeren Insektiziden vorgehen musste, bis – wie Carson formuliert – die Chemikalien eines Tages so tödlich wären, dass sie absolut alles umbringen würden, uns selbst eingeschlossen.

Mein Vater prophezeite mit düsterem Vergnügen, dass die Insekten die Erde erben würden, weil sie sich einfach in null Komma nichts an alles anpassten, womit wir sie zu bekämpfen versuchten. (Er wusste noch nichts von Superbakterien in Krankenhäusern, von Mikroben, die von einer Spezies auf die andere überspringen wie das Ebola- oder das Marburg-Virus, und von den vielen invasiven Arten, die schon damals unser Leben verkomplizierten, aber all das hätte perfekt zu seinen Aussagen gepasst.) Auf lange Sicht, verkündete mein Vater, würden nur Kakerlaken und Gras übrig bleiben. Und Ameisen. Und vielleicht noch Löwenzahn.

Für empfindsame Teenager wie meinen Bruder und mich war das nicht ganz leicht zu verdauen. Aber andererseits stählte es uns für die Zukunft. Und als 1962 ›Der stumme Frühling‹ erschien, waren wir bereit dafür.

Anders als die meisten Leute. Man kann sich kaum vorstellen, was für einen Schock das Buch auslöste. Es war, als hätte jemand verkündet, Orangensaft – der damals als ultragesund galt – sei eigentlich giftig.

Die Zeiten waren lange nicht so zynisch wie heute:

Man hatte noch Vertrauen in die großen Unternehmen. Jedes Kind kannte die Zigarettenmarken, von denen sich beliebte Persönlichkeiten wie der Radiokomiker Jack Benny sponsern ließen; Coca-Cola perlte auf den zarten Lippen weiß behandschuhter junger Damen und stand noch für gesunde Ernährung. Es herrschte die feste Überzeugung, die chemische Industrie mache das Leben auf der ganzen Welt jeden Tag ein bisschen besser – und um gerecht zu sein, traf das in mancher Hinsicht auch zu. Wissenschaftler in weißen Kitteln waren Vorkämpfer gegen Ignoranz und Aberglauben und führten uns unter dem Banner des Fortschritts in die Zukunft. Jede moderne wissenschaftliche Innovation war ein neuer »Entwicklungsschritt«. Fortschritt und Entwicklung waren stets das höchste Ziel, der Weg ging immer weiter aufwärts. Wer diese Überzeugung anzweifelte, stellte das Gute, Schöne und Wahre infrage.

Und da kam plötzlich Rachel Carson mit ihren Enthüllungen. Hatte man uns angelogen, nicht nur bezüglich der Pestizide, sondern auch was Fortschritt, Entwicklung, Innovation anging, das ganze Programm?

Eine der wichtigsten Lehren des Buchs war, dass nicht alles, wo »Fortschritt« draufstand, per se gut war. Eine weitere, dass es die Trennung zwischen Mensch und Natur gar nicht gibt: Unser Inneres ist verbunden mit der Welt um uns herum, unser Körper besitzt eine Ökologie, und was in ihn hineingelangt – ob wir es essen, einatmen, trinken oder über die Haut aufnehmen –, hat tiefgreifende Auswirkungen. Heute ist uns dieses Wissen vollkommen vertraut, deshalb können wir uns kaum noch vorstellen, dass man früher nicht so gedacht hat. Aber vor Carson war das tatsächlich so.

Damals war die Natur ein »Etwas«, eine unpersönliche

und unbewusste Kraft oder, schlimmer noch, eine bösartige: grausam und nur darauf aus, die Menschheit mit Zähnen und Klauen zu quälen. Der brutalen Natur standen »wir« mit unserem Bewusstsein und unserer Intelligenz gegenüber. Wir waren eine höhere Daseinsform, und daher war es unsere Aufgabe, die Natur zu zähmen, als wäre sie ein Pferd, sie zu unterwerfen, als wäre sie ein Feind, und sie zu »entwickeln«, als wäre sie eine weibliche Brust oder ein Bodybuilder-Bizeps – welch fürchterlicher Zustand, unterentwickelt zu sein! Anschließend durften wir die scheinbar unerschöpflichen Ressourcen, die die Natur uns bot, ausbeuten.

Diesem konstruierten Dualismus von Zivilisation und Wildheit lagen drei Denkansätze zugrunde. Der erste war der biblische Dominionismus: Im ersten Buch Mose verkündet Gott, der Mensch solle über die Tiere herrschen, was einige Leute als Erlaubnis interpretierten, sie auszurotten. Der zweite hatte mit den Maschinenmetaphern zu tun, die nach der Erfindung der Uhr in die Sprache eingingen und sich im achtzehnten Jahrhundert im Zuge der Aufklärung in der westlichen Welt ausbreiteten: Das Universum war eine gefühllose Maschine und die anderen Lebewesen ebenso, ohne Seele oder Bewusstsein, sogar ohne Gefühle. Deshalb konnte man diese Lebewesen nach Gutdünken misshandeln, da sie ja nicht in der Lage waren, Leid zu empfinden. Einzig der Mensch besaß innerhalb der Maschine seines Körpers eine Seele (manche vermuteten sie in der Hypophyse). Im zwanzigsten Jahrhundert rangierte die Wissenschaft die Seele aus, behielt aber die Vorstellung von der Maschine: Überraschend lange war man der Meinung, Tieren so etwas wie menschliche Gefühle zuzuschreiben sei Anthropozentrismus. Ironischerweise stand das vollkommen im Widerspruch zum Großvater der modernen Biologie, Charles Darwin, der von der Vernetzung allen Lebens überzeugt war und – wie jeder Hundebesitzer oder Bauer oder Jäger – sehr genau wusste, dass Tiere Emotionen haben.

Der dritte Denkansatz entstammte – ebenfalls ironischerweise – dem Sozialdarwinismus. Hiernach war der Mensch aufgrund seiner Intelligenz und seiner einzigartigen menschlichen Emotionen besser angepasst als die Tiere und musste daher zwangsweise als Sieger aus dem »Kampf ums Dasein« hervorgehen, sodass die Natur letzten Endes einer ganz und gar »vermenschlichten« Umgebung Platz machen würde.

Diesen Dualismus stellte Rachel Carson infrage. Wie sehr wir uns auch aufblasen mögen, »wir« seien nicht von »der Natur« zu trennen: Wir seien ein Teil von ihr und könnten nur in ihr leben. Zu glauben, es könnte anders sein, sei selbstzerstörerisch:

> Die »Herrschaft über die Natur« ist ein Schlagwort, das man in anmaßendem Hochmut geprägt hat. Es stammt aus der »Neandertal-Zeit« der Biologie und Philosophie, als man noch annahm, die Natur sei nur dazu da, dem Menschen zu dienen und ihm das Leben angenehm zu machen. Die Begriffe und die üblichen Verfahren der angewandten Entomologie erwecken den Anschein, als stammten sie größtenteils aus dem »Steinzeitalter« der Naturwissenschaften. Es ist ein beängstigendes Unglück für uns, dass sich eine so primitive Wissenschaft für ihren Kampf gegen die Insekten mit den modernsten und fürchterlichsten Waffen ausgerüstet und damit die ganze Welt gefährdet hat.

Man kann sich an der Metapher stören – die Menschen in der Steinzeit lebten im Einklang mit der gesamten Natur, ganz anders als die Wissenschaftler des zwanzigsten Jahrhunderts, gegen die Carson sich wandte –, aber das Fazit ist trotzdem richtig. Wenn man nichts als einen Hammer besitzt, sieht jedes Problem aus wie ein Nagel. Carson hat in den hinteren Kapiteln ihres Buches andere Werkzeuge untersucht, andere Lösungsansätze genannt. Erst jetzt beginnt die Welt, das langsam zu verstehen.

Dabei existierten die Grundlagen für eine ganzheitliche Betrachtung der Natur längst: Die Romantiker hatten das Uhrwerkmodell infrage gestellt; in den Vereinigten Staaten hatten sich schon im neunzehnten Jahrhundert Fenimore Cooper und Thoreau Sorgen um den Missbrauch der Natur gemacht. Teddy Roosevelt war ein früher Umweltschützer. 1892 wurde die Umweltschutzorganisation Sierra Club gegründet, die zu Carsons Zeiten schon in der gesamten Breite der Gesellschaft verankert war.

›Der stumme Frühling‹ schlug also auch deshalb so ein, weil sich Freizeitaktivitäten in der Natur zu jener Zeit schon großer Beliebtheit erfreuten, insbesondere das Hobby der Vogelbeobachtung. Es war durch die Veröffentlichung von Roger Tory Petersons ›Field Guide‹ 1934 enorm populär geworden. Mit diesem Buch stand eine Beschäftigung, für die man sich zuvor Spezialwissen hatte aneignen müssen, plötzlich jedem begeisterten Liebhaber offen. Seit Jahrzehnten waren Vogelbeobachter in Gärten, auf Feldern und in Wäldern unterwegs gewesen und hatten Netzwerke gebildet, Daten gesammelt und ihre Entdeckungen ausgetauscht.

Viele dieser Amateurnaturforscher hatten festgestellt, dass die Anzahl der Vögel zurückging, besonders bei Greifvögeln wie Adlern und Falken. Jetzt gab es eine

Erklärung dafür: DDT reicherte sich im Körper der Spitzenprädatoren am Ende der Nahrungskette an. Im Falle der Raubvögel wurden dadurch die Eierschalen brüchig, sodass keine neuen Generationen nachwachsen konnten. Das war nur ein Teil der Geschichte, die Carson in ›Der stumme Frühling‹ erzählte, aber diesen Teil konnte jeder Beobachter mit eigenen Augen sehen. Wo waren die Adler, die früher den Himmel über ganz Amerika bevölkert hatten? Und von den Adlern war es nur noch ein kleiner Schritt bis zum Ende der Geschichte: Wenn eine Chemikalie Vögel ausrottete, wie gut war sie dann wohl für die Menschen? Und was war mit all den Chemikalien, die in riesigen Mengen in die Umwelt gekippt wurden? Erst Carsons Buch brachte diese Debatte so richtig in Gang. Mit vielen positiven Auswirkungen. Heutzutage würde kein halbwegs gebildeter Mensch mehr ernsthaft den massenhaften Einsatz von Pestiziden oder Herbiziden oder anderen chemischen Wirkstoffen wie in den 1940ern und 1950ern befürworten.

Ich male mir gerne aus, womit Carson sich als Nächstes beschäftigt hätte, wenn sie länger hätte leben können. Hätte sie uns gewarnt, dass die Menschheit sich am Rande des Abgrunds bewegte, als während des Vietnamkriegs das extrem giftige Herbizid Agent Orange zur Zerstörung des vietnamesischen Dschungels in riesigen Fässern über den Pazifik verschifft wurde? Der Dschungel hat sich bis heute nicht erholt, und inzwischen wissen wir, dass sowohl die Soldaten als auch die Zivilbevölkerung durch den Gifteinsatz krank wurden. Aber vielleicht hätte Carson uns auch auf eine noch größere Gefahr aufmerksam gemacht – die eines Unfalls mit Agent Orange während des Schiffstransports. Der Tod der Blaualgen im Meer wäre eine Umweltkatastrophe weltweiten Ausmaßes gewesen, denn diese Algen produzieren 50 bis 80 Prozent des Sauerstoffs in der Atmosphäre.

Und was hätte Carson wohl zum Einsatz von Dispersionsmitteln bei der Ölpest im Golf von Mexiko gesagt? Sie wäre zweifellos strikt dagegen gewesen. Genauso äußerten sich auch viele Experten, aber es wurde von ganz oben angeordnet und gegen alle Widerstände durchgesetzt. Was hätte sie zum rasanten Abschmelzen des Polareises gesagt oder zu den Plänen, eine Pipeline zum Pazifik quer durch den Great Bear Rainforest zu bauen?

Andererseits hätte sie auch viele Zeichen der Hoffnung gesehen – ihr haben wir es zu verdanken, dass die Menschen sich inzwischen wenigstens einiger Probleme bewusst sind. Nur wie soll man sie alle im Blick behalten? Unsere Hightechzivilisation hat ein Leck, und das, was da ausläuft, landet letzten Endes in uns selbst. Je mehr wir erfinden, desto länger wird die Liste der chemischen Präparate, die wir einatmen, essen und mit denen wir uns eincremen. PCB, FCKW und Dioxine haben wir als giftig erkannt und ihre Verwendung einigermaßen eingeschränkt, aber viele schädliche Chemikalien sind noch weitverbreitet, und jedes Jahr kommen neue hinzu, über die wir erst wenig wissen.

Doch die meisten Leute machen sich, solange sie nicht tot umfallen, wenig Sorgen um unsichtbare Giftstoffe. Wir sind eine kurzsichtige Spezies, und in unserer Geschichte war das die längste Zeit auch genau richtig: Wie die meisten Jäger und Sammler mussten wir uns den Bauch vollschlagen, wann immer sich die Gelegenheit bot. Aber wenn wir nicht aufhören, unser eigenes Nest, die Erde, zu beschmutzen, bleiben wir auch eine kurzlebige Spezies. Dann bewahrheiten sich die düsteren Vorhersagen meines Vaters doch noch, und die Kakerlaken erben den Planeten. Umweltschützer zu verteufeln – wie Carson es erlebt hat und wie es noch heute geschieht – wird daran nichts ändern.

Positiv zu vermerken ist, dass das Bewusstsein für die Probleme größer geworden ist. Das Spendenaufkommen für Umweltschutzorganisationen ist zwar nach wie vor erbärmlich gering, trotzdem bemühen sich inzwischen viele Organisationen um die Beantwortung der wichtigsten Frage: Wie sollen wir auf unserem Planeten leben? Große Gruppen wie Greenpeace, der World Wildlife Fund und BirdLife International stützen sich dabei auf eine Pyramide aus nationalen und lokalen Organisationen. Dank all ihrer Mitglieder wissen wir heute viel mehr über die verschiedenen Lebensformen auf der Erde als noch zu Carsons Zeiten. Wir wissen, wo die Meeresströmungen verlaufen, wie Wälder ihre Nährstoffe auffüllen und wie wichtig Seevogelkolonien für das Meeresleben sind. Wir haben zwar seit den 1940ern schon 90 Prozent der Fischbestände zerstört, aber wir wissen auch, dass die Einrichtung von Schutzzonen eine Regeneration ermöglicht. Wir wissen, wo welche Vogelarten nisten, welchen Gefahren sie beim Vogelzug ausgesetzt sind und wie wichtig der Schutz ihrer Lebensräume in den gut kartierten Important Bird Areas ist.

Aber trotz dieses umfangreichen Wissens ist unser kollektiver politischer Wille schwach. Die Energie, etwas zu verändern – und damit auch unsere eigene Art zu erhalten –, muss aus Graswurzelbewegungen kommen, wie es bisher meistens der Fall war.

Neuerdings hat Rachel Carson übrigens einen verblüffenden indirekten Nachkommen: Bug-A-Salt, ein mit Speisesalz gefülltes Spielzeuggewehr, mit dem man Fliegen abschießen kann. Der Erfinder hat eine halbe Million

Dollar über Crowdfunding gesammelt. Anscheinend haben eine Menge Leute Spaß daran, Insekten plattzumachen, so wie wir Kinder damals in den 40ern mit unseren Flit-Pistolen.

Bug-A-Salt hat zwei grüne Verkaufsargumente: Es funktioniert ohne Batterien und ohne Pestizide. Ich bin nicht sicher, ob es auch die geeignete Lösung für einen großflächigen Insektenbefall auf Hunderten Quadratmeilen Wald ist – da bräuchte man schon eine Menge Speisesalz. Aber die heilige Rachel wäre dennoch begeistert, denn die Grundhaltung stimmt: Bug-A-Salt wird vermutlich niemals auch nur einen einzigen Vogel verstummen lassen.

FASZINATION ZUKUNFT – WAS WIR UNS ÜBER KOMMENDE ZEITEN ERZÄHLEN

(2013)

Die Zukunft – nicht das Leben nach dem Tod, sondern die echte Zukunft hier auf der Erde – war früher einmal sehr verlockend und vielversprechend. Wann das war? Vielleicht im neunzehnten Jahrhundert, als so viele utopische Romane eine glänzende Zukunft vorhersagten, dass es Tage dauern würde, sie alle aufzuzählen. Vielleicht auch noch in den 1930ern, als nicht nur Science-Fiction-Magazine, sondern auch normale Zeitschriften sowie die Weltausstellung 1933/34 in Chicago – unter dem Titel ›Ein Jahrhundert des Fortschritts‹ – schnittige Modernität in allen Lebensbereichen bis hin zum Toasterdesign in Aussicht stellten. Damals waren wir fest davon überzeugt, dass wir bald alle mit hautengen Flash-Gordon-Outfits bekleidet Strahlenpistolen schwingen und in kleinen, düsengetriebenen Luftfahrzeugen herumsausen würden.

Heute tauchen wieder ähnliche Versprechungen auf, aber inzwischen sind sie eher von der Biotechnologie inspiriert: dass wir bald die Gene unserer Kinder aussuchen können wie Kleidungsstücke und dass wir, wenn schon nicht ewig, dann doch zumindest sehr viel länger leben werden als jetzt. Manche Leute haben sich sogar vorgenommen, unser Hirn in Datenform abzuspeichern, hochzuladen und ins Weltall zu schießen, wo wir dann bis ans Ende der Zeit als Simulacrum existieren können, nur ohne unseren Körper. Aber keine Sorge, den Unterschied würden wir gar nicht merken, es sei denn, irgendein anderes Simulacrum zieht den Stecker an unserem Server. Abgesehen von diesen fröhlichen Fantasien aber schwant uns in unseren Tagen nichts Gutes, wenn wir an die Zukunft denken. Vor dem Hintergrund von Hurrikan Sandy, dem Klimawandel, der großen Anzahl mutierter, antibiotikaresistenter Krankheitserreger, dem Artensterben, dem steigenden Meeresspiegel und der Methankonzentration in der Atmosphäre kommt uns die Zukunft nicht mehr wie ein lockerer Spaziergang vor. Sondern eher wie ein Gewaltmarsch.

Und dann gibt es da noch den Zukunftsentwurf der Zombie-Apokalypse. Sie scheint die Leute sehr zu beschäftigen, zumindest in der Populärkultur. Ähnlich wie die Gentechnologie und die Überlegungen zu längerer Lebenszeit und dem Hochladen des eigenen Gehirns beschäftigen sich auch unsere Zombievorstellungen mit dem Verhältnis zu unserem Körper und folglich mit unserer Sterblichkeit – ein Thema, das uns als denkende Spezies immer schon beschäftigt hat –, nur diesmal andersherum. Anstatt unsere Sterblichkeit zu überwinden, werden wir als Zombie oder als Zombieopfer von ihr bezwungen. Der vor dem Zombie fliehende Mensch versinnbildlicht die Flucht vor dem eigenen Tod.

Mein Interesse an Zombies rührt daher, dass ihr Reiz sich mir ursprünglich nicht erschloss, andere sie aber anscheinend ungeheuer spannend fanden. Das rief nach einer Untersuchung: Was genau hatte ich hier nicht mitbekommen? Aus einem Teil dieser Untersuchung entstand der Zombieroman ›The Happy Zombie Sunrise Home‹, den ich gemeinsam mit der Zombieexpertin Naomi Alderman schrieb und den man auf der Geschichten-Plattform Wattpad.com lesen kann. Obwohl die Story einigermaßen unterhaltsam ist, muss ich sagen, dass sie eigentlich unverhältnismäßig viel Aufmerksamkeit bekommen hat. Ich kann nur hoffen, dass nicht ausgerechnet dieser Titel einst auf meinen Grabstein gemeißelt wird – gesetzt den Fall, ich bleibe auch wirklich unter der Erde. Wer weiß das schon.

In der Welt der Literatur und anderer handlungsgetriebener menschlicher Kommunikationsformen wie Filme existieren noch weitere Monster, in die man sich als Mensch verwandeln kann, diese bieten dem Verwandelten zumindest einige Vorteile. Man erhält nämlich verschiedenartige Superkräfte; als Zombie jedoch büßt man seine Kräfte ein. Um die Tiefen der Zombie-Apokalypse auszuloten, um uns sozusagen hineinzugraben in ihren Subtext, müssen wir uns ein paar Dinge genauer ansehen. Deshalb werde ich (a) allgemein über Monster in der Literatur Auskunft geben und verschiedene Typen – die oft schon uralt sind – vorstellen sowie (b) speziell die Zombieplagen untersuchen, die ein neueres Phänomen sind und sich auf die Zukunft beziehen.

Bevor ich zum Aussehen und zur Funktion von Zombies komme, möchte ich ein paar Bemerkungen zum Thema Zukunft anbringen. Dieser Teil meiner Ausführungen könnte als kleine Verbeugung vor Raymond Carver den Titel tragen »Wovon wir reden, wenn wir von der Zukunft reden«. Die Antwort ist kurz: von der Gegenwart, denn etwas anderes haben wir nicht. Wer hätte das gedacht: Die Zukunft existiert eigentlich gar nicht. Deshalb kann man damit machen, was man will, und anders als bei der Vergangenheit kann bei der Zukunft niemand einen Faktencheck machen. Für Autoren ist das eine tolle Sache. Für Aktienverkäufer übrigens auch. Eigentlich ist es sogar für uns alle von Vorteil, dass wir nicht bis ins Detail vorhersagen können, wie es weitergeht. Das erhält uns den Glauben an unseren freien Willen, ohne den wir, mag er nun eine Illusion sein oder nicht, meiner Ansicht nach nicht in der Lage wären, uns morgens aus dem Bett zu quälen.

In diesem Herbst habe ich auf einem Flug einen Film gesehen, das mache ich oft. Im Flugzeug habe ich zum Beispiel auch ›Kung Fu Panda‹ gesehen, den ich empfehlen kann. Auf einem anderen Flug trieb mich das Bedürfnis nach handfester Recherche über die Zukunft dazu, ›Men in Black 3‹ zu wählen. Die Beschreibung lautete: »Agent Jay reist [selbstverständlich aus der Zukunft] zurück ins Jahr 1969, wo er auf den jungen Agent Kay trifft und gemeinsam mit ihm einen bösen Außerirdischen aufhalten muss, der die Zukunft zerstören will.« Bevor ich den Film (Aufsicht durch Erziehungsberechtigte empfohlen) zu sehen bekam, durfte ich noch ein paar herrliche Werbespots genießen. Ich sehe mir immer die Werbung an, denn bei Erreichen des Mindestalters für Alkoholkonsum wohnte ich keine zwei Blocks von Marshall McLuhan entfernt, dessen Karriere mit ›Die mechanische Braut‹ begann, einer psychosozial-literarischen Interpretation einiger beliebter Werbeanzeigen der späten 1940er-Jahre. Meine Lieblingsanzeige trägt den Titel *Tiefer Trost*. Das ist ein Wortspiel à la Joyce und soll andeuten, dass es hier um Bestattungen geht. In den 40ern waren solche Wortspiele beliebt. Auf dem Bild blickt eine junge Frau aus dem Fenster in den Regen, und ihr abgeklärter Gesichtsausdruck scheint zu sagen: »Es macht mir nichts aus, dass es regnet, denn ich habe die richtige Wahl getroffen.« Was wird hier beworben? Das Clark Grave Vault, eine Metallhülle für den Sarg eines geliebten Verstorbenen, damit dieser bei Regen nicht nass wird. Die Dinger müssen sich ziemlich gut verkauft haben, zumindest so gut, dass die Firma sich Werbeanzeigen leisten konnte.

McLuhans Kommentare lauteten: »Wie trocken ich bin«, »Ich habe geweint, bis mir klar wurde, dass es wasserdicht ist« und »Tote würden Grave Vault kaufen«. Er wollte damit zeigen, dass man in den Jahren, als die Werbung Hochkonjunktur hatte, alles verkaufen konnte und dass die Leute auch alles gekauft haben. McLuhan fand es amüsant, dass überhaupt jemand allen Ernstes glauben könnte, in einer solchen Vorrichtung sei der geliebte Verstorbene »sicher verwahrt«. Hatten die Leute auch nur ansatzweise eine Vorstellung, was in mikrobiologischer Hinsicht da drinnen los war? Aber das war ja genau der Sinn der Sache – dem exakten Wissen aus dem Weg zu gehen und es zu verschleiern, indem man den Tod in eine diffuse, rein kosmetische Angelegenheit verwandelte und das Märchen propagierte, der geliebte Mensch sei in gewisser Hinsicht gar nicht tot und wisse die Bemühung, seine einbalsamierten Überreste wasserdicht zu verpacken, sehr zu schätzen. Wenigstens würde sein Anzug nicht nass werden, zumindest nicht vom Regen.

Mit meiner neu erworbenen Zombieexpertise und weil ich 1970 ›Die Nacht der lebenden Toten‹ gesehen hatte (wer hätte geahnt, welchen Einfluss der noch haben würde?), entdecke ich inzwischen einen unheilvolleren Subtext in dieser teuren Blechbüchse in Sargform. Vielleicht sollte das Clark Grave Vault den Toten gar nicht vor den Wetterkapriolen schützen. Vielleicht sollte es im Gegenteil dafür sorgen, dass der geliebte Verstorbene drinblieb und sich nicht wieder ausbuddeln und als Zombie rumlaufen konnte. Das wäre natürlich eine sinnvolle Sache. Dafür würde ich sofort Geld bezahlen.

Der Werbespot im Flugzeug dagegen blickte fröhlich in die Zukunft, man wollte mich von einem Aktienkauf überzeugen. Ich müsse unbedingt »beim Möglichen mitmischen«, weil die Gegenwart eigentlich nicht zähle, sondern nur »das Kommende«, die Zukunft. Das Jetzt sei nur der Prolog, hieß es in Abwandlung von Shakespeare, der aber – viel zutreffender – gesagt hat, dass »das Vergangene der Prolog ist«. Wenn hingegen das Jetzt nur der Prolog ist, dann ist natürlich die Zukunft, sobald wir sie erreichen, wiederum das Jetzt und damit auch nur ein Prolog, der nicht zählt, weil wieder nur das *nächste* Kommende wichtig ist und so weiter bis in alle Ewigkeit. Wenn man es so betrachtet, ist der Kauf von Aktien eine Investition in etwas, das niemals je existieren wird.

Zu Weihnachten 2011 bekam ich einen hübschen Kalender der Zeitschrift ›Cabinet‹ mit allen möglichen Prophezeiungen des Weltuntergangs. Das Ende der Welt ist schon erstaunlich oft vorhergesagt worden, allerdings hat sich keine dieser Vorhersagen bisher als korrekt erwiesen. Der fabelhafte Kalender wurde folgendermaßen angepriesen:

> Wenn sich der Kreis der Langen Zählung des Maya-Kalenders am 21. Dezember 2012 schließt, wird die Welt untergehen. Aber das ist natürlich bei Weitem nicht die einzige Prophezeiung des Weltendes. Des-

halb präsentiert ›Cabinet‹ seinen todgeweihten Leserinnen und Lesern einen Wegweiser für die kurze Zeit, die uns noch bleibt. Dieser Wandkalender in Übergröße stellt zwölf verschiedene Arten der Weissagung vor, bebildert mit Kunstwerken von Bigert & Bergström, und verzeichnet statt der üblichen Feiertage sechzig entscheidende Zeitpunkte aus der Geschichte apokalyptischer Prophezeiungen. Mit Kometen, Aliens, Sintfluten, wiederkehrenden Erlösern und vielem mehr begleitet *Der letzte Kalender* Sie durchs kommende Jahr und endet – genau wie Sie – am 21. Dezember 2012.

Manche der Weissagungsmethoden kannte ich – die Deutung der Innereien von Tieren zum Beispiel –, andere nicht. Prophezeiungen aus Kaffeesatz? Mit Teeblättern, klar, aber Kaffee? Dann stieß ich auf »Kartoffelmantik«, das Wahrsagen aus Kartoffeln. Das Wort *Mantik* stammt vom griechischen Wort für Weissagung, es hat dieselbe Wurzel wie das Wort *manisch*, denn die antiken Propheten gerieten in rasende Verzückung, wenn sie die Zukunft vorhersagten, anders als beispielsweise die Zeitschrift ›Forbes‹. Das Foto auf dem Kartoffelmantik-Kalenderblatt zeigte einige sehr seltsame Kartoffeln mit Streichholzbeinchen.

Ich war sicher: *Das haben die sich doch ausgedacht.* Tja – ja und nein. Im Internet, dem modernen Pendant der Orakelbefragung, fand ich zwei Einträge zu Kartoffelmantik. Der erste, aus einem Abrakadabra-Forum, enthielt eine Anweisung für Kartoffelmantik: »Nehmen Sie eine blaue Kartoffel und bewegen Sie das Messer an der Oberfläche entlang, bis Sie spüren, dass Sie die richtige Stelle gefunden haben. Schneiden Sie die Kartoffel durch.

Betrachten Sie die Schnittfläche, bis Sie ein Muster erkennen. Manchmal hilft es, die Kartoffel in Farbe zu tauchen. Interpretieren Sie das Muster mithilfe Ihrer Intuition.« Ich habe nicht vor, das zu Hause nachzumachen, aber tun Sie sich keinen Zwang an. Vielleicht ist es sogar ein gutes Heilmittel gegen eine Schreibblockade: Nachdem man tagelang die Schnittfläche einer Kartoffel angestarrt hat, wirkt die Rückkehr zu einem frustrierenden Manuskript wahrscheinlich regelrecht einladend.

Der zweite Eintrag fand sich auf einer Wikia-[inzwischen Fandom]-Seite:

> Die Meister der Kartoffelenergie nennt man Kartoffelmantiker … [Sie] ziehen ihre Kraft aus einem Objekt namens »Schwarze Kartoffel«. Eine solche existiert vermutlich im Kern jedes Planeten, und wenn in Zeiten der Not die gesamte Menschheit in Gefahr ist, kann ein Kartoffelmantiker die Kräfte aller anderen Kartoffelmantiker aufrufen, um die verkohlte Kartoffel aus dem Innern des Planeten hervorzuholen und auf den Gegner zu schleudern. Die superheiße Kartoffel ist unaufhaltbar und explodiert beim Aufprall.

Wenn ich mir die Welt so ansehe, bin ich sicher, dass man Kartoffelmantik zukünftig in Workshops lehren wird, und vielleicht entsteht daraus eine Sekte. Sie wird dann von Frito-Lay gesponsert oder möglicherweise von der puristischeren Firma Kettle Chips, denn alles, was das Image der Kartoffel verbessert, ist gut fürs Geschäft. Das ruft direkt nach Franchising. Schließlich ist die Gegenwart nur der Prolog: Das Kommende zählt, und dann das *nächste* Kommende und wieder das nächste.

In alten Zeiten gab es viele verschiedene Methoden der Weissagung. Große Könige hatten ihre eigenen Propheten, mit denen sie eine Hassliebe verband. Einerseits wollten sie keine schlechten Nachrichten hören, sondern nur gute. Andererseits wollten sie aber auch keine falschen guten Nachrichten. Und was sie am allerwenigsten wollten, waren Propheten, die die Bösartigkeit von Königen anprangerten. Dieses Problem haben wir heute noch, nur dass die Könige inzwischen anders heißen, zum Beispiel Vorstandsvorsitzende. Und die schlechten Nachrichten, die sie nicht hören wollen, haben zum Beispiel mit der Dürre im Mittleren Westen als Folge des Klimawandels zu tun oder mit der Verschmutzung der Meere durch Giftunfälle … solcher Kleinkram eben.

Doch Propheten waren nicht die einzige Quelle für Informationen über die Zukunft. Andere Methoden früherer Zeiten waren die Beobachtung des Vogelflugs oder die Deutung von Sternschnuppen und anderen Himmelszeichen, es gab Orakelbücher wie das ›I Ging‹, Karten und Horoskope – mit Letzteren machen die Tageszeitungen noch heute ein gutes Geschäft. Die Orakel der griechischen Antike waren natürlich berühmt für ihre Vieldeutigkeit. Meistens erzählten sie den Leuten mehr oder weniger das, was sie hören wollten, formulierten es aber zur Sicherheit so schwammig, dass man ihnen später keinen Strick daraus drehen konnte. Das alles zeigt schon ganz gut, wie wenig man sich auf Vorhersagen über die Zukunft verlassen kann.

Und jetzt kommen wir wie versprochen zu den Zombies. Ursprünglich stammen Zombies aus dem haitianischen Voodoo: Dort bezeichnete das Wort lebendige Menschen, denen man mit einem Gebräu, das möglicherweise ein

Nervengift aus Kugelfischen enthielt, Willen und Erinnerung geraubt hatte. Nach einem Scheinbegräbnis wurden sie zu gefügigen Sklaven. Sie hatten alles vergessen, wussten nicht mehr, wer sie waren, und machten sich ganz bestimmt auch keine Sorgen mehr über die Zukunft.

Aber in ihrer modernen Ausprägung, die ungefähr 1968 mit dem Film ›Die Nacht der lebenden Toten‹ Einzug hielt, sind Zombies ganz anders. Ihr Zustand rührt von einer Art Seuche unbekannten Ursprungs her, die sich wie Tollwut oder Vampirismus durch Bisse verbreitet. Man stirbt und überschreitet die Schwelle zum Tod, aber anschließend überschreitet man sie noch einmal in die andere Richtung und wird wieder so etwas Ähnliches wie lebendig, um jetzt wiederum die Lebenden anzuknabbern – und so breitet die Seuche sich aus.

Wie es für solche Stoffe typisch ist, hat auch der moderne Zombie sich eine Reihe volkstümlicher Motive einverleibt. Einige gehen auf Darstellungen des Schwarzen Todes, der großen Pestepidemie des vierzehnten Jahrhunderts, zurück, so zum Beispiel die Heerscharen lebender Toter, die an das Totentanzmotiv erinnern, außerdem die grausigen Farben bläulichen und grünliches Fleisches, die fauligen Zähne, die in zerfetzte Lumpen gehüllten Skelette, denen das Fleisch von den Knochen fällt, und so weiter. Ungefähr das, was man zu sehen bekäme, wenn man das Clark Grave Vault öffnen würde, nachdem der geliebte Verstorbene eine gute Weile darin gelegen hat. Das Totentanzmotiv des Mittelalters diente unter anderem dazu, den Tod als großen Gleichmacher zu zeigen. Prinzen mussten genauso mittanzen wie reiche Bürger, Soldaten und Bettler. Die Zombie-Apokalypse hat eine ähnliche Botschaft: Unter Zombies gibt es keine sozialen Hierarchien, und Reichtum hat keine Bedeutung mehr.

Manche der Quellen für die Bildsprache der Zombie-Apokalypse sind natürlich jüngeren Datums. Sie wird stets als ein Massenphänomen dargestellt, das zum gesellschaftlichen Zusammenbruch und der Zerstörung der technischen Infrastruktur führt, wie im Film ›28 Tage später‹ aus dem Jahr 2002. Die Infizierten in diesem Film sind keine Zombies wie in ›The Walking Dead‹, aber das Szenario des Zivilisationskollapses und die Bilder von Leichen und Zerstörung ähneln sich sehr.

Warum sind uns diese Bilder so präsent? Vielleicht, weil sie im zwanzigsten Jahrhundert allgegenwärtig waren. Zum Beispiel in der folgenden Szene: »... das ist alles, was zu sehen ist. Leichen, Ratten, alte Blechdosen, alte Waffen, Gewehre, Bomben, Beine, Stiefel, Schädel, Patronen, Holz & Blech & Eisen & Steine, verwesende Leichenteile und faulende Köpfe sind überall verstreut.« Das ist nicht die Beschreibung einer Kulisse für einen Zombiefilm. Mit diesen Worten schilderte der Dichter John Masefield ein Schlachtfeld im Ersten Weltkrieg. Wer die letzten neun Zehntel des zwanzigsten Jahrhunderts erlebt hat, war und ist mit dieser Bildsprache vertraut. Wer die Mitte jenes Jahrhunderts und den Zweiten Weltkrieg erlebt hat, bekam in Form von Fotografien eine zweite Dosis davon, besonders durch die Bilder der Vernichtungslager und der Befreiung ihrer fast toten Insassen. Wie der Schwarze Tod seinen Niederschlag in der Kunst und in einer Flut von Grabsteinen voller Gerippe und Stundengläser fand – Letztere ein Symbol der ablaufenden Zeit –, so gründet sicherlich auch die Bildsprache der populären Zombie-Apokalypse unserer Zeit in den beiden großen Schrecken des zwanzigsten Jahrhunderts.

Diese Bilder werden mit einem Handlungsschema verbunden, das im Prinzip Albert Camus' Roman ›Die Pest‹

von 1947 sowie verschiedenen anderen Katastrophenromanen und -filmen entstammt, in denen sich große Epidemien ausbreiten und eine kleine, eingeschlossene Gruppe von Menschen sich zu retten versucht. Ionescos Theaterstück ›Die Nashörner‹ und der Roman ›Die Stadt der Blinden‹ des portugiesischen Schriftstellers Saramago kommen einem ebenso in den Sinn wie – auf einer weniger literarischen Ebene – die Filme ›Die Dämonischen‹ von 1956 und ›Invasion vom Mars‹ von 1953. Diese Konstruktionen, besonders die aus den 1950er-Jahren, sind manchmal als politische Metaphern interpretiert worden: Schreckliche Ideologien wie Nazismus und Kommunismus verbreiten sich wie Bazillen, nisten sich in den Köpfen der Menschen ein, und nur einigen wenigen gelingt es, den Kampf gegen sie aufzunehmen oder die schlimme Zeit zu überleben.

Zombiegeschichten werden immer aus der kleinen, umzingelten, noch nicht infizierten Gruppe heraus erzählt. Eindeutig anders als bei allen anderen Monsterarten handelt es sich immer um Masseninfektionen. Zombies sind keine einzelgängerischen Vampire, die sich des Nachts holde Mägdelein in weißen Negligés zu Willen machen, und keine einsamen Werwölfe, die durch die Wälder streifen und Spaziergänger fressen. Die Gefahr liegt in der Masse. Anders als Vampire und Werwölfe sind Zombies weder stark noch schnell, sondern schwach und langsam. Aber sie sind viele, und obwohl sie kraft- und planlos herumschlurfen, können sie einen in die Enge treiben. Interessanterweise sind sie in jüngster Zeit, zum Beispiel in ›The Walking Dead‹, schlauer geworden – unabdingbar, um die Handlung voranzutreiben –, und im Film ›Warm Bodies‹ schaffen die Zombies das Unmögliche: Sie werden sexy. Allerdings nur, indem sie wieder zu Menschen werden. Es gibt schon noch Grenzen.

Aber zurück zum Wesentlichen. Hier ist eine gute Beschreibung von Zombiehorden, wenn auch aus vielleicht unerwarteter Quelle.

Im braunen Nebel eines Wintermorgens
Strömte die Menge über London Bridge, so viele,
Ich glaubte nicht, der Tod fälle so viele.
Sie stießen kurze, seltne Seufzer aus,
Und jeder heftete den Blick zu Boden.
Sie strömten weiter durch King William Street,
Bis wo Saint Mary Woolnoth das Geläut
Der Stunden tönt und neun Uhr dumpf ausklingt.
Dort sah ich einen, den ich kannte, hielt ihn an:
»Stetson!
Du warst ja mit mir in dem Schiff bei Mylae!
Vorm Jahr vergrubst im Garten du 'ne Leiche.
Fängt sie zu sprießen an? Blüht sie dies Jahr?
Oder hat jäher Frost ihr Beet versehrt?
O halt den Köter fern, der um die Beete streunt,
Sonst buddelt er sie aus, der Menschenfreund!«

Diese Zeilen stammen aus T.S. Eliots Gedicht *Das wüste Land* von 1922 – aus dem ersten Teil mit dem Titel »Das Begräbnis der Toten«. Hier sehen wir eine Horde von Untoten über eine Brücke schlurfen, gekrönt mit einem Dante-Zitat über den Tod, der so viele gefällt hat. Die Willenlosigkeit ist ebenso da wie das Zusammenrotten. Dazu die Leiche, die aus dem Grab heraus zu neuem Leben erwacht, und der Verweis auf den Krieg: Mylae war eine Schlacht und Stetson ein Kriegskamerad, doch nun ist er einer der lebenden Toten.

Warum aber sind Zombies ausgerechnet jetzt so beliebt? Warum wollen Kinder sich unbedingt als Zombies verkleiden, warum treffen erwachsene Menschen sich zu Zombiewalks und so weiter? Warum Colson Whiteheads ›Zone One‹, warum das beliebte Fitnessgame ›Zombies, Run!‹ von Naomi Alderman? Wenn Zombies mehr sind als eine kurzlebige Modeerscheinung à la Hula-Hoop-Reifen, wofür stehen sie dann? Alle Monster, die wir Menschen uns ausgedacht haben, sind ganz und gar metaphorisch. Ein Riesenkrake existiert auch außerhalb der menschlichen Fantasie, ein Vampir oder ein Zombie nicht. Deshalb bedeuten sie das, was wir in ihnen sehen. Aber was sehen wir in ihnen?

Nun, was haben sie zu bieten? Auf den ersten Blick hat es null Vorteile, sich in einen Zombie zu verwandeln. Das zeigt ein Vergleich der Vor- und Nachteile sowie der Bedeutung verschiedener konkurrierender Monsterarten. Ich zähle mal ein paar in chronologischer Reihenfolge auf. Dem frühmittelalterlichen Heldengedicht ›Beowulf‹ entstammt Grendel, eine wilde, kannibalische Kreatur, die nicht viel spricht – obwohl er in John Gardners wunderbarer aktualisierter Romanfassung ›Grendel‹ wissbegierig und witzig ist. Grendels Vorteil ist seine Kraft. Der Nachteil ist, dass ihm ein Arm abhandenkommt. Er ist verflucht, sein Leid wohnt also in der Seele – er ist ein Nachkomme Kains, das Ergebnis des Sündenfalls und so weiter. Die Verkörperung des gefallenen Menschen.

In Mary Shelleys Roman ›Frankenstein‹ dagegen entsteht aus Dr. Frankensteins missglücktem Versuch, einen perfekten Menschen zu erschaffen, ein redseliges Monster, das mit Begeisterung liest und zum Erzähler seiner eigenen Geschichte wird. Man darf es nicht mit den Monstern in den Frankenstein-Filmen verwechseln, die allesamt von Anfang an hohl und bösartig sind. Der Vorteil dieses von Menschenhand geschaffenen Geschöpfs:

Es ist überaus stark, kann sehr gut klettern und ist immun gegen Kälte. Der Nachteil ist, dass niemand es mag. Das Monster darf keine Freundin haben und fühlt sich sehr einsam. Hier leidet das Herz: Seine Gefühle sind tödlich verletzt.

Diese Gestalt verkörpert nicht die gefallene Natur, sondern vielmehr den modernen Menschen. Sie erhält ihre Lebenskraft aus Elektrizität, indem mit den komplizierten wissenschaftlichen Apparaten, die wir aus den Filmen kennen, ihr Nervensystem stimuliert wird. Das Monster wurde zwar von einem Menschen erschaffen, nicht von Gott, aber es wird angedeutet, dass es zu Frankenstein ein ähnliches Verhältnis hat wie Adam zu Gott. Es tun sich also metaphysische Fragen auf. Wer bin ich? Wer hat mich erschaffen? Warum hat mein Schöpfer mich verlassen? Die Bedeutung dieses Monsters hängt mit der Glaubenskrise zusammen, von der das neunzehnte Jahrhundert angesichts der verstörenden Erkenntnisse der Wissenschaften erschüttert wurde. Weder Grendel noch Frankensteins Monster geben eine Krankheit weiter, und sie können sich auch nicht vermehren. Sie sind eine Bedrohung, aber keine Seuche. Sie sind keine verwandelten Menschen – niemand muss sich Sorgen machen, der Liebste könnte zu einem von ihnen mutieren –, und keiner von ihnen wird die Zivilisation zerstören.

Nun zu den drei Monsterarten, die durch Verwandlung aus Menschen entstehen und andere Menschen anstecken können:

1. Werwölfe: Die Verwandlung in ein Tier hat eine sehr lange Tradition. Ursprünglich fanden solche Verwandlungen in einer schamanistischen Trance statt, in der der Schamane mit der Welt der Tiergeister kommunizierte,

um dem Stamm Erfolg bei der Jagd zu bescheren. Als der Ackerbau die Jagd ersetzte, wurden solche Praktiken verdrängt und dämonisiert. Aber der Glaube an Gestaltwandlung war weitverbreitet. Dabei traten so verschiedene Tiere auf wie Bären, Wölfe, Seehunde, Schlangen, Hirsche, Gänse, Schwäne und Schnecken.

In der europäischen und nordamerikanischen Folklore taucht der Werwolf in verschiedenen Formen auf. In Quebec kennt man ihn als Loup Garou, einen Mann, der drei Jahre in Folge an Ostern nicht zum Abendmahl gegangen war, hier bekam die Geschichte also eine religiöse Bedeutung. Manchmal hieß es, wenn der Werwolf mit einer Kugel aus Silber (vielleicht sogar hergestellt aus einem eingeschmolzenen Kruzifix) getötet werde, könne er seine menschliche Gestalt zurückerhalten, dann verschwinde der dämonische Zauber und seine Seele werde erlöst. Robert Louis Stevensons ›Dr Jekyll und Mr Hyde‹ ist eine moderne Werwolfgeschichte, in der nicht ein Trancezustand oder Magie die Verwandlung hervorruft, sondern ein chemisch hergestellter Trank. Die Krankheit, mit der sich eine Verwandlung in einen Werwolf vielleicht am ehesten vergleichen lässt, ist die Tollwut, aber möglicherweise verkörpert die moderne Ausprägung des Werwolfs – stark behaart und völlig durchgedreht – auch nur die männliche Pubertät, obwohl inzwischen auch immer mehr Frauen auf den Geschmack des nächtlichen Mondanheulens kommen.

Die Vorteile eines Daseins als Werwolf: wilde Freiheit, übermenschliche Kräfte und gesteigerte Sinneswahrnehmungen. Außerdem kann man ungestraft randalieren. Werwölfe sind sehr clever. In menschlicher Gestalt können sie ganz normal sprechen und haben in jüngerer Zeit häufig ihre eigene Geschichte erzählt. Werwölfe sind zwar in der Lage, ihren Zustand an andere weiterzugeben, und manchmal leben sie auch in Rudeln und vermehren sich, trotz allem sind sie kein Massenphänomen.

2. Vampire: Ihr Vorteil besteht in der Unsterblichkeit, zumindest unter bestimmten Bedingungen. Vampire üben eine seltsame Faszination auf Menschen aus. Junge, schlaftrunkene Frauen sind besonders anfällig für ihre sexuellen Verführungskünste und geben sich oft freudig dem Vampirbiss hin. Vampire vermehren sich, indem sie ihren Opfern Blut aussaugen, wodurch neue Vampire entstehen. Der Nachteil ist, dass sie nicht gut mit Tageslicht zurechtkommen. Im Original-›Drakula‹ hat der Vampir außerdem schlimmen Mundgeruch und eine verfluchte Seele, die aber erlöst werden kann, indem man ihm einen Holzpflock ins Herz rammt.

Die Krankheit, die einem hier in den Sinn kommt, ist Tuberkulose, mit Symptomen wie Mundgeruch, blutigem Auswurf, Gewichtsverlust, Blässe, hektischen Flecken im Gesicht, Schläfrigkeit und – wie man im neunzehnten Jahrhundert glaubte – verstärktem Sexualempfinden. Die Vampir-Epidemie des neunzehnten Jahrhunderts ist – ähnlich wie bestimmte Geistergeschichten, zum Beispiel Henry James' ›Die Drehung der Schraube‹ – hin und wieder als Zeichen einer unterdrückten Sexualität interpretiert worden oder zumindest als Ausdruck der Unmöglichkeit, in der damaligen gehobenen Literatur sexuelle Inhalte offen zu thematisieren.

In ›Drakula‹ stellen die Vampire durchaus eine kleine Seuche dar, obwohl es eher eine Art Machtübernahme in einer bestimmten Gegend ist. Es fällt auf, in den Geschichten von Anne Rice beispielsweise, dass Vampire gesprächig sind, außerdem listig und meistens auch reich, da sie in ihrem langen Leben eine Menge Zaster zusammenraffen konnten. Der religiöse Aspekt zeigt sich in der Tatsache, dass die halb satanischen Vampire durch ein Kruzifix abgewehrt werden können. Erlösung finden sie nur, wenn man ihnen besagten Holzpflock ins Herz rammt, eine Behandlung, die man früher auch Selbstmördern angedeihen ließ.

3. Zombies: Was für eine traurige Figur geben im Vergleich dazu die Zombies ab! Sie sehen widerlich aus und watscheln kraftlos durch die Gegend. Sie haben kein Hirn und geben nicht viel mehr als ein schwaches Stöhnen von sich. Werwölfe und Vampire haben zumindest eine religiöse Dimension: Die Seele oder der Geist stecken noch irgendwo in ihnen drin. Aber Zombies bestehen nur aus ihrem Körper. Vielleicht haben sie keine Seelen, weil sie in Zeiten auftauchen, in denen auch sonst alles ziemlich seelenlos zu sein scheint. Oder vielleicht können sie keine Seele haben, weil sie kein Selbst, kein Ich besitzen. Sie werden nie in der Lage sein, ihre eigene Geschichte zu erzählen, weil sie keine Erinnerung haben und nichts festhalten können. Aber welchen Sinn haben sie dann?

Ich habe da ein paar Vermutungen.

Erstens: Die vier anfangs vorgestellten Monster sind Monster der Vergangenheit. Werwölfe entstammen Jäger-und-Sammlergesellschaften Grendel lebt im Übergang vom Heidentum zum Christentum, Vampire sind aristokratische Grundbesitzer in edler Kleidung und Umhängen, und Frankensteins Monster ist mit seinem ganzen wissenschaftlichen Instrumentarium ein Geschöpf der Aufklärung. Aber die Zombie-Apokalypse spielt, auch wenn sie ihre Bildsprache grausigen Ereignissen früherer Zeiten entliehen hat, nicht in der Vergangenheit, sondern in der Zukunft. Die Apokalypse, ein Wort aus der Bibel, bezieht sich auf etwas Bevorstehendes, nicht auf etwas, das schon geschehen ist. Ein Reiz der Zombie-Apokalypse liegt also in der Aussage, dass selbst die schlimmste Gegenwart noch viel schlimmer werden kann. Das lässt das Jetzt vergleichsweise rosig aussehen.

Zweitens – und das funktioniert nach demselben Schema: Sie finden sich hässlich? Stellen Sie sich nur vor, wie viel hässlicher Sie als Zombie wären. All die Zahnbehandlungen für nichts, und die Frisur wäre auch im Eimer. Schon beim Gedanken daran fühlt man sich sofort jung und schön.

Drittens: Wenn man Zombies als Metapher für eine Krankheit ansieht, dann verhalten sie sich zur Krankheit X wie Vampire zur Tuberkulose. Aber welche Krankheit ist X? Vielleicht Alzheimer oder Demenz. Noch nie in der Geschichte gab es in einer Gesellschaft einen so großen Anteil von Menschen, die aufgrund von Gedächtnisstörungen nicht mehr sie selbst sind und die – ließe man sie – ziellos herumwandern würden. Nach dieser Interpretation hat unser kollektives Unbewusstes die Zombies als Reaktion auf die energieraubende Anwesenheit einer großen und stetig wachsenden Zahl stumpfsinniger alter Leute hervorgebracht. Es existiert die These, dass Junkfood Demenz verstärkt, weil es eine Art Gehirn-Diabetes hervorruft. Aha! Da haben wir den Überträger der Seuche!

Viertens: Andererseits sind die meisten Opfer der Zombie-Apokalypse eher jung als alt. Sind die Zombiehorden vielleicht die Verkehrung der massenhaften Jugendproteste, wie wir sie im Arabischen Frühling, in der Occupy-Wall-Street-Bewegung, in den jüngsten Unruhen in London und in den Schwarzen Blocks sehen, die Schaufenster einschmeißen und politische Veranstaltungen stürmen?

Aktive Form: Wir haben keine Zukunft und keinen Einfluss auf diese Gesellschaft, und dagegen protestieren wir. Passive Form: Wir haben keine Zukunft und keinen Einfluss auf diese Gesellschaft; wir klinken uns aus, rotten uns zusammen und greifen in Zeitlupe an.

Im November 2011 schrieb Naomi Alderman in der Literaturzeitschrift ›Granta‹ unter dem Titel *Die Bedeutung von Zombies*:

> Während Vampire sich in Zeiten materiellen Wohlstands großer Beliebtheit erfreuen – man denke an die Glanzzeit von ›Interview mit einem Vampir‹ in den 1980ern und frühen 1990ern –, treten die schlurfenden, zerlumpten Zombiehorden eher in härteren Zeiten in den Vordergrund. George Romeros Film ›Zombie‹ entstammt der Wirtschaftskrise der 1970er, und wie man sieht, erleben die Zombies auch in unserer heutigen Zeit eine Renaissance. Die Zombie-Apokalypse stellt das Ende der Zivilisation dar, den Moment, in dem nur noch zwei Fragen wichtig sind: Habe ich Essen? Habe ich Waffen? Wir wollen das in unserer Fantasie bis ins Detail durchspielen, besonders in Zeiten wirtschaftlicher Krisen. Wir leben heute in Städten, anonym und vereinzelt und weit entfernt von unseren Nahrungsquellen. In den Zombies begegnet uns die Furcht einflößende Masse der städtischen Armen, die gierigen Hände ausgestreckt nach etwas, das wir ihnen nicht geben dürfen, weil wir uns damit selbst zerstören würden. Sie sind die austauschbaren anonymen Menschen, die uns tagtäglich auf dem Weg zur Arbeit begegnen und in denen wir keine Mitmenschen sehen wollen.

> Der Stumpfsinn hat allerdings auch einen Vorteil. Die anderen verwandelten Gestalten besitzen ein Bewusstsein, Erinnerung und Sprache, und deshalb wissen sie, was sie verloren haben. Aber Zombies leben im ewigen Jetzt, ihnen fehlt der Blick in die Vergangenheit und in die Zukunft und die damit verbundenen Sorgen, Zweifel, Ängste und Leiden. Sie haben keine Ziele und keine Verpflichtungen; ein merkwürdig sorgenfreier Zustand wie in dem alten Lied *The Zombie Jamboree*: »Rücken an Rücken, Bauch an Bauch, wir scheren uns 'nen Dreck und 'nen Teufel auch …«

Zombies existieren ohne Vergangenheit und Zukunft und deshalb außerhalb der Zeit. Obwohl sie selbst ein Symbol des Todes sind, betrifft er sie paradoxerweise nicht, da er an die Zeit gebunden ist. So haben Zombies auf gewisse Weise Glück – allerdings, das möchte ich betonen, ein sehr zweifelhaftes Glück. Vielleicht ist die Zombie-Apokalypse also die Flucht vor einer furchterregenden realen Zukunft – mit der bedrückenden Aussicht auf Klimawandel und Zivilisationskollaps – in eine furchterregende Zukunft, die ganz und gar nicht real und deshalb sehr tröstlich ist.

Als ich in den 1960er-Jahren begann, Fragen aus dem Publikum zu beantworten, wollten die Leute wissen: »Wann bringen Sie sich um?« Ich war Dichterin, und in jenen Sylvia-Plath-Zeiten schien Selbstmord dazuzugehören. In den frühen Tagen der Frauenbewegung lautete die Frage: »Hassen Sie Männer?« In den 1980ern begannen die Leute sich dann für den Schreibprozess zu interessieren. Nach 1985 wollten sie über den ›Report der Magd‹

sprechen, und so ist es auch heute wieder: Anscheinend hatte ich, was die staatliche Kontrolle über weibliche Körper angeht, ziemlich ins Schwarze getroffen.

Aber in letzter Zeit werde ich oft gefragt: »Gibt es noch Hoffnung?« Meine Antwort lautet: »Es gibt immer Hoffnung.« Hoffnung gehört zu unserer Serienausstattung. Und sie ist ansteckend: Wo Hoffnung ist, wird noch mehr Hoffnung entstehen, denn wenn die Menschen Hoffnung haben, strengen sie sich an. Und das wird in Zukunft nötig sein. Vielleicht ist das die wahre Bedeutung von Zombies: Sie sind wie wir, nur ohne die Hoffnung.

Ich wünsche Ihnen Hoffnung.

WARUM ICH ›DIE GESCHICHTE VON ZEB‹ GESCHRIEBEN HABE

(2013)

Manchmal werde ich gefragt: Warum haben Sie ›MaddAddam‹/›Die Geschichte von Zeb‹ geschrieben? Dann bin ich versucht, den Bergsteiger George Mallory zu zitieren, der 1923 auf die Frage, warum er den Mount Everest besteigen wolle, antwortete: »Weil er existiert.« ›Die Geschichte von Zeb‹ musste existieren, weil die beiden Bücher davor – ›Oryx und Crake‹ (2003) und ›Das Jahr der Flut‹ (2009) – jeweils ein offenes Ende haben. Deshalb war es wohl unerlässlich, die Dinge mit ›Die Geschichte von Zeb‹ zum Abschluss zu bringen, zumindest teilweise.

Die ersten beiden Bücher handeln von verschiedenen Gruppen von Leuten, aber sie enden am selben Ort und zum selben Zeitpunkt, nämlich als diese Gruppen aufeinandertreffen. ›Die Geschichte von Zeb‹ setzt an diesem Zeitpunkt ein und führt die Handlung fort. Außerdem erfahren wir mehr über die Vergangenheit einer Figur, die in den ersten beiden Büchern nur am Rande auftaucht: Zeb, Spezialist für Urbane Gewaltminimierung und das Häuten und Grillen von Kleintieren und, wie wir später herausfinden, ein versierter Dieb und Hacker.

In Deutschland hat das Buch den Titel ›Die Geschichte von Zeb‹, weil das Wortspiel des Originaltitels ›MaddAddam‹ sich nicht ins Deutsche übersetzen lässt – und es behandelt ja tatsächlich Zebs Geschichte; aber es enthält auch, wie es auf Werbeflyern so gerne heißt, »noch vieles mehr«. Wir erfahren zum Beispiel, ob die Gerüchte über Zebs Herumtreiberei in ›Das Jahr der Flut‹ wahr sind. Hat er wirklich sowohl einen Bären als auch seinen Co-Piloten gegessen? Was wollte er von Lucerne, einer offensichtlich gänzlich unmöglichen Frau? Und welche Beziehung hat er zu Adam Eins, dem Pazifisten und Theologen in seinen merkwürdigen, kaftanartigen Gewändern, die aussehen, als hätten Zwerge sie genäht?

Anfangs wollte ich die Geschichte von Adam und Zeb in ›Das Jahr der Flut‹ integrieren, aber dann passte sie nicht mehr hinein und musste ins nächste Buch. Am Ende des Dokumentarfilms ›In the Wake of the Flood‹, den Ron Mann für sphinxproductions.com über meine ungewöhnliche Lesereise für ›Das Jahr der Flut‹ gedreht hat – Lesungen mit Musik- und Theaterdarbietungen und Informationen zum Vogelschutz –, sieht man mich Sätze von ›Die Geschichte von Zeb‹ in die Tastatur tippen. *Zeb war verschollen*, schreibe ich. *Er setzte sich unter einen Baum.* Und das stimmt: Er ist tatsächlich verschollen, und er setzt sich unter einen Baum.

Das Wort *MaddAddam* ist ein Palindrom: ein Spiegelwort, das man von vorne wie von hinten lesen kann. (Warum das doppelte d? Zwei Gründe: Die intellektuelle Ausrede ist, dass das gespiegelte d für die duplizierte DNA steht, die beim Gensplicing genutzt wird. Aber das habe ich mir erst im Nachhinein ausgedacht. Eigentlich liegt es nur daran, dass der Domainname Madadam schon vergeben war, und ich hatte keine Lust, meinen Buchtitel als Pornoseite oder so etwas wiederzufinden – ist alles schon vorgekommen.)

In den Romanen ist *MaddAddam* der Name einer Bio-Widerstandsgruppe gegen das extrem mächtige, von Konzernen kontrollierte Regime. Diese Gruppe hat sich ihren Namen aus dem Onlinespiel ›Urzeit-Exitus‹ genommen, dort ist es der Codename des Großmeisters. »Adam benannte die lebenden Tiere, MaddAddam benennt die toten. Willst du spielen?« Sowohl am Kontext als auch am Wort selbst erkennt man, dass MaddAddam – ob das nun ein einzelner Mensch ist oder mehrere – wütend ist. Oder verrückt, denn *mad* kann beides bedeuten. Vielleicht wütend genug, um etwas Verrücktes und Riskantes zu tun; und so ist es dann auch.

›Urzeit-Exitus‹ – bei dem die Spieler kürzlich ausgestorbene Arten erraten müssen, die jetzt schon zahlreich sind und in Zukunft noch viel zahlreicher werden – ist eines der brutalen und/oder nerdigen Spiele, die Jimmy und Glenn, die Hauptfiguren aus ›Oryx und Crake‹, als Highschool-Schüler spielen. Auch sie benutzen dafür Codenamen: Glenn nennt sich »Crake«, und unter diesem Namen kennen wir ihn. Als Crake erschafft er eine nach ihm benannte menschliche Spezies, die biotechnologisch so entwickelt wurde, dass sie nicht dieselben Fehler macht wie die herkömmlichen Menschen (das sind wir), da diese Fehler zur Zerstörung des Planeten führen. Die Craker sind allesamt wunderschön. Ihre Haut enthält Sunblocker und Insektenschutz, sodass sie niemals Kleidung erfinden, Baumwolle anbauen, Schafe züchten, giftige Färbemittel entwickeln oder die industrielle Revolution starten werden. Sie können sich durch Schnurren selbst heilen. Sie sind so vegetarisch, dass sie Gras essen können wie Kaninchen; Fleisch finden sie abstoßend, deshalb werden sie niemals Nutztiere halten. Sie paaren sich in Gruppen und immer zur selben Zeit, sodass sie keine Eifersucht oder sexuelle Zurückweisung empfinden. Krieg und Aggression kennen sie nicht.

Aber gegen die herkömmlichen Menschen hätten sie keine Chance, denn die würden sie entweder umbringen oder ausnutzen. Crake löst dieses Problem, indem er die alte Menschenrasse durch ein Virus, das er in einer Sexpille namens OrgassPluss versteckt, fast komplett ausrottet. Wer die Pille einwirft, bekommt den Orgass, aber auch das Pluss: Sobald das Virus im Körper ist, wird es durch Berührung weitergegeben, und es verbreitet sich mit rasender Geschwindigkeit.

Jimmy aber ist von Crake dazu auserwählt worden, die Pandemie als Einziger zu überleben und die Craker in der schönen neuen entvölkerten Welt zu beschützen, sobald sie die eiförmige Kuppel, in der sie erschaffen wurden, verlassen haben. Nach dem Tod von Crake und der Frau, die sowohl er als auch Jimmy geliebt haben, eine ehemalige Kinderprostituierte mit dem Codenamen »Oryx«, nennt Jimmy sich »Schneemann« – nach dem Yeti, von dem man nicht weiß, ob er existiert und ob er ein Mensch ist oder nicht. So lernen wir ihn in ›Oryx und Crake‹ kennen: Er lebt auf einem Baum, bewacht die Craker und denkt sich für sie eine Mythologie aus, laut der Crake sie erschaffen hat – was ja auch stimmt – mithilfe einer Göttin namens Oryx, die für die Beziehung der Craker zu den Tieren der Umgebung zuständig ist. Dazu gehören unter anderem verschiedene genmanipulierte Arten, die sich seit Ausbruch des Virus stark verbreitet haben: grün leuchtende Kaninchen, Mo'Hair-Schafe, denen menschliche Haare wachsen, ursprünglich zu Transplantationszwecken, sanfte Wakunks, eine Mischung aus Waschbären und Skunks, sowie Löwämmer, eine Kreuzung aus Löwen und Lämmern. Und vor allem die Organschweine, Versuchstiere, in denen nicht nur mehrere menschliche Nieren für Transplantationen wachsen, sondern auch menschliches Neokortex-Gewebe. Normale Schweine sind schon schlau, aber diese Schweine sind *sehr* schlau.

Am Ende von ›Oryx und Crake‹ stößt Jimmy zufällig auf drei weitere überlebende Menschen und ringt nun mit sich, ob er ihnen vertrauen kann. Einerseits würde er sich gerne mit ihnen anfreunden; andererseits könnten sie den Crakern vielleicht Schaden zufügen. Was soll er tun?

›Das Jahr der Flut‹ erzählt von Toby, die von Adam Eins und den Gottesgärtnern aus einem schrecklichen Leben zwischen Slumkriminalität und GeheimBurgern (niemand weiß, was drin ist) befreit wurde, und außerdem von Ren, der früheren minderjährigen Freundin von Jimmy. Sie haben beide die »wasserlose Flut«, wie die Gärtner die Virus-Pandemie nennen, überlebt: Ren versteckt im Scales and Tails, dem schicken Sexclub, in dem sie gearbeitet hat, und Toby verbarrikadiert im AnuYu-Spa, wo sie nach dem offiziellen Verbot der Gottesgärtner unter falschem Namen abgestellt war. In ›Das Jahr der Flut‹ erscheinen Toby und Ren just in dem Moment auf der Bildfläche, als Jimmy benebelt von einer Infektion am Fuß überlegt, ob er schießen soll oder nicht, und der Roman endet nur wenige Stunden später. Der Mond geht auf, die bösen Painballer sind an einen Baum gefesselt, hoffentlich fest genug, die Craker nähern sich, die feindseligen Organschweine streifen durch den Wald. Und wir fragen uns, wie es wohl weitergeht.

›Die Geschichte von Zeb‹ erzählt es uns.

Das sind die Gründe, die sich aus den Büchern selbst ergeben; hierbei geht es um die Handlung und darum, dass es unfair ist, eine Geschichte nicht zu Ende zu erzählen. Als ich in meiner Kindheit ›Sherlock Holmes‹ verschlungen habe, wollte ich immer noch eine weitere Geschichte über ihn lesen; und wahrscheinlich werden diese Geschichten aus ähnlichen Gründen heute noch geschrieben, obwohl der Originalautor schon lange tot ist.

Aber Bücher werden noch aus anderen Gründen geschrieben – Gründe, die mehr mit dem Inhalt zu tun haben als mit der Handlung. Wir leben in außergewöhnlichen Zeiten: Auf der einen Seite erfinden und perfektionieren wir pausenlos alle möglichen Technologien – biologische, robotertechnische, digitale – und vollbringen Dinge, die früher unmöglich oder nur durch Zauberei zu bewerkstelligen schienen. Auf der anderen Seite zerstören wir in atemberaubender Geschwindigkeit unser biologisches Zuhause. Auf der dritten Seite (denn es kommt immer noch eine unbekannte Größe ins Spiel) wird die demokratische Staatsform, die wir im Westen seit Jahrhunderten propagieren, durch Überwachungstechnologie und die Macht finanzkräftiger Unternehmen ausgehöhlt. Wenn nur ein einziges Prozent der Bevölkerung mehr als 80 Prozent des Vermögens besitzt, hat man eine kopflastige und deshalb von vornherein instabile Sozialstruktur.

Das ist die Welt, in der wir jetzt schon leben. Die ›MaddAddam‹-Trilogie geht nur ein paar Schritte weiter und zeigt, was aus ihr werden kann. Die Werkzeuge zur Erschaffung der ›MaddAddam‹-Welt besitzen wir schon. Aber werden wir sie auch benutzen?

›SIEBEN PHANTASTISCHE GESCHICHTEN‹

Vorwort
(2013)

Auf dem dänischen Fünfzigkronenschein ist ein Porträt von Isak Dinesen abgebildet. Darunter steht *Karen Blixen*, denn unter diesem Namen ist sie in Dänemark bekannt. Auf dem Porträt ist sie vielleicht sechzig Jahre alt, sie trägt einen breitkrempigen Hut und einen Pelzkragen und sieht wahrhaft glamourös aus.

Ich sah zum ersten Mal ein Bild von Isak Dinesen, als ich zehn war, sie hatte ein Fotoshooting für die Zeitschrift ›Life‹ gemacht. Die Fotos wirkten auf mich ähnlich wie auf Sara Stambaugh, die sich ausführlich mit Dinesens Leben und Werk beschäftigt hat: »Ich weiß noch genau, wie fasziniert ich war, als ich um 1950 durch eine alte Ausgabe der Zeitschrift ›Life‹ blätterte und auf einen Artikel über die dänische Baroness Karen Blixen stieß, die nicht einfach nur porträtiert, sondern mit großen, glänzenden Schwarz-Weiß-Fotografien regelrecht gefeiert wurde. Ich erinnere mich besonders an ein Bild, auf dem sie sich in pathetischer Pose aus einem Fenster lehnte, ausgezehrt und mit einem Turban auf dem Kopf. Sie sah beeindruckend aus.«

In meinen Kinderaugen war die Person auf den Fotos

eine Märchengestalt: eine unvorstellbar alte Frau, mindestens tausend Jahre alt. Sie war außergewöhnlich gekleidet und genau nach der damaligen Mode geschminkt, aber die Wirkung war karnevalesk – als wäre sie als mexikanisches Skelett verkleidet. Ihre Augen jedoch blitzten vor Ironie: Die aufsehenerregende, wenn nicht gar groteske Selbstdarstellung schien ihr zu gefallen.

Könnte Isak Dinesen schon fünfundzwanzig Jahre zuvor in ›Sieben phantastische Geschichten‹ einen solchen Moment beschrieben haben? In der Geschichte *Ein Familientreffen in Helsingör* werden die Geschwister de Coninck wie ein lebendiges Memento mori beschrieben: »... Sobald man nämlich von dem Gesicht des Bruders den Geschwisterzug der ihnen eigentümlichen Schönheit ablas, gab er sich alsbald auch bei den Schwestern wieder zu erkennen, selbst auf den zwei Jugendbildern an der Wand. Das Auffälligste an den drei Köpfen war die angeborene Ähnlichkeit der Kopfform mit einem Totenschädel.«

Als die Fotos von Isak Dinesen 1950 entstanden, war sie schon krank. Neun Jahre später erlebte sie einen letzten triumphalen Besuch in New York. Sie wurde vergöttert; berühmte Schriftsteller wie E. E. Cummings und Arthur Miller erwiesen ihr die Ehre; die Menschen drängten sich bei ihren öffentlichen Auftritten, und es entstanden noch mehr Fotos. Keine drei Jahre später war sie tot, und sie muss es damals schon gewusst haben. In der Rückschau erhält ihre extravagante Selbstinszenierung eine zusätzliche Bedeutung: Andere Todgeweihte hätten sich vielleicht zurückgezogen und die kaputten Reste einer einstmals blendenden Schönheit vor den Kameras verborgen, aber Dinesen suchte bewusst das Rampenlicht. Wollte sie selbst eines ihrer typischsten literarischen Motive verkörpern – die vergebliche Geste der Tapferkeit im Angesicht eines fast sicheren Todes? Ein verlockender Gedanke.

New York war die passende Wahl für ihren Schwanengesang, denn genau dort hatte sie 1934 Amerika mit ›Sieben phantastische Geschichten‹ im Sturm erobert. Nachdem etliche Verleger das Manuskript aus den üblichen Gründen abgelehnt hatten – Kurzgeschichten verkauften sich nicht, die Autorin war unbekannt, die Geschichten selbst wirkten eigentümlich und entsprachen nicht dem Zeitgeist –, nahm schließlich der kleine amerikanische Verlag Harrison Smith and Robert Haas das Buch ins Programm. Unter ein paar Bedingungen: Die bekannte Schriftstellerin Dorothy Canfield Fisher musste ein Vorwort schreiben, und die Autorin bekam keinen Vorschuss. Karen Blixen setzte alles auf eine Karte und nahm das Angebot an. Und sie gewann, denn zur allseitigen Überraschung wurde ›Sieben phantastische Geschichten‹ vom Book of the Month Club ausgewählt, was eine breite öffentliche Aufmerksamkeit und gute Verkaufszahlen garantierte.

Jetzt konnte Karen Blixen selbst eine Bedingung aufstellen: Sie würde unter dem Pseudonym Isak Dinesen veröffentlichen. Dinesen war ihr Mädchenname, Isak die dänische Version von Isaak, »Lachen«, der Name, den die betagte Sarah im ersten Buch Mose ihrem spät geborenen und nicht mehr erwarteten Kind gibt. Blixens amerikanischer Verleger versuchte, ihr das Pseudonym auszureden, aber es war vergeblich: Sie war fest entschlossen, vielfältig zu sein. (Und, nebenbei bemerkt, männlich oder zumindest genderlos. Vielleicht wollte sie nicht in die Schreibendes-Weibchen-Schublade gesteckt werden, in der man weniger wert war.)

»Isak« war sehr passend: Karen Blixen trat in der Tat

spät und unerwartet als Schriftstellerin in Erscheinung. 1931 war sie vollkommen pleite aus Afrika nach Dänemark zurückgekehrt – ihre Ehe war gescheitert, ihre Kaffeeplantage in Afrika den Bach runtergegangen und ihr Liebhaber, der Großwildjäger Denys Finch Hatton, bei einem Flugzeugabsturz ums Leben gekommen. Obwohl sie schon viel früher geschrieben hatte – ihre ersten Geschichten veröffentlichte sie mit kaum zwanzig Jahren –, hatte sie der Ehe und Afrika den Vorzug vor dem Schreiben gegeben; aber dieses Leben war nun vorbei. Sie war sechsundvierzig, und sie muss einsam und verzweifelt gewesen sein, aber offensichtlich auch voller kreativer Energie.

Die ›Sieben phantastischen Geschichten‹ – im Original ›Seven Gothic Tales‹ entstanden schnell und unter Druck. Blixen schrieb sie auf Englisch; als Grund wird oft angegeben, sie habe das praktischer gefunden, als auf Dänisch zu schreiben, da sie eine größere Leserschaft erreichen konnte. Aber sie hatte bestimmt noch tiefere Beweggründe. Sie beherrschte Englisch fließend, und man mag sich fragen, welche englische Lektüre sie geprägt hat. Mit anderen Worten, was hat sie dazu gebracht, altertümelnde *tales*, »Erzählungen«, statt moderner *stories* zu schreiben? Chaucers ›Canterbury Tales‹? Shakespeares ›Winter's Tale‹, das Theaterstück, dessen Titel sie später für einen Erzählungsband übernahm?

In viktorianischer Zeit waren die beiden Formen klar voneinander abgegrenzt. In einer Erzählung kann eine Frau sich durchaus vor unseren Augen in einen Affen verwandeln, wie es in Dinesens Erzählung *Der Affe* geschieht; in einer konventionellen Kurzgeschichte dagegen nicht.

In *tales* gibt es viel häufiger Erzähler und Zuhörer als in den eher realistischen *stories*. Die berühmteste Erzählerin aller Zeiten ist Scheherazade, die durch das Erzählen dem Tod entgeht, und diese Situation findet sich auch bei Dinesen. In *Die Sintflut von Norderney* durchwachen einige mutige Aristokraten, die mit einer kleinen Bauernfamilie die Plätze getauscht haben, die Nacht, während um sie herum eine Flut ansteigt, und sie erzählen sich Geschichten, um sich gegenseitig Mut zu machen und die Zeit zu vertreiben. Ob sie im Morgengrauen von einem Boot gerettet oder vorher ins Meer gespült werden, wissen sie nicht. Und so endet Dinesens Geschichte:

> Zwischen den Brettern war ein frischer, tiefblauer Streifen sichtbar, gegen den die kleine Lampe wie ein roter Fleck leuchtete. Langsam zog die alte Frau ihre Finger aus der Hand des Mannes und legte einen auf die Lippen.
> »*À ce moment de sa narration*,« sagte sie, »*Schéhérazade vit paraître le matin, et, discrète, se tut.*«

›Sieben phantastische Geschichten‹ ist voller Geschichtenerzähler und voller sich überlagernder Schichten und Schachtelstrukturen, die so typisch für alte Erzählungen wie ›Tausendundeine Nacht‹ oder Boccaccios ›Dekameron‹ sind. Es gibt einen »Rahmen«, zum Beispiel ein paar Männer auf einem Boot, die sich mit Geschichten aus ihrem Leben die Zeit vertreiben wie in *Die Träumer*; dann erzählt in einer dieser Geschichten wieder jemand eine andere, die zu einer weiteren führt, welche dann wieder an die erste anknüpft, und so weiter. Und wie bei Scheherazade geschieht dieses Geschichtenerzählen (wie auch die Handlung in den Erzählungen) größtenteils bei Nacht.

Aber ›Sieben phantastische Geschichten‹ erinnert auch

an eine jüngere Zeit, in der Autoren und Autorinnen sich von den alten Formen des Geschichtenerzählens inspirieren ließen. Karen Blixen wurde 1885 geboren, nur drei Jahre nachdem Robert Louis Stevenson seine erste Geschichtensammlung ›New Arabian Nights‹ veröffentlicht hatte. Damit begann die Blütezeit der spätviktorianischen und edwardianischen *tales* in Kurz- und in Langform, die bis zum Ausbruch des Ersten Weltkriegs andauerte. Nicht nur Stevenson, auch Arthur Conan Doyle, M. R. James, Henry James mit ›Die Drehung der Schraube‹ und *The Jolly Corner*, Oscar Wilde mit ›Das Bildnis des Dorian Gray‹, der frühe H. G. Wells mit ›Die Zeitmaschine‹ und ›Die Insel des Dr. Moreau‹, Bram Stoker mit ›Drakula‹, H. Rider Haggard mit ›Sie‹, George du Maurier mit ›Trilby‹ und eine Heerschar weiterer englischsprachiger Erzähler veröffentlichten in jenen Jahren fleißig Geschichten über Geister, Dämonen und übersinnliche Phänomene. Borges, Calvino, Ray Bradbury und andere schöpften später aus derselben Quelle.

Für Dinesen war der wichtigste dieser Autoren vermutlich Stevenson. In ihrer Bibliothek stand eine Gesamtausgabe seiner Werke, und mit der Benennung von Olalla in *Die Träumer* nach einer Figur von Stevenson bezieht sie sich ganz offen auf ihn. Die Geschichte selbst spielt mit vielen anderen Motiven nicht nur der englischen Erzähltradition: eine Heldin mit verschiedenen Identitäten wie in ›Hoffmanns Erzählungen‹, ein dunkler Zauberer, eine Art spiegelverkehrte Version des Svengali aus ›Trilby‹, eng verbunden mit einer Opernsängerin, die ihre Stimme verloren hat.

Zwei Motive aus Stevensons Frühwerk dominieren die ›Sieben phantastischen Geschichten‹: der letzte mutige Versuch, ein drohendes Schicksal abzuwenden wie in (um nur ein Beispiel zu nennen) Stevensons *Der Pavillon in den Dünen*, und die alte Figur, die Macht über das sexuelle Schicksal der Jungen hat wie in seiner Erzählung *Des Sire de Malétroit Tür*. In Stevensons Geschichten wendet sich alles zum Guten, aber in Dinesens Variationen läuft es nicht so glatt. In *Der Dichter* wird der alte Manipulator von den zwei jungen Liebenden, mit deren Schicksal er gespielt hat, angeschossen und zu Tode geprügelt, und so sehen sie nun selbst ihrer Hinrichtung entgegen; in *Der Affe* führt eine Ehe, die Homosexualität verschleiern soll, zu Vergewaltigung und zu einer entsetzlichen Seelenwanderung; in *Die Straßen um Pisa* wird der alte Manipulator durch eine List zu einem unnötigen Duell gezwungen und stirbt durch den Stress an einem Herzinfarkt. In *Die Sintflut von Norderney* ist die von der ältlichen Baroness arrangierte Ehe nicht nur ungültig – der Kardinal, der die Trauung vollzieht, ist in Wirklichkeit jemand anderes –, darüber hinaus müssen auch alle Teilnehmenden vermutlich bald zugrunde gehen. Dinesen hält den ideellen Wert der Ehre hoch und setzt damit die romantische Tradition fort, aber gleichzeitig untergräbt sie diese. Nicht so hastig mit dem Happy End, scheint sie uns sagen zu wollen.

Wie die Geschichten der ›New Arabian Nights‹ und wie es modernen »romantischen« Konventionen entspricht, spielen Dinesens Erzählungen in alten Zeiten und an fernen Orten; aber während dies für Stevenson eine ästhetische Entscheidung war, steckt bei Dinesen eine zusätzliche Bedeutungsebene dahinter. Denn sie blickte über einen tiefen Graben zurück auf die goldene Zeit des Geschichtenerzählens in der spätviktorianischen und edwardianischen Epoche: Da waren nicht nur die Jahre, in denen sie mit ihrem eigenen Leben Schiffbruch erlitten hatte, sondern auch der Erste Weltkrieg, der das feste, zweihundert Jahre lang gültige Gefüge aus Glauben, sozialem Stand und gesellschaftlichen Konventionen völlig zerstört hatte.

Dinesen hat dieses verschwundene Land vor Augen. Sie beschreibt es liebevoll bis ins Detail, auch seine Schattenseiten – die Provinzialität, den Snobismus, die erstickende Enge –, aber sie kann nur durchs Geschichtenerzählen dorthin zurückkehren. Es ist nur noch durch Worte erreichbar. Ihr Werk ist erfüllt von einer klarsichtigen, stoischen Nostalgie, und trotz der ironischen Distanz klingt der elegische Ton immer durch.

Dennoch muss ihr das Schreiben großes Vergnügen bereitet haben, und ebensolches Vergnügen hat sie ihren zahlreichen Leserinnen und Lesern im Laufe der Zeit bereitet. ›Sieben phantastische Geschichten‹ war der erste Akt einer bemerkenswerten schriftstellerischen Laufbahn, die Isak Dinesen einen Platz auf der Liste der wichtigsten Autorinnen und Autoren des zwanzigsten Jahrhunderts sicherte. So wie James Joyce am Ende von ›Ein Porträt des Künstlers als junger Mann‹ Dädalus, den Erbauer des Labyrinths, beschwört – »Urvater, uralter Artifex« –, so mögen viele Leser und Schriftsteller Isak Dinesen beschwören: »Urmutter, uralte Geschichtenerzählerin, steh hinter mir, jetzt und immerdar.«

Und auf den Fotografien im ›Life Magazine‹ erwidert die rätselhafte, aufgetakelte Skelettfrau mit ihren lebendigen Augen liebenswürdig unseren Blick.

›DOCTOR SLEEP‹

(2013)

Der neue Roman von Stephen King heißt ›Doctor Sleep‹, und er hat alles, was ein typischer und guter King braucht. Vladimir Nabokov hat mal über Salvador Dalí geschrieben, er sei »in Wahrheit Norman Rockwells als Baby von Zigeunern entführter Zwillingsbruder«. Aber eigentlich waren es Drillinge: Der Dritte ist Stephen King.

Rockwells altmodische Kleinstadthäuser mit Schaukelstuhl und »Willkommen«-Fußmatte, der freundliche Hausarzt, die alte Standuhr: Es ist alles da bis ins Detail, lebensecht und scheinbar gemütlich. Sowohl Rockwell als auch King kennen diese Details sehr genau, bis hin zu den Markennamen. Aber irgendetwas stimmt ganz und gar nicht. Der Schaukelstuhl ist heimtückisch. Der Hausarzt hat grünliche Haut und ist schon eine ganze Weile tot. Im Haus spukt es, und in der Fußmatte existiert mysteriöses Leben. Und, ganz Dalí, die Uhr schmilzt.

›Doctor Sleep‹ führt die Geschichte von Danny weiter, dem kleinen Jungen mit psycho-intuitiven Kräften aus Kings berühmtem Roman ›Shining‹ von 1977. Danny hat sowohl seinen vom Bösen heimgesuchten Vater Jack Torrance als auch die Geister im gruseligen Overlook-Hotel in Colorado überlebt, aus dem er um Haaresbreite entkommen konnte, bevor Schlag Mitternacht der höllische Heizkessel explodierte und die bösen Mächte in Flammen aufgingen, sodass die verängstigt unter dem Bett hockenden Leser vor Erleichterung zu schielen anfangen.

In ›Doctor Sleep‹ ist Dan erwachsen, aber er besitzt noch immer seine übersinnliche Begabung, das »Shining«. In seinem Kampf mit dem Dämon Alkohol hat er einen fragilen Waffenstillstand errungen – wir erinnern uns, dass sein Vater dasselbe Problem hatte –, er geht zu den Anonymen Alkoholikern und arbeitet in einem Hospiz, wo er den Sterbenden mit seinen übersinnlichen Fähigkeiten hilft, ihren Frieden mit einem oftmals vertanen Leben zu machen. Deshalb wird er »Doctor Sleep« genannt, was auch eine Reminiszenz an »Doc«, seinen Spitznamen aus Kindertagen, ist. (Wie im berühmten Bugs-Bunny-Zitat: »Is' was, Doc?« Ja, es is' was.)

Es folgt der Auftritt eines weiteren Kindes mit übersinnlichen Kräften. Abra – wie in »kadabra«, wird uns freundlicherweise erläutert – besitzt sogar noch mehr Shining als Dan. Schon als Baby hat sie ihre Eltern damit erschreckt, dass sie die Katastrophe des 11. September vorhersagte, und sorgte für weiteres Entsetzen, als sie bei ihrer Geburtstagsparty alle Löffel an der Decke kleben ließ.

Bald entwickelt sich eine spirituelle Kommunikation zwischen den beiden Shining-Begabten, und das ist ein Glück, denn die junge Abra braucht dringend Hilfe. Sie ist zur Zielscheibe einer unterhaltsamen, lärmenden Schar von Leuten geworden, die sich »Wahrer Knoten« nennen und scharf darauf sind, Abras spirituellen Rauch, »Steam« genannt, zu trinken. (Steampunk mal ganz anders.) Die Mitglieder des Wahren Knotens leben schon sehr, sehr lange – was meistens kein gutes Zeichen ist, wie Kenner von ›Drakula‹ und ›Sie‹ wissen –, tingeln als Touristen verkleidet in Wohnmobilen durch die Gegend und entführen und foltern ihre Opfer, um sich dann an ihrer Essenz zu laben. Außerdem füllen sie den Steam als Vorrat für schlechte Zeiten in Kanister ab; denn wenn sie keinen mehr bekommen können, lösen sie sich auf und hinterlassen nur ein Häufchen Kleidung wie die geschmolzene Böse Hexe des Westens.

Die Anführerin des Wahren Knotens ist die wunderschöne Rose the Hat, ihr Liebhaber ein Herr namens Crow Daddy. (Vermutlich von *crawdaddy*, Flusskrebs. King liebt Wortspiele, Sprachwitze und Spiegelschrift: Wer könnte DROM aus ›Shining‹ vergessen?) Die Namen von Kings Figuren sind oft sehr passend gewählt: Dan erinnert an *lions' den*, die Löwengrube, sein zweiter Vorname Anthony an die Versuchungen des heiligen Antonius, sein Nachname Torrance an die Sturzfluten (*torrents*), als die jeder Regenguss hier vom Himmel kommt. Rose ist eine düstere *Rosa mystica*, eine negative Version der Jungfrau Maria (alles andere als eine unschuldige Jungfrau).

Im Namen des Overlook-Hotels, auf dessen ehemaligem Standort der Wahre Knoten sein Hauptquartier aufgeschlagen hat, stecken mindestens drei Bedeutungsebenen: die offensichtliche (der Blick über die Landschaft), die nicht ganz so offensichtliche (die Bösen übersehen etwas) und die versteckte, die vermutlich etwas mit einem alten Song zu tun hat, in dem es um ein übersehenes vierblättriges Kleeblatt und um einen geliebten Menschen geht, denn Kings Verteilung von Gut und Böse hat meistens etwas von Yin und Yang, sodass auf jeden Guten ein kleiner dunkler Schatten fällt und in jedem Bösen ein winziger Sonnenstrahl leuchtet. Sogar die Mitglieder des Wahren Knotens gehen gut miteinander um, obwohl es fraglich ist, ob sie überhaupt als menschlich gelten können. Und so will dann auch ein neues Mitglied wissen: »Bin ich noch ein Mensch?« Worauf Rose erwidert: »Ist das so wichtig?«

Keine zehn ektoplasmatischen, halb verwesten Vampirpferde könnten mich dazu bringen zu verraten, wie es weitergeht, aber ich kann Ihnen versichern, dass King ein Profi ist: Nach der Lektüre dieses Buches werden Sie sich die Fingernägel bis aufs Fleisch abgekaut haben und alle anderen in der Supermarktschlange misstrauisch beäugen, denn vielleicht hat ja einer, der sich plötzlich umdreht, *metallische Augen*.

Kings Einfallsreichtum und Kunstfertigkeit sind ungebrochen: ›Doctor Sleep‹ besitzt alle Qualitäten, die seine besten Werke auszeichnen. Welche sind das? Erstens ist er ein verlässlicher Lotse durch die Unterwelt. Seine Leserinnen und Leser folgen ihm vertrauensvoll durch jede Tür mit der Aufschrift ZUTRITT VERBOTEN, LEBENSGEFAHR (oder literarischer gesprochen: TU, DER DU EINTRITTST, ALLE HOFFNUNG AB), denn sie wissen zwar, dass die Hölle, die sie besichtigen, ihren Namen verdient – kein Blutbad, kein markerschütternder Schrei wird ausgelassen –, aber sie wissen auch, dass King sie lebend wieder rausbringt. Wie schon die Sibylle von Cumae Äneas erklärte: Es ist leicht, in die Hölle zu gelangen, aber umso schwerer, von dort zurückzukehren. Sie kann das sagen, denn sie ist dort gewesen; und auf gewisse Weise – das sagt mir meine Intuition – gilt das auch für King.

Zweitens schöpft King aus einer tiefen Quelle der amerikanischen Literatur, die bis zu ihren Anfängen zurückreicht: zu den Puritanern und ihrem Hexenglauben, zu

Hawthorne, Poe, Melville, zu Henry James mit ›Die Drehung der Schraube‹ und später zu Autoren wie Ray Bradbury. Ich prophezeie, dass man in zukünftigen Jahren wissenschaftliche Arbeiten zu Themen wie *Amerikanisch-puritanischer Neo-Surrealismus in* Der scharlachrote Buchstabe *und* Shining oder *Melvilles Pequod und Kings Overlook-Hotel als Sinnbilder der amerikanischen Geschichte* verfassen wird.

Manch einem ist »Horror« nicht literarisch genug, aber tatsächlich haben wir es dabei mit einer der literarischsten Textsorten überhaupt zu tun. Autoren von Horrorgeschichten haben eine große Leserschaft – King ist das beste Beispiel –, denn Horrorgeschichten werden aus anderen Horrorgeschichten gemacht. Ein »echtes« Overlook-Hotel gibt es nicht. Manche Menschen »sehen« zwar ähnliche Dinge wie Kings Romanfiguren (als Begleitlektüre empfehle ich Oliver Sacks' ›Drachen, Doppelgänger und Dämonen‹ über Menschen mit Halluzinationen), aber eines der Ziele von »Horrorliteratur« ist es, die Realität des Irrealen und die Irrealität des Realen infrage zu stellen: Was genau meinen wir mit »sehen«?

Wenn man hinter die Horrorfassade schaut, geht es in ›Doctor Sleep‹ um Familien. Sowohl um die biologischen Familien von Dan und Abra als auch um die »gute« Familie der Anonymen Alkoholiker (der Roman ist eine Art Liebeserklärung an sie) und die »böse« Familie des Wahren Knotens. Ganz oben auf Kings Sündenliste stehen Kindesmisshandlung durch männliche Verwandte und Gewalt gegen Frauen, insbesondere Mütter. In der Familie tritt gerechter Zorn ebenso wie destruktive Wut in geballter Form auf. Wie ›Doctor Sleep‹ selbst zu Abra sagt: »Es gibt nur die Familiengeschichte.« Sie ist oft der Kleber, der einen Stephen-King-Roman zusammenhält.

Außerdem ist die Familie schon seit Hawthornes *Der junge Nachbar Brown* und Poes *Der Untergang des Hauses Usher* der uramerikanische Horrorschauplatz.

Was schreibt King als Nächstes? Vielleicht wird die erwachsene Abra Schriftstellerin und blickt anderen mithilfe ihres Shining in Geist und Seele. Denn natürlich ist auch das eine mögliche Deutung von Kings gespenstischer, leuchtender Metapher.

DORIS LESSING

(2013)

Die wunderbare Doris Lessing ist tot. Man kann es nicht fassen, wenn ein solcher Fels in der literarischen Landschaft einfach verschwindet. Es ist ein Schock.

Meine erste Begegnung mit Doris Lessing fand 1963 auf einer Parkbank in Paris statt. Ich war Studentin und ernährte mich wie damals alle von Baguette, Orangen und Käse, hatte wie damals alle ständig Bauchweh und war deshalb wie damals alle ständig auf Toilettentour. Meine Freundin Alison Cunningham und ich durften uns tagsüber nicht in unserem Hostel aufhalten, und um mir über meine Magenschmerzen hinwegzuhelfen, las Alison mir, während ich bäuchlings auf der Bank lag, ›Das Goldene Notizbuch‹ vor, das bei uns damals der letzte Schrei war. Wer konnte ahnen, dass es schon bald so ein Kultbuch werden würde?

Wir waren gerade an einem entscheidenden Moment in Anna Wulfs Leben angelangt, als ein Polizist auftauchte und uns mitteilte, dass das Liegen auf Parkbänken verboten sei, und so verzogen wir uns in ein Bistro, wo wir eine weitere interessante Toilettenerfahrung machen durften. (Fußnote: Das war noch vor der zweiten Welle des Feminismus. Bevor Verhütung weitverbreitet war. Bevor die Miniröcke kamen. Anna Wulf öffnete uns die Augen: Sie tat und dachte Dinge, die in unserer Jugend in Toronto nicht unbedingt am Abendbrottisch besprochen worden waren und deshalb ziemlich kühn wirkten.)

Die zweite Schriftstellerin, die wir 1963 heimlich lasen, war Simone de Beauvoir, aber unsere kanadische Kolonialkindheit war ohne gestärkte Petticoats über die Bühne gegangen und generell nicht sehr französisch gewesen. Uns verband mehr mit einer wie Doris Lessing, die aus einer weit entfernten Ecke des Empires stammte: Sie war 1919 im Iran geboren worden und auf einer Farm in Rhodesien (heute Simbabwe) aufgewachsen; nach zwei gescheiterten Ehen war sie mit wenig Perspektive nach England ausgerissen, das klassische Ziel für uns alle, die wir mit wenig Perspektive aus den Kolonien ausrissen.

Vielleicht stammt Lessings Energie zum Teil aus dieser abgelegenen Herkunft: Wenn das Rad sich dreht, fliegen die meisten Funken am Rand. Außerdem war sie durch ihre Kindheit und Jugend in der Lage, die Sichtweisen und Probleme von Menschen zu verstehen, die anders waren als sie selbst. Und wenn man weiß, dass man nie wirklich dazugehört – dass man nie »richtig englisch« sein wird –, hat man auch weniger zu verlieren. Doris hat immer alles mit ganzem Herzen, ganzer Seele und ganzer Kraft angepackt. Manchmal lag sie eine Zeit lang falsch, zum Beispiel beim Stalinismus, aber sie war immer ohne Netz und doppelten Boden unterwegs und machte keine halben Sachen. Sie ging immer aufs Ganze.

Wenn es einen Mount Rushmore für Autoren und Autorinnen des zwanzigsten Jahrhunderts gäbe, würde man Doris Lessings Kopf dort mit Sicherheit einmeißeln. Wie Adrienne Rich lebte und schrieb sie in jener schicksalhaften Umbruchzeit, als die Festungstore der Ungleichheit zwischen den Geschlechtern nachgaben und Frauen nicht nur größere Freiheiten und Chancen bekamen, sondern auch vor größeren Herausforderungen standen.

Sie war politisch im grundlegendsten Sinn und durchschaute sämtliche Spielarten der Macht. Aber sie war auch spirituell, sie erforschte die Grenzen und Fallstricke des menschlichen Daseins, besonders nachdem sie sich dem Sufismus angeschlossen hatte. Als Schriftstellerin war sie originell und mutig, so wagte sie sich zum Beispiel mit ihrem Zyklus ›Canopus im Argos‹ zu einer Zeit ins Science-Fiction-Genre, in der so etwas für eine »konventionelle« Autorin durchaus heikel war.

Außerdem war sie sehr unprätentiös: Als sie 2007 erfuhr, dass ihr der Nobelpreis verliehen wurde, reagierte sie mit dem legendären Ausspruch: »Du lieber Himmel!« Sie war erst die elfte Frau, die den Preis erhielt, und sie hatte überhaupt nicht damit gerechnet; schon allein diese nicht vorhandene Erwartungshaltung ermöglichte ihr künstlerische Freiheit, denn wenn man sich nicht für eine illustre Persönlichkeit hält, muss man sich auch nicht benehmen. Man kann jederzeit auf den Putz hauen und Grenzen testen, und genau das war immer Doris Lessings Ziel. Ihr berühmtes Experiment mit einem Pseudonym, mit dem sie auf die großen Hürden für unbekannte Autorinnen und Autoren hinweisen wollte, ist nur ein Beispiel dafür. (Ihre »Jane Somers«-Romane wurden von der Kritik als blasser Doris-Lessing-Abklatsch bezeichnet, was bestimmt nicht sehr ermutigend war.)

Simone de Beauvoir habe ich nie kennengelernt – in meiner Jugend hätte allein die Vorstellung mich in Angst und Schrecken versetzt –, aber Doris Lessing habe ich getroffen, mehrmals sogar. Es waren Begegnungen in literarischem Umfeld, und sie verhielt sich mir gegenüber genau so, wie eine jüngere Schriftstellerin es sich wünscht: liebenswürdig, hilfsbereit, interessiert und mit einem besonderen Verständnis für die Situation von Schreibenden aus dem englischsprachigen Ausland.

Im Alter steht uns eine gewisse Palette von Karikaturen zur Verfügung, die wir verkörpern können; Schriftstellerinnen, die mit jungen Kolleginnen zusammentreffen, haben die Wahl zwischen Cruella de Vil und der guten Hexe Glinda. Ich bin damals reichlich Cruellas begegnet, aber Doris Lessing gehörte zu den Glindas, was vorbildlich und bewundernswert war. Ein Vorbild war sie außerdem für jede Autorin und jeden Autor aus der hinterletzten Provinz, hat sie doch auf so beeindruckende Weise vorgeführt, dass man auch als ein Niemand aus Nirgendwo mit Talent, Mut, Ausdauer in harten Zeiten und einem Quäntchen Glück höchste erzählerische Höhen erklimmen kann.

WIE KANN MAN DIE WELT VERÄNDERN?

(2013)

»Wie kann man die Welt verändern?« Als ich zum ersten Mal den Titel dieser Konferenz las, stellten sich mir drei Fragen. Erstens, was ist mit »verändern« gemeint? Zweitens, was ist mit »wie« gemeint? Und drittens, was ist mit »die Welt« gemeint?

Als ich dann auf der Konferenz selbst bei der zweiten Diskussion des Tages auf dem Podium saß, merkte ich, dass dort ganz unterschiedliche Antworten auf diese drei Fragen gegeben wurden. Die meisten Diskutanten stellten sich unter »verändern« einen sozialen Wandel vor. Außerdem gingen sie davon aus, dass jegliche Veränderung, die sie postulierten, eine Veränderung zum Besseren sei. Da die erste Podiumsdiskussion des Tages sich mit all den Dingen beschäftigt hatte, die momentan falsch laufen, war die Debatte ganz auf positiven Wandel ausgerichtet. Ohnehin würden ja nur sehr wenige Fachleute oder Politiker jemals zugeben, dass sie vorhaben, die Welt zum Schlechteren zu verändern. Selbst die schlimmsten Verbrecher des zwanzigsten Jahrhunderts – Hitler mit den Lagern, Stalin mit dem Gulag, Mao mit den entsetzlichen Hungersnöten – hielten ursprünglich das Banner einer utopischen Zukunft hoch, in der alles unendlich viel besser sein würde, sobald ein paar Hindernisse überwunden und alle, die sie nicht leiden konnten, liquidiert waren. Das ist immer ein Problem, wenn man weitreichende utopische Veränderungen vorschlägt: Was macht man mit denen, die anderer Meinung sind? Hier zeigt sich die Schattenseite aller Pläne für positive Veränderungen, und genau deshalb macht es manche Leute – wie zum Beispiel mich – ziemlich nervös, wie sorglos das Wort »Fortschritt« benutzt wird. Fortschritt für wen oder für was? Stimmt es – wie Tante Lydia in meinem Roman ›Der Report der Magd‹ sagt –, dass eine Verbesserung für manche immer auch eine Verschlechterung für andere ist? Oder gibt es tatsächlich gut gemeinte Veränderungen, die das Leben für alle besser machen? Wir müssen es hoffen.

Bei der Konferenz ging es vor allem um soziale Fragen, und so betrafen die Vorschläge für das »wie« – also für die Werkzeuge, mit denen die angestrebten positiven Veränderungen herbeigeführt werden sollten – den Umbau menschlicher Institutionen. Unter »Welt« verstand man die meist urbane, moderne, westliche Menschenwelt, in der die Teilnehmer der Konferenz überwiegend lebten.

In vielen Podiumsdiskussionen wurde das Augenmerk auf die Vor- und Nachteile politischer Systeme gerichtet – Sozialismus, Kapitalismus, Oligarchie. Wie sollte die Gesellschaft organisiert und gesteuert werden? Wie sollte Wohlstand geschaffen und verteilt werden? Damit verbunden kamen weitere Fragen auf: Sind »unsere« Wertesysteme bankrott? Welche Glaubenssysteme sind noch möglich? Wie stehen wir zu einstmals hochgehaltenen Begriffen wie *Freiheit*, *Individuum* und *Demokratie* in einer neuen Zeit, in der Kontrolle und Einfluss einerseits bei riesigen Konzernen, andererseits bei nur über das Internet verbundenen, relativ anonymen Gruppierungen liegen? Kann man das Konzept der »Nation« noch ernst nehmen? Was bedeutet »Moral« im gegenwärtigen Kontext? Ist totale Überwachung, die inzwischen mithilfe von Drohnen, Minikameras und Satelliten möglich scheint, wünschenswert? Mit anderen Worten: Wird aus der Möglichkeit, sämtliche Verbrechen zu verhindern, indem man den Moment ihrer Entstehung ausspioniert, eine unheilvolle Waffe werden, die zur Entstehung eines gigantischen Großen Bruders führt und jeglichen Widerspruch erstickt?

Selbstverständlich lohnen solche Fragen eine Diskussion. Aber da war ein sehr großer Elefant im Raum, den niemand wirklich benennen wollte. Die dringendsten Probleme, vor denen wir heute stehen, betreffen ganz simpel unsere Lebensgrundlagen, unser biologisches Dasein, das Vorhandensein jener Dinge, die wir für unsere Physis und damit für unsere Existenz auf diesem Planeten benötigen. Es sind physische Probleme und keine ideologischen. Wenn wir sie nicht sehr bald konkret und pragmatisch angehen, werden alle Diskussionen, Debatten und Dispute bald irrelevant, entweder weil es keine Menschen mehr gibt, die diskutieren könnten, oder weil die, die das Ende unserer Zivilisation überlebt haben, vollauf damit beschäftigt sind, sich Essen und ein Dach über dem Kopf zu organisieren.

In der guten alten Zeit galten Menschen, die diese Probleme ansprachen, als Fanatiker, als Geistesgestörte, als verrückte Professoren und Ähnliches, und wer vom Status quo profitierte, gab sich größte Mühe, die Überbringer solcher Nachrichten in Verruf zu bringen. Als 1962 Rachel Carsons Buch ›Der stumme Frühling‹ erschien, verwendeten die großen Pestizidhersteller viel Zeit, Energie und Geld auf den Versuch, den professionellen und persönlichen Ruf der Autorin zu zerstören. Ähnlich lief es bei der vom Club of Rome in Auftrag gegebenen MIT-Studie ›Die Grenzen des Wachstums‹, die 1972 einen Kollaps für das einundzwanzigste Jahrhundert vorhersagte, falls wir ungebremst so weitermachten wie bisher. Hier kamen die Angriffe zwar nur schrittweise, führten aber insgesamt dazu, dass die Glaubwürdigkeit des Berichts in den 1990ern erschüttert war.

Inzwischen haben die Ereignisse sowohl Carson als auch dem Club of Rome recht gegeben, trotzdem wird ihren Aussagen nach wie vor vehement widersprochen. Wie Ugo Bardi 2008 in seinem Artikel *Der Fluch der Kassandra* auf der Website ›Oil Drum‹ schrieb:

> Propheten des Untergangs werden heutzutage für gewöhnlich nicht mehr gesteinigt. Ideen, die uns nicht gefallen, werden auf sehr viel subtilere Weise zunichte gemacht. Der Erfolg der Schmutzkampagne gegen ›Die Grenzen des Wachstums‹ zeigt, wie viel Einfluss Propaganda und moderne Mythen auf die Wahrnehmung der Öffentlichkeit haben, indem sie von der menschlichen Neigung profitieren, schlechte Nachrichten nicht wahrhaben zu wollen. Aufgrund dieser Neigung hat die Welt die Warnung vor einem drohenden Kollaps, wie sie in ›Die Grenzen des Wachstums‹ ausgesprochen wurde, bewusst ignoriert. Dadurch haben wir mehr als dreißig Jahre Zeit verloren. Jetzt sehen wir Anzeichen, dass die Warnung endlich ernst genommen wird, aber es könnte schon zu spät sein, und möglicherweise unternehmen wir immer noch zu wenig.

Die jüngsten Warnungen stammen weder von einsamen Wissenschaftsjournalistinnen wie Rachel Carson noch von Intellektuellengruppen wie dem Club of Rome. Sie kommen aus dem Pentagon – nicht unbedingt ein Hort baumstreichelnder Ökofreaks –, wo man in einem Geheimreport an die Bush-Regierung aus dem Jahr 2004 warnte, der Klimawandel stelle eine größere Gefahr dar als der Terrorismus und könne die Welt in einen Zustand der Anarchie stürzen. Eine ähnliche Position hat auch die Weltbank – ebenfalls nicht für Öko-Extremismus bekannt – 2012 in ihrem Bericht *Warum eine vier Grad wärmere Welt verhindert werden muss* vertreten. Dieser detaillierte Bericht, erstellt vom Potsdam-Institut für Klimafolgenforschung, kommt zu folgendem Schluss:

> In dem Maße, wie die Belastungen mit einer Erwärmung um 4 °C zunehmen und klimaunabhängige soziale, wirtschaftliche und mit dem Bevölkerungswachstum verbundene Belastungen hinzukommen, steigt die Gefahr, dass kritische Grenzwerte des Sozialsystems überschritten werden. An solchen Grenzen würden bestehende Institutionen, die sonst Anpassungsmaßnahmen unterstützt hätten, wahrscheinlich spürbare Leistungseinbußen verzeichnen oder ganz zusammenbrechen. So können sich Länder, die auf Atollen liegen, durch den Meeresspiegelanstieg in ihren Kapazitäten für eine kontrollierte, auf Anpassung abzielende Migration leicht überfordert sehen – sodass ganze Landstriche oder Inseln verlassen werden müssen. Ebenso können Gesundheitsbelastungen wie Hitzewellen, Unterernährung und durch eindringendes Salzwasser zunehmend ungenießbares Trinkwasser die Gesundheitssysteme

so stark strapazieren, dass Anpassung unmöglich wird und Zwangsumsiedlungen nötig werden. Angesichts anhaltender Unsicherheit in Bezug auf die Art und das Ausmaß der Folgen ist also ungewiss, ob die Anpassung an eine Erwärmung um 4 °C möglich ist. In einer Vier-Grad-Welt müssten Dorfgemeinschaften, Städte und Länder mit gravierenden Störungen, Schäden und Wanderungsbewegungen rechnen – zumeist ungleich verteilt. Aller Voraussicht nach wird es die Armen am schwersten treffen; die Weltgemeinschaft könnte sich noch stärker spalten und das Ungleichgewicht sich noch mehr verstärken, als es bereits heute der Fall ist. Kurzum: Zur projizierten Erwärmung um 4 °C darf es nicht kommen – die Erwärmung muss gestoppt werden. Erreichen lässt sich das einzig und allein durch zeitnahes, gemeinsames Handeln auf internationaler Ebene.

Beide Berichte betonen die Auswirkungen einer wärmeren Welt auf die Menschen und beschreiben Konsequenzen wie den Anstieg des Meeresspiegels, Extremwetterlagen und Wüstenbildung. Es gibt aber noch zwei weitere Faktoren, auf die in diesen Berichten kaum eingegangen wird, die aber entscheidenden Einfluss auf das Überleben von uns Menschen auf dieser Erde haben könnten.

Der erste ist der Ausstoß von Methan in die Atmosphäre. Dieses Methan stammt aus verschiedenen Quellen, unter anderem aus der Vegetation, die durch das Auftauen von Permafrostböden verrottet, dazu kommt auftauendes Methanhydrat aus gefrorenen Böden. Als Treiber der Erderwärmung ist Methan fünfundzwanzigmal stärker als Kohlendioxid. Allein in Alaska, berichtet Andrew Wong in der Januarausgabe des ›Alternatives

Journal‹, »werden durch sich zurückziehende Gletscher und auftauenden Permafrost 50 bis 70 Prozent mehr Methan freigesetzt als bisher angenommen«.

Der zweite Faktor ist die maßgebliche Rolle von Algen bei der Erzeugung von Sauerstoff. Vor etwa 1,9 Milliarden Jahren, vor der Herrschaft der Cyanobakterien, gab es in der Erdatmosphäre so wenig Sauerstoff, dass Eisen nicht rostete. Heute produzieren die verschiedenen Algenarten 50 bis 80 Prozent des Sauerstoffs, den wir atmen. Wenn wir die Meere töten, töten wir uns selbst: Wir werden ganz einfach keine Luft mehr zum Atmen haben.

Diese Probleme – alles, was mit dem rasanten Wandel unserer Umwelt zu tun hat, die als Grundlage menschlichen Lebens auch die Grundlage jeglicher Sozialordnung ist – bringen mich dazu, die Ausdrücke »verändern«, »wie« und »die Welt« auf sehr elementare Weise zu definieren. »Die Welt« ist für mich die gesamte Welt: die physische Umgebung aus Gasen, Flüssigkeiten und Feststoffen, in der wir leben und in der sich dementsprechend auch all unsere sozialen Räume befinden. Mit »verändern« meine ich physische Veränderungen: des Wassers, der Luft, der Landmassen, des Wetters. »Wie« bezeichnet für mich sowohl positive Interventionen als auch negative Handlungen, die konkrete Auswirkungen auf unsere Umwelt haben. Um diese Umwelt zu erhalten und damit unser Überleben zu sichern, müssen wir einige neue Dinge tun, einige alte Dinge anders machen und mit einigen Dingen, die wir momentan tun, aufhören.

Wenn wir auf dieser Grundlage fragen: »Wie kann man die Welt verändern?«, ist das, gelinde gesagt, unvorstellbar. Auf den ersten Blick wirkt die Frage unmöglich, denn die Welt zu verändern scheint zunächst mal eine unmögliche Aufgabe zu sein. Als kleine, schwache Einzelpersonen dürfen wir uns doch nicht dermaßen überschätzen. Wir haben das Gefühl, dass es nicht in unserer Macht steht, die Welt zu verändern, und selbst wenn es in unserer Macht stünde, ist uns in lichten Momenten durchaus klar, dass uns dafür die nötige Weisheit fehlt. Wenn wir einen Zauberstab hätten, der uns jeden Wunsch erfüllte, würden wir kluge Entscheidungen treffen? Oder würden wir, wie in den meisten Märchen, genau das Falsche wählen?

Abgesehen davon hat die Welt sich immer wieder ohne unser Zutun verändert. Es hat warme und kalte Perioden gegeben; Kontinente sind zusammengestoßen und auseinandergedriftet, ohne dass wir auch nur einen Finger gerührt hätten. (Kein Wunder: Wir waren gar nicht dabei.) Aber in jüngerer Zeit ist die Welt auch verändert *worden*, und zwar von uns Menschen. Bevor es uns gab, haben viele verschiedene Kräfte Veränderungen bewirkt, vor allem die Sonne; aber sobald sich Leben auf dem Planeten entwickelt hatte, begann es, die Welt mitzugestalten. Wir sind nicht die einzige Lebensform, die die Bedingungen auf der Erde beeinflusst hat. Vor über 1,9 Milliarden Jahren begannen Algen diesen Prozess, indem sie die Luft mit Sauerstoff anreicherten, und unzählige Lebensformen – von Moosen über Pilze bis zu Nematoden, Ameisen, Bibern, Bienen und Elefanten – haben ihre Lebensräume für ihre Zwecke verändert. Als die Menschen auf der Bildfläche erschienen, fingen sie ebenfalls an, Dämme aufzuschütten, Tunnel zu graben und Bauten zu errichten. Aber mithilfe der billigen Energie aus fossilen Brennstoffen baut Homo sapiens inzwischen die Erde in beispiellosem Ausmaß und mit ungeahnten Folgen um.

Wir können also sehr wohl die Welt verändern. Wir haben es schon getan, wir tun es weiterhin, und wenn es uns jetzt nicht gelingt, manche dieser Veränderungen rückgängig zu machen, werden wir vor Herausforderungen stehen, wie wir sie in unserer gesamten Geschichte noch nicht erlebt haben.

Anders als die meisten Vortragenden bei dieser Konferenz komme ich weder aus dem universitären Umfeld noch aus der Wirtschaft. Ich bin nur ein Schreiberling, der Dinge miteinander verbindet, ich bin eine Elster, die anderen Edelsteine klaut, ich wühle in Sachen herum, von denen ich nicht sehr viel verstehe. Was ich schreibe, ist hauptsächlich Fiktion, manchmal »Science-Fiction« oder »spekulative Fiktion« – also Geschichten, die in der Zukunft spielen, aber auf diesem Planeten und im Bereich des Möglichen. Ich extrapoliere aus heutigen Gegebenheiten und Entwicklungen, projiziere das Ganze in die Zukunft und zeige, was dabei herauskommen könnte. Auf die Frage nach der Existenzberechtigung dieser Literatur könnte man ihre Wirksamkeit als kleines strategisches Hilfsmittel anführen. *Dort scheint der Weg hinzuführen*, könnte sie sagen. *Dort werden wir möglicherweise landen. Wollt ihr da wirklich hin? Falls nicht, nehmt einen anderen Weg.*

Wer solche Literatur schreibt, denkt ständig über Veränderungen nach. Veränderungen zum Besseren wie zum Schlechteren; Veränderungen, die man früher für unwahrscheinlich hielt, die aber trotzdem eingetroffen sind, wie zum Beispiel das Internet; plausible Veränderungen, die früher in greifbarer Nähe schienen, dann aber nie verwirklicht wurden, wie zum Beispiel Flugautos; drohende katastrophale Veränderungen, die aber noch abgewendet werden können, wie zum Beispiel ein weltweiter Atomkrieg, und andere katastrophale Veränderungen, die als fast unvermeidlich gelten, wie zum Beispiel der Klimawandel.

Romanschriftsteller sind eigentlich eher Spezialisten für erfundene Geschichten, aber beim realitätsbezogenen Thema »Wie kann man die Welt verändern?« – das sich zwangsläufig auf die Zukunft bezieht, die wir ja noch nicht kennen – darf man vielleicht fragen: In was für einer Geschichte glauben wir Menschen uns zu befinden? Denn die Antwort wird mitbestimmen, wie die Sache ausgeht. Wenn es eine klassische Komödie ist, werden wir mit einer Reihe von Schwierigkeiten konfrontiert, gipfelnd in einem Moment der Verzweiflung, in dem alles verloren scheint, aber dann überwinden wir durch eine Mischung aus Mut, Entschlossenheit, Klugheit und Liebe und vielleicht mithilfe eines Deus ex Machina oder einfach durch unwahrscheinlich glückliche Umstände diese Schwierigkeiten und triumphieren am Ende, und dann gibt es ein herrliches Fest, bei dem alle, oder fast alle, dabei sein dürfen. Sollte es aber eine Tragödie sein, werden wir uns in unserem Hochmut für so klug und wichtig halten, dass wir, blind für unsere eigenen Unzulänglichkeiten, das Offensichtliche nicht erkennen. Deshalb stürzen wir von unserem hohen Ross und gehen schmachvoll zugrunde. Anschließend erben andere Wesen, die mit uns nichts zu tun haben, das Königreich oder die Welt oder den Planeten, den wir einstmals als den unseren ansahen, und gestalten ihr Leben auf oder mit ihm möglicherweise besser als wir.

Wenn unsere Geschichte ein Melodrama ist, erleben wir eine Mischung aus beidem: rauf und runter wie in einer Achterbahn, was wahrscheinlich dem wahren Leben am ehesten entspricht.

Welche dieser drei Strukturen beschreibt am besten die Erzählung, in der wir uns befinden? Die Zeitungen scheinen meist die Tragödie und das Melodrama zu favorisieren, nur einige wenige tapfere Seelen setzen auf die Komödie. Diese Fans des Happy End sehen fast ausnahmslos in Cleverness (oder Technologie) die einzige Rettung, um unseren Kopf noch aus der Schlinge zu ziehen, in die wir ihn selbst mithilfe unserer Cleverness (oder Technologie) reingesteckt haben. Auf den Deus ex Machina oder die Glückslösung setzt inzwischen fast niemand mehr. Wobei – manche hoffen noch auf wohlwollende Außerirdische.

Wenn wir uns entschieden haben – oder genauer gesagt, wenn wir eine Vermutung haben –, in welcher Art von Erzählung wir uns befinden, können wir es sogar noch weiter eingrenzen.

Es existiert eine ehrwürdige Tradition von Geschichten, in denen unsere Welt sich verändert und die entweder etwas viel Besseres prognostizieren – wie das Neue Jerusalem, eine lebendige Stadt mit klaren Flüssen und herrlicher Musik, nachzulesen in der Offenbarung des Johannes – oder etwas viel Schlimmeres, zum Beispiel den Weltuntergang, begleitet von vier apokalyptischen Reitern, Blutregen, Bränden allerorten, grauenhaften Kriegen und so weiter, ebenfalls in der Offenbarung nachzulesen.

Die erste Sorte von Erzählung bezeichnet man üblicherweise als »Utopie«, und sie stellt dem beklagenswerten Istzustand ein Wenn-doch-nur-Szenario gegenüber, in dem die Fehler der Gegenwart durch verschiedene vom Autor ins Spiel gebrachte Maßnahmen und Gadgets beseitigt werden. Die moralische Stoßrichtung dieser

Art von Erzählung ist aufwärts – die Menschheit bewegt sich auf den Himmel zu, der früherer Überzeugung nach die Welt mit ihren vier Elementen – Erde, Wasser, Luft und Feuer – und die darüberliegende Schicht des fünften Elements, der Quintessenz, umgab. In einer Utopie finden wir meist angenehme und erstrebenswerte Dinge vor: persönliche Freiheit, köstliches und gesundes Essen, eine schöne Natur, friedliche Tiere, hübsche, freundliche Menschen, ein langes Leben, vergnügten und risikofreien Sex, schicke Kleidung, keinerlei Krankheiten oder Hunger, eine auffällige Abwesenheit von Lügnern, Betrügern, Dieben und Mördern sowie weit und breit keinen Krieg.

Die zweite Art von Erzählung nennt man »Dystopie«. In einer Dystopie ist alles noch viel schlimmer als in der Gegenwart. Die moralische Stoßrichtung ist abwärts, und in diesen Welten finden wir alles, was wir nicht leiden können, wie Totalitarismus, Folter, Hungertod, grauenhaftes Essen, Massenvernichtungswaffen in den Händen von Leuten, die uns nicht mögen, schrecklichen und meistens erzwungenen Sex, üblen Gestank, minderwertige Wohnungseinrichtungen, Umweltzerstörung, hässliche Geräusche und alles Mögliche mehr, das wir abstoßend finden.

Wenn wir Romanautoren uns über die Welt äußern, die die meisten Leute als unsere Realität ansehen, wird uns manchmal vorgeworfen, wir schrieben »Science-Fiction«. Vielleicht aber schreibt die Science-Fiction inzwischen uns. Anders gefragt: Erfinden wir neue Technologien – die dann unsere Welt verändern –, weil wir sie uns vorher ausgedacht haben? Die Liste menschlicher Wünsche und Ängste ist sehr alt und hat sich im Laufe der Zeit recht wenig verändert. Wir haben lange davon geträumt, wie Vögel zu fliegen, und jetzt tun wir es, wenn auch nicht unbedingt wie Vögel. Aber manche Konsequenzen dieser Fähigkeit, zu denen inzwischen auch Bomben und Drohnen gehören, rufen nicht gerade Begeisterung hervor.

Neue Technologien sind nämlich immer ein zweischneidiges Schwert. Eine Seite schneidet so, wie sie soll, aber mit der anderen schneiden wir uns in die Finger. Vieles in der Welt, die wir gestaltet haben, würde auf die Menschen von vor gerade mal fünfhundert Jahren wie Zauberei wirken; aber wir sind eher Zauberlehrlinge als echte Zauberer. Wir können den Geist aus der Flasche lassen, aber ihn wieder reinzustopfen übersteigt im Moment irgendwie noch unsere Fähigkeiten. Wir haben zerstörerische Kräfte erschaffen, von denen wir abhängig sind; wenn sie nicht mehr da wären, würden Anarchie und entsetzliches Chaos ausbrechen. Man stelle sich nur vor, was passieren würde, wenn überall das Licht ausginge und keine Züge und Autos mehr führen. In den Städten – wo die meisten von uns inzwischen leben – gäbe es nach wenigen Tagen kein Essen mehr, und was dann? Wir stecken in einem wundersamen Mechanismus, den wir selbst gebaut haben, und wir haben keine Ahnung, wie wir wieder rauskommen sollen; aber wenn wir ihn nicht radikal verbessern, wird er sich am Ende selbst auffressen und uns gleich mit.

Was können wir also unternehmen? Welche positiven Veränderungen können wir herbeiführen? Folgende Möglichkeiten und Vorschläge höre ich immer wieder.

Erstens, wissenschaftliche Forschung und neue Technologien. Bestimmt, sagen manche, werden wir mit unserer menschlichen Intelligenz die Kuh vom Eis kriegen. Wir sind schließlich schlau genug, unseren drohenden Untergang vorherzusehen und zu erkennen, inwiefern wir selbst dazu beitragen. Sollten wir dann nicht auch schlau genug sein, uns Lösungen auszudenken, die den fatalen Entwicklungen, die wir vorangetrieben haben, entgegenwirken oder sie sogar umkehren? Möglicherweise. Und viele Menschen arbeiten fieberhaft auf genau dieses Ziel hin. Effizientere Sonnenkollektoren, manche sogar in Röhrenform; Speicher, die eine Nutzung der Sonnenenergie auch nachts ermöglichen; bessere Windkraftanlagen; Generatoren, die wie Seerosenblätter auf der Wasseroberfläche schwimmen und Strom aus Wellenbewegungen erzeugen; Technologien, mit denen man CO_2 aus der Atmosphäre saugen kann; energieablenkende Partikel, die in die Luft geschossen werden und einen kühlenden Effekt haben sollen; Algenfarmen; billige Meerwasserentsalzung und Technologien zur Wasserreinigung und vieles mehr. Wird man all das noch weiter verbessern und rechtzeitig in ausreichender Menge einsetzen können?

Und wie geht man damit um, dass für die Herstellung und den Transport dieser Dinge zusätzliche Energie – aus Öl, Gas oder Kohle – verbraucht werden wird? Was ist mit der mächtigen Lobby für fossile Brennstoffe? Warum sollte diese Industrie neue Technologien begrüßen, die ihre eigene Macht und ihren Einfluss schmälern, vom Profit ganz zu schweigen?

Wer also soll dann all diese neuen Erfindungen finanzieren? Da gibt es nur zwei Möglichkeiten: Privatunternehmen oder Regierungen. Aber Letztere machen sich zu Sklaven der Ersteren. Sowohl Wissenschaftler als auch Unternehmer selbst sagen, dass wirklich unabhängige Forschung inzwischen fast nicht mehr möglich ist und dass potenzielle Investoren bei neuen Erfindungen als Allerserstes nicht fragen, ob man damit den Planeten retten kann, sondern ob damit Geld zu verdienen ist.

Umweltfreundlichere Bauvorschriften, die Dämmung von Gebäuden mit hohem Wärmeverlust, ein Tempolimit auf Autobahnen, die Rückkehr zu Bahnreisen: Das alles sind kurzfristig umsetzbare Energiesparmaßnahmen, die vielleicht schon etwas ausrichten.

Aber einer solchen Flickschusterei am bestehenden System steht ein sehr großes Problem gegenüber: die demografische Zeitbombe. Es gibt nämlich einen weiteren Elefanten im Raum, über den niemand reden will, und das ist die wachsende Weltbevölkerung und der nachvollziehbare Wunsch jedes Einzelnen auf diesem Planeten, seine Lebenssituation zu verbessern. Die Ressourcen des Planeten reichen nicht aus, um jedem den durchschnittlichen nordamerikanischen »Lebensstil«, so wie er gegenwärtig beschaffen ist, zu ermöglichen. Und wenn die Reichsten ihren Konsum herunterschrauben würden, damit die Ärmsten mehr bekämen, und dann jeder den Durchschnitt halbierte? Gute Idee bei einer stabilen Population, aber wenn die Bevölkerung sich verdoppelt, bleiben der Gesamtkonsum und die benötigte Energie immer noch gleich hoch.

Wer jedoch das Wort »Bevölkerungskontrolle« in den Mund nimmt, erntet einen Sturm der Entrüstung. Religionsführer vieler Glaubensrichtungen sprechen von Sünde, andere erheben den Vorwurf von Rassismus oder Genozid. Offenbar sollen so viele Menschen wie möglich geboren werden. Was danach passiert – Kriege um schwindende Ressourcen, Hungersnöte, Krankheiten und all die anderen Folgen von Überbevölkerung und Unterernährung –, scheint den Verfechtern der uneingeschränkten Geburten egal zu sein. Und wer soll alle diese Babys bekommen? Einmal dürfen Sie raten.

Bildung für Frauen sehen viele – einschließlich des

Weltwirtschaftsforums Davos – als Schlüssel zu einem besseren Lebensstandard. Gebildete Frauen haben weniger Kinder, sie investieren mehr in die, die sie haben, und sie leisten einen größeren Beitrag zur Gesellschaft. Und doch ist der Widerstand gegen Bildung für Mädchen und Frauen genau dort am stärksten, wo man am meisten davon profitieren würde. Man hat fast den Eindruck, manche würden ihre Frauen lieber umbringen, als zuzulassen, dass die Gesellschaft auch mit ihrer Hilfe vorangebracht wird.

Zu den technologischen und zu den bildungsorientierten Lösungsansätzen kommen als Drittes noch die politischen. Auf internationaler Ebene sind Versuche, sich auf eine Regulierung des CO_2-Ausstoßes zu einigen, bislang kläglich gescheitert. Niemand will den ersten Schritt tun. Niemand will das »ökonomische Wachstum« opfern und den Zorn der Bevölkerung auf sich ziehen. Die meisten Menschen sind anscheinend bereit, die Konsequenzen des Nichtstuns zu ignorieren, solange sie keine direkte Bedrohung für sich selbst sehen. »Nicht hier, nicht jetzt, nicht ich« lautet das vorherrschende Mantra.

Auf nationaler Ebene ist ein bisschen mehr erreicht worden: Verschiedene Regierungen bemühen sich, umweltfreundlicher zu werden. Auf lokaler Ebene existieren viele Projekte zur Umweltsanierung, die auch schon Erfolge zu verzeichnen haben. Aber Fortschritte an der einen Stelle können schnell wieder durch Rückschritte an einer anderen zunichtewerden. Die Menschen, die vor Ort darum kämpfen, wenigstens einen kleinen Teil der biologischen Vielfalt zu erhalten, von der unser Überleben letztlich abhängt, verrichten oft eine Sisyphusarbeit: Kaum haben sie den Stein den Berg hinaufgeschoben, rollt er schon wieder hinunter.

Unser vielleicht größter Fehler ist ein Fehler der Moderne: Wir haben uns vom Universum losgelöst; wir verstehen nicht, dass alles mit allem verbunden ist. In Wirklichkeit leben wir jenseits der Natur, wir sind ein Teil von ihr. Aber es werden riesige Geldsummen in Träume wie die Heilung von Krebs gepumpt (als wären viele dieser Probleme nicht ein Resultat der industriell erzeugten Produkte, die wir in uns hineinkippen) oder in das Streben nach Unsterblichkeit, in den Plan, unser Gehirn in einen Computer hochzuladen und ins All zu schießen. Gleichzeitig fließt nur ein winziges bisschen unseres Reichtums – weniger als drei Prozent aller Spendengelder – in die zunehmend verzweifelten Versuche, eine funktionierende Biosphäre zu erhalten.

Mit »funktionierend« meine ich, dass wir Menschen weiterhin existieren können. Aufs große Ganze gesehen: Braucht die Natur uns? Nein. Wir werden unsere eigenen Lebensgrundlagen schneller zerstört haben als die Grundlagen allen Lebens. Wie viel wir auch kaputt machen, irgendein Insekt oder Tiefseekalmar, irgendeine Kieselalge oder anaerobe Mikrobe wird länger durchhalten als wir. Aber brauchen wir die Natur? Ja, es sei denn, wir finden heraus, wie man anders atmen kann. Die Chemie und die Physik lassen nicht mit sich verhandeln, aber sie gleichen sehr wohl ihre Bilanz aus. Durch größere Hitze generierte Energie muss sich entladen, und das tut sie in Form stärkerer Winde und höherer Wellen; was als zusätzliche Verdunstung nach oben geht, kommt in Form von Wolkenbrüchen und zerstörerischen Blizzards wieder herunter. Die neue, weniger freundliche, labilere Erde, die Bill McKibben 2010 in seinem Buch ›Eaarth‹ beschrieben hat, ist schon Realität. Wir können uns entweder so gut wie möglich an sie anpassen, wir können versuchen, uns einzuschränken und die gnadenlosen Prozesse, die wir anscheinend in Gang gesetzt haben, umzukehren oder wenigstens anzuhalten, oder wir müssen mit der Misere klarkommen, die einem Zusammenbruch unserer Gesellschaft folgen würde.

Vor Kurzem unterhielt ich mich mit einem indigenen Kanadier, der auf einem Bauernmarkt Heringsmaränen verkaufte. Ich sprach ihn auf die Zebramuschel an, eine invasive Art, die mit dem Bilgewasser von Frachtschiffen aus Übersee in unsere Gewässer gelangt ist und seither in den Großen Seen einen riesigen ökologischen Schaden anrichtet, indem sie Rohre verstopft, Strände übersät und heimischen Arten, darunter auch den Jungfischen der Maränen, einen Großteil der Nahrung wegnimmt. Ich fragte den Fischer, was man seiner Meinung nach gegen dieses Problem unternehmen solle. Er mache sich doch bestimmt Sorgen, schließlich bedrohten diese Muscheln seine Existenzgrundlage. Aber er lächelte nur und sagte: »Die Natur wird das regeln.«

Ich glaube, er meinte damit nicht, dass die Natur die Zebramuschel ausrotten werde, sondern dass sich im Lauf der Zeit ein neues Gleichgewicht, ein neuer Status quo einstellen werde. Wenn meine Vermutung stimmt, hatte er recht, denn das passiert in der Natur immer. Das Ergebnis ist vielleicht nicht so, wie wir es uns wünschen, aber die Wünsche von uns Menschen sind der Natur egal. Physik und Chemie geben uns keine zweite Chance.

Uns selbst aber sind unsere Wünsche nicht egal. Und wir lechzen nach zweiten Chancen: Unsere religiösen Geschichten und sogar unsere Märchen und Filme sind voll davon. Wir denken gern, dass wir etwas wahr werden lassen können, wenn wir es uns nur fest genug wünschen.

Vielleicht sollten wir uns langsam mal ganz fest wünschen, dass wir überleben. Wenn wir es wirklich wollen, können wir es mit unserer so viel gelobten Intelligenz doch bestimmt zustande bringen.

TEIL III

2014 BIS 2016

WER IST DER STÄRKERE?

IM LAND DER ÜBERSETZUNGEN

(2014)

Mit großer Freude habe ich die Einladung der University of East Anglia in Norwich angenommen, diesen Vortrag zu Ehren des Schriftstellers W. G. Sebald zu halten, der von all seinen Lesern sehr bewundert und vermisst wird.

W. G. Sebald muss als einer der wichtigsten Schriftsteller des zwanzigsten Jahrhunderts angesehen werden. Mit seiner Vermischung von Fakten und Fiktion hat er die Form des Romans gesprengt und ist dabei sogar so weit gegangen, Zitate zu erfinden. Er liebt das mäandernde Erzählen, die daraus entstehenden Formen erinnern an die menippeische Satire, an das, was Northrop Frye die *Anatomie* nannte, und an persönliche Meditationen. Und was er mit dem Roman macht, mache ich mit meiner Rede: Er ist der Namenspatron dieses Vortrags, also habe ich wohl das Recht, ihm nachzueifern und genauso mäandernd, überraschend, sprunghaft und, nun ja, genauso sonderbar zu sein wie Sebald selbst.

Sebald interessierte sich für Sir Thomas Browne, den charmanten Arzt und Schriftsteller, der im siebzehnten Jahrhundert in Norwich lebte und dessen ausdrucksvolle Statue heute nachdenklich auf das Pulled Pork, den geräucherten Schellfisch und die erstklassigen Würste auf dem Markt von Norwich blickt; und hier werde ich nun zum ersten Mal abschweifen. Gegen Haarausfall empfahl Browne, sich geröstete Maulwürfe und Honig auf den Kopf zu reiben. Diesen Tipp gebe ich hiermit gerne an die großen Pharmakonzerne weiter, die ja schon öfter erfolgreich alte Hausmittel vermarktet haben. Ich verzichte sogar auf ein Honorar.

Von jeher habe ich mich Merlin aus ›Das Schwert im Stein‹ verbunden gefühlt, nicht nur wegen seiner zahmen Eule, sondern auch, weil unsichtbare Geister ihm bringen, was immer er benötigt. Wenn er »Hut« sagt, erscheint ein Hut. Es ist vielleicht nicht der richtige Hut, aber es ist ein Hut. Dieses Phänomen ist auch auf hochgestochenere Art literarisch beschrieben worden – ich könnte jetzt George Eliots Vergleich aus ›Middlemarch‹ über die Kerze zitieren, in deren Licht sich die chaotischen Kratzer auf einem Spiegel zu einem konzentrischen Muster anordnen – aber warum kann nicht beides nebeneinander existieren? Und kaum hatte ich zugesagt, die Sebald Lecture zum Thema Übersetzung zu halten, brachte die Post mir wie durch ein Wunder einige Briefe von W. G. Sebald höchstpersönlich – abgedruckt in der Literaturzeitschrift ›Little Star‹. Gerichtet waren sie an seinen Übersetzer Michael Hulse, und ihr Thema war … Sie werden es nicht glauben! Übersetzung! »Danke, Ihr hilfreichen unsichtbaren Geister, danke, Kerze und Spiegel«, rief ich aus. »Jetzt kann ich einen dieser Briefe in meinem Vortrag zitieren und beim Publikum richtig schön auf dicke Hose machen! Oder auf dicken Rock. Irgendein metonymisches Kleidungsstück jedenfalls.«

Hier also kommt der Brief.

19.IX.97

Lieber Michael,
Bill hat mich gebeten, das letzte Kapitel direkt an dich zu schicken, damit du es durcharbeiten kannst, bevor du nach King's Lynn aufbrichst.

Ich hatte schon befürchtet, dass dieser Teil besonders schwierig sein würde. Bestimmt hast du mich mehr als einmal verflucht, als du dich damit herumgeschlagen hast. In den »zitierten« Passagen sind wohl zwangsläufig viele kleine Details verloren gegangen. Noch gestern Abend habe ich mir den Kopf zerbrochen, wie man »Wehrwirtschaft« (S. 14) treffender übersetzen kann, aber es ist nicht viel dabei herausgekommen.

Heute früh habe ich noch einige Änderungen an der Liste mit Motten auf S. 3 vorgenommen, denn zwei der ursprünglich aufgeführten sind (anders, als es im Text heißt) recht unscheinbar. Und ich möchte mir keinesfalls den Zorn der zahlreichen britischen Mottenbeobachter zuziehen. Um die ausgewählten Motten zu überprüfen, habe ich extra einen Tischler in Beccles angerufen, der mich einige Male zum Mottenbeobachten mitgenommen hat. Aber es ging nur seine Frau ans Telefon, er hat sich letzten Monat, wie sie es formulierte, in seinem Auto selbst vergast. Alles sehr merkwürdig, nicht wahr. Wenn du Zeit hast, vom anderen Ende Norfolks nach Norwich zu kommen, bis zum 2. Oktober bin ich noch hier.
Alles Gute, Max

Wie Sie sehen, lebte W. G. Sebald damals in Norfolk.

Und da haben wir ein weiteres Beispiel für eine Kerzen-Spiegel-Begebenheit: Vor genau dreißig Jahren, 1983/84, verbrachte ich mit meiner Familie einen Herbst, Winter und Frühling in Norfolk. Wir lebten also in genau der Gegend, die Sebald auf beeindruckende Weise in ›Die Ringe des Saturn‹ beschreibt, einer Meditation über die Vergänglichkeit wie so viele seiner Werke. Wir wohnten in Blakeney. Der Ort, früher ein bedeutender Hafen, wie die imposante Saint-Nicholas-Kirche aus dem fünfzehnten Jahrhundert bezeugt, war inzwischen nur noch eine kleine Ortschaft am Watt. Der Nebel, das stürmische Meer und die Dörfer, die es verschluckte, die gewundenen Sträßchen, die einstmals reichen, nunmehr verfallenden Landsitze: Wir lebten mittendrin, bevor wir in ›Die Ringe des Saturn‹ davon lasen. Wir spazierten auch durch Norwich selbst, und daher ist es kein Zufall, dass Juliana von Norwich im letzten Kapitel meines Romans ›Das Jahr der Flut‹ als Schutzheilige auftaucht: Zu jener Zeit machte ich auch ihre Bekanntschaft.

Wir hatten uns für Blakeney entschieden, weil sich hier einer der für Vogelbeobachter besten Küstenabschnitte Großbritanniens befand: Die sibirischen Stürme bliesen viele seltene Arten über die Salzmarschen und das Watt. Unser zweites Projekt war das Schreiben – wir hatten beide einen Roman im Kopf –, aber ich muss leider gestehen, dass daraus nichts wurde. Keiner von uns kam mit seinem Buch voran.

In meinem Fall hatte dieser Misserfolg möglicherweise mit den Geistern in unserem Haus zu tun. Die Einheimischen hatten uns erzählt, dass es in dem Gebäude – im dreizehnten Jahrhundert ein von Nonnen geführtes Leprakrankenhaus – spuke, man treffe dort nicht nur die Nonnen an, vorzugsweise im Wohnzimmer, sondern auch einen beschwipsten Ritter – im Speisezimmer natürlich, da wurde schließlich der Schnaps aufbewahrt – sowie eine kopflose Frau, die wie die meisten kopflosen Frauen in der Küche eingesperrt war.

Wir befragten unseren Vermieter, einen Pfarrer, der in London lebte. Er antwortete mit einem herzhaften Lachen. »Hohoho, das haben die Einheimischen Ihnen erzählt?«, sagte er. Dann sah er uns mit durchdringendem Blick an: »Haben Sie sie gesehen?« Bei der kopflosen Frau winkte er ab: Sie war nur ein einziges Mal erschienen, und zwar einer Amerikanerin, die auf der Suche nach ihren Wurzeln war und unbedingt mindestens eine kopflose Frau aufstöbern wollte, egal, wie viele Gläser Sherry sie dafür trinken musste. Was die Nonnen anging, war er skeptisch, aber trotzdem sehr interessiert, denn seine Mutter hatte wohl mal eine von ihnen gesehen. Den beschwipsten Ritter ließen wir beiseite, obwohl wir ihm eines Abends tatsächlich begegneten. Er entpuppte sich jedoch als verirrter Nachtschwärmer, der den Pub nebenan kurz verlassen hatte, um das zu tun, was beschwipste Ritter in der freien Natur so tun, und sich auf dem Rückweg verlaufen hatte.

Möglicherweise pfuschte mir also die Geisterwelt ins kreative Handwerk und löste die massive Schreibblockade aus, mit der ich es zu tun bekam. Aber vielleicht lag es auch an anderen Dingen. Tagsüber saß ich nämlich in einer Fischerhütte aus Feldsteinen und kämpfte mit einer mechanischen Schreibmaschine, auf der das *l* klemmte. Das führte dazu, dass ich Wörter mit *l* zu vermeiden versuchte, was mich ein wenig einschränkte. Vielleicht sollte ich meiner attraktiven männlichen Hauptfigur einen vornehmen Sprachfehler verpassen? »Ich wiebe dich«, fwüsterte er zärtwich. »Wass mich deine sinnwichen Wippen küssen.« Nein, das war keine gute Idee.

Die Hütte wurde mittels eines kleinen Kamins geheizt,

mit dem ich aber nicht zurechtkam, weil ich einfach kein Talent dafür hatte, mit dicken, klitschnassen Holzscheiten ein Feuer in Gang zu bekommen. Der Steinfußboden bescherte mir die ersten Frostbeulen meines Lebens, da ich zwischendurch immer zurück ins Haupthaus ging und die eiskalten Füße im Wohnzimmer der Geisternonnen vorm dort lodernden Kaminfeuer hochlegte. Ich war ganz begeistert, als ich die Frostbeulen entdeckte. »Das sind doch wohl nicht… doch! Frostbeulen!«, rief ich. »Endlich! Wie bei Dickens!«

Außerdem trug wohl auch eine Reihe von Liebesromanen über Maria Stuart zu meiner Schreibblockade bei. Die Bücher waren von früheren Sommergästen zurückgelassen worden und stellten eine gewisse Ablenkung dar. Nichts muntert einen so sehr auf wie Maria Stuart, wenn es mit dem Schreiben nicht läuft. Erleichtert kann man vor sich hin murmeln: »Na ja, falls sie mich mal enthaupten, fällt mir wenigstens nicht die Perücke vom Kopf.«

Am wahrscheinlichsten ist jedoch, dass an meiner produktiven Nullnummer meine mangelnden Spanischkenntnisse schuld waren. (Ihnen war natürlich schon klar, dass ich früher oder später auf das Thema Sprachen komme.) Der Roman, den ich zu schreiben versuchte, spielte nämlich in Mexiko. Wie bin ich bloß auf diese Idee gekommen? Nicht nur sprach ich kein Spanisch, ich konnte auch weder Nahuatl noch Maya, Zapotekisch, Mixtekisch, Otomi, Totonakisch, Tzotzil, Tzeltal, Mazahua, Mazatekisch, Huastekisch, Ch'ol, Chinantekisch, Purépecha, Mixe, Tlanpanekisch oder Tarahumara – die Hälfte dieser Sprachen wird heute noch von mehr Menschen gesprochen als Englisch im London zur Zeit Shakespeares. Ich hätte nicht alle diese Sprachen beherrschen müssen, um meinen Roman zu schreiben, aber eine oder zwei wären schon nützlich gewesen. Heutzutage könnte ich einfach einen Onlinekurs machen, aber damals gab es noch kein Internet, und in Blakeney kam man an einen Mixtekisch-Kurs nicht so leicht ran.

Auch in anderer Hinsicht konfrontierte Blakeney uns mit einer Menge Übersetzungsfallstricken. Da Kinder neue Sprachen und Akzente sofort aufsaugen, sprach unsere sechsjährige Tochter schon nach wenigen Wochen exakt denselben Norfolk-Dialekt wie ihre Klassenkameraden. Und von da an waren wir, ihre Eltern mit dem unüberhörbaren kanadischen Akzent, ihr unfassbar peinlich. »Mummy, Daddy«, ermahnte sie uns ständig. »Sagt doch nicht Unterhose! Es heißt Schlüpfer!« Dass Graeme der einzige Mann war, der – wahrscheinlich seit Anbeginn der Zeit – in Blakeney ein Kind von den Pfadfindern abholte, machte es auch nicht besser. Wie beschämend: Dutzende Norfolk-Mütter mit Kopftüchern und daneben ein einsamer, groß gewachsener, bärtiger, offensichtlich geistig verwirrter Kanadier …

Aber Ausländern sieht man vieles nach, zumindest manchmal, je nachdem, was für Ausländer es sind. Wenigstens waren wir keine Amerikaner! Wenigstens waren wir keine Franzosen! Wenigstens war niemandem so richtig klar, woher wir eigentlich kamen – unter Kanada stellten die Einheimischen sich, wenn überhaupt, nur einen großen, weißen Fleck auf der Landkarte vor. Und was noch besser war: In diesem Land der exakt zu bestimmenden Soziolekte erkannte niemand, welcher Schicht wir angehörten, sodass niemand uns abwies und wir mit allen im Dorf freundlichen Umgang pflegen konnten. Was wir auch taten.

Aber nun zu den ernsten Angelegenheiten; wobei für den Schriftsteller das alles ernste Angelegenheiten sind.

Über Sieg oder Niederlage entscheidet tatsächlich oft schon die Frage, ob eine Romanfigur »Unterhose« oder »Schlüpfer« sagt, denn Bücher bestehen nun mal aus Sprache und sonst nichts. »Was leset Ihr, mein Prinz?«, fragt Polonius. Worauf Hamlet ganz richtig antwortet: »Worte, Worte, Worte.« Das ist alles, was uns armen Arbeitern in den Salzbergwerken der Sprache zur Verfügung steht – Worte. Kein Soundtrack, keine Bilder außer denen im Kopf der Leser. Und deshalb sind die Worte in all ihrer reichen Vielfalt von größter Bedeutung für uns. Es kommt nicht nur darauf an, was man sagt – die Handlung, die Beschreibungen, die Charaktere –, sondern auch, wie man es sagt. Die Stimme, der Ton; Stand und Herkunft einer Figur, welcher Kultur und Generation sie entstammt, wer mit wem spricht – auf Japanisch kann man nicht einmal »Freut mich, Sie kennenzulernen« sagen, wenn man nicht weiß, ob das Gegenüber eine höhere oder niedrigere Position innehat als man selbst oder ob man sich auf gleicher Ebene begegnet. Und dann wären da noch alle möglichen Abstufungen von Slang bis zu formeller Sprache und natürlich die Frage, zu welcher Zeit das Ganze spielt.

All diese Dinge werden außerdem noch davon beeinflusst, ob die Figur (beispielsweise) ein Mohikaner ist wie in ›Der letzte Mohikaner‹ oder ein Kaninchen wie in ›Unten am Fluss‹ oder ein Schwein wie in ›Wilbur und Charlotte‹. Oder ein Hobbit. Oder ein Ork: Die haben Schwierigkeiten mit der Grammatik. Oder eine Elfe, quasi ein besserer Mensch. Oder ein Pferd. Oder ein Wolf. Oder ein Vampir. Oder, wie in ›Der letzte Eskimobrachvogel‹, ein Eskimobrachvogel. Die Möglichkeiten sind endlos.

Diese Entscheidungen, mit denen der Schriftsteller sich

quält, stellen für den Übersetzer eine zehnfach größere Qual dar, und das alles zusätzlich zu seinen oder ihren zahlreichen weiteren Herausforderungen. Denn ob die Leser in anderen Sprachen überhaupt etwas vom Werk eines Autors verstehen, hängt allein vom Übersetzer ab. Seine oder ihre Aufgabe ist es, den Text exakt wiederzugeben, zumindest relativ exakt, aber er muss darüber hinaus in der Sprache der Übersetzung gut lesbar sein und außerdem an genau den richtigen Stellen spannend, lustig, ergreifend und so weiter. So eine doppelköpfige Trapeznummer stellt hohe Ansprüche an ein menschliches Hirn. Wenn ein Schriftsteller einen schlechten Tag hat, kann er oder sie also nicht nur murmeln: »Wenigstens bin ich nicht Maria Stuart«, sondern auch: »Wenigstens muss ich mein eigenes Geschreibsel nicht übersetzen!«

Ich bin doppelt dankbar, dass ich mein eigenes Geschreibsel nicht übersetzen muss, denn mir ist klar, dass ich manchmal ein ziemlicher Albtraum für meine Übersetzer bin. Okay, »manchmal« kann man streichen. Ich bin immer ein ziemlicher Albtraum für meine Übersetzer. Ich mache Wortspiele (fast unmöglich zu übersetzen) und Witze (schwierig), und ich denke mir Neologismen aus, vor allem für gentechnisch veränderte Lebewesen und erfundene Konsumartikel. Wie viel besser wäre es für den Übersetzer, wenn ich bei einem vornehmen Standardenglisch bleiben und mich auf Mordfälle beschränken würde. Handlungsgetriebene Bücher sind am leichtesten zu übersetzen, habe ich mir sagen lassen, obwohl auch da Gefahren lauern: In den französischen Übersetzungen des durch und durch amerikanischen Schriftstellers Raymond Chandler klingen die Beschreibungen von Los Angeles seltsamerweise sehr nach den schäbigeren Ecken von Paris, in denen zum Beispiel Inspektor Maigret wohnen könnte, mit dem einzigen Unterschied, dass es weniger regnet.

Aber welche Alternative hat der Übersetzer? Will man eine makellose Übersetzung, die dem Leser das Gefühl gibt, das Buch wäre tatsächlich in dieser Sprache geschrieben worden? Die zweisprachige Schriftstellerin Mavis Gallant hat einmal gesagt, wenn man erst einen Absatz aus dem Original und danach einen aus der Übersetzung liest und keinen Unterschied bemerkt, dann ist es eine hervorragende Übersetzung.

Oder will man ein paar anschauliche Ausdrücke in der Originalsprache stehen lassen, um anzuzeigen, dass wir uns hier in einer ganz anderen Kultur und an einem ganz anderen Ort befinden? Lädt Chingachgook dich in seinen Wigwam oder in sein spitzes Zelt ein? Tötet er dich mit einem Tomahawk oder mit einer kleinen, zum Holzhacken geeigneten Handaxt? Übersetzt man den norwegischen *Gjetost* oder *Brunost* als »sehr stinkigen, braunen Karamellkäse aus Ziegenmilch« oder einfach als »Braunkäse«, oder bleibt man bei der ursprünglichen Bezeichnung und damit beim Geschmack des Originals? Um das Ojibwe-Wort *Orenda* – mit dem Joseph Boyden einen Roman betitelt hat – zu erklären, braucht man einen ganzen Satz. (Es bedeutet in etwa »spirituelle oder magische Kraft, die allen Menschen und Gegenständen innewohnt und bei Schamanen besonders stark ist«.) Soll man dieses Wort im Roman übersetzen, oder soll man es stehen lassen und in einem Glossar erläutern? Solche Fragen rauben Übersetzern nachts den Schlaf.

Vor Kurzem habe ich ein paar Wochen beim jährlichen Workshop der Literaturübersetzer im Banff Centre verbracht. Dort kommen die Übersetzer mit den Autoren der Texte zusammen, an denen sie gerade arbeiten. Mein

Partner war ein sehr intelligenter junger Mann aus Ägypten, der die ›Penelopiade‹ ins Arabische übersetzte. Er legte mir eine Liste von Wörtern vor und fragte mich: »Ist das ein altes Wort, ein neues Wort, ein Slangausdruck, ein förmlicher Ausdruck, oder haben Sie sich das ausgedacht?« Das war alles wichtig.

Warum verbringe ich mein ganzes Leben damit, über solche Dinge nachzudenken und nicht – beispielsweise – darüber, wie man in einem Schwein eine menschliche Niere züchten kann? Oder um die Perspektive zu erweitern: Wo kommt das her? Warum tun wir so etwas? Mit »wir« meine ich alle, die sich mit Worten beschäftigen – also sowohl Schriftsteller als auch Übersetzer.

Wir werden alle ohne Sprache geboren, aber wir eignen uns die Sache sehr schnell an. Und sobald wir einmal auf den Wortgeschmack gekommen sind, verbringen wir den Großteil unserer Kindheit mit Übersetzen. »Was bedeutet das? Was heißt dies hier? Und wie ist es mit dem da drüben?« Manche haben ziemlich schnell alle Wörter beisammen, die sie brauchen, und kümmern sich dann nicht mehr groß darum. Die Sprachmenschen aber machen immer weiter.

Eng ist die Pforte, und verschlungen sind die Wege, dunkel die Beweggründe, groß die Gefahren, glücklich die Zufälle – doch auch anstrengend die Lehrjahre und zahlreich die zerknüllten Manuskriptseiten –, die schließlich ins sagenumwobene Königreich der Literarischen Leckerbissen führen (oder heutzutage auch ins Land der Digitalen Delikatessen). Hier eine kurze Zusammenfassung meines persönlichen Weges.

Meine frühe Kindheit – die mit den Jahren des Zweiten Weltkriegs zusammenfiel – verbrachte ich in der abgelegenen Wildnis im Nordwesten Quebecs. Wir lebten dort im Frühling, Sommer und Herbst, nicht in einer Stadt oder in einem Dorf, sondern mitten zwischen den Bäumen, Bären, Kriebelmücken und Seetauchern. Die Fortbewegung erfolgte per Boot oder zu Fuß über die Trails. Es gab keinen elektrischen Strom, kein fließendes Wasser, keine Schule, keine Läden, kein Theater, kein Kino, kein Fernsehen. (Fernsehen gab es auch woanders nicht.) Später besaßen wir immerhin ein einfaches Radio, auf dem wir ab und zu entweder sehr weit entferntes Französisch – wir waren ja in Quebec – oder über die Kurzwelle merkwürdigerweise Russisch empfangen konnten. Im Winter lebten wir in der Stadt, in Ottawa, wo der Empfang besser war, und dort hörten wir im Radio unter anderem so etwas:

Uiioooiiiooo… Bong bong bong bong; bong bong bong bong. Bong. Bong. Bong. Bong. Bong. Bong. Hier sprrricht London. Es folgen die Nachrichten der BBC.

Und das Kind fragte sich: Warum redeten die so komisch? Und: Wer war London? Und noch rätselhafter: Was war die BBC?

Aber dann kamen im Radio auch solche Sachen:

Balewa-ckelewe balewa-ckelewe Kulewu-chelewen, delewer Bälewä-ckelewer halewat gelewe-rulewufelewen

Oder so etwas:

Chickery chick, cha-la, cha-la
Check-a-la romey

In a bananika
Bollika, wollika, siehst du mich?
Chickery chick bin ich.

Was für Sprachen waren *das* denn, wunderte sich das Kind. Und der Erwachsene übrigens auch. Das Erste war natürlich ein Rätsel, das man entschlüsseln konnte; das Zweite war Nonsens. Wie früh Kinder verstehen, dass manche Wörter einfach Unsinnswörter sind! Deshalb finden sie auch Edward Lear toll:

Es ist der Dong – wer wüßt' es nicht?
der Dong mit seinem Nasenlicht!

(Warum habe ich den Dong geliebt, verabscheue aber Rudolph the Red-Nosed Reindeer bis heute? Darüber muss ich dringend mal nachdenken.)

Abgesehen vom Radio gab es in der Welt der Wörter ohne bestimmte Bedeutung natürlich noch die unsterbliche Alice.

Verdaustig wars, und glasse Wieben
Rotterten gorkicht im Gemank;
Gar elump war der Pluckerwank,
Und die gabben Schweisel frieben.

Freundlicherweise lieferte der Text eine Übersetzung des Gedichts, auch wenn diese von einem Ei stammte. Aber es war ein Ei mit der Entschlossenheit eines Übersetzers.

»Wenn *ich* ein Wort gebrauche«, sagte Goggelmoggel in recht hochmütigem Ton, »dann heißt es genau, was ich für richtig halte – nicht mehr und nicht weniger.«

»Es fragt sich nur«, sagte Alice, »ob man Wörter einfach etwas anderes heißen lassen kann.«

»Es fragte sich nur«, sagte Goggelmoggel, »wer der Stärkere ist, weiter nichts.«

Ich als Leserin habe mir Goggelmoggels Lektion zu Herzen genommen. Eine gute Frage! Wer ist denn nun der Stärkere? Erweitert man als Schriftsteller die Bedeutungen der Wörter, oder ist man nur ihr Werkzeug? Wird man von seiner eigenen Sprache programmiert wie ein Computer, oder beherrscht man sie wie Prospero seine Zauberkünste – und besteht da überhaupt ein Unterschied? Als Jean Piaget kleine Kinder fragte, mit welchem Körperteil sie denken, antworteten sie: »Mit dem Mund.« Ist es überhaupt möglich, ohne Sprache zu denken? Definieren die Wörter, was wir denken können, und wenn ja, können wir in einer Sprache Gedanken artikulieren, die in einer anderen nicht möglich sind? Hätte der Werbetext auf den Packungen mit edlem, in Handarbeit geschöpftem Salz aus Frankreich auf Deutsch dieselbe lyrische Wirkung? »Wenn die lebensspendende Sonne ihre rosigen Strahlen über das azurblaue Meer schickt, geht der alte Salzsammler am windumtosten Strand seinem lang überlieferten Handwerk nach. Sorgsam wählt er die zarten, aromatischen Salzkristalle ...« Nein, ich glaube nicht.

Darüber muss ich auch dringend noch mal nachdenken.

Zurück in die Wildnis von Quebec. In unserem Haus oder, besser gesagt, in unserer Hütte, sprachen wir zwar englisch, aber um uns herum, wenn auch in einiger Entfernung, hörten wir Französisch. Es war kein Französisch wie in Frankreich, sondern Québécois, ein eigener Akzent mit eigenen Wörtern und einer extremen Dialektform, Joual genannt. Im Quebecer Französisch wird ganz anders geflucht als im französischen Französisch, mit vielen religiösen Ausdrücken – wenn einem etwas auf den Fuß fällt, würde man zum Beispiel »Baptême!« sagen, während es in Frankreich »Merde!« heißt. Wir lebten direkt an der Grenze zwischen Quebec und Ontario, deshalb sprachen im nahe gelegenen Ort – nicht nahe gelegen im europäischen Sinne; sagen wir mal, im letzten Außenposten, bevor es in die Wildnis ging – viele Leute Franglais, eine Kombisprache mit zwar beschränkten Ausdrucksmöglichkeiten, die aber alle verstanden. Ein vager Sammelbegriff wie *ma'chine* konnte fast jedes Objekt bezeichnen, das man für irgendetwas benutzen konnte, nur keinen Menschen.

Außerdem gab es aus dem Englischen entlehnte Wörter wie *le scrinporch – the screened porch*, die Veranda mit Fliegengitter, ungeheuer wichtig im Land der Kriebelmücken und Moskitos – und *le backouse – the backhouse*, das Außenklo, ebenso wichtig, wenn man kein fließendes Wasser hatte. Dieser Austausch von Wörtern geht völlig in Ordnung, das Englische hat ja auch viele Wörter, die aus dem Französischen stammen – Wilhelm dem Eroberer sei Dank. Vor Kurzem habe ich gelesen, dass die englischen Bezeichnungen für Nutztiere zumeist aus dem Angelsächsischen stammen – *cow* für Kuh, *pig* für Schwein, *sheep* für Schaf –, während sich die Bezeichnungen für das Fleisch, das man isst, aus dem Französischen herleiten – *boeuf/beef* für Rindfleisch, *porc/pork* für Schweinefleisch, *mouton/mutton* für Hammelfleisch. Woran man recht gut erkennen kann, wer die Bauernarbeit machte und wer bei den Festmahlen schmauste beziehungsweise wer wen erobert hatte. Aber ich schweife ab. Nicht dass ich Sie nicht gewarnt hätte.

Zu meinen frühesten Leseerfahrungen in diesem nördlichen Grenzland gehörten Schilder auf Französisch. *Petite Vitesse, Gardez le Droit* auf den engen, gefährlichen Straßen; und im Holzhaus, in dem sich die Post befand: *Défense de crâcher sur le plancher*. Und wo immer zwei oder mehr sich versammeln mochten, stand unweigerlich ein Kühlschrank mit dem Schild *Buvez Coca Cola. Glacé.* Die Cornflakes-Packungen waren in beiden Sprachen beschriftet, und ich beschäftigte mich ausführlich mit den französischen Wörtern auf der Rückseite. *Hé! Les enfants! Gagnez!* Die Preise, die man gewinnen konnte, waren in beiden Sprachen dieselben, aber auf Französisch klangen sie viel aufregender. So ist das nun mal. Ähnlich wie bei edlem Salz.

Welche Wirkung hatte dieses frühe Nichteintauchen in die Fremdsprache für mich? (Ich sage »Nicht-«, weil niemand für mich übersetzte.) Es zeigte mir, dass es mindestens ein anderes linguistisches Universum gab, in dem Dinge, die ich nicht verstand, für andere Menschen sonnenklar waren. Und das gehört sicherlich zu den Beweggründen eines Schriftstellers: die Hoffnung, durch das Schreiben bestimmte Geheimnisse zu lüften. Je weniger Überraschungen beim Schreiben, desto weniger Spaß beim Lesen. Davon bin ich fest überzeugt, und das ist auch einer der Gründe, weshalb ich vor dem Schreiben nie einen Entwurf mache. Der andere ist, dass ich zu unorganisiert bin.

Ich habe früh angefangen zu lesen, denn wenn es regnete, gab es nicht viel anderes zu tun. Zum Glück hatten wir in unserer kleinen Hütte eine Menge Bücher, auch wenn nur wenige von ihnen für Kinder geeignet waren. Tja, in der Not liest der Teufel alles, und so verschlang ich in viel zu zartem Alter viel zu viele billige Krimis. Kleine

Warnung: Vorsicht vor blonden Frauen in roten Nachthemden – entweder sie haben eine Pistole in der Handtasche, oder sie ziehen Mörder an wie die Fliegen, und da kann man schon mal ins Kreuzfeuer geraten.

Aber nicht nur Kriminalromane und französische Packungsaufschriften wollten enträtselt werden. Meine Kindheit fiel in die Glanzzeit der Comicstrips in den Zeitungen. Da gab es Hinterwäldler, die sehr merkwürdige Ausdrücke benutzten, Kinder, die mit einem deutschen Akzent sprachen, und viele andere seltsame Dinge. Oft fluchten die Figuren mit einer Folge von Satzzeichen: Die eigentlichen Worte musste man sich denken. Aber in unserer Familie wurde nicht geflucht; das Schlimmste, was meiner Mutter über die Lippen kam, war »verflixt« oder »Du kriegst die Motten« – und so sah ich die Flüche in den Sprechblasen, konnte sie aber nicht hören. Heutzutage ist ein reicher Vorrat an Flüchen für Übersetzer unerlässlich, weil inzwischen in Büchern sehr viel geflucht wird, doch damals war das noch nicht der Fall. (Fluchen war zwar verboten, dafür waren die Comicseiten aber gespickt mit Witzen, die wir heute als rassistisch oder frauenfeindlich empfinden würden, ohne dass sich damals irgendjemand daran gestört hätte.)

Und dann war da noch das Thema Sex und Erotik. ›Lady Chatterleys Liebhaber‹ war in den Vereinigten Staaten bis 1959 verboten, in Kanada bis 1960. Diese beiden Gerichtsurteile markierten einen Wendepunkt, vorher hatten die Menschen in Büchern sich nur mithilfe von Sternchen geliebt. So konnte es zum Beispiel heißen: »Und sie wurden eins, Punkt, Punkt, Punkt.« In der Zeitung entdeckte ich einen weiteren sehr interessanten Euphemismus: »Sie wurde erdrosselt, aber nicht geschändet.« – »Mum, was bedeutet das?« – »Ich habe zu tun, das erkläre ich dir später.« Als ich zum ersten Mal den Ausdruck »Sittenstrolch« las, dachte ich, es sei jemand, der herumstrolche und Sittiche einsammele. (Das war nicht ganz so abwegig, wie es klingt: Ich hatte schon Leute gesehen, die Würmer sammelten.)

Eine weitere Quelle für mysteriöse Wörter waren die Science-Fiction-Zeitschriften der damaligen Zeit. Wir befanden uns noch in der Ära der glubschäugigen Alien-Monster, und in diesen Geschichten wurden viele Sprachen gesprochen, in denen haufenweise die wertvollen Scrabble-Buchstaben Q, X und Y vorkamen. Mein großer Bruder und ich waren bald sehr geübt darin, uns skurrile Namen für die Außerirdischen in unseren selbst geschriebenen Büchern auszudenken. Noch eine kleine Warnung: Gehen Sie nicht auf dem Neptun spazieren. Dort haben alle Lebewesen, egal ob Tier, Pflanze oder Mischung aus beidem, ein Q, ein X oder ein Y im Namen und sind tödlich.

So besaß ich als Jugendliche sozusagen schon einen guten Vorrat an Verbalsalat und war bestens präpariert für das Erfinden von Neologismen in späteren Jahren. Aber Fremdsprachen lernten wir damals nicht vernünftig. Sprachlabore gab es noch nicht – es wurde ausschließlich schriftlich gearbeitet –, und an Schimpfwörter, Flüche und versautes Vokabular kamen wir nicht ran. Der Französischunterricht wäre so viel interessanter gewesen, wenn wir die besten Stellen aus ›Madame Bovary‹ gelesen hätten, in Latein dasselbe mit den empörendsten Epigrammen von Martial! Aber daran war natürlich nicht zu denken? Caesar palaverte lang und breit über sich selbst in der dritten Person, zählte auf, was er alles erobert und wen er niedergemetzelt hatte, während wir im Lateinbuch Arme an die Venus von Milo malten; und im Französischunterricht lag immer nur der Stift meiner Tante auf dem Schreibtisch, im Präteritum, im Plusquamperfekt und im Futur II.

Unser Lateinlehrer war Inder und aus Trinidad, unsere Französischlehrerin stammte aus Polen. (Es war kurz nach dem Krieg.) Eine nervöse Bulgarin brachte uns in der Mittagspause Deutsch bei; während wir auf unseren Käsebroten herumkauten, schwärmte die bedauernswerte Frau uns vom Dativ vor. Dann ging es an die Universität, wo die Liste der Dinge, die ich zu übersetzen hatte, um Angelsächsisch und Mittelenglisch erweitert wurde. Welchen praktischen Nutzen die Sprachen hatten, die ich damals lernte? Einigen; obwohl ich bei meinem ersten Aufenthalt in Frankreich weder einen Kaffee bestellen noch nach der Toilette fragen konnte, da diese Dinge bei Racine leider nicht vorkamen.

Kurze Zeit später – kurz auf der geologischen Zeitskala – wurden Bücher, die ich selbst geschrieben hatte, in andere Sprachen übersetzt. Einer der ersten Verlage, die sich damit herumschlagen mussten, war Grasset in Frankreich, und im Nu entstand ein Streit zwischen den Franzosen und den Quebecern. Mein Buch spielte in der eingangs erwähnten Wildnis von Quebec, und für den kanadischen Vertriebschef war es eine Frage der Ehre, dass Wörter aus dem Quebecer Dialekt benutzt wurden. »Es darf nicht zu Französisch klingen«, sagte er. »Abitibi ist schließlich nicht der Bois de Boulogne.« Aber zu der von ihm vorgeschlagenen Wortwahl sagten die Franzosen: »Mais – ce n'est pas français!« – »Aber – das ist kein Französisch!« Genau der Satz, mit dem meine polnische Französischlehrerin in der Highschool meine Aufsätze kommentiert hatte.

Im Laufe der Jahre habe ich mit meinen Übersetzern

allerlei erlebt. »Ist das lustig oder nicht?«, hat man mich gefragt. Leider ist »sowohl als auch« schwer zu erklären. »Ah. Angelsächsischer Humor«, erwiderte man mir, und ich vermute, damit war *schwarz* gemeint. »Was ist Granola?«, hat mich mein erster chinesischer Übersetzer gefragt. »Was ist ein Knopfgesicht?« Wenn die Übersetzer nicht wissen, was Granola ist, wissen sie dann vielleicht auch noch andere Dinge nicht, ohne es überhaupt zu merken?

Es wäre toll, in der Zukunftswelt von Ursula K. Le Guin zu leben, in der alles im Handumdrehen von einem Ansible übersetzt wird, während man von Galaxie zu Galaxie reist und neue Sprachen und brandneue Realitäten erlebt. Eine Sprache, die das Gewicht auf die Substantive legt wie das Englische, hat Probleme mit Sprachen, die mehr mit Gerundien arbeiten. Leben wir in einer Welt fester Objekte oder in einer Welt des Verlaufs? Was denken Sie? Oder besser gesagt: Wie sagen Sie das?

Aber wir leben hier, auf dieser Erde. Wir haben keine Ansibles; aber wir haben Übersetzer. Sie sind besser, denn anders als Maschinen verstehen sie Zwischentöne und können Sprache individuell interpretieren. Ich hatte die Ehre, über die Jahre mit einigen hervorragenden Übersetzern zu arbeiten: Meine Texte mit ihren Augen zu sehen und mit ihren Ohren zu hören hat diesen auch für mich eine zusätzliche Dimension verliehen. Um aus den Briefen W. G. Sebalds an seinen eigenen Übersetzer zu zitieren: »Ich hätte es wohl nicht besser machen können & bin dir zutiefst dankbar für die vielen Stunden und die enorme Mühe, die du in diese Arbeit gesteckt haben musst.«

Auch ich danke Ihnen also, liebe Übersetzer. Als Schriftsteller sind wir ganz in Ihren Händen. Für uns als

Leser öffnen Sie Türen, die sonst verschlossen bleiben würden, und lassen uns Stimmen hören, die sonst stumm bleiben müssten. Wie das Schreiben selbst beruht auch Ihre Arbeit auf dem Glauben, dass menschliche Kommunikation möglich ist. Das ist keine geringe Hoffnung.

Darum sage ich zum Abschied: Merci bien. Tak. A sheynem dank. Arigato gozaimasu. Muchas gracias. Thank you very much. Meegwetch. Grazie. Und auf Inuktitut: Naqurmiik.

ÜBER DIE SCHÖNHEIT

(2014)

Kleine Mädchen bekommen es oft schon in zartem Alter mit dem Thema Schönheit zu tun: mit dem Konzept selbst (»Wie hübsch du bist!«), mit den aufregenden Gegenständen, die dazugehören (»Guck mal, da im Spiegel bist du«), und sogar mit den verlockenden Tabus (»Finger weg, das ist Mummys Lippenstift«). Für ein Kind hat Schönheit etwas Magisches. Sie ist pink. Sie schimmert und funkelt. Man kann sie anziehen, und viele Fünfjährige weigern sich, sie wieder auszuziehen, sobald sie ihr erstes Prinzessinnen-Ballerina-Kleid bekommen haben.

Aber Kinder lernen früh, dass Schönheit auch ihre merkwürdigen Seiten hat. In einem bekannten Kinderreim spricht ein feiner Herr eine Küchenmagd an und fragt sie nach ihrem Vermögen. Sie sagt: »Mein Vermögen ist mein hübsches Gesicht.« – »Dann kann ich dich nicht heiraten«, erwidert er, woraufhin sie ihn mit einem »Darum hat Sie auch niemand gebeten« abserviert; aber als Kind bleibt einem hier dennoch einiges unklar. Was bedeutet es, dass ihr Vermögen ihr hübsches Gesicht ist? Kann sie ihr Gesicht abnehmen? Und wenn sie das tut und es verkauft, was befindet sich dann wohl darunter?

Als ich selbst noch ein Kind war, passte diese Vorstellung eines abnehmbaren Gesichts für mich zu dem beliebten Spruch »Schönheit ist nur oberflächlich«, mit dem die Erwachsenen einen gerne trösteten, wenn ein anderes kleines Mädchen ein hübscheres Kleidchen anhatte als man selbst. Gemeint war damit, dass die innere, seelische Schönheit wertvoller ist als die äußere, wie in ›Die Schöne und das Biest‹, wo das Biest mit einer Kombination aus anregenden Gesprächen, einem einfühlsamen Wesen und einem beeindruckenden Palast die Liebe der Schönen gewinnt. Aber uns kleinen Mädchen fiel durchaus auf, dass diese Masche nur für Männer funktionierte: Die Geschichte hieß nämlich nicht »Das leider unattraktive, aber trotzdem nette und reiche Mädchen und das Biest«.

Außerdem war der angebliche Wert innerer Schönheit für uns Prinzessinnen in spe kein Trost. Schönheit war oberflächlich, na und? Das hieß noch lange nicht, dass wir kleinen Mädchen sie verachteten. Ganz im Gegenteil: Wir wünschten uns ein schönes Äußeres, damit die anderen kleinen Mädchen uns beneideten und nicht umgekehrt. Und wir wussten ganz genau, was man brauchte, um von einer schmuddeligen Küchensklavin zu einer atemberaubenden Prinzessin zu werden: eine Zauberfee und ein Traumkleid. Ohne Magie und Mode funktionierte es nicht, und beides ging Hand in Hand.

Oh, und Schuhe natürlich. Schuhe waren auch unheimlich wichtig.

In den Märchen traten noch andere Frauenfiguren auf – böse Hexen, falsche Bräute, heimtückische Schwestern –, und sie waren allesamt hässlich; oder zumindest – im Falle von Schneewittchens böser Stiefmutter – nicht so strahlend schön wie die Heldin. Haben wir die Sache jemals aus ihrer Sicht betrachtet und uns überlegt, wie minderwertig sie sich angesichts der nervigen Anmut der Heldin gefühlt haben müssen? Eine beachtliche Anzahl von Barbiepuppen ist im Laufe der Jahre verschandelt worden, in Kisten verborgen schlummern sie auf Dachböden, glatzköpfig, mit abgerissenen Armen und Tätowierungen aus lila Filzstift. Hatten ihre Besitzerinnen etwa befürchtet, dem Cinderella-Ideal nicht zu genügen, und Frust darüber mit einem rituellen Rachezauber an ihren Puppen ausgelassen? Hätte man das Selbstwertgefühl dieser wütenden Mädchen mit einem Make-up-Wochenendkurs, einer Modeberatung und einer guten Maniküre wieder aufbauen können? Vielleicht. Vielleicht aber auch nicht.

Das Gute an der Schönheit war, so lernten wir kindlichen Leserinnen also, dass man mit ihrer Hilfe im Leben vorankam. Aber als wir älter wurden und anfingen, uns mit griechischer Mythologie zu beschäftigen, ging uns auf, dass die Sache auch ihre Nachteile hatte: Wer zu hübsch war, erregte die unliebsame Aufmerksamkeit der Götter, und die waren ein sadistischer Sauhaufen. Wenn man es mit einem männlichen Gott zu tun bekam, wurde man gestalkt und dann entweder gekidnappt und in die Unterwelt verschleppt wie Persephone oder von Zeus in der Gestalt eines Schwans vergewaltigt wie Leda, und dann musste man ein Ei zur Welt bringen; wer ein solches Schicksal vermeiden wollte, musste sich in einen Baum oder einen Fluss verwandeln lassen. Das entsprach nicht unbedingt unserer Vorstellung von einem gelungenen Samstagabend-Date.

Von einer Göttin konnte man zum Hauptpreis eines Schönheitswettbewerbs ernannt werden wie Helena, die anschließend dazu verdammt war, sich in Paris zu verlieben, ihrem Mann wegzulaufen und den Trojanischen Krieg auszulösen. Oder man wurde zum Objekt eifersüchtiger Wut wie Psyche, die den Zorn der Venus auf sich zog, weil sie zu schön war. Das war generell eine Sache, mit der man sich nicht besonders beliebt machte – ähnlich wie »zu reich« –, aber es war lehrreich zu erfahren, dass so etwas schon vorgekommen war. Denn in der echten Welt hat Neid sehr wohl Auswirkungen, unter anderem Bosheit und Gehässigkeit.

Die Frage, wie viel Schönheit zu viel war, beschäftigte uns als heranwachsende Mädchen in den 1950ern also sehr. Und ebenso die Frage: Welche Art von Schönheit sollte es sein? Es existierte nämlich mehr als eine Variante. Die schönen Frauen in Männerzeitschriften, im ›Playboy‹ zum Beispiel, sahen anders aus als in Frauenzeitschriften wie der ›Vogue‹; und das hat sich bis heute nicht gewandelt, obwohl oberflächliche Details wie Frisuren sich jedes Jahr ändern.

Warum sehen sie unterschiedlich aus? Die Männerzeitschriften zeigen Bilder von Frauen, wie Männer sie sich wünschen: mit großen Brüsten und breiten Hüften, die Fruchtbarkeit signalisieren, und einem einladenden Lächeln, das Gefügigkeit signalisiert. Dazu sind sie übertrieben stark geschminkt, was entweder »Verführerin« bedeutet oder »Gesicht zu verkaufen«. Diese Frauen möchte man nicht als Verlobte haben: Sie sind zu leicht zu haben, entweder gegen Geld oder in beiderseitigem Einverständnis. Aber sie sind ebenso unecht wie die ›Vogue‹-Models. »Es ist sehr teuer, so billig auszusehen«, witzelte einst Dolly Parton, und sie hatte recht: Der nuttige Look wird für das Fotoshooting genauso sorgfältig ausgeleuchtet wie sein geschmackvolles Gegenstück.

In Modezeitschriften für Frauen dagegen sehen die Bilder so aus, wie Frauen selbst erscheinen möchten, wenn sie Rivalinnen einschüchtern oder unerwünschte Verehrer abschrecken wollen: schlank, elegant herausgemacht und kunstvoll geschminkt, mit ausdruckslosem Blick, ablehnendem Schmollmund und gelangweiltem, fast bedrohlichem Stirnrunzeln.

Dient diese unnahbare Ausstrahlung eventuell der Selbstverteidigung? Cinderellas Rolle ist, begehrt zu werden, aber sie selbst darf nicht zu sehr begehren, um ihre Position nicht zu schwächen. Wer etwas ersehnt, was er nicht hat, macht sich verletzlich, besonders wenn es um Liebe geht: Wer begehrt, ist leicht verführbar, und leicht verführbare Mädchen werden schnell zum Gespött oder Schlimmeres.

Deshalb: kein liebenswürdiges Lächeln. Die Frau mit der ausdruckslosen Miene ist von einer Mauer umgeben. Nur gucken, nicht anfassen. Sie braucht dich nicht, du bist ihr egal; genau wie die grausamen Angebeteten der Minnesänger ist sie sich selbst genug. Die extravagante Kleidung und das edle Make-up unterstreichen diese Botschaft: *Wenn du mich kaufen willst, dann höchstens zu meinem eigenen Preis, der übrigens sehr hoch ist; ich habe nämlich schon alles, was ich brauche.*

Das ist die Message für die potenziellen Partner. Die Botschaft für die konkurrierenden Frauen lautet: *Ich bin, was du sein willst. Beneide mich. Oh, und falls ich dich in meinen erlauchten Kreis aufnehme, ist das ein Privileg, für das du dankbar sein solltest.*

Die alten Ägypter schminkten sich, um sich vor bösen Kräften zu schützen, und die Gegenstände, mit denen sie diesen Zauber wirkten – die Kosmetikartikel –, besaßen selbst Zauberkraft. Für die Griechen war außergewöhnliche Schönheit mindestens zum Teil göttlichen Ursprungs. *Glamourös*, *charmant*, *faszinierend*, *bezaubernd* – all diese Wörter stammen von Begriffen, die Übersinnliches bezeichnen. Ob oberflächlich oder nicht, ob Fluch oder Segen, unnahbar oder verführerisch, echt oder Illusion – die Schönheit behält ihre Zauberkraft, zumindest in unserer Vorstellung.

Und deshalb werden wir nicht aufhören, diese vielen kleinen Lipgloss-Stifte zu kaufen: Unser Glaube an Feen ist ungebrochen.

DER SOMMER DER STROMATOLITHEN

(2014)

Ein Sommer! Aber welcher der fünfundsiebzig Sommer meines Lebens? Der Sommer 1957, als ich auf einer Insel im Lake Huron als Servicekraft in einem Jungscamp gearbeitet habe und zum ersten Mal eine Klapperschlange aß? Der Sommer 1965, als ich in Vancouver an einem Kartentisch dünne Notizbücher mit ›Die essbare Frau‹ vollschrieb? Vielleicht der Sommer 1976, als wir mit unserer drei Monate alten Tochter in den Wäldern im Norden Quebecs in einer Blockhütte ohne Strom und fließendes Wasser wohnten und das Baby in der Spülschüssel badeten?

Oder einer, der noch nicht so lange zurückliegt. Vielleicht der Sommer 2012, als wir endlich mit einer Gruppenreise von Adventure Canada in Richtung Osten durch die Nordwestpassage in die kanadische Arktis schipperten. Einen der ersten Stopps machten wir an einer kürzlich entdeckten Stromatolithenkolonie – einem Feld von fossilen Strukturen aus Blaualgen, die vor 1,9 Milliarden Jahren zum ersten Mal atmosphärischen Sauerstoff produziert haben. *Stromatolith* bedeutet »steinerne Matratze«, und genauso sehen diese Fossilien auch aus: wie runde Kissen aus Stein. Wenn man sie durchschneidet, erinnern sie allerdings eher an Schichtgebäck.

Angeführt von unserem Geologen, beschützt von Männern mit Gewehren, wie es in der Arktis wegen der Eisbären üblich ist, und beäugt von Raben stapften wir über das rote, gelbe und orange Laub der niedrigen Pflanzen (denn in dieser Gegend war es schon Herbst). Irgendwann zogen wir unsere Schwimmwesten aus und kletterten auf die fossilen Buckel, um einen besseren Blick auf die vielen Stromatolithen zu haben. Manche waren in Viertel zerbrochen, und mir kam der Gedanke, dass diese schweren Keile eine gute Mordwaffe wären. Außerdem fiel mir auf, dass man nur hinter dem dritten Buckel verschwinden müsste, und schon wäre man nicht mehr zu sehen, weder für die Männer mit den Bärengewehren noch für sonst jemanden.

Beim Essen an jenem Abend kam, wie so oft auf Schiffen, das Gespräch auf Morde. Wie könnte man hier jemanden ermorden, ohne erwischt zu werden? Graeme Gibson, seit vierzig Jahren mein Lebensgefährte, hatte den perfekten Plan. Der Mord müsste an Land ausgeführt werden. Auf dem Schiff wäre eine Leiche kaum zu verstecken, und über Bord werfen könnte man sie auch nicht, da es viel zu lange hell war und sich überall Horden von Vogelbeobachtern herumtrieben.

Das Opfer müsste jemand sein, der allein reiste, und der Mord müsste ziemlich zu Beginn der Reise über die Bühne gehen, bevor die Leute sich untereinander gut kennen würden. Nach der Tat müsste der Mörder den Eindruck erwecken, als wäre die Kabine des Opfers noch bewohnt. Graeme hatte noch mehr praktische Tipps auf Lager, und ich nahm mir fest vor, es mir ja nicht mit ihm zu verscherzen.

Der Ausdruck »steinerne Matratze« regte meine Fantasie so an, dass ich sofort Lust bekam, eine Erzählung mit diesem Titel zu schreiben. Ich begann sie schon auf dem Schiff und las meinen Mitreisenden den Anfang vor. Sie wollten alle wissen, wie es ausging, und ich versprach ihnen, die Erzählung fertig zu schreiben und zu veröffentlichen.

Und das habe ich dann auch getan: erst im ›New Yorker‹, dann in einer Kurzgeschichtensammlung, der ich – wenig überraschend – den Titel ›Die steinerne Matratze‹ gab.

Die Mordwaffe liegt auf meinem Küchentisch.

KAFKA – DREI BEGEGNUNGEN

(2014)

1959, ich war neunzehn, schrieb ich einen Essay über das Werk von Franz Kafka. Er war elf Seiten lang, hatte zweiunddreißig Zeilen pro Seite und durchschnittlich dreizehn Wörter pro Zeile, und wenn man zweiunddreißig mal dreizehn mal elf rechnet, kommt man auf insgesamt ungefähr viertausendfünfhundert Wörter. (So haben wir damals Wörter gezählt, in jenen dunklen Zeiten, bevor die Computer uns diese Arbeit abnahmen.) Jedes einzelne dieser Wörter hatte ich auf einer mechanischen Schreibmaschine getippt, und dabei beherrschte ich nicht einmal das Zehnfingersystem – was man an den vielen durchgestrichenen, mit Tinte verbesserten oder übergetippten Stellen auf den schmuddeligen Seiten erkennt. Das zeigt, dass ich Kafka sehr verehrt haben muss. Und so war es auch. Aber warum?

Wenn ich den Essay jetzt noch einmal lese, frage ich mich das. Wie so oft bei der Beschäftigung mit Kafka oder überhaupt mit einem Schriftsteller, dessen Werke mehr als eine Bedeutungsebene haben, war mein wahres Thema weniger der Autor der betreffenden Bücher als vielmehr der Autor des Essays: ich selbst, eine ziemlich ernste und pedantische Nachwuchsschriftstellerin, die ganz und gar auf ihre eigenen wichtigen künstlerischen Probleme konzentriert war. Mein erster Satz klingt recht vielversprechend – »Franz Kafka war einer der wichtigsten Erneuerer der Literatur des zwanzigsten Jahrhunderts« –, ganz in Ordnung so weit, auch wenn das Jahrhundert 1959 kaum mehr als halb rum war. Der Rest des Absatzes ist eigentlich gar nicht so übel: »Sein Name wird in einem Atemzug mit Joyce und Rilke genannt, und er gilt als ein Vorläufer moderner experimenteller Schriftsteller wie Samuel Beckett und Albert Camus. Lesen wir nur …« Meine Güte, dieses »wir«, wie aufgesetzt! Hätte ich besser »man« schreiben sollen? Vielleicht. Habe ich aber nicht.

»Lesen wir nur eine Seite seiner scheinbar schlichten, aber merkwürdig verstörenden Prosa, so merken wir, warum: Seine Sätze haben eine unmittelbare, starke Wirkung, aber jeder Versuch, diese Wirkung zu erklären oder zu analysieren, erscheint so sinnlos und unmöglich wie die Reise des Jägers Gracchus ins Nirgendwo.« Auch das ist ganz in Ordnung, obwohl einen die Ahnung beschleicht, mein neunzehnjähriges Essayistinnen-Ich könnte sich recht bald selbst in dieser Sinnlosigkeit und Unmöglichkeit verstricken, und so geschieht es dann auch.

Ich lege direkt los mit der Sinnlosigkeit und Unmöglichkeit, indem ich forsch darlege, man müsse den Künstler Kafka vom Neurotiker Kafka trennen. Das war damals eine meiner Lieblingsthesen, denn ich lehnte es ab, künstlerische Arbeiten im Licht der Persönlichkeit ihres Schöpfers zu betrachten, und noch mehr störte es mich, wenn man mir sagte – was damals sehr in Mode war –, dass alle guten Schriftsteller verrückt oder mindestens überspannt waren, wie beispielsweise Keats, Shelley und Poe. Ich befürchtete, dass es bei mir selbst mit der Verrücktheit nicht sehr weit her war – ich wartete zwar ständig auf den Nervenzusammenbruch, der als Beweis meiner wahren Künstlernatur dienen könnte, aber er blieb aus. War also mein Schicksal, eine minderwertige Schriftstellerin zu bleiben, besiegelt? Ich weiß noch, dass ich damals dachte: Höchstwahrscheinlich ja.

Nachdem ich den Schriftsteller Kafka von der Person Kafka getrennt hatte, arbeitete ich mich an dem ab, was ich für Kafkas Hauptmotive hielt, nämlich: (1) sein Verhältnis zu Autoritäten, einschließlich Vaterfiguren, Amtspersonen mit Dienstmarke oder Uniform und vielleicht auch Gott, und (2) das Gefühl der Schwäche, Schuld und Hilflosigkeit, das seine Hauptfiguren angesichts dieser Autoritäten empfinden. Das war jetzt nicht unbedingt etwas Neues über Kafka, und auch insgesamt hatte ich nicht viel Bahnbrechendes zu verkünden, selbst am Schluss des Essays nicht. Anscheinend wusste ich doch mit den *Schriften Franz Kafkas*, wie der Titel lautete, nicht recht etwas anzufangen.

Heute erkenne ich, wie mein junges Ich sich in seiner Argumentation verheddert. Bedeutete das Motiv des autoritären Vaters, dass ich Kafkas Werke doch wieder mit seiner Lebensgeschichte in Beziehung setzen musste, da er ja schließlich sein Leben lang in Konflikt mit seinem herrischen Vater lag? Ich umging diese Frage, wie ich überhaupt alles umging, was mit der Zeit, in der Kafka lebte, zu tun hatte (vor, während und nach dem Ersten Weltkrieg; er starb 1924, nicht lange nach Hitlers Putschversuch in München), und ebenso mit dem Ort, an dem er lebte, mit seinem kulturellen Umfeld (die Tschechoslowakei und Mitteleuropa allgemein) sowie mit seinem

Judentum und seiner sicherlich sehr fragilen und ihn isolierenden deutsch-jüdischen Identität inmitten des tschechischsprachigen Prag.

Ich hätte noch einiges mehr sagen können, wenn ich mehr gewusst hätte: dass wie im Film ›Das weiße Band‹ von Michael Haneke aus dem Jahr 2009 – der laut dem Regisseur »die Wurzeln des Bösen« thematisiert – die autoritären, sadistischen und repressiven Familienstrukturen, die Kafka nachzeichnet, sehr oft ein Spiegel autoritärer, sadistischer und repressiver staatlicher Strukturen sind oder dass man Kafka mit anderen mitteleuropäischen jüdischen Schriftstellern seiner Zeit wie Joseph Roth (den ich 1959 noch nicht kannte) und Bruno Schultz (mir ebenso unbekannt) in Zusammenhang setzen kann. Bei meinen Anmerkungen zur Erzählung *In der Strafkolonie* und zu den bürokratisch-totalitären Albträumen ›Der Prozess‹ und ›Das Schloss‹ hätte ich das Wort »Weitblick« verwenden können, nehmen sie doch die Schrecken des Nationalsozialismus und des sowjetischen Staatssozialismus schon vorweg, aber diese Gelegenheit habe ich verpasst.

In der Vorstellung meines neunzehnjährigen Ichs sollte die hehre Kunst idealerweise in einer abstrakten, platonischen Welt ohne jegliche Verbindung zum echten Leben quasi über der Erde schweben. Auf diese Weise musste ich nämlich nicht eingestehen, dass ich in den ziemlich düsteren Geschichten, die ich damals schon schrieb, meine Ex-Freunde verarbeitete.

Aber dass Kafka durchaus auch über die hehre Kunst schrieb, entging mir ebenso. Hätte ich nicht erkennen müssen, dass einige seiner berühmtesten Erzählungen Künstler und die Kunst selbst zum Thema haben? *Josefine, die Sängerin oder Das Volk der Mäuse* zum Beispiel, hier tritt die Sängerin Josefine immer weiter auf, obwohl der Großteil des Mäusepublikums nicht viel von ihrer Kunst hält; oder die Erzählung *In der Strafkolonie*, in der dem unglückseligen Verurteilten sein Urteilsspruch mit den Nadeln einer riesigen Maschine wortwörtlich in die Haut eingeschrieben wird; und vor allem *Ein Hungerkünstler*, in der der Künstler nach anfänglicher Bewunderung mit der Zeit immer weniger beachtet wird, weil alle ihn kennen und er nicht mehr unterhaltsam ist. Währenddessen verhungert er langsam, weil er nie die Speise findet, die ihm schmeckt. Selbst Kafkas berühmteste Erzählung, *Die Verwandlung*, in der Gregor Samsa eines Morgens aufwacht und sich in ein Ungeziefer verwandelt findet, könnte man als Darstellung der Gefühle eines Künstlers interpretieren, der sich im Angesicht der spießbürgerlichen Realität als monströs und nicht menschlich empfindet. (Ich habe später zusammen mit einem anderen Kafka-Fan einige Zeit darauf verwendet herauszufinden, um welches Ungeziefer es sich handelt. Ein Insekt, zum Beispiel ein Käfer oder eine Kakerlake, kann es nicht gewesen sein: Es hatte zu viele Beine sowie dünne, wippende Fühler. Wir entschieden uns für einen Spinnenläufer.)

Wir springen ins Jahr 1984. Fünfundzwanzig Jahre waren vergangen, ich war inzwischen vierundvierzig und lebte mit meiner Familie in Westberlin, und als wir die Gelegenheit bekamen, auf Einladung der kanadischen Botschaft Prag – die Stadt Kafkas – zu besuchen, nahmen wir sie wahr. Zu dieser Zeit war die Tschechoslowakei ein sowjetischer Satellitenstaat, in dem die Bevölkerung streng überwacht wurde. Die Menschen sprachen über ihre Sorgen – wie die lebensgefährliche Luftverschmutzung durch die Braunkohle – niemals in Innenräumen, nicht mal im Auto: Man musste stets Angst haben, abgehört zu werden. Nur in den Parks war man sicher. In unserem Hotelzimmer deutete der Page auf den Kronleuchter und schob uns in eine Wandnische – außer Hörweite der Wanzen –, um zu fragen, ob wir harte Währung tauschen wollten. (Als eine Glühbirne durchbrannte, stellten wir uns unter den Kronleuchter und meckerten: Die Glühbirne wurde umgehend ausgetauscht.) Anfangs wunderten wir uns über die gut gekleideten, attraktiven Frauen, die ohne Begleitung in der fast leeren Bar saßen, bis wir kapierten, dass es sich um Agentinnen handelte, die als angebliche Callgirls ausländische Geschäftsleute aushorchen sollten. Auf der historischen Karlsbrücke fehlten die barocken Statuen, da sie an eine Vergangenheit erinnerten, die das Regime tilgen wollte. Der Altstädter Ring mit der berühmten astronomischen Uhr und den zwölf Aposteln lag da wie ausgestorben.

Über der Stadt thronte dunkel und Furcht einflößend die Prager Burg, und ich musste an Kafkas Schloss denken. Es war nicht nur ein abstraktes Symbol; hier gab es ein echtes Schloss. ›Das Schloss‹ ist unvollendet geblieben, und seit Kafkas Tod grübeln die Kritiker, wie der Roman zu deuten sei. Ist der Held K. in seinem frustrierenden Kampf, dem Schloss näher zu kommen, auf der Suche nach einem Verantwortlichen, der ihm helfen kann? Stellt das Buch die Unmenschlichkeit der Bürokratie dar? Ist K. auf der Suche nach Gott, der sich, fast wie bei Beckett, niemals offenbart, aber doch irgendwie *da* ist? Wenn es mir 1959 in den Sinn gekommen wäre, hätte ich ein paar der zahlreichen literarischen Schlösser nennen können, die Kafka bei der Wahl dieses Bauwerks beeinflusst haben könnten oder mit denen es zumindest in einem Kontext stand: die bedeutungsschweren Burgen und Schlösser der deutschen Schauerromantik; den Schauplatz von Edgar Allan Poes *Maske des Roten Todes*, obwohl es sich hierbei genau genommen um einen Palast handelt; Walter Scotts verrufenes Schloss Torquilstone in ›Ivanhoe‹, wo Jungfrauen eingesperrt und Juden gefoltert werden; und natürlich das ominöse Schloss Drakula, wo die Untoten spuken. Im Allgemeinen waren Schlösser im neunzehnten Jahrhundert nicht unbedingt Schauplatz unbeschwerter Fröhlichkeit, erinnerten sie doch vor allem an die erdrückende und unbarmherzige Macht des Adels.

Die Burg als physisches Gegenstück zu Kafkas komplexer Metapher war also noch da, aber Kafka selbst schien in Prag quasi ausgelöscht zu sein. Jedes Mal, wenn wir nach ihm fragten, schüttelten die Leute ängstlich den Kopf. Es gab keine Bücher von ihm zu kaufen. Jemand erzählte uns im Geheimen, dass ein junger Mann mal an einer Straßenecke laut Kafkas Werke rezitiert hatte, was als sehr wagemutig galt, aber bisher war der Mann nicht festgenommen worden. Vielleicht hatte man ihn nur für einen harmlosen Spinner gehalten. An keinem der Häuser, in denen Kafka gewohnt hatte, befand sich eine Gedenktafel, wie man sie in jeder Stadt im Westen gefunden hätte, aus der ein so weltbekannter Schriftsteller stammte. Mein Mann, Graeme Gibson – der einst ein Seminar mit dem Titel *Gerechtigkeit und Strafe in der europäischen Literatur der Moderne* gegeben hatte, das die Studenten nach der Lektüre von Dostojewski, Beckett und Kafkas ›Prozess‹ *Einführung in die Verzweiflung* getauft hatten –, zog trotzdem nachts noch mal auf Kafkas Spuren los. (Ich passte auf unser Kind auf und kam deshalb nicht mit.) An der ersten Adresse, die er hatte, betrat er einen Hausflur mit einer langen Treppe. Im Obergeschoss saßen die

Mitglieder eines Wanderclubs in kurzen Lederhosen bei einer fröhlichen Feier. Graeme sprach die Pförtnerin an: »Kafka?« – »Nein, nein, nein, nein«, erwiderte sie.

Später schlich er sich noch einmal zu dem Haus zurück. An der Außenwand stand ein Gerüst für Reparaturarbeiten, und er kletterte vorsichtig hinauf. Aus einem Fenster fiel ein blauer Lichtschein. Als er auf der Höhe des Fensters war, spähte er hinein. Auf einem Sofa, das fast das ganze Zimmerchen ausfüllte, lag ein riesiger Mann und schlief. Das Licht kam von einem flackernden Fernseher, auf dem kein Bild zu sehen war. Eine echt kafkaeske Erfahrung, da waren wir uns einig. Kafka hätte es in vielerlei Hinsicht gefallen.

Meine dritte Begegnung mit Kafka war wiederum ganz anderer Art. Noch ein Sprung, diesmal ans Ende der 1990er. Die Mauer war gefallen, die Sowjetunion zusammengebrochen, der Kalte Krieg angeblich vorbei, und Shopping war der neue Sex. Wir waren wieder in Prag, diesmal bei einem Literaturfestival nach westlichem Vorbild. Jetzt war die Stadt voller Touristen und ein Hotspot nicht nur für Künstler und Alternative, sondern auch, wie sich herausstellte, für die russische Mafia, die auf der ganzen Welt lukrative Immobiliengeschäfte machte. Prag – das die Verwüstungen des Zweiten Weltkriegs überlebt hatte und von der Zerstörung durch Hitler verschont geblieben war, weil er die Stadt so schön fand – war hell erleuchtet und sah aus wie aus einem Märchen. Die Statuen auf der Karlsbrücke waren wieder da, die einst bedrohliche Burg hatte sich in eine Touristenattraktion verwandelt, und auf dem Altstädter Ring gab es einen großen Kunsthandwerkermarkt inklusive einer Band, die »Heiho, heiho, wir sind vergnügt und froh« aus dem Disneyfilm ›Schneewittchen und die sieben Zwerge‹ zum Besten gab. Scharen fröhlicher Kunsthandwerkskäufer drängten sich vor den Ständen und inspizierten die Waren.

Dieses Mal hatten wir uns mit einem Stadtplan bewaffnet, auf dem wir alle uns bekannten Adressen Kafkas eingezeichnet hatten. Dann wanderten wir von einem Ort zum nächsten und versuchten, uns vorzustellen, wie diese Straßen und Häuser ausgesehen hatten, als Kafka dort lebte. Eine Kafka-Statue war noch nicht aufgestellt worden – inzwischen gibt es eine –, aber die zahlreichen Touristenfallen hatten jede Menge Kafka-Andenken im Angebot: Kafka-Streichholzbriefchen, Kafka-Postkarten, Kafka-Taschentücher, Kafka-Büchlein, Kafka-Statuetten und sogar Kafka-Spielkarten.

Was hätte Kafka wohl von diesen Bemühungen, an ihn zu erinnern beziehungsweise mit ihm Kasse zu machen, gehalten? Ich vermute, er hätte sehr darüber gelacht; denn eine der überraschenderen Tatsachen, die ich zwischen meinem neunzehnten und meinem sechzigsten Lebensjahr über ihn lernte, war, dass er viele seiner eigenen Werke zum Brüllen komisch fand. ›Der Prozess‹ soll lustig sein? *Ein Hungerkünstler* – lustig? *In der Strafkolonie* – lustig? Nun ja, in gewisser Hinsicht durchaus. Andererseits konnte Kafka nicht wissen, was Hitler im Schilde führte.

Die Ansammlung von Kafka-Souvenirs jedenfalls empfanden wir als einigermaßen grotesk. Kafkaesk sogar. Aber kafkaesk in einer komischen oder zumindest heiteren Ausprägung. Wenn ich meinen Essay von 1959 heute, im zweiten Jahrzehnt des einundzwanzigsten Jahrhunderts, noch einmal schreiben würde, würde ich vielleicht diese Seite Kafkas mehr in den Vordergrund rücken. Liegt das nur daran, dass meine Augen, meine alten glitzernden Augen, heiter sind? Vielleicht. Trotzdem möchte ich mit einem sehr kurzen Stück von Kafka enden, das er 1912 schrieb, *Der Ausflug ins Gebirge*. Nach einer anfänglichen Klage – »niemand kommt … niemand aber will mir helfen« – fährt er fort:

> … sonst wäre lauter Niemand hübsch. Ich würde ganz gern – warum denn nicht – einen Ausflug mit einer Gesellschaft von lauter Niemand machen. Natürlich ins Gebirge, wohin denn sonst? Wie sich diese Niemand aneinanderdrängen, diese vielen quergestreckten und eingehängten Arme, diese vielen Füße, durch winzige Schritte getrennt! Versteht sich, daß alle in Frack sind. Wir gehen so lala, der Wind fährt durch die Lücken, die wir und unsere Gliedmaßen offen lassen. Die Hälse werden im Gebirge frei! Es ist ein Wunder, daß wir nicht singen.

Da ist er, nicht der isolierte, verfolgte K., sondern ein Namenloser, Teil einer anonymen Menge, frei und fast singend. Aber nur fast. Bei Kafka ist es immer nur fast. Wie im Leben und bei den Frauen hatte er auch in der Literatur Schwierigkeiten, sich festzulegen. Man bekommt ihn nicht zu fassen.

FUTURE LIBRARY

(2015)

Ich habe mich sehr über die Einladung gefreut, als erste Autorin zum Projekt der Future Library beizutragen. Katie Patersons Kunstwerk ist eine Meditation über das Wesen der Zeit. Und eine Würdigung des niedergeschriebenen Wortes, der materiellen Grundlage für die Überlieferung von Sprache durch die Zeit (in diesem Fall Papier). Es stellt das Schreiben selbst als Zeitkapsel dar, da zwischen dem Autor, der die Worte aufschreibt, und dem Empfänger dieser Worte – dem Leser – immer eine zeitliche Distanz liegt.

Leider hat es auch ein paar Nachteile, die erste Autorin zu sein. Ich habe nämlich den tatsächlichen Wald in Norwegen noch nicht gesehen, und so kann ich gar nichts über ihn sagen. Außerdem werde ich nicht in der Future Library selbst stehen und die Namen der anderen Autoren sowie die Titel der Werke, die sie beisteuern, lesen können. Wenn die versiegelten Kisten der Autoren, die viel später dran sind als ich – im 90. oder 95. Jahr –, geöffnet werden und ihre Werke erscheinen, sind es ihre Zeitgenossen, die diese Werke lesen. Aber die Leser meines Beitrags befinden sich hundert Jahre in der Zukunft.

Ihre Eltern sind noch nicht geboren und ihre Großeltern höchstwahrscheinlich auch noch nicht. Wie soll ich diese unbekannten Leser ansprechen? Inwieweit werden sie meine Welt, die Welt, die meinem Beitrag zugrunde liegt, überhaupt verstehen können? Und wie wird sich die Bedeutung von Wörtern im Verlauf dieser Zeit verändert haben? Denn genau wie die harte Erdkruste verändert sich auch die Sprache durch Druck und Metamorphose.

Science-Fiction hat das Reisen durch den Weltraum zur Kunst erhoben – Reisen an Orte, die der Autor selbst nie gesehen hat und die vielleicht nur in der menschlichen Fantasie existieren. Mit Zeitreisen ist es ähnlich. Im Fall der Future Library schicke ich ein Manuskript in die Zukunft. Werden da Menschen sein, die es in Empfang nehmen? Wird es noch ein »Norwegen« geben? Wird es noch einen »Wald« geben? Und eine »Bibliothek«? Es steckt Hoffnung im Glauben, dass all diese Dinge – trotz Klimawandels, steigender Meeresspiegel, Insektenbefalls der Wälder, globaler Pandemien und all der anderen Bedrohungen, ob real oder nicht, die uns heute Sorgen bereiten – dann noch existieren.

Als Kind habe ich oft Einweckgläser mit Schätzen vergraben und mir vorgestellt, dass eines Tages jemand vorbeikommt und sie ausgräbt. In den verschiedenen Gärten, die ich im Laufe der Jahre angelegt habe, bin ich meinerseits auf so manches gestoßen: rostige Nägel, alte Medizinfläschchen, Scherben von Porzellantellern. Einmal habe ich in der kanadischen Arktis ein aus Holz geschnitztes Püppchen gefunden – da dort keine Bäume wachsen, ist Holz ein seltenes Gut; das Püppchen muss aus Treibholz gewesen sein. Und so etwas Ähnliches ist auch die Future Library: Sie wird Fragmente gelebter Leben enthalten, die dann der Vergangenheit angehören. Aber das Schreiben ist immer eine Methode, die menschliche Stimme zu bewahren und zu überliefern. Die Schriftzeichen, hergestellt mit Tinte, Druckerschwärze, Pinsel, Touchpen oder Meißel, sind für sich allein nichts, genau wie der Notentext eines Musikstücks, bis ein Leser die Stimme wieder zum Leben erweckt.

Was für eine merkwürdige Vorstellung, dass meine eigene Stimme – die dann schon lange verstummt sein wird – nach hundert Jahren plötzlich wieder erwacht. Was wird diese Stimme als Erstes sagen, wenn eine noch nicht existente Hand sie aus der Kiste nimmt und die erste Seite aufschlägt?

Wenn ich mir diese Begegnung – zwischen meinem Text und dem bisher noch nicht existierenden Leser – vorstelle, muss ich an den Anblick eines roten Handabdrucks auf der Wand einer Höhle in Mexiko denken, die über drei Jahrhunderte lang verschlossen war. Die exakte Bedeutung dieses Handabdrucks konnte niemand mehr entschlüsseln. Aber im Großen und Ganzen war die Botschaft universell verständlich. Jeder Mensch konnte sie erfassen.

Da stand: *Sei gegrüßt. Ich war hier.*

BETRACHTUNGEN ZU ›DER REPORT DER MAGD‹

(2015)

In diesem Jahr feiert ›Der Report der Magd‹ den dreißigsten Jahrestag seines Erscheinens, was ich kaum fassen kann – ich habe nicht das Gefühl, dass es schon so lange her ist. Im Lauf dieser dreißig Jahre ist das Buch in ungefähr vierzig Ländern veröffentlicht worden und in ungefähr fünfunddreißig Sprachen übersetzt worden. Ich sage »ungefähr«, weil immer noch neue dazukommen.

Am Anfang aber lief es schleppend. Die ersten Kritiken, zumindest in den englischsprachigen Ländern, waren lauwarm, würde ich mal sagen. ›Der Report der Magd‹ ist kein besonders heimeliges Buch. Es ist kein Buch, bei dem man sich in die aufgeweckte, mutige, aber zugleich pflichtbewusste Heldin verliebt und alles super findet, was sie macht. Es ist nicht ›Stolz und Vorurteil‹. In der ›New York Times‹ wurde es sogar verrissen, und wenn man nach einem Verriss in der ›Times‹ seinem Verleger begegnet, wechselt er unweigerlich die Straßenseite, läuft ganz schnell weg und versteckt sich unter einem Stein. Geschrieben hatte den Verriss die berühmte amerikanische Schriftstellerin und Essayistin Mary McCarthy, und sie war in der Tat ganz und gar nicht begeistert von meinem Buch. (Das war sie aber eigentlich nie, und so war ich wenigstens nicht die Einzige, bei der es mit der Begeisterung nicht klappte.)

Ihre Kritik las sich ein wenig unzusammenhängend – später hörte ich von der ›Times‹, McCarthy habe kurz zuvor einen Schlaganfall gehabt, aber das hätten sie nicht gewusst, als sie die Kritik in Auftrag gaben. Immerhin stimmte McCarthy mir zu, dass wir vorsichtig mit unseren Kreditkarten sein sollten – die Dinger waren 1985 noch ziemlich neu, es war erst in den 70ern so langsam damit losgegangen –, denn wenn wir uns ausschließlich auf diese Karten verließen, würde man sie leicht zu Kontrollzwecken missbrauchen können. Und das war ja sogar, bevor es das Internet gab! Wir hatten noch nicht mal was von digitalen Signaturen gehört.

Aber abgesehen von der Sache mit den Kreditkarten fand Mary McCarthy meine Geschichte unglaubwürdig – in den zukunftsorientierten USA könnte sich etwas so Rückschrittliches ganz bestimmt nicht ereignen – und die Sprache einfallslos. Ihre Kritik war ein ziemlicher Schlag für mich, denn ich hatte noch gut in Erinnerung, dass ich 1962 ihren Roman ›Die Clique‹ gelesen hatte, in der Badewanne, und ihn ganz interessant fand. Aber es war nicht die erste schlechte Kritik, die ich bekam, und es würde auch nicht die letzte sein. Was einen nicht umbringt, macht einen stark, aber manchmal verdirbt es einem eben auch die Laune. Wie Sie gerade gehört haben.

Nach dem holprigen Start erschienen aber auch andere Artikel über den ›Report der Magd‹. Sie ließen sich in etwa so zusammenfassen: Im Vereinigten Königreich hielt man es für eine ganz anständige Story. Darüber, dass ein solches Szenario in Großbritannien tatsächlich eintreten könnte, machte man sich keine großen Sorgen, man hatte schließlich seinen Religionskrieg schon im siebzehnten Jahrhundert über die Bühne gebracht und rechnete in näherer Zukunft nicht mit einem weiteren. In Kanada fragte man nervös: »Könnte das auch bei uns passieren?« Solche Fragen stellen Kanadier sich oft, in ihrer Vorstellung leben sie nämlich in einer Art Land der Hobbits, wo pelzige kleine Kerlchen unbeschwert Bier trinken, Eishockey spielen, Pfeifenkraut rauchen, lustige Partys feiern und sich nichts Böses denken und wo das schreckliche Auge von Mordor sie noch nicht gefunden und noch keine Trolle und Orks und Nazgûl geschickt hat, um sie zu vernichten.

Aber in den Vereinigten Staaten lautete die Frage: »Wie viel Zeit haben wir noch?« Offensichtlich erkannte man bereits 1985 das drohende Unheil, und es stand sogar wortwörtlich die Schrift an der Wand: Ein Unbekannter hatte den Satz »›Der Report der Magd‹ ist schon da« an die Strandmauer von Venice in Kalifornien gesprüht. Dann gewann das Buch unter anderem den Los Angeles Times Book Award, wurde in Großbritannien für den Booker Prize nominiert und gewann in Kanada den Governor General's Award. Es muss also auch einigen Leuten gefallen haben.

Und seither verkauft der Roman sich immer weiter. Wahrscheinlich jagt er einfach jeder Generation aufs Neue Angst ein. Er wird in den Lektürekanon für die Highschool aufgenommen, und dann treten regelmäßig Leute auf den Plan, die ihn da wieder raushaben wollen, entweder weil Sex darin vorkommt oder weil diese Leute irrtümlicherweise glauben, er sei antichristlich, was nur zeigt, dass sie eine sehr abwegige Vorstellung vom Christentum haben. Aber dazu später mehr.

Das Buch ist seither nicht nur verfilmt worden, es entstanden auch eine Oper, ein Ballett und mehrere Theaterproduktionen, und demnächst folgen eine Graphic Novel und eine Fernsehserie. Aber die größte Ehrung ist, dass Leute sich an Halloween als Magd verkleiden. *Und alle erkennen das Kostüm!* Meine einfache Magd in ihrem seltsamen roten Kleid hat neben all den Klingonen, Minnie Mäusen, Hulks und Wonder Women einen Platz unter den Halloween-Kostümgestalten bekommen. Wie genial ist das denn bitte?

Jetzt komme ich aber mal zum Kern der Sache. Ich bin gebeten worden, den Roman unter verschiedenen Gesichtspunkten zu betrachten, und das werde ich versuchen. Ich ordne ihn in den zeitlichen Kontext seiner Entstehung ein und erzähle, wie und warum ich ihn geschrieben habe, außerdem sage ich etwas zu den literarischen und historischen Einflüssen und wie ich die Welt des Romans konstruiert habe. Dann werde ich versuchen, ihn in unsere Zeit zu bringen – ins Hier und Jetzt. Ist dieser Roman heute noch relevant? Wenn ja, inwiefern und warum? Kann ein Roman prophetisch sein, und wenn nicht, warum ist das so?

Das ist ziemlich viel für einen kurzen Vortrag, also kremple ich jetzt die Ärmel hoch, bildlich gesprochen, und mache mich an die Arbeit.

Aber erst erzähle ich Ihnen noch eine wahre Geschichte. Es war einmal, vor ungefähr zwanzig Jahren, da schmissen mein Mann, Graeme Gibson, und ich eine Party für die Ontario-Gruppe des kanadischen Schriftstellerverbands. Hintergrundinformation: Ontario ist eine Provinz, das kanadische Pendant eines Bundesstaats. Kanada ist ein Land, das Pendant, was die Bevölkerungszahl angeht, von Mexiko City. Den Schriftstellerverband hatten wir in den frühen 1970ern gegründet, weil es in Kanada damals noch keine Literaturagenten gab. Die Schriftsteller waren den Verlegern vollkommen ausgeliefert und wurden von ihnen angelogen, was beispielsweise die Vorschüsse anging, die andere Autoren bekamen. Heutzutage gilt das zwar nicht mehr, trotzdem ist ein hauptberuflicher Schriftsteller immer noch eine Mischung aus Glücksspieler, Start-up-Unternehmer, Zauberer und Trickbetrüger. Man muss sich sehr abstrampeln, um da zu bleiben, wo man ist, und wenn man später mal eine Rente bekommen möchte, sollte man lieber etwas anderes machen. Es ist fast so schwierig, wie mit Anfang zwanzig als Countrysänger zu arbeiten. Die meisten haben Brotjobs.

Bei unserer Party war auch eine junge Autorin von fünfunddreißig Jahren, die plötzlich verkündete, sie habe einen Herzinfarkt. Da sie schon einmal einen Infarkt gehabt hatte, war es eine ernste Sache. Wir schmissen alle Gäste aus dem Wohnzimmer, und Graeme machte Tiefenatmung mit ihr, während ich den Notarzt rief. Innerhalb kürzester Zeit erschienen zwei junge, muskelbepackte Sanitäter mitsamt Ausrüstung. (Sie müssen muskelbepackt sein, damit sie die Patienten herumwuchten können.) Sie warfen uns aus dem Zimmer und begannen mit der Arbeit, und dann hörten wir folgende Unterhaltung:

ERSTER SANITÄTER: Weißt du, bei wem wir hier sind?
ZWEITER SANITÄTER: Nein, bei wem denn?
ERSTER SANITÄTER: Bei Margaret Atwood!
ZWEITER SANITÄTER: Margaret Atwood! Lebt die noch?

Es stellte sich heraus, dass die junge Frau gar keinen Herzinfarkt gehabt hatte. Sie hatte nur, ich zitiere, »eine

Luftblase von der Größe einer Grapefruit im Darm«. Sie war einfach wahnsinnig aufgeregt, dass sie bei mir zu Gast war.

Ich möchte Ihnen mit dieser Geschichte eine wohlbekannte Tatsache veranschaulichen: Jeder Autor, dessen Werk man in der Schule liest, ist schon per definitionem tot. Und da inzwischen eine Menge Kinder ›Der Report der Magd‹ im Unterricht gelesen haben, überrascht es viele Menschen, dass ich noch lebe. Manchmal sogar mich selbst. Aber das ist nun mal die Folge des Ruhms, selbst wenn er von überschaubarer Größe ist. Man kann übrigens Hohlformen kaufen – meist werden sie auf den letzten Seiten von Comicbüchern beworben –, die man um wachsende Zucchini legt, und dann bekommt man Zucchini mit dem Gesicht von Elvis Presley. Mit Auberginen müsste das auch funktionieren. Dieses Ruhmlevel habe ich noch nicht erreicht.

Und als ich anfing, ›Der Report der Magd‹ zu schreiben, war ich vom Zucchiniform-Level noch meilenweit entfernt. Da manche von Ihnen damals noch nicht geboren waren und andere noch sehr jung, nehme ich Sie jetzt kurz mit auf eine Zeitreise.

Erst mal zu mir. Geboren im November 1939, kurz nach dem Beginn des Zweiten Weltkriegs. Ich gehöre also zu der Generation, die sich an Hitler und Stalin erinnern kann, und zwar nicht nur aus den Geschichtsbüchern. 1949 war ich zehn, und ich habe ›1984‹ von George Orwell gelesen, als es als Taschenbuch erschien. Bei Elvis' Fernsehdebüt 1955 war ich fünfzehn. 1960 war ich zwanzig, 1970 dreißig und 1980 vierzig. Für die Figuren meiner Bücher mache ich mir auch immer so eine Zeitleiste: Ich muss wissen, wie alt sie bei bestimmten Weltereignissen waren, denn es gibt eine Wechselwirkung zwischen unserer persönlichen Geschichte und den Geschehnissen in der Welt um uns herum.

In der Zeit um 1984 erlebten wir eine leichte Gegenreaktion gegen die Hippies, die Frauenbewegung und derlei Arten von Sozialverhalten. In der Musik befanden wir uns, glaube ich, am Ende der Disco-Welle. Die Hippies waren ungefähr 1968 zum Vorschein gekommen, kurz nach den Beatniks, den Existenzialisten, den Folksängern und den Beatles; ihnen vorausgegangen waren die Erfindung der Pille und der Siegeszug der Nylonstrumpfhose und des Minirocks. (Diese drei Dinge hängen zusammen, vor allem die Strumpfhose und der Minirock.) Die Frauenbewegung kam um 1969 in Gang. Allerdings ohne mich: Ich befand mich in Edmonton, Alberta, und das war sehr, sehr weit weg von New York City. Das Internet gab es noch nicht. Ich hörte von diesen Dingen nur in den Briefen von Freunden. Für die Hippies war ich zu alt, aber den Existenzialismus, die Folkmusik und den schwarzen Eyeliner habe ich mitgemacht. Das darf man nicht vergessen!

Damals begann die zweite Welle des Feminismus. Die erste Welle hatte im späten neunzehnten und frühen zwanzigsten Jahrhundert stattgefunden, ihre Anhänger hießen Suffragetten und kämpften für das Frauenwahlrecht. Nachdem sie es bekommen hatten, folgte die Weltwirtschaftskrise – ab zurück nach Hause, ihr Frauen, jetzt brauchen die Männer die Jobs, und wenn man ein abenteuerlustiger Wildfang wie die Frauen in den Groschenheften war, existierte noch nur Amelia Earhart als Vorbild. Dann begann der Krieg – ab in die Fabriken, ihr Frauen, um Waffen herzustellen und auf Plakaten als Rosie the Riveter eure süßen kleinen Muckis spielen zu lassen. Nach dem Krieg hieß es wieder: Ab zurück nach Hause, ihr Frauen, jetzt brauchen die Männer die Jobs; ihr seid dafür da, vier Kinder, einen Waschtrockner und einen Vorortbungalow zu haben, das ist die vollkommene Erfüllung, nur euer Hirn müsst ihr leider aus dem Fenster schmeißen. Die aus dem Krieg zurückgekehrten Männer aber waren unruhig; sie vermissten ihre Freiheit und die Adrenalinschübe der Nahtoderfahrungen, die sie durchgemacht hatten. Und da erschien Hugh Hefner, spielte auf seiner Peter-Pan-Flöte und rief ihnen zu: Warum steckt ihr in diesem Alltagstrott fest? Bungalows sind öde! Lasst Frau und Kinder sitzen und kommt spielen! Und das taten sie, was am Ende dazu führte, dass wir Fernsehserien wie ›Mad Men‹ haben.

Damals aber meldete sich Betty Friedan mit ihrem Buch ›Der Weiblichkeitswahn‹ zu Wort, das ich 1964 in Vancouver las. Sie protestierte gegen die Hirnabschaltung, die die Verfechter von »Zurück an den Herd« in den späten 40er- und in den 50er-Jahren propagierten. Im folgenden (unechten) *Handbuch für die gute Ehefrau* aus der fiktiven Zeitschrift ›Housekeeping Monthly‹ von 1955 bekommt man einen Eindruck von dieser Art Meinungsmache:

> Beklagen Sie sich nicht, wenn er spät heimkommt oder ohne Sie zum Abendessen oder irgendeiner Veranstaltung ausgeht. Versuchen Sie stattdessen, seine Welt voll Druck und Belastungen zu verstehen. … Beklagen Sie sich nicht, wenn er spät heimkommt oder selbst wenn er die ganze Nacht ausbleibt. Nehmen Sie dies als kleineres Übel, verglichen mit dem, was er vermutlich tagsüber durchgemacht hat. … Fragen Sie ihn nicht darüber aus, was er tagsüber gemacht hat. Zweifeln Sie nicht an seinem Urteils-

vermögen oder seiner Rechtschaffenheit. Denken Sie daran: Er ist der Hausherr, und als dieser wird er seinen Willen stets mit Fairness und Aufrichtigkeit durchsetzen. Sie haben kein Recht, ihn infrage zu stellen. … Eine gute Ehefrau weiß stets, wo ihr Platz ist.

Das könnte auch den Titel *Handbuch für den römischen Sklaven* oder *Handbuch für den Leibeigenen im Jahre 1000* tragen.

Bei all den amerikanischen Akademikerinnen, die immer nur hörten, ihr wahres Diplom sei das »Mrs« vor dem Namen, traf Friedans ›Weiblichkeitswahn‹ einen Nerv. Auf die jungen Frauen in Kanada dagegen hatte die »Hausherren«-Gehirnwäsche keine große Wirkung gehabt. Wir lebten kulturell hinter dem Mond und waren noch ganz auf dem Amelia-Earhart-Wildfang-Trip. Außerdem gab es bei uns die Frauenzeitschrift ›Chatelaine‹ mit der Herausgeberin Doris Anderson. Doris Anderson war in einer Pension aufgewachsen, die ihre Mutter betrieb, nachdem ihr Vater die Familie verlassen hatte, und deshalb brauchte man ihr mit »Fairness und Aufrichtigkeit« gar nicht erst zu kommen. Lange vor der Frauenbewegung 1969 machte sie Frauenrechte ganz offen zum Thema, und sie musste auf Schritt und Tritt gegen das männliche Management des Verlags ankämpfen, das natürlich von »Fairness und Aufrichtigkeit« überzeugt war. Genau wie die Aristokraten im alten Rom.

Weiter in die 1970er. Es war eine unruhige Zeit im Land des Feminismus: Frauen of Color protestierten gegen mangelnde Repräsentation und lesbische Frauen ebenso; Gloria Steinems Zeitschrift ›Ms.‹ und viele andere Publikationen entstanden und noch einiges mehr. In Kanada waren junge Schriftstellerinnen so sehr damit beschäftigt, für Autoren aller Geschlechter überhaupt Möglichkeiten zum Publizieren und Geldverdienen zu schaffen – es wurden Zeitschriften und Verlage gegründet, es wurde Infrastruktur aufgebaut in Form von Lesereisen, Festivals, Residenzprogrammen an Universitäten, Bibliothekstantiemen, es wurde an all diesen Fronten gekämpft, gekämpft, gekämpft –, dass wir in unseren männlichen Kollegen eher Mitstreiter als Feinde sahen.

Anfang der 1980er waren manche der feministischen Vorkämpferinnen der 70er müde geworden und ruhten sich auf ihren Lorbeeren aus. Gleichzeitig blies die religiöse Rechte zum Gegenangriff. Diese Leute wollten zurück in die 50er, zumindest zu der Version mit den guten Ehefrauen – und ohne den Rock 'n' Roll –, nur diesmal mit stärkerer Betonung des puritanisch-religiösen Dogmas, das dem Ganzen ohnehin schon zugrunde lag. »Er nur für Gott, doch sie für Gott in ihm«, wie John Milton es im ›Verlorenen Paradies‹ formuliert hat. Schon Paulus hatte ja geschrieben, Frauen könnten nur dadurch gerettet werden, dass sie Kinder zur Welt brächten. Das war bedrohlich nah an dem, was die Nazis für Frauen vorgesehen hatten: Kinder, Küche, Kirche.

Erinnern Sie sich noch, was ich über Hitler gesagt habe? Ich hatte viele Bücher über den Zweiten Weltkrieg gelesen, und ich wusste, dass er sein Programm schon sehr früh dargelegt hatte, nämlich in ›Mein Kampf‹. Das Buch war damals ein Flop gewesen – die Deutschen hatten Hitler anfangs für einen Verrückten gehalten, sehr richtig eigentlich –, deshalb hatte er seine wirklichen Vorhaben unterm Deckel gehalten, bis er gewählt war. Dann legte er die Demokratie in Schutt und Asche und setzte das um, was er von Anfang an angekündigt hatte.

Deshalb war ich von zwei Dingen überzeugt. (1) Wer wirklich an etwas glaubt, führt das auch aus, sobald er die Gelegenheit dazu bekommt. (2) Wer sagt: »Bei uns kann so was nicht passieren«, täuscht sich. Wenn die Umstände stimmen, kann alles überall passieren, das hat die Geschichte wieder und wieder gezeigt. Und zu den beiden Dingen füge ich noch (3) hinzu: Macht korrumpiert, und absolute Macht korrumpiert absolut. Auch das ist oft genug bewiesen worden.

Und so begann ich, ›Der Report der Magd‹ zu schreiben. Anfangs waren es nur Notizen, aber im Frühjahr 1984 machte ich mich richtig an die Arbeit. Wir lebten damals in Westberlin. Die Mauer war noch nicht gefallen, und es gab auch keine Anzeichen, dass das in näherer Zukunft geschehen würde. Wer einen Eindruck von dieser Atmosphäre in Westdeutschland zwischen Spionage und Kaltem Krieg bekommen möchte, sollte ›Dame, König, As, Spion‹ von John le Carré lesen oder sich die Fernsehverfilmung mit Alec Guinness ansehen; und wer sich für die damalige Atmosphäre in Ostdeutschland interessiert, dem empfehle ich den Film ›Das Leben der Anderen‹. So hat es sich angefühlt.

Es war also ein guter Ort, um mit dem ›Report der Magd‹ anzufangen. Ich beendete den Roman im Frühjahr 1985 in Tuscaloosa, Alabama, wo ich eine Professur an der University of Alabama hatte. Dort gab es auch Unfreiheit, aber nur für manche Menschen, zum Beispiel solche mit dunkler Haut und – kurioserweise – Radfahrer. (»Fahren Sie hier nicht mit dem Rad«, sagte man mir, »sonst halten die Leute Sie für eine Kommunistin und drängen Sie von der Straße ab.«) Vielleicht waren die beiden Orte zwei Seiten derselben Medaille.

Mit ›Der Report der Magd‹ wollte ich zwei theoretische Fragen beantworten: (1) Wenn die Vereinigten Staaten sich in eine Diktatur verwandeln würden oder eine absolutistische Regierung bekämen, was für eine Art von Regierung wäre das? (2) Wenn man die Frauen, die inzwischen alle den häuslichen Bereich verlassen haben und draußen rumrennen wie die Eichhörnchen, wieder an den Herd bekommen wollte, auf welche Weise könnte man sie zurück ins Haus drängen und dafür sorgen, dass sie dortblieben?

Die Antwort auf (1), zumindest im Buch, lautet: Es wäre eine religiöse Diktatur wie im Iran, der nämlich, kurz nachdem ich das Land 1978 bereist hatte, zu einem solchen Gottesstaat geworden war. Es wäre bestimmt keine kommunistische Diktatur wie in Polen, der Tschechoslowakei oder der DDR, wo ich später ebenfalls gewesen war, nämlich 1984. Eine absolutistische Regierung im Namen der liberalen Demokratie hielt ich damals für einen Widerspruch in sich, dabei hätte ich mich nur an die McCarthy-Ära erinnern müssen; und mit den digitalen Überwachungsmöglichkeiten, die uns heute zur Verfügung stehen, ist eine solche absolutistische Herrschaft durchaus in Reichweite.

Die Antwort auf (2) – wie sperrt man die Frauen wieder ins Haus? – ist einfach: Man muss nur die Geschichte hundert Jahre zurückdrehen – nein, nicht mal hundert Jahre. Man nimmt ihnen die Jobs und den Zugang zum Geld, Letzteres über die Bank- und Kreditkarten. Ach ja, und dazu ihre Bürgerrechte wie das Wahlrecht, das Recht auf Eigentum und das Recht auf eigene Kinder. Dafür ändert man einfach die Gesetze. Gerne wird ja die »Herrschaft des Rechts« beschworen, aber man darf nicht vergessen, dass es auch schon sehr ungerechte Gesetze gab. Die Nürnberger Gesetze – gegen die Juden – waren

Gesetze. Der Fugitive Slave Act – der die amerikanischen Nordstaaten zwang, entflohene Sklaven zurückzuführen – war ein Gesetz. Die Verordnung, die den amerikanischen Sklaven im Süden verbot, lesen und schreiben zu lernen, war ein Gesetz. Die römischen Steuergesetze, mit denen die Bauern ausgebeutet wurden, waren Gesetze. Ich könnte noch lange so weitermachen.

Beim Schreiben des Romans setzte ich mir selbst die Vorgabe, dass er nichts beinhalten sollte, was Menschen nicht schon mal irgendwann irgendwo getan hatten oder wofür sie nicht die nötige Technologie besaßen. Mit anderen Worten, ich durfte nichts erfinden. Im Epilog, der sich als mehrere Hundert Jahre nach der Handlung gehaltener Vortrag ausgibt, werden einige historische Beispiele genannt.

Als Schauplatz der Handlung wählte ich Cambridge, Massachusetts. Aus folgendem Grund: Während meines Studiums an der Harvard University von 1961 bis 1963 und dann noch einmal von 1965 bis 1967 belegte ich ein paar Kurse bei Perry Miller, der zusammen mit F.O. Matthiessen amerikanische Literatur und Kultur als wissenschaftliche Fachgebiete etabliert hat. Hier beschäftigte ich mich zum ersten Mal mit dem siebzehnten Jahrhundert, dem puritanischen Jahrhundert in Neuengland. Das öffnete mir die Augen, denn mein Studium der amerikanischen Literatur hatte sich bisher auf das neunzehnte Jahrhundert beschränkt – Poe, Melville, Emerson, Thoreau, Dickinson, Whitman, Henry James und so weiter. Miller kannte sich hervorragend mit dem siebzehnten Jahrhundert in Neuengland aus, wo nämlich zu jener Zeit keineswegs eine liberale Demokratie bestand, sondern eine Theokratie. Die Puritaner propagierten Glaubensfreiheit, aber nur für sich selbst, nicht für andere. Quäker zum

Beispiel wurden aufgehängt. Da auch ich Puritaner unter meinen Vorfahren hatte, faszinierte diese Geschichte mich natürlich sehr.

Außerdem fanden in jener Gesellschaft die berüchtigten Hexenprozesse von Salem statt, und weil ich ebenfalls von einer der angeblichen Hexen abstamme, wie meine Großmutter immer montags erzählte, war mein Interesse noch größer. (Mittwochs stritt sie die ganze Sache wieder ab.) Salem wurde zum Vorbild vieler ähnlicher Hexenverfolgungen bis hin zur Hysterie der McCarthy-Ära – vor deren Hintergrund Arthur Millers Theaterstück ›Hexenjagd‹ entstand. Deshalb ist ›Der Report der Magd‹ sowohl Perry Miller gewidmet (der sich darüber sehr amüsiert hätte, wenn er es noch erlebt hätte) als auch Mary Webster, meiner mutmaßlichen Ahnin. Mary wurde gehängt, aber es klappte zunächst nicht – am nächsten Morgen lebte sie immer noch. So ein kräftiges Genick ist ein sehr nützliches Erbe, wenn man als Nachfahrin, wie ich es hin und wieder getan habe, den Kopf riskieren will.

Wie gesagt, ich nahm nur in den Roman auf, was Menschen schon irgendwo getan hatten oder wozu sie mithilfe der zur Verfügung stehenden Technologie in der Lage waren. Ich nutzte viele verschiedene historische Vorlagen, darunter Rumänien unter der Diktatur Ceaușescus, Hitlers Kinderraub in Polen und seine Polygamie-Pläne für die SS-Männer, die argentinische Militärdiktatur. Ich zog das Verbot der Alphabetisierung für die amerikanischen Sklaven heran, das frühe Mormonentum, das gemeinsame Hängen im Mittelalter – wenn alle zusammen am Strick ziehen, ist die Schuld geteilt – und den Dionysoskult im antiken Griechenland, bei dem Menschenopfer bei lebendigem Leib zerrissen wurden. Das sind nur ein paar Beispiele.

Die Kleidung der Mägde ist der Illustration auf der Waschpulverpackung von Old Dutch Cleanser aus den 1940er-Jahren nachempfunden – das Bild der Frau mit wogendem Gewand, das Gesicht hinter einer großen, weißen Kopfbedeckung versteckt, hat mich als Kind traumatisiert. Aber ich griff auch die Frauenmode aus der Mitte des neunzehnten Jahrhunderts auf, die Hauben, die ebenfalls das Gesicht verbargen, sowie die mittelalterlichen Aufwandgesetze, in denen angeordnet wurde, wer was tragen durfte. Die Farbsymbolik – Blau für Reinheit, Rot für Sünde und Leidenschaft und so weiter – stammt aus der christlichen Kunst des Mittelalters und der Renaissance.

Manchmal wird angenommen, in der Gesellschaftsstruktur von Gilead hätten alle Männer einen hohen Stand und alle Frauen einen niedrigen, aber das stimmt nicht. Es ist ein absolutistisches oder totalitäres System, aber die verschiedenen Klassen definieren sich nicht allein durch die Geschlechtszugehörigkeit. Die Ehefrauen der Männer von hohem Stand stehen ebenfalls weit oben in der Hierarchie, wenn auch unter ihren Männern. Männer von niedrigem Stand stehen unter Frauen von hohem Stand. So hat das auch in der Geschichte funktioniert. Nur Männer von hohem Stand haben mehr als eine Frau zur Fortpflanzung zur Verfügung, nur sie besitzen Mägde. Auch das entspricht ziemlich genau der Wirklichkeit in solchen Systemen. Die erste Frau ist die Chefin; die anderen, jüngeren Frauen stehen unter ihrer Fuchtel. Der Mann zeugt, wenn er es schafft, mit allen seinen Frauen Kinder. Männer von niedrigem Stand müssen sich mit Ökonofrauen begnügen; diese müssen alle Funktionen erfüllen, für die es auf höherer Ebene mehrere Frauen gibt: Erstfrauen für gesellschaftliche Anlässe, Mätressen und Konkubinen oder Zweitfrauen für Sex, Dienerinnen für die Hausarbeit. So geht es zu im ›Report der Magd‹, denn in der echten Welt ist es sehr oft genauso zugegangen.

Auch viele literarische Werke haben den ›Report der Magd‹ beeinflusst. Der englische Titel, ›The Handmaid's Tale‹, rührt von Chaucer her, einem meiner Lieblinge. Es ist nämlich eher eine Erzählung als eine geschichtliche Aufzeichnung, da zu dem Zeitpunkt, als der Text seinen Titel bekommt –, mehrere Hundert Jahre nach den Ereignissen – niemand mehr exakt ermitteln kann, was genau geschehen ist und wer diese Menschen waren. Ein typisches Problem der Historiker: Die Aufzeichnungen sind lückenhaft. Und so ist es auch bei unserer Magd.

Der zweite große Einfluss ist natürlich die Bibel. Sie ist ein sehr komplexes Werk, das anfangs nicht als Buch konzipiert wurde, sondern nur eine Sammlung von Schriftrollen war. Erst als der Kodex entwickelt wurde – die Buchform, wie wir sie heute kennen, mit einem Rücken und Seiten, die man umblättert –, wurden die »biblia«, die kleinen Bücher, zu einem einzigen Buch, und erst dann bekam es den Anschein eines zusammenhängenden Werks. Da die Bibel von verschiedenen Menschen und zu unterschiedlichen Zeiten – zu sehr unterschiedlichen Zeiten – niedergeschrieben wurde, enthält sie auch viele unterschiedliche Botschaften. Eine davon ist sehr vorteilhaft für Witwen, Waisen, Arme und Unterdrückte. Aber man kann der Bibel auch ganz andere Botschaften entnehmen, zum Beispiel, dass man seine Feinde auslöschen und mit Flüchen belegen soll, sodass sie ihre eigenen Kinder fressen; und viele Menschen haben solchen Botschaften den Vorzug gegeben.

Im ›Report der Magd‹ dient der sogenannte Biblizismus der politisch motivierten Kontrolle von Frauen (und

Männern von niedrigem Status) und der Stärkung einer Machtelite. Wer das für den Kern des Christentums hält, irrt sich meiner Meinung nach ganz gewaltig. Im Text findet man das Vaterunser, von der Magd auf ihre eigene Situation umgedeutet. Deshalb verblüfft es mich doch sehr, wenn Leute das Buch als »antichristlich« bezeichnen. Jede Religion hat eine positive und eine negative Seite – wie meine alte Freundin und Auschwitz-Überlebende Fanny Silberman immer gesagt hat: »Jeder hat Gut und Böse in sich« –, und in Gilead zeigt sich das Böse. Das bedeutet nicht, dass es kein Gutes geben kann. Es liegt in Ihrer Hand.

Weitere literarische Einflüsse kommen aus der Welt der Utopien und Dystopien des späten neunzehnten und frühen zwanzigsten Jahrhunderts. Eine Utopie ist die literarische Darstellung einer Gesellschaft, die besser ist als unsere; im späten neunzehnten Jahrhundert waren Utopien sehr beliebt und wurden reihenweise verfasst, denn es hatte so viele Fortschritte in Medizin, Technologie und bei der Produktion und Verbreitung von Gütern gegeben, dass optimistische Menschen sich nicht vorstellen konnten, warum es nicht weiterhin immer nur aufwärts gehen sollte. Die berühmtesten Utopien der englischsprachigen Literatur dieser Zeit waren ›Kunde von Nirgendwo‹ von William Morris und ›Ein Rückblick aus dem Jahre 2000‹ von Edward Bellamy. Aber dann kam dummerweise der Erste Weltkrieg, in dem Europa sich selbst verwüstete, und dann der Zweite Weltkrieg, in dem Europa sich noch mehr verwüstete, und dazwischen Deutschland unter Hitler, Italien unter Mussolini und die UdSSR unter Stalin, die allesamt Utopien sein wollten, in denen alles besser wird, und die sich alle in Dystopien, schlechtere Gesellschaften, verwandelten. Eine plausible literarische Utopie zu entwerfen war danach sehr schwierig, und jetzt gewannen die literarischen Dystopien an Boden. Zu den berühmtesten gehören ›Schöne neue Welt‹ von Aldous Huxley und ›1984‹ von George Orwell. Wenn Sie dazu gern mehr wissen möchten, finden Sie in meinem Science-Fiction-Buch ›In Other Worlds‹ ein ganzes Kapitel, in dem das Thema ausgiebig breitgetreten wird.

›Der Report der Magd‹ ist eine literarische Dystopie – der Entwurf einer Welt, die schlechter ist als unsere –, und die Form des Romans ist daher von der Tradition der Utopie beziehungsweise Dystopie beeinflusst. Als Teenager habe ich eine Menge solcher Bücher gelesen, und später habe ich mich als Doktorandin damit beschäftigt, deshalb war es wohl unvermeidlich, dass ich mich früher oder später selbst an so etwas versuchen würde. Und das habe ich dann getan. In den 80er-Jahren war das ein leicht hirnrissiges Unterfangen, denn solche Romane waren damals nicht en vogue. Heutzutage sind Dystopien dagegen dicht gesät, vermutlich, weil viele junge Autoren von unseren Zukunftsaussichten einigermaßen entsetzt sind.

Und das bringt uns schon in die Gegenwart. Mir werden oft die folgenden zwei Fragen gestellt:

1. Glauben Sie, dass ›Der Report der Magd‹ von größerer Relevanz ist als zur Zeit seiner Entstehung Mitte der 80er?
2. Eine andere Version derselben Frage: Glauben Sie, dass ›Der Report der Magd‹ prophetisch war?

Das sind hochinteressante Fragen. Meine Antwort auf die erste wäre: Ob das Buch tatsächlich heute relevanter ist oder nicht, müssen andere beurteilen, aber offensichtlich sind viele Leute der Meinung – besonders in den USA –, dass es heute relevanter ist als damals. Während des letzten Präsidentschaftswahlkampfs ist der Titel des Romans ein Meme in den sozialen Medien geworden, es entstanden Sprüche wie »Sagt bitte mal jemand den Republikanern, dass ›Der Report der Magd‹ keine Blaupause ist« oder »Hier kommt ›Der Report der Magd‹«. Warum? Weil die vier weisen Republikaner den Mund aufgemacht und gesagt haben, was sie wirklich denken, nämlich dass Frauen nach einer »echten« Vergewaltigung nicht schwanger würden, der Körper könne das verhindern, und dass es einen Unterschied gebe zwischen einer »echten« Vergewaltigung und einer »unechten«, womit sie eine Vergewaltigung meinten, die zwar so aussah und sich so anfühlte wie eine Vergewaltigung, aber eigentlich gar keine sei. Das erinnerte doch sehr an die Hexenprozesse, bei denen die Frauen gefesselt ins Wasser geschmissen wurden, und wenn sie ertranken, waren sie unschuldig, aber wenn sie nicht ertranken, waren sie schuldig und konnten verbrannt werden. Tja, am Ende waren sie so oder so tot.

Verallgemeinernd könnte man sagen: Absolutistische Regierungen haben schon immer ein übertrieben großes Interesse an der Fortpflanzungsfähigkeit der Frauen gehabt. Eigentlich gilt das sogar für alle menschlichen Gesellschaften. Wer darf Babys haben, welche Babys gelten als »ehelich«, welche dürfen überleben und welche dürfen getötet werden (im antiken Rom z. B. lag die Entscheidung beim Vater), ist Abtreibung erlaubt oder nicht, und wenn ja, bis zu welchem Monat, werden Frauen gezwungen, Kinder auszutragen, die sie nicht wollen oder nicht versorgen können, und so weiter. In Jäger-

und-Sammler-Gemeinschaften wurden Kinder in relativ großen Abständen geboren, und solche, die nicht ernährt werden konnten, wurden ausgesetzt. In Agrargesellschaften dagegen strebte man hohe Geburtenraten an, denn Kinder waren nützliche Sklaven bei der Feldarbeit. Und als Massenarmeen in Mode kamen, brauchte man noch viel höhere Geburtenraten, um einen Vorrat an »Kanonenfutter« zu haben, wie Napoleon es nannte. Hitler verlieh Medaillen an Mütter, die viele Kinder hatten – nach dem Ersten Weltkrieg herrschte wieder Mangel an Kanonenfutter –, während Stalin Abtreibung als Methode der Geburtenkontrolle erlaubte: Die Kollektivierung der Landwirtschaft hatte nicht funktioniert, und es gab mehr Menschen, als man durchfüttern konnte.

Angesichts des übertrieben großen Interesses von Machthabern an Geburten und Müttern und daran, wer wem Kinder wegnimmt, ist die eigentliche Frage dieselbe wie in einem Krimi: *Cui bono?* Wem nützt es?

In der Welt des ›Reports der Magd‹ sind Kinder in den höheren Schichten dünn gesät. Also nimmt man sie denen, die sie haben, weg und verteilt sie unter den hochgestellten Leuten, die scharf drauf sind. Hierfür gibt es eine Menge historische Vorbilder. Während der Militärdiktatur in Argentinien zum Beispiel nahm man Müttern, die als Regierungsgegnerinnen galten, ihre Babys weg, bevor man die Frauen folterte und umbrachte. In Irland verkauften Nonnen die Kinder unverheirateter Mütter und manchmal sogar Babys, die ihnen kurzzeitig zur Pflege anvertraut waren, an reiche, kinderlose Familien in Amerika. Selbst in Nordamerika kam es noch in den 1940er- und 1950er-Jahren vor, dass solchen Müttern erzählt wurde, ihre Babys seien bei der Geburt gestorben, in Wahrheit aber hatte man sie verkauft.

Und da die Führungselite in ›Der Report der Magd‹ sich aus der Bibel nur die für sie nützlichen Stellen herauspickt, sind eben die Frauen schuld, wenn sie nicht schwanger werden. Auch dafür gibt es viele historische Vorbilder.

Ist diese Geschichte also heute wichtiger als zur Zeit ihrer Veröffentlichung? Leider ja, vermute ich, insofern als heute viel größere Anstrengungen unternommen werden, weibliche Körper als Staatseigentum zu beanspruchen. Auf jemanden meines Alters wirken diese Anstrengungen zutiefst stalinistisch, wenn nicht gar nationalsozialistisch. Aber vielleicht geht das nur mir so. Als letzte Anmerkung möchte ich allerdings erwähnen, dass der Wehrdienst auf ähnliche Weise männliche Körper als Staatseigentum beansprucht. Denken Sie mal darüber nach.

Zur zweiten Frage: War der Roman prophetisch? Nein. Kein Roman ist prophetisch, höchstens im Rückblick. Niemand kann die Zukunft vorhersagen, dafür gibt es einfach zu viele Variablen und Unbekannte. Wer glaubt zu wissen, wohin die Reise geht, stellt hinterher oft fest, dass er gegen die Wand gefahren ist. Man kann begründete Vermutungen anstellen und sein Glück versuchen, aber viel mehr auch nicht.

Bitte sehr. Jetzt habe ich Ihnen vieles über den ›Report der Magd‹ erzählt: über seinen Ursprung, seine Entstehung, seine Vergangenheit und seine Gegenwart. Seine Zukunft liegt in Ihren Händen – den Händen der Leserinnen und Leser –, denn da befindet sich die Zukunft jedes Buchs. Wenn es geschrieben ist, entlässt man es aus seiner Obhut, man winkt ihm am Bahnhof hinterher, und das Buch geht auf die Reise in unbekannte Länder und unbekannte Köpfe. Es wird auf Menschen treffen, die es mögen, und auf andere, die es nicht mögen. Das passiert jedem Buch. Dass so viele Menschen über so viele Jahre hinweg dieses Buch gemocht haben, erstaunt mich immer wieder.

WIR SIND DOPPELPLUS-UNFREI

(2015)

»Ein Rotkehlchen hinter Käfiggittern lässt alle Himmel in Zorn erzittern«, schrieb William Blake. »Stark genug zum Aufrechtstehn, wiewohl zum Fallen frey«, formulierte John Milton Gottes Gedanken über die Menschheit und ihren freien Willen im dritten Buch des ›Verlorenen Paradieses‹. »Freiheit, heisa! heisa, Freiheit!«, singt Caliban in Shakespeares ›Sturm‹. Wobei er zu diesem Zeitpunkt betrunken ist und es mit dem Optimismus ein wenig übertreibt: In Wirklichkeit entscheidet er sich nicht für die Freiheit, sondern unterwirft sich einem Tyrannen.

Wir führen sie ständig im Munde, diese »Freiheit«. Aber was meinen wir damit? »Es gibt mehr als nur eine Form von Freiheit«, belehrt Tante Lydia die gefangenen Mägde in ›Der Report der Magd‹. »Freiheit zu und Freiheit von. In den Tagen der Anarchie war es die Freiheit zu. Jetzt bekommt ihr die Freiheit von. Unterschätzt sie nicht.«

Im Käfig ist das Rotkehlchen sicher: Es wird von keiner Katze gefressen, und es knallt gegen kein Fenster. Es hat genug zu fressen. Aber es kann nicht fliegen, wohin es möchte. Und genau das erregt wahrscheinlich den Zorn der Himmelsbewohner: Sie empören sich über die eingeschränkten Flugoptionen eines gefiederten Mitlebewesens. Das Rotkehlchen sollte in der freien Natur leben, wo es hingehört. Es sollte die »Freiheit zu« besitzen, die aktive Form, nicht die passive »Freiheit von«.

Alles schön und gut, wenn es um Rotkehlchen geht. Wir rufen: Bravo, Blake! Aber was ist mit uns? Der sichere Käfig oder die gefährliche Wildnis? Bequemlichkeit, Trägheit und Langeweile oder Aktivität, Risiko und Gefahr? Da uns als Menschen sehr unterschiedliche Beweggründe antreiben, wollen wir beides, allerdings in der Regel abwechselnd. Manchmal sind wir so risikofreudig, dass wir die Grenze zur Kriminalität überschreiten, und manchmal haben wir ein so starkes Sicherheitsbedürfnis, dass wir uns in ein selbst geschaffenes Gefängnis begeben.

Der Staat kennt unser Bedürfnis nach Sicherheit nur zu gut und macht sich unsere Ängste zunutze. Wie oft ist uns schon gesagt worden, dass diese neue Vorschrift oder jenes neue Gesetz oder ein Ausspionieren durch die Obrigkeit nur unserer »Sicherheit« diene? Sicher sind wir sowieso nicht. Viele Leute sterben durch Wetterereignisse – Wirbelstürme, Überflutungen, Blizzards –, aber dann beschränken Regierungen sich darauf, die Schuld von sich zu weisen, anderen den Schwarzen Peter zuzuschieben, Mitgefühl auszudrücken und ein paar Dollar Soforthilfe zur Verfügung zu stellen. Die Wahrscheinlichkeit, bei einem Autounfall ums Leben zu kommen oder weil man in der Badewanne ausrutscht, ist viel größer, als von einem feindlichen Agenten um die Ecke gebracht zu werden, aber mit solchen Todesfällen lässt sich nicht so wirkungsvoll Panik schüren. Autos und Badewannen sind evolutionär gesehen so neu, dass sie für uns noch keine mythische Dimension haben. In Kombination mit Menschen, die böse Absichten hegen, können sie uns unter Umständen Angst einjagen – vom Auto eines Geistesgestörten gerammt oder von einem Mafioso im Auto erschossen zu werden ist schon eine eindrucksvolle Vorstellung, und der Meuchelmord in der Badewanne geht auf Homers Erzählung vom Schicksal des Agamemnon zurück, dank Alfred Hitchcock mit einem Duschmord-Update in ›Psycho‹. Aber Autos und Badewannen ohne wütende Ehefrauen und Psychopathen sind einfach nur unspektakulär.

So richtig Angst haben wir dagegen vor plötzlichen, gewaltsamen und unvorhersehbaren Ereignissen; sie entsprechen dem Angriff eines hungrigen Tigers. Früher ging die beängstigende Tigergefahr von Kommunisten aus. In den 1950ern galt, dass hinter jedem Busch einer lauerte. Heute sind es Terroristen. Um uns vor ihnen zu schützen, so sagt man uns, müssten wir alle möglichen Vorsichtsmaßnahmen treffen. Und das ist auch nicht ganz falsch: Bis zu einem gewissen Grad sind diese Gefahren durchaus real. Trotzdem fragt man sich, ob diese extreme Medizin noch im Verhältnis zur Krankheit steht. Wie viel von unserer Freiheit müssen wir freiwillig opfern, um uns vor Menschen zu schützen, die mit der Drohung, uns einen nach dem anderen umzubringen, genau diese Freiheit einschränken wollen?

Und ist dieses Opfer überhaupt ein wirksamer Schutz? Ohne unsere Freiheit sind wir möglicherweise nicht sicherer als zuvor, sondern vielleicht sogar doppelplus-unfrei, denn wenn wir die Schlüssel denen übergeben, die uns Schutz versprechen, werden sie zwangsläufig zu unseren Kerkermeistern. Ein Gefängnis kann man als einen Ort definieren, an dem man gegen seinen Willen festgehalten wird und der Obrigkeit schutzlos ausgeliefert ist. Verwandeln wir gerade unsere gesamte Gesellschaft in ein Gefängnis? Falls ja, wer sind die Insassen, und wer sind die Wärter? Und wer entscheidet das?

Wir Menschen erkunden schon lange, wo die Grenze zwischen Freiheit und Unfreiheit verläuft. Einst war die Alternative zur Freiheit nicht die Gefangenschaft, sondern der Tod. In den Jahrtausenden, die wir als Jäger und Sammler lebten, besaßen wir weder Passwörter noch Gefängnisse. In der eigenen kleinen Gruppe waren alle bekannt und akzeptiert, aber Fremden gegenüber war man argwöhnisch. Niemand wurde eingesperrt, denn dafür gab es kein Gebäude. Wenn jemand zu einer Gefahr für die Gruppe wurde – zum Beispiel weil er durchdrehte und versuchte, die anderen zu essen –, dann war es die Pflicht der Gruppe, ihn zu töten. Heutzutage wäre es die Pflicht der Gruppe, ihn einzusperren, damit niemand zu Schaden kommt. Ein Justizsystem, das die Möglichkeit der Inhaftierung kennt, braucht stabile Gebäude: Man kann nur jemanden in einen Kerker werfen, wenn man auch einen hat.

Mit dem Beginn des Ackerbaus war die Alternative zur Freiheit nicht mehr der Tod, sondern die Sklaverei. Jetzt hatte man mehr davon, wenn man gefährliche Menschen nicht tötete, sondern versklavte. Man konnte sie auf dem Acker für sich arbeiten lassen, dadurch mehr ernten und reich werden. Samson wird nicht von einer Klippe gestoßen wie noch die gefangenen männlichen Trojaner in den homerischen Epen. Stattdessen wird er geblendet und muss wie ein Esel Getreide mahlen.

Sobald sich herumgesprochen hatte, wie profitabel

die Sklaverei war, entstand nach dem Gesetz von Angebot und Nachfrage ein florierender Sklavenmarkt. Man konnte sich im Handumdrehen als Sklave wiederfinden, und zwar nicht nur, wenn man in einem Krieg auf der Verliererseite stand. Es reichte oft schon, zur falschen Zeit am falschen Ort zu sein, zum Beispiel da, wo gerade eine Sklavenhändlerbande auf Beutezug vorbeikam.

Im Mittelalter brauchte dann jeder aus der besseren Gesellschaft eine Burg, und jede Burg hatte einen Kerker: finster, trostlos, kalt und voller Ratten, wenn man den filmischen Darstellungen glauben darf. Kerker waren Statussymbole: Jeder, der etwas auf sich hielt, hatte einen. Sie besaßen verschiedene Verwendungsmöglichkeiten: Man konnte Hexen darin einsperren, bis es Zeit war, sie zu verbrennen; man konnte Verbrecher darin in Ketten legen, obwohl es meistens billiger war, sie direkt zu hängen; und man konnte Thronrivalen hineinwerfen, bis man genügend Beweise fabriziert hatte, um sie als Verräter hinzustellen und ihnen den Kopf abzuhacken. Außerdem konnte man mit Kerkern zu Reichtum gelangen, denn es war sehr lukrativ, ausländische Adlige als Geisel zu nehmen und Lösegeld zu erpressen. Der Handel war simpel: Sie als Kerkerbesitzer erhielten einen Sack voll Geld, und der Gefangene erhielt seine Freiheit zurück. In der umgekehrten Version bezahlten Sie einen fremden Kerkerbesitzer dafür, einen politischen Feind Ihrer Wahl einzusperren.

So funktionierte es über Hunderte von Jahren bis zum Beginn der Neuzeit. Im neunzehnten Jahrhundert wurden Freiheit und Unfreiheit schließlich zu dem, was wir heute darunter verstehen. Die Aufklärung hatte die Begriffe im achtzehnten Jahrhundert konkretisiert: »Freiheit« war angeblich das, wofür die streitbaren Bauern der Amerikanischen Revolution gekämpft hatten, obwohl es de facto nur um die Freiheit ging, keine Steuern an England zahlen zu müssen. Den französischen Revolutionären ging es anfangs um Freiheit, Gleichheit und Brüderlichkeit, ein hehres Ideal, das die Befreiung von der Herrschaft des Adels einschloss, nur leider endete das Ganze zumindest auf kurze Sicht mit Tränen, Tausenden von abgeschlagenen Köpfen und Napoleon.

Aber als Byron die Freiheit erst mal mit Beschlag belegt hatte, gab es kein Zurück mehr: Das Ideal der Freiheit war nicht mehr totzukriegen. Sein Gefangener von Chillon ist ein romantischer Held, weil er keine Freiheit hat; die Meuterei des dubiosen Fletcher Christian gegen Captain Bligh ist – in Byrons Version – eine Auflehnung gegen die Tyrannei und ein Streben nach Freiheit. Und Byron selbst ließ sein Leben mehr oder weniger im Kampf für das griechische Volk, das seine politische Freiheit zurückgewinnen wollte. Nicht »Dieu et mon droit«, sondern das Wort »Freiheit« prangte auf den Bannern vieler Revolutionäre des neunzehnten und zwanzigsten Jahrhunderts: die Freiheit der Sklaven von der Sklaverei in den amerikanischen Südstaaten, die Freiheit der Südamerikaner von Spanien, die Freiheit der Russen vom Zar, die Freiheit der Arbeiter von kapitalistischer Ausbeutung, die Freiheit der Frauen von patriarchalischen Systemen, in denen sie die Rechte von Kindern, aber die Pflichten von Erwachsenen hatten. Und schließlich die Freiheit vom Nationalsozialismus und vom Kommunismus hinter dem Eisernen Vorhang.

Die Freiheit zu schreiben, die Freiheit zu veröffentlichen, die Freiheit der Rede: um sie alle wird in vielen Ländern der Welt immer noch gekämpft. Und die Zahl ihrer Märtyrer ist hoch.

Wenn so viele bereit sind, im Namen der Freiheit zu

sterben, warum geben dann die Bürger in vielen westlichen Ländern ihre hart erkämpften Freiheiten mit kaum mehr als einem leisen Räuspern auf? Für gewöhnlich aus Angst. Und Angst hat viele Gesichter: Manchmal ist es einfach nur die Angst, kein Gehalt mehr zu bekommen. Solange das Leben weiterläuft und man seinen Job hat, warum sollte man einen Aufstand machen, nur weil hier und da ein paar Leuten Daumenschrauben angelegt werden?

Und wenn es mit den Daumenschrauben irgendwann richtig zur Sache geht, setzt eine andere Angst ein. Dann kann man nämlich seine eigenen Daumen nur noch schützen, indem man unter der Oberfläche des Froschteichs bleibt. Solange man den Kopf nicht zu weit rausstreckt oder zu laut quakt und, so wird einem beteuert, solange man nichts »Falsches« tut – ein wandelbarer Begriff –, wird einem nichts Schlimmes passieren.

Bis es irgendwann doch passiert.

Aber da ist die freie Presse längst unterdrückt und die unabhängige Justiz abgeschafft, und weil Schriftsteller, Sänger und Künstler zum Schweigen gebracht worden sind, kann einen niemand mehr verteidigen. Das müssten wir doch inzwischen wirklich kapiert haben: In absolutistischen Systemen, die nicht zur Rechenschaft gezogen werden und keine Gewaltenteilung haben, entsteht massiver Machtmissbrauch. Das scheint eine unfehlbare Regel zu sein.

Vielleicht wirkt das alles jetzt ein wenig altmodisch. Es erinnert an die Mitte des zwanzigsten Jahrhunderts, als Brutalismus, herumstolzierende Diktatoren, riesige Militärparaden und hässliche, aggressive Uniformen gang und gäbe waren. Die Kontrollmethoden moderner westlicher

Regierungen sind viel unauffälliger: eher Samtpfoten als Militärstiefel. Unsere Obrigkeiten wenden die Verfahren der industriellen Viehzucht auf uns an: Ohrmarken, Barcodes, nummerieren, sortieren, protokollieren. Und natürlich keulen.

Und hier kommt das Gefängniswesen ins Spiel. Ohne den ursprünglichen, leider nur kurzlebigen Idealismus dahinter – Gefängnisse sind längst keine Besserungsanstalten mehr, in denen Straftäter ihre Taten bereuen und sich bessern können – sind die Einrichtungen zu reinen Verwahranstalten geworden. Als gewinnorientierte Institutionen produzieren sie höchstens mehr Kriminelle, damit auch ja alle Plätze belegt sind und man den Steuerzahlern dafür das Geld aus der Tasche ziehen kann.

In den Vereinigten Staaten sitzen überproportional viele junge schwarze Männer im Gefängnis, in Kanada gilt dasselbe für junge Männer der First Nations. Fällt uns denn nichts Effektiveres und gleichzeitig Günstigeres ein, zum Beispiel bessere Bildungsangebote und die Schaffung von Arbeitsplätzen? Aber ein System, das Leute hervorbringt, vor denen alle anderen Angst haben, ist für die Machthaber vielleicht von Nutzen, damit wir anderen einsehen, dass wir diese Leute für viel Geld wegsperren müssen.

Dank Digitaltechnik ist es heute einfacher denn je, Menschen wie Nutztiere zu behandeln, aus denen man Profit schlagen kann. Man kann ohne Kreditkarte, die überall digitale Spuren hinterlässt, kein Auto oder Hotelzimmer mehr mieten und kaum noch etwas kaufen. Ohne Sozialversicherungskarte, elektronische Gesundheitskarte, Führerschein, Bankkarte und einen Haufen Passwörter geht es angeblich nicht. Man muss eine »Identität« haben, und diese Identität ist digital. All diese Nummern und Passwörter – und all die Daten, anhand derer man uns identifizieren kann – sollen vertraulich sein, aber wie wir inzwischen wissen, ist die digitale Welt löchrig wie ein Sieb, und die Sicherheit im Internet ist nur so gut wie das nächste Hacker-Genie oder die nächste Insider-Attacke eines Datendiebs. Aus gutem Grund benutzt der Kreml inzwischen wieder Schreibmaschinen: Ein USB-Stick lässt sich sehr viel leichter aus einem Sicherheitsbereich schmuggeln als ein dicker Papierstapel.

Was sollen wir also tun? In der ›Neuromancer‹-Trilogie von William Gibson werden die meisten Bürger genauso überwacht wie wir, aber manche schaffen es, unter dem Radar zu leben, ohne offizielle Registrierung. Sie haben sie entweder gelöscht oder geändert oder sich von Anfang an darum drücken können. Aber um in unserer Welt ohne die vorgeschriebene Identität zu leben, müsste man schon sehr geschickt sein und wahrscheinlich ein gutes Survival-Training absolviert haben. Unter einer Brücke könnte es klappen, in einem Haus sicherlich nicht.

Die meisten von uns sind doppelplus-unfrei: Unsere »Freiheit zu« beschränkt sich auf genehmigte und überwachte Aktivitäten, und unsere »Freiheit von« befreit uns nicht von einer Menge potenziell tödlicher Bedrohungen, von denen Badewannen nur der Anfang sind. Freiheit von giftigen Chemikalien in Luft und Wasser? Freiheit von Überschwemmungen, Dürren, Hungersnöten? Freiheit von mängelbehafteten Autos? Freiheit von Drogen auf Rezept, an denen jedes Jahr Hunderttausende Menschen sterben? Machen Sie sich keine Hoffnungen.

Aber es ist nicht alles schlecht. Jede Technologie ist ein zweischneidiges Schwert, und dasselbe Internet, das uns vor das Problem der Datenleaks stellt, ermöglicht auch die schnelle Verbreitung von Nachrichten. Es ist viel leichter als früher, Machtmissbrauch aufzudecken, Petitionen zu unterschreiben und Protest zu äußern. Obwohl selbst diese Freiheit wieder zweischneidig ist: Die Petition, die Sie unterschreiben, kann von Ihrer Regierung als Beweismittel gegen Sie verwendet werden.

Eine Fabel Äsops erzählt von den Fröschen, die einen König haben wollten und von den Göttern einen Baumstamm als Herrscher bekamen. Der Baumstamm dümpelte auf dem Wasser herum und tat sonst nichts, und eine Weile waren die Frösche zufrieden. Aber dann fingen sie an, sich zu beschweren, und verlangten einen aktiveren König. Verärgert schickten die Götter ihnen einen Storch, der sie auffraß.

Unser Problem ist, dass unsere westlichen Regierungen immer mehr zu einer unangenehmen Kombination aus dem Baumstammkönig und dem Storchenkönig werden. Sie nutzen sehr großzügig ihre eigenen Freiheiten, nämlich Überwachung und Kontrolle, kümmern sich aber nicht darum, die Freiheiten ihrer Bürger zu erhalten. Sie denken sich Überwachungsgesetze aus, schützen uns aber nicht vor den Konsequenzen dieser Gesetze, zum Beispiel falsch positiven Ergebnissen. Wer entscheidet, dass Sie sind, wer Sie sind? Derjenige, der Ihre Daten ändern kann.

Digitale Technologien haben uns das Leben superbequem gemacht – nur ein Klick, und was immer ich will, gehört mir –, aber vielleicht ist es an der Zeit, ein Stück unseres aufgegebenen Terrains zurückzuerobern. Zeit, die Jalousien runterzulassen, die Schnüffler auszusperren, sich klarzumachen, was Privatsphäre ist. Offline zu gehen.

Wer von Ihnen macht mit? Tja, dachte ich mir. Es wird nicht einfach sein.

KNÖPFE ODER SCHLEIFCHEN?

(2015)

Manche Romanautoren geben ihren Figuren zu essen, andere nicht. Dickens zum Beispiel liebt es, sie schmausen und schlemmen zu lassen, während sie bei Dashiell Hammett nur Drinks bekommen. Manche Autoren präsentieren Möbel oder Gemälde oder Architektur, wieder andere bevorzugen Musikinstrumente, Blumengestecke oder Hunde. Haustiere und Menüfolgen, Badewannen und Vorhänge, Häuser und Gärten – sie alle spiegeln die Psyche ihrer Besitzer, zumindest in Büchern.

Mit Kleidung ist es genauso. Bei manchen Autoren ist ein Hut einfach nur ein Hut, Punkt. Aber bei anderen können ein Handschuh, eine Feder oder ein Täschchen eine tiefere Bedeutung bekommen. Was wäre Henry James ohne Garderobe, besonders ohne die seiner weiblichen Figuren mit den lavendelfarbenen Handschuhen? Oder Sherlock Holmes ohne seinen scharfen Blick für Stiefel und Samtärmel?

Ich achte in den Büchern, die ich lese, immer auf die Kleidung. Wenn jemand ein Kleid trägt, will ich wissen, welche Farbe es hat, und nicht nur das. Ist es topmodern, oder sieht es altmodisch aus? Hat es einen verführerisch tiefen Ausschnitt oder ein züchtiges Schleifchen am Hals? Und untendrunter – Unterkleid, Unterrock, Reifrock, Fischbein? Ist die Trägerin zu gut angezogen für den Anlass? Ist sie vielleicht in Wirklichkeit ein Mann, und wenn ja, merken wir das? Macht das Kleid sie (oder ihn) attraktiver, lässt es sie befremdlich oder vielleicht sogar lächerlich wirken? Und was ist mit den Schuhen?

Das Wichtigste aber ist: Stimmen die historischen Details? Wenn eine weibliche Romanfigur zu einer Zeit, in der Bräute üblicherweise Schwarz trugen, in einem weißen Hochzeitskleid auftritt, verletzt das die Gefühle jedes kleidungsbewussten Lesers. »Aber damals gab es doch noch gar keine bi-elastischen Miederhöschen!«, wird er oder sie ausrufen und einen bitterbösen Brief an den Autor schreiben. Es gibt ganze Internetseiten, auf denen ausschließlich über Modefauxpas und -anachronismen in der Literatur geklagt wird. »Nur Idioten verwechseln eine Turnüre mit einem Schößchen!«, wird da geschimpft.

Ich habe auch schon mal darüber nachgedacht, Briefe in ähnlichem Tonfall zu verfassen, dann aber darauf verzichtet. Erhalten habe ich solche Briefe dagegen sehr wohl, wenn auch nicht zum Thema Konfektionskleidung, sondern eher über die Herstellung von Butter. Aber das Prinzip ist dasselbe.

Ich bin bei fiktionaler Kleidung sicherlich deshalb so penibel, weil ich als Kind wenig echte besaß. Zu Kriegszeiten war Stoff Mangelware. In den Zeitschriften jener Jahre findet man viele Anleitungen, wie man seine abgetragene Bluse aufpeppen kann, indem man den Kragen wendet oder eine fesche Zackenlitze annäht und ähnliche Tricks. Stoffe wurden nicht nach Schönheit ausgesucht, sondern nach Robustheit: Sie sollten lange halten. Was bedeutete, dass sie grob und kratzig waren.

Als Kind besaß ich schon allein deshalb nur Kleidung ohne Rüschen und Volants, weil unsere Familie mehr als die Hälfte des Jahres in der Wildnis des kanadischen Nordens lebte, wo Röcke idiotisch gewesen wären. Ich trug die abgelegten Sachen meines Bruders, die oft dunkel- oder rötlich braun waren. Fürs Stadtleben besaß ich den damals üblichen dicken und unbequemen Karorock und eine Strickjacke voller Knötchen sowie genau zwei Kleider für wärmeres Wetter. Wozu sollte man mehr brauchen? Wenn ich eines trug, konnte das andere gewaschen werden, argumentierte meine Mutter, die es nach Möglichkeit vermied, Kleidung zu kaufen, weil sie das hasste.

Aber trotz dieser Einstellung meiner Mutter wurde ich verführt. Da waren ja nicht nur die Geburtstagspartys, bei denen erwartet wurde, dass die kleinen Gäste aufgebrezelt wie die Infantin von Kastilien mit Rüschenkleidchen und Schleifchen im Haar erschienen; auch in vielen Märchen waren die Gewänder ein entscheidender Teil der Handlung. Ich liebte die Szene, in der Aschenputtel über seine Verfolger triumphiert und seine Lumpen von sich wirft. Endlich kommt seine wahre innere Schönheit zum Vorschein – mithilfe einer diamantbesetzten Krone. Ich liebe diese Szene immer noch. Mehr braucht man nicht? Nur ein Kleid? Her mit den guten Feen!

Zur selben Zeit lernte ich auch den Glamour von Hollywood kennen, in Gestalt von Anziehpuppen aus Papier. Sie stellten Filmstars der 40er-Jahre dar, Veronica Lake zum Beispiel. Die Stars besaßen viele Outfits: schicke Kostüme mit passenden Hüten für den Einkaufsbummel, aufwendig verzierte Kleider für die Nachmittagsgesellschaften, Cocktailkleider – nicht dass ich gewusst hätte, was ein Cocktail war – und dazu winzige Hütchen mit Schleier, außerdem einteilige Badeanzüge, zu denen sie riesige Sonnenhüte aufsetzten, um dann mit einem kühlen Drink im Liegestuhl am Swimmingpool zu entspannen. Manchmal spielten die Stars sogar Tennis, aber bei mir taten sie das nicht oft, denn die Tennisklamotten waren langweilig. Meistens gingen sie zu Abendveranstaltungen, bildschön in glitzernden, schräg geschnittenen Abendkleidern und mit langen Handschuhen bis zu den Ellbogen. Die Befestigung dieser Handschuhe mit den kleinen, umklappbaren Papierlaschen war besonders schwierig, aber ohne die Handschuhe ging es nicht. Notfalls konnte man sie mit Bastelkleber festkleben, aber dann bekam man sie nur schwer wieder ab. Da wurde dann schon mal versehentlich der eine oder andere Arm amputiert?

Was die Filmstars bei diesen Abendveranstaltungen so taten, entzog sich meiner Kenntnis, aber es war klar, dass sie dazu unbedingt einen männlichen Begleiter brauchten. Dieser hatte fest installierte Unterwäsche – Genitalien nur leicht angedeutet – und besaß eine überschaubare Garderobe: einen schwarzen Smoking, einige Anzüge für tagsüber und ein paar peinliche Sportoutfits. Mit anderen Worten, die Männer anzuziehen machte keinen Spaß. Wenn die Schnulzensänger nicht sangen oder Fred Astaire nicht tanzte, waren sie doch alle nur Nullachtfünfzehn-Typen mit Zylinder. Zur Pfauenmode des achtzehnten Jahrhunderts kehrten die Männer erst zurück, als Rock 'n' Roll und die Hippies aufkamen. Aber da war meine Papierpuppenphase schon vorbei.

Als die 40er-Jahre in die 50er übergingen, eroberte Diors New Look die Modewelt. Die Überschrift lautete »Rückkehr der Weiblichkeit«. Verschwunden waren die praktischen, nüchternen Tweedkostüme und die eckigen Schulterpolster, jetzt sah man weite, bauschige Röcke und zarte Stoffe wie Tüll. Das Wort »grazil« erfreute sich großer Beliebtheit. Lieder über Knöpfe und Schleifchen waren populär, die Jungs waren wieder zu Hause, man rückte zusammen, und der Babyboom begann.

Zu dieser Zeit hantierte ich schon mit einer Nähmaschine und nähte meine Outfits selbst, wie so viele in meiner Generation, die ihren Lohn fürs Babysitten gespart hatten und dann für Kleider verpulverten. Selber nähen war nicht nur billiger, man hob sich damit auch von den Einheitssachen der anderen ab, denn viel Auswahl gab es damals nicht. Manche meiner Modelle waren gelungener als andere, und nicht wenige Entwürfe waren dermaßen originell, dass sie einem gründlicher sozialisierten Mädchen als mir niemals in den Sinn gekommen wären. (»Originell« bedeutete im damaligen Toronto »bizarr«, genau wie der Ausdruck »anders« eine Kritik darstellte.) Habe ich wirklich eine ganze Stoffbahn Baumwolle orange gefärbt, im Linoldruck mit Trilobiten bedruckt und dann daraus einen Dirndlrock genäht? Ja, habe ich. Fanden meine Klassenkameraden in der Highschool das sonderbar? Zweifellos.

Wir schrieben das Jahr 1956, und der letzte Schrei waren schulterfreie Abendkleider. Vorne hatten diese Kleider ein Drahtgestell eingenäht, sodass die Stoffbrüste vorstanden, egal, wie viel drin war. Da waren Unfälle nicht ausgeschlossen. Bei einem zu wilden Rock oder Roll hüpfte schon mal was an die frische Luft, und wenn das Kleid nicht eng genug anlag, konnte man darin herumgedreht werden, sodass das Drahtgestell plötzlich hinten war, einer Freundin von mir ist das passiert. Das Schlimmste war, wenn sich zwischen Kleiderfront und Trägerin ein Zwischenraum befand. Bei einem Doppeldate meines späteren Mannes sprach der andere junge Mann übermäßig dem Fusel aus dem Handschuhfach zu, was dazu führte, dass er sich beim mitternächtlichen Restaurantbesuch nach dem Tanzball in den Zwischenraum seiner Partnerin übergab. Sie heulte, er stöhnte. Das abrupte Ende einer jungen Liebe.

An ein schulterfreies Kleid wagte ich mich mit meiner Nähmaschine nicht heran – ich kannte meine Grenzen –, aber ich fabrizierte ein rosa Abendkleid aus Tüll, dessen Oberteil ich dicht an dicht mit unechten Süßwasserperlen verzierte. Der Rock war bauschig, aber einigermaßen akzeptabel, und er erlebte laut meiner kleinen Schwester später noch eine erfolgreiche zweite Karriere als Putzlappengarnitur. Meine Mutter kannte ebenfalls keine Sentimentalität, was Stoffe anging. Sie ließ uns mit ihrem Samt-Abendkleid aus den 30er-Jahren Verkleiden spielen, bis es ruiniert war. Wie konnte sie nur!

Und das bringt mich zu meinen Büchern oder, besser gesagt, zur Kleidung meiner Figuren. Sie erfordert immer Recherche – wenn die Geschichte in der jüngeren Vergangenheit spielt, nicht furchtbar viel, aber selbst da ist eine kurze Überprüfung angesagt. Bei Geschichten, die in der Zukunft spielen, hat man scheinbar freie Hand, aber trotzdem müssen die Outfits in den Kontext passen. Wer könnte die Zippicamiknicks in der ›Schönen neuen Welt‹ von Aldous Huxley oder die rote Schärpe der Anti-Sex-Liga aus Orwells ›1984‹ vergessen?

Die Vergangenheit aber ist ein anderes Land und hat ihre eigene, unveränderbare Kleidung. Je weiter man in der Zeit zurückgeht, desto mehr Recherche ist nötig. Wo fängt man an? Für das frühe zwanzigste Jahrhundert sind Zeitschriften und Versandhauskataloge eine wahre Fundgrube, ebenso Zeitungen und darin besonders der Gesellschaftsteil, in dem die Kleidung sämtlicher Honoratioren bei Hochzeiten oder Galas beschrieben wurde. (Bei Beerdigungen allerdings nicht, obwohl oft dieselben Leute anwesend waren.) Außerdem sind Musterbücher sehr nützlich und manchmal auch alte Fotografien, aber Gemälde sind oft sogar besser: Als es Mode war, sich porträtieren zu lassen, verlangten die ehrenwerten Herrschaften meist eine detaillierte Darstellung ihres edlen Sonntagsstaats.

Bei der Arbeit an ›Alias Grace‹, das in der Mitte des neunzehnten Jahrhunderts und größtenteils im Gefängnis von Kingston spielt, durchkämmte ich mit meinen Recherchehelfern Modezeichnungen und Dokumente und befragte Archivare: Was für Stiefel trugen die Frauen, wenn Schnee lag? Gab es Petticoats aus rotem Flanell? Und wie sahen die Gefängnisuniformen aus? Blau-weiß gestreift, wie wir schließlich herausfanden, aber dafür mussten wir ganz schön graben.

Im neunzehnten Jahrhundert wurden Frauen oft als frivol gescholten, wenn sie zu viel Augenmerk auf die Kleidung und zu wenig auf das Vollbringen guter Werke legten. Aber wie viel war zu viel? Ein wenig war schon nötig, wenn man einen gesellschaftlichen Stand zu halten hatte. In England gingen die ehrbaren Frauen zu den Pferderennen in Ascot, um sich die eleganten Kleider der Edelkurtisanen anzusehen und diese dann für ihre eigenen Outfits zum Vorbild zu nehmen. Die ehrbaren Damen in New York, so berichtet uns Edith Wharton, kauften ihre Kleider in Paris und verstauten sie bis zur nächsten Saison im Schrank – zu modisch durfte die Kleidung auch nicht sein, sonst galt sie als unsittlich. Der Ruf einer Dame stand und fiel mit ihrer Garderobe.

In noch früheren Zeiten konnten sogar Köpfe rollen. In der Bibel werden Sklavinnen, die einen Schleier tragen, mit dem Tode bestraft. Gott interessiert sich nicht nur für Feigenblätter, Kleidung aus Tierhäuten und Crossdressing – was ihm nicht gefällt –, sondern auch dafür, wo man Quasten annäht und ob man Wolle mit Leinen mischt. Da hat Gott etwas mit meiner alten Hauswirtschaftslehrerin gemeinsam – was sie schon immer geahnt hatte.

Sich herauszuputzen, ist ein sehr altes menschliches Bedürfnis. Seit langer Zeit schon schmücken wir unseren Körper, von Tätowierungen über Perücken, Ohrringe und Turnüren bis hin zu Victoria's Secret. Kleider machen vielleicht nicht unbedingt Leute, aber was wir tragen, ist ein guter Hinweis darauf, für wen wir uns halten. In einem Roman ist das ganz entscheidend. Wir lieben Sherlock Holmes nicht nur wegen seines Scharfsinns, sondern auch wegen seiner Detektivmütze.

Wenn solche Details Sie ebenfalls interessieren, dürfen Sie sich jetzt also bestätigt fühlen. Und sollte ich mich jemals mit einem bi-elastischen Miederhöschen vertun, zögern Sie bitte nicht, mir den entsprechenden Brief zu schreiben.

GABRIELLE ROY: IN NEUN TEILEN

(2016)

1. Vorbemerkung

Das erste Buch von Gabrielle Roy habe ich mit sechzehn gelesen. Das war 1956, im letzten Jahr an meiner Highschool in einem Außenbezirk von Toronto.

Der Zweite Weltkrieg war seit kaum einem Jahrzehnt vorbei, aber für uns fühlte er sich an wie Schnee von vorgestern. Vieles, was mit diesem Krieg zu tun hatte, einschließlich des Holocausts, war bewusst vergraben worden. Es herrschte Kalter Krieg, Westdeutschland war ein Verbündeter und musste taktvoll behandelt werden. Die UdSSR – im Krieg noch ein so wichtiger Partner – war jetzt der Feind, und aus dem netten Onkel Joe Stalin war der böse Große Bruder geworden. Ein ganzes Bündel an Überzeugungen und Verhaltensweisen aus der Kriegszeit war zusammen mit den Bezugsscheinheften auf den Müll gewandert. Das Konsumfüllhorn quoll über.

Zu Beginn der 1950er wurden Frauen mithilfe von Propagandabildern von häuslichem Glück aus ihren Berufen gedrängt, um Platz für die Männer zu machen, die aus dem Krieg zurückkehrten. Der Babyboom war in vollem

Gange; Werbung und Politik priesen das Ideal von vier Kindern, einer Waschmaschine und einem Split-Level-Bungalow. Simone de Beauvoir hatte zwar schon 1949 ›Le Deuxième Sexe‹ veröffentlicht, die englische Übersetzung war 1953 erschienen, aber die zweite Welle des Feminismus war nirgends in Sicht, jedenfalls nicht unter uns Highschool-Schülerinnen. (Das Buch entwickelte seine Zugkraft für unsere Generation erst ab 1963, als ›Der Weiblichkeitswahn‹ von Betty Friedan erschien. Außerdem hatten wir das Gefühl, diese Bücher beschrieben unsere Mütter und Großmütter, nicht uns selbst.)

Und auch die Jungs in unserem Alter konnten nichts anfangen mit dem Leid der konformistischen »Männer im grauen Flanell« – Veteranen –, die an viel mehr Adrenalin gewöhnt waren, als ein Bürojob bieten konnte. Nach und nach wurden diese Männer von ihrem Kriegskameraden Hugh Hefner ins Land der ›Playboy‹-Bunnys gelockt, fort von Bungalow und Ehefrau.

Im Vergleich dazu schwebten wir Teenager der 1950er noch in einem ganz anderen Universum, das den frühen Betty-und-Veronica-Comics ähnelte. Die Welt dieser beiden Freundinnen und Rivalinnen um die Gunst der Hauptfigur Archie entsprach unserer Realität: altjüngferliche Lehrerinnen, kahlköpfige und lächerliche Schuldirektoren und Mädchen, die im Hauswirtschaftsunterricht Brownies buken, damit die Jungs, die stattdessen Werkunterricht hatten, »Mmh« machen und sich den Bauch reiben konnten. Die Darstellung von Sex beschränkte sich auf ein Herzchen über Archies Kopf. Weiter ging es nicht, denn Liebe und Ehe gehörten, wie es im Schlager so schön hieß, zusammen »wie Pferd und Wagen«. Auf die Idee, das Pferd mal nach seiner Meinung zu fragen, kam natürlich niemand.

In der großen weiten Welt hing währenddessen die drohende Gefahr der atomaren Vernichtung über allem, und dank McCarthy klang jede Erwähnung von Sozialhilfe oder Arbeitnehmerrechten fast schon wie kommunistischer Hochverrat. Da sowjetische Panzer soeben den Ungarischen Volksaufstand niedergewalzt hatten, war uns allen bewusst, was für eine schlimme Sache der Kommunismus sein konnte. Schlagworte, die in den 30ern und 40ern noch schwer in Mode waren, hatten plötzlich ausgedient. Wer Wörter wie »Arbeiterklasse« oder auch nur »Weltfrieden« in den Mund nahm, erntete argwöhnische Blicke. In den B-Movies der Zeit landeten Marsmenschen auf der Erde, infiltrierten die Gehirne der Menschen und ließen sie auf ihre Mitbürger los: Das Weltall war offensichtlich genauso voller Kommunisten wie der Planet selbst. Sie waren überall.

Daher muss Gabrielle Roys Meisterwerk von 1945, der Roman ›Bonheur d'Occasion‹ – ›Gebrauchtes Glück‹ – den ängstlichen Pädagogen der 50er-Jahre sehr gefährlich erschienen sein. Nicht nur, dass schon im Text auf dem Schutzumschlag der amerikanischen Ausgabe von 1947 das Wort »Arbeiterklasse« herausposaunt wurde, die ganze Geschichte drehte sich um wirtschaftliche und soziale Ungerechtigkeiten, und die idealistischste Figur des Romans sehnte sich nach einer »gerechten Gesellschaft«. Nach Roy sollte es bis zu Pierre Trudeaus programmatischer Rede von 1968 dauern, bis dieser Ausdruck wieder einen solchen Stellenwert bekam. (Merkwürdig, sich das jetzt in Erinnerung zu rufen, wo das Thema sozialer Ausgleich und Schaffung von Arbeitsplätzen wieder so stark ins Zentrum der Aufmerksamkeit gerückt ist, aber so war es nun mal in den ängstlichen 50er-Jahren.)

2. Gabrielle Roy in den Händen von Madame Wiacek

Die Politik des Kalten Krieges mag der Grund dafür gewesen sein, dass von Gabrielle Roy eben nicht ›Gebrauchtes Glück‹ auf dem Lehrplan meiner Highschool stand, sondern ›Das kleine Wasserhuhn‹.

Roys Roman war vorgegeben für die Abschlussprüfung in französischer Literatur, und vom Ergebnis dieser Prüfung hing die Zulassung zur Universität ab. Unter der Anleitung unserer pedantischen Lehrerin Madame Wiacek studierten wir *élèves* das Buch Wort für Wort. Wie der Name schon erahnen lässt, kam Madame Wiacek weder aus Frankreich noch aus Quebec, sondern aus Polen – Französisch war damals für gebildete Polen die Fremdsprache der Wahl.

Und so lernte eine Klasse von anglofonen kanadischen Jugendlichen mit fürchterlichem Akzent Französisch anhand eines Buches einer frankofonen Kanadierin aus Manitoba, und das unter der oftmals belustigten Anleitung einer Frau, die sowohl den Nazis als auch den Russen entkommen, nach Kanada emigriert und nach dem Krieg irgendwie in einem sehr durchschnittlichen, von Mittelschichtfamilien bevölkerten Außenbezirk von Toronto gelandet war.

Die größte Bedrohung am Horizont war hier nicht etwa eine Invasion von Sturmtruppen oder Bolschewiken, sondern der Freitagabendschwof, bei dem ein Haufen Jugendlicher in der Sporthalle Rock 'n' Roll tanzte, beaufsichtigt von der bulgarischen Deutschlehrerin und dem indischstämmigen Lateinlehrer aus Trinidad. Sowohl bei Schülern als auch bei Lehrern war ein solcher ethnischer Mix nichts Ungewöhnliches: Unsere Highschool betrachtete sich als schottisch, aber es gab auch chinesische und armenische Schüler. Diese bunte Mischung war typisch kanadisch, und Gabrielle Roy hätte das sehr gefallen – denn zu den vielen Facetten des Lebens in Kanada, die sie beschrieb, lange bevor so etwas modern wurde, gehörte auch die ethnische Vielfalt.

Wir näherten uns dem Buch von Gabrielle Roy auf sehr französische Art, mit der klassischen »explication du texte«, einem sehr präzisen und intensiven Studium des Werkes selbst. Wir nahmen die Satzstrukturen des Textes auseinander, aber wir erfuhren wenig über die Autorin. Im Englischunterricht sah es ähnlich aus, der New Criticism war die bevorzugte Methode der Literaturbetrachtung, und biografische Details wurden kaum in den Blick genommen: Wir lernten alles über ›Der Bürgermeister von Casterbridge‹, aber nichts über das Leben von Thomas Hardy (was angesichts seiner Düsternis vielleicht gar nicht so schlimm war).

Damals schien es mir normal, dass die Biografien nicht erwähnt wurden, aber heute kommt es mir sehr merkwürdig vor – besonders da die Geschichte von Gabrielle Roy genauso interessant ist wie die von Luzina Tousignant, der Heldin aus ›Das kleine Wasserhuhn‹. Wer war Gabrielle Roy? Wie wurde sie zur Schriftstellerin? Und warum wurde ihr Werk für den Highschool-Lehrplan ausgewählt, den ansonsten sowohl im Französisch- als auch im Englischunterricht europäische Autoren dominierten? Tote männliche europäische Autoren, könnte ich noch hinzufügen. Unter den englischen Autoren gab es ein paar Frauen, aber auch die lebten nicht mehr.

Hier jedoch fand sich plötzlich eine kanadische Schriftstellerin, die überdies noch am Leben war, auf unserer Leseliste. Diese erstaunliche Tatsache wurde kommentarlos hingenommen. Das gefürchtete »dictée« nahm all unsere Aufmerksamkeit im Französischunterricht in Anspruch, sodass Themen wie Geschlecht, Nationalität, Klasse, Kolonialismus und die bizarren Lebensumstände einer einzelnen Künstlerin vorerst noch hinter der Bühne warten mussten, bis sie im nächsten Jahrzehnt endlich ihren großen Auftritt haben konnten.

Aber wer auch immer so weise und gut war, Gabrielle Roy auszuwählen, muss seine Gründe gehabt haben. Wie hat die Autorin diese Prüfung bestanden?

3. Gabrielle Roy, eine Berühmtheit

Die Antwort ist ganz einfach: Gabrielle Roy war eine Berühmtheit. Uns wurde von diesem Ruhm nichts erzählt, aber die Generation der Lehrer, die ihre Werke auswählten, wusste sehr wohl davon.

Berühmt geworden war sie mit ihrem ersten Roman, ›Gebrauchtes Glück‹. Das französische Original erschien 1945, als der Zweite Weltkrieg gerade zu Ende ging, in Montreal. Eine englische Übersetzung unter dem Titel ›The Tin Flute‹ folgte 1947 und wurde von der damals sehr einflussreichen Literary Guild of America als Buch des Monats ausgewählt. Die Startauflage lag bei siebenhunderttausend Stück, was heute kaum vorstellbar ist, besonders bei einem literarischen Roman, und das Buch wurde zum Bestseller. Auch in Frankreich war es ein triumphaler Erfolg und gewann als erster kanadischer Roman den renommierten Prix Fémina. In Kanada erhielt es den Governor General's Award.

Ein Filmvertrag wurde unterschrieben, die Übersetzungsrechte in zwölf Sprachen verkauft, und Gabrielle

Roy wurde zu einer literarischen Berühmtheit – die Presse und ihre Bewunderer bestürmten sie so sehr, dass sie zurück nach Manitoba floh. Für eine kanadische Autorin war das ein beispielloser Erfolg, er übertraf sogar den Rekord von Gwethalyn Graham, deren Roman ›Earth and High Heaven‹ es 1944 als erstes kanadisches Buch auf Platz eins der ›New-York-Times‹-Bestsellerliste geschafft hatte.

4. Eine Art Aschenputtelgeschichte

Die Begeisterung für Roy basierte zum Teil auf ihrer persönlichen Aschenputtelgeschichte des sozialen Aufstiegs. Dabei hatte Gabrielle Roy keine gute Fee an ihrer Seite gehabt; sie hatte die Ochsentour absolviert, und die meisten Kanadier konnten sich in sie hineinversetzen, denn sie hatten Ähnliches durchgemacht. Außerdem war die Ochsentour gerade literarisch in Mode: In den wilden Zwanzigern waren Geschichten wie ›Der große Gatsby‹ über das ausschweifende Leben der Reichen entstanden, aber den dreckigen Dreißigern hatten ikonische Arme-Leute-Romane wie ›Früchte des Zorns‹ von John Steinbeck ihren Stempel aufgedrückt. Plutokraten waren out, außer in Trivialromanen; die »breite Masse« war in. Nicht nur Gabrielle Roys Roman entsprach dem Zeitgeist, sondern auch ihr Leben.

Roy wurde in Saint Boniface geboren, einem größtenteils frankofonen Stadtteil von Winnipeg. Der Wirtschaftsaufschwung in den Jahren nach der kanadischen Konföderation hatte ihre Eltern nach Manitoba gelockt. Ihr Vater war Nachfahre französischer Siedler in New Brunswick, ihre Mutter stammte aus Quebec. Léon Roy stand der Liberalen Partei nahe, und als diese mit Wilfrid Laurier 1896 an die Macht gelangte, bekam er einen Job im Staatsdienst, bei dem er sich um die Integration von Einwanderern kümmerte. (Aber wer durch den Staat lebt, wird durch den Staat umkommen: Als die Konservativen 1915 die Wahl gewannen, wurde Monsieur Roy gefeuert, sechs Monate bevor er das Anrecht auf eine Pension erreicht hatte.)

Roys Familie war zwar nicht wohlhabend, aber auch nicht bettelarm. Bevor Monsieur Roy seinen Job verlor, hatte er in der Rue Deschambault in einem neu erschlossenen Teil von Saint Boniface ein großes Haus bauen können. Dieses Haus stand später im Mittelpunkt von Roys halb autobiografischer Geschichtensammlung ›Rue Deschambault‹ von 1955 (ins Englische übersetzt als ›Street of Riches‹).

Gabrielle war das jüngste von elf Kindern, von denen acht überlebten. Sie wurde 1909 geboren, im selben Jahr wie meine Mutter. Als sie berühmt wurde, war sie also erst knapp vierzig. Sie war fünf, als der Erste Weltkrieg ausbrach, neun, als er endete, und zehn, als 1919 die Spanische Grippe über die Erde fegte und zwanzig Millionen Menschen tötete, darunter fünfzigtausend Kanadier – was bei einer Bevölkerung von 8,3 Millionen eine Menge ist.

Zu Roys Kinderzeiten starben die Leute noch an den Pocken und ebenso an Tuberkulose, Diphtherie, Keuchhusten, Masern, Tetanus und Polio. Die Kindersterblichkeit war hoch und die Müttersterblichkeit auch. Sowohl ein Baby zu haben als auch eines zu sein war sehr viel riskanter als heute, und das muss man bedenken, denn Babys spielen in Roys Werken eine große Rolle.

Ebenfalls im Jahr 1919 fand der Generalstreik von Winnipeg statt, das vielleicht wichtigste Ereignis in der

Geschichte der kanadischen Arbeiterbewegung. Roys politische Haltung – linksliberal, egalitär, auf der Seite der Ausgebeuteten – hatte sich schon in jungen Jahren herausgebildet, nicht nur durch die Ereignisse um sie herum, sondern auch durch die Einstellung ihrer Familie zu diesen Ereignissen.

Roys Familie war französischsprachig, aber durch einen gesetzgeberischen Zufall erhielt sie eine zweisprachige Erziehung. Als 1870 die Provinz Manitoba geschaffen wurde, galt dort Zweisprachigkeit. Im Laufe der Jahrzehnte jedoch ging die Bedeutung des Französischen als Amtssprache zurück, und 1916, als Gabrielle Roy sieben war, wurde per Gesetz festgelegt, dass an den staatlichen Schulen Manitobas nur noch auf Englisch unterrichtet werden sollte. (Sehr zum Ärger der frankofonen Bevölkerung, die das als schwerwiegenden Verrat an den Gründungsprinzipien der Provinz ansah.) Roy jedoch besuchte zwölf Jahre lang die Nonnenschule Académie Saint-Joseph, wo der Unterricht sowohl auf Englisch als auch auf Französisch gehalten wurde. So sprach sie nicht nur beides fließend, sondern lernte dazu auch die Literaturen beider Sprachen kennen. Ein gewaltiger Vorteil für eine zukünftige Schriftstellerin.

Nach ihrem Highschool-Abschluss beschritt Roy einen Weg, der für junge Frauen ihrer Zeit recht üblich war. Sie besuchte die »Normalschule«, an der Junglehrer ausgebildet wurden, und unterrichtete anschließend an staatlichen Schulen auf dem Land. Junge Frauen hatten nur eingeschränkte Möglichkeiten der Berufswahl, besonders in den Jahren der Weltwirtschaftskrise, die 1929 einsetzte, als Roy zwanzig war. Schließlich erhielt sie eine Stelle an einer englischsprachigen Schule in Winnipeg, sodass sie bei ihren Eltern wohnen konnte.

Roy sparte ihr Lehrerinnengehalt, aber anders als viele andere junge Frauen heiratete sie noch nicht. Stattdessen ging sie nach Europa mit dem Ziel, Schauspielerin zu werden.

Während ihrer Jahre als Lehrerin hatte Roy auch Theater gespielt, sowohl auf Französisch als auch auf Englisch. In Kanada gab es damals unzählige sogenannte »kleine Theater« mit halbprofessionellen Ensembles, und Roy gehörte sowohl zum Cercle Molière als auch zum Winnipeg Little Theatre. Sie liebte die Schauspielerei, und da sie auch Kritikerlob bekam, wollte sie es zu ihrem Beruf machen. Wenn man Fotos von ihr als junge Frau sieht, ahnt man, warum: Sie besaß die hohen Wangenknochen und klaren Gesichtszüge der Leinwandschönheiten der 30er-Jahre. Aber gleichzeitig schrieb sie auch schon und hatte ein paar Texte in regionalen und überregionalen Zeitschriften veröffentlichen können.

1937 war sie bereit für den großen Schritt. Ein Schritt, den Kanadier und auch Amerikaner, die eine Künstlerkarriere anstrebten – Maler, Schauspieler, Musiker, Schriftsteller – seit Jahrzehnten machten. Man musste seinen Horizont erweitern; man musste nach Europa reisen, wo die Kunst ernst genommen wurde, so lautete zumindest der Mythos. (Auch noch in den 60er-Jahren, als ich selbst eine junge Künstlerin war, daher kann ich es gut nachvollziehen.)

Obwohl sie von ihrer Familie Gegenwind bekam – war es nicht ihre Pflicht als unverheiratete Tochter, zu Hause zu bleiben und sich um ihre betagte, verwitwete Mutter zu kümmern? –, machte sie sich auf nach Europa, wie es sich gehörte. Ihre erste Station war Paris, aber dort blieb sie nur ein paar Wochen – ich vermute, dass sie aufgrund ihres »provinziellen« Akzents ziemlich herablassend behandelt wurde, eine Erfahrung, die bekanntermaßen schon viele Frankokanadier gemacht haben. Dann ging sie nach England. Damals existierte das Britische Empire noch, und Kanadier konnten relativ problemlos nach Großbritannien ziehen. In London umgab Roy sich mit anderen jungen Auswanderern, darunter auch Freunde aus Manitoba. Sie schrieb sich an der Guildhall School of Music and Drama ein, deren Theaterzweig erst zwei Jahre zuvor gegründet worden war.

Obwohl Guildhall nicht die beste Schauspielschule in England war, muss die Ausbildung für Roy sehr anspruchsvoll gewesen sein. Diese Erfahrung war bei ihrer Emotionalität und ihrem Ehrgeiz sicher nicht leicht zu verkraften. Amateurtheater in Kanada war die eine Sache, aber in England, dem Land der Schauspieler, muss es für sie viel schwieriger gewesen sein, ihren Traum aufrechtzuerhalten. Sowohl in Paris als auch in London, den beiden kulturellen Hauptstädten ihrer Welt, wird man Roy sofort angemerkt haben, dass sie aus der Peripherie stammte, ja sogar aus der Peripherie der Peripherie. *Manitoba* – wo war das denn? Und überhaupt, *Kanada* – wo war *das*? Bis in die 1970er, als ich es selbst so erlebte, entsprach dies der Haltung der Engländer gegenüber den Emporkömmlingen aus den Kolonien. (In Schottland, Irland und Wales war das anders, aber dorthin reiste Roy nicht.)

Und so wich Roy, während sie das übliche Touristenprogramm absolvierte – Museen, Theater, Ausflüge aufs Land –, auf ihren Ersatzberuf aus: das Schreiben. Ein Talent zur Nachahmung ist für die Literatur genauso praktisch wie für die Bühne. Sie hatte schon einige Sachen veröffentlicht, und es gelang ihr, drei Texte bei einer wichtigen Pariser Zeitschrift unterzubringen. Paradoxerweise kam sie in England zu der Überzeugung, dass sie das Schreiben zum Beruf machen müsse und dass sie es schaffen könne.

Inzwischen war es 1939. Wie viele vorhergesehen hatten, stand wieder ein Weltkrieg vor der Tür. Roy fuhr noch ein letztes Mal nach Frankreich, diesmal aufs Land, und kehrte im April nach Kanada zurück. Obwohl der familiäre Druck nicht nachließ – nun hatte sie doch ihr Abenteuer gehabt, hätte sie sich nicht *jetzt* endlich um ihre betagte Mutter kümmern müssen? –, zog sie nicht wieder nach Saint Boniface. Stattdessen ging sie nach Montreal und steckte alle Kraft in die lange, zähe Schufterei, der sie fünf Jahre später den großen Erfolg von ›Gebrauchtes Glück‹ verdanken sollte.

5. Montreal, Stadt der Sünde

Zur damaligen Zeit war Montreal die einzige Stadt in Kanada, die es mit New York aufnehmen konnte. Es war die Finanzhauptstadt des Landes – geschäftig, weltoffen, vielsprachig und kultiviert, mit beeindruckender alter und viktorianischer Architektur und einer lebendigen Nachtclub-Szene, in der die besten Jazzmusiker zu Hause waren. Außerdem war es eine Stadt der Sünde, wo der Alkohol in Strömen floss, die Prostitution florierte und Korruption an der Tagesordnung war.

Toronto war im Vergleich dazu klein und provinziell: sehr protestantisch, verklemmt und mit strengen »Sonntagsgesetzen«, die vorschrieben, wer wann welche Art von Alkohol trinken durfte (fast niemand und fast nirgendwo). Ottawa war zwar die Hauptstadt, galt aber als noch langweiliger als Toronto. Vancouver war noch eine recht kleine Hafenstadt, genau wie Halifax. Winnipeg hatte seine Glanzzeit am Ende des neunzehnten Jahrhunderts erlebt – nach der Fertigstellung der transkanadischen Eisenbahn war die Stadt ein wichtiger Stützpunkt für den Transport von Erzeugnissen aus dem Westen wie Weizen und Vieh –, aber der Ruhm war inzwischen verblasst. Calgary und Edmonton waren noch nicht mehr als kleine Flecken an der Bahnstrecke. Montreal dagegen stand in voller Blüte, obwohl es sich eher um eine stinkende Lilie handelte als um eine zarte Rose.

Und Gabrielle Roy inspizierte die Stadt mit dem kritischen Blick der Außenseiterin. Sie musste für ihren Lebensunterhalt hart arbeiten, denn sie hatte keine feste Anstellung wie beispielsweise Mavis Gallant, die zu dieser Zeit als Journalistin für den ›Montreal Standard‹ arbeitete. In den Kriegsjahren Anfang der 1940er schrieb Roy für verschiedene Zeitschriften, darunter ›Le Jour‹ und ›La Revue moderne‹. Außerdem für ›Le Bulletin des agricultures‹, das trotz seines Namens und seiner ländlichen Leserschaft thematisch breit aufgestellt war. Für dieses Magazin schrieb sie einige längere Beiträge, die wir heute als Investigativjournalismus beschreiben würden. Sie verfasste Reportagen über aktuelle Ereignisse und hielt ihre Eindrücke und Beobachtungen in persönlichen Berichten fest. Außerdem vertrat sie in Essays klar und gut begründet ihre Meinung.

Durch diese Projekte lernte Roy die Seele der Stadt und besonders ihre dunkle Seite kennen. Sie bekam einen sehr genauen Eindruck von den Menschen, die in Montreal ganz unten lebten, und sie sah erbärmliches, auswegloses Elend aus nächster Nähe. Obwohl sie selbst aus bescheidenen Verhältnissen stammte, hatte sie doch nie in einem städtischen Armenviertel gelebt. Ihre Familie hatte hin und wieder den Gürtel enger schnallen müssen, besonders nach dem Tod ihres Vaters, aber kein Vergleich zu der Armut, die hier herrschte.

Anknüpfend an Hugh MacLennans Roman ›Two Solitudes‹ aus dem Jahr 1945 war es Mode geworden, sich Kanada als Land der »zwei Einsamkeiten« vorzustellen und die Kanadier als zwei getrennte Gruppen von Menschen – frankofone und anglofone –, die nicht miteinander kommunizierten. Aber in Montreal gab es eine dritte Einsamkeit: die jüdische Bevölkerung. Diese Gruppe sollte auch bald in die Literatur eingehen, und zwar durch Mordecai Richler, der zur Zeit, als Roy ihren ersten Roman schrieb, als Teenager im Stadtteil Saint Urbain lebte. Und genau wie Richler entdeckte Roy noch eine weitere Einsamkeit, denn die extreme Armut, die sie mit eigenen Augen im Elendsquartier von Saint-Henri direkt unterhalb des Reichenviertels Westmount sah, grenzte die Menschen genauso aus wie Ethnie oder Religion. Die große Kluft in ›Gebrauchtes Glück‹ ist nicht nur eine sprachliche. Es ist eine Kluft zwischen den Klassen.

6. Qualität und Reiz von ›Gebrauchtes Glück‹

Mit ›Gebrauchtes Glück‹ hat Gabrielle Roy einerseits radikal mit der Tradition gebrochen, andererseits aber auch Dinge aufgegriffen, die sowohl französisch- als auch englischsprachigen Lesern wohlbekannt waren. Der Roman stellte viele Dogmen der Zeit infrage: Patriotismus, Religiosität, die Stellung von Frauen und die Erwartungen der »Arbeiterklasse«, wie man damals noch ganz unbefangen sagte.

Das Buch war seiner Zeit voraus, aber nicht so sehr,

dass seine Leser nicht mehr hinterhergekommen wären. Es ist voller schonungsloser Beobachtungen, dabei aber nicht zu wertend gegenüber seinen Figuren. Es beschreibt harte Zeiten und verhärtete Menschen, aber ein Funken Empathie lässt den Blick milde werden.

Der Titel hat im Französischen mehrere Bedeutungsebenen: *bonheur* heißt »Glück«, aber *d'occasion* bedeutet nicht nur »gebraucht« oder »aus zweiter Hand«, es kann auch eine »Gelegenheit«, eine »Möglichkeit« oder eine »Chance« sein. Also ein leicht abgegriffenes Glück, das gleichzeitig eine glückliche Fügung darstellen kann. Das beschreibt sehr gut die entscheidenden Ereignisse im Leben der Hauptfiguren, die beherzt zupacken, wenn das Schicksal ihnen eine Gelegenheit bietet, sei sie auch nur klein und schäbig.

Die Verleger der englischen Übersetzung gelangten zu der weisen Erkenntnis, dass sie all diese Bedeutungen unmöglich in einem griffigen Titel unterbringen konnten. Deshalb wichen sie auf ›The Tin Flute‹ aus: Die Blechflöte ist ein bedeutungsvoller Gegenstand im Roman, ein Spielzeug, das der kleine Daniel Lacasse sich sehnlichst wünscht, für das seine verarmte Mutter aber, obwohl es billig ist, nicht genug Geld hat. Am Schluss bekommt er die ersehnte Flöte, doch da ist er schon mit einer Krankheit, die als »Leukämie« beschrieben wird, im Krankenhaus, er liegt im Sterben und hat nun kein Interesse mehr an der Flöte. Und so ähnlich ergeht es einigen der vielen Figuren in diesem Buch.

Jeder Roman wurzelt in seiner speziellen Zeit. ›Gebrauchtes Glück‹ stammt aus der Kriegszeit. Das Geld klimpert verheißungsvoll, aber nicht für jeden: Die Auswirkungen der Großen Depression sind noch spürbar, und das Leben vieler Menschen hat sich verschlechtert.

Die Namen der Figuren haben bei Roy fast immer eine versteckte Bedeutung. Auf Websites zur Ahnenforschung erfährt man, dass der Name Lacasse – das ist die Familie im Zentrum des Romans – vom gallischen Wort für »Eiche« stammt, diesem kräftigen und nützlichen Baum, und zudem den Beruf des Schachtelmachers bezeichnen kann. Aber das Verb *casser* bedeutet auch »brechen«. In der Familie Lacasse gibt es einige Eichen, die stark genug sind, um alles, was sie durchmachen müssen, zu überleben, die aber trotzdem in einer Schachtel gefangen sind. Und sie sind gebrochen: Sie rennen nicht, sie humpeln. In jedem Fall verlieren sie an Boden.

Der Vater der zwölf Lacasse-Kinder – elf, als der Roman beginnt, zehn, nachdem eines von ihnen stirbt, aber dann wieder elf, als ein weiteres geboren wird – heißt Azarius. Das ist selbst für einen Frankokanadier der damaligen Zeit ungewöhnlich. Es ist der Name eines Heilkrauts mit beruhigender Wirkung, aber auch ein biblischer Name. In der französischen Bibel trägt einer der drei jungen Männer, die im Buch Daniel in den glühenden Feuerofen geworfen werden, den Namen Azariah.

In den englischen Übersetzungen fehlt das Gebet des Azariah, da es zu den Apokryphen gehört, aber in der katholischen Bibel ist es hinter Daniel 3,23 eingefügt. Ein Teil davon lautet so: »Du hast uns der Gewalt gesetzloser Feinde und gehässiger Verräter preisgegeben und einem ungerechten König, dem schlimmsten König der ganzen Welt. Und jetzt dürfen wir nicht einmal den Mund auftun. Schande und Schmach kam über deine Diener und Verehrer. Um deines Namens willen verwirf uns nicht für immer.«

Die Namen von Gabrielle Roys Figuren haben oft etwas Ironisches, und so ist auch Azarius Lacasse kein biblischer Held. Er ist vielmehr ein Traumtänzer, der von einem Job zum nächsten wandert, immer in der Hoffnung, eines Tages groß rauszukommen. Er verbringt viel Zeit damit, mit anderen Männern aus Saint-Henri zu schwatzen, zu spät zu kommen und gefeuert zu werden. Oder wie seine älteste Tochter Florentine es ausdrückt, er hat einfach kein großes Glück.

Aber wenn ich mit dem Ursprung seines Namens recht habe, wird das Familienoberhaupt der Lacasses einer Feuerprobe durch einen schlimmen und ungerechten König unterzogen. Im Kontext des Romans wird dieser ungerechte König durch die Reichen und Mächtigen der Stadt Montreal verkörpert – die Manipulatoren der Gesellschaftsordnung, die im Krieg alles von den Männern aus Saint-Henri fordern, einschließlich ihres Lebens, im Gegenzug aber nichts als Ungerechtigkeit und soziale Ungleichheit geben. Ein Mann aus Saint-Henri, der im Krieg gedient hat, fasst es in Worte. In Westmount, dem Viertel der reichen Anglokanadier, gehen ihm diese Gedanken durch den Kopf:

> Er hob die Augen zu den hohen Zäunen, den gekiesten Zufahrten, den herrschaftlichen Fassaden: »Aber gibt der Reiche auch alles, was er geben kann?«
> Die Steine schimmerten stahlgrau, warfen ihren glatten, harten Glanz auf Emmanuel. Mit einem Mal spürte er, wie vermessen, wie ungeheuer naiv er bisher gewesen war. ... »Nichts ist so preiswert wie dein Leben. Wir – Stein, Eisen, Stahl, Gold, Silber – kosten viel Geld.«

Wenn diese ungerechten Könige von den Männern von Saint-Henri Körper und Leben einfordern, was verlangen sie dann von den Frauen? Mit einem Wort: Kinder. Aber nicht irgendwelche Kinder, sondern nur eheliche, denn die Gesellschaft hatte kein gesteigertes Interesse an der Finanzierung von Waisenhäusern.

In Quebec galt zu dieser Zeit das Schlagwort *la revanche des berceaux* – »die Rache der Wiegen«. Der Ausdruck war vor dem Ersten Weltkrieg entstanden und bezeichnete die Theorie, die Frankokanadier könnten mit einer hohen Geburtenrate und einer schnell wachsenden Bevölkerung die englische Dominanz unterwandern und den Verlust von Neufrankreich rächen. Mutterschaft und vor allem Kinderreichtum wurden offiziell befürwortet und verklärt, und zwar sowohl von der katholischen Kirche als auch von der Politik. Familien mit zehn, zwölf, vierzehn und mehr Kindern wurden in den höchsten Tönen gelobt, diese Mütter, so hieß es, erfüllten ihre Pflicht gegenüber der katholischen frankofonen Gemeinschaft.

Dafür bezahlen aber mussten mit ihrem Körper, ihrer Gesundheit und der Gesundheit ihrer Kinder die Frauen der untersten Schichten – nicht nur die arme Landbevölkerung, die 1965 von Marie-Claire Blais im Roman ›Schwarzer Winter‹ porträtiert wurde, sondern besonders die Armen in den Städten, die in den Elendsvierteln noch beengter zusammenlebten, als es selbst auf den einfachsten Farmen der Fall war. Kinder kamen mit minimaler Fürsorge und Feierlichkeit zur Welt: Ein öffentliches Gesundheitswesen existierte noch nicht, und die Krankenhäuser wurden gemieden – einerseits wegen der Kosten, andererseits wegen der Demütigung. Manchmal erließen die Krankenhäuser den Armen zwar die Kosten, aber damit waren sie Almosenempfänger und wurden entsprechend geringschätzig behandelt. In Saint-Henri wurden die meisten Babys zu Hause von einer Hebamme auf die Welt geholt und nicht im Krankenhaus von einem Arzt.

In dieser Hinsicht ist Rose-Anna, die Mutter der Familie Lacasse, typisch: Sie scheut Krankenhäuser. Rose-Anna ist ein sehr mütterlicher Name, denn Rose deutet auf die *Rosa mystica* hin, eine Bezeichnung für die Jungfrau Maria, und die heilige Anna ist Marias Mutter. Rose-Annas Leben dreht sich nur um ihre Familie. Sie schuftet und reibt sich auf, damit Essen auf dem Tisch steht und ihre Brut ein Dach über dem Kopf hat, aber immer hängt alles am seidenen Faden. Die Familie lebt eng zusammengepfercht wie in einer Sardinenbüchse, kommt kaum über die Runden und fliegt aus einer miserablen Behausung nach der anderen – und dann muss Rose-Anna stets eine neue auftreiben.

Niemand dankt Rose-Anna ihre Mühen: Die älteren Kinder, allen voran der faulenzende älteste Sohn Eugène, nutzen sie nur aus und beschweren sich, wenn sie etwas zum Familieneinkommen beitragen sollen.

Von Zeit zu Zeit bricht der ganze Kummer aus Rose-Anna heraus: Die Familie fällt auseinander, niemand hilft ihr, was soll sie nur tun? Sie kann sich nicht genug um die jüngeren Kinder kümmern, weil es einfach zu viele sind. Als sie den kleinen Daniel wegen der großen blauen Flecken auf den Beinen endlich ins Krankenhaus bringt, hält der Arzt ihr eine Standpauke über Mangelernährung. Es verwundert nicht, dass die halbwüchsige Tochter Yvonne auf die Frage, ob sie sich aufs Älterwerden und Heiraten freut, antwortet, sie habe ganz im Gegenteil vor, Nonne zu werden. Der Gang ins Kloster war fast die einzige Alternative zu einem Leben, in dem man pausenlos schwanger war – es sei denn, man hatte genug Geld für die Normalschule und konnte Lehrerin werden.

Die zweite weibliche Hauptfigur des Romans ist Rose-Annas ältestes Kind Florentine. Auch ihr Name ist nicht zufällig gewählt. Er bedeutet in erster Linie »blühend«, und Florentine ist in der Tat eine hübsche Neunzehnjährige. Aber er erinnert auch an den »Florentiner«, ein dünnes, sprödes Gebäck, und diese Adjektive beschreiben Florentines Aussehen und Charakter: Sie ist hager und gibt sich hochmütig und abweisend, um ihre Angst und Unsicherheit zu überspielen.

Darüber hinaus sind die Florentiner die Bewohner von Florenz, was an Savonarolas berühmtes »Fegefeuer der Eitelkeiten« denken lässt, denn der Hauptcharakterzug von Florentine ist ihre Oberflächlichkeit und Eitelkeit. Sie definiert sich über ihr Abbild: in Spiegeln und in der Meinung, die andere von ihr haben. Einen Teil des Geldes, das sie an der Imbisstheke eines Billigkaufhauses verdient, tritt sie zwar an ihre Mutter ab, aber den Rest verwendet sie dafür, sich herauszuputzen: mit billigem Make-up, billigem Parfüm und billigem Modeschmuck. In ihren Tagträumen verführt sie Männer und weist sie dann ab, aber als sie das einmal zu oft in die Tat umsetzt, verliebt sie sich. In die Liebe mischt sich Stolz und Habgier, denn Florentines eigentlicher Wunsch ist Eroberung und Besitz.

Wie in ›Sturmhöhe‹ und wie übrigens auch in den beliebten ›True-Romance‹-Zeitschriften der 40er-Jahre hat Florentine zwei Verehrer. Einer ist ein junger Mann vom Typ Linton – sozial eine Stufe über ihr, idealistisch und nett, aber für sie nicht sexuell attraktiv. Der andere ist ein quasi Byron'scher, zynischer und verführerischer Nichtsnutz wie Heathcliff. Aber hier hören die Gemeinsamkeiten auf, denn während der Nichtsnutz in ›Sturmhöhe‹ die Heldin liebt, macht er sie sich in ›Gebrauchtes Glück‹ zu Willen und verschwindet anschließend.

Florentine muss feststellen, dass sie durch ihren ersten Fehltritt – der eher wie eine halbe Vergewaltigung beschrieben wird – schwanger geworden ist. Der betreffende Mann hat ebenfalls einen sprechenden Namen: Jean Lévesque. In Quebec bezieht sich der Name Jean immer auf Johannes den Täufer – Einsiedler, Ankläger der Herodias und Frauenhasser. Der Name Lévesque bedeutet »Bischof«. Von einer anderen Romanfigur erfahren wir, dass Jean Frauen nicht besonders mag. Von ihm wäre also nichts zu erwarten, selbst wenn Florentine ihn ausfindig machen könnte; aber beschämenderweise gelingt ihr nicht einmal das.

Florentine ist zu Tode erschrocken, als sie feststellt, was los ist. Verzweiflung übermannt sie: Ihr drohen Schande und Verderben. Würde ihre Schwangerschaft bekannt werden, würde das den letzten Rest Selbstachtung, den ihre Familie noch besitzt, zerstören. Und wo sollte sie hin? Es gab damals keine Unterstützung für unverheiratete Mütter. Eine Abtreibung zu bekommen (natürlich absolut illegal) war so gut wie unmöglich, und Florentine denkt auch nicht einmal darüber nach.

Üblicherweise wurden schwangere Mädchen in ein meist kirchliches »Heim für ledige Mütter« abgeschoben; den Nachbarn erzählte man dann, das Mädchen sei zu Besuch bei einer Tante, aber alle wussten, was das bedeutete. Nach der Geburt nahm man den jungen Müttern die Babys weg und gab sie zur Adoption frei oder steckte sie in ein Waisenhaus. Der Ruf der Mädchen war ruiniert, was auch ihre Chancen auf dem Arbeitsmarkt schmälerte. Möglicherweise endeten sie als billige Prostituierte wie diejenigen, die einige der Männer im Roman öfter aufsuchen. Kein Wunder, dass Florentine verzweifelt ist.

Verführt und dann verlassen, mal schwanger, mal nicht – die Liste solcher Mädchen in der Literatur des neunzehnten Jahrhunderts ist lang, und ebenso lang ist die Liste der Folgen: Armenhaus, Wahnsinn, Prostitution, Hungertod, Selbstmord. Diese Frauen mussten bestraft werden. Das galt sogar dann, wenn das Mädchen nicht wirklich »gefallen«, sondern nur ohne sein Zutun in eine verfängliche Situation geraten war: Maggie Tulliver aus ›Die Mühle am Floss‹ von George Eliot und Lily Bart aus Edith Whartons ›Das Haus der Freude‹ sind genauso »ruiniert« wie Tess von den d'Urbervilles.

Aber die zähe kleine Florentine hat einen starken Lebenswillen und kommt auf eine Lösung. Ohne irgendjemandem von ihrer Notlage zu erzählen, geht sie zu ihrem zweiten Verehrer – nett, aber nicht sexy – und angelt ihn sich als Ehemann, obwohl sie ihn nicht liebt. Bezeichnenderweise heißt ihr Retter Emmanuel. Er ist Soldat und muss bald nach Übersee, sodass sie nicht nur einen Vater für das Kind bekommt, sondern als Soldatenfrau auch eine Ausgleichszahlung, die ihr ein relativ gutes Leben ermöglicht. Der Krieg ist für sie die Rettung. Ihr Glück ist vielleicht zweite Wahl, aber es ist besser als nichts. Und sie kauft sich einen neuen Mantel.

Eine von Roys größten Leistungen in ›Gebrauchtes Glück‹ ist die Ablehnung althergebrachter Wertvorstellungen. Die noblen, herzensguten Bauern sucht man hier vergeblich: Rose-Annas Mutter, die noch auf dem Land lebt, teilt zwar freigebig Essen aus, ist ansonsten aber ein kaltherziges, mäkelndes Monster. Ebenso wenig findet man bei Roy die tugendhaften Armen: Diese Leute können sich Tugend überhaupt nicht leisten. (Wo Rose-Anna bei einem Gebet in einem anderen, früheren Roman vielleicht ein Heiliger erschienen wäre, hat sie hier die Vision einer riesigen Rolle von Dollarscheinen.) Rose-Annas Beharrlichkeit ist bewundernswert, aber nichtsdestotrotz ist sie eine fürchterliche Nervensäge.

Die einzige Figur im Roman, die man als tugendhaft bezeichnen könnte, ist Emmanuel. Er entstammt der unteren Mittelschicht, ist aber verblendet in seinem Idealismus, besonders, was Florentine angeht. Er lernt sie überhaupt nur kennen, weil er sich in ihr heruntergekommenes Viertel begibt: Der arme Trottel leidet unter einem sozialen Gewissen, und deshalb hängt er bei den Taugenichtsen von Saint-Henri rum und heiratet unter seinem Stand. Wie nicht anders zu erwarten, ist seine eigene Familie nicht begeistert von der Verbindung.

Roys Weigerung, die übliche Sicht auf »die Armen« zu übernehmen, und dazu ihre Überzeugung, dass diese Armen etwas Besseres verdient hatten, trug sicherlich zum Erfolg des Romans bei. Er erschien genau zum richtigen Zeitpunkt: Der Krieg ging zu Ende, und wer ihn überlebt hatte, war bereit, über eine gerechtere Verteilung von Reichtum nachzudenken.

Aber den vielleicht größten gesellschaftlichen Beitrag hat ›Gebrauchtes Glück‹ auf dem Gebiet der Frauenrechte geleistet. Dabei ist Roys Sprache nicht feministisch; die erste Welle des Feminismus, die das Frauenwahlrecht erkämpfte, war schon überholt, und die Sprache der sexuellen Revolution, die mit der zweiten Welle aufkam, war noch nicht erfunden. Roy musste also eher zeigen als beschreiben, und sie zeigte eine unbarmherzige und ungerechte Situation. Wie konnte man von einem menschlichen Wesen erwarten, so viele Kinder zu gebären, zu ernähren und großzuziehen, und das fast ohne Hilfe? Roy zeigte nicht nur den Quebecern deutlich, wie man in ihrer Provinz mit diesem Thema umging, sondern auch Hunderttausenden von Lesern außerhalb Quebecs, und alle waren entsetzt.

Noch bevor die zweite Welle des Feminismus im englischsprachigen Nordamerika begann, hatte sie in anderer Form in Quebec schon eingesetzt. Im Zuge der Stillen Revolution der 1960er-Jahre verlor die Kirche ihren Einfluss auf die Geburtenrate. Die Töchter aus den kinderreichen Familien weigerten sich, dem Beispiel ihrer Mütter zu folgen. Es ist kein Zufall, dass die feministische Bewegung in Quebec früher einsetzte und stärker und lauter war als im Rest Nordamerikas: Hier gab es mehr, gegen das man sich wehren musste. Innerhalb weniger Jahrzehnte fiel die Geburtenrate in Quebec vom höchsten Stand auf dem Kontinent auf den niedrigsten. Das brachte zwar auch wieder Probleme mit sich, aber das ist eine andere Geschichte.

7. Das Zweitroman-Syndrom

Ein ungemein erfolgreicher erster Roman ist nicht immer ein Segen für einen Schriftsteller: Hohe Erwartungen an den zweiten können lähmend sein. Und was macht man, wenn ein Buch den Nerv seiner Zeit genau getroffen hat, diese Zeit aber nun vorbei ist? Gegen Ende der 1940er-Jahre, als die Begeisterung über ›Gebrauchtes Glück‹ verebbt war, setzte die antikommunistische Reaktion ein. Zu dem Thema, mit dem sie berühmt geworden war, konnte Gabrielle Roy nicht zurückkehren. Die beiden Romane nach ›Gebrauchtes Glück‹ handelten zwar auch von »kleinen Leuten«, aber jetzt waren es nicht mehr die kleinen Leute aus den Armenvierteln von Montreal.

Der erste Roman war ›La Petite Poule d'Eau‹ – ›Das

kleine Wasserhuhn‹ – der Text, mit dem ich mich 1956 herumschlagen musste. (Der englische Titel lautete übersetzt ›Wo das Wasserhuhn nistet‹, was irgendwie blumig und nach Tennyson klingt und überhaupt nicht zum Buch passt.) Die Geschichte spielt in der Gegend am Fluss Petite Poule d'Eau in Manitoba, wo Roy vor ihrer Reise nach Europa kurze Zeit als Lehrerin gearbeitet hatte.

Wie bei ›Gebrauchtes Glück‹ ist auch hier der französische Titel sehr viel passender. *Poule* bedeutet »Henne« und erinnert an die biblische Henne, die ihre Küken unter ihren Flügeln versammelt. Es ist ein mütterliches Wort und eine gute Beschreibung für die Heldin des Buches, Luzina Tousignant. Und es heißt ›La Petite Poule d'Eau‹, nicht ›La Grande Poule d'Eau‹: Diese Welt ist nicht groß, sondern klein.

Ähnlich wie Azarius ist auch Luzina ein ungewöhnlicher Name. Ich vermute, dass Roy ihn ausgewählt hat, weil er *Luz* enthält, »Licht«. Unsere liebe Frau vom Licht ist ein Beiname der Jungfrau Maria, und Luzina ist tatsächlich eine Lichtbringerin, denn sie verhilft den Kindern in ihrer fernen Ecke von Manitoba zu Bildung, damit sie es im Leben einst besser haben können als Luzina selbst. (Und so geschieht es auch, aber sie zahlt dafür den Preis, dass die Kinder sie verlassen.)

›Das kleine Wasserhuhn‹ ist ein zärtliches Buch, sanft und nostalgisch verglichen mit ›Gebrauchtes Glück‹. Man versteht sofort, warum bei der Ausarbeitung der Lehrpläne im Ontario der 50er-Jahre entschieden wurde – unabhängig vom Thema der sozialen Gerechtigkeit –, dass Roys erster Roman für Teenager nicht geeignet war. Florentines ungewollte Schwangerschaft hätte zu wütenden Briefen von Eltern, Gekicher im Klassenraum und peinlichen Momenten für Madame Wiacek geführt.

Nicht dass es im ›Kleinen Wasserhuhn‹ keine Schwangerschaften gegeben hätte, ganz im Gegenteil, es gab eine in jedem Jahr. Das war für die jungen Leserinnen meiner Generation, die wir noch keine effektive Methode der Geburtenkontrolle zur Verfügung hatten, eine Furcht einflößende Aussicht. Würden wir später auch wie die Katzen ein Baby nach dem anderen bekommen? Aber Luzina trägt ihre Schwangerschaften mit Fassung, denn sie geben ihr die Möglichkeit zu reisen, ihren Horizont zu erweitern und in einer richtigen Stadt einkaufen zu gehen.

Roys nächster Roman war ›Alexandre Chenevert‹ (1954). Seine Hauptfigur gehört auch zu den kleinen Leuten, aber Alexandre ist in so vieler Hinsicht klein, dass man sich als Leser schwertut, ihn interessant zu finden. Roys Vorhaben ist heldenhaft: Sie bringt einen bedrängten Menschen in eine bedrängte Situation und bombardiert ihn mit dem Lärm der Nachkriegsmoderne – überall Reklame, die Zeitungen voll von schlechten Nachrichten. Alexandre hat an nichts Freude, weder an seiner Ehe noch an seinem einzigen Urlaub auf dem Land, der in nervöser Langeweile endet. Zu allem Übel bekommt er auch noch Krebs und muss qualvoll sterben. Nur ganz am Schluss hat er eine Vision von Mitmenschlichkeit.

Ich habe mir wirklich Mühe gegeben mit ›Alexandre Chenevert‹. Ich hätte den Roman in Beziehung zu ›Der Tod des Iwan Iljitsch‹ von Tolstoi setzen können, aber diesem Vergleich hätte er nicht standgehalten. Man könnte Verbindungen zu Marshall McLuhan aufzeigen – das globale Dorf, dem Alexandre angehört, ohne es zu wollen, und das Interesse an der Werbung, die McLuhan schon 1951 in seinem Buch ›Die mechanische Braut‹ auf humoristischere Weise untersucht hat. Aber es soll reichen, Roys Intention in diesem Roman, ihr Einfühlungsvermögen, ihre Sprache und Detailgenauigkeit lobend hervorzuheben und dann zum nächsten Schritt in ihrer Karriere weiterzugehen. Er ist sehr viel interessanter, denn an ihm lässt sich etwas über ihre künstlerische Entwicklung und ihre Rolle als Künstlerin ablesen.

8. Porträts der Künstlerin

In den elf Jahren von 1955 bis 1966 veröffentlichte Roy drei Bücher, die sich damit beschäftigen, wie man zum Künstler wird: ›Rue Deschambault‹ (1955), übersetzt als ›Street of Riches‹, ›La Montagne Secrète‹ (1961), auf Englisch ›The Hidden Mountain‹, und ›La Route d'Altamont‹ (1966), übersetzt als ›The Road Past Altamont‹.

Das zweite Buch, ›La Montagne Secrète‹, handelt von der spirituellen Entwicklung des Trappers Pierre Cadorai, der als Autodidakt zum Maler wird und seine Lebensumgebung, die Wälder im Norden Kanadas, auf die Leinwand bringt. Als Vorbild diente der in der Schweiz geborene Maler René Richard, der wie Roy sowohl in der Prärie als auch im Norden gelebt hatte und mit dem sie sich anfreundete, als beide schon den Durchbruch als Künstler geschafft hatten. Roy thematisiert hier eine bewunderte Abenteurerfigur der frühen frankofonen Literatur Kanadas, den *coureur de bois*. Der Waldläufer, der stets den Bibern auf der Spur ist, verwandelt sich bei Roy in die bewunderte Abenteurerfigur des Künstlers, der stets der Schönheit auf der Spur ist.

Auch dieses Buch kann seine Zeit nicht verleugnen: 1952 hatte Farley Mowat mit ›Gefährten der Rentiere‹ die Natur des Nordens, die schon Generationen von Autoren und Malern fasziniert hatte, mit neuem Blick betrachtet. Aber Roy war weniger am Norden an sich interessiert als vielmehr an den ästhetischen und mystischen Erfahrungen, die ihr Held in dieser Umgebung macht – und an der Verarbeitung dieser Erfahrungen in der Kunst.

Die beiden Bücher, die ›La Montagne Secrète‹ einrahmen, gehören zu einer denkwürdigen literarischen Familie, die man »Porträt der Künstlerin als junges Mädchen« nennen könnte. Das Motiv wird in ›Rue Deschambault‹ eingeführt und – wenn auch nur indirekt – in ›La Route d'Altamont‹ erweitert, indem Roy die Idee der »Reise als Erzählung« aufnimmt und zeigt, wie Geschichten als Gaben von einer Person zur nächsten und von einer Generation zur nächsten weitergegeben werden.

Diese Bücher sind Teil einer größeren Tradition: Die Schriftstellerin macht sich selbst zum Thema. Frauen hatten schon länger geschrieben, aber erst mit dem Siegeszug des Bildungsromans verarbeiteten sie in ihrer Literatur auch die Entwicklung junger Autorinnen. (Keine von Jane Austens Heldinnen zum Beispiel ist Schriftstellerin. Bei George Eliot ebenso wenig.)

Oft, aber nicht immer, tarnen diese halb autobiografischen Romane sich als »Mädchenbücher«. Die Großmutter dieser jungen Literatinnen ist wohl Jo aus dem berühmten Roman ›Little Women‹ (1868). Und als eine ihrer Enkelinnen kann man sicherlich Sybylla Melvyn aus dem Roman ›My Brilliant Career‹ (1901) der Australierin Miles Franklin bezeichnen, ebenso Emily aus L.M. Montgomerys Romanreihe, beginnend mit ›Emily auf der Moon-Farm‹ (1923). Emily wiederum inspirierte Alice Munro zu ihrer Version der Entwicklung einer Frau zur Schriftstellerin in ›Kleine Aussichten‹. Margaret Laurence variierte das Thema in ihrer Kurzgeschichtensammlung ›Ein Vogel im Haus‹ (1970) und noch einmal in ›The Diviners‹ (1974). Mavis Gallant hat ihre eigene Geschichte wohl am intensivsten in ihren ›Linnet-Muir‹-Storys verarbeitet. Im frankofonen Kanada beschäftigte sich Marie-Claire Blais ausführlich mit der Herausbildung einer Autorinnenpersönlichkeit.

Warum so viele Kanadierinnen? Drei verschiedene Faktoren könnten künstlerisch veranlagte junge Frauen in der ersten Hälfte des zwanzigsten Jahrhunderts in Kanada ermutigt haben, sich als Schriftstellerin zu versuchen. Zunächst einmal standen ihnen nicht viele andere Möglichkeiten offen. Lehrerin, Sekretärin, Krankenschwester, Hauswirtschafterin oder Schneiderin, das war es im Prinzip schon. (Hier und da bekamen die ersten Frauen Jobs im Journalismus, aber nicht in den Nachrichtenredaktionen.) Zum Zweiten waren die Menschen in Kanada noch nah dran an der Lebenssituation der frühen Siedler, und das beeinflusste die Einstellung zu künstlerischen Tätigkeiten. Die Männer kümmerten sich um die praktischen Dinge: Landwirtschaft, Fischen, Technik, Bodenschätze, Holzwirtschaft, Medizin, Rechtswesen. Die Künste – Blumenmalerei, Laienschauspiel oder Hobbyschriftstellerei – waren akzeptable Beschäftigungen für Frauen, solange sie es nur nebenher betrieben. Und schreiben konnte man zu Hause in seiner Freizeit.

Der dritte Faktor war die Tatsache, dass es schon Frauen gab, die mit dem Schreiben Geld verdienten, nicht nur im Rest der Welt, sondern durchaus auch in Kanada, und die als Schriftstellerinnen sowohl sichtbar als auch erfolgreich waren. In England waren das Virginia Woolf und Katherine Mansfield, in den USA Edith Wharton, Margaret Mitchell, Katherine Anne Porter, Clare Boothe Luce und Pearl S. Buck, Letztere ausgezeichnet mit dem Nobelpreis. In Kanada L.M. Montgomery und Mazo de la Roche. Und in Frankreich Colette – eine Institution in ihrem Land, die ebenfalls oft über sich selbst schrieb. Mädchen wurden vielleicht nicht gerade ermutigt zum Schreiben, aber da andere Frauen damit schon Erfolg gehabt hatten, galt es nicht als vollkommen unmöglich für sie.

Die Geschichten in ›Rue Deschambault‹, die sich mit schriftstellerischer Entwicklung beschäftigen, spielen im zweiten und dritten Jahrzehnt des zwanzigsten Jahrhunderts, als Roy Kind und später Teenager war. Vordergründig handeln diese Geschichten – zumindest im ersten Teil der Sammlung – überhaupt nicht vom Schreiben, sondern von verschiedenen Ereignissen rund um das Zuhause der zum Teil autobiografisch angelegten Protagonistin Christine und ihrer Familie in Saint Boniface.

Die Straße, in der sie wohnen, ist sehr heterogen: Es gibt zwei afrokanadische Untermieter, eine aus Italien eingewanderte Familie und einen gramerfüllten holländischen Verehrer. Außerdem hilft Christines Vater neu ankommenden Siedlern, Duchoborzen und Russinnen. Es ist also bei Weitem keine geschlossene frankofone Community, sondern – wie das Buch selbst – eine lose gewebte, veränderliche, vielsprachige Gemeinschaft voller fröhlicher und trauriger Geschichten. Das ist wahrhaft umfassender Multikulturalismus.

Gegen Ende des Buchs, in einer Geschichte mit dem Titel *Die Stimme der Teiche*, klettert die mittlerweile sechzehnjährige Christine auf den Dachboden, wo sie immer gesessen und gelesen hat, und blickt aus dem Fenster. In dieser fiktionalisierten Version (Roy hat über die Jahre auch verschiedene andere geschrieben) verspürt sie in jenem Moment die Berufung zur Schriftstellerin.

> Da sah ich es – nicht, was ich später werden würde, sondern dass ich auf meinem Weg dorthin weitergehen musste. Ich hatte das Gefühl, auf dem Dachboden und gleichzeitig weit weg zu sein, in der Einsamkeit der Zukunft; und von dort, aus dieser großen Entfernung, zeigte ich mir selbst den Weg. … Und so kam ich auf die Idee zu schreiben. Was und warum, wusste ich nicht. Aber ich würde schreiben. Es war wie eine plötzliche Liebe. … Noch gab es nichts zu sagen. … Ich wollte etwas zu sagen haben.

Von dieser Erkenntnis berichtet sie ihrer leidgeprüften Mutter, und diese reagiert auf wenig überraschende Weise: »Maman wirkte aufgebracht.«

Wie Mamans nun mal so sind. Aber diese Maman hat noch einiges zu sagen:

> »Das Schreiben«, erklärte sie mir traurig, »ist schwer. Es ist die anspruchsvollste Tätigkeit der Welt… wenn es wahrhaftig sein soll, verstehst du! Ist es nicht so, als würde man sich selbst entzweischneiden… die eine Hälfte versucht zu leben, und die andere sieht zu und urteilt?«
> Dann fuhr sie fort: »Zuerst brauchst du Begabung; wenn du die nicht hast, ist es nur Kummer; aber wenn du sie hast, kann es ebenso schrecklich sein. … Denn auch wenn wir Begabung sagen, wäre Beherrschung vielleicht doch treffender. Und was für eine merkwürdige Gabe es ist… nicht ganz menschlich. Ich glaube, andere Menschen vergeben sie dir nicht. Diese Gabe ist wie ein kleiner Schicksalsschlag, der andere von einem entfernt, der einen von fast allen trennt…«

Ah, der *Poète maudit*, dem die unheilvolle Begabung zum Schicksal wird. Das passte in der Tat in diese Zeit, in der Schriftsteller von vornherein dem Untergang geweiht oder zumindest geheiligt waren: Priester der Kunst, die wie Joyces Stephen Dedalus das noch unerschaffene Bewusstsein der Menschheit schmieden. Und als Künstler*in* war man natürlich noch viel schlechter dran: keine Ehefrau, keine Unterstützung. Maman macht das Geschlecht in ihrer Antwort nicht zum Thema und Christine auch nicht, aber zur Entstehungszeit der Geschichte schwang das ungesagt mit.

Trotzdem will die junge Christine die Warnung ihrer Maman nicht pauschal akzeptieren.

> Ich hoffte dennoch, dass ich alles haben könnte: sowohl ein warmes, wahrhaftiges Leben, wie eine Zuflucht … als auch Zeit, den Nachhall dieses Lebens einzufangen … Zeit, auf dem Weg ein Weilchen innezuhalten, bevor ich den anderen nachlief, sie wieder einholte und ihnen voller Freude zurief: »Hier bin ich, und seht nur, was ich unterwegs für euch gefunden habe! … Habt ihr auf mich gewartet? … Wartet ihr denn nicht auf mich? … Oh, wartet doch auf mich!«

Diese schöne doppelte Zukunft ist keine Gewissheit. Zumindest nicht in der Geschichte. In ihrem Leben aber ist es Gabrielle Roy auf gewisse Weise gelungen, alles zu haben.

9. Gabrielle Roy: Botin der Zukunft

Gabrielle Roy nahm die Namen ihrer Figuren ernst, also lassen Sie mich zum Schluss noch einen kleinen Blick auf ihren eigenen Namen werfen. Roy ist der König: Da liegt die Messlatte schon mal hoch. Aber Gabrielle kommt vom Erzengel Gabriel, dem Boten aller Boten. Gabriel bringt sowohl gute Nachrichten – er kündigt der Jungfrau Maria an, dass sie unerwartet ein Kind bekommen wird, und zwar nicht irgendein x-beliebiges – als auch schlechte – er prophezeit den nahenden Weltuntergang.

Was ist die Rolle des Schriftstellers? Jede Zeit und sogar jeder Schriftsteller stellt sich da etwas anderes vor. In ›Gebrauchtes Glück‹ war es für Roy die Verkündigung der Zukunft für die Gegenwart. Es ist schön, sich vorzustellen, wie sie zu Rose-Anna im Moment der tiefsten Verzweiflung sagt: »Die Zukunft wird besser sein.«

In ihren späteren Büchern ist ihr Ziel ein anderes. Sie öffnet Vorhänge an Fenstern, die vorher noch nie jemand wahrgenommen hat – eine ferne Ecke von Manitoba, das gewöhnliche Leben eines gewöhnlichen Mannes, die verschwundene, aber reiche Vergangenheit ihrer Herkunftsprovinz, die vielen Wege eines Künstlers –, und lädt ihre Leser ein hindurchzuschauen. Damit sie – egal, wie unspektakulär, harsch oder befremdlich der Blick auch sein mag – verstehen und schließlich mitfühlen können. Denn der Engel Gabriel ist vor allem ein Engel der Kommunikation, und Kommunikationsfähigkeit schätzte Roy sehr.

Auf der Rückseite des kanadischen Zwanzigdollarscheins von 2004 steht auf Französisch und auf Englisch ein Zitat von Gabrielle Roy: »Nous connaîtrions-nous seulement un peu nous-mêmes, sans les arts?« – »Würden wir uns selbst überhaupt kennen, wenn wir die Künste nicht hätten?«

Nein, das würden wir nicht. Heute, da wir uns über unsere politisch zersplitterte Gesellschaft Gedanken machen, da wir an die Grenzen der Datenerfassung, an die Grenzen der Ausdifferenzierung in den Wissenschaften stoßen und unser Menschsein endlich wieder mit holistischerem Blick betrachten, ist Roys Vision für uns bedeutungsvoller denn je.

SHAKESPEARE UND ICH – EINE STÜRMISCHE LIEBESGESCHICHTE

(2016)

Immer wenn man mir die einschüchternde Frage stellt, wer mein Lieblingsautor ist, sage ich: »Shakespeare.« Und dafür habe ich auch ein paar schlaue Gründe. Erstens kann zumindest im englischen Sprachraum eigentlich niemand etwas dagegen sagen. Das meiste, was wir über das Theater wissen, über Handlungsstruktur, Figurenentwicklung, Elfen und fantasievolle Schimpfwörter stammt von Shakespeare. Zweitens: Wenn man einen lebenden Autor nennt, sind alle anderen lebenden Autoren sauer, aber Shakespeare ist tot. Klar, die anderen toten Autoren sind möglicherweise auch sauer, aber wahrscheinlich würden sie auch nicht groß gegen die Wahl von Shakespeare protestieren. Und drittens ist Shakespeare vieldeutig. Wir wissen nicht nur sehr wenig darüber, was er wirklich gedacht, empfunden und geglaubt hat, auch seine Stücke sind glitschig wie Aale. Immer wenn man denkt, jetzt hat man eines im Griff, rutscht einem die geniale Interpretation plötzlich wieder durch die Hände, und man guckt dumm aus der Wäsche.

Das führt dazu, dass man Shakespeare endlos interpretieren kann – und genau das ist auch geschehen. Es gab einen faschistischen ›Richard III.‹, einen ›Macbeth‹ der kanadischen First Nations, einen ›Sturm‹, der in der Arktis spielte, und einen anderen mit einem weiblichen Prospero namens Prospera, gespielt von Helen Mirren. Im achtzehnten Jahrhundert zog man es vor, Cordelia in ›König Lear‹ nicht sterben und alles gut enden zu lassen. Damals wurde außerdem der ›Sturm‹ fast immer als Oper aufgeführt. Sie beinhaltete nur ein Drittel von Shakespeares Originaltext, Caliban bekam eine Schwester namens Sycorax, Miranda eine Schwester namens Dorinda, und dann wurde zusätzlich noch ein junger Mann eingefügt, damit Dorinda auch jemanden zum Heiraten hatte. Prospero hielt ihn in einer Höhle gefangen, weil man befürchtete, beim Anblick einer Frau würde er sofort tot umfallen. Solche Männer kennen wir wahrscheinlich alle.

Was ich damit sagen will: Shakespeare wird schon lange immer wieder neu aufgelegt, oft mit recht merkwürdigem Ergebnis.

Und auch ich habe ihn mit merkwürdigem Ergebnis neu aufgelegt. Zum Shakespeare-Jubiläumsjahr – Geburts- oder Todesjahr, fragen Sie vielleicht, genau wie ich, und die Antwort lautet: Todesjahr – hat der Verlag Hogarth Press ein Projekt gestartet, für das ungefähr ein Dutzend unterschiedlicher Autoren ein selbst gewähltes Stück von Shakespeare zu einem Roman verarbeiten, und zwar so eng am Original oder so frei darauf basierend, wie sie wollen.

Ich habe mir ›Der Sturm‹ ausgesucht, und mein Roman trägt den Titel ›Hexensaat‹ – ein Schimpfname, mit dem Prospero sein versklavtes sogenanntes Monster Caliban belegt.

Bevor ich etwas darüber sage, wie ich ›Hexensaat‹ gestaltet habe, möchte ich Ihnen etwas über einige meiner früheren Begegnungen mit Shakespeare erzählen. Tauchen wir also in den dunklen Abgrund der Vergangenheit, in die graue Vorzeit meiner Jugend, kurz nach der letzten Eiszeit.

In jenen Tagen wurden Dichterinnen noch belächelt, und es war üblich, dass Mädchen Unterricht in Hauswirtschaft und Jungs im Werken bekamen, Latein dagegen konnten alle nehmen. Das war die Zeit, in der ich auf die Highschool ging, und zwar die Leaside High School in einem spießigen Nullachtfünfzehn-Außenbezirk von Toronto. Und dort lernte ich Shakespeare kennen.

In der kanadischen Provinz Ontario gab es einen festgelegten Lehrplan für die fünf Jahre der Highschool. Wir Kanadier hatten noch die Mentalität des Empires verinnerlicht – zu dem wir einige Jahrhunderte lang gehört hatten –, und deshalb stand auf dem Lehrplan für Englisch so manches, was man den Kindern heute überhaupt nicht mehr zumuten könnte. *Zwei* Romane von Thomas Hardy in fünf Jahren? Ehrlich? Na, dann viel Spaß! Außerdem ›Die Mühle am Floss‹, ein sehr ernster Roman von George Eliot. Wir lasen viel englische Literatur des neunzehnten Jahrhunderts, weil darin kein Sex vorkam, zumindest nicht offenkundig, obwohl es bei manchen Büchern am Rande durchaus heiße Action gab. Diese Details jedoch wurden uns im Unterricht nicht erklärt. Es wurde vorausgesetzt, dass wir irgendwie vage darüber Bescheid wussten, genauso wie wir wussten, dass in den Parks von Toronto böse Männer im Gebüsch hockten, aber nicht verstanden, warum sie böse waren.

Außerdem lasen wir in jedem Schuljahr mindestens ein Shakespeare-Stück. Welches war das erste? ›Julius Caesar‹: simple Handlung, Attentat, Kampfszenen, kein Sex, weder offenkundig noch angedeutet, und daher in den Augen unserer Lehrkräfte für Teenager geeignet. Aber im Laufe der Jahre folgten ›Was ihr wollt‹, ›Der Kaufmann von Venedig‹, ›Hamlet‹. Und ›Macbeth‹. Ich glaube sogar, wir nahmen auch ›Romeo und Julia‹ und den ›Sommernachtstraum‹ durch, aber möglicherweise verwechsele ich das mit dem College. Die Lehrplanschreiber waren vermutlich nicht so dumm, emotional ungefestigten Teenagern das Konzept von Selbstmord aus Liebe nahezubringen. Aus den Stücken, die wir lasen, mussten wir verschiedene Monologe auswendig lernen und sie in den Klassenarbeiten bis aufs letzte Komma perfekt niederschreiben; nicht dass Shakespeare selbst viel auf Zeichensetzung gegeben hätte, außer um den Schauspielern klarzumachen, wie die Monologe zu gestalten sind.

Auswendiglernen war früher in der Schule gängige Praxis; später gab man es auf, weil man meinte, es enge die geistige Entwicklung junger Menschen zu sehr ein. Aber mir ist aufgefallen, dass es jetzt eine Renaissance erlebt, und das ist auch höchste Zeit. Es ist nämlich sehr hilfreich im täglichen Leben. Wer würde nicht gerne mal beim Arzt im Wartezimmer rezitieren: »Morgen, und morgen, und dann wieder morgen,/Kriecht so mit kleinem Schritt von Tag zu Tag/Zur letzten Silb' auf unserm Lebensblatt«?

Und wenn man so den politischen Unfug unserer Tage betrachtet, ist es immer beruhigend, sich zu sagen:

Ja, er beschreitet, Freund, die enge Welt
Wie ein Colossus, und wir kleinen Leute,
Wir wandeln unter seinen Riesenbeinen
Und schaun umher nach einem schnöden Grab.
Wir fragen uns, ob seine Haare echt sind,
Erscheinen sie doch stets wie aufgeklebt.

Der Mensch ist manchmal seines Schicksals Meister:
Doch heut', dank Data-Mining, ist das selten.
Nicht durch die Schuld der Sterne, lieber Brutus,
Durch eigne Schuld bleibt man ein Bürohengst.
Denn Wahlen kaufen können nur die Reichen,
und uns bleibt nichts als nehmen, was dann kommt.
O weh der Zeit, die wir erleben müssen!

Ich könnte wochenlang so weitermachen. Wenn man im Blankvers-Rhythmus einmal drin ist, lässt er einen gar nicht mehr los.

An ebendieser Highschool sah ich auch meine erste Shakespeare-Aufführung. In den 1950ern gab es in Toronto eine kleine Shakespeare-Theatertruppe namens The Earle Grey Players – englische Schauspieler, die in den 40ern in Kanada gestrandet waren, zu einer Zeit, als die Kultur im Land keinen besonders hohen Stellenwert besaß. Sie reisten umher und traten in Schulen auf, und zwar immer mit dem Stück, das im entsprechenden Jahr auf dem Lehrplan der Abschlussklasse stand. Damit war ihnen ein aufmerksames und nervös an den Fingernägeln kauendes Publikum sicher, das demnächst über dieses Stück seine Prüfung schreiben musste. Mr Earle Grey spielte die männlichen und Mrs Earle Grey die weiblichen Hauptrollen: Gertrude, Calpurnia, Lady Macbeth. Theaterbegeisterte Schüler durften als Statisten mitmachen – als Soldat oder in einer Menschenmenge –, aber das Kostüm musste man sich selbst besorgen: eine kleine karierte Wolldecke für ›Macbeth‹, ein Bettlaken für ›Julius Caesar‹. Für die meisten von uns war dies die erste Begegnung mit Shakespeare auf der Bühne – und was für ein Glück, dass wir so etwas erleben durften, obwohl wir uns damals natürlich darüber lustig machten: Wir dachten uns Parodien aus, in denen Hamlet zu Omelett wurde, wir kicherten wie die Hexen in ›Macbeth‹, boten uns gegenseitig Molchaugen-Sandwiches an und machten ähnliche für jugendliche Witzbolde typische Scherze.

Natürlich musste ich die Earle Grey Players auch in einem meiner Romane auftreten lassen. Man findet sie in ›Katzenauge‹ (1989), in Kapitel 44. Sie führen ›Macbeth‹ auf. Ich wollte sie unbedingt verewigen, weil ich ein großer Fan solcher halbprofessioneller Schauspieltruppen bin. Ihre Inszenierungen zeigen sehr gut, wie toll Shakespeares Stücke funktionieren: Sie halten fast jeder Aufführung stand, sogar wenn Macbeths Kopf (in diesem Fall ein in ein Geschirrtuch gewickelter Kohlkopf) in den Orchestergraben hüpft, wie ich es tatsächlich einmal erlebt habe. Er hüpfte nur deshalb, weil die Requisiteurin bemerkt hatte, dass der Macbeth-Kohlkopf alt und weich geworden war, und ihn durch einen neuen, harten, gut hüpfenden ersetzt hatte. Leider war der alte Kohl absichtlich weich gewesen, damit er mit einem satten Plopp auf dem Boden landete und liegen blieb. Diese Episode fand (natürlich) auch ihren Weg in den Roman. Warum sich Sachen ausdenken, wenn das Leben so gute Geschichten schreibt?

Im selben Jahrzehnt – den 1950ern – entstand auch das Shakespeare-Festival in der Stadt mit dem vielversprechenden Namen Stratford, Ontario, durch die sogar ein Fluss namens Avon fließt. Anfangs leisteten die Stadtoberhäupter Widerstand gegen das Festival – sie meinten, es würde dem Ruf der Stadt schaden, die damals ein wichtiger Bahnknotenpunkt und ein Zentrum der industriellen Schweinezucht war. Da möchte man natürlich keinesfalls lauter kauzige Künstlertypen rumwuseln haben. Aber die Theaterleidenschaft setzte sich durch, und inzwischen verdient die Stadt sehr gut am Festival; obwohl auch die Schweine nach wie vor wichtig sind. Fans der sehr empfehlenswerten Fernsehserie ›Slings and Arrows‹ werden vielleicht das Motiv des Schweinetransporters erkannt haben. Aber das nur nebenbei; nicht dass das Burbage-Festival in der Serie irgendetwas mit dem echten Stratford-Festival zu tun hätte.

Wir versuchen jedenfalls, jedes Jahr zum echten Stratford-Festival zu gehen. Ich habe dort einige der vermutlich besten Shakespeare-Inszenierungen aller Zeiten gesehen. Ein Highlight war Christopher Plummer als Prospero im ›Sturm‹, aber ›König Lear‹ mit Colm Feore war genauso gut.

Es ist kaum zu glauben, aber inzwischen gibt es das Festival schon seit dreiundsechzig Jahren. Der erste Regisseur war Tyrone Guthrie, die ersten Stücke wurden in einem riesigen Zelt aufgeführt, und es begann 1953 mit Alec Guinness als Richard III. Was würde ich heute darum geben, diese Inszenierung gesehen zu haben! Aber ach, ich war erst dreizehn Jahre alt, und mein Leben drehte sich um Tellerröcke aus Filz mit aufgestickten Telefonen und Lippenstifte namens »Feuer und Eis«. Dinge wie ›Richard III.‹ überschritten noch erheblich meinen Horizont.

Kurze Zeit später wurde ›Othello‹ aufgeführt, ebenfalls im großen Zelt. Auch den habe ich nicht gesehen, aber mein Mann, Graeme Gibson – damals ungefähr neunzehn Jahre alt –, ist mit seinem Großvater hingegangen, der über neunzig und schon ziemlich taub war. Als Othello sich auf Zehenspitzen der schlafenden Desdemona näherte, die Hände schon zum Würgen ausgestreckt, sagte Graemes Großvater – im Flüsterton, wie er glaubte, aber in Wahrheit mit donnernder Stimme: **»Jetzt murkst er sie ab.«**

Das Zelt bebte. Othello erstarrte. Unter Desdemonas Bettdecke zuckte es merklich. Aber schon hatte Othello die Situation und sich selbst wieder im Griff und würgte Desdemona, als wäre nichts geschehen. Das ist wahre Schauspielkunst!

Über die Jahre hinweg taucht Shakespeare immer wieder in meinen Werken auf. Nicht nur in ›Katzenauge‹. In der Kurzgeschichte *Gertrude widerspricht* darf die arme Gertrude auf Hamlets Standpauke in der berühmten Szene »Seht her auf dies Gemälde« antworten. Und siehe da, es stellt sich heraus, dass man es als Mutter eines mürrischen Teenagers mit einem Haufen ungewaschener schwarzer Socken gar nicht so leicht hat, und als Ehefrau eines Heuchlers ebenso wenig. Auch Horatio erhält noch ein Nachleben in einem Text mit dem Titel *Horatios Version*. Zu finden in den Sammlungen ›Gute Knochen‹ und ›Das Zelt‹.

In meiner jüngsten Kurzgeschichtensammlung ›Die steinerne Matratze‹ kehrt Richard III. mit Karacho zurück. Die Geschichte heißt *Wiedergänger*; die Hauptfigur Gavin, in den 1960ern ein flotter junger Dichter, ist inzwischen ein alter Griesgram, verheiratet mit der viel jüngeren Reynolds.

Ich liebe die Figur Richards III. Er ist ein klassischer Trickster, der uns, sein Publikum, an seinen mörderischen Scherzen und Streichen teilhaben lässt – und wie sehr man zu Shakespeares Zeiten wirklich Teil des Geschehens war, kann man bei einem Besuch des rekonstruierten Globe Theatre in London nachvollziehen. Die Schauspieler waren so nah am Publikum, dass man spürte: Der redet mit MIR, von Angesicht zu Angesicht, Auge in Auge. Wie alle Trickster ist Richard schlauer, als gut für ihn ist. Und Gavin ebenso. Gavin ist auch eine tolle

Figur: Er ist nicht nett, aber er krallt sich ans Leben und »verflucht den Tod des Lichts mit aller Macht«; und wie John Keats schon anmerkte, hatte Shakespeare ebenso viel Freude daran, einen Jago zu erfinden wie eine Imogen – eine sehr böse wie eine sehr gute Gestalt. Und das geht mir genauso. Wer ein literarisches Werk ablehnt, weil darin Figuren vorkommen, die man nicht heiraten oder als Mitbewohner haben möchte, hat etwas ganz Wesentliches nicht verstanden.

Hier gehen Gavin und Reynolds zu einer Open-Air-Vorstellung von ›Richard III.‹ in einem Park, die pragmatische Reynolds voller Optimismus, Gavin mit schlechter Laune:

> Der Park wimmelte von Aktivität. Junge Leute spielten im Hintergrund Frisbee, Babys schrien, Hunde bellten. Gavin studierte grübelnd das Programmheft. Prätentiöser Mist, wie immer. Und das Stück begann später als angekündigt: irgendeine Panne mit der Beleuchtung, hieß es. Immer mehr Mücken umschwirrten sie. Gavin schlug um sich; Reynolds zog das extrastarke Mückenspray hervor. Irgendein Trottel in einem roten Ganzkörperstrumpf und mit Schweinsohren auf dem Kopf trötete auf einer Trompete, um die Leute zur Ruhe zu bringen, und nach einer kleineren Explosion und dem Sprint einer Gestalt mit Halskrause in Richtung Erfrischungsstand – auf der Suche wonach? Was hatten sie vergessen? – begann das Stück.
>
> Es gab ein Vorspiel, einen Film über das Skelett Richards des Dritten, das unter einem Parkplatz ausgegraben worden war – tatsächlich so geschehen, wie Gavin aus den Nachrichten wusste. Es war in der Tat

Richard, komplett mit DNA-Beweismaterial und allerlei Schädelverletzungen. Der Vorfilm wurde auf ein Stück weißen Stoff projiziert, das aussah wie ein Bettlaken und wahrscheinlich auch eins war – klar, die Kunstbudgets von heute, wie Gavin in gedämpftem Ton zu Reynolds sagte. Reynolds stieß ihn mit dem Ellenbogen an. »Deine Stimme ist lauter, als du denkst«, flüsterte sie.

Der Soundtrack gab – durch einen knisternden Lautsprecher und in lausigen pseudoelisabethanischen jambischen Pentametern – zu verstehen, dass das gesamte bevorstehende Stück posthum im Innern von Richards zertrümmertem Schädel spiele. Die Kamera zoomte durch eine Augenhöhle bis ins Innere des Totenschädels. Dann wurde alles schwarz. Das Laken wurde weggezogen, und da stand Richard im Flutlicht, startbereit, um zu singen und zu springen, zu suggerieren und zu denunzieren. Auf seinem Rücken prangte ein Buckel von groteskem Ausmaß unter rot-gelb gestreiftem Narrenkostümstoff. … Der große Buckel war gewollt: der innere Kern des Stücks (»Im Gegensatz zum äußeren Kern«, lästerte Gavin) drehe sich um Requisiten. Sie symbolisierten Richards Unterbewusstsein, daher ihr aufgeblähtes Format. Solange das Publikum auf übergroße Throne und Buckel und Gottweißwas starrte und sich fragte, was zur Hölle das alles sollte, würde es sich weniger daran stören, kein Wort vom Text zu verstehen – so in etwa musste der Regisseur sich das gedacht haben.

Zusätzlich zu seinem gigantischen zweifarbigen metonymischen Buckel hatte Richard auch noch eine königliche Robe mit einer meterlangen Schleppe an, getragen von zwei Pagen mit übergroßen Eberköpfen, da auf Richards Wappen ein Eber dargestellt war. Es gab ein riesiges Fass Madeirawein, in dem Clarence ertrinken konnte, und ein paar Schwerter, die so groß waren wie die Schauspieler selbst. Zum Ersticken der Prinzen im Tower, pantomimisch dargestellt wie das Stück im Stück bei Hamlet, wurden zwei riesige Kopfkissen auf Bahren hereingetragen, wie Leichen oder Spanferkel, in farblich auf Richards Buckel abgestimmten Kissenbezügen, nur falls das Publikum zu blöd war, ums zu kapieren.

Exakt diese Inszenierung habe ich nie gesehen, aber wenn es sie irgendwo gäbe, würde ich sofort hingehen.

Jetzt also endlich zu meinem Beitrag zum Shakespeare-Projekt von Hogarth Press. Jo Nesbø schreibt ›Macbeth‹ um, Jeanette Winterson hat das ›Wintermärchen‹ übernommen, Anne Tyler verarbeitet ›Der Widerspenstigen Zähmung‹, und Howard Jacobson nimmt den ›Kaufmann von Venedig‹. Und ich habe mir den ›Sturm‹ ausgesucht. Das war mit Abstand meine erste Wahl.

Aber dann kamen mir plötzlich Zweifel. Ein Drama von Shakespeare zu einem Roman zu verarbeiten ist eine Ehrfurcht gebietende Aufgabe: Shakespeare ist ein Gigant; niemand hat einen größeren Beitrag zur englischen Sprache, zur Dramenliteratur und zur englischen Literatur im Allgemeinen geleistet. Außerdem ist er unergründlich und vielschichtig, er begegnet allen Seiten mit Empathie und ist glitschig wie ein Aal, ein notorischer Gestaltwandler, der sich in jeder neuen Zeit und mit jeder neuen Inszenierung in veränderter Form, in ungewohnten Variationen und Interpretationen zeigt. Shakespeare zu begreifen ist, als wollte man Pudding an die

Wand nageln. Und Shakespeare neu zu schreiben: Was für ein Sakrileg! Wer das wagt, kann fest damit rechnen, dass ihm empörte Shakespeare-Puristen eine Ladung Schrotkugeln in den Hintern jagen.

Andererseits – es nicht zu versuchen wäre nicht nach Shakespeares Art, schließlich war er selbst bekannt dafür, existierende Geschichten und Erzählungen aufzunehmen und umzuarbeiten.

Außerdem hatte ich mir schon viele Gedanken über den ›Sturm‹ gemacht und auch schon über das Stück geschrieben. In meinem Buch über Schriftsteller und das Schreiben – mit dem überraschenden Titel ›Über Schriftsteller und das Schreiben‹ – beschäftige ich mich unter anderem mit dem Künstler als Magier und/oder Betrüger. Die Kapitelüberschrift lautet »Verführung: Prospero, der Zauberer von Oz, Mephisto & Co.«, denn sie alle sind, wie Künstler auch, Illusionisten.

Über Prospero – einen mehr oder weniger guten Zauberer, ähnlich wie der Zauberer von Oz, aber anders als dieser kein Schwindler – schreibe ich unter anderem:

> Prospero benutzt seine Fähigkeiten – seine Illusions- und Zauberkünste – zwar teilweise auch zur Unterhaltung, aber vor allem mit dem Ziel moralischen und sozialen Fortschritts.
>
> Trotzdem muss erwähnt werden, dass Prospero Gott spielt. Wenn man zufälligerweise nicht seiner Meinung ist – wie Caliban –, könnte man ihn einen Tyrannen nennen, was Caliban auch tut. Bei Prospero fehlt nicht viel zum Großinquisitor, der die Menschen zu ihrem eigenen Besten foltert. Außerdem kann man ihn als Usurpator bezeichnen – er hat Caliban die Insel genauso gestohlen, wie sein eigener

Bruder ihm das Herzogtum gestohlen hat, und man kann ihn als Zauberer sehen, so wird er ebenfalls von Caliban genannt. Wir – das Publikum – neigen dazu, ihn positiv zu beurteilen, als einen wohlmeinenden Despoten. Meistens jedenfalls. Aber Caliban hat einiges richtig erkannt:
Ohne seine Kunst wäre Prospero nicht in der Lage zu herrschen. Nur sie verleiht ihm Macht. Caliban weist darauf hin: Wenn Prospero seine Bücher nicht hat, ist er ein Nichts. Die Figur des Zauberers besitzt also von Anfang an ein betrügerisches Element, er ist ein ambivalenter Gentleman. Aber das ist nur natürlich – schließlich ist er ein Künstler. Am Ende des Stücks spricht Prospero den Epilog, und zwar nicht nur in seiner Rolle, sondern zugleich auch als der Schauspieler, der ihn spielt, und dazu noch als der Autor, der ihn erschaffen hat, ein weiterer Tyrann, der hinter den Kulissen die Handlung kontrolliert. Es ist interessant, mit welchen Worten Prospero alias der Schauspieler, der ihn spielt, alias Shakespeare, der seinen Text geschrieben hat, das Publikum um Nachsicht bittet: »Wo ihr begnadigt wünscht zu sein,/ Laßt eure Nachsicht mich befrein.« Das war nicht das letzte Mal, dass Kunst und Verbrechen gleichgesetzt worden sind. Prospero weiß, dass er etwas auf dem Kerbholz hat, und dieses Etwas macht ihm ein schlechtes Gewissen.

Dieser Epilog hat mich immer schon beschäftigt. Warum fühlt Prospero sich schuldig?

Zu Beginn des Shakespeare-Projekts habe ich das Stück noch einmal gelesen. Dann noch einmal. Dann habe ich mir alle Verfilmungen angesehen, die ich in die Finger kriegen konnte. Dann habe ich die sehr erhellenden Fußnoten der Oxford-Classics-Ausgabe gelesen, weil es noch einige Dinge gab, die ich unbedingt rauskriegen musste. Vor allem über das Essen. Was zum Beispiel sind Erdkastanien?

Bestimmt bringt in diesem Jahr, das ja das vierhundertste Todesjahr Shakespeares ist, jemand ein Shakespeare-Kochbuch heraus. Was haben die Macbeths beim Bankett serviert, bei dem Banquos Geist erscheint? Was hat Sir John Falstaff am liebsten gegessen? (Vieles. Stärkehaltiges.) Woran denkt Junker Tobias von Rülp, wenn er in ›Was ihr wollt‹ von »Kuchen und Bier« spricht?

Beim Kuchen hat es sich vielleicht um »Maids of Honour« gehandelt, kleine Käsekuchen der Tudorzeit. Das Bier wäre aus Gerste gebraut worden, und zwar von einer »Bierfrau« – damals gab es ausschließlich Mikrobrauereien.

Es interessiert mich immer sehr, was die Figuren in Romanen und Theaterstücken essen und trinken. Im ›Sturm‹ wird ziemlich viel Essen erwähnt, aber es sind größtenteils Sachen, für deren Zubereitung sehr viel Kreativität nötig wäre.

Caliban, den alle wie einen Sklaven oder ein Monster behandeln, ist auf der Insel aufgewachsen. Er ernährt sich als Sammler – laut seiner eigenen Aussage – von Fischen, Holzäpfeln, Beeren, den erwähnten Erdkastanien (eine Pflanze mit einer kastanienähnlichen, essbaren Knolle, wie ich herausfand), Hähernestern – wahrscheinlich wegen der Eier –, Haselnüssen, Meerkatzen – einer Affenart, deren Fleisch er vermutlich gegessen hat, vielleicht hat er auch ihr Fell zu Mützen verarbeitet – und »scamels«, auch wenn wir keine Ahnung haben, was das ist. Davon also haben auch Prospero, der entthronte Herzog von Mailand, und seine Tochter Miranda sich in den zwölf Jahren, die sie auf der Insel verbracht haben, ernährt. Das ist sehr karg: kein Pfeffer zum Beispiel und keine Butter. Kein Brot. Man versteht, warum Prospero so schnell wie möglich nach Mailand zurückmöchte.

Und dann gibt es im ›Sturm‹ noch ein herbeigezaubertes Mahl, nämlich als die Schurken – Prosperos Bruder Antonio, der den Herzog gestürzt hat, Alonso, der König von Neapel, sowie Alonsos Bruder Sebastian, der Alonso umbringen will – auf »verschiedne seltsame Gestalten« treffen, die ihnen eine gedeckte Tafel bringen und sie zum Bankett einladen.

Wir stellen uns unter einem Bankett heute das vor, was man zur Tudorzeit als »Festgelage« bezeichnet hätte – ein üppiges, feierliches, gesetztes Essen. Aber wie Ruth Goodman in ›How to Be a Tudor‹ erläutert, ähnelte ein Bankett ursprünglich eher einem Cocktailempfang: Man flanierte umher und nahm dabei leichtes Essen zu sich. Wer ganz auf der Höhe der Zeit war, besaß eine eigene kleine Gabel mit Monogramm, um unterwegs Snacks aufzuspießen.

Als Shakespeares Figuren gerade zulangen wollen, erscheint unter Donnergrollen der Elementargeist Ariel in Gestalt einer Harpyie, und das Bankett löst sich in Luft auf. Ariel tadelt die Sünder für ihre bösen Taten, dann verzaubert Prospero sie, und sie verfallen dem Wahnsinn.

Solche Partys haben wir alle schon mal erlebt. Gerade will man sich ein Häppchen mit Räucherlachs in den Mund schieben, als plötzlich jemand aus der Vergangenheit vor einem steht und einen so lange zur Schnecke macht, bis man fast irre wird. Vergessen Sie das nicht, wenn Sie das nächste Mal zu einem Bankett gehen wollen.

Und in der Zwischenzeit überlegen Sie doch mal, was beim »Bankett« in Shakespeares ›Sturm‹ wohl serviert wurde? Nicht vergessen: Junge Kartoffeln gab's noch nicht. Tomaten ebenso wenig, also können Sie Minipizzen auch vergessen. Ach ja, und keinen Kaffee. Sorry. Bleibt leider nur Kuchen und Bier.

Nach dieser grundlegenden Recherche musste ich ein paar gewichtige Entscheidungen treffen. Wo sollte mein Roman spielen? Shakespeares Theaterstück handelt, wie wir gesehen haben, von Täuschungen. Und, wie so oft bei Shakespeare, von der Abwägung zwischen Rache und Vergebung. Aber es geht auch um Gefängnisse. Fast jeder in diesem Stück ist, wenn man mal darüber nachdenkt, für eine gewisse Zeit auf die eine oder andere Art eingesperrt. Und deshalb habe ich meinen Roman in einem Gefängnis spielen lassen.

›Der Sturm‹ erzählt die Geschichte des Zauberers und ehemaligen Herzogs von Mailand, der von seinem verräterischen Bruder und vom König von Neapel gestürzt wurde und mit seiner kleinen Tochter Miranda in einem Boot fliehen musste. Als Prosperos Feinde zwölf Jahre später durch eine glückliche Fügung in seine Nähe kommen, entfesselt er mithilfe des Luftgeists Ariel einen Sturm. Die Feinde stranden zusammen mit Prosperos früherem Helfer Gonzalo und Alonsos Sohn Ferdinand auf der Insel und werden im Laufe der Handlung auf verschiedene Weise von Prospero und Ariel verzaubert, mit dem Ergebnis, dass Ferdinand und Miranda sich verlieben und die Feinde nach Verzauberung und Qualen schließlich Vergebung erlangen. Caliban hat sich in der Zwischenzeit mit zwei zwielichtigen Gestalten zusammengetan – einem betrunkenen Kellner und einem Spaßmacher –, um Prospero umzubringen, aber die drei werden von Prosperos Geistern bestraft. Am Schluss erhält Ariel die Freiheit, alle stechen nach Neapel in See, und Prospero tritt aus seinem eigenen Stück heraus und bittet das Publikum, ihn daraus zu befreien – das vielleicht rätselhafteste Ende aller Shakespeare-Stücke.

›Der Sturm‹ ist höllisch komplex und enthält neben mehreren Handlungslücken auch einige der herrlichsten Blankverse, die Shakespeare je geschrieben hat. Das Stück ist im Laufe der Zeit auf sehr unterschiedliche Weise interpretiert worden. Ist die Insel selbst verzaubert? Ist sie ein Gefängnis? Ist sie ein Gerichtsort? Ist Prospero weise und gütig oder ein reizbarer alter Kauz? Ist Miranda lieblich und rein oder ein starkes, cleveres Mädchen, das einiges über Gebärmütter und Missbrauch weiß und Caliban verleumdet? Ist Caliban selbst das Freud'sche Es? Ist er von Natur aus schlecht? Ist er Prosperos dunkler Schatten? Ist er ein Naturmensch? Ist er ein Opfer kolonialer Mächte? All diese Calibans und viele andere hat es schon gegeben.

Außerdem ist der ›Sturm‹ ein Musical: Das Stück enthält mehr Lieder, Tänze und Musik als jedes andere Werk Shakespeares. Der größte Musiker ist Ariel, aber auch Caliban hat eine musikalische Seite.

Aber vor allen Dingen ist ›Der Sturm‹ ein Stück über einen Regisseur oder Dramatiker, der ein Theaterstück aufführen lässt – nämlich die Handlung samt Spezialeffekten auf der Insel –, in dem wiederum ein Stück gezeigt wird, das Maskenspiel der Göttinnen. Von allen Dramen Shakespeares thematisiert dieses am offensichtlichsten das Theater, das Inszenieren und das Schauspielern.

Wie soll man all diesen Elementen in einem modernen Roman gerecht werden? Ist das überhaupt möglich? Das wollte ich herausfinden.

›Hexensaat‹ spielt im Jahr 2013 in Kanada, nicht allzu weit entfernt vom echten Shakespeare-Festival in Stratford. Der Roman beginnt mit dem Video einer Inszenierung des ›Sturms‹, erster Akt, erste Szene, die in einem Gefängnis entstanden ist und jetzt vor einem Publikum im Gefängnis gezeigt wird. Plötzlich Tumult und die Geräusche eines Gefängnisaufstands. Abriegelung!

Schnitt zur Hintergrundgeschichte. Zwölf Jahre zuvor ist Felix Phillips, künstlerischer Leiter des Makeshiweg Theatre Festivals, von seinem Stellvertreter Tony und dessen Kumpel, dem Politiker Sal O'Nally, von seinem Posten verdrängt worden. Seither lebt er zurückgezogen in einer armseligen Hütte auf dem Land. Sein einziges Kind, seine geliebte Miranda, ist als Dreijährige gestorben, aber halb glaubt er, dass ihr inzwischen fünfzehnjähriger Geist bei ihm ist. Um die Einsamkeit zu bekämpfen, hat er eine Stelle als Theaterpädagoge in der Justizvollzugsanstalt Fletcher angenommen und inszeniert dort Shakespeare-Stücke. (Solche Theaterprogramme in Gefängnissen gibt es tatsächlich.)

Als seine alten Feinde zwölf Jahre später durch einen »günst'gen Stern« – in diesem Fall eine funkelnde, sehr einflussreiche Frau – in seine Nähe kommen, inszeniert Felix in seinem Gefängnis den ›Sturm‹, um die Feinde in eine Falle zu locken und zu verhexen, wodurch er endlich Rache üben und seine alte Stellung zurückbekommen kann. Dabei hilft ihm ein junger Häftling, der ein sehr geschickter Hacker ist. Da kein Gefangener eine Frauenrolle übernehmen will, engagiert Felix eine echte Schauspielerin für die Rolle der Miranda. Aber die Geister-Miranda ist so fasziniert vom Theaterstück, dass sie beschließt, auch mitzumachen.

Am Schluss gibt es genau wie bei Shakespeare einen

Ausblick auf die Zukunft. Die schauspielernden Häftlinge schreiben auf, was ihrer Meinung nach den Hauptfiguren widerfährt, nachdem sie an Bord des Schiffes nach Neapel gehen. Spoiler: Es ist nicht alles gut.

So habe ich, kurz gefasst, Shakespeares Erdkastanien aus meinem Feuer geholt.

MARIE-CLAIRE BLAIS –
DIE SPRENGMEISTERIN

(2016)

1961 las ich zum ersten Mal ein Buch von Marie-Claire Blais. Ich war einundzwanzig und im vierten und letzten Studienjahr am Victoria College der Universität Toronto. Der Kurs »Englische Literatur« umfasste alles von Altenglisch bis zu T. S. Eliot. Am Schluss bekamen wir, quasi als Nachtisch, ein paar moderne Romane, und ganz am Ende, quasi als doppelten Espresso, durften wir zwei Bücher von kanadischen Autorinnen lesen: ›The Double Hook‹ von Sheila Watson und ›Mad Shadows‹, die englische Übersetzung des Romans ›La Belle Bête‹ von Marie-Claire Blais.

Kanadische Literatur als solche war eigentlich nicht Teil des Anglistikstudiums, und so waren diese Bücher auch nicht als speziell kanadische Romane ausgewählt worden. Ich glaube, es lag eher an ihrer unkonventionellen Form. ›The Double Hook‹ konnte man mit seinen knappen, zusammengesetzten Abschnitten dem Modernismus zuordnen. Aber welches Etikett sollte man ›Mad Shadows‹ aufkleben? Der Roman entzog sich jeder Definition. Er bestand ebenfalls aus kurzen, aneinandergefügten Abschnitten, aber er hatte einen vollkommen anderen

Ton. Dem lakonischen Cantus planus von Sheila Watson standen hier überhitzte barocke Emotionen mit laut krakeelenden Adjektiven gegenüber.

Auf dem Umschlag war ein bildschönes Gesicht, aber mit den Augen stimmte etwas nicht, und über alles rann und tropfte rote Farbe oder Blut. In diesem Buch ging es nicht um Liebe, sondern um LIEBE LIEBE LIEBE! Es ging nicht um Hass, sondern um HASS HASS HASS! Und vor allem ging es um die zwanghafte Eifersucht und den extremen Narzissmus aller Figuren. Die weibliche Hauptfigur war zudem besessen von Zerstörungswut. Starker Tobak für Literaturstudierende im vierten Jahr!

Wie soll man die Handlung zusammenfassen? Nachdem ich später Jean Cocteaus Film ›La Belle et La Bête‹ (›Es war einmal‹) gesehen hatte, konnte ich den übersteigerten Surrealismus besser einordnen, aber erst mal war der Roman eine dämonische Version des alten Märchens ›Die Schöne und das Biest‹. Im Märchen ist die Schöne natürlich so, wie ihr Name es nahelegt, und das hässliche Biest stirbt fast vor Liebe zu ihr, aber am Ende verspricht die Schöne, das Biest zu heiraten, und die Liebe siegt. Unter Jubel und Feuerwerk verwandelt das Biest sich in einen attraktiven Prinzen.

Nichts dergleichen in ›La Belle Bête‹, hier sind Schönheit und Bestialität in einer Person vereint. Ein schöner, aber beschränkter Sohn namens Patrice (abgeleitet vom Wort für »Vater«, was die Assoziation männlicher Privilegien hervorruft) und eine intelligente, aber hässliche und von Wut beherrschte Tochter namens Isabelle-Marie (darin steckt das Wort *belle*) leben zusammen mit ihrer egozentrischen Mutter, die nur den Sohn abgöttisch liebt. Die Tochter ist von Ehrgeiz zerfressen, die Mutter von Dummheit geblendet.

Die Figuren denken nicht, sie lassen sich rein von ihren Gefühlen leiten, die besonders bei der Tochter von brennender Intensität sind. Das Motto des Romans stammt aus Baudelaires ›Blumen des Bösen‹; das Thema, falls es dieses denn gibt, ist die Vergeblichkeit des Verlangens, die Unmöglichkeit, jemals zu bekommen, was man sich wünscht. Die unglückliche Heldin sehnt sich nach Schönheit und Liebe, aber mehr als eine Beziehung mit einem Blinden erreicht sie nicht: Sie ist nur schön, solange sie nicht gesehen wird. (Hat die Autorin womöglich ›Frankenstein‹ gelesen?) Als der Blinde wie durch ein Wunder sein Augenlicht zurückbekommt, verlässt er sie voller Entsetzen. Es gibt keine Erlösung durch die Liebe.

Wie ›Die Schöne und das Biest‹ endet der Roman mit einem Feuerwerk, aber hier ist es ein echtes Feuer, das Isabelle-Marie legt. Ihr Haus brennt ab, die Mutter stirbt in den Flammen, die Heldin geht zu den Bahngleisen – vermutlich, um sich umzubringen –, und der schöne junge Mann, der inzwischen hässlich ist, weil seine Schwester ihm den Kopf in kochendes Wasser gesteckt hat, ertrinkt, als er in einem See sein einstmals schönes Spiegelbild sucht; wie bei Narziss ist es das Einzige, was er je geliebt hat.

Ich war von beiden Romanen, die wir im Kurs lasen, begeistert, aber ›Mad Shadows‹ faszinierte mich auch deshalb so sehr, weil ich Schriftstellerin werden wollte und diese Autorin nur anderthalb Monate älter war als ich. Wohlgemerkt, sie hatte ›La Belle Bête‹ mit nur neunzehn Jahren geschrieben, und sie war zwanzig, als es auf Französisch erschien, sie hatte also einen ordentlichen Vorsprung. Zum Teil hatte sie den Erfolg den Lobeshymnen des einflussreichen amerikanischen Literaturkritikers Edmund Wilson zu verdanken, aber Marie-Claire Blais gelangte in einem Alter zu internationalem literarischem Ruhm, in dem wir anderen noch mit unserem unausgegorenen Frühwerk beschäftigt waren.

Damals wurde Blais manchmal mit Françoise Sagan verglichen, einem anderen Wunderkind, doch die beiden waren grundverschieden. Sagan war *triste* wie die französische literarische Moderne: Alles war entzaubert. Blais dagegen wollte die Verzauberung. Immer wieder stehen ihre Figuren wie unter einem Bann, getrieben von Zwang, von Kräften, die sie nicht verstehen. Für Sagans Figuren war die Sünde ein Hobby, aber bei Blais war sie real und konnte tödlich sein. Übersteigerte Empfindsamkeit wie in einem Schauerroman, könnte man denken, aber in Blais' Werken gehen die Traditionen von Schauerliteratur und Realismus Hand in Hand.

Man spürt die brodelnde, gärende Stimmung im frankofonen Kanada, entstanden in den Jahrzehnten der Unterdrückung sowohl durch die Minidiktatur Duplessis' als auch durch die kirchliche Politik der *revanche des berceaux* mit den obligatorischen fünfzehn Kindern pro Familie. Diese Kräfte hatte schon Gabrielle Roy in ›Gebrauchtes Glück‹ literarisch verarbeitet, und sie sollten sich bald noch einmal in Anne Héberts exzellentem Roman ›Kamouraska‹ von 1970 zeigen. ›Mad Shadows‹ und Blais' weitere frühe Romane sind einerseits der letzte Atemzug der alten Zeit, andererseits schon die Vorboten der Stillen Revolution. (Die nur deshalb »still« heißt, weil keine Köpfe abgehackt wurden. Ansonsten war sie ziemlich laut.)

Marie-Claire Blais jedenfalls schien fest entschlossen, kein Blatt vor den Mund zu nehmen. Es gab keine heiligen Kühe mehr. In diesen frühen Jahren galt sie als so ungestüm, dass kaum jemand bemerkte, wie witzig sie dabei auch war, und dieser Witz trat im Laufe der 1960er-Jahre immer deutlicher hervor. Sie machte sich über etablierte Vorstellungen und abgegriffene Sprachbilder lustig und spielte dabei ausgelassen mit der Sprache. Sie weigerte sich, irgendeiner Orthodoxie auf den Leim zu gehen, und das schloss auch die Orthodoxie der Separatistenbewegung Anfang der 1970er-Jahre ein. Das ungeschriebene Gesetz, dass alle wahren Quebec-Romane im Joual, dem Französisch der Quebecer Arbeiterklasse, geschrieben sein mussten, konterte sie mit ihrem Roman ›Un Joualonais, sa Joualonie‹ (englisch ›St. Lawrence Blues‹). Er war im Joual verfasst, räumte aber zugleich auf clevere Art mit der Vorstellung auf, dass in Romanen nur eine bestimmte Sprache zulässig sei.

Ein sehr erfolgreicher Debütroman kann einen Schriftsteller vor Probleme stellen. Wie soll man das wiederholen? In welche Richtung geht man als Nächstes? Viele Autoren sind wie erstarrt, haben Angst, das Niveau nicht halten zu können, und leiden unter den unvermeidlichen Angriffen nach einem frühen Erfolg, aber Marie-Claire Blais schien kaum eine Verschnaufpause einzulegen. Ihre folgenden Bücher erschienen 1960, 1962, 1963 und 1965, dann weiter 1966, 1968 (zwei), 1969 (ebenfalls zwei) und 1970. Das zeugt von einer gewaltigen Produktivität, und das war nur das erste Jahrzehnt. In den folgenden vierzig Jahren trat sie kaum auf die Bremse. Zwischendrin sammelte sie Literaturpreise ein wie Rotkäppchen Gänseblümchen auf einer Sommerwiese.

Von den Büchern dieses ersten Jahrzehnts gefiel mir – wie vielen anderen – besonders ›Une Saison dans la Vie d'Emmanuel‹ (›Schwarzer Winter‹).

Der rechtschaffene Kleinbauer, der sich trotz aller Widrigkeiten dem Land tief verbunden fühlt, war schon lange eine typische Figur in der Literatur Quebecs, und auch hier wirft Marie-Claire Blais mit Wonne alles über den Haufen und stellt altbekannte Bilder auf den Kopf. Emmanuel ist ein neugeborenes Baby, aber beileibe kein Retter. Seine Mutter wirft ihn ab wie ein Kätzchen und geht danach sofort hinaus, um die Kühe zu melken. Dann packt ihn seine Furcht einflößende, lieblose, unbarmherzige Großmutter Antoinette und hält ihm einen Vortrag darüber, wie widerlich Neugeborene sind. Nicht gerade eine typische Weihnachtsgeschichte. Anschließend stürmt die Horde der Geschwister herein – wie viele? Fünfzehn, sechzehn? Es wird nie so ganz klar –, und die Großmutter wirft ihnen Zuckerstückchen zu und prügelt sie aus dem Weg, als wären sie Hühner oder Schweine.

In der Folge wird mit wilder Freude alles in den Dreck gezogen, was heilig ist. Die Eltern sind engstirnig und ungebildet, die Priester bösartig, die Jugendlichen stehlen, die Schulen sind grausam, die Genies sterben an Tuberkulose, Selbstmörder baumeln von den Ästen der Bäume, überall herrschen Hunger und Kälte, Mädchen fliegen aus Klöstern und landen in Bordellen, und über allem erlässt die Großmutter Gebote und entscheidet über Schicksale, als wäre sie Cruella de Vil. Dabei bedient sich Blais für diese genüssliche Subversion einer schamlosen und energiegeladenen Sprache am Rande des Kontrollverlusts, die trotz allem immer ihren ganz eigenen Klang behält. ›Schwarzer Winter‹ festigte Marie-Claire Blais' nationalen und internationalen Ruf und sorgte bei ziemlich vielen Leuten in Quebec für Empörung.

Wie aber soll man eine solche Schriftstellerinnenkarriere zusammenfassen? Es ist schlechthin unmöglich. Der Reichtum, die Vielfalt, die Fantasie und die Eindringlichkeit ihrer Werke sind ungewöhnlich nicht nur für die Literatur Quebecs und Kanadas, sondern für jede Literatur. Marie-Claire Blais ist eine Autorin sui generis – kein Mitglied einer Gruppe, keine Anhängerin einer Religion außer der Kunst, eine beständige Entdeckerin. »Der Wind weht, wo er will, und du hörst sein Sausen wohl; aber du weißt nicht, woher er kommt und wohin er geht. So ist ein jeder, der aus dem Geist geboren ist«, sagt Jesus (Johannes 3, 8), und genauso ist es mit Marie-Claire Blais. Sie ist ihrem Geist gefolgt und hat aus ihm ihr Werk geschaffen. Man kann sich unsere Literatur nicht ohne sie vorstellen.

›DER KUSS DER PELZKÖNIGIN‹

(2016)

›Der Kuss der Pelzkönigin‹ von Tomson Highway erschien 1998 und stand in Kanada viele Wochen auf der Bestsellerliste. Es war ein bahnbrechendes Werk, denn es behandelte zwei Themen, über die bis dahin kaum gesprochen wurde: den physischen und sexuellen Missbrauch, der den Kindern der kanadischen First Nations in Internaten angetan wurde, und schwule Lebensweisen und Identitäten bei den First Nations. Der Roman nahm als einer der ersten dieser heiklen Themen an, die vorher lange unterdrückt worden waren, besonders das des Missbrauchs in den Internaten. Seit über einem Jahrzehnt kommt immer mehr von dieser Geschichte ans Licht, aber das erste Kapitel, das kann man mit Fug und Recht sagen, hat Tomson Highway geschrieben.

Wegweisendes und Neues war Highway nicht fremd. Er trat früh als Theaterautor in Erscheinung – ›The Rez Sisters‹ sorgte 1986 für Furore, viele weitere Stücke folgten, und Highway arbeitete von 1986 bis 1992 als künstlerischer Leiter des Theaterensembles Native Earth Performing Arts. Das alles waren riskante Unternehmungen, mit denen er vielen, die ihm nachfolgten, den Weg ebnete.

Aber warum wirkten diese Tätigkeiten in den 1980er-Jahren so neu und beispiellos? In den 1960ern hatte es kaum Werke von Dichtern, Theaterautoren oder Schriftstellern der First Nations gegeben. In den 1970ern wurde der Maler Norval Morrisseau bekannt, aber in der Literatur waren die Zeiten von John Richardsons Roman ›Wacousta‹ und den Gedichten von Pauline Johnson lange vorbei. Kein Künstler der First Nations hatte die Lücke an schriftstellerischen Werken gefüllt, und das Internatsschulsystem – darauf ausgerichtet, alles Indigene aus den Köpfen der Kinder zu tilgen – trägt daran sicherlich eine Mitschuld. Wie soll man über das schreiben, was man kennt, wenn alles, was man kennt, ausgelöscht wird?

Highways genialer Einfall war es, die Geschichte dieser Auslöschung zu erzählen: wie er sie durchlebte, was sie mit denen gemacht hat, die sie erlitten, und wie trotz dieser erzwungenen, schmerzhaften Leere alte Traditionen, Vorstellungen und vertraute Gestalten wieder ins Bewusstsein aufsteigen konnten. »Die Wiederkehr des Verdrängten« ist ein Ausdruck der Psychoanalyse, aber jetzt, im frühen einundzwanzigsten Jahrhundert, könnte es auch ein soziologisch-anthropologischer Ausdruck sein, da viele verschiedene Gruppen und Communitys eifrig ans Tageslicht holen, was von früheren Generationen mühevoll vergraben wurde. Diejenigen, die als Erste mit dem Ausgraben beginnen, ernten nicht immer Dank, sondern meistens Kritik – sie haben das Unaussprechliche ausgesprochen, das Unnennbare benannt, sie haben ein Gesetz des Schweigens gebrochen. Außerdem haben sie Schande gebracht, denn in solchen Situationen wird den Tätern zwar die Schuld zugewiesen, an den Opfern jedoch klebt die Schande. So ist es bei Vergewaltigungen, und diese Kinder wurden vergewaltigt.

›Der Kuss der Pelzkönigin‹ – im Titel steckt eine kleine Verbeugung vor einem anderen bekannten Werk mit homosexueller Thematik, ›Kuss der Spinnenfrau‹ von 1985 – ist die halb autobiografische Geschichte von zwei Cree-Brüdern, die aus ihrer Familie gerissen und in die Obhut der Missbrauchspriester gegeben werden. Für Kinder bestand Schulpflicht, und wenn in einer Gemeinde keine Schule existierte, waren Internate die einzige Option. Die Brüder bekommen neue Namen, und die erzwungene Auslöschung beginnt. Zum Glück steht ihnen ein Beschützer zur Seite: eine Trickster-Gottheit mit vielen Namen, hier heißt sie Weesageechak (von ihr erhielt der Meisenhäher oder Gray Jay im Norden Kanadas seinen Spitznamen »Whiskeyjack«). Die Gottheit ist genderlos und kann jede beliebige Gestalt annehmen. In Highways Roman spricht sie beispielsweise als Fuchs, in seinen beiden im Reservat spielenden Theaterstücken – ›The Rez Sisters‹ und ›Dry Lips Oughta Move to Kapuskasing‹ (1989) – heißt die Gottheit Nanabush und ist in einem Stück männlich, im anderen weiblich.

Damit führt Highway uns vor Augen, dass der Diebstahl oder die Auslöschung einer Sprache auch die Auslöschung einer eigenen Sicht auf die Realität bedeutet, denn anders als das Englische kennt die Sprache der Cree einen genderneutralen Artikel für Lebewesen.

Es hat über zwanzig Jahre gedauert, bis Highways Werke in einer Zeit angekommen sind, in der sie ihre Wirkung entfalten können. Einst waren sie ihrer Zeit weit voraus, heute sind sie wichtiger denn je.

WIR HÄNGEN AM SEIDENEN FADEN

(2016)

Ich freue mich sehr, heute vor so vielen Menschen, die sich für die juristische Ausbildung von Frauen interessieren, diesen Vortrag halten zu dürfen.

Ich hatte mir vorgenommen, über die Gerichtsverhandlung gegen Grace Marks hier in Toronto im Jahr 1843 zu sprechen, die ich in meinem Roman ›Alias Grace‹ beschrieben habe, und sie in den Kontext der Frauenrechte in jenem und in unserem Jahrhundert zu setzen. Außerdem wollte ich einige interessante Dinge aus der Recherche für meinen früheren Roman ›Der Report der Magd‹ einstreuen, der ja gerade samt Gastauftritt meiner Wenigkeit zu einer Fernsehserie verarbeitet wird. Das wäre bestimmt alles ein großer Spaß gewesen, denn schließlich haben wir nicht mehr 1843, oder? Und genauso wenig bewegen wir uns auf die theokratische, Frauen unterdrückende Welt vom ›Report der Magd‹ zu – oder? Aber heute schreiben wir den 19. Oktober 2016, und es sind nur noch zwanzig Tage bis zur Wahl in den Vereinigten Staaten. Im Wahlkampf haben wir eine Welle der Misogynie gesehen, wie wir sie seit den Hexenverfolgungen des siebzehnten Jahrhunderts nicht mehr erlebt haben, begleitet von einem sehr ernst gemeinten Versuch im Internet, den neunzehnten Verfassungszusatz abzuschaffen – den Zusatzartikel, durch den die Frauen im Land das Wahlrecht erhielten. Man muss sich kneifen, um sich zu vergewissern, dass man nicht träumt.

Diese Ereignisse sind eine Warnung, dass uns die hart erkämpften Rechte für Frauen und Mädchen, die für viele von uns inzwischen selbstverständlich sind, jederzeit wieder genommen werden können. Kulturell gesehen sind diese Rechte nur schwach verwurzelt – damit meine ich, dass sie aus historischer Perspektive noch nicht lange existieren und dass nicht alle Menschen in unserem Kulturkreis rückhaltlos von ihnen überzeugt sind. Der männliche Kandidat für das Präsidentenamt der USA zum Beispiel scheint nichts von ihnen zu halten. Ein bemerkenswertes Vorbild für Jungs und Männer. Auch die Statistiken zu sexuellen Übergriffen in den USA und in unserem Land lassen tief blicken, genau wie die Geschichten, die so viele Frauen und Mädchen auf Twitter unter dem Hashtag #notokay geteilt haben.

Vielleicht fragen Sie sich, ob auch mir persönlich jemals so etwas passiert ist? Genervt antworte ich: Natürlich. So seltsam es scheinen mag, auch ich war einst ein junges Mädchen und dann eine junge Frau und damit ein potenzielles Opfer – von Grapschern und Exhibitionisten, in Bahnhöfen und Ähnlichem –, wobei ich Glück hatte und nie an einen tatsächlichen Vergewaltiger geraten bin, und es hat mir auch nie jemand in einer Bar K.-o.-Tropfen in den Drink gekippt, denn diese Date-Rape-Drogen waren damals noch nicht erfunden. Aber ich war nicht immer die vermeintlich hochverehrte Seniorin oder die gruselige Hexenoma, die Sie heute hier vor sich sehen. Ich hatte nicht immer ein Bataillon unsichtbarer Kobolde und hilfreicher Zwerge in Gestalt von 1,29 Millionen Twitter-Followern. Okay, manche von denen sind nur Roboter, und manche dieser Roboter schreiben mir in ihren Tweets, dass sie gerne mit mir darüber chatten wollen, wie sehr sie meinen Schwanz vermissen, und zu Illustrationszwecken schicken sie mir Bilder von jungen, mehr oder weniger nackten Damen, bei denen es sich ganz offensichtlich nicht um die Absender dieser Tweets handelt.

Wir hängen am seidenen Faden, selbst im sogenannten fortschrittlichen Westen. Es würde nicht besonders viel dazugehören, jüngst errungene Frauenrechte wieder aufzuheben und uns zurück ins Jahr 1843 oder sogar noch weiter in die Vergangenheit zu katapultieren. Der alte Spruch, der dem Abolitionisten Wendell Phillips zugeschrieben wird, ist wahr: Der Preis der Freiheit ist ewige Wachsamkeit. Die Mägde in meinem Roman genießen Freiheit *von* Vergewaltigungen im engeren Sinn. Aber sie haben nicht die Freiheit *zu tun*, was sie tun wollen, zum Beispiel arbeiten, sich nach ihren eigenen Wünschen kleiden oder lesen. Wenn jedoch alle Menschen die Freiheit hätten zu tun, was sie tun wollen, hätten Frauen wahrscheinlich schlechte Karten, denn egal, wie wunderbar sie sind, sie haben doch meistens keine Chance gegen einen Haufen Hooligans, die auf eine Gruppenvergewaltigung oder auch nur auf Gruppengegrapsche aus sind.

Wie also sollen wir zwischen der Freiheit *zu* und der Freiheit *von* abwägen? Wo ziehen wir die Grenze zwischen der Freiheit, das eigene Leben zu leben – zu tun, was man möchte, wozu für mich heute der Besuch dieses Frühstücks des Women's Legal Education and Action Fund (LEAF) gehört –, und der Freiheit eines anderen, mir in die Quere zu kommen? Die Beantwortung dieser Frage ist historisch gesehen eine sehr lange Geschichte, und wir erkennen heute, dass sie definitiv noch nicht zu Ende ist.

Wer hätte gedacht, dass dieser Wahlkampf so weit unterhalb der Gürtellinie ausgefochten wird? Der Gürtellinie der Frauen. Wir Kanadier werden uns wie immer nervös die Nase an der Fensterscheibe platt drücken, wenn unsere Nachbarn wählen, denn, wie man so schön sagt, wenn Washington erkältet ist, muss Kanada niesen. Wir wollen wissen, ob es an der Zeit ist, das Tafelsilber in Sicherheit zu bringen, von den jungen Mädchen ganz zu schweigen. Besorgt euch Bärenspray! Oder besser noch Playtex-Miederhosen aus Gummi wie in den 50ern! Das wäre selbst für einen – Zitat eines australischen Abgeordneten – »schleimigen Widerling« mit grapschenden Krakenarmen eine Herausforderung! Jeder Fummelversuch prallt ab!

Ungeachtet dessen haben wir gestern den »Persons Day« begangen – den Jahrestag der Anerkennung zumindest einiger Frauen als Personen vor dem Gesetz, was gerade mal siebenundachtzig Jahre her ist. Diese Errungenschaft war das Ergebnis eines sehr, sehr, sehr langen Kampfes, in dem noch weitere Ziele verfolgt wurden: das Recht der Frauen auf Zugang zu höherer Bildung, die das winzige weibliche Gehirn angeblich überforderte und zu einer Schrumpfung der weiblichen Fortpflanzungsorgane führte, das Recht der Frauen, Bloomers zu tragen und unsittlicherweise auf Fahrrädern herumzufahren – der Untergang der Zivilisation! –, sowie das Recht der Frauen, die einschnürenden Korsetts abzulegen, ohne die sie aufgrund ihres schwachen Rückgrats sofort zusammenklappen und nur noch auf dem Boden zappeln würden wie die Quallen. In materieller Hinsicht ging es um das Recht der Frauen, in der Ehe eigenes Geld und Eigentum zu besitzen und zu verwalten, sowie um das Recht, zu arbeiten und Geld zu verdienen.

Im neunzehnten Jahrhundert besaßen die meisten Frauen in westlichen Rechtsordnungen die Pflichten von Erwachsenen, aber größtenteils nur die Rechte von Minderjährigen. Im seltenen Fall einer Ehescheidung – durch eine Scheidung verlor eine Frau ihren guten Ruf, selbst wenn sie keinerlei Schuld daran trug – erhielt fast immer der Mann das Sorgerecht für die Kinder, egal, wie brutal und grausam er sein mochte. Es gehörte zwar nicht zum guten Ton, seine Frau umzubringen, aber ansonsten hatte der Mann im häuslichen Bereich ziemlich freie Hand und die Frau keine Möglichkeit, sich zu wehren. Außerdem hatte im neunzehnten Jahrhundert mit seinen wohlbekannten viktorianischen Familienwerten die Prostitution Hochkonjunktur, und Kinder wurden auf vielerlei Arten misshandelt, von extremen Prügelstrafen über ausbeuterische, oft genug tödliche Kinderarbeit und die Verabreichung von Beruhigungsmitteln als Patentrezept für die Erziehung bis hin zu sehr interessanten Theorien zur Ernährung: Fleisch gebe Kindern angeblich zu viel Lebenskraft und Energie, während Obst ihr Verdauungssystem schädige. Empfohlen wurden nur weiße Nahrungsmittel: helles Brot, Milchbrei, Weißmehlprodukte. Dieser Ernährungsplan galt sogar in wohlhabenden Haushalten und erst recht in Internaten und Waisenhäusern wie dem von Oliver Twist. Kein Wunder, dass so viele Kinder zu jener Zeit bleich, kränklich, rachitisch und zu gut für diese Welt waren, aus der sie dann auch oftmals früh schieden.

Das, was man heute als reproduktive Rechte der Frauen bezeichnet, existierte zu jener Zeit offiziell überhaupt nicht. Selbst der Einsatz von Schmerzmitteln bei der Geburt wurde missbilligt, besonders von Geistlichen, denn es stand ja in der Bibel, dass Frauen bei der Geburt leiden sollten. Abtreibungen waren illegal, aber weitverbreitet, denn unverheiratete Arbeiterinnen, die schwanger wurden und vom Mann keine Unterstützung erhielten, fanden ihr Kind mit größter Wahrscheinlichkeit in einem Waisenhaus wieder und sich selbst als Prostituierte auf dem Straßenstrich. Da Geschlechtskrankheiten ebenso weitverbreitet waren wie Tuberkulose, hatten sie aller Voraussicht nach nicht lange zu leben. All die jungen Frauen, die sich in den Opern zu Tode husten – Mimi in ›La Bohème‹, Violetta in ›La Traviata‹ –, waren nicht weit von der Realität entfernt.

Das ist der Hintergrund meines Romans ›Alias Grace‹, der in den 1840er-Jahren beginnt, einer Zeit, in der große Hauben die Gesichter der Frauen verbargen und weibliche Bescheidenheit und Anstand einen hohen Stellenwert hatten. Der Roman beruht auf der Geschichte der echten Grace Marks, eines jungen irischen Dienstmädchens. Im Sommer 1843 wurden in der Nähe des kleinen Dorfs Richmond Hill in Upper Canada – heute Ontario – zwei Menschen ermordet: Thomas Kinnear, ein wohlhabender schottischer Gentleman von Mitte vierzig, und seine Haushälterin und Geliebte Nancy Montgomery, dreiundzwanzig Jahre alt und zu jener Zeit schwanger. Die mutmaßlichen Mörder waren James McDermott, Kinnears irischer Diener, Anfang zwanzig, und das Dienstmädchen Grace Marks, die gerade sechzehn geworden war. Die beiden hatten sich mit einigen Wertsachen auf einem Dampfer nach Lewiston in die Vereinigten Staaten abgesetzt, aber ein Freund des ermordeten Kinnear war ihnen gefolgt, hatte sie in einem Hotel aufgespürt – sie schliefen jedoch nicht im selben Zimmer – und sie mit Gewalt wieder zurück nach Kanada gebracht, wo ihnen wegen des Mordes an Kinnear rasch der Prozess gemacht wurde. Die Anwesenden waren schockiert, als Grace vor Gericht in einem Kleid erschien, das der ermordeten Nancy Montgomery gehört hatte. Tja, es war ein schönes Kleid, und es wäre bestimmt schade darum gewesen.

Da die beiden des Mordes an Kinnear für schuldig befunden wurden – McDermott für die Ausführung der Tat, Grace als Komplizin –, kam es bezüglich des Mordes an Nancy Montgomery gar nicht erst zu einer Anklage.

Dank der hervorragenden Leumundszeugnisse, die Grace von mehreren ehemaligen Arbeitgebern erhielt, und angesichts ihrer Jugend und ihres Einwands, sie sei nur mit McDermott geflohen, weil er gedroht habe, sie umzubringen, wurde Grace' Urteil in eine lebenslängliche Haftstrafe umgewandelt. Direkt bevor James McDermott gehängt wurde, beschuldigte er Grace Marks, mit ihm gemeinsam Nancy Montgomery erdrosselt zu haben. Nach seinem Tod gab es nur noch eine Person, die die Wahrheit kannte, und sie behielt sie für sich.

Hat sie, oder hat sie nicht? Wir wissen es nicht – und das war einer der Gründe, warum ich einen Roman über Grace schreiben wollte. Dazu kam, dass die zeitgenössische Berichterstattung und verschiedene literarische Bearbeitungen des Falles in der Frage von Grace' Schuld oder Unschuld sehr weit auseinanderlagen. Das ist oft zu beobachten, wenn eine weibliche und eine männliche Person in einen Mordfall verwickelt sind. Über ihn sind die Kommentatoren sich meistens einig – er hat's getan –, aber über sie nicht. Entweder sie ist unschuldig und wurde durch Drohungen oder Zwang in die Sache hineingezogen, oder sie ist die Anstifterin – ein zutiefst böses, hinterhältiges Weib, das den Mann angestachelt hat, möglicherweise mit Sex als Lockmittel. Beide Versionen waren, umfangreich ausgeschmückt, in der damaligen Presse über Grace zu lesen. Die Meinungen schienen von der Konfession abzuhängen: Für die konservativen Anglikaner war Grace schuldig, denn es gehörte sich nicht, in die Ermordung seines Arbeitgebers verwickelt zu sein. Die Methodisten, politische Reformer, hielten sie für unschuldig – für ein vermutlich einfältiges Mädchen, das Angst um sein Leben gehabt hatte und ausgenutzt worden war. Nicht anders als heute wurden all die Vorstellungen auf Grace projiziert, die man zu jener Zeit von Frauen hatte – ihre Schwäche, ihre latente Verderbtheit, ihre angeborene Dummheit oder ganz im Gegenteil ihre Arglist und Durchtriebenheit. Wie üblich, besonders bei Frauen auf der Anklagebank und besonders im neunzehnten Jahrhundert, wurde über den gesamten Charakter der Frau geurteilt und insbesondere über ihre mutmaßlichen sexuellen Aktivitäten – hatte sie mit McDermott geschlafen oder nicht? Auch das werden wir nie wissen. Die Kommentatoren waren sich zwar uneinig über Grace' Haarfarbe, aber alle schrieben übereinstimmend, dass sie sehr gut aussah. Wenn es anders gewesen wäre, hätte der Prozess wahrscheinlich nicht solche hohen Wellen geschlagen.

Was das Motiv angeht, waren ebenfalls mehrere Versionen im Umlauf. Manche Nachbarn behaupteten, Grace sei in Mr Kinnear verliebt und eifersüchtig auf Nancy gewesen, deshalb habe sie McDermott zum Mord angestiftet und ihm sexuelle Gefälligkeiten versprochen. Andere widersprachen und meinten, Nancy sei als Kinnears Geliebte eifersüchtig auf Grace gewesen – Nancy war älter als Grace und dazu noch schwanger, sie würde für Kinnear eventuell bald ein Problem darstellen; die junge und hübsche Grace aber stand vielleicht schon bereit, um ihren Platz einzunehmen. Mit Sicherheit aber kann man sagen, dass keiner der beiden Frauen – weder Grace noch Nancy – sehr viele Möglichkeiten offenstanden. Sie besaßen weder Geld noch eine hohe gesellschaftliche Stellung und waren vollkommen abhängig von den Launen ihres Arbeitgebers. Grace hätte höchstwahrscheinlich eine andere Anstellung bekommen können, wenn die Morde nicht geschehen wären – Dienstmädchen waren damals sehr gesucht –, aber wenn Nancy von Kinnear entlassen worden wäre, hätte es für sie düster ausgesehen: Es war bekannt, dass sie seine Geliebte war, ihr Ruf wäre ruiniert gewesen. Vielleicht wäre sie in die Vereinigten Staaten gegangen, wo niemand ihre Vergangenheit kannte.

Dort landete schließlich auch Grace, nachdem sie ein Vierteljahrhundert im Gefängnis von Kingston und eine kurze Zeit in der Irrenanstalt von Toronto zugebracht hatte. Im Zuge der Generalamnestie zur Feier der kanadischen Konföderation wurde sie entlassen und ging in die Vereinigten Staaten; dort verliert sich ihre Spur, aber noch bis ans Ende des Jahrhunderts wurde über sie geschrieben. Sie hat etwas von der Faszination der Frauen, die als Hexen angeklagt waren.

Was ist das nur mit den Frauen? Warum haben die Männer zu allen Zeiten solche Angst vor ihnen gehabt? Sind die Männer eingeschüchtert wie L. Frank Baum, dessen Zauberer von Oz in Wirklichkeit ein Schwindler ist, während seine Hexen echte Zauberkräfte besitzen? Oder wie Rider Haggard, Erfinder einer Superheldin namens Sie, die durch Stromschlag töten kann? Ist es das schlechte Gewissen des Unterdrückers, der um das Unrecht der Vergangenheit weiß und die Wiederkehr des Verdrängten fürchtet? Vielleicht hat man Hillary Clinton deshalb all diese Hexen- und Teufelsmetaphern angehängt. Vielleicht sollten wir sie Hillary von Orleans nennen. Johanna von Orleans hat für ihr Land gekämpft, sie war erfolgreich, aber zu stark und zu dreist; ihre Taten hätten nie einer Frau allein gelingen können, deshalb konnte sie nur mit dunklen Mächten im Bunde gewesen sein. Auf den Scheiterhaufen mit ihr! Was man dann auch gemacht hat.

Die Zeit wird zeigen, wie es weitergeht. Bald ist Halloween, ein Moment des Übergangs, in dem sich traditionell die Türen zwischen Welten öffnen und Geheimnisse offenbar werden; danach folgt der Guy-Fawkes-Tag, der uns an die Heerscharen unsichtbarer Hacker erinnert, die im Schatten auf der Lauer liegen. Und dann kommt der 8. November, der schicksalhafte Tag der Wahl, und was darauf folgt, wissen wir nicht. Vielleicht die Abschaffung des neunzehnten Verfassungszusatzes und später – wer weiß, solche Sachen sind oft ansteckend – womöglich auch in Kanada ein ähnlicher Versuch, bestimmten Menschen den Status einer Rechtsperson zu nehmen.

Aber heute sind wir alle noch Personen. Wir danken denjenigen, die diesen Status für uns Frauen erkämpft haben. Es ist angenehmer, eine Person zu sein als keine. Und es ist auch hilfreicher für die Gesellschaft als Ganzes, wenn man eine Person ist und nicht nur ein beweglicher Besitz oder ein Sexobjekt. Feiern Sie Ihren Status als Rechtsperson und vergessen Sie dabei nicht, die jungen Frauen zu unterstützen, die sich zu Juristinnen ausbilden lassen – umso besser können wir diesen Status verteidigen, wenn es hart auf hart kommt. Oder grapsch auf grapsch. Es stimmt, in unserem Land sind alle Frauen Personen vor dem Gesetz, aber manche von ihnen haben bessere Chancen, diesen Status zu verwirklichen als andere.

TEIL IV

2017 BIS 2019

WIE HEIKEL IST DIE LAGE?

WELCHE KUNST UNTER TRUMP?

(2017)

Was nützt die Kunst? Diese Frage hört man oft in Kreisen, die Wert primär in Geldbeträgen ausdrücken, und zwar gewöhnlich von Menschen, die von Kunst nichts verstehen und sie deshalb genauso ablehnen wie die Künstler, die sie hervorbringen. Nun aber wird sie von den Künstlern selbst gestellt.

Amerikanischen Künstlern und Schriftstellern weht ein eisiger Wind entgegen. Gewisse Machthaber stehen wohlverdient im Ruf, ihre Mitmenschen zu knechten und kratzfüßige Tribute von ihnen einzufordern. »Friss oder stirb« war immer schon ihre Devise. Im Kalten Krieg bekamen viele Autoren, Filmemacher und Dramatiker Besuch vom FBI, weil man ihnen »unamerikanische Umtriebe« unterstellte. Werden wir das nun erneut erleben? Wird es zu Selbstzensur kommen? Steht den USA ein Zeitalter des Samisdat bevor, in dem Manuskripte unter der Hand zirkulieren, weil ihre Veröffentlichung zu Repressalien führen könnte? Das mag dramatisch klingen, ist aber mit Blick auf die amerikanische Geschichte – und die Schwemme autoritärer Regierungen auf der ganzen Welt – keineswegs ausgeschlossen.

Angesichts solcher Ängste und Sorgen mahnen die nervösen Kreativen in den USA einander, nicht einfach kampflos aufzugeben: Bleib dran! Schreib dein Buch! Schaffe deine Kunst!

Doch was soll man schreiben oder schaffen? Was wird man in fünfzig Jahren über die Kunst und die Texte dieser Zeit sagen? Die Weltwirtschaftskrise ist in John Steinbecks ›Früchte des Zorns‹ verewigt worden, jenem Roman, der detailliert beschreibt, wie die Krise in der Dust Bowl von den Menschen am untersten Rand der amerikanischen Gesellschaft erlebt wurde. Arthur Millers Stück ›Hexenjagd‹ bot eine treffende Metapher für die Massenverfolgung der McCarthy-Ära. Klaus Manns 1936 erschienener Roman ›Mephisto‹ erzählt vom Aufstieg eines Schauspielers, der von allumfassender Macht allumfassend korrumpiert wird – eine passende Geschichte für die Hitlerzeit. Welche Romane, Gedichte, Filme, Fernsehserien, Videospiele, Gemälde, Musikstücke oder Graphic Novels werden das nächste amerikanische Jahrzehnt angemessen wiedergeben?

Wir wissen es noch nicht. Können wir auch gar nicht: Nichts lässt sich vorhersehen, nur die Unvorhersehbarkeit selbst. Man darf aber wohl jetzt schon konstatieren, dass Donald Trumps Interesse an Kunst auf einer Skala von eins bis einhundert irgendwo zwischen null und minus zehn liegt, niedriger als bei allen anderen Präsidenten der vergangenen fünfzig Jahre. Manche dieser Präsidenten scherten sich zwar keinen Pfifferling um Kunst, hielten es aber wenigstens für politisch opportun, das Gegenteil zu heucheln. Trump wird das nicht tun. Ja, womöglich merkt er nicht einmal, dass es die Künste gibt.

Das könnte für uns sogar von Vorteil sein. Stalin und Hitler interessierten sich für Kunst, und sie hielten sich für deren kundige Richter, zum Leidwesen all der Künstler und Autoren, deren Stil ihnen missfiel: Man schickte sie in den Gulag oder verteufelte sie als entartet. Heute darf man hoffen, dass die meisten Kreativen unbemerkt bleiben – so unbedeutend, dass sie nicht einmal auf dem Radar erscheinen.

Gulags gibt es in den USA nicht. Missfallen drückt man dort eher durch Blacklisting hinter den Kulissen aus: Das Telefon des Drehbuchautors schweigt, wie damals bei den Hollywood Ten; die Songs der Musikerin werden nicht gespielt, wie im Fall von Buffy Sainte-Marie während des Vietnamkriegs; die Autorin findet für ihr Buch keinen Verlag, so wie es Marilyn French viele Jahre lang mit ›From Eve to Dawn: A History of Women in the World‹ erging. Man darf durchaus mit einem veränderten kulturellen Klima rechnen, dergestalt, dass Erkenntlichkeiten aller Art nur denen zukommen, die brav im Kielwasser des amtierenden Schlachtkreuzers mitschwimmen, während Störenfriede beiläufig abgestraft werden. Diese Strafen können die Form galliger Tweets aus dem Weißen Haus annehmen – so wie der, in dem Trump seinem Nachfolger bei ›Celebrity Apprentice‹, Arnold Schwarzenegger, neulich einen saftigen Tritt in die Quoten verpasst hat – oder die von platten öffentlichen Angriffen, wie Trumps Herabsetzung der Leistungen von Meryl Streep, nachdem die ihn in ihrer Dankesrede bei den Golden Globes implizit als Rüpel kritisiert hatte.

Und was wird aus der Redefreiheit, jenem obersten Wert der amerikanischen Demokratie? Verkommt dieses Ideal heutzutage zum Euphemismus für Hatespeech und Onlineschikane, zu einem Vorschlaghammer gegen Political Correctness? Dieser Prozess hat schon begonnen. Wird man, wenn er an Fahrt aufnimmt, linke Verteidiger der Redefreiheit als Erfüllungsgehilfen des Faschismus abstempeln?

Aber wir werden doch darauf vertrauen dürfen, dass Künstler unsere hehren Werte hochhalten! Vertreten sie denn nicht die edelsten Seiten des menschlichen Geistes? Nicht unbedingt. Kreative gibt es in allen Formen und Farben. Manche sind bloß bezahlte Entertainer, die Millionen scheffeln wollen. Filme, Bücher und Gemälde sind nicht von Natur aus heilig. Auch ›Mein Kampf‹ ist ein Buch.

Viele Kreative haben im Lauf der Geschichte vor den Mächtigen gekuscht. Tatsächlich sind sie autoritärem Druck besonders hilflos ausgesetzt, denn als isolierte Individuen sind sie leichte Ziele. Keine bewaffnete Miliz aus Malern steht zu deren Schutz bereit; keine geheime Drehbuchschreiber-Mafia legt einem einen Pferdekopf ins Bett, wenn man ihr in die Quere kommt. Angegriffene erhalten zwar womöglich verbale Schützenhilfe von anderen Künstlern, doch wo ein unbarmherziges Establishment sie auf dem Kieker hat, nützt ihnen das nicht viel. Die Feder ist mächtiger als das Schwert – aber nur im Nachhinein. Im Kampfgetümmel siegen meistens die mit Schwert. Trotzdem, es geht hier immer noch um Amerika, ein Land mit einer langen, respektablen Widerstandsgeschichte. Und seine vielstimmige Vielfalt wird selbst schon einen gewissen Schutz bieten.

Selbstverständlich wird es Protestbewegungen geben, und man wird Künstlerinnen und Autoren zum Mitmachen drängen. Es wird ihre moralische Pflicht sein – so wird man ihnen wenigstens erklären –, ihre Stimme in den Dienst der guten Sache zu stellen. Künstler werden ständig über ihre moralischen Pflichten belehrt, ein Los, das andere Berufsgruppen – Zahnärzte, zum Beispiel –

gewöhnlich zu vermeiden wissen. Doch es ist knifflig, Kreativen vorzuschreiben, was sie schaffen sollen, oder zu verlangen, dass ihre Kunst den edlen Zielen Dritter dient. Wer sich derartigen Forderungen unterwirft, bringt oft genug nur Propaganda oder platte Sinnbilder hervor, sprich: langweilige Predigten. Die Galerien der Mittelmäßigkeit sind mit guten Absichten tapeziert.

Was bleibt also? Welche authentischen Antworten vermag die Kunst zu geben? Vielleicht eine Gesellschaftssatire. Womöglich wird sich irgendwer an einer neuen Version von Jonathan Swifts ›Ein bescheidener Vorschlag‹ versuchen, in dem dieser den Verzehr von Babys als praktikables Instrument gegen die Armut in Irland empfahl. Doch wo die Wirklichkeit – wie derzeit immer mehr der Fall – sogar die haarsträubendsten Zuspitzungen noch übertrifft, neigt Satire zum Verpuffen.

Schon oft hat man sich der Science-Fiction, Fantasy oder Fantastik bedient, um in politisch schweren Zeiten Protest zu formulieren. Man sprach die Wahrheit aus, aber verschoben, so wie es Jewgeni Samjatin in seinem 1924 erschienen Roman ›Wir‹ tat, in dem er die Unterdrückung in der Sowjetunion prophezeite. In der McCarthy-Ära griffen viele amerikanische Autoren zur Science-Fiction, um Kritik zu üben, ohne sofort die Aufmerksamkeit der Mächtigen zu erregen, die jede Kritik im Keim ersticken wollten.

Einige werden »Zeugniskunst‹ hervorbringen wie all die Künstler, die in der Vergangenheit auf Katastrophen reagierten, auf Kriege, Erdbeben und Völkermord. Bestimmt sitzen sie jetzt schon an ihren Tagebüchern, protokollieren die Ereignisse und ihren Umgang damit, genau wie ihre Vorgänger, die Buch über die Pest führten, bis sie ihr selbst erlagen; genau wie Anne Frank, die auf dem Dachboden versteckt ihr Tagebuch führte, oder wie Samuel Pepys, der die Geschehnisse während des Großen Brands in London aufschrieb. Simple Zeugnisse können ungeheure Kraft entfalten; man denke nur an Nawal El Saadawis ›Erinnerungen aus dem Frauengefängnis‹, über ihre Zeit hinter Gittern im Ägypten unter Anwar as-Sadats, oder an Yan Liankes ›Die vier Bücher‹, über die Hungersnot und das Massensterben während des Großen Sprungs nach vorn in China. Amerikanische Künstler und Autoren haben sich selten gescheut, die Risse und Gräben im eigenen Land auszuloten. Falls nun die Demokratie kollabiert und freie Rede unterdrückt wird, schreibt hoffentlich auch jemand mit.

Fürs Erste dürfen wir von Künstlern wohl nur das erwarten, was wir von ihnen immer schon erwartet haben. Während einstmals unumstößliche Gewissheiten zerbröckeln, mag es genügen, den eigenen künstlerischen Garten zu bestellen – zu tun, was man kann, solange es geht; alternative Welten zu schaffen, die sowohl eine kurze Zuflucht als auch neue Einsichten bieten; Fenster in der aktuellen Wirklichkeit zu öffnen, durch die man sehen kann, was jenseits von ihr liegt.

Jetzt, wo uns die Ära Trump bevorsteht, und überhaupt in Zeiten der Krise und Angst, können Schriftstellerinnen und Künstler uns daran erinnern, dass wir mehr sind als bloße Wählerstimmen oder Zahlen in einer Statistik. Politik kann Leben verstümmeln – und hat das oft getan –, aber am Ende sind wir doch mehr als die Summe unserer Politiker. Seit es Menschen gibt, gibt es die Hoffnung auf Kunstwerke, die an ihrem Ort, in ihrer Zeit so wirkungsvoll und eloquent wie möglich ausdrücken, was es heißt, ein Mensch zu sein.

›DER ILLUSTRIERTE MANN‹

Vorwort

(2017)

Was genau macht eigentlich Grusel- und Geistergeschichten, Science-Fiction, Fantasy und ähnlich wundersame Erzählungen gerade für junge Leser so packend? Werden wir uns in diesem Alter vielleicht zum ersten Mal unserer inneren Ungeheuer bewusst? Oder steckt dahinter eine kollektive Nostalgie für Märchen und Magie? Eine Art seelischer Exorzismus? Drehen wir dem Tod damit eine lange Nase?

In den 50ern bezeichnete man junge Leseratten zwar noch nicht als *young adults*, aber auf Grusel standen auch wir schon. Die Erwachsenen kannten unseren Geschmack: Ein Leseprogramm für Highschool-Kinder, an dem ich 1953 teilnahm, servierte uns als erstes einen Klassiker: den heute fast in Vergessenheit geratenen Horrorthriller ›Donovans Gehirn‹. Das Hirn aus dem Titel wurde von überoptimistischen Wissenschaftlern in einem großen Aquarium gehalten und mit Hirnnahrung gefüttert, in der Hoffnung, es werde sämtliche Probleme des Universums lösen. Stattdessen strebte es die Weltherrschaft an. Und hatte telepathische Kräfte! Damals wimmelte es nur so von gemeingefährlichen Gehirnen.

Angesichts meiner Vorlieben war es nicht überraschend, dass ich irgendwann auch auf Ray Bradburys 1951 erschienenen Klassiker ›Der illustrierte Mann‹ stieß und ihn förmlich verschlang. Habe ich ihn für 25 Cent, meinem Lohn für eine Stunde Babysitten, im Drugstore gekauft? Ihn aus der Bibliothek entliehen? Bin ich beim Babysitten über ihn gestolpert? Das weiß ich nicht mehr. Aber gelesen habe ich ihn. Titel und Cover dürften schon genügt haben, um mich zu packen – damals kannte praktisch niemand irgendwen mit auch nur einem einzigen Tattoo, und die Vorstellung von einem Mann, der von Kopf bis Fuß tätowiert war, und obendrein mit Bildern, die lebendig wurden und Geschichten erzählten, war schräg genug, um meine jugendliche Aufmerksamkeit zu wecken.

Die frühen 50er waren eine Blütezeit für Bradbury. In den 40ern hatte das Taschenbuch die Lesekultur der USA ähnlich tiefgreifend verändert, wie das E-Book es Anfang des einundzwanzigsten Jahrhunderts tun sollte: Es war billig, und es war praktisch. Ein Taschenbuch kostete ein Zehntel vom Preis eines Hardcovers, und man musste dafür nicht mal einen dieser einschüchternden Buchläden betreten; Taschenbücher bekam man im Drugstore, da, wo man auch Comics und Zeitschriften kaufte. Die Taschenbuchbranche erzielte ihre Gewinne über die hohe Stückzahl (daher auch der Begriff *mass market paperback*) und beruhigte Leser, die vor allzu bildungsbürgerlich und »literarisch« aussehenden Büchern zurückschreckten, mit grellbunten Covern. Jedes Titelbild verhieß Sex und Skandale, Sex und Tod, Sex und Aliens oder Sex und Horror; der Verschleiß an spärlich bekleideten Blondinen war enorm. Mit Sex hatte Ray Bradbury nie viel am Hut: Horror, Tod und Aliens waren schon eher seine Kragenweite.

Die Nachfrage nach Taschenbüchern war hoch, die Regale wollten ständig neu befüllt werden, und die Verlage recycelten Klassiker und Hochliteratur mit Covern, die sie nach True Crime oder Liebesschnulzen aussehen ließen. Als Jugendliche las ich auf diese Weise Hemingway, Faulkner, James A. Michener und viele weitere renommierte Autoren und war damit nicht allein.

Manche Autoren scheuten diese Art der Vermarktung, aus Sorge, ihre Kunst werde dadurch herabgesetzt. Nicht so Bradbury. Obwohl ›Der illustrierte Mann‹ zunächst als Hardcover mit einem modernistisch-künstlerischen Cover bei Doubleday erschienen war, stand es ein Jahr später als Bantam-Taschenbuch im Handel, inklusive glubschäugiger Gruselfratze auf dem Einband. Bradbury verdankte seinen Erfolg dem Radio und den Zeitschriften, und er sah im Massenmarkt der Taschenbücher ein wertvolles Mittel, neue Leser zu erreichen. Auch Bücher, die zuerst als Hardcover auf den Markt kamen, lasen Leute wie ich – *junge* Leute – praktisch nur im Taschenformat, genauso wie wir es mit Huxley, Orwell und H. G. Wells getan hatten, die Bradbury natürlich auch kannte. Seine große Liebe jedoch war der Horror, und sein eigenes Schreiben neigte stets der dunklen Seite zu, auch dann, wenn es nicht von grausligen Untoten handelte. Gut gehen seine Werke selten aus.

Jeder Autor, der so tief in Horror eintaucht wie Ray Bradbury, hat ein komplexes Verhältnis zum Thema Sterblichkeit, und es überrascht nicht zu erfahren, dass ihn als Kind die Angst quälte, jederzeit tot umfallen zu können. »Rückblickend wird mir klar, wie anstrengend das für meine Freunde und Verwandten gewesen sein muss«, schreibt er in seinem Essay *Take Me Home*. »Raserei folgte auf Euphorie folgte auf Begeisterung folgte auf

Hysterie. Ständig schrie und rannte ich herum, aus Angst davor, mein Leben könnte noch am selben Nachmittag vorbei sein.«

Doch die Kehrseite der Sterblichkeits-Medaille ist die *Un*sterblichkeit. Im Alter von zwölf Jahren hatte Bradbury eine einschneidende Begegnung mit einem Zauberkünstler namens Mr. Electrico, der im Nebenprogramm eines Wanderzirkus mit einer bemerkenswerten Nummer auftrat: Er saß auf einem elektrischen Stuhl, durch den ein Schwert in seiner Hand unter Strom gesetzt wurde, mit dem er wiederum die Zuschauer unter Strom setzte, sodass sich ihre Haare aufstellten und ihnen Funken aus den Ohren sprühten. Auch den jungen Bradbury elektrisierte er so und rief dabei: »Ewiges Leben!«

Tags darauf musste der Knabe zu einer Beerdigung – eine Konfrontation mit dem wahrhaftigen Tod, die ihn Mr. Electrico noch einmal aufsuchen ließ, um zu erfahren, was es mit diesem »ewigen Leben« auf sich hatte. Der alte Schausteller führte den kleinen Ray durch die Ausstellung, die man damals noch »Freak Show« nannte (einschließlich eines Tätowierten, aus dem später der Titelheld des ›Illustrierten Manns‹ werden sollte), und teilte ihm mit, dass er, Ray, die Seele von Mr. Electricos im Ersten Weltkrieg gefallenen besten Freundes in sich trage. Den jungen Ray muss das zutiefst beeindruckt haben: Gleich nach seiner Stromtaufe durch Mr. Electrico begann er zu schreiben und hörte bis zu seinem Tod nicht mehr damit auf.

Wie wird man unsterblich? Offenbar durch andere. Durch Menschen, deren Seelen in einem selbst auftauchen. Durch die Stimmen anderer, die aus einem selbst sprechen. Und durch das geschriebene Wort, dem Code für diese Stimmen. Am Ende von ›Fahrenheit 451‹ stößt der Held in einer Welt vernichteter Bücher auf eine Gruppe, die sich selbst in die verschwundenen Bücher verwandelt hat, indem sie sie auswendig lernte: eine perfekte Verkörperung des Mysteriums, das Mr. Electrico dem kleinen Ray präsentiert hatte.

Kurz nach Bradburys Tod unterhielt ich mich mit einem Dichter. »Er war der erste Schriftsteller, von dem ich alles gelesen habe«, sagte der. »Da war ich so zwölf oder dreizehn. Wirklich all seine Bücher, ich habe sie mir alle besorgt. Und in einem Rutsch gelesen.« Ich erwiderte, das habe er sicher mit vielen anderen Autoren – und Lesern – gemein, und zwar Autoren und Lesern verschiedenster Arten von Literatur: Lyrik und Prosa, Bücher für Jugendliche und Erwachsene, Groschenromane und experimentelle Avantgarde.

Woraus speist sich diese einzigartige Reichweite? Und – eine schwierige Frage, die Kritiker und Interviewer jedoch immer wieder stellen – wo soll man Bradbury auf der Landkarte der Literatur verorten? Oder auch nur in Buchhandlungen, die ihre Ware gewöhnlich nach »Genre« einsortieren?

Solche Kategorisierungen hätten Bradbury nur geärgert. Er war geprägt vom – auch als Dreißigerjahre bekannten – Goldenen Zeitalter von Science-Fiction und unglaublichen Geschichten und hatte seine Karriere auf der bedeutendsten Bühne der folgenden Jahrzehnte begonnen: dem riesigen Markt für Zeitschriften mit unterhaltsamer Short Fiction. Später sollte er im renommierten ›New Yorker‹ erscheinen, doch 1938 veröffentlichte er seine ersten Texte erst in einer Fan-Zeitschrift, dann in einem eigenen Heft namens ›Futura Fantasies‹. Es folgten Groschenhefte wie ›Super Science Stories‹ und ›Weird Tales‹.

Wer viel und abwechslungsreich genug schrieb, konnte von so etwas durchaus leben, und Bradbury lebte tatsächlich davon. Er schrieb täglich und schwor irgendwann, jede Woche eine Story zu vollenden – was ihm auch gelang. Zusätzliches Einkommen verschafften ihm erst Comic-Ausgaben seiner Geschichten, dann Verfilmungen für Kino und Fernsehen. Nach und nach arbeitete er sich ins Hochglanzsegment vor, inklusive ›Playboy‹ und ›Esquire‹, und veröffentlichte die ersten umfangreichen Bücher. Schreiben war für ihn sowohl Berufung – er schrieb ganz und gar intuitiv – als auch Broterwerb, und er war stolz auf beides. Die Beschränkungen von Genres und Systematik mied er nach Kräften; er selbst sah sich schlicht als Geschichtenerzähler, und seine Geschichten brauchten keine wasserdichten Schubladen.

Das Label »Science-Fiction« machte ihn nervös: Er wollte so nicht definiert werden. Bei Science-Fiction ging es in seinen Augen um Dinge, die wirklich passieren könnten, wo er doch meist über das Unmögliche schrieb. Umgekehrt machte er Science-Fiction-Puristen nervös, indem er ihre Requisiten (Raumschiffe, ferne Planeten, physikalische Tricksereien) für »Fantasy« benutzte. Der Mars ist bei ihm kein wissenschaftlich akkurat beschriebener oder auch nur in sich konsistenter Ort, sondern ein Geisteszustand, der je nach Bedarf neu aufbereitet wird. Seine Raumschiffe sind keine Wunder der Technik, sondern eher magische Vehikel wie Dorothys vom Wirbelwind getragenes Haus im ›Zauberer von Oz‹, Ransoms erstaunlicher Sarg in C.S. Lewis' Trilogie über den ›Schweigenden Stern‹ oder die Trance des traditionellen Schamanen: Sie bringen einen in die Anderswelt.

Bradburys beste Werke wurzeln mitten im düsteren, schaurigen Herzen Amerikas. Nicht umsonst ist er ein

Nachfahre jener Mary Bradbury, die 1692 bei den berüchtigten Salemer Hexenprozessen unter anderem dafür verurteilt wurde, sich in ein blaues Wildschwein verwandelt zu haben. Dem Strick entging sie allerdings, da ihre Hinrichtung sich lang genug verzögerte, dass der Wahnsinn sich gelegt hatte, ehe sie vollstreckt werden konnte. Die Prozesse von Salem bilden einen äußerst fruchtbaren Topos der amerikanischen Geschichte und wurden im Laufe der Zeit in den verschiedensten literarischen und politischen Formen verarbeitet. Im Kern dreht es sich dabei immer um die Idee einer Verdoppelung des Lebens: Man ist nicht einfach, wer man ist, sondern hat einen – höchstwahrscheinlich bösen – Zwilling. Und wichtiger noch: Die Nachbarn sind nicht die, für die man sie hält. Im siebzehnten Jahrhundert sind sie womöglich Hexen oder bezichtigen einen fälschlich der Hexerei. Im achtzehnten Jahrhundert, zur Zeit des Unabhängigkeitskriegs, sind sie Verräter, im zwanzigsten Jahrhundert sind sie Kommunisten oder steinigen einen zu Tode wie in Shirley Jacksons *Lotterie*, im einundzwanzigsten Jahrhundert sind sie vermutlich Terroristen.

Alle, die Bradbury kannten, bezeugen seine Leidenschaft, seine Offenheit und seine Großherzigkeit. Nach außen hin wirkte er wie eine Mischung aus einem aufgeregt staunenden Jungen und einem liebenswerten Onkel. Doch seine Fantasie wurde eindeutig bereits in jungen Jahren von finsteren Mächten gekidnappt – vor allem von Edgar Allan Poe, den er mit acht Jahren gierig verschlang.

Poes *William Wilson* beschreibt zwei gegensätzliche Doppelgänger, von denen man fast behaupten möchte, Bradbury habe sie beide verkörpert: den Fröhlichen, für den es auf der Welt nichts gibt als Sonnenschein und Limonade, und den Düsteren, der sich ausmalt, wie ein verspielter Hund einen Untoten ausgräbt und ihn nach Hause zu seinem Herrchen führt, einem bettlägerigen kleinen Jungen. Bradbury steckt voller Überraschungen, und für seine Figuren gehen die selten erfreulich aus. Wem darf man trauen? So gut wie keinem. Oder zumindest keinem, der eine Normalität à la Norman Rockwell vorgibt, denn die ist garantiert nur Schein.

Zugleich enthält Bradburys Werk eine sehr reale, liebevoll detailliert gezeichnete Nostalgie gegenüber ebendieser Rockwell-Normalität. Bradbury kam 1920 in Waukegan, Illinois, zur Welt, und diese Stadt und diese Zeit (die 20er und 30er) scheinen immer wieder in seinen Texten auf, ob auf der Erde oder auf dem Mars. Es führt kein Weg zurück nach Hause, sagte Thomas Wolfe, ein anderer Nostalgiker Amerikas, einmal, doch man kann sich schreibend die Vergangenheit zurückholen, was Wolfe und Bradbury auch beide taten. Bei Bradbury hält dieser Zauber jedoch nur bis Mitternacht, wenn sich die Freunde und Verwandten aus der guten alten Heimat als mörderische Marsianer entpuppen. Der Schatten der schwarz verhängten Uhr aus Poes *Maske des Roten Todes* ist in Bradburys Welt nie weit: Die Zeit ist der Feind.

Wie schon die bereits 1950 erschienenen ›Mars-Chroniken‹ ist ›Der illustrierte Mann‹ eine lose von einer Rahmenhandlung verbundene Sammlung vorher anderswo veröffentlichter Geschichten. Im Fall des ›Illustrierten Manns‹ dreht sich diese Rahmenhandlung um den aus einer Freak Show entkommenen Titelhelden. Eine zeitreisende Zauberin hat ihn am ganzen Körper tätowiert und den Bildern auf seiner Haut die Fähigkeit verliehen, die Zukunft weiszusagen, was Bradbury ermöglicht, »futuristische« Geschichten über noch nicht erfundene

Dinge wie Roboterfrauen mit solchen zu vermischen, die in einer nahen Zukunft ohne neuartige Gadgets spielen. Die Tätowierungen geben die Scheherazade im Angesicht von König Tod: Solange sie ihre Geschichten erzählen, bleibt der Tätowierte am Leben. Allerdings geht das Ganze für ihn nicht so gut aus wie für Scheherazade: Das letzte Tattoo prophezeit ihm den Tod. Und auch die anderen Geschichten verheißen tendenziell Unheil.

Wenn ich überlege, welche dieser Geschichten mich als Jugendliche am meisten beeindruckt hat, sticht eine klar hervor: *Das Kinderzimmer*. In dieser Story, die heute als Klassiker gilt, wird zwei bissigerweise Peter und Wendy genannten Kindern ein Spielzimmer bereitgestellt, das an seinen Wänden jedes von ihnen gewünschte Umfeld darstellen kann. Am besten gefällt ihnen eine afrikanische Steppe, inklusive Löwen im Hintergrund. Aus Sorge darüber, dass die Kinder diesen künstlichen Spielplatz der Realität – und ihnen – vorziehen, wollen die Eltern die Steppe abschalten. Doch wie derartige Nachbildungen es bei Bradbury öfter zu tun pflegen, bemerkt die Steppe ihre Absicht und bringt sie um.

Die übrigen Geschichten sind von unterschiedlichem Gewicht. Einige sind Vorboten späterer Texte von Bradbury und anderen Autoren. So nimmt die *Marionetten AG*, in der ein Mann und eine Frau ihren jeweiligen Partnern mithilfe von – natürlich außer Kontrolle geratenden – Roboterkopien ihrer selbst entkommen wollen, den Roman ›Die Frauen von Stepford‹ vorweg. *Die Verbannten* setzt Bradburys aus der McCarthy-Ära gespeiste Angst vor Verbot und Vernichtung von Literatur in Szene und ist somit ein Vorläufer von ›Fahrenheit 451‹. In *Der Besucher* hallt dagegen Bradburys ältere Geschichte *Der Marsianer* nach: In beiden wird eine Person mit besonderen Fähigkeiten (Formwandel bzw. Telepathie) von der rasenden Begierde derer zerstört, die wollen, was sie hat. Ein Kommentar zum Thema Autor und Fans? Wer weiß. *Die Stadt* ist – wie schon *Die Dritte Expedition* aus den ›Mars-Chroniken‹ – eine jener verführerischen Fallen für Sternenreisende, vor denen Bradbury uns Kindern Vorsicht einimpfte, und obendrein ein cleverer Umgang mit dem Thema biologische Kriegsführung. *Die andere Haut* ist eine bittere Auseinandersetzung mit Rassismus, in der einmal mehr der Mars besiedelt wird – diesmal allerdings von Schwarzen, die den letzten weißen Überlebenden einer zerstörten Erde einen frostigen Empfang bereiten. Auch in *Die Feuerballons* treten Marsianer auf, in Gestalt wunderschöner Energiewesen, die, weil sie keine Körper haben, auf die missionarische Erlösung der Erdlinge gut verzichten können.

Schon diese Handvoll Beispiele zeigt deutlich, wie viel Bradbury durch den Kopf ging – und womöglich auch, wie viel er im Kopf hatte. Seine breiten Interessen, seine schrankenlose Neugier, seine Vielseitigkeit, sein Einfallsreichtum und sein Staunen über die menschliche Natur mit all ihren Makeln zeigen sich im ›Illustrierten Mann‹ in voller Pracht. Dasselbe gilt für seine unfassbare Produktivität. Wer über amerikanische Literatur der zweiten Hälfte des zwanzigsten Jahrhunderts spricht, kommt an Ray Bradbury nicht vorbei. Jeder, der heute fantastische Geschichten schreibt – die derzeit florierenden Dystopien ausdrücklich miteingeschlossen –, steht tief in seiner Schuld.

BIN ICH EINE SCHLECHTE FEMINISTIN?

(2018)

Wie es aussieht, bin ich eine »Schlechte Feministin«. Das kann ich jetzt wohl auf die Liste all der Dinge setzen, die man mir seit 1972 nachgesagt hat, zum Beispiel, ich sei über eine Pyramide aus abgeschlagenen Männerköpfen zum Erfolg geklettert (eine linke Zeitschrift), ich sei eine Männer knechtende Domina (eine rechte Zeitschrift, inklusive Karikatur von mir mit Peitsche und Lederstiefeln) oder ich sei eine Schreckschraube, die mit ihren Hexenkräften jeden Dinnergast in Toronto zur Schnecke mache, der es wage, sie zu kritisieren. Oh, ich bin wirklich zum Fürchten! Und offenbar habe ich jetzt auch noch allen Frauen den Krieg erklärt, ganz wie die misogyne, vergewaltigungsapologetische Schlechte Feministin, die ich nun einmal bin.

Wie sähe in den Augen meiner Anklägerinnen wohl eine Gute Feministin aus?

Grundsätzlich bin ich erst einmal der Meinung, dass Frauen Menschen sind, einschließlich aller lammfrommen, teuflischen und kriminellen Verhaltensweisen, die damit einhergehen. Frauen sind keine zu Bösem unfähige Engel. Wären sie welche, könnte man keine Anklage gegen sie erheben, und wir bräuchten für sie kein Rechtssystem.

Außerdem halte ich Frauen nicht für unzurechnungsfähige Kinder, die keine moralischen Entscheidungen treffen können. Wären sie es, brächte uns das zurück ins 19. Jahrhundert, und Frauen sollten weder Eigentum noch Kreditkarten besitzen, nicht studieren, nicht über ihre Fortpflanzung bestimmen und auch nicht wählen. In Nordamerika gibt es starke Gruppierungen, die all das vertreten, doch für Feministen hält die gewöhnlich niemand.

Weiter glaube ich, dass Menschen- und Bürgerrechte – einschließlich des Rechts auf ein faires Verfahren – erst einmal allgemein gelten müssen, wenn sie für Frauen gelten sollen. So, wie es überhaupt ein Wahlrecht geben muss, damit auch Frauen es haben können. Oder finden Gute Feministinnen etwa, diese Rechte stünden nur Frauen zu? Wohl kaum. Das wäre schließlich nur eine Umkehrung des alten Zustands, in dem sie nur für Männer galten.

Nehmen wir also an, dass meine Anklägerinnen (die Guten Feministen) und ich (die Schlechte Feministin) uns in obigen Punkten einig sind. Wo unterscheiden wir uns dann? Und was hat mich bei ihnen derart in Verruf gebracht?

Im November 2016 habe ich – aus Überzeugung, wie schon in vielen anderen Fällen auch – einen offenen Brief unterzeichnet, in dem der University of British Columbia ihr unrechtmäßiger Umgang mit ihrem ehemaligen Professor für Kreatives Schreiben Steven Galloway sowie einigen Nebenkläger im selben Fall zur Last gelegt wurde. Konkret hatte die Universität sich ein paar Jahre zuvor an die Medien gewandt, noch ehe man die Sache ernsthaft untersucht hatte – und sogar bevor der Beschuldigte selbst voll über die Anklagepunkte unterrichtet worden war. Ehe man ihm diese mitteilte, musste er eine Verschwiegenheitsvereinbarung unterschreiben. Die Öffentlichkeit – einschließlich meiner selbst – gewann den Eindruck, er sei ein brutaler Serienvergewaltiger, und er wurde praktisch zum Abschuss freigegeben, da er sich dank der unterzeichneten Vereinbarung nicht öffentlich verteidigen durfte. Es folgte ein Sperrfeuer aus Schmähungen.

Dann aber, nach einem sich über Monate hinziehenden Verfahren mit zahlreichen Zeugen und Vernehmungen, urteilte die Richterin, es habe keinerlei sexuellen Übergriff gegeben. Das ließ Galloway durch seinen Anwalt verlautbaren. Gefeuert wurde er trotzdem. Alle waren sprachlos. Ich auch. Der Fakultätsrat legte eine Beschwerde ein, die derzeit noch geprüft wird, und bis das erledigt ist, hat die Öffentlichkeit nach wie vor keinen Zugang zur Urteilsbegründung der Richterin. Der Freispruch passte vielen Leuten überhaupt nicht in den Kram. Sie schossen trotzdem weiter gegen Galloway. Zu jenem Zeitpunkt wurden die Details des fehlerhaften Vorgehens der UBC ruchbar, und der erwähnte offene Brief wurde verfasst.

Ein unvoreingenommener Mensch würde sich in dieser Lage mit Schuldsprüchen zurückhalten, bis Urteilsbegründung und Beweise zugänglich gemacht werden. Wir sind erwachsen: Wir können uns selbst eine Meinung bilden, egal, wie sie am Ende ausfällt. Die Unterzeichner des offenen Briefs haben nie etwas anderes behauptet. Meine Kritikerinnen, die Guten Feministinnen, sehen das allerdings anders: Sie haben sich längst entschieden. Sind sie also unvoreingenommen? Wenn nicht, speisen sie nur das uralte Narrativ über die Unfähigkeit von Frauen zu fairen, rationalen Urteilen und liefern Frauenfeinden einen neuen Grund, ihnen wichtige Posten zu verwehren.

Kleiner Exkurs, Thema Hexen: Vorgeworfen wurde mir nämlich auch mein Vergleich des Vorgehens der UBC mit den Hexenprozessen von Salem, bei denen eine Anklage zugleich ein Schuldspruch war, insofern die Beweisregeln das Feststellen von Unschuld ausschlossen. Meine Anklägerinnen aus den Reihen der Guten Feministinnen verübeln mir diese Parallelisierung. Sie glauben, ich wollte sie mit den jugendlichen Hexenjägern aus Salem vergleichen und als hysterische Mädchen verunglimpfen. Tatsächlich ging es mir jedoch um die Struktur dieser Prozesse.

Gegenwärtig gibt es drei Arten, von »Hexen« zu sprechen: (1) Man bezeichnet eine *Person* als Hexe, so, wie man es bei der letzten Wahl regelmäßig mit Hillary Clinton getan hat. (2) Man spricht von einer »Hexenjagd« als Jagd auf etwas, das es gar nicht gibt. (3) Man bezieht sich auf die Struktur der Hexenprozesse von Salem, bei denen eine Anklage zugleich ein Schuldspruch war. Mir ging es um diese dritte Form.

Diese Struktur – Anklage gleich Schuldspruch – findet sich außer in Salem noch in vielen anderen Episoden der Geschichte. Oft entsteht sie in der »Tugendterror«-Phase von Revolutionen; irgendetwas läuft schief, und es muss einmal richtig aufgeräumt werden, wie in der Französischen Revolution, den stalinistischen Verfolgungen in der UdSSR, der Zeit der Roten Garde in China, der Herrschaft der Generäle in Argentinien und den ersten Tagen der Iranischen Revolution. Die Liste ist lang und schließt die Linke wie die Rechte ein. Im Laufe solchen Tugendterrors bleiben immer viele auf der Strecke. Wohlgemerkt behaupte ich keineswegs, es gebe überhaupt keine Verräter – oder wer auch immer sonst gerade im Visier stehen mag –, sondern nur, dass in solchen Zeiten die üblichen Regeln der Beweisführung übergangen werden.

Immer geschehen diese Dinge im Namen einer besseren Welt, und manchmal führen sie tatsächlich eine herbei, wenigstens vorübergehend. Manchmal dienen sie jedoch nur als Ausrede für neue Formen der Unterdrückung. Selbstjustiz – also Verurteilung ohne Gerichtsverfahren – beginnt immer als Reaktion auf einen Mangel an Gerechtigkeit: Entweder weil das System korrupt ist wie im vorrevolutionären Frankreich oder weil es wie im Wilden Westen keines gibt, nehmen die Menschen das Gesetz selbst in die Hand. Doch nachvollziehbare, temporäre Selbstjustiz kann sich zu einer Kultur des gewohnheitsmäßigen Lynchens verstetigen, in der die anderweitig verfügbare Gerechtigkeit über Bord geworfen und dauerhaft durch jenseits des Gesetzes stehende Machtstrukturen ersetzt wird. Die Cosa Nostra wurde aus dem Widerstand gegen die Tyrannei geboren.

Die #MeToo-Bewegung ist ein Symptom eines kaputten Rechtssystems. Viel zu oft wurden Frauen und andere Ankläger sexueller Übergriffe von etablierten Institutionen – einschließlich Unternehmen – nicht richtig angehört, sodass sie schließlich zu einem neuen Werkzeug griffen: dem Internet. Sterne stürzten daraufhin vom Himmel. Die Aktion war enorm wirksam und wurde als deutlich hörbarer Weckruf verstanden. Aber was nun? Das Rechtssystem kann repariert werden, oder wir könnten es ganz abschaffen. Institutionen, Unternehmen und Arbeitsplätze können Klarschiff machen – oder sie müssen damit rechnen, dass weitere Sterne vom Himmel stürzen, und auch ein Haufen Asteroiden.

Wenn man das Rechtssystem umgeht, weil man es für zahnlos hält, was tritt dann an seine Stelle? Wer wird dann die Strippen ziehen? Bestimmt nicht Schlechte Feministinnen wie ich. Wir passen weder den Rechten noch den Linken. In extremen Zeiten setzen sich stets Extremisten durch. Ihre Ideologie gerät zur Religion, und wer ihre Ansichten nicht nachplappert, gilt bald als Abtrünniger, Verräter oder Ketzer. Die moderate Mitte wird zwischen ihnen aufgerieben. Schriftsteller sind ihnen besonders suspekt, denn die schreiben über Menschen, und Menschen sind moralisch nie eindeutig. Ziel jeder Ideologie ist aber, Uneindeutigkeit zu eliminieren.

Auch der offene Brief an die UBC ist ein Symptom – ein Symptom der Fehler der University of British Columbia und ihres mangelhaften Vorgehens. Das Ganze hätte eigentlich ein Thema für Bürgerrechtsorganisationen wie Canadian Civil Liberties oder B. C. Civil Liberties sein müssen. Womöglich melden die sich jetzt zu Wort. Da der Brief nun auch noch eine Frage der Zensur geworden ist – es gab Aufrufe, die Website und die vielen wohldurchdachten Worte der Verfasser zu löschen –, werden auch PEN Canada, PEN International, die Canadian Journalists for Free Expression (CJFE) und Index on Censorship ein Wörtchen mitzureden haben.

Der Brief stellte von Anfang an klar, dass die UBC weder dem Angeklagten noch den Klägerinnen gerecht wurde. Ich würde ergänzen, dass sie auch den Steuerzahlern nicht gerecht wurde, die die Universität jährlich mit 600 Millionen Dollar finanzieren. Wir würden doch ganz gern wissen, wie unser Geld in diesem Falle ausgegeben wurde. Auch die privaten Spender, von denen die UBC *Milliarden*summen bezieht, haben ein Anrecht auf die Wahrheit.

In der Angelegenheit wurden Schriftsteller gegeneinander aufgehetzt, vor allem, indem man den Inhalt des Briefs entstellt und ihn als Kriegserklärung an die Frauen verunglimpft hat. Ich möchte alle, die Guten wie die Schlechten Feministinnen, dazu aufrufen, ihr fruchtloses Gezänke aufzugeben, sich miteinander zu verbünden und die Scheinwerfer dahin zu richten, wo ihr Licht die ganze Zeit schon hätte liegen sollen: auf die UBC. Zwei der Nebenklägerinnen haben sich inzwischen bereits über den Umgang der UBC mit der Sache beschwert. Dafür gebührt ihnen Dank.

Sobald die UBC eine unabhängige Untersuchung ihres Verhaltens einleitet – so wie neulich an der Wilfrid Laurier University geschehen – und sich dazu verpflichtet, die Ergebnisse öffentlich zu machen, haben der offene Brief und die Website ihren Zweck erfüllt. Dieser Zweck bestand nie darin, Frauen zu unterdrücken. Wie nur konnte man es je so hinstellen, als stünden Transparenz und Rechenschaft im Widerspruch zu Frauenrechten?

WIR HABEN URSULA LE GUIN VERLOREN, ALS WIR SIE AM DRINGENDSTEN BRAUCHTEN

(2018)

Als ich die ebenso renommierte wie brillante Schriftstellerin Ursula K. Le Guin vor ein paar Jahren auf einer Bühne in Portland endlich für mich allein hatte, stellte ich ihr die Frage, die mir schon lang unter den Nägeln brannte: »Wohin gehen die, die Omelas den Rücken kehren?« Eine knifflige Frage! Sie wechselte das Thema.

Omelas ist eines von Le Guins »Gedankenexperimenten«: eine perfekte Stadt, in der es allen bestens geht, obwohl ihr ganzes Glück – wie alle wissen – von einem Kind abhängt, das in einem Kerker festgehalten und furchtbar misshandelt wird. Ohne dieses Kind würde Omelas untergehen. Man denkt sofort an die Sklaverei im alten Griechenland und Rom, an die Südstaaten vor dem Bürgerkrieg, an die Menschen unter kolonialer Herrschaft oder an England im neunzehnten Jahrhundert. Das erbarmenswerte Kind in Omelas ist eng verwandt mit den zwei bettelarmen, aber beängstigenden Kindern, die in Charles Dickens' ›Weihnachtsgeschichte‹ am Rockzipfel des Geists der gegenwärtigen Weihnacht hängen. Sie heißen Armut und Unwissenheit und sind brandaktuell.

Eine reiche Stadt, getragen von Misshandelten – dem

kehren die den Rücken, die Omelas den Rücken kehren. Meine Frage lautete also im Grunde: Wo auf der Welt gibt es eine Gesellschaft, in der das Glück der einen nicht vom Elend der anderen abhängt? Wie erschaffen wir ein Omelas ohne gequältes Kind?

Weder Ursula K. Le Guin noch ich wussten die Antwort, doch die Frage trieb sie ihr Leben lang um, und die kunstvollen Welten, die sie beim Versuch, sie zu beantworten, erschuf, sind zahlreich, vielfältig und hinreißend. Als Anarchistin hätte sie sich eine selbstbestimmte Gesellschaft mit Gleichheit der Rassen und Geschlechter gewünscht. Sie hätte Respekt für nicht menschliche Lebewesen gefordert. Eine kinderfreundliche Gesellschaft statt einer, die Geburten erzwingt, sich aber nicht um die Mütter und Kinder schert. Das schließe ich zumindest aus ihren Büchern.

Le Guin kam 1929 auf die Welt: ein Kind der Wirtschaftskrise, eine Jugend im Zweiten Weltkrieg, danach sofort ans College, zu einem Zeitpunkt, der vom Geist der Erneuerung erfüllt schien. Sie war am Radcliffe, das damals praktisch niemand kannte: irgendwie Harvard, aber nicht richtig, Frauen durften zwar studieren, aber nicht jedes Fach. Bestimmt ist sie oft am Speisesaal vorbeigegangen, wo, wie sie mindestens aus zweiter Hand wusste, die männlichen Studenten jede Frau mit Brötchen bewarfen, die es wagte, einen Fuß hineinzusetzen. Als sie zur Autorin – und nicht zuletzt zur Science-Fiction-Autorin – wurde, hielten die Verteidiger dieses ganz besonderen Baumhauses noch immer eisern an ihrem Brötchenbombardement fest. Le Guin fand das gar nicht lustig.

Nach ihrer Zeit am Radcliffe studierte sie an einer Graduate School französische und italienische Literatur. Dort lehrte man sie, zu denken wie ein Mann, wie man damals zu sagen pflegte: vielseitig, exakt und neugierig. Doch als sie nach ihrer Heirat die Universität verließ, fand sie sich in einer Welt wieder, die sie und ihre Geschlechtsgenossinnen juristisch gesehen wie verantwortungslose Teenager behandelte. Im Falle derer, die man an der Uni wie Erwachsene behandelt hatte, war das, als wollte man einen Vulkan in eine Blechdose einsperren. Als die Dose schließlich platzte, trieb diese Generation Amerikanerinnen die Zweite Welle des Feminismus in den späten 60ern und 70ern voran. Es war Le Guins Blütezeit als Schriftstellerin.

Doch politisches Denken und Aktivismus waren nur zwei Aspekte des facettenreichen Lebens und Wirkens dieser erstaunlich talentierten Frau. So ist etwa die Erdsee-Trilogie eine denkwürdige Auslotung des Verhältnisses von Leben und Tod: Ohne Finsternis gibt es kein Licht, und Sterblichkeit ist die Bedingung allen Lebens. Zu dieser Finsternis gehören auch die verborgenen, unschönen Seiten unserer Selbst – unsere Ängste, unser Stolz, unser Neid. Der Protagonist namens Ged muss sich seinem Schattenselbst stellen, bevor es ihn verschlingt. Nur so kann er ein ganzer Mensch werden. Obendrein muss er sich dabei mit der Weisheit von Drachen herumschlagen: mehrdeutig und völlig anders als unsere Weisheit, aber eben trotzdem Weisheit.

Neulich unterhielt ich mich mit einer deutlich jüngeren Frau, die um eine Freundin trauerte. »Lies die Erdsee-Trilogie«, riet ich ihr, »das wird dir helfen.« Sie tat es, und es half.

Jetzt ist Ursula K. Le Guin gestorben.

Als ich von ihrem Tod erfuhr, hatte ich eine bizarre Vision, angelehnt an die Stelle im ›Magier der Erdsee‹, in der Ged versucht, den Geist eines Kindes aus dem Totenreich zurückzuholen. Da war Ursula, ging gelassen einen Hang aus flüsterndem Sand hinab, unter unveränderlichen Sternen, und ich lief ihr verzweifelt hinterher und rief: »Nein! Komm zurück! Wir brauchen dich!«

Gerade jetzt brauchen wir sie, in einer Welt des normalisierten *pussy-grabbing*, des Rollbacks von Frauenrechten an so vielen Fronten, besonders in Sachen Gesundheitsfürsorge und Verhütung, sowie der Versuche, Frauen aus der Arbeitswelt zu verdrängen, unternommen von denen, die aus Mangel an Verstand und Fähigkeiten ihren Penis zur Waffe machen.

Le Guin hat in den frühen Siebzigern, zur Zeit der Zweiten Welle der Frauenbewegung, eine ähnliche Explosion weiblichen Zorns erlebt. Sie wusste, wo diese Empörung herrührte: aus unterdrückter Wut. In den Sechzigern und Siebzigern kam diese Wut aus vielen Richtungen zugleich, im Allgemeinen aber daher, dass Frauen als minderwertiger – *viel* minderwertiger – behandelt wurden, obwohl sie genauso viel oder sogar mehr leisteten. Eins der zentralen Mottos jener Zeit war »Hausarbeit ist Arbeit«. Und eins der verhasstesten Zitate kam aus der Bürgerrechtsbewegung: »Für Frauen ist bei uns nur Platz, wenn sie auf dem Rücken liegen.«

Le Guin fand Wut lange verwirrend. In ihrem Essay *Über Wut* schreibt sie:

> Wut ist ein nützliches Mittel, und vielleicht ein unerlässliches, um zum Widerstand gegen Ungerechtigkeit zu motivieren. Doch ich denke, sie ist eine Waffe – ein Werkzeug, das nur im Kampf und zur Selbstverteidigung nützlich ist. … Wut weist eindrücklich auf die Verweigerung von Rechten hin,

> doch die Wahrnehmung von Rechten kann nicht auf Dauer von Wut leben. Sie lebt und gedeiht durch das beharrliche Streben nach Gerechtigkeit. … Wut, nur um ihrer selbst willen, als Ziel an sich, verfehlt ihr Ziel. Sie fördert kein positives Handeln, sondern Regression. Fixe Ideen, Rache, Selbstgerechtigkeit.

Das langfristige Ziel, jenes beharrliche Streben nach Gerechtigkeit, nahm einen Großteil ihres Denkens und ihrer Zeit in Anspruch.

Wir können Ursula K. Le Guin nicht aus dem Reich der unveränderlichen Sterne zurückholen, doch zum Glück hat sie uns ihr vielfältiges Werk hinterlassen, ihre hart erarbeitete Weisheit und ihren tiefen Optimismus. Ihre vernünftige, kluge, wendige, poetische Stimme wird heute dringender gebraucht als je zuvor.

Für all das – und für sie selbst – sollten wir dankbar sein.

DREI TAROT-KARTEN

(2018)

Es ist mir eine große Freude, die diesjährige *lectio magistralis* halten zu dürfen. Ich liebe Florenz und bin Ihrer Einladung gerne gefolgt, obwohl sie mich doch etwas verwirrt hat. Man sagte mir, ich könne sprechen, worüber ich wolle, solange es nur irgendwie um Schreiben gehe. Doch was soll ich über das Schreiben sagen, das nicht andere bereits gesagt haben? Oder das ich nicht selbst bereits gesagt habe, was ohnehin nichts Großes wäre. Denn was kann man schon halbwegs selbstbewusst über das Schreiben ganz im Allgemeinen behaupten? Die eine, allumfassende Perspektive darauf scheint es einfach nicht zu geben.

Zum Beispiel: Schrift ist eine Reihe schwarzer Zeichen auf Papier – oder auch an einer Toilettenwand, hinterlassen von vielen verschiedenen Menschen. Schrift ist eine Weise, die menschliche Stimme aufzuzeichnen, jedoch nicht die einzige. Schreiben kommt heute aus der Mode – oder auch nicht, je nachdem, wen man fragt. Schreiben dient meist dem Erzählen von Geschichten, und das Erzählen ist eine der ältesten Erfindungen der Menschheit, ja vielleicht sogar die wichtigste; wir lernen leichter aus Geschichten als beispielsweise aus Tabellen und

Diagrammen. Die Schrift wurde in mesopotamischen Tempeln entwickelt, als Mittel, um wertvolle Güter wie Weizen zu inventarisieren. Einst wurde sie als Geheimnis gefürchtet, das nur Magier und Schreiber kannten, und noch heute haftet ihr ein Hauch von Menetekel an: Kürzlich bekam ich eine Kaffeetasse, auf der das Wort »WORT« geschrieben stand, dazu der Vermerk »Mit Vorsicht zu gebrauchen«. Man hat Schriftstücke geschmiedet, um damit Menschen zu vernichten, wie im Fall der schottischen Queen Mary. Doch Schrift hat auch dazu gedient, Menschen vor der Hinrichtung zu retten: Seht, da kommt in letzter Minute und schwarz auf weiß die unterschriebene Begnadigung! Per Schrift wurde genötigt und erpresst, und sie brachte Glück und Hoffnung. Handschrift wurde im neunzehnten Jahrhundert weithin gelehrt, weil der Kapitalismus zahllose Schreibkräfte benötigte, um den Überblick über Schulden und Vermögenswerte zu behalten.

Aber – ach so! Sie meinten nicht bloß »Schreiben« ganz im Allgemeinen, sondern *literarisches* Schreiben oder wenigstens Texte von einem gewissen Niveau! Wahrscheinlich also die Art des Schreibens, die ich selbst von Zeit zu Zeit begehe. Ich sage ganz bewusst »begehe«: Man begeht eine Handlung, aber auch ein Verbrechen, und literarisches Schreiben ist eine Handlung, kann aber auch als Verbrechen gelten. Sakrileg oder Verrat lautete oft genug das Urteil, und Literaturkritiker – die selbst Autoren sind, vergessen wir das nicht – erheben gern die Anklage der Stil- oder Geschmacklosigkeit.

»Hütet euch vorm Schreiben!«, möchte man beinahe sagen. Vielleicht sollte man vorsichtshalber besser niemals irgendetwas zu Papier bringen. In meinem Fall ist es dafür zu spät.

Weil Menschen Zeichenproduzenten sind, die ihre Zeichen gern auf verständliche Weise organisieren, will ich versuchen, einige Aspekte des Schreibens mithilfe dreier Tarot-Karten zu betrachten: La Papesse oder die Päpstin, das Rad des Schicksals und La Balance, die Gerechtigkeit.

Und weil Menschen außerdem Geschichtenerzähler sind, und das schon seit Zehntausenden von Jahren, will ich mit drei Geschichten anfangen. Die erste heißt *Wie ich (eine Art) Schriftstellerin wurde*, die zweite *Wie ich 1969/70 einmal einen Satz Tarot-Karten in einem Schreibkurs in Edmonton, Alberta, Kanada eingesetzt habe* und die dritte *Wie ich 2017 in Mailand einen Satz Visconti-Tarot-Karten geschenkt bekam.*

Erste Geschichte: *Wie ich eine Art Schriftstellerin wurde*

Zuerst der Kontext. Ende der 1950er, Anfang der 60er – in jener fernen Welt, die ich aus erster Hand beschreiben kann, weil ich darin gelebt habe und schon halbwegs erwachsen war – gab es keine Handys. Mehr noch: Es gab keine PCs, keine Social Media und auch kein Internet. Nicht einmal Faxgeräte gab es. Elektrische Schreibmaschinen wurden gerade erst erfunden; ich legte mir erst 1967 eine zu. Wenigstens in Nordamerika gab es auch keinen Caffè Latte: Er hatte sich noch nicht klammheimlich eingeschlichen und unseren kollektiven Blutkreislauf infiltriert. In den MINT-Fächern – Mathematik, Informatik, Naturwissenschaft und Technik – fanden sich wenig bis gar keine weiblichen Studenten.

Frauen im Gesundheitswesen waren in aller Regel Krankenschwestern. Im Rechtssystem waren sie, wenn überhaupt, Kanzleikräfte. Und Frauen in der Politik galten – wenigstens in Nordamerika – als Freaks und wurden entsprechend behandelt.

Die meisten Dichter und Romanautoren der 50er und frühen 60er waren Männer. Es gab nur eine Schule für Kreatives Schreiben, in Iowa. In Toronto, wo ich mit dem Schreiben anfing, gab es so etwas gar nicht. Alles, was ich auf meinem langen, eigentümlichen Weg vielleicht gelernt habe, habe ich mir selber beigebracht, mit der Hilfe – das räume ich gern ein – von Freunden, Erstlesern, Agenten und Lektoren. Das ging allerdings nicht über Nacht: Zunächst musste ich überhaupt mal irgendetwas schreiben, und viele meiner ersten Gehversuche waren eher miserabel. So geht es den meisten Schriftstellern.

Im Jahr 1957 – einige der wichtigsten Texte, auf die ich mich bis heute stütze, hatte ich mir da bereits einverleibt, die Bibel zum Beispiel, die ›Ilias‹ und die ›Odyssee‹, ›Äneis‹, sämtliche Volkssagen aus aller Welt, die ich in die Finger bekam, ›Tausendundeine Nacht‹, jede Menge Kriminal- und Science-Fiction-Romane, stapelweise Comics, ein Haufen Shakespeare und Romane aus dem neunzehnten Jahrhundert, allerdings kaum Chaucer und weder Dante noch Cervantes – ging ich an die Universität. Die Geisteswissenschaften verzeichneten damals einen kleinen Boom oder waren zumindest angesehener als heute. In manchen Kreisen füllten sie die Lücke, die zuvor die Religion besetzt hatte. Sie boten eine Art Erbauung, persönliche Entwicklung oder diffuse Bereicherung. Angeblich waren sie – auf nie eindeutig definierte Weise – moralisch »gut für einen«.

Wie alles Menschliche hatte auch diese Sichtweise ihre Schattenseite. Die Sowjetunion hatte jene Form moralisierender Analyse seit den 1920ern auf die Spitze getrieben – bestimmte Autoren konnten dort nicht einmal mehr veröffentlichen, da man sie für »verkommen« und deshalb gesellschaftsschädigend erklärt hatte. Die große russische Poetin Anna Achmatowa galt als derart gefährlich, dass ihre Werke in der UdSSR jahrzehntelang verboten waren. Ihr frappierendes Gedicht *Requiem* über das Leben im stalinistischen Terror der 1930er besteht aus Fragmenten, die Achmatowas treue Freunde sich auswendig merkten. Sämtliche schriftlichen Aufzeichnungen wurden verbrannt; damit erwischt zu werden hätte das Todesurteil für Achmatowa bedeuten können. Als lange nach Stalins Tod endlich die Zeit des Glasnost anbrach, wurden die Fragmente wieder zusammengesetzt und das Gedicht veröffentlicht.

Unvorstellbar, dass jemand sein Leben aufs Spiel setzt, um ein Gedicht, eine Erzählung oder einen Tatsachenbericht zu retten! Aber Menschen tun so etwas. Erst kürzlich wurde ein Band mit Kurzgeschichten über das Leben in einem extrem repressiven Regime aus Nordkorea geschmuggelt. Er heißt ›Denunziation‹ und wurde unter Pseudonym verfasst – der Autor nennt sich Bandi, »Glühwürmchen«. Erstaunlich, oder? Ein winziges Insekt, das schwache Lichtsignale in die Finsternis schickt.

Hier ist der Schriftsteller Zeuge und Bote – eine altehrwürdige Rolle. Mich erinnert dieser Gebrauch der Stimme an das Buch Hiob, angeblich einer der ältesten Texte jener Sammlung, die wir als Bibel kennen. Die Stimme ist die des Boten, der zu Hiob kommt und ihm das Unheil beschreibt, dem seine Kinder zum Opfer gefallen sind. Er sagt: »Und ich allein bin entronnen, dass ich's dir ansagte.« Das zum Beispiel kann kreative Literatur in schweren Zeiten leisten: Sie kann Zeugnis ablegen.

Wo aber kunstfremde Kräfte im angeblichen Versuch, die Gesellschaft zu schützen, zu viel Moralprüfung in Anschlag bringen, kommt unweigerlich Zensur heraus – vielleicht sogar so etwas wie der Sittlichkeitsprozess gegen Flauberts bahnbrechenden Roman ›Madame Bovary‹. Dieser moralinsaure Blick auf Literatur – nichts irgendwo Aneckendes darf publiziert werden – war typisch für das viktorianische Zeitalter, dessen edle Tugendhaftigkeit der größten Zahl an Kurtisanen, Straßendirnen und in die Prostitution verkauften Kindern gegenüberstand, die London je erlebt hat. Ganz frei waren wir allerdings nie von der Vorstellung, Romane, Gedichte und Kunstwerke im Allgemeinen seien danach zu beurteilen, ob sie »gut für einen« sind – jeweils entsprechend der Maßstäbe derer, die sie gerade beurteilen.

Heutzutage manifestiert sich solches Moralisieren gern als ein Blick auf künstlerische Gegenstände, der sie als bloße Produkte der Unterhaltungsbranche begreift oder als eine Art Auswurf – wie die Perle, die sich um ein störendes Sandkorn bildet –, als Müll, wie eine abgelegte Schlangenhaut oder Zehennagel-Sammlung, von »der Kultur« ganz allgemein hervorgebracht und betrachtenswert nur als Symptom der Fehler in der Psyche der Autoren und Autorinnen, in ihrem Weltbild, ihrer sozioökonomischen Stellung, ihrer Philosophie, ihrer Ästhetik oder ihrem Wertesystem.

Nicht mehr die nachdenkende Betrachtung eines Werks ist nun angeblich »gut für uns«, sondern seine kritische Vernichtung. Was für eine Erleichterung: wieder ein verdorbenes Kulturprodukt auf dem Müllhaufen der Geschichte, während wir erleuchteteren Wesen auf der gelben Steinstraße weiter der Smaragdstadt von Oz entgegenwandeln, wo alle lieb und fröhlich sind – oder wie der heilige Augustinus, der Erfinder des Sex als Erbsünde, es nennen würde: dem Gottesstaat. Und dieses edelmütige Richtertum (von dem ich mich keineswegs ausnehme) geht Hand in Hand mit einem einstmals unvorstellbaren Sättigungsgrad an brachialer Pornografie. Menschen und ihre Gesellschaften sind eben immer widersprüchlich, wie Sie womöglich schon bemerkt haben.

Aber ich schweife ab. Da war ich also, 1957, siebzehn Jahre alt. Als ich 1948 nach Toronto zog, lebten dort etwa 680.000 Menschen. Die Stadt war bekannt als *Toronto the Good* oder *Toronto the Blue*, ein Verweis auf ihre *blue laws*. Das hieß zum Beispiel: kein Alkoholausschank in Läden, wo man von der Straße aus gesehen werden konnte, und am Sonntag überhaupt nicht. Sonntags vertrieb man sich die Zeit damit, zum Bahnhof zu gehen und zuzusehen, wie die Züge rangiert wurden.

Heute hat sich das geändert: Toronto gilt inzwischen als multikulturellste Stadt der Welt. Wer hätte damit 1948 gerechnet? Das Wort »multikulturell« war ja noch nicht einmal erfunden! 1961 rieten die wenigen tapfer dort ausharrenden Künstler mir, der jungen Schriftstellerin: »Bleib bloß nicht in Toronto.« Oder gleich: »Bleib bloß nicht in Kanada.« Damals gab es in Kanada kaum publizierte Autoren und weder eine Film- noch eine Musikbranche. Kunst war ein Importgut für Liebhaber: Exportiert wurde Holz. Für kreative oder unternehmerische Geister, ja im Grunde für alles, was nichts mit Holzfällen, Bergbau oder Fischen zu tun hatte, galt Kanada als unfruchtbarer Boden. Wie es einer der wenigen bedeutenderen Intellektuellen ausdrückte, die wir damals hervorbrachten: »Amerikaner machen Geld, Kanadier zählen es.«

Dieser Intellektuelle war Northrop Frye, dank dem ich nach Harvard ging statt nach Paris, wo ich vorgehabt hatte zu kellnern, in einer Mansarde zu wohnen, in meiner Freizeit Meisterwerke zu verfassen, Zigaretten zu rauchen (am liebsten Gitanes, doch gegen die war ich leider allergisch), Absinth zu trinken (wieder Pech, von Alkohol musste ich mich nur reichlich unpoetisch übergeben) und mir wie die Leute in der Oper die Tuberkulose einzufangen, die angesagteste romantische Krankheit. Opern immerhin kannte ich aus den Radioübertragungen der New Yorker Metropolitan Opera am Samstagnachmittag.

Ich gab Harvard und einem Englischstudium den Vorzug vor einem Tuberkulosetod in Paris, weil Frye der Ansicht war, als Studentin käme ich eher zum Schreiben denn als Kellnerin. Da lag er richtig, wie ich später erfuhr, als ich einmal wirklich eine Weile lang kellnerte. Nebenbei bemerkt: Die halb leeren Teller von Fremden abzuräumen eignet sich hervorragend zum Abnehmen. Fünf Kilo habe ich dabei abgespeckt. Aber das ist eine andere Geschichte.

Während alldem schrieb ich, und 1969 veröffentlichte ich meinen ersten Roman. Und damit beginnt die

Zweite Geschichte: *Wie ich 1969/70 einmal einen Satz Tarot-Karten in einem Schreibkurs in Edmonton, Alberta, Kanada eingesetzt habe*

Falls Sie 1970 noch nicht auf der Welt waren: Macht nichts, das geht vielen so.

Ich selbst lebte zwischen 1968 und 1970 in Alberta und sollte eigentlich meine Dissertation über viktorianische Literatur fertig schreiben, über starke, übernatürliche Frauenfiguren und deren Verhältnis zum Naturbild von Wordsworth und Darwin, geriet aber irgendwann im Lauf dieser zwei Jahre in die Fänge des Filmgeschäfts, fing an, Drehbücher zu schreiben, und fand nie mehr den Weg zurück zu den übernatürlichen Frauen.

An der University of Edmonton gab es damals einen Einführungskurs ins Kreative Schreiben, und da ich inzwischen publizierte Dichterin war, sollte ich ihn unterrichten. Die Studenten waren jung und fürchteten sich schrecklich vor der leeren Seite. Um ihnen zu helfen – und um ihnen einen Aufhänger zu liefern –, brachte ich meine Tarot-Karten mit und ließ sie sich jeweils eine der großen Arkana (die Trumpfkarten mit beschrifteten Bildern) oder eine der Farbkarten (die kleinen Arkana: König, Königin, Ritter oder Bube in den vier Farben Stäbe, Kelche, Schwerter und Münzen) aussuchen. Zum Glück enthalten Tarot-Decks neben männlichen auch ein paar mächtige weibliche Karten, sodass alle genügend Auswahl hatten.

Zusammen mit einigen Volkssagen als Plotvorlagen funktionierte das ganz gut als Anstoß für Schreibschübe. Eine Teilnehmerin schrieb beispielsweise eine ziemlich gute Version von *Fitchers Vogel*, einer Variante der Blaubart-Legende, und zwar aus der Sicht des magischen Eis, das zwei Schwestern der Heldin verrät, indem es sich mit Blut befleckt, nicht aber sie, die Heldin, die es in ein Regal legt, ehe sie die Schlachtkammer betritt.

Wie ich auf Tarot kam, fragen Sie? Die Karten waren zu den Zeiten von T.S. Eliot in Mode, und der erwähnt sie in seinem Gedicht *Das wüste Land*. Ein weniger bekannter Zeitgenosse – Charles Williams, ein Mitglied des Kreises um Tolkien – verfasste unter dem Titel ›Die Trumpfkarten des Himmels‹ sogar einen Roman über sie. Ich erfuhr von Tarot also aus meiner Beschäftigung mit der Literatur des zwanzigsten Jahrhunderts. Schon seit geraumer Zeit besaß ich ein Marseilles-Deck und sagte damit gern anderen die Zukunft voraus, bis meine Trefferquote mir dann doch unheimlich hoch wurde.

Obendrein hatte ich kurz zuvor Astrologie und Handlesen gelernt, und zwar unter folgenden Umständen: In Edmonton wohnte ich in einem Doppelhaus, in dessen anderer Hälfte eine holländische Kunsthistorikerin namens Jetske Sybyzma lebte, die zu Hieronymus Bosch arbeitete. Sie vertrat die mittlerweile anerkannte Theorie, dass sich in dessen Bildern astrologische Symbole fanden, weshalb sie sich mit Astrologie befasste, um diese zu entschlüsseln. Zur Astrologie gehört auch das Handlesen, denn auch dieses System hängt mit den Planeten zusammen, und die Anordnung von Händen, Fingern und Ringen in Porträts aus der Renaissance verrät so einiges über die Abgebildeten.

An langen, dunklen, kalten Abenden in Edmonton, wenn das Glatteis – und der Eisnebel, dessen Eiskristalle einem förmlich die Lungen aufschlitzen können – es zu gefährlich machten, sich vor die Tür zu wagen, brachte Jetske mir zum Spaß bei, was sie über das Handlesen und das Erstellen von Horoskopen wusste. Auch Tarot hängt mit diesen astrologischen Systemen zusammen. Und das bringt mich auf meine

Dritte Geschichte: *Wie ich 2017 in Mailand einen Satz Viconti-Tarot-Karten geschenkt bekam.*

Gegen Ende 2017 nahm ich am »Noir in«-Festival teil, das Noir-Filmen und -Romanen gewidmet ist und in Mailand und Como stattfindet. Dort wurde mir der Raymond-

Chandler-Award verliehen, was mich ausgesprochen freute, da ich Chandlers Kriminalromane in meiner Jugend gelesen hatte. Anlässlich unseres Aufenthalts in Como fuhren wir mit der Standseilbahn ins höher gelegene Brunate, wo wir in einer Kirche das berühmte Bild der Päpstin sahen, das unterschiedlich identifiziert wird, aber mutmaßlich mit der Geschichte von Santa Guglielma zusammenhängt, der Gründerin einer Sekte, die Männer und Frauen gleichstellte und das Kommen einer Päpstin prophezeite.

Diese Prophezeiung war verständlicherweise nicht sehr populär bei der offiziellen Kirche – und erst recht nicht bei der Inquisition. Guglielma suchte Zuflucht auf dem Gipfel von Brunate, und – so unser Guide – die Inquisitoren waren zu faul für den Aufstieg, sodass sie sie nie schnappten; später gruben sie trotzdem ihre Gebeine aus und warfen sie auf einen Scheiterhaufen.

Das Visconti-Sforza-Tarot-Deck wurde über hundert Jahre später in Auftrag gegeben, und die zweite Karte des Decks, La Papesse, die Päpstin, die in späteren Tarot-Versionen manchmal »die Hohepriesterin« heißt, wurde angeblich zu Ehren von Santa Guglielma und ihrer Sekte darin aufgenommen. Genaues weiß man nicht, aber so lautet zumindest die Geschichte.

Nach unserem gemeinsamen Ausflug nach Brunate und einem Gespräch über die Päpstin überreichte mir Matteo Columbo – der Vertreter des Verlags und selbst so etwas wie ein Zauberer – ein Faksimile des wunderschönen Visconti-Sforza-Decks, auf dessen Gestaltung alle späteren Designs beruhen.

Daraus habe ich nun drei Karten ausgewählt, die für drei Aspekte des Romans einstehen sollen. Grob entsprechen sie dem Anfang, der Mitte und dem Ende.

Die erste Karte ist La Papesse oder die Hohepriesterin. Beim Weissagen steht sie für okkulte, mysteriöse, untergründige Kräfte und Geheimnisse. Das scheint mir passend im Bezug auf das Verfassen von Romanen, weil jeder Roman in gewisser Hinsicht eine *mystery novel* ist, wie man bei uns Kriminalromane nennt. Wenn es zu Anfang kein Geheimnis gibt – und die Autorin ihre Karten zu früh auf den Tisch legt, noch so eine Spielkarten-Metapher –, sind wir nicht gespannt darauf, wie die Geschichte ausgeht.

Wir wollen mehr erfahren. Wir erwarten ein gewisses Maß an Irreführung: Wir hoffen darauf, dass die Dinge und Menschen anders sind, als man uns anfangs glauben lässt. Wir rechnen damit, das Verborgene am Ende enthüllt zu bekommen, und wenn das nicht geschieht, können wir ziemlich sauer werden.

Die Päpstin oder Hohepriesterin wird – astrologisch gesagt – vom Mond regiert, der im Mittelalter in etwas zweifelhaften Ruf geraten war. Er kann für Intuition stehen, aber auch für Wandel, Instabilität und Illusion. Die Mondkarte im Tarot-Deck zeigt unter anderem Spiegelungen auf dem Wasser. Einmal der Mond, einmal sein Spiegelbild. Letzteres ist eine Illusion: Man kann den Mond nicht einfangen, indem man in den See springt.

Auch Romane sind Spiegelungen und Illusionen. Als Autor muss man alles geben, um seine Leser überzeugend zu täuschen. Das soll das Schreiben von Romanen nicht verunglimpfen. Auch Spiegelungen und Illusionen können Wahrheit zeigen und tun das auch oft. Wie Emily Dickinson es von Gedichten forderte, erzählen Romane die Wahrheit, aber sie erzählen sie schräg. Wie sie ebenfalls sagte, »muss Wahrheit sachte blenden«. Mondschein und Umwege, nicht direkt die pralle Mittagssonne. Das ist ein guter Rat für Schriftsteller.

Auch meine nächste Karte wird vom Mond regiert. Sie heißt »Rad des Schicksals« und soll für die Mitte des Romans stehen.

Weil Geschichten immer aus einer Abfolge von Ereignissen bestehen (erst passiert dies, dann das, dann jenes) und die Ereignisse jeder Geschichte in einer bestimmten Reihenfolge ablaufen, müssen zum Aufbau eines Romans stets Überlegungen zur Zeit gehören. Wie Leon Edel, der Biograf von Henry James, einmal sagte: In jedem Roman kommt eine Uhr vor.

Oder auch, so könnten wir ergänzen, irgendeine andere Art, das Vergehen von Zeit zu kennzeichnen. Sonnenuhren zeigen die Zeit anhand des Kreislaufs der Sonne an. Auch mechanische Uhren sind zirkulär: Die Zeiger drehen sich im Kreis, jeden Tag aufs Neue. Die Mondphasen markieren den Zeitverlauf anhand von Neumond, zunehmendem Mond, Vollmond und abnehmendem Mond – und wieder von vorn. Gewöhnliche Papierkalender allerdings sind linear: März 2018 wird abgerissen und weggeworfen, und auch wenn sich alljährlich die Monate und Jahreszeiten wiederholen, kehren die Jahre selbst nicht mehr zurück. Wir werden das Jahr 1812 nie mehr erleben, höchstens in Historienfilmen und den Zeitreisefantasien der Science-Fiction.

Wenn Zeit aber linear ist, wo ist dann der Anfang, wo das Ende? Wäre sie zirkulär, könnten wir uns diese Frage sparen.

Wie soll die Romanautorin Zeit denken? Wie sie in ihre Erzählung einbauen? Das Kodexformat, in das die meisten Romane eingebettet sind, ist linear – sprich: die Seiten sind fortlaufend nummeriert –, doch Zeit muss darin trotzdem nicht notwendig linear gehandhabt werden. So könnte das Element der Zeit zum Beispiel einen

Kreis bilden: Am Ende findet die Figur sich in einer ähnlichen Lage wieder wie am Anfang, auch wenn sie nicht mehr unbedingt dieselbe ist, außer die Geschichte enthält über- oder unnatürliche Aspekte. Oder die Zeit kann so angeordnet werden, dass gleichzeitig stattfindende Geschichten nacheinander erzählt werden, sich dann aber überschneiden. Oder wir sehen uns einer Abfolge von Flashbacks gegenüber.

Die Geschichte (was passiert) und ihre Struktur (wie erzählt wird, was passiert) können deckungsgleich sein oder auch nicht. Sind sie es, beginnt die Geschichte mit ihrem Anfang und läuft weiter bis zum Ende, wo sie aufhört. Sind sie es nicht, ist auch der Einstiegspunkt nicht identisch mit dem Anfang der Geschichte. So finden wir am Einstiegspunkt der ›Ilias‹ den missmutigen Achilles in seinem Zelt vor, erfahren dann, *wieso* er missmutig im Zelt sitzt, und erst darauf, weshalb er dieses Zelt *verlässt* und was er nun tut.

Am Einstiegspunkt von Charles Dickens' ›Weihnachtsgeschichte‹ bläst der alte Geizhals Scrooge an Heiligabend Trübsal und bekommt Besuch vom Geist seines toten Geschäftspartners. Es folgen drei separate Zeiträume – Scrooges Vergangenheit, Gegenwart und mögliche Zukunft –, aus denen wir jeweils mehr über sein Leben erfahren, während Scrooge etwas über sich selbst lernt. Dann bleibt die Zeit stehen und springt ein Stück zurück, worauf der alte Griesgram den Weihnachtstag noch einmal fröhlicher von vorn erleben darf.

In Emily Brontës ›Sturmhöhe‹ liegt der Einstiegspunkt (der Anfang der Erzählung) tief im eigentlichen Roman (der Abfolge der Ereignisse). Die Protagonistin Catherine ist längst tot, ihr besessener, moralisch zweifelhafter Verehrer Heathcliff ist mittelalt, und ihre Geschichte – die,

die wir nun hören sollen – wird von zwei ganz anderen Personen erzählt: von einem Herrn, der ein Anwesen von Heathcliff pachten will, und von Nelly, der ehemaligen Haushälterin der beiden Protagonisten, die einen Großteil der Geschichte kennt, aber nicht die ganze.

Das sind nur einige der vielen Weisen, wie die Zeit in einem Roman arrangiert werden kann.

Lassen Sie uns probehalber eine bekannte Geschichte ein wenig variieren: die vom Rotkäppchen.

1. Einfache lineare Version. Es war einmal ein kleines Mädchen, dessen Mutter ihm einen schönen roten Umhang mit Kapuze genäht hatte, wegen dem alle es Rotkäppchen nannten. Eines Tages sagte die Mutter: »Ich habe einen Korb mit Leckereien zurechtgemacht, für deine kranke Großmutter, die auf der anderen Seite des Walds wohnt. Bring ihn zu ihr, aber bleib auf dem Weg, denn dort im Wald, da gibt es Wölfe ...« Sie kennen den Rest.

2. *In medias res.* Rotkäppchen war überglücklich! Die Vögel zwitscherten, die Sonne schien, und die Wildblumen blühten! Eine prima Idee, ihrer Großmutter einen Strauß mitzubringen! Doch entgegen den Anweisungen, die sie vor Beginn der Geschichte erhalten hatte, war Rotkäppchen nicht auf dem Weg geblieben, und plötzlich trat ein höflicher, ausgesprochen behaarter Herr mit blendend weißen, spitzen Zähnen hinter einem Baum hervor. »Guten Tag, kleines Mädchen«, sagte er. »Was machst du da?« – »Ich pflücke einen Strauß für meine Großmutter, die auf der anderen Seite des Walds lebt«, sagte Rotkäppchen. Sie kennen den Rest.

3. Rückschau mit Flashbacks. Immer wenn Rotkäppchens Großmutter an den furchtbaren Tag zurückdachte, den sie im Magen des Wolfs verbracht hatte, lief ihr ein

Schauer über den Rücken. Stockdunkel war es dort gewesen, obendrein auch äußerst säurehaltig, und sie war umgeben von diversen Plastiktüten, die der Wolf versehentlich gefressen hatte, und von den Überresten mehrerer Schinkenbrote. Brote mit Brunnenkresse waren ihr persönlich viel lieber. Aber das Schlimmste war, das sie stumm mit anhören musste, wie der Wolf ihr Nachthemd überstreifte, ihre Schlafmütze aufsetzte und sich als sie ausgab. Was für eine billige Kopie! Und das nur, um ihre geliebte Enkeltochter auszutricksen, das kleine Rotkäppchen! Doch da kam zum Glück … Sie kennen den Rest.

Oder wir steigen düsterer ein, wie Kriminalromane es zu tun pflegen, und beginnen mit der Leiche. Aber mit welcher? In einer Version der Geschichte beißen sowohl der Wolf als auch die Großmutter ins Gras, in einer anderen nur der Wolf. Man könnte natürlich beide erzählen und die Leserin entscheiden lassen. Das wurde schon oft so gemacht, zum Beispiel in »Choose your own Adventure«-Büchern oder in Charlotte Brontës Roman ›Villette‹. Dort gibt es nicht nur einen Ablauf der Ereignisse, sondern zwei.

Oder es gibt mehrere Erzähler und damit auch mehrere Abläufe. Das ist das Konzept von Kurosawas Spielfilm ›Rashomon‹, der dafür so berühmt ist, dass der Titel unter Schreibenden zu einer Art Label für diese Art mehrgleisigen Ansatz wurde, in dem die einzelnen Darstellungen einander widersprechen. »Ah, du machst so ein ›Rashomon‹-Ding«, sagen sie und nicken wissend.

Manche Erzählstrukturen ähneln Puzzlespielen – erst am Ende sieht man, wie geschickt die vielen Teile ineinanderpassen. Andere ähneln dem Kinderspiel ›Cluedo‹ – die Autorin verstreut Hinweise, der Leser versucht, sie zu finden. Wie die Geschichte und ihre Struktur aber auch aussehen mögen, immer, in jeder Form des Erzählens und der Fiktion, gibt es ein Zusammenspiel zwischen der Person, die die Geschichte webt, und der, die sie entflicht und interpretiert – der Zuhörer oder die Leserin.

Das Rad des Schicksals im Tarot hat ebenfalls mit Zeit zu tun. Man nennt es auch das Glücksrad, genau wie die bekannte Spielshow, und beide beziehen Namen wie Symbolik von der römischen Glücksgöttin Fortuna. Die alten Römer hofften auf Fortunas Gunst beim Streben nach materiellem Reichtum. Allerdings war sie berüchtigt für ihre unvorhersehbare Launenhaftigkeit, wie Glücksspieler bestätigen werden. Sie, die bei uns als »Lady Luck« bekannt ist, wird auch in der spritzigen Tanznummer *Luck, Be a Lady Tonight* aus dem 50er-Jahre-Musical ›Guys and Dolls‹ angerufen, weil der Sänger auf Glück beim Würfelspiel hofft. Er fleht sie an, ihm damenhaft treu zu bleiben, statt sich davonzustehlen, wie sie es so oft zu tun pflegt.

Fortunas Launenhaftigkeit wird auch am Anfang von Carl Orffs Kantate ›Carmina Burana‹ betont. Der lateinische Text beginnt wie folgt:

> *O Fortuna/Velut luna/Statu variabilis/Semper crescis/Aut decrescis;/Vita detestabilis/Nunc obdurat/Et tunc curat/Ludo mentis aciem,/Egestatem, Potestatem/Dissolvit ut glaciem./Sors immanis/Et inanis,/Rota tu volubilis/Status malus/Vana salus/Semper dissolubilis…*

> Schicksal, wie der Mond dort oben, so veränderlich bist Du, wächst Du immer oder schwindest! –

Schmählich ist das Leben hier! Erst misshandelt, dann verwöhnt es spielerisch den schwachen Sinn. Dürftigkeit, Großmächtigkeiten, schmilzet es, als wär's nur Eis. Schicksal, ungeschlacht und eitel, bist ein immer rollend Rad: schlimm Dein Wesen, Glück als Wahn bloß, fortbestehend im Zergehn.

Lady Luck und ihr sich manchmal grausam drehendes Rad fanden Eingang in den Symbolismus des Mittelalters und der Frührenaissance und so auch in die weissagenden Tarot-Karten. Auch Shakespeare war sie wohlbekannt. Kürzlich musste ich mich eingehender mit Fortuna beschäftigen, weil sie eine wichtige Rolle in seinem Schauspiel ›Der Sturm‹ spielt. Dessen Hauptfigur, der Zauberer Prospero – sein Name verrät ihn natürlich sofort als Günstling Fortunas –, wird seit zwölf Jahren vom Pech verfolgt: Er wurde von seinem verräterischen Bruder gestürzt, entkam in einem leckgeschlagenen Boot aufs Meer und strandete auf einer Insel. Dort wäre er auch geblieben, wäre da nicht seines »Glückes Stern« gewesen, der mit »Fortuna, jetzt wieder meine Freundin«, im Bunde steht. Sein Einfluss führt Prosperos Feinde in die Reichweite seiner Zauberkräfte, wodurch er den Sturm herbeirufen kann, mit dem das Stück beginnt.

Ich hatte mich in den Stoff vertieft, weil ich im Rahmen des Hogarth Shakespeare Project an einer modernen Romanversion des Stückes arbeitete, die inzwischen unter dem Titel ›Hexensaat‹ erschienen ist, einem der Schimpfnamen des Erdwesens Caliban.

Alle Elemente des Stückes sollten auch in meinem Roman vorkommen – aber was tun mit Prosperos »Glückes Stern« und »Fortuna, seiner Freundin«? Ohne sie kam die Handlung nicht in Gang, aber bei Shakespeare sind sie keine Figuren im eigentlichen Sinne. Meine Lösung bestand in einer einflussreichen Frau namens Estelle, die glitzernden Schmuck trägt und ein funkelndes Wesen hat, womit der »Stern« schon mal abgedeckt war. Außerdem stattete ich sie mit einer Garderobe aus, in der Räder, Früchte und Blumen vorkamen, denn Fortunas Symbole sind das Rad sowie das Füllhorn mit den reichen Gaben, die man sich von ihr erhofft. Dank der Strippen, die Estelle hinter den Kulissen zieht, gelangen die Feinde meines Helden in seinen Einflussbereich.

In einfacheren Tarot-Sätzen wie dem Marseilles-Deck ist dem Rad des Schicksals seine Göttin abhandengekommen, doch im älteren Visconti-Deck ist Fortuna noch präsent. Man sieht, wie sie ihr Rad dreht, wodurch auf dessen linker Seite (neben Fortunas rechter Hand) ein paar Menschen emporgehoben werden. Ein temporärer Glückspilz sitzt ganz oben und trägt eine Krone, doch andere, die vorher oben waren, werden zu Fortunas Linker abgeworfen oder unter dem Rad zerquetscht.

Daher der Begriff »Revolution«: Eine Revolution bedeutet eine Drehung des Rades, mit der die Unteren hinaufgehoben und die Oberen gestürzt werden. Gleichheit darf man sich da nicht erwarten – nur einen Tausch der Plätze. Glück für die einen, Pech für andere. Und da jedes menschliche Symbol sein Negativ besitzt, wurde aus dem Rad im Mittelalter eine besonders unangenehme Foltermethode namens … Rädern.

Gesellschaften verändern sich fortwährend; man kann also gar nicht auf der falschen Seite der Geschichte stehen – nicht, sofern man unter Geschichte die Frage versteht, wer gerade an der Macht ist, denn diese Art von Geschichte hat keine Seiten. Geschichte ist kein unausweichlich lineares Fortschreiten. Sie beginnt nicht mit der Genesis und endet mit der Offenbarung, nach der alles auf ewig im Gottesstaat versöhnt ist. Im Laufe der Geschichte von Macht und Moden gibt es keine Unvermeidbarkeit: Was heute aussieht wie die richtige Seite der Geschichte, kann morgen als die falsche gelten – und übermorgen wieder als die richtige.

Beim Schreiben von Romanen nimmt die Schriftstellerin die Rolle der Fortuna ein. Sie ordnet die Zeit und dreht das Rad, erhebt die einen Figuren ins Glück und stürzt die anderen ins Verderben oder lässt sie sogar sterben. Vielleicht ist die Zeit im Roman immer eine Mischung aus Rad und Straße: Das Rad dreht sich, Liebes- und Lebensglück wird gewonnen und vergeht, doch immer rollt das Rad weiter die Straße lang, und die Zeit schreitet auch linear vorwärts. Wer einen Roman verfasst, muss auf Uhr und Kalender achten – hatte X genug Zeit, sich ins Gewächshaus zu schleichen und Y zu ermorden? Zugleich muss man aber den Mond im Blick behalten, der – wie wir gesehen haben – für Illusion steht.

Das Schicksal gleicht dem Mond: *Semper crescis, aut decrescis.* Ständig geht es auf und ab.

Meine dritte Karte ist Justitia, die Gerechtigkeit. Sie soll für das Ende des Romans stehen.

Von Fortuna und ihrem launischen Rad darf man sich nicht viel Gerechtigkeit erwarten, doch im Tarot gibt es dieses Konzept durchaus, vertreten durch die Karte La Balance – die Waage – oder Justitia, die Göttin der Gerechtigkeit. Auch Justitia ist eine römische Gottheit; man kennt sie als Statue vor Gerichten, in der einen Hand ein Schwert als Symbol der Strafe, in der anderen die Waage, die für das Abwägen der Beweise und ein gerechtes Urteil steht. Wie man sich denken kann, steht sie im

Sternzeichen der Waage. Manchmal trägt sie eine Augenbinde, als Zeichen dafür, dass sie niemanden bevorzugt und sich nicht bestechen lässt. Im Visconti-Deck trägt sie keine. Hier sieht sie alles.

Die Göttin der Gerechtigkeit geht auf das alte Rom zurück, von wo sie Eingang ins Tarot fand, doch ihre Waage ist bedeutend älter. Im alten Ägypten kam man nach dem Tod ins Totenreich, wo das eigene Herz gegen eine Feder der Göttin der Wahrheit und des Rechts abgewogen wurde. Erwies es sich als zu schwer, wurde es einem übernatürlichen Krokodil zum Fraß vorgeworfen. Man konnte mogeln, indem man sich mit einem Talisman bestatten ließ – auch beim Schreiben ganz praktisch –, aber Thoth, der ibisköpfige Gott der Schreiber, stand stets mit einer Liste aller guten und schlechten Taten im Leben bereit.

Im Tarot steht La Balance für den guten Ausgang einer Sache, sofern man selber gütig und gerecht war. War man das nicht, muss man sich hüten, denn das eigene Betragen wird dagegen aufgewogen, was das Schicksal einem aufbürdet. Die Karte verhält sich also völlig anders als das Rad des Schicksals: eher umgekehrt. Ihr zufolge gibt es ein moralisches Muster, dem man selbst angehört. Sie kümmert sich nicht um den Verlauf – um die Mitte des Romans –, sondern um Ergebnisse, um Auflösung und Abschlüsse.

Die Reihenfolge der drei Karten verdeutlicht uns die Struktur von Romanen. Den Anfang macht die Päpstin oder Hohepriesterin mit ihren Fingerzeigen und Geheimnissen; in der Mitte steht das Rad des Schicksals mit seinem Ablauf von Zeit und Ereignissen sowie dem Auf und Ab im Schicksal der Figuren; und zum Schluss kommt Justitia mit ihrer Waage, die – so hoffen wir – allen Figuren zuteilt, was sie verdienen: ein gutes Ende für die Guten und ein schlechtes für die Bösen.

Wenigstens als Kinder haben wir uns das erhofft, und Märchen entsprechen in der Regel diesem Wunsch. Das gute Aschenputtel wird belohnt, in Form eines netten, reichen Manns mit Schuhfetisch, der auf seinem Pferd dahergeritten kommt (das ist zumindest besser, als in Asche zu wühlen), und Rotkäppchen entkommt dem Wolf. Was wären wir doch unzufrieden, wenn es anders ausginge und Rotkäppchen als leckerer Happen für den Wolf endete!

Aber, lieber Leser, wir leben in ironischen Zeiten. Manchmal enden unsere Romane nicht so simpel. Es gibt noch viele andere Karten im Deck – den Turm zum Beispiel, der für eine Katastrophe steht, oder den Gehängten, der zwar Erleuchtung verspricht, aber nur, wenn man zuvor eine Weile kopfüber von einem Baum hing. Oder der Magier, eine gute Karte für alle Künstler. Auch über diese Karten als mögliche Wegweiser fürs Verfassen von Romanen ließe sich nachdenken.

Doch welche Karten wir auch auswählen, irgendwo haben wir immer Justitia mit ihrer Waage im Hinterkopf, von wo aus sie uns zwar womöglich nicht sagt, dass unser Roman so ausging, wie er sollte, aber doch zumindest, wie er hätte ausgehen sollen. In der Regel wissen wir, wann etwas fair ist. Wir wünschen uns Fairness, aber bekommen sie nicht immer. So ist das wahre Leben nun mal. Beziehungsweise die Illusion des wahren Lebens im Roman.

Jetzt aber ist die Zeit gekommen, wo ich mein Kartendeck einpacken und in meiner Zauberinnenjacke verschwinden lassen muss. Ist der Magier im Tarot ein bloßer Gaukler? Manchmal. Auch Autoren haben ihre Tricks.

Nicht selten zaubern sie Kaninchen aus dem Hut. Doch in einem tieferen Sinn handelt die Magier-Karte von positivem Wandel, und den erhoffen wir uns auch von Romanen. »Ihr Buch hat mein Leben verändert«, sagen die Leute oft zu Schriftstellern. Man fragt dann besser nicht nach Einzelheiten. Das muss der Leser für sich selbst klären.

Die Schriftstellerin muss sich dem nächsten Roman widmen und wieder zum Anfang zurückkehren – zur Karte der Hohepriesterin und ihren neuesten Geheimnissen, Fingerzeigen und Intuitionen. Genau wie der Gott Hermes ist auch sie eine Türöffnerin. Was passiert als Nächstes? Wir wollen es unbedingt erfahren, doch in Geschichten geht das nur, wenn wir den ewigen Drehungen des Rades in den Wald hineinfolgen, in dem es immer Wölfe, das Auf und Ab des Glücks und Illusionen geben wird, aber am Ende vielleicht auch etwas Gerechtigkeit.

EIN SKLAVINNENSTAAT?

(2018)

Niemand mag Abtreibungen – auch nicht, wenn sie sicher und legal sind. Keine Frau der Welt würde sich eine für einen schönen Samstagabend vornehmen. Allerdings will auch niemand, dass Frauen nach einer illegalen Abtreibung auf dem Badezimmerfußboden verbluten. Was also tun?

Vielleicht stellt man die Frage besser anders: In was für einem Land will ich leben? In einem, in dem alle selbst über ihren Körper und ihre Gesundheit bestimmen dürfen, oder in einem, in dem eine Hälfte der Bevölkerung frei ist und die andere versklavt?

Frauen, die nicht selbst entscheiden dürfen, ob sie Kinder bekommen möchten, sind versklavt, insofern der Staat ihre Körper zu seinem Eigentum erklärt und sich das Recht herausnimmt zu entscheiden, wie mit diesen Körpern umzugehen ist. Männer erleben etwas Vergleichbares nur in der Wehrpflicht. In beiden Fällen besteht Lebensgefahr, aber ein Wehrpflichtiger bekommt wenigstens Essen, Kleidung und ein Dach über dem Kopf. Selbst inhaftierte Kriminelle haben darauf ein Anrecht. Wenn der Staat also Geburten erzwingt, sollte er dann nicht auch die Kosten für Schwangerschaftsbetreuung, für die eigentliche Geburt und – sofern das Kind nicht an reiche Familien verkauft wird – für das Großziehen der Kleinen übernehmen?

Und wenn der Staat ein derart großes Herz für Kinder hat, wieso ehrt er dann nicht die Frauen mit den meisten Kindern und hilft ihnen aus der Armut? Wenn Frauen dem Staat – auch gegen ihren Willen – einen notwendigen Dienst erweisen, sollte man das doch belohnen. Wenn das Ziel in mehr Nachwuchs besteht, würden viele Frauen sicher gern behilflich sein, sofern man sie anständig bezahlt. Andernfalls werden sie eher dem Gesetz der Natur folgen: Bei Ressourcenknappheit brechen höhere Säugetiere ihre Schwangerschaften ab.

Ich bezweifle allerdings, dass der Staat sich darauf einlässt, die benötigten Ressourcen bereitzustellen. Stattdessen will er nur denselben billigen, alten Trick durchziehen: Frauen zum Kinderkriegen zwingen und sie dann dafür büßen lassen. Immer wieder und wieder. Wie gesagt: Sklaverei.

Entscheidet jemand sich bewusst für ein Baby, liegen die Dinge selbstverständlich anders. Das Kind ist ein Geschenk des Lebens selbst. Doch ein Geschenk muss freiwillig geschenkt und angenommen werden. Man kann es auch ablehnen. Darf man das nicht, ist es kein Geschenk, sondern ein Symptom der Tyrannei.

Man sagt, dass Frauen »Leben schenken«. Mütter, die sich selbst zur Mutterschaft entschlossen haben, tun das wirklich und erleben es auch so. Haben sie das aber nicht, ist die Geburt kein Geschenk, das sie geben, sondern Erpressung.

Niemand zwingt Frauen zur Abtreibung. Auch zum Gebären sollte niemand sie zwingen. Wenn Argentinien das trotzdem will, bitte, nur sollte man die Sache wenigstens beim Namen nennen. Dieser Name lautet Sklaverei: der Anspruch, den Körper eines anderen Menschen zu besitzen und zu beherrschen und davon zu profitieren.

›ORYX UND CRAKE‹

Vorwort
(2018)

»Oryx und Crake? Was soll das sein?«, fragte man im Verlag, als ich ihnen den Titel meines brandneuen Romans verriet. »Das sind die Namen zweier Tierarten, die im Roman bereits ausgestorben sind«, erklärte ich. »Außerdem sind es die Namen der Protagonisten.« – »Aber wenn das Buch anfängt, sind die ja tot«, stutzten sie. »Das ist ja der Witz«, sagte ich. »Zumindest einer davon.« (Ein anderer, den ich damals für mich behielt, ist, dass der Titel klingt wie Frösche am Teich. Sprechen Sie die Namen doch mal dreimal nacheinander laut aus: Oryx, Oryx, Oryx. Crake, Crake, Crake. Merken Sie's?)

Da die Verlagsmenschen noch immer skeptisch waren, behauptete ich nun, R, Y, X und K seien Kraftbuchstaben und ein Titel, der sie alle enthalte, könne so übel nicht sein. Ob sie mir glaubten? Schwer zu sagen. Jedenfalls blieb es bis heute bei dem Titel ›Oryx und Crake‹.

Obendrein ist dieser Roman einer der beiden aus meiner Feder, die am wahrscheinlichsten mit Jugendlichen in der Schule besprochen werden. Offensichtlich sind auch die Lehrer der Macht dieser magischen Buchstaben erlegen. Oder irgendetwas anderem.

Und schließlich ist ›Oryx und Crake‹ mein erster – und damit zum damaligen Zeitpunkt einziger – Roman mit durchgehend männlichem Erzähler. Es stimmt, ich hatte die Nase voll von der Frage, wieso ich »immer« über Frauen schrieb. Das tat ich ja gar nicht. Zumindest nicht immer. Aber dieses Buch war ein Monolith. Und getreu der Grundsätze geschlechtsspezifischer Literaturkritik wurde ich sofort nach der Veröffentlichung gefragt, wieso ich keine Frau hatte erzählen lassen. Mienand ist ferfekt.

Und so fing alles an: Ich begann mit der Arbeit an ›Oryx und Crake‹ im März 2001. Damals war ich in Australien, wo ich gerade eine Lesereise zu ›Der blinde Mörder‹ abgeschlossen hatte, meinem vorigen Roman. Hinterher hatte ich im Monsun-Regenwald von Arnhemland eine Weile lang Vögel beobachtet und mehrere Höhlenkomplexe besichtigt, in denen Aborigines vierzig- oder fünfzigtausend Jahre im Einklang mit der Kultur gelebt hatten, in einer ewig gleichbleibenden Kultur.

Zum Abschluss fuhr unsere Vogelbeobachtergruppe zu Philip Gregorys Cassowary House bei Cairns. Wie Vogelbeobachter und Naturkundler es schon damals seit Jahrzehnten zu tun pflegten, unterhielten wir uns über das grassierende Artensterben aufgrund der immer massiveren Eingriffe des Menschen in die Natur. Wie lang würde es wohl noch Kasuare geben, diese erstaunlichen, flugunfähigen Vögel, die aussehen wie blau-lila-rosafarbene Dinosaurier und einen mit einem Klauenhieb aufschlitzen können? Ein paar von ihnen stolzierten über das Grundstück vor dem Haus, fraßen vorgeschnippelte Bananen und verschlangen jeden Kuchen, den jemand leichtsinnig zum Abkühlen aufs Fensterbrett stellte. Und wie lang würden die durchs Unterholz wuselnden Rothalsrallen, die *crakes*, noch überleben? Nicht lang, da waren wir uns einig.

Und was war mit Homo sapiens sapiens? Würde unsere Spezies weiterhin das Ökosystem zerstören, dem sie entstammt, ja, das sie immer noch am Leben hält, und so bald ihren eigenen Untergang herbeiführen? Würde sie innehalten, ihre Torheit erkennen und ihr Einhalt gebieten? Konnte sie sich aus der Sackgasse heraustüfteln, in die ihre Erfindungen sie manövriert hatten? Oder würde sie sich, nachdem sie die biotechnischen Mittel zu ihrer eigenen Vernichtung (etwa in Form eines eigens dafür designten Supervirus) und obendrein die Fähigkeit zur Veränderung des Humangenoms entwickelt hat, entschließen, sich durch eine gütigere, weniger gefräßige Version ihrer selbst zu ersetzen, entworfen von irgendeinem Philanthropen oder wahnsinnigen Weltverbesserer? Lauerte in unserer Mitte ein Prophet und/oder verrückter Wissenschaftler, der nur darauf wartete, den Reset-Knopf zu drücken?

Wie ich so vom Balkon des Cassowary House die erwähnten Rallen beobachtete, entstand in mir fast der gesamte Entwurf von ›Oryx und Crake‹. Noch am selben Abend machte ich mir die ersten Notizen. Eigentlich war ich noch zu erschöpft von meinem letzten Roman, um sofort den nächsten anzufangen, aber wenn eine Story sich derart beharrlich aufdrängt, kann man sie nicht verschieben.

Jeder Roman hat ein langes Vorspiel im Leben seines Autors – darin, was er oder sie gesehen, erlebt, gelesen und gedacht hat. ›Oryx und Crake‹ bildet da keine Ausnahme. Ich hatte schon länger über dystopische »Was wäre wenn?«-Szenarien nachgedacht, und auch über das Artensterben. Viele meiner Verwandten sind Wissenschaftler, und wenn beim alljährlichen Weihnachtsessen der Truthahn tranchiert – beziehungsweise *seziert* – wird, dreht sich das Tischgespräch nicht selten um Darmparasiten, die Sexualhormone von Mäusen oder, seit Neuestem, über die Gen-Schere CRISPR, für die man bereits eine kommerzielle Verwendung wie in ›Oryx und Crake‹ andenkt. In meiner Freizeit lese ich gern Populärwissenschaftliches wie die Bücher von Stephen Jay Gould oder die Zeitschrift ›Scientific American‹, um diesen Unterhaltungen halbwegs folgen zu können.

Seit Jahren hatte ich mir kleinere Meldungen aus den hinteren Seiten von Zeitungen ausgeschnitten und mit Sorge beobachtet, wie vor zehn Jahren noch als Paranoia verlachte Entwicklungen erst immer realistischer und schließlich real wurden. So ging es auch mit ›Oryx und Crake‹: Während ich daran schrieb, war die Züchtung menschlicher Organe in Schweinen nur theoretisch möglich, heute ist sie Realität. »ChickieNobs« habe ich für den Roman erfunden, heute haben wir Laborfleisch. Die damals noch kaum erforschten Selbstheilungskräfte, die Katzen beim Schnurren freisetzen, gelten heute weithin als belegt. Und es wird immer weiter entdeckt und erfunden.

Doch was kommt wohl zuerst: die schöne neue Welt von Biotech, KI und Solarenergie oder der Kollaps der Hightechgesellschaft, die sie alle hervorbringt? Die Gesetze der Biologie sind genauso unerbittlich wie die der Physik: Wem Wasser und Nahrung ausgehen, der muss sterben. Kein Tier überlebt das Aufbrauchen seiner eigenen Lebensgrundlagen. Gesellschaften unterliegen ebenfalls diesem Gesetz, und die vom Klimawandel ausgelösten Katastrophen richten schon heute einiges an Chaos an.

Wie schon ›Der Report der Magd‹ ist auch ›Oryx und Crake‹ ein Werk der spekulativen Fiktion in der Tradition von Orwells ›1984‹, keine klassische Science-Fiction wie H. G. Wells' ›Krieg der Welten‹. Es kommen darin weder intergalaktische Reisen noch Teleporter oder Marsmenschen vor. Genau wie ›Der Report der Magd‹ erfindet es nichts, was wir nicht schon erfunden hätten oder wenigstens erforschen. Jeder Roman beginnt mit einem »Was wäre wenn?« und formuliert dann seine Axiome. Das »Was wäre wenn?« von ›Oryx und Crake‹ ist einfach: Was wäre, wenn wir so weitermachen wie bisher? Wie heikel ist die Lage? Was könnte uns retten? Wer kann uns aufhalten? Kann Biotechnik uns helfen, den Karren aus dem Dreck zu ziehen, auf den wir derzeit zusteuern?

›Oryx und Crake‹ ist ein wilder Spaß, in dem fast die gesamte Menschheit ausgerottet wird, nachdem sie sich zunächst in zwei Hälften spaltet, in eine technokratische und eine anarchistische. Doch es gibt Hoffnung, und zwar in Gestalt eines Grüppchens von Quasimenschen, genetisch darauf zugeschnitten, nicht der Seuche zu erliegen, die Homo sapiens sapiens dahingerafft hat. Anders ausgedrückt: Designermenschen.

Sie, die im Buch »Craker« heißen, verfügen über Vorzüge, gegen die ich selbst nichts einzuwenden hätte: ein eingebauter Schutz vor Insekten und Sonnenbrand sowie die Fähigkeit, Blätter zu verdauen wie Kaninchen. Sie brauchen weder Kleidung noch Landwirtschaft und die dafür nötigen Nutzflächen, weshalb sie auch keine Territorialkriege mehr führen.

Obendrein haben sie diverse Eigenschaften, die zwar ihre Vorteile haben, aber den meisten von uns kaum zusagen würden. Wie die meisten Säugetiere haben sie feste

Paarungszeiten, zu denen sich gewisse Körperteile wie bei Pavianen blau färben – es gibt also weder unglückliche Verliebtheit noch Vergewaltigungen. Alle haben Sex, und damit es nicht zu unromantisch wird, führen männliche Craker eine Art Paarungstanz auf und singen dazu. Auch das tun viele Tiere – mein Lieblingsbeispiel ist das Silberfischchen: Wenn dem Weibchen der Tanz gefällt, übergibt das Männchen ihm ein Päckchen Samen, und basta. Als ich das meinem Steuerberater erzählte, meinte der: »Manche meiner Klienten würden für so was töten.«

Außerdem verschenken männliche Craker dazu Blumen, so wie Pinguine ihren Weibchen Steine schenken. Erst wollte ich ihnen auch ein Element jener Laubenvögel verleihen, die ich in Australien beobachtet hatte, ließ es dann aber doch bleiben, denn das wäre zu komplex geworden und hätte Rivalitäten unter Männchen beinhaltet, die Crake ja gerade ausschließen will: Im Gegensatz zu Laubenvögeln streiten männliche Craker also nicht um geklaute blaue Wäscheklammern. Dafür haben die Craker Gruppensex wie Katzen, was Vaterschaftskonflikte abschafft.

Die Craker sind also friedfertige, gutmütige Vegetarier. Dummerweise findet unser Homo-sapiens-sapiens-Relikt namens Jimmy das unerträglich öde. Menschen sind Geschichtentiere, und als solche sind wir unheilbar süchtig nach Drama.

»Perfekte Stürme« treten auf, wenn bestimmte Kräfte gleichzeitig zusammenwirken. So ist es auch mit den großen Katastrophen der Geschichte. Wie der Autor Alistair MacLeod es ausdrückte, schreiben Schriftsteller über das, was sie beunruhigt macht, und mich beunruhigt aktuell die Welt aus ›Oryx und Crake‹. Dabei geht es mir nicht nur um Erfindungen à la Frankenstein – die meisten Erfindungen sind erst mal nur Werkzeuge und beziehen ihren moralischen Wert daraus, wie wir sie verwenden. Viele dieser Verwendungen sind positiv, obwohl sicher auch »gute« Neuerungen unbeabsichtigte Folgen nach sich ziehen können: Die Sterberate zu verringern, ohne für mehr Nahrung zu sorgen, führt unweigerlich zu Hungersnöten, Aufständen und Kriegen.

Romane liefern keine Antworten: Das überlassen sie lieber der Ratgeberliteratur. Nein, Romane stellen Fragen.

Die wichtigste Frage von ›Oryx und Crake‹ lautet wohl: »Können wir uns selber trauen?« Denn egal, wie entwickelt die Technik ist, Homo sapiens sapiens bleibt am Ende doch derselbe wie seit Zehntausenden von Jahren: dieselben Emotionen, dieselben Sorgen, dasselbe Gute, Böse und Hässliche. Wir Menschen sind schon eine bunte Mischung.

Aber mal angenommen, wir könnten das Böse und Hässliche streichen, wie würden wir das tun? Und wären wir dann trotzdem noch Menschen? Würden Geschöpfe, die – gleich den tugendhaften Pferden namens Houyhnhnms in Jonathan Swifts ›Gullivers Reisen‹ – weder Aggressivität noch Killerinstinkt kennen, nicht rasch ausgerottet werden, wie es zahlreichen First Nations erging, als sie auf die Europäer des sechzehnten und siebzehnten Jahrhunderts trafen? Reicht es aus, dass viele von uns im Grunde ganz nette, anständige Leute wie Gulliver sind – oder wie Jimmy in ›Oryx und Crake‹? Jimmy hat ein »gutes Herz«. Werden gute Herzen reichen, um uns zu retten, oder brauchen wir noch etwas anderes?

Müssten wir, um diese neue, schönere, ethischere Version unserer selbst zu schützen, deren möglicher Erschaffung wir immer näher kommen, und zugleich den Lebensraum zu erhalten, den wir so rasend schnell vernichten, womöglich unser aktuelles Menschenbild begraben? Es sieht ganz danach aus.

Das findet auch Crake. Und er tut es.

SEID GEGRÜSST, ERDLINGE! WAS SIND DIESE MENSCHENRECHTE, VON DENEN IHR SPRECHT?

(2018)

Seid gegrüßt, Erdlinge!

Ich freue mich, hier bei euch sein zu dürfen, auch wenn mir viele eurer Bräuche trotz meiner umfangreichen Forschungen noch immer ein Rätsel sind.

Ich komme von einem Planeten in einer weit, weit entfernten Galaxis und einem anderen Genre. Seinen Namen könntet ihr nicht aussprechen, weil euch der entsprechende Stimmapparat fehlt – weshalb wir euch jahrtausendelang nicht einmal als intelligentes Leben ansahen –, aber ich habe ihn sehr frei in »Mischmaschzyx« übersetzt. Mir scheint, fremde Planeten müssen bei euch immer die Buchstaben Z, Y und X im Namen tragen, und diese Regel habe ich beim Übersetzen berücksichtigt.

Unsere körperliche Erscheinung auf Mischmaschzyx wäre für euch irritierend, ja vielleicht sogar beängstigend: In euren Augen sähen wir wohl aus wie eine Mischung aus Krake, Riesenmeeresschnecke und Salz- und Pfefferstreuer. Euren Nerven zuliebe habe ich deshalb die Gestalt eines kleinen, älteren, zerzausten menschlichen Weibchens aus dem Land Kanada angenommen. Ich dachte, das ist euch vermutlich lieber als der Pterodaktylus, das Mastodon, das Meereskrokodil, die Gorgone, die übergroße Kakerlake oder die Riesen-Sumatraratte, die ich ebenfalls ausprobiert habe. Zum Glück ging mir noch rechtzeitig auf, dass ihr, wenn ich in einer dieser Formen zu euch gesprochen hätte, wohl alle schreiend aus dem Hörsaal geflüchtet wärt, und in null Komma nichts hätte es vor Kampfhubschraubern, Strahlenpistolen und flammenwerfenden Drohnen gewimmelt, vor Fackeln und Mistgabeln, Silberkugeln und wer weiß was noch allem! Ein schönes Durcheinander wäre das gewesen.

Aus reiner Notwehr hätte ich dann euer aller Vernichtung anordnen müssen, was mir schon ein wenig leidgetan hätte, zumal ihr in eurer kurzen Existenz ein paar ganz brauchbare Musiker hervorgebracht habt. Mozart ist auf Mischmaschzyx ziemlich beliebt. Wenn ihr uns also im Zerstörungsmodus kommen seht – in Gestalt von riesenhaften Kakerlaken oder fliegenden Krokodilen –, legt am besten irgendwas von Mozart auf.

Wie ihr seht, habe ich mich gründlich über Erdlinge und ihre blutigen Bräuche informiert. Ich kenne eure Angst vor Fremden, eure Panikmache und eure Tendenz zu Chaos, denn auf Mischmaschzyx verfügen wir über eine umfangreiche Sammlung eurer Filme und Fernsehserien. In denen lauft ihr regelmäßig schreiend weg – ich muss schon sagen, ihr benutzt den Ausdruck »Monster« recht inflationär. Und nach der Schreiphase greift ihr zu den Waffen. Das wollte ich lieber vermeiden.

Alles in allem gefiel mir die Verkleidung als alte Frau daher am allerbesten. Fast hätte ich sogar eine geblümte Kittelschürze angezogen. Ihr Menschenwesen findet alte Frauen für gewöhnlich nervig, aber harmlos, und erwartet euch von ihnen nur ein gutmütiges Lächeln, leckere Kekse und weise Ratschläge, die ihr leichtfertig missachtet; zumindest, wenn ihr ihnen nicht gerade die Schuld für die Pest in die Schuhe schiebt und sie als Hexen verbrennt.

Aber Schwamm drüber, schließlich würdet ihr doch heute wohl keine Hexen mehr verbrennen! Gut, vielleicht ein paar Leute in Synagogen niederschießen oder zehnjährige Kinder verkaufen oder Hunderte noch kleinerer Kinder ihren Eltern entreißen und in Käfige sperren oder … Aber bleiben wir optimistisch!

Hier stehe ich nun also, in Gestalt einer alten Dame, um der Frage nachzugehen: Was sind diese Menschenrechte, von denen ihr sprecht? Für uns vom Mischmaschzyx ergibt das keinen Sinn, da wir keine speziellen »Rechte« brauchen. Obwohl wir keineswegs alle identisch sind, sind wir juristisch und sozial doch alle gleich – im Gegensatz zu euch, wie es bedauerlicherweise scheint. Ihr müsst diese »Menschenrechte« nur formulieren, weil viele von euch sie nicht besitzen.

Manche von euch sind gegen diese Ungleichheit. Anderen gefällt die Vorstellung sogar, dass andere weniger haben, weniger wert sein sollen als sie!

Die Menschheit hat auch ihre finstere Seite.

Doch der Frage nach fehlenden Menschenrechten können wir uns nicht widmen, ohne zuvor eine noch grundsätzlichere zu klären: Was sind überhaupt »Menschen«?

Je nachdem, wen man fragt, erhält man darauf unterschiedliche Antworten.

Als Erstes habe ich einen gewissen »Hamlet« dazu gehört. Manche meinen zwar, den habe es nie wirklich gegeben, doch er scheint mir bekannter und geachteter als viele sogenannte echte Menschen, weshalb ich ihn als eine Art Experten ansehe. Er hatte Folgendes zu sagen:

> Welch ein Meisterwerk ist der Mensch! wie edel durch Vernunft! wie unbegrenzt an Fähigkeiten! in Gestalt und Bewegung wie bedeutend und wunderwürdig! im Handeln wie ähnlich einem Engel! im Begreifen wie ähnlich einem Gott! die Zierde der Welt! das Vorbild der Lebendigen! Und doch, was ist mir diese Quintessenz von Staube? Ich habe keine Lust am Manne – und am Weibe auch nicht, wiewohl ihr das durch euer Lächeln zu sagen scheint.

Hamlet schreibt dem Menschen also allerhand positive Eigenschaften zu: Er ist klug, vernunftbegabt, anmutig, fähig zu engelsgleich tugendhaften und mächtigen Taten und mit einem gottgleichen Überblick über die Welt gesegnet. Mehr noch, »er« sieht auch noch gut aus und steht an der Spitze der Hierarchie im Tierreich. Über schlechte Zähne sagt Hamlet zwar nichts, aber er ist schließlich kein Zahnarzt. Trotz all dieser Qualitäten sind die Menschen für ihn jedoch nichts als Staub, und er hat an ihnen nicht viel Freude.

Wer die Geschichte der Menschen liest – etwa über die Millionen, die in den zwei Weltkriegen getötet wurden, in Korea, Vietnam, Kambodscha, Ruanda, Afghanistan, im Irak, in Syrien und so weiter –, würde sich Hamlets düsterer Seite anschließen. Menschen haben eine erschreckende Neigung dazu, ihre Artgenossen abzuschlachten. Nur Ratten, Ameisen und – weniger ausgeprägt – eine bestimmte Schimpansenart zeigen ein ähnliches Interesse an gemeinsamer Territorialaggression sowie daran, anderen Angehörigen ihrer Spezies die Lebensgrundlage zu entziehen. Wir Bewohner von Mischmaschzyx können euch da nur bemitleiden. Ihr fügt euch so viel Schmerz und Kummer zu, und viele von euch scheinen niemals Spaß zu haben.

Das ist eine mögliche Ansicht der Menschheit. Ich habe mir aber auch die Erklärungen der Menschen angesehen, die ihr »Wissenschaftler« nennt. Deren Domäne ist offenbar die Wahrheit in Form bewiesenen, faktenbasierten Wissens. Sie formulieren gern Hypothesen, prüfen sie in wiederholbaren Versuchen und leiten daraus Theorien ab. Theorien sind indessen nicht dasselbe wie Naturgesetze: Wenn etwas nicht in eine Theorie passt, müssen weitere Versuche unternommen werden, und die Theorie wird aufgegeben oder angepasst. Naturgesetze sind unveränderlich. Viele von euch begreifen das nicht und behaupten Dinge als »Naturgesetze«, die in Wahrheit keine sind. Das gilt auch für das angebliche »Naturgesetz«, aufgrund dessen weibliche Menschen schlechter zu behandeln seien als männliche.

Das bringt uns zu Hamlets Scherz am Ende seiner Rede: »Ich habe keine Lust am Manne – und am Weibe auch nicht, wiewohl ihr das durch euer Lächeln zu sagen scheint.« Das wollte mir erst lang nicht in den temporären Alte-Dame-Kopf – Köpfe haben wir auf Mischmaschzyx gar nicht. Wenn Hamlet hier vom »Mann« spricht, meint er Menschen ganz im Allgemeinen, aber wenn er dann zu dem springt, was ihr »Geschlecht« nennt, oder manchmal auch »Geschlechtsidentität«, spielt er auf Paarung an.

Das scheint unter euch Erdlingen ziemlich beliebt: Ihr könnt nicht über Frauen sprechen, ohne zugleich an Sex zu denken, und das meistens auf humorvolle oder erniedrigende Weise. Das Wort »Weib« lässt Hamlets Freunde grinsen. Knick knack, zwinker, zwinker, wie eine gewisse Sorte britischer Männchen gern alles kommentiert, was mit amourösen Vorgängen zu tun hat.

Auf Mischmaschzyx haben wir kein weibliches Geschlecht in diesem Sinne. Wie gesagt gleichen wir eher einer Mischung aus Krake, Riesenmeeresschnecke und Salz- und Pfefferstreuer. Wir haben mehrere Glieder, von denen einige Bestäubungsgranulate enthalten – das ist der Teil von uns, der Salz- und Pfefferstreuern ähnelt. Wollen wir uns fortpflanzen, umschlingen wir einander mit unseren vielen Armen und verbinden entweder das »Salz«- oder das »Pfeffer«-Glied mit dem entsprechenden Glied des jeweils anderen. Daran können sich mehrere von uns zugleich beteiligen. Das spart eine Menge Zeit, und niemand muss eifersüchtig sein oder sich ausgeschlossen fühlen. Fortpflanzung läuft bei uns eher so ab wie bei euch ein Volkstanz. Alle können mitmachen!

Biologen weisen darauf hin, dass Menschen eher dem Gemeinen Schimpansen (*Pan troglodytes*) ähneln, mit dem sie gut 98 Prozent ihres genetischen Aufbaus teilen, und leiten daraus allerlei Hypothesen ab. Schimpansengruppen werden offenbar von aggressiven Männchen angeführt, benutzen Werkzeuge, schubsen Weibchen herum und führen Kriege. Man könnte das wohl als Patriarchat bezeichnen. Doch es gibt noch eine andere Schimpansenart, den Bonobo (*Pan paniscus*), mit dem der Mensch genauso eng verwandt ist. Bonobos leben in matriarchalen Gruppen, lösen Konflikte mit körperlicher Liebe und beißen unruhestiftenden Männchen die Finger ab. Wie es aussieht, haben Menschen also eine gewisse Auswahl bei ihrer tierischen Verwandtschaft und sind nicht völlig biologisch festgelegt.

In der Tradition des Westens, der auch ihr angehört, hatte das patriarchale Schimpansenmodell in letzter Zeit die Oberhand – und damit meinte ich die letzten vier-, fünftausend Jahre. Womöglich liegt es an eurer Fortpflanzungsmethode, dass ihr vor vielen Tausend Jahren beschlossen habt, die sogenannten Frauen seien eurer anderen Variante unterlegen und müssten deshalb nicht so gut behandelt werden. Paradoxerweise wurden Frauen jedoch noch früher, vor diesem Entschluss, gerade wegen ihrer Gebärfähigkeit verehrt. Was hat sich da geändert? Seit wann hält man Frauen für minderwertig?

Eure »Anthropologen« haben sich mit dieser Frage eingehend befasst. Die starre »So ist es nun mal«-Begründung per »Naturgesetz« wurde schon vor langer Zeit aufgegeben, außer in letzten Widerstandsnestern wie gewissen Regionen der USA oder in Russland, oder in ... na, wenn ich es recht bedenke, würde diese Liste peinlich lang werden. Trotzdem war es richtig, sich von dieser Begründung abzuwenden. Nein, liebe Menschen: Frauen sind nicht von Natur aus dümmer. Sie haben nicht von Natur aus weniger Ausdauer. Sie sind nicht grundsätzlich emotionaler oder weniger rational als Männer – so begehen sie beispielsweise deutlich seltener Verbrechen aus Leidenschaft oder Selbstmord, zwei Dinge, die in übersteigerter Emotionalität verwurzelt sind.

Männer vergießen weniger Tränen, das ist richtig. Aber sie vergießen mehr Blut. Man könnte also sagen, dass Männer auf der Trocken/Nass-Skala nasser sind. Und auf Mischmaschzyx sagen wir das auch.

Richtig ist auch, dass Männer – von denen nie einer bekanntermaßen schwanger war – in der Zeit der Jäger und Sammler mit der Jagd auf Gazellen betraut wurden, zumal man denen wirklich nachjagte und hochschwangere Frauen nicht die besten Sprinterinnen abgeben. Die meiste Nahrung für Familie und Gemeinschaft verdankte man allerdings den botanischen Fähigkeiten und der Sammlerinnen-Expertise von Frauen, denn Gazellen wachsen nun mal nicht an jedem Baum.

Deshalb lassen Männer ihre Socken einfach auf dem

Boden liegen: Sie bemerken sie erst gar nicht, denn sie wurden evolutionär darauf getrimmt, bewegliche Tiere zu sehen. Frauen dagegen können Socken leicht vom Teppichboden unterscheiden, weil die Evolution sie zu besseren Pilzsammlerinnen gemacht hat – und weil alte Socken optisch Pilzen ähneln und manchmal auch so riechen und sich anfühlen. Das zumindest haben wir von Mischmaschzyx herausgefunden.

Würde man die Socken mit blinkenden Solarlämpchen ausstatten, könnten auch die Männer sie sehen, und selbstlos, wie sie sind, würden sie sie ganz bestimmt aufheben und in den Wäschekorb werfen, und wieder wäre ein Hauptgrund für die Unzufriedenheit der Menschen ein für alle Mal aus dem Weg geräumt!

Aber zurück zur Ungleichheit der Geschlechter. Die Anthropologen sagen uns, sie hätten die Ursprünge der Ungleichbehandlung von Frauen in der frühen Bronzezeit ausgemacht, was sowohl mit dem ersten Anbau von Weizen als auch einem Anstieg in organisierter Kriegsführung zusammenfällt. Anhand von ausgegrabenen Knochen aus dieser Zeit erkannten sie, dass die Männer sowohl Weizen als auch Fleisch aßen, die Frauen aber nur Weizen, wodurch sie Knochenschäden ausbildeten. Dadurch wiederum wurden sie im Vergleich zu ihren sammelnden Vorfahrinnen immer kleiner und schwächer.

Ach, Erdlinge, es war ein Teufelskreis: Die Herrscher warben für den Anbau von Weizen, weil der überall gleichzeitig reif wurde und sich deshalb leichter besteuern ließ. Doch um Weizen anzubauen, braucht man urbares Land. Die Versuchung war also groß, seine Nachbarn zu überfallen und sich *deren* urbares Land unter den Nagel zu reißen; dafür brauchte man eine Armee, und eine Armee brauchte leicht lagerbare Nahrung – Weizen zum Beispiel.

Das Tragen der schweren Waffen und Bronzerüstungen der Fußsoldaten und Streitwagen fahrenden Speerwerfer von damals – der alten Griechen, trojanischen Krieger und so weiter – erforderte kräftige Oberkörper, die sich eher bei Männern fanden. Doch bei den nomadischen, berittenen Skythen weiter nordöstlich bevorzugte man leichte Bögen, die Frauen mühelos bedienen konnten. So fanden sich bei den Skythen auch Kriegerinnen, die Hosen trugen – welch ein Graus! –, Pfeile verschossen und als Kriegsheldinnen verehrt wurden (ja, wirklich, das weiß man aus Ausgrabungen skythischer Grabstätten). Daher stammen die Mythen von den Amazonen und der Mondgöttin Artemis mit ihrem silbernen Bogen, von der Bogenschützin Susan aus den Narnia-Büchern und von Katniss Everdeen aus ›Die Tribute von Panem‹.

Nichts hielt die Fantasie griechischer Männer der Antike mehr auf Trab als die Amazonen. Einerseits waren sie das Ziel all ihrer Wünsche (eine Frau vom Rang eines Mannes und deshalb echter Liebe wert! Theseus hatte sich so eine zur Frau genommen!), andererseits ihr schlimmster Albtraum (eine Frau vom Rang eines Mannes! Was, wenn sie gewönnen? Bei was auch immer? Aber vor allem im Krieg?!).

Doch zurück zum Thema.

Wer ein Stück Land erobert hatte, brauchte Leute, um es zu bestellen – Bauernkinder, zum Beispiel, von Frauen gezeugt, oder eben Sklaven, egal, ob gestohlen, unterworfen oder unfrei geboren. Diesen Frauen, Kindern und Sklaven wurden weniger Rechte als den Männern zugestanden, weil sie angeblich von Natur aus minderwertig waren. Verständlich, dass man so etwas behauptet, oder?

Wenn diese Leute wählen dürften, würden sie die Sklaverei wohl abschaffen. Und weil damals rings ums Mittelmeer das gesamte System auf Sklaverei beruhte, durfte man so etwas selbstverständlich nicht zulassen.

So kam die Idee auf, manche Menschen hätten von Natur aus weniger Rechte, weil sie von Natur aus weniger wert seien. Doch so ein Naturgesetz gibt es nicht. Wir Mischmaschzyxianer haben das gründlich untersucht. Wie gesagt, ein Naturgesetz lässt keine Ausnahmen zu: Gibt es doch eine, ist es kein Gesetz mehr. Ihr Menschen habt da diese Redensart, die lautet »Ausnahmen bestätigen die Regel«, doch das gilt nicht für evidenzbasierte, nachweisbare Naturgesetze. Es gab schon zu viele kluge, fähige Frauen, zu viele kluge, fähige Sklaven, um Minderwertigkeit als echtes Naturgesetz zu behaupten. Männer verrenkten sich die Gehirne auf der Suche nach anderen Gründen, wieso bestimmte Gruppen minderwertig seien: Vielleicht waren sie niedrig und gemein. Aber ist es nicht auch niedrig und gemein, bei seinen eigenen angeblichen Naturgesetzen zu mogeln?

Wir Mischmaschzyxianer stellen in allen Dingen gern zwei Fragen: »Ist es wahr?« und »Ist es gerecht?«. Wenn es nicht wahr ist, dass manche Leute von Natur aus minderwertig sind, ist es dann gerecht, sie als minderwertig zu behandeln?

Nachdem ihr viele Jahrtausende lang andere Menschen behandelt hattet, als wären sie von Natur aus minderwertig (auch wenn ihr das Stimmrecht – beziehungsweise die politische Teilhabe – nach und nach ausgeweitet habt), setzten einige von euch sich plötzlich in den Kopf, dass gewisse Menschenrechte für alle gelten sollten.

Dazu kam es nach den Schrecken zweier Weltkriege

und den Enthüllungen über die Konzentrationslager und Völkermorde des Naziregimes. Die Allgemeine Erklärung der Menschenrechte wurde 1948 vor den Vereinten Nationen verkündet – noch so einer eurer sporadischen Versuche, eure blutigen Neigungen zu zügeln.

Hier ein paar Menschenworte aus dieser Erklärung, zitiert nach der Website der Australischen Menschenrechtskommission. (Nebenbei bemerkt: Das Internet und seine Websites waren von unschätzbarem Wert für unsere Bemühungen, euch Erdlinge zu verstehen. Ein paar Mischmaschzyxianer wollten eure Politik studieren, die sie erst mit euren Katzenvideos verwechselten. Ich glaube, inzwischen ist das geklärt, aber eine Weile folgten wir alle einer gewissen Grumpy Cat im Glauben, sie sei die Präsidentin eines eurer größeren Länder.)

Aber weiter im Text. Die Allgemeine Erklärung der Menschenrechte. Ich zitiere:

> Zunächst erkennt die Erklärung an, dass »die Anerkennung der angeborenen Würde (…) aller Mitglieder der Gemeinschaft der Menschen die Grundlage von Freiheit, Gerechtigkeit und Frieden in der Welt bildet«.
> Sie erklärt Menschenrechte für allgemeingültig – für alle Menschen, egal wer sie sind und wo sie leben.
> Die Erklärung umfasst bürgerliche und politische Rechte, zum Beispiel das Recht auf Leben, Freiheit, freie Rede und Privatsphäre. Hinzu kommen wirtschaftliche, soziale und kulturelle Rechte wie die Rechte auf soziale Sicherung, Gesundheitsfürsorge und Bildung.

Wer sich von den Katzenvideos losreißen kann, findet den ganzen Text der Erklärung auf der genannten Website. Außerdem findet man dort das Übereinkommen zur Beseitigung jeder Form der Diskriminierung der Frau von 1981 – eine späte Bestätigung für Olympe de Gouges, die während der Französischen Revolution optimistisch eine Frauenrechtserklärung vorgeschlagen hatte und deshalb wegen Hochverrats verurteilt und enthauptet worden war; die Revolution schloss Frauen daraufhin von der Politik aus.

Auch die UN-Deklaration der Rechte indigener Völker von 2007 findet man dort. Ihr seht, so nach und nach habt ihr hier auf der Erde wenigstens versucht, euch der seligen Gleichheit anzunähern, die wir auf Mischmaschzyx genießen. Schön für euch!

Doch seid gewarnt, Erdlinge. Erstens sind all diese Erklärungen und Übereinkommen nur Ideale. Selbst in Ländern, die sie alle unterzeichnet haben, wurden sie nicht komplett umgesetzt. Sollen sie nicht leere Worte bleiben, müsst ihr mehr tun. Und wohlgemerkt: Je größer die Ungleichheit, desto größer der Missbrauch.

Zweitens fallen Rechte nicht vom Himmel. Sie sind nicht gottgegeben. Sie wurden jahrhundertelang um- und bekämpft. Das Tauziehen geht weiter. Es ist nie vorbei. Kain greift immer schon zum nächsten Stein, Abel wird ständig neu erschlagen. Gier, Eifersucht, das Streben nach Macht … wann hätte Homo sapiens sapiens je ohne sie gelebt? Eine stabile Gesellschaft verfügt wenigstens über eine gewisse Zahl an Mitteln, um diese Neigungen in den Griff zu bekommen. Eine instabile lässt den inneren Dämonen freies Spiel.

Drittens gehen derzeit organisierte, finanzstarke Kräfte

gegen diese fragilen Menschenrechte vor. Manche von euch sind gelangweilt von der Fadheit eurer Quasidemokratien und wollen die Totalitarismen des zwanzigsten Jahrhunderts wiederauferstehen lassen. Hütet euch davor! Am Anfang mag das ja ganz lustig klingen, all dieses Marschieren und Verkleiden sowie das Gefühl, man diene einem unerschrockenen Anführer, der im Gegensatz zu seinen Vorgängern die Wahrheit ausspricht; aber diese Dinge sind noch nie gut ausgegangen, am wenigsten für ganz normale Bürger.

Totalitarismen funktionieren immer ähnlich, egal, wie sie sich nennen. Ihr Ziel ist absolute, uneingeschränkte Macht; zu ihren Werkzeugen zählen Lügen (je dreister, desto besser), das Mundtotmachen der freien Presse (zum Beispiel indem man Journalisten stranguliert und zerstückelt) sowie die Inhaftierung oder Ermordung andersdenkender Künstler und Autoren. Hinzu kommen die Abschaffung unabhängiger Gerichte, wodurch der Vollzug zu einem verlängerten Arm der Regierung verkommt, sowie der Einsatz außerlegaler Mittel der Unterdrückung wie Attentate, das Aufhetzen von Mobs gegen bestimmte Gruppen sowie organisierte Verleumdung, um Rivalen zu bezwingen, die eigene Macht zu festigen und die Bevölkerung in ständiger Angst zu halten. Ist die Verleumdungsmaschinerie erst warmgelaufen, setzt sie gewaltige Kräfte frei: Um selbst der Verleumdung zu entgehen, liegt es nahe, andere zu denunzieren. Und viele sind dieser Versuchung im Lauf der Geschichte schon erlegen.

Wie entstehen solche Regime? Wie ergreifen sie die Macht?

Sie entstehen, wenn sich in Zeiten des – meist wirtschaftlichen – Chaos ein großer Teil der Bevölkerung ungerecht behandelt fühlt. Solche Zeiten begünstigen das

Aufkommen von Anarchie, einschließlich gewaltbereiter Mobs, Lynchmorde und Scheingerichte, und auf sie folgen meistens – wenn das Chaos nicht mehr auszuhalten ist – Kriegsherren und starke Männer. Die scharen Anhänger um sich, indem sie deren Wut auf eine ganz bestimmte Gruppe lenken: auf Leprakranke, Hexen, Tutsi, HIV-Infizierte, Mexikaner, Geflüchtete oder irgendjemand anderes.

Wer dagegen ist, muss selbstverständlich weg. Und auch die politische Mitte muss ausgeschaltet werden: Wer dort steht, vertritt Fairness, Anstand, Mäßigung und Vernunft, und das stört nur, sagen diese starken Männer, wenn blinder, radikaler Glaube gefragt ist. Getrieben von der Angst, für heuchlerisch, moralisch verdorben oder unwürdig gehalten zu werden, treiben sich die Extremisten gegenseitig zu immer krasseren Extremen.

Muss ich euch wirklich erklären, wie Extremisten die Lieblingswerkzeuge der Demokratie gegen sie selbst wenden? Nehmen wir zum Beispiel Wahlen: Die sind äußerst nützlich, wenn man die Leute erfolgreich manipuliert, den eigenen Anführer zu wählen, der dann seine Macht missbrauchen kann, um das freie Wahlsystem rechtzeitig vor der nächsten Wahl zu unterwandern oder nach Wunsch zurechtzubiegen.

Außerdem treiben Extremisten immer Unfug mit der sogenannten Redefreiheit – dem Recht der Einzelnen, politische Meinungen zu äußern, ohne deshalb inhaftiert zu werden, und dem der Presse, ungestraft die Wahrheit zu ermitteln und zu drucken. In Amerika stößt derzeit vor allem die Rechte ins Horn dieser Redefreiheit. Die ist in Wahrheit aber nicht das Recht, immer und überall zu sagen, was man will, egal ob richtig oder falsch, und hebt ein zweites Recht nicht auf – das der anderen, ihren guten Namen gegen bösartige Lügen zu verteidigen.

Dummerweise hat die Linke den Köder der Rechten geschluckt und beeilt sich, ihr unliebsame Redeweisen zu ersticken. Wer solche Waffen schmiedet, muss sich hüten: Sie werden früher oder später gegen ihn gerichtet werden. Seid ihr einverstanden damit, Forschung über Klimawandel und Toxizität politisch zu knebeln? Lacht ihr über Politik und Journalismus, die sich an Fakten halten? Freut ihr euch, wenn Zeitungen angegriffen und Journalisten verprügelt und ermordet werden? Jubelt ihr mit, wenn die Presse – à la Stalin – als »Volksfeind« beschimpft wird? Falls ja, stellt euch in dieser Schlange dort an, in der mit dem Schild »Diktatur«. Die andere Schlange steht entweder links oder rechts daneben. Aber wie man über Tote sagt: Am Ende landen alle in der gleichen Kiste.

Wobei wir auf unserem Planeten eigentlich keine Kisten benutzen. Unsere Begräbnisse sind … Nein, das erzähle ich ein andermal. Sagen wir einfach, sie beinhalten ein gewisses Maß an Mischmaschzyxibalismus. Wir lassen eben nichts verkommen. Und niemand ist bei uns je richtig tot. Nur … anders verteilt.

Um aber optimistisch zu schließen, denn wir Mischmaschzyxianer lieben Optimismus: Ihr lebt nicht in einer Diktatur – noch nicht. Bitte bleibt auch dabei.

Erdlinge, ihr müsst nicht den spalterischen Weg von Misstrauen und Hass gehen. Stattdessen könnt ihr einander als Menschen anerkennen und versuchen, eure Menschenprobleme gemeinsam zu verstehen und zu lösen.

Diese Probleme sind schließlich groß genug! Bekommt ihr zum Beispiel die Temperatur und chemische Zusammensetzung eures Planeten nicht in den Griff, scheißt ihr bald schon Plastik, eure Meere sterben, und ihr habt keine

Luft zum Atmen mehr. Dann heißt es Auf Nimmerwiedersehen, Homo sapiens sapiens. Das wäre doch schade. Ihr habt durchaus eure guten Seiten. Wir mögen Mozart wirklich. Aber uns bleiben ja immer noch die Noten, dann spielen wir ihn eben selbst.

So weit muss es nicht kommen. Es liegt ganz bei euch.

Meine Zeit hier ist zu Ende, und meine Arbeit bei euch ist getan; ihr habt ja sicher schon erraten, dass ich nicht bloß zu Forschungszwecken hier war. Wir wünschen euch Glück – hätten wir Daumen, würde ich sie drücken – und warten im All ab, ob wir irgendwann noch mal eingreifen müssen, falls ihr richtig Mist baut. Da könnten dann durchaus Strahlenpistolen mit im Spiel sein.

Wir hoffen aber, ihr kommt selbst auf ein paar gute Lösungen. Schließlich seid ihr ziemlich clever.

Doch jetzt muss ich meine Verkleidung als kleines altes Weibchen ablegen, strahlend aufleuchten, diverse pseudopodige Glieder sprießen lassen und in die Stratosphäre düsen … auf dem Weg zu einem Planeten in einer weit, weit entfernten Galaxis und einem anderen Genre.

Benehmt euch, Erdlinge! Habt Spaß, wenn ihr könnt! Lasst die Finger vom Totalitarismus! Freut euch über Katzenvideos! Informiert euch über Menschenrechte! Esst Grünkohl! Schafft Einwegplastik ab!

Macht's gut … und Auf Wiedersehen.

›PAYBACK‹

Vorwort zur Neuauflage

(2019)

Als meine Massey Lectures im Herbst 2008 unter dem Titel ›Payback: Schulden und die Schattenseite des Wohlstands‹ als Buch erschienen, wurden sie als prophetisch begrüßt, obwohl ich vorher nicht einmal mit ihrer Veröffentlichung zu diesem Zeitpunkt, dem Anfang der Finanzkrise, gerechnet hatte. So viel zum Thema »prophetisch«. Zu diesem unverdienten Ruf kam ich wie folgt.

Anfang der 2000er hatte ich mich bereits um mehrere Einladungen herumgedrückt, jene renommierten CBC Massey Lectures zu halten, die 1961 als Radioforum eingeführt worden waren, in dem »bedeutende zeitgenössische Denker über wichtige aktuelle Themen sprechen können«. So eine Vortragsreihe ist ein Riesenaufwand! Erst muss man die Vorträge schreiben. Dann muss man daraus ein Buch machen, das länger sein soll als die Vorträge. Dann muss man die Vorträge halten, einen nach dem anderen in fünf verschiedenen, über ganz Kanada verstreuten Städten, und hat dazwischen gerade mal Zeit, seine lange Unterwäsche an- oder auszuziehen, denn das Herbstwetter ist launenhaft. Und zu guter Letzt muss man die Vorträge fürs Radio zusammenschneiden.

Dieses Hin und Her aus Aufblasen und Luftablassen ist anstrengend, sowohl in praktischer Hinsicht als auch für das eigene Ego. Wenn die Vorträge erst länger und dann wieder kürzer werden müssen, wie viel Vertrauen kann man dann noch in die Unfehlbarkeit seiner ach so wertvollen Worte setzen?

So schlug ich also jede diesbezügliche Einladung nur höflich aus. »Vielen Dank, aber da muss ich mir die Haare waschen«, sagte ich im Grunde. »Und nächstes Jahr auch und übernächstes und…« Den Spruch muss ich wohl erklären: Er stammt aus den 50ern und war damals die anerkannte Weise, Männern einen Korb zu geben.

So verging die Zeit, und ich musste mir jedes Mal die Haare waschen, wenn jemand mich für die Massey Lectures ins Spiel brachte. Traditionell wurde die Reihe von House of Anansi Press herausgegeben, einem kleinen Verlag, dem ich in den 60ern etwas Startkapital zugeschossen hatte, in dem ich danach als Verlegerin fungierte und für den ich einen Band namens ›Survival‹ verfasst hatte, um ihm wirtschaftlich auf die Sprünge zu helfen. Inzwischen ist Anansi ein mittelgroßes, renommiertes Haus, doch 2002 machte es schwierige Zeiten durch. Ein großer kanadischer Verlag namens Stoddart hatte es einige Jahre zuvor gekauft, aber dann ging Stoddart selbst den Bach runter, und Anansi drohte gluckernd mitunterzugehen.

In letzter Minute tauchte da ein gewisser Scott Griffin auf, ein Mann, den man als Kind nur mit Gewalt aus seinem Superman-Kostüm hatte bekommen können. Er kaufte Anansi, entriss den Verlag dem Pfuhl der Verzweiflung, schleifte seine leblose Hülle ans Ufer und erweckte ihn mit einer wohlplatzierten Geldspritze wieder zum Leben. Unterdessen hatten die weisen Organisatoren der

Massey Lectures jedoch beschlossen, ihre Vortragsreihe lieber einem größeren, solventeren Verlag anzuvertrauen.

Groß war das Geschrei und tief die Trauer! Konnte *ich* da nicht was tun? Ein Anti-Warzen-Trank vielleicht, ein Fluch oder ein Zauberspruch, ein Stoßgebet zum Mond? Irgendwas mit einer Natter? Übernatürliche Kräfte hatte ich damals so wenig wie heute, doch ich tat, was ich konnte. Ich setzte mich hin und verfasste in gerechtestem Anne-auf-Green-Gables-Zorn eine Bombe, die in Kurzform etwa so aussah:

Wenn ihr House of Anansi die Masseys wegnehmt, werde ich sie nie, niemals im Leben halten, nie! (wütendes Aufstampfen)

Sie haben Anansi die Masseys nicht weggenommen. Das hatte zwar wohl eher nichts mit mir zu tun, aber man kann sich trotzdem denken, was daraus ganz logisch folgte. Und das tat es auch.

Schimpfwort!, rief ich. *Jetzt muss ich doch tatsächlich diese* (Schimpfwort gestrichen) *Massey Lectures halten!*

Das Ganze war ein Lehrbuchbeispiel dessen, was ich kurz darauf untersuchen sollte: Rein äußerlich betrachtet hatten die mir einen Gefallen getan. Ich war ihnen etwas schuldig. Musste zahlen.

Ich sagte also zu, die Massey Lectures zu halten, ohne zu wissen, worüber ich eigentlich sprechen würde. Ich zagte, zauderte und zögerte, saß trüb und traurig sinnend da und las von mancher längstverklung'nen Mär' und Lehr'.

Irgendwann kreiste ich immer enger um gewisse Fragen, die sich jedem aufdrängen mussten, der sich eingehend mit der Literatur des neunzehnten Jahrhunderts befasste. Heathcliff geht als armer Mann fort und kehrt reich zurück: Wie geht das zu? Sicher nicht mit rechten

Dingen. Würde Chad Newsome aus Henry James' ›Die Gesandten‹ seine kultivierte französische Geliebte verlassen und sich wieder dem banalen, aber profitablen Familienunternehmen in Neuengland widmen? Vermutlich ja. Wäre Madame Bovary mit ihrem Ehebruch davongekommen, wenn sie besser in doppelter Buchführung gewesen wäre und sich nicht verschuldet hätte? Bestimmt. Jeder Roman aus dem neunzehnten Jahrhundert betört einem erst mal die Sinne mit Liebe und Romanzen, aber im Kern verbirgt sich darin stets ein Bankkonto. Oder der Mangel an einem.

Man erzählt, als ich dem gespannten Massey-Vorstand mitteilte, ich hätte mir das Thema Schulden ausgesucht, wurden sie alle leichenblass und steckten die Köpfe zusammen.

Sie glaubten, ich wollte etwas über Wirtschaft schreiben. Entsprechend groß war die Erleichterung, als ich erklärte, es gehe mir in Wahrheit darum, wie Menschen darüber nachdächten was und wem geschuldet werde und wie es zurückzuzahlen sei – um die Waagschalen in der Religion, in der Literatur, der Unterwelt, der Rachetragödie und auch in der Natur, einem Bereich, in dem wir unser Konto leider sträflich überzogen haben.

Das Einladungskomitee wischte sich die Schweißperlen von der Stirn, ich reichte ein Konzept ein und vertiefte mich in meine Recherchen. Ich hatte alle Zeit der Welt. Es war 2007, und die Vortragsreihe sollte erst im Herbst 2009 stattfinden.

Dann schlug erneut das Schicksal zu. Anfang 2008 traten die Massey-Leute in Gestalt von Bittstellern an mich heran. Die für 2008 eingeladene Person würde nicht rechtzeitig fertig werden, ob ich also nicht bittebittebitte ein Jahr früher könnte?

Das war im Februar. Der Text für das Buch musste im Juni stehen, damit es zum Beginn der Vortragsreihe im Oktober erscheinen konnte. Eine ganz schöne Ansage.

»Ich brauche Forschungsassistenten«, sagte ich und krempelte die Ärmel hoch. Was soll man mit Ärmeln auch sonst anstellen?

Fünf Monate und viele Stunden Tastaturgehacke später waren wir so weit fertig. Wieder verschwand Schweiß von Stirnen.

Dann schlug das Schicksal ein drittes Mal zu. Gerade, als das Buch herauskam und die Vortragsreise anfing (in Neufundland), kollabierten die Banken, und die Krise nahm ihren Lauf. Mein Buch war – wenigstens dem Anschein nach – das einzige zu diesem Thema auf dem Markt. »Woher haben Sie das gewusst?«, fragten mich bewundernd mehrere Hedgefonds-Manager. Die Antwort konnte ich mir sparen: Dass ich in Wahrheit gar nichts gewusst hatte, ließ sich in meinem Buch problemlos nachlesen.

Ich besitze keine Kristallkugel. Könnte ich die Zukunft wirklich vorhersagen, hätte ich die Börse längst geplündert.

›ERINNERUNG AN DAS FEUER‹

Vorwort
(2019)

Das erste Mal bin ich Eduardo Galeano 1981 in Toronto begegnet, bei einer Tagung von Amnesty International unter dem Titel: »The Writer and Human Rights«. Das Tagungsplakat mit dem geflügelten Pferd habe ich heute noch.

Folgender Hintergrund: Damals herrschte noch der Kalte Krieg, der erst 1989 mit dem Fall der Mauer enden würde. Die Zeit der Roten Garden in China, in der 300.000 Menschen ums Leben gekommen waren, lag nur vierzehn Jahre zurück. Erst zwei Jahre zuvor hatte in Kambodscha die Herrschaft Pol Pots geendet, in deren Verlauf ein Viertel der Bevölkerung getötet worden war.

In Lateinamerika waren Gewalt und Instabilität nicht die Ausnahme, sondern die Regel. Argentinien stand noch immer unter der Knute der rechten Generäle, die etwa 30.000 Menschen hatten »verschwinden« oder, besser gesagt, entführen, foltern und aus Flugzeugen ins Meer werfen lassen. In El Salvador tobte ein grauenvoller Bürgerkrieg. In Chile war auf den US-gestützten Putsch durch General Pinochet im Jahr 1973 eine Phase extremer Gewalt gefolgt: Folter, Morde und Verschleppungen. In

Peru hatte der Leuchtende Pfad erst ein Jahr zuvor seinen brutalen Feldzug begonnen.

Ich war 1970 anlässlich der Oktoberkrise in Kanada bei Amnesty International eingetreten. Die Krise hatte begonnen, als Angehörige der Front de Libération du Québec (FLQ) zunächst den britischen Handelskommissar James Cross kidnappten und später den Arbeitsminister Pierre Laporte entführten und ermordeten. Als Mitglied von Amnesty konnte man unmöglich die eklatanten Rechtsbrüche übersehen, die damals begangen wurden, und auch nicht die besondere Behandlung, die man Schriftstellern und Künstlern angedeihen ließ. Mein Interesse an alldem war nicht nur theoretischer Natur: Es lag eindeutig auf der Hand, dass repressive Regime von rechts wie von links unabhängige Stimmen mundtot machen wollten. Das betraf sowohl Künstlerinnen und Künstler als auch Medien wie Radio, Fernsehen und Presse.

Später sollte ich mich am Aufbau des englisch-kanadischen PEN-Zentrums beteiligen und mich insbesondere im Rahmen des Writers-in-Prison-Committee engagieren, das wegen ihrer Schriften inhaftierten Autoren zur Seite stand, doch das lag damals in der Zukunft. 1981 konzentrierte ich mich auf Amnesty.

Die Tagung verlief, wie man es angesichts jener Zeiten erwarten würde: ernsthaft, besorgt, dringlich, aber auch seltsam traumgleich. Da waren wir, in Kanada, wo niemand aus Flugzeugen geworfen wurde, und überlegten, was Schriftsteller angesichts solchen Grauens unternehmen konnten. Auch Susan Sontag war dabei: Dank des aus Russland ausgewanderten Dichters Joseph Brodsky hatte sie soeben mitbekommen, dass Stalin nicht der Weihnachtsmann war – was viele Anwesende schon wussten –, und wollte, dass wir Fidel Castro ein Telegramm mit der Eröffnung »Sie Mörder« schickten, was nicht unbedingt die effektivste Weise ist, Leuten in absolutistischen Regimen aus dem Knast zu helfen.

Inmitten all des Trubels saß Galeano – ruhig, gelassen, aufmerksam. Auf der Bühne standen ein paar leere Stühle, die jeweils eine verschwundene Person repräsentierten; einer davon gehörte Galeanos bestem Freund. Ich weiß nicht mehr genau, was er gesagt hat, doch es muss mich beeindruckt haben, denn ich las ›Erinnerung an das Feuer‹ gleich nach Erscheinen der englischen Übersetzung im Jahre 1986. Auch das Buch hinterließ bei mir enormen Eindruck – so sehr, dass ich eine Stelle aus dem ersten Band, ›Geburten‹, meinem 1988 erschienen Roman ›Katzenauge‹ vorangestellt habe. Sie lautet:

> Als die Tukanas ihr den Kopf abschnitten, fing die alte Frau ihr Blut in den Händen auf und blies es in die Sonne. »Meine Seele geht auch in dich ein!« rief sie. Seit dieser Zeit nimmt jeder, der tötet, ohne es zu wollen und ohne es zu wissen, die Seele seines Opfers in seinem Körper auf.

Dieses Motiv durchzieht die gesamte ›Erinnerung an das Feuer‹: Mörder und Ermordete, Unterdrücker und Unterdrückte, Eroberer und Eroberte, Versklaver und Versklavte, Folterer und Gefolterte – sie alle sind untrennbar miteinander verbundene Partner, keiner von ihnen kann der Erinnerung dessen entkommen, was sich zwischen ihnen abgespielt hat, und am Ende werden die Täter wegen ihrer Grausamkeiten und Verbrechen leiden.

Die ›Erinnerung an das Feuer‹ ist eine Art Geschichtsbuch: Es erzählt die Geschichte des amerikanischen Doppelkontinents in all ihrem Reichtum, all ihrer Vielschichtigkeit, brutal, üppig, vieldeutig und überbordend. Es erzählt »Geschichte« in dem Sinne, dass die geschilderten Ereignisse sich wirklich zugetragen haben. Doch es ist kein gewöhnliches Geschichtsbuch. Eher gleicht es einem Tanz oder einer Musik: kurze Vignetten, prägnante Riffs, Fakten in Gestalt von ausgeschmückten Sprachgesten. Wie bunt gemischt diese Welt im Lauf der Zeit doch war – beziehungsweise ist. Wie grausam und oft dumm die auftretenden Figuren sich verhielten: grobe Kolonisten, Sklavenfänger, wehrhafte Maroons. Und auch die Tiere werden nicht vergessen: Krokodile lauern als Baumstämme getarnt im Wasser; Spinnenweibchen fressen ihre Männchen, genüsslich und nach Lust und Laune.

Die ›Erinnerung an das Feuer‹ ist unvergleichlich. Sie zu lesen heißt, sich auf einen elektrisierenden Trip durch einen quasihalluzinatorischen, jahrhundertelangen, meisterhaft konstruierten Tunnel des Schreckens einzulassen, grell beleuchtet, schrill und überzeichnet, doch dabei zutiefst überzeugend. Haben Menschen so etwas wirklich getan? Und tun sie es heute noch?

Willkommen in der unwirklichen Wirklichkeit. Sie werden vieles lernen und oft staunen, und so schockiert und angewidert Sie auch sein werden – was Eduardo Galeano sicherlich erwartet hat –, Sie werden sich doch niemals langweilen.

SAG. DIE. WAHRHEIT.

(2019)

Vielen Dank, dass Sie mir die besondere Ehre der CHS Burke Medal zuteilwerden lassen. Ich fühle mich sehr geschmeichelt. Und ich finde es ganz wunderbar, dass die Historische Gesellschaft des Dubliner Trinity Colleges ein Debattierklub ist! Damals am College, in der verschneiten Wildnis von Toronto, war auch ich Mitglied in einem Debattierklub, der aber natürlich keine so lange Ahnentafel vorweisen konnte wie der Ihre.

Aufgrund des weitverbreiteten Irrtums, alle Menschen würden mit dem Alter weiser, erwartet man von mir zu diesem Anlass nun einige weise Worte. Hier also der beste Ersatz für weise Worte, den ich zustande bringen konnte.

Meine erste Beobachtung: Gefühle können Handlungen nicht rechtfertigen. Manche Leute haben das offenbar vergessen. »Wir sind stinkwütend«, sagen sie. So weit, so ehrlich. Aber so aufrichtig dieses Gefühl auch sein mag, rechtfertigt es doch nicht das aus ihm folgende Handeln. Wäre Wut eine ausreichende Rechtfertigung, würden all die Männer, die ihre Frau oder Freundin im Eifersuchtswahn umbringen, nie wegen Mordes verurteilt werden.

Wut kann eine Handlung zwar veranlassen, entschuldigt sie jedoch nicht automatisch.

In manchen Ländern werden Männer, die sogenannte Verbrechen aus Leidenschaft begehen, milder bestraft. Und die Wut selbst war früher stark gegendert. In den Fünfzigern lautete eine typische Schmähung: »Ach, die ist bloß eine wütende Frau«; oder bezeichnender: »Die ist bloß sauer, weil sie kein Mann ist.«

Hier meine zweite Wortwolke, zum Thema Wahrheit: Im Zeitalter von Fake News und Internet-Bots ist Wahrheit manchmal nicht so leicht zu haben. Aber, so fragt man uns, gibt es denn nicht ohnehin keine »echte Wahrheit«? Hängt die nicht immer davon ab, in welcher Filterblase man sich einschließt? Doch nicht mal all die Online-Schummelei ändert die Fakten. Und die Wendung »Sag den Mächtigen die Wahrheit ins Gesicht« wäre bedeutungslos, wenn es keine Wahrheit gäbe. Ich halte mich an Mainstream-Medien, weil die gewöhnlich ihre Fakten prüfen; und wenn sie trotzdem einmal einen Fehler machen und etwas Unwahres, Schädigendes drucken, kann man sie verklagen (im Gegensatz zu dubiosen Websites, die auftauchen und verschwinden wie Glühwürmchen). Derzeit steht die Forderung im Raum, Facebook solle allen Empfängern von Fake News eine Richtigstellung zukommen lassen. Ich bin dafür. Richtigstellungen funktionieren. Oft.

Als mein letzter Roman ›Die Zeuginnen‹ erschien, fand eine Rezension ihn altmodisch: Eine putzige Vorstellung sei das, die Aufdeckung der schmutzigen Geheimnisse eines Regimes könne zu dessen Sturz verhelfen. In den USA schien Wahrheit keine Rolle in den Umfragen zu spielen. Doch der Wind drehte sich schnell, als Whistleblower auftauchten, die neue und verstörende Lieder pfiffen. Und die Leute hörten zu, weil diese Lieder wahr klangen.

Wer eine Laufbahn als Journalistin, Sachbuchautor oder sogar als Autorin von in der Wirklichkeit spielenden Romanen anstrebt, tut gut daran, auf den Rat von Menschen wie Jodi Kantor, Megan Twohey oder Ronan Farrow zu hören, die über mächtige, von weiblichen Whistleblowern entlarvte Männer wie zum Beispiel Harvey Weinstein schreiben. Recherchiert sorgfältig! Prüft alles nach! Stellt sicher, dass die Fakten stimmen! Andernfalls riskiert ihr, dass man euch genauso in der Luft zerreißt wie die erfahrene Journalistin Sabrina Erdely, deren Artikel über eine Vergewaltigung nicht ordentlich geprüft wurde, was den ›Rolling Stone‹ über 4,5 Millionen Dollar an Schadensersatz kostete, weil die abgedruckten Vorwürfe nicht zutrafen. Dass etwas wahr sein *sollte* – weil man es gut meint, weil es ins Weltbild passt, weil es in einer gegebenen Lage von Vorteil wäre –, heißt nicht, dass es auch wahr *ist.* Man muss seine Behauptungen stets gut belegen können, denn wer Unpopuläres sagt, wird garantiert angegriffen. Oder, um George Orwell zu zitieren: »Wenn Freiheit überhaupt etwas bedeutet, dann das Recht, den Menschen das zu sagen, was sie nicht hören wollen.« Und um ihn gleich noch einmal zu zitieren, nur drei Wörter: Sag. Die. Wahrheit.

Mein drittes Körnchen Weisheit hat mit Macht zu tun. Oft wird ein Vers aus einem Gedicht von mir zitiert: »Ein Wort nach einem Wort nach einem Wort ist Macht.« So weit, so gut. Aber was ist Macht? Moralisch ist sie erst einmal neutral. Nichts macht sie an sich gut oder schlecht. Strom kann eine Lampe leuchten lassen oder Häuser niederbrennen, und so verhält es sich auch mit der Macht. Obendrein ist Macht über sich selbst nicht dasselbe wie

Macht über andere. Und auch wer Handlungsmacht besitzt, kann nie vorweg das Endergebnis seines Handelns kennen. Ursachen zeitigen oftmals überraschende Wirkungen. Mit Samuel Beckett gesprochen: »So geht es eben auf dieser verfluchten Erde.« Wenn Sie erst einmal Macht erlangen – und davon gehe ich einfach mal aus, unverbesserliche Optimistin, die ich bin –, vertraue ich darauf, dass sie gut damit umgehen. Oder wenigstens den Umständen entsprechend gut.

Das hier ist ein Debattierklub. Er funktioniert mit Worten. Worte nach Worten nach Worten – mächtige Worte, wollen wir hoffen. Grammatikalisch komplexe Sprachen – Sprachen, die uns erlauben, über lang vor unserer Geburt vergangenen Zeiten zu sprechen, und über Zukünfte lang nach unserem Tod – sind vielleicht die ersten wahrhaft menschlichen Technologien. Wir haben unsere Sprachen von unseren menschlichen Vorfahren übernommen, aus den Anfängen der uns bekannten Zeit. Nutzen Sie sie stets wahrhaftig und gerecht. Wenn Sie das tun, werden Sie sie zugleich machtvoll nutzen, und zwar im besten Sinne.

Unsere Worte liegen jetzt in unserer Hand.

TEIL V

2020 BIS 2021

DENKEN UND ERINNERN

KINDHEIT IM QUARANTÄNELAND

(2020)

Es gibt zwei Arten von Albträumen. Die erste Art ist der böse Traum, den man schon oft geträumt hat. Man befindet sich an einem wohlbekannten, unheilvollen Ort: der gruselige Keller, das Mordhotel, der finstere Wald. Doch da man diesen Albtraum bereits kennt, ist man bestens darauf vorbereitet: Der spitze Stock hat letztes Mal schon gegen das Ungeheuer geholfen, also greift man diesmal auch zu ihm.

Bei der zweiten Art ist alles, was vertraut sein sollte, fremd. Man kennt sich nicht aus, kann sich nicht orientieren, hat keine Ahnung, was man tun soll.

Im Augenblick durchleben wir beide Arten zugleich, doch welche davon einen stärker trifft, ist eine Altersfrage. Junge Leute, die so etwas noch nie erlebt haben, quält die zweite Art von Albtraum. Was ist hier nur los?, schreien sie. Das Leben ist vorbei! Nichts wird je wieder normal sein! Ich halte das nicht aus!

Alte Leutchen wie mich dagegen plagt wieder mal die erste Art. Wir kennen das Spiel – wenn schon nicht genau dasselbe, so doch zumindest ein gespenstisch Ähnliches.

Jedes Kind, das in den Vierzigerjahren in Kanada aufwuchs, als es noch keinerlei Impfstoffe gegen eine ganze Heerschar tödlicher Krankheiten gab, kannte die Quarantäneschilder. Sie waren gelb und hingen an Haustüren. DIPHTHERIE, stand darauf, SCHARLACH oder KEUCHHUSTEN. Der Milchmann (den gab es damals nämlich noch, und manchmal kam er sogar mit dem Pferdewagen) musste genau wie der Brotmann, der Eismann und der Postmann (ja, sie waren wirklich alle Männer) seine Ware auf der Schwelle lassen. Und wir Kinder standen im Schnee (Städte hießen für mich damals immer Winter, den Rest des Jahres verbrachte meine Familie draußen in den Wäldern,) beäugten die rätselhaften Schilder und fragten uns, was hinter jenen Türen wohl für unheimliche Dinge vorgingen. Kinder waren ganz besonders anfällig für diese Krankheiten, vor allem für die Diphtherie; vier meiner Cousins und Cousinen sind daran gestorben. Ab und zu verschwand plötzlich ein Klassenkamerad. Manchmal kam er wieder, manchmal nicht.

Im Sommer sollten wir auf keinen Fall ins Freibad gehen, denn angeblich konnte es dort jederzeit zu einem Polio-Ausbruch kommen. Wanderzirkusse stellten »Freaks« zur Schau, und oft war unter diesen Attraktionen auch ein »Mädchen in der Eisernen Lunge«, das in einer Metallröhre steckte und sich weder bewegen noch atmen konnte: Die Eiserne Lunge nahm ihr das Atmen ab, und ihr Keuchen schallte aus den Lautsprechern.

Was harmlosere Krankheiten wie Windpocken, Angina, Mumps oder Masern betraf, ging man davon aus, dass jedes Kind sie früher oder später abkriegte, und genau so war es auch. Wer krank war, hütete zwangsweise zu Hause das Bett und langweilte sich halb zu Tode, wenn es ihm langsam besser ging. Fernsehen oder Videospiele gab es damals nicht; stattdessen bekam man zu seinem Ginger Ale mit Traubensaft einen Stapel alter Zeitschriften, ein Sammelalbum, Klebstoff und eine Schere. Mit der schnitt man die interessanteren Bilder aus den Zeitschriften aus und klebte sie dann in das Album. Eine Werbung für das Intimduschgel Lysol, zum Beispiel: Sie zeigte eine Frau, die bis zur Hüfte im Wasser stand; auf dessen Oberfläche trieben die Worte »ZWEIFEL, HEMMUNGEN, UNWISSEN, BEDENKEN«, und daneben prangte der Schriftzug: »Zu spät, um vor Qualen zu schreien!«

ICH: »Warum schreit die Frau vor Qualen?«
MUTTER: »Ich muss die Wäsche aufhängen.«

Werbeanzeigen in Zeitschriften warnten vor Bazillen mit Teufelshörnern und fiesen Fratzen, die einfach überall lauerten, besonders in Waschbecken und Toiletten. Man brauchte Seife, Zahnpasta, Mundwasser, Abflussreiniger und Bleichmittel, und zwar in rauen Mengen. Die Bazillen machten krank, bewirkten aber außerdem noch so intime Tragödien wie Mundgeruch: »Immer nur die Brautjungfer, niemals die Braut«, verkündete eine Anzeige voll Mitleid, denn die nette junge Dame mit dem hübschen Kleid und dem traurigen Blick roch aus dem Mund – und obendrein auch noch nach Schweiß. Welch Grauen! Schlimmer als jede Seuche! Als die Vierziger in die Fünfziger übergingen und die Pubertät über uns hinwegrollte, beschnüffelten wir pausenlos unsere Achseln und investierten unseren Babysitter-Lohn in Deos und blumiges Eau de Cologne, denn: »Das sagt dir nicht mal deine beste Freundin.«

Außerdem waren da noch die Füße. Was sollte man mit denen bloß anstellen? Es gab zwar verschiedene Puder, doch dem üblichen Aroma im Klassenzimmer nach zu urteilen, wurden die nicht oft benutzt.

Das Fieseste an den Bazillen, die all jene Krankheiten auslösten – von den Gerüchen ganz zu schweigen –, war ihre Unsichtbarkeit. Nichts macht einem mehr Angst als ein Feind, den man nicht sehen kann.

Unsichtbare Feinde haben eine lange Geschichte. 1693 veröffentlichte Cotton Mather, ein Religionsführer aus Neuengland, das Buch ›Wonders of the Invisible World‹, in dem er seinen Glauben an Hexen und Dämonen verteidigte. Kurz nach Ende des 17. Jahrhunderts forderte er obendrein die Einführung der Pocken-Inokulation in Neu-England. Dämonen = unsichtbar. Pockenerreger = ebenfalls unsichtbar. Es passte alles zusammen! Fast wurde er deshalb gelyncht, denn die Inokulation erforderte, Schorf von der Pocke eines Infizierten in einen Schnitt am Arm zu reiben, was Mathers Zeitgenossen rasend widersinnig vorkam.

Auf die Inokulation folgte die Vakzination – und damit die Jagd auf die Erreger all der tödlichen Leiden, die der Menschheit zusetzten. Das Mikroskop bot neue Möglichkeiten, und nach und nach entwickelte man Impfstoffe für viele häufige Krankheiten. Menschen wurden in eine Welt geboren, die vor Bazillen sicher zu sein schien, oder wenigstens viel sicherer als je zuvor. Statt mit gewissen Krankheiten früher oder später fest zu rechnen, glaubten jüngere Generationen sich von ihnen erlöst. Dann kam AIDS und brachte diese Zuversicht ins Wanken, doch auch das hielt nicht lang vor. Therapien wurden entwickelt, Leben wurden verlängert, und die Bedrohung verklang wieder zu einem Hintergrundrauschen.

Global gesehen waren Seuchen jedoch immer wieder ein Faktor in der Menschheitsgeschichte. Viel mehr Menschen sind durch Viren und Bakterien ums Leben gekommen als in Kriegen. Die Sterblichkeitsrate des Schwarzen Todes in Europa wird mit 50 Prozent veranschlagt. Unter den noch nicht gegen die von den Europäern eingeschleppten Erreger immunen Bewohnern des amerikanischen Kontinents wird sie auf 80 bis 90 Prozent geschätzt. Millionen und Abermillionen fielen der Spanischen Grippe zum Opfer. Aus der Sicht eines Virus oder Bakteriums sind wir keine faszinierenden Individuen mit einzigartigen Lebensgeschichten, sondern bloß Nährböden, auf denen Mikroben sich vermehren können.

Im Intermezzo zwischen zwei Pandemien glauben wir gern, alles sei für immer überstanden. Epidemiologen glauben das nicht. Sie warten stets schon auf die nächste.

2003 ist mein Roman ›Oryx und Crake‹ erschienen, der von einer tödlichen, menschengemachten Pandemie handelt. Doch in gewisser Hinsicht sind alle Pandemien Menschenwerk: Würden wir keine Tiere züchten und gewisse wilde Tierarten nicht essen, wären die Chancen, uns neue, artübergreifende Viren einzufangen, bedeutend geringer.

War es mir in die Wiege gelegt, so ein Buch zu schreiben? Schon möglich. Meine Eltern hatten 1919 beide die Spanische Grippe überstanden und erinnerten sich lebhaft daran. Statt meine Hausaufgaben zu machen, las ich in den Fünfzigern Science-Fiction-Romane wie H. G. Wells' ›Krieg der Welten‹, in dem die Marsianer nicht mit Waffengewalt bezwungen werden, sondern von irdischen Erregern, gegen die sie nicht immun sind. Oder ich las Fantasy wie T. H. Whites ›Das Schwert im Stein‹, in dem der Zauberer Merlin die böse Hexe Mim in einem Formwandel-Duell besiegt, als er sich in einen Bazillus verwandelt, gegen den Mims Drache wehrlos ist. Parallel dazu las ich Hans Zinssers ›Ratten, Läuse und die Weltgeschichte‹, ein Standardwerk über die Effekte von Seuchen.

Als wir in der Schule Byrons Gedicht *Die Niederlage des Sennacherib* durchnahmen, in dem eine ganze assyrische Armee über Nacht zerschlagen wird, fragte ich mich daher nicht, welchen Engel Gott ihnen gesandt hatte. Ich fragte mich: »Was war das für eine Seuche?« Und als 1958 Ingmar Bergmans ›Das siebente Siegel‹ mit seinen Horrorszenen vom Schwarzen Tod in die kanadischen Kinos kam, war ich gewappnet.

Kein einziger Biologe tat ›Oryx und Crake‹ als albernen Unfug ab, der so nie passieren könnte. Sie wussten es besser. Weil es auf diese oder jene Weise bereits passiert war.

Jetzt geht es also wieder los, dachte ich, als die derzeitige Pandemie ausbrach: Wir stehen bis zu den Hüften in Zweifeln, Bedenken und Unwissen, umringt von überall lauernden bösen Bazillen, nur dass sie diesmal nicht als Teufelchen dargestellt werden, sondern als bunte Pompons. Doch wie die Skurrilitäten aus Sci-Fi-Filmen, die erst ganz niedlich aussehen, einen dann aber kontrollieren, können diese Pompons töten.

Was also tun? Im meinem 2008 erschienenen Buch ›Payback‹ habe ich die sechs Weisen aufgelistet, mit denen die Menschen auf die Pest reagiert haben. Das waren:

1. Selbstschutz
2. Aufgeben und feiern, einschließlich Besäufnissen und Diebstahl.
3. Anderen helfen.
4. Schuldzuweisungen (Leprakranke, Sinti und Roma, Hexen und Juden wurden als Schuldige ausgemacht.)
5. Dokumentieren.
6. Einfach weitermachen wie bisher.

Man muss sich nicht zwingend für eine dieser Optionen entscheiden. Von der zweiten und vierten möchte ich abraten (Resignation und Schuldzuweisungen haben noch niemandem geholfen), aber sich selbst und damit zugleich andere zu schützen, die Geschehnisse in einem Tagebuch festzuhalten oder sein Leben mit digitaler Unterstützung so normal wie möglich weiterzuleben – all das ist heute sehr viel leichter möglich als im vierzehnten Jahrhundert.

Also kleben Sie sich ein virtuelles Quarantäneschild an die Tür, lassen Sie keine Fremden ins Haus, begreifen Sie sich selbst als potenziellen Überträger und schauen Sie sich (noch einmal) ›Die Körperfresser kommen‹ oder ›Das siebente Siegel‹ an. Schnappen Sie sich Klebstoff und Schere oder Stift und Papier, egal ob digital oder analog. Solange Sie nicht selbst krank sind, macht diese Pandemie Ihnen vielleicht sogar ein Geschenk: Sie schenkt Ihnen Zeit. Wollten Sie schon immer einen Roman schreiben oder mit dem Holzschuhtanzen anfangen? Jetzt haben Sie dazu Gelegenheit.

Und: Kopf hoch! Die Menschheit macht das nicht zum ersten Mal durch. Früher oder später wird das andere Ufer erreicht sein. Wir müssen nur irgendwie den Teil zwischen vorher und nachher überstehen. Romanautoren wissen, der Mittelteil ist immer am kniffligsten. Aber auch den kann man bewältigen.

›THE EQUIVALENTS‹

(2020)

Im Herbst 1961, ich war damals einundzwanzig, ging ich zum Graduiertenstudium ans Harvard Radcliffe. Wieso machte ich das eigentlich? Schließlich wollte ich ja keine Professorin werden, sondern Schriftstellerin. Allerdings war allgemein bekannt, dass man vom Schreiben nicht leben konnte, also streifte ich mir eine Tweed-Verkleidung über und machte mich daran, mir Qualifikationen zu erwerben. Ein Dichter hatte mir einmal erklärt, man müsse Trucker werden, um das Leben zu verstehen, doch da hatte ich schlechte Karten. Also verlegte ich mich eben auf das Unterrichten.

Ich wohnte in einem Wohnheim für Frauen am Appian Way, einem dreistöckigen Holzbau, den ich später als Vorbild für das Haus des Commanders im ›Report der Magd‹ benutzen würde. Spanner und Stalker spickten das Gebäude wie Seepocken einen Wal. Man blickte vom Schreibtisch auf und sah zwei Männerfüße vor sich auf dem Fensterbrett. Im Haus gab es nur ein einziges Telefon, und auf dem gingen häufig obszöne Anrufe ein. Die zuständigen Stellen sahen solche kleinen Aufmerksamkeiten bloß als lästige Bagatellen, ähnlich wild wie Mückenstiche. Wir sollten uns darüber nicht zu sehr den Kopf zerbrechen.

Damals gab es vieles, über das man sich nicht zu sehr den Kopf zerbrechen sollte. So stellte die Anglistik-Fakultät, obwohl sie nichts gegen weibliche Studierende hatte, aus Prinzip keine Frauen ein – das laut auszusprechen gehörte sich allerdings nicht. Zwar hielt man es für sinnvoll, Frauen ausreichend zu bilden, damit sie sich gepflegt mit den Geschäftspartnern ihrer Gatten unterhalten konnten, aber alles Weitere würde sie nur »neurotisch« machen. (Freud hatte großen Einfluss auf die Bemühungen in den 50er-Jahren Frauen in ihren Häusern und Körpern einzusperren, und »neurotisch« war praktisch ein anderes Wort für »aussätzig«.)

Graduiertenstudentinnen waren also sozusagen per definitionem neurotisch und wurden in Harvard nur geduldet. Im Grunde galt das für das ganze öffentliche Leben in Amerika. In den 50ern vermittelte man Frauen auf vielfältige Weise, dass sie nur Nebenrollen zu übernehmen hatten. Sie sollten ihre »Rosie the Riveter«-Overalls und eigenen Einkommen aufgeben, hübsch und hilflos sein wie Lucille Ball und ihre Weiblichkeit ausleben, indem sie Kinder kriegten, ihr Gehirn ausschalteten und sich ihren Gatten zu Füßen warfen. Männer, die keine ehrgeizigen Überflieger sein wollten, waren keine echten Kerle, und Frauen, die das wollten, waren keine echten Frauen. Das bekam man pausenlos zu hören.

Am härtesten traf diese Gehirnwäsche die Generation vor meiner, die jungen Mütter aus den 50ern. Mein Jahrgang hatte grade noch mal Glück gehabt: Als Teenies hatten wir Rock ’n’ Roll gehört, und später gingen meine *bohémien* veranlagten Altersgenossen in Cafés, in denen man Folksongs und Gedichte aufgetischt bekam. Uns

Mädchen war nicht zwangsläufig ein Hausfrauenschicksal vorherbestimmt, wir konnten uns der freien Liebe und der Kunst widmen. Allerdings konnte man irgendwie nicht gleichzeitig Hausfrau und ernst zu nehmende Künstlerin sein. Oder doch? Das war nie so richtig klar.

In diesem kritischen Moment, in dem das in den 50ern so gründlich festgezimmerte Frauenbild ins Wanken kam, richtete Mary Ingraham Bunting, die Präsidentin des Radcliffe College, das Radcliffe Institute for Independent Study ein, um durch Ehe und Kinder ausgebremsten Frauen einen Neustart zu ermöglichen. Das Institut (»mein chaotisches Experiment«, wie Bunting es nannte) sollte diesen Frauen Zeit, ein wenig Geld und ein Dach über dem Kopf geben. Vor allem aber sollte es ihnen einander schenken: Menschen, die ihre Probleme kannten und sie ernst nahmen.

›The Equivalents‹ schildert die faszinierende Geschichte dieses chaotischen Experiments. Im September 1961 nahm das Institut die ersten dreiundzwanzig Stipendiatinnen auf. Die Erwartungen waren niedrig, die Unterkünfte schlicht. Niemand ahnte, dass dieses bescheidene Unterfangen eine bedeutende Brutstätte für die krachende zweite Welle der Frauenbewegung werden sollte, die gegen Ende der 60er heranwogte.

Das Buch liest sich wie ein Roman, und zwar wie ein richtig heftiger: Zu seinen Figuren zählen Sylvia Plath und Anne Sexton, die beide wichtige Autorinnen ihrer Zeit werden und sich später selbst das Leben nehmen sollten, die spätere Pulitzer-Preisträgerin Maxine Kumin, Robert Lowell, der Plath und Sexton unterrichtet hat und damals schon als Begründer der *confessional poetry* gefeiert wurde, Tillie Olsen, deren Zeit am Institut zu ihrem bekanntesten Buch ›Was fehlt. Unterdrückte Stimmen in der Literatur‹ führen würde, über die Kräfte, die Frauen vom Schreiben abhalten, und Betty Friedan, deren ›Weiblichkeitswahn‹ die Massen missmutiger Frauen wachrüttelte, die vergeblich versucht hatten, brave Hausfrauen und Mütter zu werden.

Wer hätte gedacht, dass Bunting und Friedan mal zusammengearbeitet haben? Friedan war in die Planung des Instituts involviert, und Bunting half Friedan bei der Arbeit an ›Weiblichkeitswahn‹. Am Ende war Bunting jedoch zu gesittet für Friedan und Friedan zu laut für Bunting. Bunting wollte nur die Möbel etwas umstellen, Friedan fast das ganze Haus abfackeln.

Wie aber hatte Mrs Bunting die alten Harvard-Herren dazu gebracht, ihr widerwillig grünes Licht zu geben? Die kurze Antwort: Sie kannte das Terrain und wusste – wie die Sirenen –, welches Lied sie singen musste. Der Kalte Krieg hatte das Weltall erreicht, und die Sowjets hatten sich den USA davongetüftelt: auch indem sie die Fähigkeiten talentierter Frauen nutzten. Sollten die USA dagegen nicht ihre eigenen klugen Frauen mobilisieren? Nun mögen zwei Dutzend Frauen, ein bisschen Geld und ein paar Schreibtische nicht nach großer Mobilmachung klingen, doch wie sich zeigen sollte, waren sie der Anfang einer Kettenreaktion.

Die ersten Stipendiatinnen mussten gegen ihre eigene Doppelidentität antreten. Einerseits waren sie unbedeutende Hausfrauen, andererseits aber auch talentierte Dichterinnen und Schriftstellerinnen, anerkannte Malerinnen und Bildhauerinnen. Ein Mann wie Robert Lowell konnte ein launenhaftes Genie sein und trotzdem verehrt werden; bei Frauen war das Wort »Genie« eher ein Euphemismus für »durchgeknallt« und »schlechte Mutter« (ein ungleich vernichtenderes Etikett als »schlechter

Vater«). ›The Equivalents‹ untersucht die widersprüchlichen Kräfte, die an den Frauen dieser Brückengeneration zerrten: zu ehrgeizig und voller Lebenskraft für die Puppenhäuser der 50er aber zu früh dran für den Volldampf-Feminismus der 70er.

Das Buch taucht tief in die komplexen Leben dieser Frauen ein. Anhand von Briefen, Dokumenten, Interviews und Biografien betrachtet Maggie Doherty ihre Freundschaften und Rivalitäten, ihre Eifersüchteleien, ihre Ehen und ihre Krisen, ihre Ängste und Nöte, aber auch ihre Höhepunkte und Triumphe. Die Freundschaft zwischen Sexton und ihrer Dichterkollegin Kumin ist besonders berührend, auch wenn sie Sexton letztlich nicht im Reich der Lebenden festhalten konnte.

Doherty schildert den Enthusiasmus und die Verwicklungen dieses ersten Experiments, spart aber auch dessen Beschränkungen nicht aus. In ihrer Nacherzählung seines Verlaufs in den 60ern schreibt sie auch über Alice Walker und deren »womanistischen« Einsatz für schwarze Frauen, die ganz andere Probleme hatten als die weißen Mittelschichtlerinnen am Institut: Der von Friedan angeprangerte Weiblichkeitswahn war für sie niemals ein Thema. Auch Tillie Olsen, die Kommunistin aus der Arbeiterklasse, blieb auf ihre Weise eine Außenseiterin.

Die meisten dieser Frauen sahen sich nicht als die Art »Feministinnen«, die Ende der 60er auf die Bildfläche traten. Obgleich ihre Arbeit von jüngeren Aufwieglerinnen aufgegriffen wurde, wollten sie doch Künstlerinnen sein, nicht Aktivistinnen. Gegen Ende des Jahrzehnts kam es mit dem Aufkommen der Bürgerrechtsbewegungen, der Anti-Kriegs-Proteste und des lesbischen Aktivismus zu Spaltungen – nicht nur zwischen neuen, unterschiedlichen Spielarten des Feminismus, sondern auch zwischen engen

Freundinnen vom Institut. »Dichter beginnen glücklich ihres Lebens Bahn«, schreibt Wordsworth, »doch enden immer in Verzweiflung und in Wahn.« Wahn für die einen, Verzweiflung für andere. Was war nur aus diesen anfänglichen Hoffnungen geworden, aus diesen Seelenverwandtschaften?

›The Equivalents‹ ist ein scharfsichtiges, kluges und schwungvolles Porträt eines Jahrzehnts, gesehen durch die Brille des Instituts. Doherty tut alles, um ihren Lesern die materiellen, spirituellen und intellektuellen Bedingungen begreiflich zu machen, unter denen diese Frauen darum kämpften, ihre Rolle zu finden und ihre Kunst zu schaffen. Die Vergangenheit ist stets ein fernes Land, doch wir können es besuchen, und es ist gut, dafür eine so kundige Reiseleiterin zu haben.

Zum Abschluss vergleicht Doherty die beschriebene Ära mit der Gegenwart. Was hat sich für Frauen in den letzten sechzig Jahren geändert, was nicht, was ist schlimmer geworden? War all der Kampf, die Angst, die kreative Unruhe umsonst? Das denkt sie nicht, und ich stimme ihr da zu. Ich habe in diesem fernen Land einmal gelebt, und ich danke der Autorin der ›Equivalents‹ für die Erinnerung daran, dass ich nie mehr dorthin zurückwill.

›DIE UNZERTRENNLICHEN‹

Vorwort
(2020)

Große Neuigkeiten: Simone de Beauvoir, die Großmutter der zweiten Welle der Frauenbewegung, hatte einen bisher nie veröffentlichten Roman geschrieben! In Frankreich heißt er ›Les Inseparables‹ und erzählt laut der Zeitschrift ›Les Libraires‹ »klar und gefühlvoll die Geschichte der stürmischen Freundschaft zweier junger Rebellinnen«. Den wollte ich natürlich lesen – doch dann bat man mich, ein Vorwort für die englische Ausgabe zu verfassen.

Meine erste Reaktion war Panik. Ich fühlte mich in meine Jugend zurückversetzt, als Beauvoir, mir eine Heidenangst eingejagt hatte. Mein Studium Ende der 50er Anfang der 60er absolvierte ich in einer Zeit, in der Cognoscenti mit schwarzen Rollkragen und dicken Lidstrichen (von denen es in Toronto damals zugegeben nicht gerade wimmelte) die französischen Existenzialisten wie Götter verehrten. Camus, wie fantastisch! Gierig verschlangen wir seine düsteren Romane. Beckett, wie gigantisch! Seine Stücke, vor allem ›Warten auf Godot‹, waren die Lieblinge sämtlicher College-Theatergruppen. Ionesco und sein absurdes Theater, wie verwirrend! Und doch wurden auch seine Stücke häufig gespielt, und einige davon (die ›Nashörner‹ zum Beispiel, eine Metapher für faschistische Machtergreifung) gewinnen heute neue Relevanz.

Und dieser Sartre! Nicht unbedingt klassisch attraktiv, aber so irre intelligent! Wer hätte damals nicht »Die Hölle, das sind die anderen« zitiert? War uns klar, dass das im Umkehrschluss bedeutete: »Der Himmel ist die Einsamkeit«? Natürlich nicht. Haben wir ihm verziehen, dass er so viele Jahre den Stalinismus schöngeredet hatte? Na selbstverständlich – zumindest mehr oder weniger, denn schließlich hatte er den sowjetischen Einmarsch in Ungarn 1956 verurteilt und ein flammendes Vorwort zu Henri Allegs ›Die Folter‹ (1958) verfasst, dem Buch, in dem Alleg seine grausame Folterung durch französische Soldaten im Algerienkrieg schildert (das Buch war in Frankreich verboten, aber bei uns in der Provinz war es offenbar zu haben, denn ich las es im Jahr 1961).

Unter all diesen einschüchternden Lichtgestalten des Existenzialismus gab es nur eine einzige Frau: Simone de Beauvoir. Die muss doch beängstigend tough sein, dachte ich, wenn sie sich inmitten dieser ultraintellektuellen, brillanten Pariser Olympier behauptet. Damals glaubten Frauen, wenn sie mehr vom Leben wollten, als die ihnen zugewiesene Geschlechterrolle, müssten sie sich aufführen wie Machos: stets auf den eigenen Vorteil bedacht, gefühlskalt und offensiv – auch in sexueller Hinsicht. Ein Bonmot hier, ein Klaps auf ein paar freche Finger dort, ein, zwei oder zwanzig beiläufige Affären und dazu Zigaretten, wie im Kino … Ich hätte das nie gekonnt, mir war ja schon der College-Debattierklub zu viel Druck. Außerdem musste ich von Zigaretten immer husten. Und diese altbackenen Anzüge mit Schulterpolstern wären ein viel zu hoher Preis für einen Platz am Cafétisch gewesen.

Warum ich Simone de Beauvoir so einschüchternd fand? Da haben Sie leicht fragen: Sie haben ja genügend Abstand. Tote Menschen sind naturgemäß weniger Furcht einflößend als lebende, vor allem, nachdem sie von akribisch jeden Makel aufspürenden Biografen zurechtgestutzt worden sind. Für mich war de Beauvoir eine gigantische Zeitgenossin. Hier war ich, das zwanzigjährige Landei aus Toronto, das davon träumte, in einer Pariser Mansarde Meisterwerke zu verfassen und sich seinen Lebensunterhalt als Kellnerin zu verdienen, dort waren die Existenzialisten, die im Le Dôme Café in Montparnasse Hof hielten, für ›Les Temps Modernes‹ schrieben und über Mäuschen wie mich die Nase rümpften. Ich konnte sie förmlich hören: »*Bourgeoise*«, würden sie spotten, während sie ihre Gitanes abaschten. Schlimmer noch: eine Kanadierin! »*Quelques arpents de neige*«, würden sie mit Voltaire ätzen. Und nicht bloß eine Kanadierin, sondern auch noch eine Hinterwäldlerin, und eine von der schlimmsten Sorte: eine Anglo. Diese gelangweilte Verachtung! Dieser kultivierte Hohn! In Sachen Snobismus macht den Franzosen niemand was vor, am wenigsten den französischen Linken. Zumindest denen aus der Mitte des zwanzigsten Jahrhunderts; heute würde so etwas bestimmt nicht passieren.

Aber dann wurde ich älter, fuhr tatsächlich nach Paris und wurde dort nicht von Existenzialisten verschmäht (ich bekam nicht einmal welche zu sehen, weil ich mir die Pariser Cafés nicht leisten konnte). Wenig später, in Vancouver, las ich endlich ›Das andere Geschlecht‹ – im Bad, damit mich niemand dabei sah. Es war 1964, und die zweite Welle der Frauenbewegung war noch nicht bis ins nordamerikanische Hinterland vorgedrungen.

Ein Teil meiner Ehrfurcht wich nun Mitleid. So streng

war Simones Erziehung gewesen. So eingeengt hatte sie sich in ihrem überwachten Körper gefühlt, in ihrer rüschenbesetzten Mädchenkleidung und mit den Verhaltensregeln. Offenbar hatte es doch seine Vorteile, eine kanadische Hinterwäldlerin zu sein, ganz ohne tadelnde Nonnen und anstrengende Verwandte aus halbgehobenen Kreisen. Ich durfte Hosen tragen, was angesichts der vielen Mücken definitiv besser war als ein Rock, in meinem Kanu herumpaddeln und später, in der Highschool, auf Sock Hops gehen und mit semizwielichtigen Freunden Filme im Autokino schauen. Solch zwangloses und wenig damenhaftes Benehmen hätte man der jungen Simone niemals durchgehen lassen. Natürlich war die Strenge nur zu ihrem Besten, wie man ihr versicherte. Bräche sie die Regeln ihres Standes, wäre das ihr Untergang und würde die gesamte Familie in Schande stürzen.

Man muss bedenken, dass Frankreich erst 1944 das Frauenwahlrecht eingeführt hat und das entsprechende Gesetz von Charles de Gaulle im Exil unterzeichnet wurde. Kanadische Frauen hatten dieses Recht schon beinahe fünfundzwanzig Jahre früher erhalten. Beauvoir hörte in ihrer Jugend also ständig, dass Frauen nicht würdig seien, im politischen und gesellschaftlichen Leben des Landes mitzureden. Erst mit sechsunddreißig hätte sie zum ersten Mal wählen dürfen, und auch dann nur theoretisch, zumal Frankreich immer noch von den Deutschen besetzt war.

Als sie in den 1920ern volljährig wurde, sträubte Beauvoir sich heftig gegen das Korsett ihrer Herkunft. Ich, die viel weniger eingeschnürt war, hatte nicht den Eindruck, dass die Dinge, die sie in ›Das andere Geschlecht‹ beschrieb, für alle Frauen galten. Viele Aspekte des Buchs fand ich sehr plausibel, aber definitiv nicht alle.

Hinzu kam der Generationenunterschied: Ich war 1939 auf die Welt gekommen, Simone de Beauvoir schon 1908, ein Jahr vor meiner Mutter. Die beiden waren fast derselbe Jahrgang, und dennoch lagen Welten zwischen ihnen. Meine Mutter wuchs im ländlichen Nova Scotia auf, war ein burschikoses Mädchen, eine Reiterin und eine Eisschnellläuferin – man braucht sich nur Simone de Beauvoir beim Eisschnelllaufen vorzustellen und hat sofort den Unterschied vor Augen. Beide hatten als Kinder den Ersten und als Erwachsene den Zweiten Weltkrieg miterlebt, aber Frankreich war in beiden mittendrin gewesen, während Kanada zwar Gefallene zu beklagen hatte, deren Zahl in keinem Verhältnis zur Größe seiner Bevölkerung stand, aber niemals bombardiert oder besetzt wurde. Die Rigorosität, die Härte und der unerschrockene Blick auf die hässlicheren Seiten des Lebens, die wir bei Beauvoir finden, lassen sich nicht losgelöst von Frankreichs Martyrium betrachten. Die beiden Kriege durchzustehen, mit all ihren Entbehrungen, Gefahren, Ängsten, Konflikten und Verraten, war ein Gang durch die Hölle, der zweifellos Spuren hinterlassen hat.

Statt durch einen harten, kühlen Blick zeichnete meine Mutter sich durch einen munteren, hemdsärmeligen Wird-schon-wieder-Pragmatismus aus, der einer Pariserin aus der Jahrhundertmitte wohl geradezu beleidigend naiv erschienen wäre. Überwältigt von der Last des Daseins? Frustriert davon, wie ein Sisyphos immer wieder den Stein auf den Hügel rollen zu müssen, nur damit er dann wieder hinunterkullert? Geplagt von der existenziellen Spannung zwischen Freiheit und Gerechtigkeit? Hungrig nach Authentizität oder Sinn? Unsicher, mit wie vielen Männern man schlafen muss, um sich für immer von der Schande der Großbourgeoisie reinzuwaschen?

»Ein strammer Spaziergang durch die frische Luft, dann geht's dir gleich viel besser«, hätte meine Mutter da geraten. Das riet sie auch mir, wann immer ich zu depressiv verkopft oder verdrießlich war.

Die abstrakten, philosophischen Aspekte von ›Das andere Geschlecht‹ hätten meine Mutter nicht weiter interessiert, aber ich glaube, viele von de Beauvoirs anderen Texten hätten sie gefesselt. Rückblickend lässt sich behaupten, dass sich Beauvoirs frischeste, unmittelbarste Werke direkt aus ihren eigenen Erfahrungen speisen. Immer wieder zog es sie zurück zu ihrer Kindheit, ihrer Jugend, ihrem Leben als junge Erwachsene – dazu, ihre persönliche Entwicklung, ihre komplexen Gefühle, ihre Eindrücke der Zeit zu untersuchen. Das bekannteste Beispiel dafür ist wohl der erste Band ihrer Autobiografie, ›Memoiren einer Tochter aus gutem Hause‹(1958), doch derselbe Stoff findet sich auch in ihren Romanen und Erzählungen. In gewisser Hinsicht suchte sie sich selbst heim. Wessen unsichtbare, schwere Schritte kommen da unaufhaltsam die Treppe herauf? Meistens waren es die ihren. Das Gespenst ihres früheren Ichs – *ihrer* früheren Ichs – war niemals weit.

Jetzt haben wir eine Art Urquell vor uns: die bisher unveröffentlichten ›Unzertrennlichen‹. Das Buch erzählt von der vielleicht prägendsten Erfahrung in Beauvoirs Leben, nämlich von ihrer Freundschaft mit »Zaza« (die im Buch Andrée heißt): eine intensive, vielschichtige Beziehung, die mit Zazas frühem, tragischem Tod endet.

Beauvoir hat dieses Buch 1954 geschrieben, fünf Jahre nach ›Das andere Geschlecht‹, und den Fehler gemacht, es Sartre zu zeigen. Der beurteilte Kunst in der Regel politisch und konnte die Bedeutung des Romans nicht erkennen; eigentlich seltsam für einen materialistischen

Marxisten, zumal das Buch eindrücklich die materiellen und sozialen Umstände seiner jungen Protagonistinnen beschreibt. Damals nahm man Produktionsmittel allerdings nur ernst, wenn sie mit Fabriken oder Landwirtschaft zu tun hatten, nicht wenn es um die unbezahlte, unterschätzte Arbeit von Frauen ging. Sartre tat das Werk also als irrelevant ab. In ihren Memoiren schreibt Beauvoir, es habe »keine innere Notwendigkeit und war nicht imstande, die Aufmerksamkeit des Lesers zu fesseln«. Das ist *anscheinend* ein Zitat von Sartre, dem Beauvoir damals *anscheinend* zustimmte.

Nun, lieber Leser, Monsieur Sartre lag daneben, wenigstens in den Augen dieser Leserin. Ich vermute, wer ein Faible für solche Abstraktheiten wie die »Vervollkommnung der Menschheit« oder »Absolute Gleichheit und Gerechtigkeit« hat, kann nur wenig mit Romanen anfangen, zumal die immer von konkreten Einzelnen und ihren Umständen handeln; und erst recht mag so ein Mensch wohl keine Romane, wenn seine Liebste sie über Ereignisse schreibt, die sich zugetragen haben, ehe er in ihr Leben trat, und in denen eine wichtige, begabte, angebetete andere vorkommt, die zufällig auch noch eine Frau ist. Das Innenleben junger bourgeoiser Mädchen? Pfft, wie trivial. Lass doch diesen kleingeistigen Pathos, Simone. Wende deinen scharfen Verstand besser Wichtigerem zu.

Aber Monsieur Sartre, entgegnen wir vom einundzwanzigsten Jahrhundert aus, das *ist* wichtig! Hätte es ohne Zaza, ohne die leidenschaftliche Zuneigung dieser beiden füreinander, ohne Zazas Ermutigung für Beauvoirs intellektuelle Ambitionen und den Wunsch, sich aus den Zwängen ihrer Zeit zu befreien, ohne de Beauvoirs Blick auf die erdrückenden Erwartungen, die Zazas Familie und Umfeld ihr als Frau auferlegten – Erwartungen, die Zaza in Beauvoirs Augen trotz ihres scharfen Verstands und ihrer Willenskraft buchstäblich das Leben ausquetschten –, je ›Das andere Geschlecht‹ gegeben? Und was wäre ohne dieses Schlüsselwerk noch alles nie passiert?

Wie viele Zazas leben heute noch auf dieser Welt – kluge, talentierte, fähige Frauen, manche unterdrückt von den Gesetzen ihrer Heimatländer, andere durch Armut oder Diskriminierung in mutmaßlich emanzipierten Staaten? ›Die Unzertrennlichen‹ sind, wie alle Romane, an ihre Zeit und ihren Ort gebunden, doch sie sind zugleich zeit- und ortlos.

Lies und weine, lieber Leser. Auch die Autorin weint am Anfang. So beginnt diese Geschichte: unter Tränen. Es scheint, dass Beauvoir trotz ihrer einschüchternden Fassade nie aufgehört hat, die verlorene Zaza zu beweinen. Womöglich hat sie selbst so hart daran gearbeitet, das zu werden, was sie war, um ihr eine Art Denkmal zu setzen. Beauvoir musste sich bis ins Letzte ausdrücken, weil Zaza es nicht konnte.

›WIR‹

Vorwort
(2020)

Ich habe Jewgeni Samjatins bemerkenswerten Roman ›Wir‹ erst in den 1990ern gelesen, lang nachdem ich ›Der Report der Magd‹ geschrieben hatte. Wie hatte mir eine der bedeutendsten Dystopien des zwanzigsten Jahrhunderts nur so lange entgehen können, obendrein eine, die direkt George Orwells ›1984‹ beeinflusst hat, das wiederum ein direkter Einfluss auf mein Schreiben war?

Vielleicht, weil ich Orwell – wie Science-Fiction überhaupt – zwar *gelesen*, aber nicht *studiert* habe. Als ich endlich doch auf ›Wir‹ stieß, war ich von den Socken. Jetzt, wo ich es in Bela Shayevichs frischer, starker Übersetzung wiederlese, bin ich das erneut.

So vieles an ›Wir‹ erscheint heute prophetisch: der Versuch, das Individuum durch Verschmelzung aller Bürger mit dem Staat abzuschaffen; die Überwachung nahezu allen Tuns und Denkens, nicht zuletzt durch die charmanten rosa Riesenohren, die bebend jedes Wort aufsaugen; die »Liquidierung« von Dissidenten (in Lenins Schriften von 1918 ist sie noch metaphorisch gemeint, in ›Wir‹ dagegen wörtlich, denn die Liquidierten werden tatsächlich verflüssigt); die Errichtung einer Mauer, die nicht nur Eindringlinge fernhält, sondern gleichzeitig die Bürger einsperrt; die Schaffung eines überlebensgroßen, allwissenden, wohltätigen Big Brothers, der womöglich nur ein Götzenbild oder ein Simulakrum ist – all diese Details deuteten schon auf das voraus, was kommen sollte. Dasselbe gilt für die Ersetzung von Namen durch Buchstaben und Zahlen: Hitlers Vernichtungslager hatten ihren Insassen noch keine Nummern tätowiert, wir Menschen von heute waren noch nicht zu Algorithmusfutter geworden. Stalins Personenkult war noch nicht etabliert, zum Bau der Berliner Mauer waren es noch Jahrzehnte, Abhörwanzen waren noch nicht erfunden, die Schauprozesse und Verfolgungen des Stalinismus fingen erst zehn Jahre später an. Und doch enthält ›Wir‹ geradezu die Blaupause für die kommenden Formen von Diktatur und Überwachungskapitalismus.

Samjatin hat diesen Roman in der Zeit von 1920 bis 1921 verfasst, inmitten des auf die bolschewistisch dominierte Oktoberrevolution folgenden Bürgerkriegs. Er selbst hatte der Bewegung schon vor 1905 angehört und war folglich einer jener Altbolschewiki, die Genosse Stalin in den 1930ern liquidieren ließ, weil sie an ihren demokratisch-kommunistischen Idealen festhielten, statt sich seiner Autokratie zu unterwerfen. Jetzt, wo die Bolschewiki den Bürgerkrieg gewannen, kamen Samjatin erste Zweifel. Die alten Komitees verkamen zu bloßen Steigbügelhaltern jener Machtelite, die unter Lenin entstanden war und von Stalin zementiert werden sollte. War das etwa Gleichheit? War dies das Aufblühen der Talente jedes Einzelnen, das die Partei früher so schwärmerisch angepriesen hatte?

In seinem Essay *Ich fürchte* schrieb Samjatin im Jahre 1921: »Die Hauptsache ist, daß wahre Literatur nur dort leben kann, wo sie nicht von zuverlässigen Vollzugsbeamten gemacht wird, sondern von Wahnwitzigen, Abtrünnigen, Ketzern, Träumern, Aufständigen, Skeptikern.« So gesehen war er ein Kind der Romantik, genau wie die Revolution selbst. Doch die »zuverlässigen Vollzugsbeamten« merkten, woher der leninistisch-stalinistische Wind wehte, und waren eifrig dabei, zu zensieren, erwünschte Stile und Themen zu dekretieren und unorthodoxes Unkraut zu jäten. Das ist immer eine gefährliche Übung im Totalitarismus, denn was Blume ist und was Unkraut, kann sich mit einem Autokratenblinzeln ändern.

Zum Teil lässt sich ›Wir‹ als Utopie lesen: Ziel des Einzigen Staats ist ein glückliches Leben für alle, und da man ihm zufolge nicht gleichzeitig frei und glücklich sein kann, muss die Freiheit eben weg. Die »Rechte«, derentwegen die Menschen im neunzehnten Jahrhundert so viel Aufhebens machten (und es heute noch tun), hält er für lächerlich: Wenn der Einzige Staat alles kontrolliert und zum größtmöglichen Wohle aller handelt, wer braucht dann noch Rechte?

Der Roman steht in einer Reihe mit den Rezepten für allgemeines Glück anbietenden Utopien des neunzehnten Jahrhunderts. Damals wurden so unglaublich viele Utopien geschrieben, dass Gilbert and Sullivan sie sogar in einer komischen Oper namens ›Utopia, Limited‹ parodierten. Zu den Highlights zählen: ›Das kommende Geschlecht‹ von Edward Bulwer-Lytton (eine überlegene Rasse, deren Frauen stärker als die Männer sind, lebt im Erdboden unter Norwegen, verfügt über fortschrittliche Technik sowie aufblasbare Flügel und stellt Vernunft über die Leidenschaft), William Morris' ›Kunde von Nirgendwo‹ (sozialistische Gleichheit, Kunst, Handwerk, schicke Klamotten und sämtliche Frauen sind präraffaelitische Augenweiden) und W.H. Hudsons ›A Crystal Age‹, in dem die Menschen nicht nur attraktiv und gut gekleidet sind, sondern – wie die Shaker – glücklich werden, weil sie sich kein bisschen für Sex interessieren.

Das ausgehende neunzehnte Jahrhundert war besessen vom »Frauenproblem« und »der neuen Frau«; keine Utopie (oder Dystopie) kam darum herum, an der geltenden Sexualmoral zu schrauben. So war es auch in der Sowjetunion. Deren Versuche, die Familie abzuschaffen, Kinder kollektiv zu erziehen, Scheidung zu vereinfachen und es Frauen zumindest in einigen Städten bei Strafe zu verbieten, Sex mit einem Kommunisten zu verweigern (netter Versuch, Männer!), führten zu solch groteskem, chaotischem Elend, dass Stalin in den 30ern hastig zurückruderte.

Aber Samjatin schrieb in der gärenden Anfangsphase, und ›Wir‹ satirisiert die damaligen Haltungen und Maßnahmen. Obwohl die Menschen im Roman buchstäblich in Glashäusern leben, in denen man jeden ihrer Handgriffe sieht, schließen sie keusch die Jalousien, wenn sie sich zu einer Stunde Geschlechtsverkehr treffen, die sie zuvor ordnungsgemäß per rosa Billett bei einer alten Dame im Foyer ihres Wohnblocks angemeldet haben. Und obwohl alle Sex haben, dürfen nur Frauen, die bestimmte körperliche Voraussetzungen erfüllen, Kinder bekommen: Eugenik hielt man damals noch für »fortschrittlich«.

Wie in Jack Londons Roman ›Die eiserne Ferse‹ von 1908 (eine Dystopie, die auf eine utopische Zukunft hofft) und Orwells ›1984‹ sind die treibenden Kräfte des Dissens in ›Wir‹ weiblich. Der männliche Protagonist D-503 ist zu Anfang noch ein überzeugter Anhänger des Einzigen

Staats und will eine Rakete ins All schicken, um dessen Rezept für vollkommenes Glück mit fremden Welten zu teilen. Dystopische Figuren führen gern Tagebuch, und D-503 schreibt seines für das Universum. Aber die Sache wird schnell komplizierter, und damit auch Ds Prosa. Hat er in seinen düsteren Momenten vielleicht etwas Edgar Allan Poe genascht? Oder auch deutsche Schauerromantik? Oder Baudelaire? Schon möglich. Entweder er oder sein Autor.

Auslöser von Ds Gefühlswirren ist Sex. Wenn er sich doch nur an seine rosa Billetts und angemeldeten Termine halten könnte! Kann er aber nicht. Auftritt I-330, eine hagere, heimliche Bohemienne, eine individualistische, Alkohol trinkende Dissidentin, die D in ein geheimes Liebesnest lockt und dazu veranlasst, den Einzigen Staat zu hinterfragen. In scharfem Kontrast zu ihr steht O-90, eine füllige, folgsame Frau, die als zu klein zum Kinderkriegen eingestuft und D als offizielle Sexualpartnerin zugeteilt wird. Ihr »O« kann man als Kreis verstehen, der Fülle und Vollkommenheit verkörpert, oder auch als leere Null. Samjatin entscheidet sich für beides. Anfangs halten wir O-90 für eine Null, dann überrascht sie uns damit, dass sie trotz des Verbotes schwanger wird.

Über den Unterschied zwischen Ich- und Wir-Kulturen hat man schon allerhand geschrieben. In einer Ich-Kultur wie in den USA gelten Individualität und Wahlfreiheit geradezu als Religion. Das ist kein Zufall: Amerika ist ein Produkt der Puritaner, und im Protestantismus dreht sich alles um das Verhältnis der eigenen Seele zu Gott, nicht um die Mitgliedschaft in einer Kirche. Die Puritaner waren große Tagebuchschreiber, die jeden seelischen Mucks dokumentierten. Dafür muss man vom Wert der eigenen Seele schon sehr überzeugt sein. »Finde deine Stimme« lautet das Mantra nordamerikanischer Autorenschmieden, und damit ist selbstverständlich die ganz eigene Stimme gemeint. Und unter »Redefreiheit« versteht man das Recht zu sagen, was man will.

In Wir-Kulturen interessiert man sich für solche Stimmen nicht: Als wertvoll gilt die Zugehörigkeit zur Gruppe. Jede Handlung der Einzelnen soll dem harmonischen Miteinander dienen. Man darf zwar sagen, was man will, doch was man will, hängt davon ab, wie es sich auf andere auswirkt. Und wer kann das entscheiden? Das »Wir« natürlich! Aber wann wird aus dem »Wir« ein Mob? Ist Ds Beschreibung eines Massenspaziergangs im Gleichschritt ein Traum oder ein Albtraum? Ab welchem Punkt wird aus dem ach so harmonischen, einträchtigen »Wir« eine Nazikundgebung? Genau in diesem kulturellen Kreuzfeuer stecken auch wir heute fest.

Jeder Mensch ist doch wohl beides: ein Ich, einzigartig und für sich allein stehend, und ein Wir, ein Teil einer Familie, eines Lands, einer Kultur. In einer idealen Welt schätzt das Wir (die Gruppe) das Ich für seine Einzigartigkeit, und das Ich erkennt sich selbst in seinem Umgang mit anderen wieder. Wird dieses Gleichgewicht verstanden und geachtet – so wollen wir zumindest glauben –, muss es keine Konflikte geben.

Der Einzige Staat hat dieses Gleichgewicht gestört: Er versucht, das Ich auszuradieren, das jedoch stur auf seiner Existenz beharrt. Genau das quält D-503. Seine Argumente gegenüber sich selbst sind Samjatins Argumente gegenüber der zunehmenden Gleichmacherei und Mundtotmachung der frühen UdSSR. Was wurde da nur aus der strahlenden Zukunft der Utopien des neunzehnten Jahrhunderts, aus der Vision des Kommunismus? Was war da bloß schiefgelaufen?

Als George Orwell ›1984‹ schrieb, waren Stalins Morde und Verfolgungen bereits passiert, Hitler war schon wieder Geschichte, und das Ausmaß, in dem ein Mensch durch Folter erniedrigt und verstümmelt werden kann, war bekannt. Deshalb ist sein Blick viel düsterer als der Samjatins. Dessen Heldinnen sind so standhaft wie die von Jack London, während Orwells Julia einknickt und fast umgehend Verrat begeht. Samjatins S-4711 ist ein Geheimagent, doch seine Nummer verrät sein Alter Ego: 4711 ist der Name eines Duftwassers aus Köln, der Stadt, die im Jahre 1288 demokratisch gegen Staat und Kirche revoltiert hat und zur Freien Reichsstadt wurde. Ja, S-4711 ist in Wahrheit ein dissidentischer Umstürzler. O'Brien aus ›1984‹ dagegen gibt sich als Dissident aus, gehört jedoch in Wahrheit zur Staatspolizei.

Samjatin deutet einen Ausweg an: Jenseits der Mauer liegt eine natürliche Welt, in der freie »Barbaren« leben, bedeckt mit Fell – oder so etwas in der Art. Aus der Welt von Orwells ›1984‹ gibt es dagegen kein Entrinnen, auch wenn er eine ferne Zukunft offenlässt, in der diese repressive Gesellschaft nicht mehr existiert.

›Wir‹ ist an einem ganz bestimmten Augenblick in der Geschichte entstanden: als die vom Kommunismus versprochene Utopie in eine Dystopie kippte, man Andersdenkende im Namen des Gemeinwohls der Gedankenverbrechen bezichtigte, mangelnde Zustimmung für Autokraten als Verrat an der Revolution gesehen wurde, die Schauprozesse sich häuften und Liquidierungen an der Tagesordnung waren. Wie konnte Samjatin die Zukunft so klar vorhersehen? Konnte er natürlich gar nicht. Er hat die Gegenwart gesehen – und das, was schon in ihren Schatten lauerte.

»Der Lauf des Menschen wirft bestimmte Ziele voraus,

zu denen er, falls beharrlich verfolgt, hinführen muss«, sagt Ebenezer Scrooge in der ›Weihnachtsgeschichte‹. »Doch wird vom Lauf abgewichen, wird sich auch das Ziel ändern.« ›Wir‹ war eine Warnung für das Umfeld seiner Zeit – eine nicht beherzigte, weil nicht gehörte Warnung: Dafür sorgten die »zuverlässigen Vollzugsbeamten« der Zensurbehörde. Vom Lauf wurde nicht abgewichen. Millionen und Abermillionen ließen ihr Leben.

Warnt das Buch auch uns, auch heute? Falls ja, wovor? Und hören wir darauf?

›DIE ZEUGINNEN‹ SCHREIBEN

(2020)

Ich grüße Sie! Es ist mir eine große Ehre, dieses Jahr die Belle Van Zuylen Lecture halten zu dürfen. Und es tut mir wahnsinnig leid, dass ich nicht persönlich kommen konnte, aber wie wir alle mache ich in diesen Tagen trotzdem das Beste aus der Lage. Ich hoffe nur, Sie werden sich nicht langweilen; ich weiß, wie anstrengend es ist, so lange Menschen auf dem Bildschirm zuzuhören, aber ich will tun, was ich unter gegebenen Umständen tun kann.

Unter gegebenen Umständen. Die Umstände. Die sind immer und überall ein einschränkender Faktor. Als ich mich über Belle Van Zuylen informiert habe, merkte ich schnell, was für ein außerordentliches Exemplar des weiblichen Geschlechts sie war, aber auch, wie sehr ihre Umstände sie prägten. Wäre sie nicht in eine wohlhabende Adelsfamilie geboren worden, hätte sie keine Bildung erhalten. Ohne Bildung wäre sie niemals Schriftstellerin geworden und hätte Ende des achtzehnten Jahrhunderts nicht so viele führende Köpfe der Aufklärung kennengelernt. Auch hätte sie wohl keine so liberale Haltung an den Tag gelegt – liberal im damaligen Sinne –, hätte sich nicht so kritisch über die rückschrittlicheren Elemente des europäischen Adels geäußert und wäre auch den bei der Französische Revolution vorgeschlagenen Reformen gegenüber nicht so aufgeschlossen gewesen.

Hätte sie sich während dieser Revolution, besonders in der Zeit des Terreur, aber in Frankreich aufgehalten, wäre womöglich auch ihr Kopf gerollt. Einer reichen Adelsfamilie zu entstammen und obendrein gebildet und qua Heirat als Isabelle de Charrière bekannt zu sein war praktisch ein Todesurteil. Nicht einmal ihre liberalen Ansichten hätten sie davor gerettet: Auch Olympe de Gouges, die in ihrer ›Erklärung der Rechte der Frau und Bürgerin‹ (1791) ein paar der 1789 von den männlichen Revolutionären beanspruchten Rechte auch für Frauen forderte, endete wegen des Vorwurfs von Verrat und Aufwiegelung auf dem Schafott

Nach ihrem Tod wurde de Gouges anderen Frauen als mahnendes Beispiel vorgehalten: »Die impudente Olympe de Gouges, die als erste Frau politische Vereine gründete und ihre häuslichen Pflichten schleifen ließ, um sich in die Angelegenheiten der Republik zu mischen, und deren Kopf unter der rächenden Klinge des Gesetzes rollte« – so mansplainte ein gewisser Herr die Sache spöttisch einer Schar aufsässiger Weiber. In Wahrheit hatte de Gouges selbst keine Frauenclubs gegründet, sondern wurde erst nach ihrem Tod zu deren Vorbild, aber in so parteilichen Dingen und unter dem Druck moralischer Entrüstung wäre allzu strenges Beharren auf den Tatsachen wohl schnöde Pedanterie. *Impudent* ist hier das Schlüsselwort: Es kommt vom lateinischen Wort *pudere*, »sich schämen«, und bedeutet so viel wie »frivol« oder »schamlos« – Adjektive also, die man gemeinhin Frauen zuschreibt, Männern aber nicht. Madame de Gouges' Anliegen wurde als frivol und schamlos aufgefasst, so wie ein gewagtes, Haut zeigendes Kleid. Derlei Rhetorik tauchte im gesamten neunzehnten Jahrhundert immer wieder auf, wenn »impudente« Frauen sich im Namen der Gleichheit zu Wort meldeten.

Woher kam dieser Widerstand? Bedauerlicherweise hatte Jean-Jacques Rousseau, einer der geistigen Väter der Revolution und ein Lieblingsautor Belle Van Zuylens, ein Bild von Frauen, das diese auf eine Weise an den heimischen Herd und den Dienst an anderen kettete, die auch zu Nazideutschland gut gepasst hätte. Madame de Gouges' Bitte um etwas mehr Gleichheit konnte daher als Versuch gesehen werden, die Grundfesten der schönen neuen Welt zu untergraben, die die Revolution zu schaffen glaubte. Trotz ihrer wichtigen Rolle im Verlauf eben dieser Revolution wurden Frauen hinterher nur noch zur Zeugung und Aufzucht der nächsten Generationen männlicher Republikaner gebraucht. Also: Rübe ab! Fast eins zu eins dasselbe Muster wiederholte sich später in der Russischen Revolution – und auch nach dem Zweiten Weltkrieg in Amerika und England. Danke für die Hilfe, Ladys, jetzt husch zurück ins Körbchen, wo ihr hingehört. Und keine Frivolitäten, bitte.

Belle Van Zuylen soll gesagt haben, die französischen Adligen hätten überhaupt nichts aus der Revolution gelernt; die adligen Revolutionsflüchtlinge, denen sie in der Schweiz begegnet war, aber wussten zumindest eines: Wenn adelige Köpfe rollen und man selber Adeliger ist, nimmt man besser schnell die Beine in die Hand! Alle guten Absichten oder gar guten Taten – sofern man welche vorzuweisen hat – werden einem dann nichts nützen, denn in solchen Zeiten zählt nicht, für wen man sich selber hält oder was man meint, Gutes getan zu haben. Wichtig ist allein, für was die anderen einen halten – die,

die jetzt die Strippen ziehen und das Fallbeil bedienen. Und wie bei der blutrünstigen Königin aus ›Alice im Wunderland‹ gilt: »Erst die Strafe, dann das Urteil.« In Zeiten des Tugendwahns bedeutet eine Anklage immer zugleich Urteil und Strafe. Fakten gelten dann nichts mehr, und die Justiz, wenn es denn eine gibt, ist nur noch Feigenblatt. Dieses Schema hat die Menschheit im Lauf ihrer Geschichte immer wieder durchgespielt. In Krisenzeiten, egal ob echt oder eingebildet, braucht man Schuldige – egal ob echt oder eingebildet.

Belle Van Zuylen hatte Glück, dass sie während dieser Wirren in der Schweiz lebte. Sie starb 1805, im Jahr nachdem Napoleon durch seine Kaiserkrönung die von der Revolution gegründete Republik abgeschafft und das – vorläufige – Ende des Aufklärungsidealismus eingeläutet hatte. In Sachen Frauenrechte ging es von da an abwärts. Die postrevolutionäre Regierung hatte Abtreibung entkriminalisiert, Napoleon stellte sie wieder unter Strafe. Außerdem führte er die von der Revolution abgeschaffte Sklaverei wieder ein, und seine Statthalter auf Guadeloupe und Haiti verübten Gräuel, die mit allem Vergleichbaren im zwanzigsten Jahrhundert mithalten können.

Ich wüsste nur zu gern, was Belle Van Zuylen in dem Jahr, das sie ihn noch erleben musste, über Napoleon gedacht hat. Zwar bekam sie seine schlimmsten Seiten nicht mehr mit – die größten Massaker und Gräuel standen noch aus –, doch es muss sie sehr frustriert haben, ihre Ideale so zusammenbrechen zu sehen.

Gegenüber der Redewendung von der »falschen Seite der Geschichte« war ich immer schon misstrauisch. Die Geschichte führt nicht auf der Einbahnstraße in ein goldenes Utopia. Sie dreht und windet sich je nach den Umständen. Der Große Sprung nach vorn kann sich durch Nahrungsknappheit, eine Pandemie oder die Machtgier eines Despoten erstaunlich schnell in einen Großen Sprung zurück verkehren. Die Geschichte ist keine Göttin, auch wenn sie in der Vergangenheit von gewissen Gruppen wie eine verehrt wurde. Sie ergibt sich einfach nur daraus, dass Menschen irgendwelche Dinge tun. »Wie kommt Margaret Atwood immer auf so schräges Zeug?«, fragte einmal ein bestürzter Leser des ›Reports der Magd‹ auf Twitter. Dabei komme ich auf dieses schräge Zeug ja gar nicht selbst. Menschen ganz im Allgemeinen kommen darauf, und die haben sich schon viel schrägeres Zeug einfallen lassen als alles, was ich im ›Report der Magd‹ oder den ›Zeuginnen‹ geschrieben habe. Wer einen Roman schreibt, muss das Grauen fein dosieren. Packt man all das schräge Zeug hinein, das auf der Welt passiert, kann nur noch ein psychopathischer Sadist das Buch verkraften. Was uns zur Arbeit an ›Die Zeuginnen‹ führt, dem Thema des heutigen Vortrags. Erschienen ist es im September 2019, als Fortsetzung meines Romans ›Der Report der Magd‹.

Den ›Report der Magd‹ habe ich Anfang der 80er geschrieben, als die Rechtskonservativen damit anfingen, bis dato erkämpfte Fortschritte zurückzubauen. Abgesehen hatten sie es unter anderem auf den in der Weltwirtschaftskrise geschmiedeten New Deal, der Amerika nicht nur aus der Krise und hinterher bis in die 50er zu einem Boom verholfen, sondern obendrein eine gewisse Angleichung der Einkommen bewirkt hatte. Nicht »gleich« zwar, aber immerhin »gleicher«. Unter Reagan wendete sich das Blatt: Man liberalisierte, löste Bremsklötze und verteilte das Geld lieber nach oben als nach unten um. Der Trickle-down-Effekt sollte zu mehr Wohlstand für alle führen, tat es aber nicht. Alles, was da hätte tröpfeln können, wurde einfach aufgestaut.

Das war nur ein Aspekt dieses Rückschritts. Ein anderer war der Aufstieg der religiösen Rechten, die unbedingt rückgängig machen wollte, was die zweite Welle der Frauenbewegung in den 70ern errungen hatte. Vor allem wollten sie die Kontrolle über Frauenkörper. Willkommen zurück, Monsieur Napoleon und all ihr anderen, die ihr das schon mal versucht habt; Nicolae Ceauşescu beispielsweise, der dekretiert hat, alle gebärfähigen Rumäninnen sollten vier Kinder vorweisen – oder eine gute Ausrede. Das ging mit obligatorischen monatlichen Schwangerschaftstest sowie mit überfüllten Waisenhäusern einher, denn viele Frauen hatten gar nicht die Mittel, um so viele Kinder zu ernähren. In den USA wurde insbesondere das Verbot aller Verhütungsmittel gefordert. Von Unterstützung für diejenigen, die deshalb unfreiwillig Kinder in die Welt setzten, war selbstverständlich keine Rede. Die Wikinger waren da weiter: Nach Walhalla kam, wer in der Schlacht oder im Kindbett starb. Und sogar Paulus, der haarige alte Frauenfeind, war der Meinung, Frauen könnten durch Geburt erlöst werden. Nur sah das die religiöse Rechte in Amerika natürlich anders.

›Der Report der Magd‹ entstand also aus der Frage heraus, was passieren würde, wenn diese Leute an die Macht kämen. Vermutlich würden sie genau das tun, was sie versprachen. Frauen sollten brav zu Hause bleiben, und das ließ sich am besten garantieren, indem man ihnen Geld und Jobs wegnahm. Wie Rousseau bereits erläutert hatte, sollten sie dem Manne Untertan sein; sonst waren sie zu nichts zu gebrauchen.

Sogar mir selbst kam ›Der Report der Magd‹ im Jahre 1985 reichlich übertrieben vor.

Doch man soll niemals nie sagen. Die Zeit verging, der Eiserne Vorhang fiel, der Sieg des Kapitalismus wurde verkündet. Anfang der 90er rief man das Ende der Geschichte aus, wenn auch ein wenig vorschnell: Mit dem Anschlag auf die New Yorker Twin Towers am 11. September 2001 setzte die Geschichte sich grollend wieder in Bewegung, nun aber in eine andere Richtung. 2008 brach die Weltwirtschaft dank waghalsiger Wirtschaftspolitik zusammen. Diese Schreckmomente führten zu einem wachsenden Bedürfnis nach Sicherheit seitens der Bürger, und plötzlich wirkten rechte Wahlprogramme deutlich attraktiver. Chaos und Gefahr sind häufig Vorboten von Diktaturen: Der Diktator oder die totalitäre Regierung bieten sich als Retter in der Not an.

Ihre Vertreter neigen dazu, noch mehr Chaos und Gefahr zu stiften, um die Menschen zu verängstigen und aufzuhetzen. Sie geben die Schuld anderen, die dann unterdrückt oder eliminiert werden müssen. Nur wir kennen die Lösung, sagen sie. Wir wissen, was zu tun ist. Wir stellen die Ordnung wieder her. Unter unserer Führung wird alles gut. Wer nicht für uns ist, ist gegen uns. Eine verführerische Botschaft. Sie hat durchaus ihren Reiz, vor allem, wenn man ängstlich oder wütend ist.

Genau diese Botschaft dröhnte aus den Megafonen, als ich im Sommer 2016 anfing, ›Die Zeuginnen‹ zu schreiben. Außerdem begannen damals die Dreharbeiten zur Hulu/MGM-Serie ›Der Report der Magd‹, in der ich einen Gastauftritt als Vollstreckerin habe. Das war schon eine seltsame Erfahrung: In einer Geschichte, die ich mir selbst ausgedacht hatte, spielte ich eine Figur, die ich im wahren Leben leidenschaftlich abgelehnt hätte. Zumindest möchte ich das glauben. Aber wie hätte diese Ablehnung wohl ausgesehen? Im wirklichen Totalitarismus werden diejenigen, die ihn leidenschaftlich ablehnen, aufgespürt und erschossen.

Seit Erscheinen des ›Reports der Magd‹ hatte man mich oft gefragt, wie es mit seiner Protagonistin weitergehe. »Ich weiß es nicht«, sagte ich jedes Mal. »Vielleicht ist sie entkommen. Vielleicht wurde sie geschnappt. Was meinen Sie denn?« Ob ich plante, eine Fortsetzung zu schreiben? »Nein«, erwiderte ich darauf. »Diese Erzählstimme finde ich nie wieder.«

Aber da war ich nun, im Jahr 2016, und machte mich an eine Fortsetzung. Die Erzählstimme fand ich immer noch nicht wieder. In einem Onlineschreibkurs den ich einige Jahre zuvor aufgezeichnet hatte, hatte ich dazu geraten, Geschichten aus unterschiedlichen Figurenperspektiven zu betrachten. Außerdem musste man nicht unbedingt am Anfang anfangen. Ein möglicher Einstieg für die Geschichte vom Rotkäppchen wäre zum Beispiel: »Im Wolf war es stockdunkel.«

So, mit dieser Dunkelheit im Wolf, beginnt ›Der Report der Magd‹, wobei der Wolf hier das Regime von Gilead ist. Auch ›Die Zeuginnen‹ fängt damit an. Im Wolf ist es stockdunkel, doch der Wolf ist diesmal Tante Lydia, die Anführerin der Tanten, die die Frauen und Mädchen von Gilead auf Linie halten sollen, und die Dunkelheit ist die Truhe voller Geheimnisse in Tante Lydias Kopf.

Am Ende des ›Reports der Magd‹, zweihundert Jahre nach dem Ende des Gilead-Regimes, besuchen wir ein akademisches Symposium und erfahren dort, dass das Regime nicht mehr besteht. So ergeht es der Vergangenheit, wenn sie vergangen ist: Sie wird zu Geschichtsbüchern, Theaterstücken und historischen Romanen, zu Filmen oder Fernsehserien, zu Statuen, Gemälden, Exponaten im Museum. Oder sie wird zum Objekt der Forschung, über das man angeregte Diskussionen auf Fachtagungen führt.

Anders ausgedrückt: Sie wird Stoff für die Gegenwart. Wie Thomas King bemerkt hat, ist Geschichte nicht das, was passiert ist, sondern was wir darüber erzählen. Wie wir die Geschehnisse deuten und darstellen. Und diese Deutung und Darstellung findet immer nur im Jetzt der Sprechenden und Deutenden statt, denn: Wo sonst? Deshalb ändert die Vergangenheit, wie wir sie kennen, ständig ihre Form. Einige Aspekte werden unter den Teppich gekehrt, andere kramt man wieder hervor. Manches wird erst positiv, dann negativ beurteilt. Denkmäler von wichtigen, bewunderten Persönlichkeiten werden aufgestellt – und später abgerissen. Ich selbst habe schon viele Denkmäler stürzen sehen, zum Beispiel die der Helden der Sowjetunion, die des Schahs im Iran und aktuell die von verschiedenen Südstaatler-Generälen in den USA.

Auch ›Die Zeuginnen‹ beginnt mit der Enthüllung eines Denkmals: einem von Tante Lydia. Zugegeben, es steht an einem entlegenen Ort – schließlich ist Tante Lydia eine Frau, und Frauen setzt man keine Denkmäler in Gilead –, doch es ist trotz allem eins.

Was genau damit zur Zeit des nächsten Gilead-Studien-Symposiums am Ende des Romans passiert sein wird, will ich hier nicht verraten. Nur so viel: Es ergeht ihm, wie es Denkmälern nun mal ergeht, wenn alte, ungeliebte Regime hinweggefegt werden und neue Ordnungen das Ruder übernehmen. Wie viele Statuen von griechischen und römischen Götter haben die Christen verschandelt, als sie erst mal das Sagen hatten? Eine Menge.

Die Anfänge von Totalitarismen sind faszinierend (ihre Anstifter geben sich nie als boshafte Verschwörer, die einem das Leben zerstören, sondern stets als Herolde einer neuen, besseren Gesellschaft), und ihr Zerfall ist es auch. Wie schnell am Ende die Berliner Mauer fiel, war überwältigend. Kaum jemand hatte damit gerechnet. Als man 2016 in Europa und anderswo einen Schwenk in Richtung Autoritarismus konstatieren musste, wollte ich deshalb zumindest fiktional die Gegenrichtung einschlagen: einen Schwenk nicht von der Freiheit weg, sondern auf sie zu. Brechen Totalitarismen von innen auf, wenn sie korrupt geworden sind und die versprochene goldene Zukunft nicht liefern? Oder kollabieren sie durch Bürgerkrieg, durch eine Invasion von außen, durch den Widerstand der Bürger oder durch Machtkämpfe innerhalb der Eliten? Narrensichere Rezepte gibt es dafür nicht, aber all diese Faktoren können eine Rolle spielen.

Genauso besessen wie vom Thema Zweiter Weltkrieg bin ich schon lang von dem der Kollaboration. Unter den Bürgern aller von Deutschland überfallenen Länder gab es Kollaborateure. Und in der UdSSR machten einige brav weiter mit, obwohl sie erkannt hatten, wie korrupt und defizitär das Regime war – und dass es seine eigenen Ursprünge verraten hatte. Wie kann das sein?

Die Gründe sind vielfältig: Vielleicht glaubt man an die gute Sache und hofft, das korrupte Regime wieder auf den Pfad der Tugend zurückführen zu können. Vielleicht hat man auch Angst – »Mach mit oder stirb«, lautet die übliche Parole. Oder man ist ehrgeizig: Wenn nur ein Spiel in der Stadt gespielt wird, muss man es eben lernen, sofern man etwas aus sich machen und Wohlstand erwerben will. Womöglich glaubt man auch, von innen mehr Gutes bewirken zu können als durch Konfrontation von außen. Ich denke da etwa an Felix Kersten, den Masseur von Heinrich Himmler, der Himmlers rätselhafte Schmerzen wegknetete und ihn überredete, Leute vor der Gestapo zu retten. »Ohne mich wär alles noch viel schlimmer«, sagen solche Menschen sich. »Unter den gegebenen Umständen habe ich richtig gehandelt.« Ganz falsch ist das nicht, auch wenn die Umstände extrem beschränkend sein können und der Spielraum winzig. Zumindest, wenn man am Leben bleiben will.

Auch heimlich verfasste, versteckte und geschmuggelte Manuskripte faszinieren mich schon lange. Vom ›Tagebuch der Anne Frank‹ bis hin zu Curzio Malapartes ›Kaputt‹ gibt es die in großer Zahl. Wieso setzen Menschen ihr Leben aufs Spiel, um zu Engeln der Aufzeichnung zu werden? Im Ernst: wieso? Vertrauen sie wirklich darauf, dass wir in der Zukunft – in unserer Gegenwart – ihre Botschaft erhalten, verstehen und ernst nehmen? Es sieht ganz danach aus.

Ich für meinen Teil vertraue darauf, dass jedes tyrannische Regime seinen Widerstand gebärt. So geschieht es auch in ›Der Report der Magd‹ und in ›Die Zeuginnen‹. Der Widerstand gegen Gilead nennt sich MayDay, wie der Notruf von Schiffen und Flugzeugen im Zweiten Weltkrieg. Das kommt vom französischen *m'aider*, »hilf mir«. Interessanterweise ist das auch der Hilferuf der Fliege mit dem winzigen Männerkopf im Horrorfilm ›Die Fliege‹. »Hilf mir!«, summt der Fliegenmensch kaum hörbar. Klingen so auch Hilferufe, die uns über lange Zeit hinweg erreichen? Und können wir zurück und denen helfen, die uns rufen? Nein, können wir nicht. Aber wir können auf sie hören und ihre Botschaft annehmen.

Abgesehen davon, dass ›Die Zeuginnen‹ uns in die Wolfsdunkelheit von Tante Lydia entführen, wird die Geschichte noch aus der Sicht zweier deutlich jüngerer Frauen erzählt: Die eine ist in Gilead aufgewachsen, kennt also nur dessen Realität, die andere stammt von jenseits der Grenze, aus Kanada. Alt, wie ich bin, hatte ich Gelegenheit, mit ein paar echten Widerständlern aus dem Zweiten Weltkrieg – aus Polen, Frankreich und Holland – zu sprechen, die der Gefangennahme und Erschießung entgehen konnten. Wie Sie zweifellos wissen, waren viele von ihnen damals noch sehr jung. So ist es auch in ›Die Zeuginnen‹.

Den größten Teil des Buchs habe ich zwischen 2016 und 2019 geschrieben. Die Geschichte reifte in mir heran, während die Wirklichkeit sich um mich wandelte und die Fernsehserie anlief. Die erste Staffel startete im April 2017, als ich etwa ein Viertel des Buchs fertig hatte. Die zweite Staffel folgte 2018, die dritte 2019. Die Dreharbeiten zur vierten wurden von Covid-19 aufgehalten, aber in ein paar Wochen geht es los. Mein Buch kam also teilweise parallel zur Serie voran, spielt zu meinem Glück jedoch sechzehn Jahre später: Ich wusste daher vor den Drehbuchschreibern, was aus den Figuren werden würde. Und ich konnte die Skripte immer wieder gegenlesen. »Die Figur könnt ihr nicht töten!«, protestierte ich. »Die ist später noch am Leben … also, in meinem Roman. Ich brauche die noch!« Eine seltsame Erfahrung war das, so in der Zukunft von Leuten zu leben, die es in Wahrheit gar nicht gibt. Oder zumindest nicht im herkömmlichen Sinne.

Aber in diesem beispiellosen Jahr machen wir ja schließlich alle seltsame Erfahrungen.

Irgendwann wird diese Zeit vielleicht das Thema eines wissenschaftlichen Symposiums sein. Das wäre gar keine so üble Aussicht: Es hieße, dass es in der Zukunft noch Menschen gibt, die Zeit dafür haben, die Geschichte neu zu interpretieren, und dass intellektuelles Denken und Redefreiheit auf irgendeine Weise noch immer existieren. Zumindest wären wir dann nicht von Robotern ausgelöscht worden oder von einer globalen Katastrophe oder von einem absolut tödlichen Virus, dem wir gar nichts mehr entgegensetzen können.

Ich schreibe Bücher über unschöne Zukünfte, in der Hoffnung, dass wir sie nicht Wirklichkeit werden lassen. Unter gegebenen Umständen schlagen wir uns ganz anständig, zumindest einige von uns. Ich hoffe nur, die Flut autoritaristischer Tendenzen in jüngerer Zeit weicht bald zurück und unsere Umstände werden wenigstens nicht schlechter. Es gibt Angst, und es gibt Hoffnung: Die beiden sind nicht unabhängig voneinander.

In welchen Umständen wollen wir leben? Vielleicht ist das die eigentliche Frage. Im Wolf ist es stockdunkel, ja. Aber draußen ist es hell. Wie also kommen wir dorthin?

›THE BEDSIDE BOOK OF BIRDS‹

Vorwort

(2020)

Im Jahr 2001, als Graeme Gibson schon über zehn Jahre lang Vogelbilder und -geschichten gesammelt hatte, verkleideten wir uns für eine Wikinger-Kostümparty als Odins Raben. Diese beiden Raben hießen Hugin und Munin (Denken und Erinnern). Sie flogen tagsüber durch die Welt, kehrten abends zurück auf Odins Schulter und berichteten ihm alles, was sie auf Erden gesehen und gehört hatten. So erlangte Odin seine Weisheit: Er hörte den Vögeln zu.

Wir verwandelten uns zu diesem Anlass also mithilfe schwarzer Kleidung, schwarzer Handschuhe und schwarzer Schnäbel aus Bastelpapier in die beiden Raben. Ich war Erinnern, Graeme war Denken. Erinnern könne er schlecht darstellen, erklärte er, weil er kein besonders gutes Gedächtnis habe, deshalb führe er ja auch so gründlich Tagebuch: Das war sein Schutz vor dem Vergessen. Auf diese Tagebücher griff er auch für die Anekdoten über seine Vogelbegegnungen im ›Bedside Book of Birds‹ zurück. Er hatte sie alle augenblicklich aufgeschrieben, immer dann, wenn passiert waren, frisch aus der Realität gegriffen.

Graemes Verhältnis mit der Vogelbeobachtung war lang und leidenschaftlich. Wir beide teilten zwar das Interesse daran, aber wenn Vogelbeobachtung eine Religion wäre, dann wäre ich die blasierte Kommunikantin, die damit aufgewachsen ist und sich brav an alle Rituale hält, weil man das nun mal so macht, und Graeme wäre der auf der Straße nach Damaskus von gleißendem Licht überwältigte Neukonvertit gewesen. Jeder neue Vogel war ihm eine Offenbarung. Zwar führte er Listen über gesichtete Vögel als Gedächtnisstütze, doch wichtig waren ihm diese nicht. Nein, ihm ging es um den Zauber jedes einzelnen Vogels für sich: stets um den, den er gerade vor sich sah. Ein Rotschwanzbussard! Sieh nur! Hast du jemals so was Herrliches gesehen!

In solchen Momenten sah ich sogar die alltäglichsten Vögel mit ganz neuen Augen – mit den seinen nämlich. Zum Teil wurde unser ganzes gemeinsames Leben von seiner Begeisterung vorangetrieben. Diese Begeisterung führte erst zu Umweltschutzarbeit, dann zu von Graeme geleiteten Vogelexpeditionen, dann zu seiner Mitgründung des Pelee-Island-Vogelbeobachtungszentrums und zu seiner Arbeit für Nature Canada und BirdLife International.

Und sie führte zu seinem ›Bedside Book of Birds‹. Graeme hat keine Vogelkunde geschrieben, kein Bestimmungsbuch und auch keine Chronik seiner besten Sichtungen: Ihm ging es um die vielfältigen Weisen, auf die Vögel über viele Jahrhunderte und Kulturen hinweg die Menschen berührt haben. Seit es Menschen gibt, haben wir Vögel abgebildet. Vögel haben Welten-Eier gelegt, in Notsituationen geholfen, Botschaften übermittelt und den Weg gewiesen; sie waren Symbole der Hoffnung und des Strebens, aber auch dämonische Wesen und Boten der

Verdammnis. Es heißt, die Engel hätten ihre Flügel von den Vögeln, doch der Teufel habe ihre Krallen. Vögel sind eben viel mehr als nur hübsches Gezwitscher.

Wo wir auch waren und was er auch las, Graeme sammelte unermüdlich: Vogelmythen, Vogelsagen, Bilder, Zeichnungen und Skulpturen von Vögeln, Vogelgedichte, Prosaauszüge, Berichte von Biologen und Reisenden. Daraus wurde eine Art Sammelalbum, und dieses Sammelalbum wurde immer dicker. Der schmerzlichste Teil seiner Arbeit daran ist wohl gewesen, es auf überschaubare Länge zu kürzen.

Obwohl sich kein einziger Verlag dafür interessierte, als er das Buch in den 90ern zum ersten Mal anbot (es war ja selbst ein reichlich komischer Vogel, ein Liebesbrief, gewissermaßen, und schwierig einzuordnen), wurde es zu Graemes eigenem Erstaunen ein Riesenerfolg, als es 2005 schließlich doch erschien. Zu seinem Glück hatte er in C.S. Richardson einen überragenden Designer gefunden, und das altmodische, waldfreundliche Papier, auf dem er fest bestand, nahm die farbige Tinte gut an. Das Ergebnis war eine Augenweide, aber ebenso ein intellektuelles Vergnügen und eine Lust für die Seele. Weil Graeme eben Graeme war, spendete er umgehend sämtliche Einnahmen: Die Vögel waren für ihn ein Geschenk gewesen, und wer beschenkt wird, soll auch andere beschenken.

Seine Freude an Vögeln bewahrte Graeme sich bis zum Schluss. In seinem letzten Lebensjahr, in dem er aufgrund seiner fortgeschrittenen Demenz schon nicht mehr lesen und schreiben konnte, sah er noch immer gern den Vögeln bei ihrem lebhaften Alltag zu. Das Vogelhaus und -bad in unserem Garten lockte zwar nur Spatzen, Grackeln und hin und wieder eine Taube an, doch das war ihm egal: Jeder Vogel war beachtenswert. »Ihre Namen weiß ich nicht mehr«, vertraute er einem Freund von uns einmal an. »Aber sie wissen meinen ja auch nicht.«

›TAUMEL‹ UND ›GENTLEMAN DEATH‹

Vorwort
(2020)

Bei meinem ersten Gespräch mit Graeme Gibson, 1970 war das, las ich ihm aus der Hand, wie ich es in diesen unbekümmerten Zeiten für Fremde gerne tat. »Alles hängt mit allem zusammen«, erklärte ich weise. »Ihr intellektuelles und Ihr kreatives Ich sind eins mit Ihrer Lebens- und Schicksalslinie. Alles eine Einheit.« So war es, und so würde es bleiben.

Auf der Flucht vor der Stadt und den Komplikationen einer gescheiterten Ehe zog Graeme in jenem Jahr auf eine gemietete Farm bei Beeton, Ontario. Dort besuchte ich ihn ab und zu, dann immer öfter. Wir beide hatten beruflich mit dem frisch gegründeten Anansi-Verlag zu tun – soweit da von »Beruf« die Rede sein konnte, denn das war ein junger Verlag, und viel verdiente dort niemand. Ich lektorierte Graemes Buch ›Eleven Canadian Novelists‹, eine Reihe von Interviews, die er für die CBC-Radiosendung ›Anthology‹ geführt hatte. Mein Job war es, uns einen Weg durch die Transkripte zu bahnen: Abgetippt hatte die nämlich eine Frau, die sich später als ziemlich schwerhörig herausgestellt hatte, sodass ich ständig raten musste, was die Schriftsteller tatsächlich gesagt hatten.

Neben dieser Verlagsarbeit versuchten wir, uns ein gemeinsames Leben einzurichten. Der Besitzer der Farm in Beeton wolllte sie uns gern verkaufen, aber irgendwer hatte ein Stück aus dem Hauptbalken der alten Scheune gesägt und über den Kamin gehängt, sodass die Scheune sehr wahrscheinlich nicht mehr lange stehen würde. Wir suchten also weiter. Geld hatten wir nicht, fanden schließlich aber doch etwas Bezahlbares: eine Farm aus dem Jahr 1835, unbewohnt, schlecht isoliert und, wie wir erst nach dem Kauf bemerkten, von Gespenstern heimgesucht.

Nachdem wir den durchhängenden Fußboden ausgeglichen und in der Scheune einen großen Haufen gründlich verwesten, gemüsebeettauglichen Mist entdeckt hatten, setzten wir uns hin und schrieben. Mehr oder weniger. Graeme stellte damals die Writers' Union of Canada auf die Beine und sorgte mit diversen literarischen Gelegenheitsjobs für ein kleines Einkommen. An den Wochenenden und Feiertagen war das Haus meistens voll mit hungrigen Mäulern: Graemes Söhne und ihre Freunde, unsere Freunde, die sich bei uns vom Stadtleben erholten, und ab Mitte der 70er auch noch unsere kleine Tochter. Wir hatten zwei Öfen: einen Holzofen, auf dem ständig ein Topf irgendwas köchelte, und einen elektrischen, in dem man halb tote Lämmer hätte wiederbeleben können. Eine Art Waschmaschine besaßen wir auch, allerdings keinen Trockner. Im Rübenkeller platzten uns regelmäßig Einmachgläser, und zum Thema Sauerkraut will ich hier nur sagen, dass wir es besser draußen eingemacht hätten.

Inmitten dieses Durcheinanders schrieb Graeme fleißig weiter, mehr als ich in dieser Zeit. Sein erster Roman ›Five Legs‹ (1969) hatte sich für ein dermaßen experimentelles Werk erstaunlich gut verkauft; sein zweiter, ›Communion‹ (1971), kam zumindest bei den Kritikern gut an, doch Graeme hatte darin Felix sterben lassen, den jungen Mann, der schon in ›Five Legs‹ aufgetreten war. Jetzt suchte er nach einem neuen Mittelpunkt. Mehrere Protoromane kamen und gingen: Er fing sie voll flammender Zuversicht an und verwarf sie dann wieder, weil sie ihn selbst nicht mehr packten. Er machte eben keine halben Sachen.

Graeme zeichnete sich nicht bloß durch Enthusiasmus aus, sondern auch durch einen klaren moralischen Kompass. So fand er, wenn wir schon vierzig Hektar unkrautüberwucherten Ackerlands besäßen, müssten wir sie auch bestellen. Er wollte keiner dieser Städter sein, die auf dem Land nur Däumchen drehen; er wollte das wahre Landleben. Allerdings war keiner von uns je zuvor auf einer Farm gewesen. Auf einer Auktion kaufte er eine gebrauchte Ballenpresse und eine Egge für den alten Traktor, der schon auf dem Hof stand. Damit bauten wir Alfalfa an. Später sagte Graeme mal, Landwirtschaft bedeute, in der Gegend rumzufahren, bis was kaputtgehe dann in der Gegend rumzufahren, um das nötige Ersatzteil aufzutreiben, dann in der Gegend rumzufahren …

Außerdem sammelten wir eine Schar nicht menschlicher Lebewesen an. »Was für Tiere brauchen wir?«, hatte Graeme einen alten Farmer gefragt. »Gar keine«, erwiderte der und sagte dann: »Wer Lebendvieh hat, hat auch totes Vieh.« So war es, und so würde es bleiben. Tiere starben. Hin und wieder aßen wir sie auf.

Wir besaßen Hühner, denen Graeme einen Stall und einen Auslauf baute, ein altes Pferd, zu dessen Rettung uns die Dichterin Paulette Jiles überredet hatte, und ein paar Enten, denn wir hatten einen Teich, und auf einen Teich gehören Enten. Wir besorgten ein zweites Pferd als Gesellschaft für das erste, ein paar sprungstarke Kühe, deren Ausbrüche die ganze Nachbarschaft in Atem hielten, einige Gänse, die von den Kühen totgetrampelt und danach aufgegessen wurden, und dann – wieso nur? – ein paar Schafe, die mit Vorliebe an der Drehkrankheit verendeten oder um ein Haar im Teich ertranken. Und um Noahs Arche vollzumachen, kauften wir uns noch ein Pfauenpaar.

Die Pfauen bekam ich zum Geburtstag geschenkt. Sie ergänzten das inzwischen ziemlich gruselige Ambiente um ihre schaurigen Schreie. Ich verzichte lieber auf die Schilderung unserer Versuche, Küken im Brutkasten auszubrüten (die Temperatur muss exakt stimmen, sonst kommen Frankenstein-Küken dabei heraus), und auch auf die Geschichte des armen Pfaus, dem ein blutrünstiges Wiesel seine Gattin nahm, woraufhin er durchdrehte und bei den Hühnern Amok lief.

Aus alldem wurde ›Taumel‹ geboren, Graemes Erzählung über eine Pionierfarm, die unserem Haus und unserem Grundstück merkwürdig ähnelt. Der Protagonist Robert Fraser ist ein Enthusiast wie Graeme, und auch sein Frust und seine fixen Ideen sind mindestens entfernt mit den seinen verwandt. Dasselbe gilt für die Blattläuse, Gewitter und störrischen Kühe, mit denen er sich herumschlägt.

Auch wenn ich manche der Geschehnisse und Einzelheiten im Buch sofort wiedererkenne, stammt doch nicht alles darin aus persönlicher Erfahrung. Graeme hat Wörterbücher über Slang und ungewöhnlichen Sprachgebrauch durchforstet, um seinen Figuren Worte in den Mund zu legen, die sie wirklich benutzt hätten, egal, wie unschön sie nach heutigem Geschmack auch klingen mögen. Mithilfe von Büchern über Regionalgeschichte recherchierte er, was sich in und um Shelburne, Ontario, in der ersten Hälfte des neunzehnten Jahrhunderts zugetragen hatte. Wie waren diese Menschen gewesen, die die Gegend einst besiedelt hatten und von denen viele Ontarier wie Graeme abstammten? Nicht immer leicht verdaulich, wie wir aus dem Roman erfahren.

Die Knochen ausgestorbener Riesentiere auszugraben und auszustellen war im Ontario des neunzehnten Jahrhunderts ein beliebter Zeitvertreib, und Südontario war eine wahre Goldgrube für Mammuts, wie Graeme erfuhr. Dass Robert Fraser so ein Mammut findet und hofft, an seinem Fund zu verdienen, ist also keineswegs anachronistisch. Das öffentliche Interesse war gewaltig und die Kontroversen heftig: Solche Tiere stellten das herrschende Narrativ aus der Bibel infrage. Waren sie womöglich Drachen und in der Sintflut umgekommen? Aber wenn nicht das, was dann? Frasers Mammutknochen setzen den Ton für den gesamten Roman: Wie das Mammut unterging, so lautet der Subtext, könnten auch wir überheblichen Menschlein untergehen.

Dann waren da noch die Geschichte des Perpetuum mobile, jenes verführerischen, aber unerreichbaren Heiligen Grals, dem damals so viele Erfinder nachjagten, und die gewaltigen Schwärme von Wandertauben, die die Ernte gefährdeten und an deren Abschuss man verdienen konnte. Sowohl die Suche nach ewiger Bewegung als auch die Ausrottung der Wandertaube speisten sich aus der offenbar unheilbaren Hoffnung der Menschen, sie könnten auf Erden für immer alles geschenkt bekommen. Die Schätze der Natur – in diesem Fall in Form von Tauben – sind unerschöpflich, der erste Satz der Thermodynamik lässt sich überlisten: ein Irrglaube, der sich noch heute hält.

Der Gibson'sche Stil ist schwer zu beschreiben. Zögern

beim Sprechen und Denken, Widersprüchlichkeiten, Schimpfwörter und Stottern, all die Tics und Tricks sprachlicher Verständigung, das Scheitern von Kommunikation: Sie alle finden sich in mehr oder weniger großem Ausmaß in Graemes sämtlichen Werken. Possen, absurde Launen, Dummheit, Edelmut, Vergeblichkeit und Tragik liegen nie weit auseinander, werden allerdings durch eine Art von spleeniger Fröhlichkeit gemildert. Ganz am Schluss von ›Taumel‹ steht das Wort *moon*, und der Mond gilt im Westen als Symbol für Illusion und Täuschung. Doch obwohl seine verrückte Maschine explodiert, gibt Robert Fraser nicht auf; er sucht weiter verzweifelt nach etwas, das es – egal, was er tut und wie plausibel er es anderen erläutern kann – einfach nicht gibt.

Fast hätte Graeme diesen Roman nicht beendet, denn als er etwa drei Viertel geschrieben hatte, wäre er beinah gestorben. Mitte November 1979 war ich zu einer Lesung in Windsor, Ontario; zurück im Hotel, erwartete mich eine Nachricht. Sie stammte von unserem Freund und Nachbarn, dem Filmemacher Peter Pearson, der im Krankenhaus von Alliston, Ontario, die Stellung hielt: Graeme wurde operiert. Ein Geschwür an seinem Zwölffingerdarm war aufgebrochen, eine Frage von Stunden, und er hätte das nicht überlebt. Acht Wochen später war er zwar noch wacklig auf den Beinen, aber zurück am Schreibtisch. In Schottland arbeitete er zwei, drei Monate an dem Buch, während ich mit ein paar Helfern unsere Farm am Laufen hielt. Bald darauf zogen wir wieder in die Stadt – nicht nur, aber auch wegen Graemes Beinahetod und schlechter Verfassung. ›Taumel‹ wurde fertig, kam 1982 heraus und wurde ins Französische, Spanische, Deutsche und – soweit ich mich erinnere – Polnische übersetzt.

Graemes Beinahetod war eine Vorahnung darauf, was

ihm im Lauf der 80er bevorstand. Mitte des Jahrzehnts starb sein Vater, der Brigadegeneral T.G. Gibson, 1987 folgte ihm Graemes kleiner Bruder Alan nach, der in England als Film- und Fernsehregisseur gelebt hatte. Graemes Mutter war schon in den 1960ern verstorben. Diese Todesfälle, sein eigener Sprung von der Schippe sowie das Wissen, dass er nach dem natürlichen Gang der Dinge wohl als Nächster an der Reihe wäre, gaben den Anstoß zu seinem vierten und letzten Roman: ›Gentleman Death‹ (1993).

Ein sonderbares Buch ist das – allerdings gilt das für alle seine Bücher. Es beginnt mit einem Roman, halbherzig verfasst von einem semierfolgreichen Autor, der Graeme eigentümlich ähnelt. Der lächerlich miese Roman wiederum weist mehr als nur eine flüchtige Ähnlichkeit zu einigen der Projekte auf, die Graeme verworfen hatte. Sein Autor trägt den Namen Robert Fraser, genau wie der Protagonist von ›Taumel‹, von dem er eindeutig abstammt. Nimmt das Schreiben im Herzen von Robert Fraser dem Zweiten denselben Platz ein wie die Suche nach dem Perpetuum mobile in dem von Robert Fraser dem Ersten? Ist es ebenfalls nur eine Illusion, ein Griff nach dem Mond? Möglich.

Frasers Roman durchwebt sein Leben, und seine Träume und Erinnerungen prägen beide. Die Erinnerungen an die Kindheit im Zweiten Weltkrieg stammen vollständig von Graeme. Die Nöte seiner Mutter dabei, sich Anfang der 40er allein um zwei Jungs zu kümmern, ihre Depressionen nach ihren Krankenhausbesuchen bei Kriegsversehrten, Graemes Angst um seinen Vater, während die Väter seiner Freunde einer nach dem anderen getötet wurden – in der Familie hörten wir ihn das praktisch in denselben Worten wie Robert Fraser schildern. Die Krankheit und der Tod seines geliebten Bruders, seine Trauer, sein Verlust – auch das steckt in dem Buch. Sein Ringen mit dem Vater und dann dessen Pflege, als der Vater älter und gebrechlich wurde, plötzlich Menschen sah, die gar nicht da waren – das alles hat sich zugetragen wie beschrieben. Roberts drolliger Versuch, sich mit der Sterblichkeit zu arrangieren, seine Erlebnisse mit Geistern, seine Träume über Verstorbene, sein Erkennen des Totenschädels hinter dem eigenen Gesicht – auch das hat Graeme so erlebt. Viele Menschen machen derartige Erfahrungen, aber jeder auf ganz eigene Weise.

Ohne zu spoilern, will ich verraten, dass Graemes Held eine Art Gleichgewicht findet. In der eigenen Vergangenheit zu leben, und sei sie noch so unglücklich, schützt vor dem Wissen um die Sterblichkeit, denn in der Vergangenheit sind wir immer lebendig, egal wie viele um uns sterben; in der Gegenwart zu leben bedeutet dagegen, den unausweichlichen Tod zu akzeptieren. Nur: Wie soll man sein Leben auskosten, wenn man nicht im Jetzt lebt? Dieser Gentleman namens Tod erwartet uns alle, nicht jenseits von uns, sondern in uns: Er teilt unsere Geheimnisse, ist uns auf eine Art sogar ein Freund, denn was wäre das für ein Leben, wenn wir in alle Ewigkeit dazu verdammt wären? »Da ist es endlich, das teure Ding«, soll Henry James auf seinem Sterbebett gesagt haben, ein Zitat, das Graeme kannte. Robert Fraser ist selbstverständlich nicht deckungsgleich mit Graeme. Aber wie ich schon bei unserer ersten Begegnung sagte: Graemes schöpferisches und sein wahres Leben waren eins.

IM STROM DER ZEIT GEFANGEN

(2020)

Nach einem Blick in mein armseliges Exemplar von einem Tagebuch kann ich mit einiger Gewissheit sagen, dass mein Gedicht in der dritten Augustwoche 2017 geschrieben wurde, und zwar mit Bleistift oder Kugelschreiber (müsste ich nachsehen) auf irgendeinem Stück Papier, entweder auf einem alten Umschlag, einem Einkaufszettel oder einer Notizblockseite; auch das müsste ich nachsehen, tippe aber auf den Block. Verfasst wurde es im kanadischen Englisch des einundzwanzigsten Jahrhunderts, was den Ausdruck »am Arsch vorbeigehen« erklärt, den man beispielsweise in Tennysons *In Memoriam* niemals gefunden hätte; allerdings hätte etwas in der Art in Chaucers mundartlicheren Geschichten vorkommen können, vielleicht in etwas älterer Schreibweise. Im Dezember 2017 wurde das Gedicht dann aus der Schublade geholt, seine Handschrift so gut es ging von mir entschlüsselt und in ein digitales Dokument getippt. Das weiß ich dank der Datumssignatur dieser Datei.

Entstanden ist das Gedicht praktisch exakt so, wie in seinen ersten Versen beschrieben. Ich bewegte mich tatsächlich ziemlich langsam einen Bürgersteig entlang.

Meine Knie waren in schlechtem Zustand, weil ich kurz zuvor fünf Stunden mit einem eineinhalbjährigen Kind auf dem Rücksitz eines Autos eingezwängt gewesen war, begraben unter einem Berg Gepäck (inzwischen geht's mir besser, danke, zumindest den Knien). In der Hand hielt ich wirklich einen halben Becher Kaffee mit einem bedauernswerten Plastikdeckel (heute gibt es dank des berechtigten Protests über Plastikmüll zum Glück bessere Alternativen). Langsames Gehen führt zu Grübelei, und die führt wiederum zu Poesie. Parkbänke sind meine Freunde, und es regnete nicht. Daraus folgte Schreiberei.

Warum ging ich allein spazieren statt mit Graeme, mit dem ich so viele Hunderte Meilen gemeinsam gegangen war, an so unterschiedlichen Orten wie Schottland, den Orkney-Inseln, Kuba, Norfolk, den nordkanadischen Mischwäldern, Südfrankreich, der kanadischen Arktis und den Northwest Territories? Spazierengehen war – neben Kanufahren – eine unserer größten Freuden gewesen, doch dann machten seine Knie noch vor den meinen schlapp. Deshalb war er in dem Bed & Breakfast in Stratford geblieben, in dem wir seit einigen Jahren regelmäßig unterkamen. Ich war losgehumpelt, um ein paar Besorgungen zu machen, und tankte unterwegs gleich Koffein nach.

In Stratford, Ontario, waren wir wie jedes Jahr für einen Mix aus Shakespeare, Musicals und Überraschungen. Ob ich dort einen Vortrag halten sollte? Vermutlich, denn soeben war mein Buch ›Hexensaat‹ erschienen, das – nicht ganz zufällig – auf einem dem hiesigen ähnlichen Festival spielt. Wenn man Shakespeare sieht, studiert und über ihn schreibt, kommt man schnell darauf, über altmodische Wörter nachzusinnen, über verschwindende Wörter und die Formbarkeit der Sprache, jeder Sprache

(»toll« bedeutete früher mal »wahnsinnig« etc.), und dann steht man bereits mit einem Bein im Sog der Zeit als ganzer. Wir sind im Strom der Zeit gefangen. Er fließt und lässt Dinge zurück.

So weit zum Vordergrund. Ein Stück weiter in der Ferne hatte Graeme 2012 eine Demenz-Diagnose erhalten, fünf Jahre zuvor also. Im August 2017 schritt die Krankheit noch langsam voran, aber die Uhr tickte. Wir kannten das Was, nicht aber das Wann.

Wir sprachen oft darüber. Versuchten, nicht zu viel Zeit unter einem Grabtuch der Schwermut zu verbringen.

Wir schafften viel von dem, was wir uns vornahmen, und pressten jeder Stunde so viel Glück ab, wie wir kriegen konnten. Graeme wurde vorauseilend betrauert: All die Gedichte über ihn in ›Innigst/Dearly‹ sind vor seinem Tod entstanden.

Gleichzeitig hatten wir mit der im April 2017 angelaufenen Hulu/MGM-Serienfassung von ›Der Report der Magd‹ zu tun, aus der ein Blockbuster geworden war. Die Emmy-Triumphe der Serie waren damals noch Zukunftsmusik, und dasselbe galt für den Start der exzellenten Miniserie auf der Grundlage von ›Alias Grace‹, doch beide Projekte beschäftigten mich sehr. Außerdem standen beide im grellen Hintergrundleuchten der Präsidentschaftswahl 2016, die mir vorgekommen war wie einer dieser Albtraumfilme, in denen man erwartet, dass ein Mädchen aus der Torte springt, und dann kommt der Joker heraus. Hätte Clinton gewonnen, hätte man in der Serie zu ›Der Report der Magd‹ die Darstellung einer knapp vermiedenen Katastrophe gesehen. So war das Publikum nicht nur groß, sondern entsetzt. Allerdings rechnete damals noch kaum jemand damit, dass die Versuche, die Grundfesten amerikanischer Demokratie (unabhängige Medien, unabhängige Gerichte, ein Militär, das der Verfassung verpflichtet ist statt einem König, einer Junta oder einem Diktator) zu untergraben, so weit gehen würden, wie es inzwischen der Fall ist.

Auch ›Alias Grace‹, das auf einem echten Doppelmord Mitte des neunzehnten Jahrhunderts beruht, sollte auf unheimliche Weise mit der Gegenwart zusammenklingen – allerdings nicht mit Präsident Pussygrabber, sondern mit der #MeToo-Bewegung. Die Miniserie ging im September an den Start, die Vorwürfe gegen Harvey Weinstein wurden im Oktober bekannt. Doch während ich so die Straße entlanghumpelte und über das Wort »innigst« nachdachte, war noch nichts von alledem passiert.

Was war sonst los im August 2017? Etwa ein Jahr zuvor hatte ich meinen Roman ›Die Zeuginnen‹ begonnen – noch vor dem eigentlichen Wahlkampf, aber schon während seiner Vorgeplänkel. Bereits 1985 war klar, dass die Welt von Gilead untergehen würde, doch wie es dazu käme, wusste niemand. Ich hatte dem Verlag zwar schon ein kurzes Exposé geschickt, steckte aber noch in der »Matschkuchen-Phase« am Anfang, lotete die Möglichkeiten aus.

Wenn man täglich zwei Theaterstücke sieht, kann man schlecht einen Roman schreiben. Ein paar Gedichte hinwerfen ist aber drin, und genau das tat ich auch.

So kam es also zu *Innigst*, einem Kind seines Zeitgeists, das so tut, als wäre es keins. Weniger ein Memento mori als ein Memento vitae.

Um Ursula K. Le Guin zu zitieren (deren Nachruf ich nur wenig später schreiben sollte, doch damals war auch das noch nicht passiert): »Nur im Dunkel das Licht, nur im Sterben das Leben.«

Wie alles andere entstehen auch Gedichte zu einer

bestimmten Zeit (2000 v. Chr., 800 n. Chr., im 14. Jahrhundert, 1858, während des Ersten Weltkriegs und so weiter). Und sie werden an einem bestimmen Ort geschrieben (Mesopotamien, Großbritannien, Frankreich, Japan, Russland), genauer noch: da, wo die Autorin sich gerade aufhält (in einem Arbeitszimmer, auf dem Rasen, im Bett, im Schützengraben, in einem Café oder an Bord eines Flugzeugs). Oft werden sie erst mündlich komponiert und dann auf irgendetwas niedergeschrieben (auf Ton, Papyrus, Pergament, Papier oder einem Bildschirm), und zwar mit einem Schreibgerät (Griffel, Pinsel, Federkiel, Bleistift, Kuli, Tastatur) und in einer bestimmten Sprache (Altägyptisch, Altenglisch, Katalanisch, Chinesisch, Spanisch, Haida).

Die Meinungen darüber, was ein Gedicht leisten sollte (die Götter preisen, die Reize eines geliebten Menschen besingen, Heldenmut im Krieg rühmen, Herzöge und Herzoginnen feiern, die Mächtigen zurechtstutzen, über die Natur, ihre Geschöpfe und Botanik meditieren, zur Rebellion anstiften, den Großen Sprung nach vorn beweihräuchern, Ex-Partner und/oder das Patriarchat beleidigen), gehen auseinander. Die Weisen, auf die das Gedicht seine Aufgabe erfüllen soll (in erhabener Sprache, musikalisch begleitet, in Reimpaaren, in freien Versen, als Sonett, mit Tropen aus dem Wort-Schatz, gepfeffert mit Dialekt und Slang und Kraftausdrücken, improvisiert beim Poetry-Slam), sind ebenso zahlreich und der Mode unterworfen.

Die Zielgruppe können die eigenen Priesterkolleginnen sein, der gegenwärtige König und sein Hof, die AG Selbstkritik der intellektuellen Arbeiterschaft, andere Troubadoure, die feine Gesellschaft, Beatnik-Kumpels, Mitstudierende im Schreibkurs, Onlinefans oder – mit

Emily Dickinson – andere Niemande. Auch die Frage, wer wegen welcher Aussagen verbannt, erschossen oder zensiert werden sollte, wurde je nach Zeit und Ort immer wieder anders beantwortet. Schwer ruht in einer Diktatur das Haupt, das an der Krone pickt: Ein falsches Wort am falschen Ort kann einem jede Menge Ärger einhandeln.

So geht es allen Gedichten: Sie sind eingebettet in ihre Zeit und ihren Raum. Sie können ihre Wurzeln nicht verleugnen. Aber mit etwas Glück können sie darüber hinauswachsen. Das bedeutet jedoch nur, dass auch spätere Leser sie schätzen, wenn auch sicher nicht genau so, wie sie ursprünglich gemeint waren. Hymnen für die Große und Furchtbare Göttin Inanna aus Mesopotamien finde ich zwar faszinierend, aber sie lassen mir nicht das Mark in den Knochen gefrieren, wie sie es bei damaligen Hörern vielleicht taten. Ich erwarte nicht, dass Inanna jeden Moment auftauchen und ein paar Gebirgszüge plattmachen könnte, obwohl ich mich da selbstverständlich täuschen mag.

Egal, wie viel die Romantiker über zeitlosen Ruhm und Schreiben für die Ewigkeit geredet haben: In solchen Dingen gibt es kein »für immer«. Ruhm und Stil kommen und gehen, Bücher werden verbannt und verbrannt, dann wieder ausgegraben und recycelt, der Ewige Dichter von heute kann morgen schon ein Grillanzünder sein und der Grillanzünder von übermorgen aus den Flammen gerettet, gerühmt und auf einen Sockel gestanzt werden. Das Rad des Schicksals im Tarot ist nicht ohne Grund ein Rad. Im Leben geht es meistens auf und ab. Eine schnurgerade, topfebene Einbahnstraße des Schicksals gibt es nicht.

Nach diesen Warnhinweisen will ich den Postboten aus dem Film ›Il Postino‹ zitieren, der Nerudas Gedichte mopst und sie sich selbst zuschreibt, um seine Liebste zu bezirzen: »Gedichte gehören nicht dem, der sie geschrieben hat«, sagt er, »sondern denen, die sie brauchen.« Und wirklich, wenn das Gedicht erst die Hände des Menschen verlässt, der es geschrieben hat, und wenn dieser Mensch selbst Zeit und Raum verlassen hat und in Form von Atomen durch die Welt wabert, wem kann sein Gedicht dann noch gehören?

Wem schlägt dann die Stunde? Dir, lieber Leser. Und wem gilt das Gedicht? Ebenfalls dir.

INNIGST

Es ist ein altes Wort, das verblasst.
Innigst wünschte ich.
Innigst sehnte ich mich.
Ich liebte ihn innigst.
Ich bewege mich den Bürgersteig entlang,
aber vorsichtig, wegen der kaputten Knie,
die mir noch mehr am Arsch vorbeigehen,
als du dir vorstellen kannst,
denn es gibt andere, wichtigere Dinge –
warte nur, du wirst schon sehen –,
trage einen halben Kaffee
im Pappbecher mit –
innigst bereue ich dies –
einem Plastikdeckel –
versuche, mich zu erinnern, was Wörter einst
bedeuteten.
Innigst.
Wie benutzte man das?
Innigst Geliebter.
Innigst Geliebte, wir sind hier.
Innigst Geliebte, wir sind hier versammelt

in diesem vergessenen Fotoalbum,
das ich vor Kurzem fand.
Alles verblasst nunmehr,
die Sepiabilder, die Schwarz-weiß- und Farbfotos,
alle sind so viel jünger.
Die Polaroids.

Was ist ein Polaroid?, fragen die Neugeborenen.
Neugeboren vor einem Jahrzehnt.
Wie soll man es erklären?
Man machte das Foto, und das kam dann oben raus.
Wo oben?
Es ist dieser verdutzte Blick, dem ich so oft begegne.
So schwer fällt das Beschreiben
all der winzigen Details –
allesamt innigst zusammengeklaubt –,
Details davon, wie wir früher lebten.
Wir wickelten Müll
in Zeitungen und verschnürten das Ganze.
Was sind Zeitungen?
Du merkst schon, worauf ich hinauswill.
Schnur allerdings, Schnur gibt's noch immer.
Sie verbindet Dinge miteinander.
Perlen an einer Schnur.
So sagte man das.
Wie den Überblick behalten über die Tage?
Jeder leuchtend, jeder vereinzelt,
jeder sodann vergangen.
Ich bewahre einige von ihnen auf Papier in der Schublade,
diese Tage, die jetzt verblassen.
Man kann Perlen zum Zählen benutzen.
Wie beim Rosenkranz.

Aber ich mag keine Steine am Hals tragen.
An dieser Straße gibt es viele Blumen,
die jetzt verblassen, weil es August ist
und staubig und weil der Herbst sich anbahnt.

Bald werden die Chrysanthemen blühen,
in Frankreich sind das die Blumen der Toten.
Du solltest das nicht für morbid halten.
Es ist nur die Wirklichkeit.
So schwer fällt das Beschreiben all der winzigen
Blumendetails.
Dies sind die Stamina, das hat nichts zu tun mit
Ausdauer.
Dies sind die Pistille, das hat nichts zu tun mit
Schußwaffen.
Es sind die winzigen Details, die Übersetzern einen
Strich
durch die Rechnung machen, auch mir beim
Beschreiben.
Du verstehst schon, was ich meine.
Man kann abschweifen. Man kann sich verlieren.
Wörter bewirken das.
Innigst Geliebte, hier versammelt
in dieser geschlossenen Schublade,
die ihr nun verblasst, ich vermisse euch.
Ich vermisse die Vermissten, die schon früher
aufbrachen.
Ich vermisse sogar jene, die noch hier sind.
Ich vermisse euch alle innigst.
Innigst gräme ich mich um euch.
Gram: ein weiteres Wort,
das man nicht mehr oft hört.
Ich gräme mich innigst.

›BIG SCIENCE‹

(2021)

»Here come the planes. They're American planes!«

Musikexperten und nicht mehr ganz junge Menschen werden diese Zeilen sicherlich erkennen: Sie stammen aus Laurie Andersons Sprachsynthesizer-Überraschungshit *O Superman* von 1981. Der Song, wenn es denn einer ist (versuchen Sie nur mal, ihn in der Dusche zu singen), führte 1982 zu Andersons erstem Album ›Big Science‹.

Dieses Album wird nun zu einem sehr passenden Moment neu aufgelegt: Amerika erfindet sich wieder einmal neu. Es ist eine Selbstrettungsaktion, und sie kommt keinen Augenblick zu früh. Die Demokratie, so sagt man uns, ist – vielleicht – gerade noch den Fängen der Autokraten entrissen worden. Ein neuer New Deal, der eine gerechtere Verteilung des Wohlstands und einen überhaupt noch lebenswerten Planet herbeiführt, ist – womöglich – in der Mache. Jahrhundertealter Rassismus wird – hoffentlich – nun endlich angegangen. Hoffen wir, dass diese Hubschrauber nicht abstürzen.

1981 hatte ich noch nicht verstanden, dass *O Superman* von der Rettungsaktion handelt, die 52 amerikanische Diplomaten aus der besetzten US-Botschaft im Iran herausholen sollte, wo sie seit über einem Jahr festgehalten worden waren. Anderson sagt selbst, dass der Song sich direkt auf Operation Eagle Claw bezieht, jenen gescheiterten militärischen Rettungseinsatz, bei dem ein Helikopter abgestürzt ist. Der Fehlschlag machte deutlich, dass der militärisch-industrielle Superman aus Amerika nicht unbesiegbar war und die Automatisierung und Elektronik aus dem Song nicht zwangsläufig immer gewinnen würden. Der Crash, so Anderson, inspirierte den Song beziehungsweise die Performance. Als *O Superman* ein Hit wurde (erst in England, dann auch andernorts), konnte Anderson das offenbar selbst nicht glauben. Hätte damit vorher irgendwer gerechnet? Wohl kaum.

Man vergisst nie, was man in gewissen Momenten im Leben gemacht hat. Diese Momente sind für jeden andere. In meinem Fall sind manche davon große Tragödien: Als Kennedy erschossen wurde, habe ich in Downtown Toronto bei einem Marktforschungsunternehmen gearbeitet; am 11. September war ich in Toronto am Flughafen, eigentlich auf dem Weg nach New York. Andere haben mit dem Wetter zu tun: Ich habe Hurrikane miterlebt und war in Eisstürmen gefangen. Wieder andere waren musikalischer Natur. Ich war vier, saß auf einem Sessel in Saul Ste. Marie und nähte meinem Teddy ungeschickt Klamotten an, als ich zum ersten Mal *Mairzy Doats* im Radio hörte. *Blue Moon* lernte ich dank einer Liveband kennen, als ich im damals angesagten Klammerblues über die Tanzfläche einer Highschool schieberte. Bob Dylan offenbarte sich mir 1964, lockig und bemundharmonikat, auf einer Bostoner Bühne mit der barfüßigen Joan Baez, der Königin der Folkies.

Jump Cut. 1981. Zeit war vergangen. Wie nicht anders zu erwarten, war ich älter geworden. Wie ganz und gar nicht zu erwarten – zumindest hätte ich das 1964 nie getan –, hatte ich einen Partner und ein Kind, dazu ein Haus und zwei Katzen. Ronald Reagan war gerade Präsident geworden, und der Neue Morgen, den er Amerika versprach, sollte etwas völlig anderes werden als das Neue Zeitalter des Hippietums und Feminismus, das wir in den 70ern erlebt hatten.

Gut, 1981 also. Das Radio lief, während wir Abendessen kochten, und ein unheimlicher Sound pulsierte durch den Äther.

»Was war *das* denn?«, fragte ich. Das war nicht die Art Musik, ja nicht mal die Art Klang, die man sonst im Radio zu hören bekam – oder überhaupt irgendwo, wenn ich es recht bedenke. Am ehesten erinnerte es mich daran, wie wir als Teenager 45er-Schallplatten auf 33er-Tempo abgespielt hatten, weil sich das so lustig anhörte. Ein Sopran ließ sich so in ein träges, zombiehaftes Bariton-Knurren verwandeln, und das taten wir auch oft.

Doch was ich da gehört hatte, war kein bisschen lustig. »*This is your mother*«, erklang da eine fröhliche Midwestern-Stimme von einem Anrufbeantworter. »*Are you coming home?*« Aber es war gar nicht die Mutter. Es war »*the hand, the hand that takes*«. Ein Kunstwesen wie aus einem Science-Fiction-Film, wie aus ›Die Körperfresser kommen‹: Es sieht zwar menschlich aus, ist aber kein Mensch, was zugleich schaurig und bedrohlich wirkt. Schlimmer noch: Es ist die einzige Hoffnung, nachdem Mom, Dad, Gerechtigkeit, Gewalt und Gott versagt haben.

Dieses »*das*«, was mich so fasziniert hatte, war *O Superman*. Wie Sie sehen, habe ich es nie vergessen. Es war völlig unvergleichlich – genauso unvergleichlich wie Laurie Anderson.

Zumindest war sie nicht das, was man sich gemeinhin unter einer Popmusikerin vorstellt. Vor ihrem Durchbruch mit der Single war sie eine Avantgarde-Performancekünstlerin und Erfinderin gewesen, hatte Kunst studiert und mit Gleichgesinnten wie William Burroughs und John Cage gearbeitet. Die Siebziger, an die man sich nicht nur wegen breiter Krawatten, langer Mäntel, hoher Stiefel und dem *ethnic look* erinnert, sondern auch wegen der zweiten Welle des Feminismus, waren eine Blütezeit für Kunstperformances. Ihrer Natur nach vergänglich, wie sie waren, stellten sie den Prozess über das Produkt. Ihre Wurzeln reichten zurück ins Dada des jugendlichen zwanzigsten Jahrhunderts, zur Gruppe ZERO, die in den späten 50ern versucht hatte, etwas aus den Trümmern des Zweiten Weltkriegs zu erschaffen, und auch zur Fluxus-Aktionskunst der 60er und 70er.

Andersons großes Vorhaben mit ›Big Science‹ war ein kritischer, besorgter, keineswegs unbeteiligter Blick auf die USA. Sie kam 1947 zur Welt, war 1957 also zehn und somit alt genug, die Flut neuer materieller Besitztümer mitzuerleben, die die Haushalte Amerikas in diesem Jahrzehnt überschwemmte. 1962, als die Bürgerrechtsbewegung einen Höhepunkt erreichte, war sie fünfzehn, und als die Proteste gegen den Vietnamkrieg sowie die Unruhen an den Universitäten 1967 voll in Fahrt kamen, war sie zwanzig. Dass Normen auf den Kopf gestellt wurden, muss ihr ganz normal erschienen sein.

Obwohl New York zu ihrem kulturellen Basislager wurde, war Anderson kein Großstadtkind. Sie ist in Illinois aufgewachsen, im tiefsten Herzen von Amerika. Ihre muntere Mama-Stimme und ihre »*Howdy stranger*«-Attitüde hat sie sich redlich verdient. Sie war geflohen: nicht nach, sondern aus Amerika. Aus einem *Mom-and-Apple-*

Pie-Amerika, einem verflossenen Amerika, das rasant von materiellen Neuerungen umgekrempelt wurde, von den Freeways, Einkaufszentren und Drive-in-Banken, die sie im Song *Big Science* als Wahrzeichen entlang der Straße in die Stadt beschreibt. Was würde als Nächstes den Bulldozern zum Opfern fallen? Was würde von den natürlichen Formen bleiben? Würde Amerika von seiner Technik-Vergötterung ausgelöscht werden? Und was genau machte eigentlich unsere Menschlichkeit aus?

Jetzt, wo das zwanzigste Jahrhundert ins einundzwanzigste übergegangen ist, wo die Folgen der Naturzerstörung erschütternd deutlich werden, wo analog durch digital ersetzt ist, wo die Mittel zur Überwachung sich verhundertfacht haben und das gnadenlose Schwarmdenken der Borg im Internet schon fast Realität ist, wirken Andersons besorgte und beunruhigende Sondierungen geradezu prophetisch. Wollen wir Menschen bleiben? Sind wir überhaupt noch welche? Was ist das eigentlich, ein Mensch? Sollte man sich einfach in die langen, elektro-petrochemischen Arme seiner falschen Mutter werfen?

›Big Science‹ war nie relevanter als jetzt. Hören Sie mal rein. Stellen Sie sich seinen drängenden Fragen. Spüren Sie den Schauder.

BARRY LOPEZ

(2021)

Zum ersten Mal bin ich Barry Lopez vor vielen Jahrzehnten auf einer Alaskareise begegnet. »Willkommen in Alaska«, hieß es dort, »wo die Frauen Männer und die Männer Tiere sind.« Das war scherzhaft gemeint, doch es war auch etwas Wahres dran, wie ich aus eigener Erfahrung wusste. Ich bin im Norden aufgewachsen, und auch Alaska ist der Norden. Toughe Frauen

Aber wenn schon Tier, dann doch nicht irgendeins. Es ist nun einmal nicht dasselbe, ob man Wiesel oder Wolf ist. Wer den Wolf wählt, hat das höchstwahrscheinlich Barry zu verdanken. Loyal zum Rudel, schlau, einfallsreich, überlebensorientiert und gut aussehend: Was sollte einem daran nicht gefallen? Na gut, vielleicht, dass man von Hubschraubern aus abgeknallt wird. Wieseln passiert so etwas nie, so ist es halt.

Graeme und ich waren damals bereits große Fans von Barrys Büchern. ›Of Wolves and Men‹ (1978) war bahnbrechend, und dasselbe gilt für ›Arktische Träume‹ (1986). Bei der Begegnung mit Barry fühlten wir uns, als beträten wir eine Sphäre, in der eine im Verschwinden begriffene Sprache gesprochen wird, die Sprache unserer unauflöslichen Verbindung zur Natur. Hier war einer, der dieser Sprache neues Leben einhauchte. Barry war ein Prophet in der Wildnis, auch wenn er es nie Wildnis genannt hätte. Damals war er ein einsamer Rufer (er muss sich oft gefragt haben, ob ihn überhaupt jemand hört), heute ist er eine maßgebliche Stimme. Auch wenn vielen seiner Zeitgenossen in den 1970ern und 80ern die Dringlichkeit seiner Botschaft wohl entging, verstehen die jungen Angehörigen solch weltweiter Bewegungen wie Extinction Rebellion sie heute ganz genau. Jeden Atemzug verdanken wir nur der Natur; wenn wir sie töten, töten wir uns. Die Weltmeere sind die Lunge unseres Planeten, und die Nordmeere sind der Schlüssel zu diesem System, das die Erde äonenlang zu einem Goldlöckchen-Planeten gemacht hat.

Jetzt, wo das menschengemachte sechste große Massenaussterben im Gang ist und die Polkappen schmelzen, liegt die Bedeutung von Barrys Werk klar auf der Hand. Wir verlieren auf eigene Gefahr die Verbindung zu dem Nährboden, der uns am Leben hält, und diese Gefahr wächst schneller als erwartet. Hoffen wir, dass Barry Lopez sich am Ende nicht als Trauersänger des verlorenen Geliebten erweist. Unsere geliebte »blaue Murmel«, unsere geliebte Natur: Wenn sie erst endgültig verloren sind, werden auch wir verloren sein. Barrys Bücher zu lesen (und wiederzulesen) heißt, sich daran zu erinnern, wie riesengroß und unermesslich dumm dieser Verlust wäre.

Danke, Barry.

DIE MEERES-TRILOGIE

Vorwort

(2021)

Die Weltmeere sind das Herz und die Lunge unseres Planeten. Sie produzieren den größten Teil des Sauerstoffs in unserer Atmosphäre und beherrschen durch den Kreislauf ihrer Strömungen das Klima. Ohne gesunde Ozeane müssten wir Luft atmenden, an Land lebenden, mittelgroßen Primaten sterben.

Die Neuauflage der ersten drei Bücher der Meeresbiologin Rachel Carson (›Unter dem Meerwind‹, ›Geheimnisse des Meeres‹ und ›Am Saum der Gezeiten‹) belegt eine neue, breite Anerkennung dieser Fakten. Als Carson diese Bücher in den 1930er-, 40er und 50er-Jahren schrieb, war einiges noch nicht passiert, was heute zu unserer Wirklichkeit gehört. Es gab Warnsignale, doch die glommen noch ganz schwach. Kaum jemand ahnte, dass wir ins Zeitalter des sechsten großen Massenaussterbens eingetreten waren. Die aufkeimende Klimakrise war noch nicht ins öffentliche Bewusstsein vorgedrungen. Industrielle Fischerei im großen Stil steckte in den Kinderschuhen, und die Kabeljaubestände vor Neufundland waren noch nicht durch Überfischung kollabiert. Andere Fischarten wurden noch nicht durch verheerenden Beifang dezimiert. Die regenerativen Ökosysteme der Kontinentalschelfe waren nicht von Schleppnetzen zerstört worden, die Korallenriffe bleichten noch nicht aus. Keine »Geisternetze« aus Plastikschnüren trieben durch die Ozeane und verstrickten tödlich Fische, Wale und Delfine. Kein Land hatte Meeresschutzgebiete ausgewiesen, denn wozu sollte so etwas schon gut sein? War das Meer nicht ein ewig sprudelnder Quell der Reichtümer, aus dem die Menschen sich nur zu bedienen brauchten? Warum sollte man sich da für seine Ökosysteme interessieren? Das Meer kam gut allein zurecht. Es war *too big to fail*. Oder in den Worten von Lord Byron:

Ja, brause, tiefe, dunkelblaue See!
Zehntausend Flotten ziehn umsonst hinaus!
Der Mensch brandmarkt die Erdenflur mit Weh, –
Am Strand erlischt sein Reich …

Im neunzehnten. Jahrhundert, dem Zeitalter hölzerner Segelschiffe, mag das durchaus noch zutreffend gewesen sein. Heute aber, in der Ära von Öl, Plastik, Pestiziden und grassierender Überfischung, ist es das nicht mehr. Wäre Carson noch am Leben, wäre sie die Erste, die auf die Gefahren menschlichen Meeresmords hinweisen würde.

Rachel Carson ist eine Scharnierfigur des zwanzigsten Jahrhunderts. Niemand, dem die Bewahrung eines bewohnbaren Planeten für all seine Lebensformen (einschließlich unserer eigenen Spezies) am Herzen liegt, wäre ohne sie, wo er heute steht – und die Millionen Menschen, die unter der Klimakrise und den mit ihr verbundenen Hungersnöten, Feuersbrünsten, Überschwemmungen und Rohstoffkriegen leiden, wären heute nicht, wo sie sind, wenn mehr Entscheidungsträger den Ratschlägen von Carson gefolgt wären.

Mit »Scharnierfigur« meine ich, dass die Menschen vor Carsons bahnbrechendem Buch ›Der stumme Frühling‹ (1962) auf die eine Weise dachten und hinterher auf eine andere. Carson verteidigte standhaft ihre evidenzbasierten Überzeugungen. In unserem neuen Zeitalter der Wissenschaftsleugnung und Tatsachenverweigerung (nicht nur mit Blick auf Erderwärmung und komplette Lebensräume vernichtende Insektizide und Herbizide, sondern auch auf unmittelbar Menschliches wie Impfung und Stimmenauszählung) sollten uns die ignoranten, aggressiven Reaktionen auf ihre Enthüllungen nicht weiter überraschen.

›Der stumme Frühling‹ war Carsons viertes Buch. Ihr erstes, ›Unter dem Meerwind‹, ist 1941 erschienen, kurz vor dem Eintritt der USA in den Zweiten Weltkrieg – kein günstiger Zeitpunkt für eine Veröffentlichung, die sich nicht um aktuelle Politik drehte. Das Buch, ein einfühlsames und bezauberndes Beispiel für die Art tierzentriertes Nature Writing, die Ernest Thompson Seton mit ›Bingo und andere Tiergeschichten‹ und Henry Williamson mit ›Tarka the Otter‹ und ›Salar the Salmon‹ geprägt haben, würde heutzutage wohl als Kinder- oder Jugendliteratur vermarktet werden. Carsons ideale Zielgruppe war jedoch größer. Sie wollte Bewusstsein für die Vernetztheit allen Lebens schaffen, und zwar anhand der Lebensgeschichten dreier verschiedener Lebewesen: eines Sanderlings, einer Makrele und eines Aals.

Wenn Menschen Geschichten über andere Lebensformen oder Dinge erzählen, werden diese unweigerlich vermenschlicht – das gilt sogar für *Aus dem Leben eines Bleistifts* und Hans Christian Andersens Geschichte über einen Weihnachtsbaum. Es ist also müßig, Carson dies vorzuwerfen. Sobald man sich auf einen Plot über Individuen mit eigener Perspektive einlässt, wird man sie vermenschlichen, egal, ob man seinen Tierfiguren Rock und Hut anzieht wie Beatrix Potter oder sie nackt schwimmen lässt wie Carsons Aal. Der Vorteil daran ist, dass die Lesenden mit anderen Lebewesen so besser mitfühlen können, der Nachteil, dass Aale in Wahrheit keine Menschennamen tragen, genauso wenig wie Otter oder Wölfe – außer die Autorin erzählt uns einen vom Osterhasen. So oder so macht das Vergnügen an den Gaben und Mysterien der Meere Carsons Geschichten äußerst lesenswert, auch wenn sie heute sicher auch die menschengemachten Gefahren einbeziehen müssten, denen die Tierfiguren gegenüberstehen: Zerstörung von Lebensräumen, Verschmutzung, drohende Ausrottung. Anguilla der Aal müsste zweifellos mit einer Plastiktüte kämpfen, und die Wanderung von Silverbar dem Sanderling gliche eher dem Schicksal der Brachvögel in Fred Bodsworths tragischem Roman.

Carsons nächstes Buch ›Geheimnisse des Meeres‹ kam 1951 heraus, als die Nachkriegsentbehrungen endlich überstanden schienen, und war ein riesiger Erfolg. Diesmal hielt sie sich ohne jede Fiktionalisierung an die Fakten und verband Geschichte mit Prä-Geschichte, Geologie und Biologie zu einer säkularen Hymne auf den Ozean. Viele folgten ihr nur allzu gern unter die Wellen, in die ultramarinblauen Tiefen. Erinnern Sie sich an Kapitän Nemo aus Jule Vernes ›Zwanzigtausend Meilen unter dem Meer‹? Heute vielleicht nicht mehr, aber 1951 erinnerten sich viele noch an ihn. Unter der Meeresoberfläche lag ein Reich aus Wundern und Abenteuern, und es war herrlich, dort so passioniert und kundig herumgeführt zu werden. Zwar gab es keine Meerjungfrauen, doch die echten Wunder waren noch viel größer! Mit diesem Buch gelang Rachel Carson der internationale Durchbruch.

›Am Saum der Gezeiten‹, der dritte Teil von Carsons Meerestrilogie, erschien im Jahr 1955, und mit ihm identifizierte ich mich damals – mit fünfzehn – am meisten. Es handelt vom Muschelsuchen, was ich oft an der Küste der Bay of Fundy getan hatte, wenn ich in den Nachkriegssommern der späten 40er und frühen 50er meine Verwandten in Nova Scotia besuchte. Die Gezeitentümpel und Höhlen, die Flora, die Seesterne und Bauchfüßler auf meiner Seite der Bucht waren dieselben wie auf der gegenüberliegenden, sodass das erste Drittel des ›Saums der Gezeiten‹ von Geschöpfen handelte, die ich mit eigenen Augen gesehen hatte. Noch heute kann ich bei Ebbe an keinem solchen Tümpel vorbeigehen, ohne nachzusehen, was sich darin verbirgt.

Alle drei Bücher durchzieht derselbe Refrain: »Schau hin. Sieh. Beobachte. Lerne. Staune. Stelle Fragen. Ziehe Schlüsse.« Rachel Carson hat die Menschen gelehrt, das Meer auf neue Weise zu betrachten und auf neue Art darüber nachzudenken. Durch dieselbe Brille nahm sie auch die Vogelwelt in den Blick – und deren von ihr konstatiertes Schwinden – und machte daraus ›Der stumme Frühling‹. Ohne ihre Arbeit über die Meere hätte sie nie die Werkzeuge entwickelt, die ihr erlaubten, die Auswirkungen von Pestiziden zu untersuchen. Und ohne die Bekanntheit, die sie ihrer Meerestrilogie verdankte, hätte niemand ihre beängstigende Botschaft gehört. Dann gäbe es heute keine Adler mehr, keine Wanderfalken und irgendwann auch keine Laubsänger.

Rachel Carson zählt zu den wichtigsten Großeltern der heutigen Umweltschutzbewegungen. Wir Menschen stehen tief in ihrer Schuld, und wenn unsere Spezies das 22. Jahrhundert noch erlebt, werden wir das teilweise ihr zu verdanken haben. Die Neuauflage ihrer Meerestrilogie ist eine große Freude. Vielen Dank, heilige Rachel, wo auch immer du sein magst.

DANKSAGUNG

Mein Dank gebührt zunächst den vielen Leserinnen und Lesern dieser Essays und Gelegenheitsarbeiten im Laufe der Jahre, auch für die Rückmeldungen, die ich darauf erhalten habe.

Ich danke meiner Schwester und Erstleserin Ruth Atwood, die mit beim Unkrautjäten half – beharrlich pflügte sie sich durch die Wortschwallfelder und stutzte eine unhandliche Anzahl kurzer Texte auf eine vernünftige Menge zurück. Und ich danke Lucia Cino, die Originale beschafft und Printausgaben von Texten aufgestöbert hat, von denen ich ganz ehrlich nicht einmal mehr wusste, dass ich sie geschrieben hatte. Unter Covid-Bedingungen war das keine leichte Aufgabe, denn die Bibliotheken waren geschlossen – auch die Thomas Fisher Rare Book Library an der University of Toronto, in der einige dieser Manuskripte aufbewahrt werden. Ich danke den Bibliothekaren für ihre außerordentliche Hilfsbereitschaft.

Ich danke auch den Redakteuren der vielen Zeitungen und Zeitschriften, für die ich über so viele Jahre hinweg geschrieben habe, und meinen Lektorinnen auf beiden Seiten des Atlantiks, deren Bedachtsamkeit und Begeisterung mir so viel Mut gemacht haben. Zu dieser Gruppe zählen Becky Hardie von Penguin Random House UK, Louise Dennys und Martha Kanya-Forstner von Penguin Random House Canada sowie Lee Boudreaux und LuAnn Walther von Penguin Random House US. Heather Sangster von Strong Finish gab wieder einmal die besessene Redakteurin, die jede Laus im Pelz aufspürt, sogar die noch gar nicht geschlüpften. Jess Atwood Gibson versucht stets, mich vor mir selbst zu schützen, wenn auch nicht immer erfolgreich.

Ich danke meinen Agentinnen Phoebe Larmore und Vivienne Schuster, die jetzt im Ruhestand sind, der unermüdlichen Karolina Sutton von Curtis Brown sowie Caitlin Leydon, Claire Nozieres, Sophie Baker, Jodi Fabbri und Katie Harrison, die sich so kundig um die Auslandsrechte kümmern.

Dank schulde ich auch denen, die mich durch die Zeit trudeln lassen und mich daran erinnern, welchen Tag wir jeweils haben: Lucia Cino von O. W. Toad Limited und Penny Kavanaugh, V. J. Bauer, der sich um die Website kümmert, Mike Stoyan und Sheldon Shoib, Donald Bennett, Bob Clark und Dave Cole.

Ich danke Coleen Quinn, die darauf achtet, dass ich meine Schreibhöhle verlasse und mich nach draußen wage, Xiaolan Zhao und Vicky Dong, Matthew Gibson, dem Reparaturass, den Shock Doctors, die das Licht am Brennen halten, sowie Evelyn Heskin, Ted Humphreys, Deanna Adams und Randy Gardner, die meine Schreibhöhle bewohnbar machen helfen.

Und, wie immer, Graeme Gibson, der fast die ganze Zeit unter uns war, in der diese Texte entstanden sind. Er hat immer über die Witze gelacht.

QUELLENVERZEICHNIS

Im Folgenden werden die Quellen und Erstveröffentlichungen der hier versammelten Essays angegeben. Sofern hier nicht anders vermerkt, stammen die in den Essays verwendeten Übersetzungen von Martina Tichy, Eva Regul oder Jan Schönherr.

Teil I: 2004 bis 2009 | Was passiert dann?

Scientific Romancing: gehalten als Kesterton Lecture, School of Journalism and Communication, Carleton University, Ottawa, ON, am 22. Jan. 2004. S. 34f.: *Orwell and Me*, erschien im ›Guardian‹ vom 16. Juni 2003. Zitiert nach der deutschen Übersetzung von Ina Pfitzner in: M. A. ›Aus Neugier und Leidenschaft‹ (Berlin: Berlin Verlag, 2007).

›Der eisige Schlaf‹/›Frozen in Time‹: Erstveröffentlichung als Vorwort zu Owen Beattie und John Geiger, ›Frozen in Time: The Fate of the Franklin Expedition‹ (Vancouver: Greystone Books, 2004). Mordechai Richler, ›Solomon Gursky war hier‹, deutsch von Hartmut Zahn, Carina von Enzenberg (München: Hanser 1992).

›From Eve to Dawn‹: Erstveröffentlichung als Rezension *From Eve to Dawn by Marilyn French*, in der ›Times‹ (UK) vom 21. Aug. 2004. Wiederveröffentlicht als Vorwort in: ›From Eve to Dawn: A History of Women‹, Vol. 1, New York: Feminist Press, 2008.

Polonia: Erstveröffentlichung als *Polonia: In Response to ›What*

Advice Would You Give the Young?‹ In ›Dropped Threads: Beyond the Small Circle‹, ed. Marjorie Anderson (Toronto: Vintage Canada, 2006). S. 64f.: der Polonius-Dialog aus ›Hamlet‹ wird nach der Schlegel/Tieckschen Übersetzung zitiert.

Somebody's Daughter: 2005 für das UNESCO Literacy for Life program geschrieben und in ›The Alphabet of Hope: Writers for Literacy‹ (Paris: United Nations Educational, Scientific and Cultural Organization, 2007) erstmals veröffentlicht. S. 68: Bryher (Annie Winifred Ellerman), ›The Heart to Artemis: A Writer's Memoirs‹ (Middletown, CT: Paris Press/Wesleyan University Press, 2006).

Fünf Besuche beim Wörterhort/Five Visits to the Word Hoard: gehalten als Bill Duthie Memorial Lecture, Vancouver International Writers Festival, Vancouver, BC, am 13, Okt. 2005. Erstveröffentlichung in ›Writing Life: Celebrated Canadian and International Authors on Writing and Life‹, ed. Constance Rooke (Toronto: McClelland & Stewart, 2006). S. 79: Dylan Thomas wird zitiert nach ›Windabgeworfenes Licht‹ (München: Hanser, 1995); S. 80f.: Robertson Davies wird zitiert nach R.D. ›Der Fünfte im Spiel‹, deutsch von Maria Seifert (Zürich: Dörlemann, 2019) © und mit freundlicher Genehmigung des Dörlemann Verlags, Zürich; S. 81: Alice Munro, *Cortes Island* in ›Die Liebe einer Frau‹ wird zitiert nach der Übersetzung von Heidi Zerning (Frankfurt a. Main: S. Fischer Verlag, 2000).

›Das Echo der Erinnerung‹/›The Echo Maker‹: Erstveröffentlichung als Rezension *In the Heart of the Heartland«* in der ›New York Review‹ vom 21. Dez. 2006. S. 96: »Es geht um eine desillusionierte Künstlerin…«: wird zitiert nach Jeffrey Williams, *The Last Generalist: An Interview with Richard Powers,* ›Cultural Logic‹ Nr. 2 (Frühjahr 1999). Originalausgabe: Richard Powers, ›The Echo Maker‹ (New York: Farrar, Straus and Giroux, 2006). Die Übersetzung wird zitiert nach: ›Das Echo der Erinnerung‹, deutsch von Manfred Allié und Gabriele Kempf-Allié, (Frankfurt a. Main: Fischer TB, 2007). S. 103: »Ich bin überall« wird zitiert nach L. Frank Baum, ›The Wonderful Wizard of Oz‹ (Erstveröffentlichung: Chicago: George M. Hill Company, 1900).

Feuchtgebiete/Wetlands: am 9. Nov. 2006 in Toronto gehaltene Rede anlässlich des Charles Sauriol Environmental Dinner zu Ehren von Kanadas früher Führungsrolle bei der Erhaltung von Feuchtgebieten durch die Toronto and Region Conservation Foundation.

Bäume des Lebens, Bäume des Todes/Trees of Life, Trees of Death: Rede vom 5. Apr. 2007 anlässlich der Hundertjahrfeier der forstwirtschaftlichen Fakultät der University of Toronto. S. 124f., 135: J.R.R. Tolkien, ›Der Herr der Ringe‹ wird zitiert nach der Übersetzung von Wolfgang Krege (Stuttgart: Klett Cotta, 2001–2012) S. 129; Dante Alighieri, ›Die göttliche Komödie‹ wird zitiert nach der Übersetzung von Karl Vossler; S. 130: Kenneth Grahame, ›Der Wind in den Weiden‹ wird zitiert nach der Übersetzung von Harry Rowohlt (München: dtv, 1976); © und mit freundlicher Genehmigung des Kein & Aber Verlags, Zürich.

Ryszard Kapuściński: Erstveröffentlichung als Rezension *A Sense of Wonder* im ›Guardian‹ vom 9. Juni 2007. Ryszard Kapuściński, ›König der Könige‹ (München, Piper 2009); S. 138, 142: Ryszard Kapuściński, ›Meine Reisen mit Herodot‹, (München, Piper 2007); S. 141: ›Imperium. Sowjetische Streifzüge‹ (Berlin: Die andere Bibliothek, 2015).

›Anne auf Green Gables‹/›Anne of Green Gables‹: Erstveröffentlichung als Nachwort der Neuauflage der New Canadian Library von L.M. Montgomery, ›Anne of Green Gables‹ (Toronto: New Canadian Library/McClelland & Stewart, 2008). Außerdem erschienen als *Nobody Ever Did Want Me*, im ›Guardian‹ vom 29. März 2008. Die Übersetzung wird zitiert nach ›Anne auf Green Gables‹, deutsch von Bettina Münch (Zürich: Atrium Verlag, 2021).

Alice Munro: Eine Würdigung/Alice Munroe: An Appreciaton: Erstveröffentlichung als Vorwort zu Alice Munro, ›Carried Away: A Selection of Stories‹ (New York and Toronto: Everyman's Library/Alfred A. Knopf, 2006). Später erschien eine überarbeitete Version unter dem Titel *Alice Munro: Eine Würdigung von Margaret Atwood* im ›Guardian‹ vom 11. Okt. 2008. Alice Munro, *Putenzeit* und *Die Jupitermonde* werden zitiert nach der Übersetzung von Manfred Ohl und Hans Sartorius, (in: ›Die Jupitermonde‹, Berlin: BvT, 2006); A.M., *Meneseteung* wird zitiert nach der Übersetzung von Karin Nölle in: A.M., ›Glaubst du, es war Liebe‹, (Berlin: BvT, 2005); A.M., ›Kleine Aussichten‹ wird zitiert nach der Übersetzung von Hildegard Petry (Berlin: BvT, 2005); A.M., *Eine fürstliche Abreibung* und *Das Bettlermädchen* werden zitiert nach der Übersetzung von Hildegard Petry, in: A.M., ›Das Bettlermädchen‹ (Berlin: BvT, 2003); A.M., *Das Wachsen der Liebe* wird zitiert nach der

Übersetzung von Helga Huisgen in A. M., ›Der Mond über der Eisbahn‹, (Berlin: BvT, 2001). Sämtliche Zitate aus Alice Munros Werk erfolgen mit freundlicher Genehmigung des S. Fischer Verlags, Frankfurt a. Main.

Uralte Rechnungen/Ancient Balances: Erstveröffentlichung in: M. A. ›Payback: Debt and the Shadow Side of Wealth‹, CBC Massey Lectures series Toronto Series (Toronto: House of Anansi Press, 2008). Im Jahre 1961 eingeführt, sind das Massey College der University von Toronto und der Verlag House of Ananasi Press die Gastgeber der jährlichen CBC Massey Vortragsreihe. Deutsche Ausgabe: M. A. Payback, (Berlin: Berlinverlag 2008); Robert Wright, ›Diesseits von Gut und Böse‹ Übersetzung von Johann Georg Scheffner (München: Limes 1996).

Scrooge: Erstveröffentlichung als Vorwort zu Charles Dickens, ›A Christmas Carol and Other Christmas Books‹, illustriert von Arthur Rackham (London, New York, and Toronto: Everyman's Library/Alfred A. Knopf, 2009).

Leben und Schreiben/A Writing Life: erschien zuerst als *A Writer's Life* im ›Guardian‹ im Jan. 2009.

Teil II: 2010 bis 2013 | Die Kunst liegt uns in der Natur

Schriftsteller als politische Akteure? Im Ernst?/The Writer as Political Agent? Really?: Erstveröffentlichung in einer Gedenkausgabe des ›Index on Censorship-Journal‹ als *Don't Tell Us What to Write* (›Index on Censorship‹ 39, Nr. 4 Print, 1. Dez. 2010; online, 16. Dez. 16, 2010).

Literatur und die Umwelt/Literature and the Environment: Rede auf dem Internationalen PEN Congress in Tokio, gehalten am 26. Sept. 2010.

Alice Munro: Erstveröffentlichung als *Munro the Icon* im ›Guardian‹ vom 30. Mai 2009. S. 236: George Herbert, ›The Temple‹ wird zitiert nach der Übersetzung von Inge Leimberg (Berlin: Waxmann, 2002).

›Die Gabe‹/›The Gift‹: Erstveröffentlichung als Vorwort zur Neuausgabe von Lewis Hyde, ›The Gift: How the Creative Spirit Transforms the World‹ (Edinburgh: Canongate Canons, 2012). Deutsche Ausgabe: Lewis Hyde, ›Die Gabe‹, übersetzt von Hans G. Holl (Frankfurt a. Main: S. Fischer Verlag, 2008).

›Falken‹/›Bring Up the Bodies‹: Zuerst veröffentlicht als Rezen-

sion *Bring Up the Bodies by Hilary Mantel – Review* im ›Guardian‹ vom 4. Mai, 2012. Deutsche Ausgabe: Hilary Mantel: ›Falken‹, Deutsch von Werner Löcher-Lawrence. (Köln: DuMont, 2013). S. 248: Charles Dickens, ›Geschichte Englands für Jung und Alt‹ wird zitiert nach der Übersetzung bei Duncker & Humblot; S. 251: William Shakespeare, ›Hamlet‹ wird zitiert nach der Übersetzung von Schlegel/Tieck.

50 Jahre ›Der stumme Frühling‹ von Rachel Carson/Rachel Carson's Anniversary: Erstveröffentlichung als Rezension *Margaret Atwood: Rachel Carson's* Silent Spring, *50 Years On*, im ›Guardian‹ vom 7. Dez. 2010. S. 259: Rachel Carson, ›Der stumme Frühling‹, deutsch von Margaret Auer, (München: Biederstein Verlag, 1963; © und mit freundlicher Genehmigung des C. H. Beck Verlags, München).

Faszination Zukunft – Was wir uns über kommende Zeiten erzählen/The Future Market – Stories We Tell About Times to Come: Gehalten als Grace A. Tanner Lecture in Human Values, Southern Utah University, Cedar City, UT am 2. Apr. 2013. Anschließend erschienen in: ›Grace A. Tanner Lecture in Human Values‹ 2013. S. 270: William Shakespeare, ›Der Sturm‹ wird in der Übersetzung von Martin Wieland zitiert; S. 271: ›Cabinet magazine‹: https://www.cabinetmagazine.org/projects/last_calendar.php; S. 271: »Nehmen Sie eine blaue …«: Abracadabra forum, o.D.; S. 272: »Der Meister der Kartoffel-Energie …«: Wikia [now Fandom] scratchpad entry, o.D.; S. 277: T.S. Eliot, *Das wüste Land* wird zitiert nach der Übersetzung von Ernst Robert Curtius in: T.S. Eliot: ›Ausgewählte Gedichte Englisch und Deutsch‹ (Frankfurt a. Main: Suhrkamp, 1951) und der Übersetzung von Norbert Hummelt (Schreibheft 70, April 2008, S. 5); S. 285: Naomi Alderman, *The Meaning of Zombies*, ›Granta‹, Nov. 20, 2011.

Warum ich ›Die Geschichte von Zeb‹ geschrieben habe/Why I Wrote ›MaddAddam: Erstveröffentlichung in ›Wattpad‹ vom 30. Aug. 2013.

›Sieben phantastische Geschichten‹/›Seven Gothic Tales‹: Erstveröffentlichung als Vorwort zu Isak Dinesen, ›Seven Gothic Tales‹ (London: The Folio Society, 2013). Auch veröffentlicht als *Margaret Atwood on the Show-Stopping Isak Dinesen*, im ›Guardian‹, vom 29. Nov. 2013. Deutsche Ausgabe des Werks von Isak Dinesen, alias Karen Blixen: ›Sieben phantastische Geschichten‹, deutsch von Thyra Dohrenburg, Martin Lang

und W.E. Süskind. (Stuttgart: DVA, 1979). S. 300: James Joyce: ›Ein Porträt des Künstlers als junger Mann‹ wird zitiert nach der Übersetzung von Klaus Reichert (Frankfurt a. Main: Suhrkamp, 1972).

›Doctor Sleep‹: Erstveröffentlichung als Rezension *Shine On*, in der ›New York Times‹ vom 13. Sept 2013. Deutsche Ausgabe: Stephen King: ›Doctor Sleep‹, deutsch von Bernhard Kleinschmidt (München: Heyne, 2013). Dante, ›Die Göttliche Komödie‹ wird nach der Übersetzung von Karl Vossler zitiert.

Doris Lessing: Erstveröffentlichung als Rezension *Doris Lessing: A Model for Every Writer Coming Back from the Beyond* im ›Guardian‹ vom 18. Nov. 2013.

Wie kann man die Welt verändern?/How to Change the World?: Erstveröffentlichung auf Holländisch in ›Nexus‹ 63 (Frühling 2013), Reflexion über das Thema der Podiumsdiskussion der Nexus-Konferenz Stadsschouwburg Amsterdam, Nexus Institute, Amsterdam, 2. Dez 2012. S. 314: Ugo Bardi, *Cassandra's Curse: How »The Limits to Growth« Was Demonized*, ›The Oil Drum‹: Europe, 9. März 2008 (http://theoildrum.com/node/3551). S. 315f.: Potsdam Institute for Climate Impact Research and Climate Analytics, *Turn Down the Heat: Why a 4° Centigrade Warmer World Must be Avoided* (Washington, DC: World Bank, Nov. 2012), https://openknowledge.worldbank.org/handle/10986/11860.

Teil III: 2014 bis 2016 | Wer ist der Stärkere

Im Land der Übersetzungen/In Translationland: Gehalten als W.G. Sebald Lecture on Literary Translation am British Centre for Literary Translation, University of East Anglia, Norwich, UK am 18. Feb. 2014. S. 335: W.G. Sebald an Michael Hulse, in: *Letters to a Translator*, ›Little Star‹ 5 (2014), https://littlestarjournal.com/issues/; S. 640: William Shakespeare, ›Hamlet‹, wird zitiert nach der Übersetzung von Schlegel/Tieck. S. 345: Edward Lear, *The Dong with the Luminous Nose*, in ›Laughable Lyrics: A Fourth Book of Nonsense Poems, Songs, Botany, Music, &c.‹ (London: Robert John Bush, 1877), unpag. Auf deutsch wird das Gedicht vom *Dong mit seinem Nasenlicht* zitiert nach der Übersetzung von Hans Magnus Enzensberger in: ›Edward Lears kompletter Nonsense‹ (Frankfurt: Insel, 1988); S. 345: »Verdaustig wars …«:

Lewis Carroll, *Jabberwocky*, in ›Alice hinter den Spiegeln‹. Nachdichtung von Christian Enzensberger (Frankfurt: Insel, 1974); S. 346: »Wenn ich ein Wort gebrauche…«: Ibid.

Über die Schönheit/On Beauty: Erstveröffentlichung unter *Truth and Beauty,* ›Harper's Bazaar‹ (UK.), Okt. 2014.

Der Sommer der Stromatolithen/The Summer of the Stromatolites: Erstveröffentlichung in *That Summer: Great Writers on Life-Changing Summers,* auf der (mittlerweile abgeschalteten) ›Biographile‹ website von Penguin Random House zu den Themen Biografien, Memoir und Wahrheit in der Fiktion, Juni 2014.

Kafka – Drei Begegnungen/Kafka: Three Encounters: Gehalten auf BBC 3 am 11. Mai 2015 als Teil der *In the Shadow of Kafka*-Serie mit Dokumentationen und Dramatisierungen um Leben und Erbe Franz Kafkas 3.

Zukunftsbibliothek/Future Library: Rede zur Eröffnung der Future Library am 26. Mai 2015 in Oslo zur Übergabe von ›Scribbler Moon‹, dem ersten von der Future Library angeforderten Manuskript. Dieses öffentliche Kunstprojekt will zwischen 2014 und 2114 jedes Jahr ein unveröffentlichen Text eines bekannten Autors einsammeln. Alle hundert Manuskripte sollen bis 2114 ungelesen und unveröffentlicht bleiben und dann in einer einzigen Edition gedruckt werden und zwar auf dem Papier von tausend speziell für diesen Zweck gepflanzten Bäumen. Anschließend auf https://www.futurelibrary.no/#/years/2014. veröffentlicht.

Betrachtungen zu ›Der Report der Magd‹/Reflections on ›The Handmaid's Tale‹: Keynote-speech gehalten an der Tennessee Tech University, Cookeville, TN am 3. Nov. 2015. John Milton, ›Das verlorene Paradies‹ wird zitiert nach der Übersetzung von Karl Eitner (1890). S. 383 f.: *The Good Wife's Guide,* ›Housekeeping Monthly‹, May 13, 1955; mittlerweile als Parodie entlarvt: www.snopes.com/fact-check/how-to-be-a-good-wife/. Deutsch: https://www.wiwi-treff.de/Attachments-Freizeit/Das-Handbuch-fuer-die-gute-Ehefrau-von-1955/Artikel-5708.

Wir sind doppelplus-unfrei/We Are Double-Plus Unfree: Erstveröffentlichung als *Margaret Atwood: We Are Double-Plus Unfree*, im ›Guardian‹ vom 18. Sept. 2015. Anschließend veröffentlicht unter ›Freedom‹, Vintage Minis series (London: Vintage Classics/Penguin Random House UK, 2018). S. 398: »Ein Rotkehlchen…«: wird zitiert nach: William Blake: *Weissagun-*

gen der Unschuld, deutsch von W. Wilhelm, in: In: Werner v. Koppenfels, Manfred Pfister (Hg.): ›Englische und amerikanische Dichtung‹ Band 2. (München: Beck 2000); John Milton, ›Das verlorene Paradies‹ wird zitiert nach der Übersetzung von Johan Gottlieb Bürde (1793); William Shakespeare, ›Der Sturm‹ wird zitiert nach der Übersetzung von Schlegel/Tieck.

Knöpfe oder Schleifchen?/Buttons or Bows?: Erstveröffentlichung als *The Handmaid's Tulle: From Sherlock's Deerstalker to the Zippicamiknicks of ›Brave New World‹, Fictional Clothes Must Always Fit, Says Margaret Atwood,* im ›Daily Telegraph‹ vom 14. Feb. 2015.

Gabrielle Roy: In neun Teilen/Gabrielle Roy: In Nine Parts: Erstveröffentlichung in ›Legacy: How French Canadians Have Shaped North America‹, ed. André Pratte and Jonathan Kay (Toronto: Signal Books/McClelland & Stewart/Penguin Random House Canada, 2016). Copyright © 2016 Generic Productions Inc. Nachdruck mit Genehmigung von Signal Books/McClelland & Stewart, a division of Penguin Random House Canada Limited. Alle Rechte vorbehalten. Deutsche Ausgabe von ›Bonheur d'Occasion‹: ›Gebrauchtes Glück‹, übersetzt von von Sonja Finck und Anabelle Assaf (Berlin: Aufbau, 2021).

Shakespeare und ich – Eine stürmische Liebesgeschichte/Shakespeare and Me: A Tempestuous Love Story: Gehalten als keynote speech für die American Library Association Annual Conference and Exhibition, Orlando, FL, am 25. Juni 2016. William Shakespeare wird nach der Schlegel-Tieckschen Übersetzung zitiert. S. 458 f.: *Wiedergänger* in ›Die steinerne Matratze‹, deutsch von Monika Baark (Berlin: Berlin Verlag, 2016); S. 461 f.: *Temptation: Prospero, the Wizard of Oz, Mephisto & Co.*, in M. A. ›On Writers and Writing‹ (Toronto: Emblem Editions/McClelland & Stewart, 2014). Erstveröffentlichung als *Negotiating with the Dead: A Writer on Writing* (Cambridge, UK: Cambridge University Press, 2002).

Marie-Claire Blais: Die Sprengmeisterin/Marie Claire Blais: The One Who Blew Everything Up: Erstveröffentlichung auf Französisch als *Celle qui a tout fait sauter.*

›Der Kuss der Pelzkönigin‹/›Kiss of the Fur Queen‹: Auszüge erstmals in *Ranking the Top Canadian Books of the Past 25 Years: Margaret Atwood on ›Kiss of the Fur Queen‹*, ›Maclean's‹, 14. Okt. 2016. Später veröffentlicht in *The 25 Most Influential*

Canadian Books of the Past 25 Years, LRC 25th Anniversary Edition, ›Literary Review of Canada‹, Nov. 2016.

Wir hängen am seidenen Faden/We Hang by a Thread: Keynote-Grussrede bei einer Fundraising Veranstaltung für die Women's Legal Education and Action Fund (LEAF) Persons Day Breakfast Gala, im Sheraton Centre, Toronto, am 19. Okt. 2016. LEAF National ist eine Organisation die junge Anwältinnen ausbilden hilft und manchmal auch bei Prozessen interveniert.

Teil IV: 2017 bis 2019 | Wie heikel ist die Lage?

Welche Kunst unter Trump?/What Art Under Trump?: Zuerst veröffentlicht in ›The Nation‹, 18. Januar 2017.

›Der illustrierte Mann‹/›The Illustrated Man‹: Teile dieses Vorworts wurden zuerst als Nachruf unter dem Titel *Margaret Atwood on Ray Bradbury* im ›Guardian‹ vom 8. Juni 2012 und anschließend als Einführung zu Ray Bradbury, ›The Illustrated Man‹, illustriert von Marc Burckhardt (London: The Folio Society, 2017) veröffentlicht. Auf Deutsch erschienen als Ray Bradbury, ›Der illustrierte Mann‹. Aus dem Amerikanischen von Peter Naujack (Zürich: Diogenes Verlag, 2015). S. 499: Ray Bradbury, *Take Me Home,* ›The New Yorker‹, online veröffentlicht am 18. Mai 2012; gedruckt am 6. & 11. Juni 2021.

Bin ich eine schlechte Feministin?/Am I a Bad Feminist?: Zuerst veröffentlicht in der Tageszeitung ›Globe and Mail‹ vom 13. Januar 2018.

Wir haben Ursula LeGuin verloren, als wir sie am dringendsten brauchten/We Lost Ursula Le Guin When We Needed Her Most: Teile dieses Essays wurden zunächst in der ›Washington Post‹ vom 24. Januar 2018 veröffentlicht, sowie unter dem Titel *Ursula K Le Guin, by Margaret Atwood: One of the Literary Greats of the 20th Century* im ›Guardian‹ vom 24. Januar 2018. S. 517: Ursula K. Le Guin, *Über Wut,* in ›Keine Zeit verlieren‹. Übersetzt von Anne-Marie Wachs. (München: Golkonda, 2018).

Drei Tarot-Karten/Three Tarot Cards: Zuerst als *lectio magistralis* für den Premio Gregor von Rezzori – Città di Firenze der Santa Maddalena Foundation gehalten (ein Preis für das beste ins Italienische übersetzte Werk des vergangenen Jahres), Festival degli Scrittori in Florenz, 4. Mai 2018. Daraufhin auf Englisch und Italienisch veröffentlicht in der ›XII Edizione‹:

3-4 Mai 2018 (Florenz: Santa Maddalena Foundation, 2018). S. 530: Emily Dickinson wird zitiert nach Dickinson, ›Sämtliche Gedichte‹. Aus dem Englischen von Gunhild Kübler. (München: Hanser, 2015). S. 535: Zitat aus Carl Orff, *O Fortuna*, in ›Carmina Burana‹ (Kantate von 1935–36; uraufgeführt am 8. Juni 1937). Zitiert aus dem deutschen Libretto nach diversen Online-Quellen. S. 536: William Shakespeare, ›Der Sturm‹ wird zitiert nach der Übersetzung von Franz Dingelstedt, 1866.

Ein Sklavinnenstaat?/A Slave State?: Erstveröffentlichung als Prolog zu Ana Correa, ›Somos Belén‹ (Buenos Aires: Planeta, 2019).

›Oryx und Crake‹: Erstveröffentlichung als Vorwort zur illustrierten Ausgabe von ›Oryx and Crake‹, mit Illustrationen von Harriet Lee-Merrion (London: The Folio Society, 2019).

Seid gegrüßt, Erdlinge! Was sind diese Menschenrechte, von denen ihr sprecht?/Greetings, Earthlings! What Are These Human Rights of Which You Speak?: Vorgetragen als 25. Nexus Lecture in Amsterdam am 10. November 2018. Daraufhin in der Zeitschrift ›Nexus‹ 81 (2019) veröffentlicht, sowie in *The World as It Is in the Eyes of Margaret Atwood, Wole Soyinka, and Ai Weiwei,* Vol. 2 der Cultura-Animi-Serie (Amsterdam: Nexus Institut, 2019). S. 556: William Shakespeare, ›Hamlet‹ wird zitiert nach der Übersetzung von Schlegel/Tieck. S. 563: *What is the Universal Declaration of Human Rights?,* Australian Human Rights Commission (online), ohne Datumsangabe (humanrights.gov.au/our-work/what-universal-declaration-human-rights). In der Übersetzung zitiert nach der deutschen Fassung der ›Allgemeinen Menschenrechtserklärung‹ (https://www.un.org/depts/german/menschenrechte/aemr.pdf).

Payback: Zuerst erschienen als Vorwort für die überarbeitete kanadische Auflage von ›Payback: Debt and the Shadow Side of Wealth‹, Vorlesungsreihe CBC Massey Lectures (Toronto: House of Anansi Press, 2019). Die 1961 gegründete jährliche Vorlesungsreihe wird in Kooperation mit dem Massey College der University of Toronto Massey College, dem CBC Radio und dem Verlag House of Anansi Press durchgeführt. Auf Deutsch ist die Vorlesungsreihe erschienen als ›Payback. Schulden und die Schattenseite des Wohlstands‹ (Berlin: Berlin Verlag, 2008).

›Erinnerung an das Feuer‹/›Memory of Fire‹: Geschrieben als Vorwort einer Neuauflage von Eduardo Galeanos Trilogie

›Memory of Fire‹ (New York: Bold Type Books, an imprint of Hachette Book Group) Deutsche Ausgabe: ›Erinnerung an das Feuer‹ (Wuppertal: Peter Hammer Verlag, 1983–1988). S. 576: Motto in Margaret Atwood, ›Katzenauge‹, deutsch von Charlotte Frank. (München: Piper Verlag, 2017).

Sag. Die. Wahrheit/Tell. The. Truth: Vorgetragen als Dankesrede für die Verleihung der Burke Medal for Outstanding Contribution to Discourse through the Arts bei der College Historical Society des Trinity College Dublin in Dublin am 1. November 2019. Samuel Beckett wird zitiert nach der Übersetzung von Elmar Tophoven, (Frankfurt a. Main: Fischer, 2003).

Teil V: 2020 bis 2021 | Denken und Erinnern

Kindheit im Quarantäneland/Growing Up in Quarantineland: Zuerst erschienen als *Growing Up in Quarantineland: Childhood Nightmares in the Age of Germs Prepared Me for Coronavirus,* ›Globe and Mail‹, 28. März 2020. S. 590: In Anlehnung an Margaret Atwood, ›Payback. Schulden und die Schattenseite des Wohlstands‹.

›The Equivalents‹: Zuerst erschienen als Rezension unter dem Titel *Margaret Atwood Reviews ›The Equivalents‹, About the Artists Who Seeded Second-Wave-Feminism* im ›Globe and Mail‹ vom 22. Mai 2020.

›Die Unzertrennlichen‹/›Inseparable‹: Zuerst erschienen als Vorwort der englischen Übersetzung von Simone de Beauvoir, ›Inseparable‹, übersetzt von Sarah Smith (New York: Ecco/HarperCollins, 2021). Daraufhin unter dem Titel *Read It and Weep: Margaret Atwood on the Intimidating, Haunting Intellect of Simone de Beauvoir* auf der ›Website Literary Hub‹ am 8. September 2021 veröffentlicht. Deutsche Ausgabe des Werks: Simone de Beauvoir, ›Die Unzertrennlichen‹, deutsch von Amelie Thoma, (Hamburg: Rowohlt, 2023).

›Wir‹/›We‹: Zuerst erschienen als Vorwort zur englischen Neuübersetzung von Jewgeni Samjatin, ›We‹, übersetzt von Bela Shayevich (Edinburgh: Canongate Books, 2020). Daraufhin unter dem Titel *Margaret Atwood: The Forgotten Dystopia That Inspired George Orwell – and Me* im ›Telegraph‹ vom 14. November 2020 veröffentlicht. S. 607f.: Jewgeni Samjatin *Ich fürchte*, erschienen in Jewgeni Samjatin, ›Ich fürchte … Essays 1919–1921‹, Übersetzung aus dem Russischen von

Peter Urban (Berlin: Friedenauer Presse o.J.). S. 613: Charles Dickens, ›Der Weihnachtsabend. Genauer, eine weihnachtliche Gespenstergeschichte‹ Deutsch von Eike Schönfeld, mit Illustrationen von Flix (Berlin: Insel Verlag, 2014).

›Die Zeuginnen‹ schreiben/The Writing of ›The Testaments‹: Als Vortrag gehalten im Rahmen der 12. Belle van Zuylen-Vorlesung, Internationales Literaturfestival Utrecht (ILFU) in Utrecht am 1. Oktober 2020, mittels Live-Zuschaltung aus Toronto. S. 615: Englische Übersetzung (Übersetzer unbekannt) des französischen Politikers und Gemeinderats Pierre Gaspard Chaumette auf einer Sitzung der Gemeinde am 15. November 1793, aus ›Réimpression de l'ancien Moniteur‹, vol. 18 (Paris: Plon, 1860).

›The Bedside Book of Birds‹: Zuerst veröffentlicht als Vorwort der Neuausgabe von Graeme Gibson, ›The Bedside Book of Birds: An Avian Miscellany‹ (Toronto: Doubleday Canada, 2021).

›Taumel‹ und ›Gentleman Death‹/›Perpetual Motion‹ and ›Gentleman Death‹: Zuerst erschienen als überarbeitetes Vorwort der Neuausgabe von Graeme Gibson, ›Perpetual Motion/Gentleman Death: Two Novels‹ (Toronto: McClelland & Stewart, 2020). Daraufhin teilweise unter dem Titel *Margaret Atwood Introduces Graeme Gibson's…* im ›Globe and Mail‹ vom 26. August 2020 veröffentlicht sowie in einer überarbeiteten Version am 28. August 2020. Auf Deutsch liegt eine (mittlerweile vergriffene) Übersetzung von ›Perpetual Motion‹ unter dem Titel ›Taumel‹ vor, deutsch von Thomas Lindquist (Berlin: Claassen, 1988).

Im Strom der Zeit gefangen/Caught in Time's Current: Zuerst erschienen als *Caught in Time's Current: Margaret Atwood on Grief, Poetry, and the Past Four Years* im ›Guardian‹ vom 7. November 2020. S. 642: Motto aus Ursula K. Le Guin, ›Erdsee. Die erste Trilogie‹, übersetzt von Karen Nölle (Frankfurt a. Main: Fischer, 2020). S. 645 ff.: *Innigst* in ›Innigst/Dearly‹ Deutsch von Jan Wagner (Berlin: Berlin Verlag, 2022).

›Big Science‹: Zuerst erschienen unter dem Titel *›It Has Never Been More Pertinent‹ – Margaret Atwood on the Chilling Genius of Laurie Anderson's ›Big Science‹*, im ›Guardian‹ vom 8. April 2021; überarbeitet am 9. April 2021. Laurie Anderson, *O Superman*, Aufnahme von 1981 (Single bei One Ten Records, 1981); Lied Nr. 6 auf dem Album ›Big Science‹, 1982 (Warner Brothers, Vinyl-LP).

Barry Lopez: Zuerst erschienen als *Thank You, Barry: Margaret Atwood* im ›Orion Magazine‹ vom 9. Dezember 2020. Barry Lopez' ›Arctic Dreams‹ ist hierzulande erschienen unter dem Titel ›Arktische Träume‹, deutsch von Ilse Strasmann (München: btb, 2000).

Die Meeres-Trilogie/The Sea Trilogy: Zuerst erschienen als Vorwort der Neuausgabe von Rachel Carson, ›The Sea Around Us‹ (Edinburgh: Canongate Books, 2021). S. 656: Lord Byron, ›Sämtliche Werke, Bd. 1: *Childe Harolds Pilgerfahrt* und andere Verserzählungen‹, Übers. Otto Gildemeister und Alexander Neidhardt (Mannheim: Artemis & Winkler, 1996).

REGISTER

C

E

G

K

N

U

V

W